TIERRA FEROZ

JOTA QUIJORNA

TIERRA FEROZ

ESPASA

Espasa, sello editorial de Editorial Planeta, S.A.
Avda. Diagonal, 662-664
08034 Barcelona

Primera edición: enero de 2025

Preimpresión: MT Color & Diseño, S. L.

Depósito legal: B. 22.242-2024
ISBN: 978-84-670-7536-6

Espasa, en su deseo de mejorar sus publicaciones, agradecerá cualquier sugerencia que los lectores hagan al departamento editorial por correo electrónico: sugerencias@espasa.es

www.espasa.com
www.planetadelibros.com

Impresión: Liberduplex
Impreso en España-*Printed in Spain*

PEFC Certificado
Este libro procede de bosques gestionados de forma sostenible
PEFC
PEFC/14-38-00305
www.pefc.es

Para Santi, para Toni,
para mi padre;
para los que ya no estáis.
Para vosotras dos,
que lo habéis vivido tan de cerca.

Los monstruos más temibles son los que se esconden en nuestras almas.

EDGAR ALLAN POE

En adelante, el mal se convirtió en mi bien.

MARY SHELLEY

El primer disparo suena como un cañonazo, amplificado por el eco que impregna cada rincón del valle. El segundo, a quemarropa contra los arbustos, perpetúa el estruendo del primero. Emilio acelera por el sendero que parte el bosque en dos. Aterrado, no echa la vista atrás, incapaz de encarar el horror. Tiene buena puntería, pero sabe que dos cartuchos del 12 no son suficientes para matar a una maldición y aquella sombra grotesca vuela presta a darle caza.

El hombre corre por encima de sus posibilidades. Respira con histéricas bocanadas, nota el ácido del estómago quemando la garganta y el flato estrangulando su costado. Bracea desesperado con la escopeta agarrada, aún humeante. El olor a pólvora ha impregnado la camisa de franela y el morral que sujeta con fuerza y que aloja a su bebé. Un niño de apenas tres meses que llora desconsolado.

El sendero se estrecha a cada metro mientras el sol se desvanece tras una loma cubriendo el hayedo de tinieblas. El follaje de los árboles eclipsa la escasa luz del día que se resiste a morir. Las ramas bajas le golpean la cara y el cuerpo en su huida. Se nota flaquear cuando una raíz le hace trastabillar y casi caer por un terraplén. Tras él, tenebrosas zancadas surcan la hojarasca ganándole terreno, acercándose por la espalda; casi notando el aliento ronco del engendro agarrado a su estela.

Al fin, el bosque muere en un claro y, apenas a un centenar de metros, un caserón de piedra techado a dos aguas se distingue sobre el ocaso.

—¡Canijo, ábreme, por tu madre! ¡*Ye* aquí! ¡*Ye* aquí!

Bajo el marco de la puerta, un tipo calvo y fornido observa la escena incapaz de actuar, bloqueado por el pánico. Emilio, tan cerca y tan lejos de la casa. Tras él, un espectro, un ser humano, un monstruo. Ninguna de las tres cosas y todas a la vez.

—¡Corre, Emilio, corre! ¡*Llévaslo* detrás!

El hombre aprieta la carrera en un último esfuerzo. La escopeta se le resbala de la mano. El niño llora a pleno pulmón. Los lobos aúllan a lo lejos. Una ristra de nubes sombrías oculta la luna. Como evitándole presenciar lo que está por venir.

Una última zancada y Emilio cruza de un salto la puerta abierta. Alonso, apodado «el Canijo», cierra de un portazo echando la aldaba cuando algo afuera impacta contra el portón. Otro golpe. Uno más. Emilio, ovillado en el suelo, sostiene al bebé entre sus brazos lanzando bocanadas como un pez fuera del agua. Parapetado contra la puerta, Alonso sale despedido ante la brusquedad de cada sacudida hasta que, de repente, el asedio cesa.

En el ambiente, flota el eco de un asalto frustrado. El llanto del bebé se impone al murmullo de la noche, pero el vaivén de los brazos de su padre y un jugoso chupete calma la llorera del retoño, que dormita encajado entre los pliegues del morral.

—Fue de bien poco, válgame Dios. ¿Dónde *ye* María? —pregunta el Canijo.

El gesto sombrío de Emilio se acompaña de un mutismo que revela el trágico fin de su esposa. Agarrándolo con sus manazas, Alonso lo levanta con cuidado para que el niño siga en su plácido sueño. Un manto de silencio ha caído sobre el valle engullendo los sonidos nocturnos. Una quietud extraña reventada por el crujir del suelo en el piso de arriba. Emilio y Alonso intercambian una mirada de angustia.

—¿Lo cerraste *to?* —Emilio suena tan asustado como está.

La pregunta obtiene una mirada de duda por respuesta. El instinto lleva a uno a echar mano de un arma que ya no tiene; el otro agarra de la chimenea un atizador manchado de ceniza.

—¿Tienes escopeta? —pregunta Emilio.

—¿Sin guajes? *¿Pa* qué la quiero yo? —responde el Canijo encogiéndose de hombros.

Alonso, hierro en mano, se acerca a la escalera que conduce a la planta superior. El entarimado de los escalones cruje a cada paso en su ascenso. Nada más adentrarse en el pasillo, la penumbra de la primera planta engulle la silueta del Canijo. Al pie de la escalinata, Emilio trata de distinguir algo entre las fauces de aquella boca de lobo.

—¿Alonso, va todo bien? Por tu madre, di algo —pregunta Emilio con voz trémula.

No puede reprimir un respingo cuando el otro emerge de entre las sombras del piso superior.

—Falsa alarma. Aquí arriba está todo tran...

El Canijo enmudece. Las palabras desaparecen tras una expresión quebrada al ver el horror que acecha tras su amigo, que ni siquiera tiene tiempo de reaccionar. El espasmo de un dolor ardiente atraviesa el cuerpo de Emilio cuando un martillo con forma de pico le revienta el pecho provocando una riada de sangre que salpica al bebé, que vuelve a llorar angustiado.

Una fantasmal aparición a su espalda, con la ropa oscura y raída, porta un arrugado sombrero negro de ala y un pañuelo que le cubre el rostro y que enmarca una mirada feroz. De un tirón arranca el martillo del cuerpo de Emilio, que cae fulminado contra la tarima. Mientras el padre se desangra, aquel ser agarra al bebé como a una presa recién cazada y lo lanza al interior de un mugriento saco de rafia colgado en bandolera.

Aturdido por la monstruosidad presenciada, Alonso reacciona solo cuando distingue los ojos de la bestia posados en él, el mango del pico sujetado con furia. El pánico activa la adrenalina del Canijo y lo lleva escaleras arriba en una huida a ningún lugar, incapaz de asumir lo que significa aquella siniestra figura a su espalda.

Esa noche morirá de forma atroz.

Primera parte

La casa

1

Un coche patrulla de los Mossos d'Esquadra gira veloz por la calle Cardenal Tedeschini, encarando Concepción Arenal como si estuviese en un gran premio. La sirena atruena rompiendo la calma nocturna. Un giro brusco a la derecha y se planta en la plaza del Cardenal Cicognani, en el corazón del barrio del Congrés i els Indians de Barcelona. Un grupo de vecinos, muchos en bata y zapatillas, se arremolinan alrededor de los coches de policía y de una mal aparcada ambulancia que atrae a los fisgones. Unos pocos efectivos de la Guardia Urbana trazan una línea imaginaria que mantiene a distancia su insana curiosidad.

Los dos policías recién llegados avanzan hacia el único portal abierto y vigilado por un compañero. Ya dentro, un par de agentes custodian un cadáver que yace en el suelo, cubierto con una sábana. Cerca, un patinete eléctrico apoyado sobre su caballete es el vehículo que ha atropellado mortalmente a una pobre mujer. «Si es que van como locos», se oye decir entre los curiosos. Apoyado en el muro de la finca, un joven en la veintena no reacciona. Un par de policías tratan de tomarle declaración, pero no logran sacarlo del bucle en el que anda perdido: «Se me cruzó de repente, iba distraída mirando el móvil».

—¿Dónde está Pedro? —Bernat, uno de los policías recién llegados, se dirige al mosso d'esquadra que guarda la entrada de la finca.

—Arriba, en el cuarto —responde el agente.

Bernat y Albert, su compañero, se adentran en la fría penumbra de un vestíbulo que derrocha tristeza. Llegan al descansillo del cuarto piso y saludan a dos sanitarios que se mantienen a la expectativa y a Pedro Santana, el mosso que los pone en antecedentes.

—La mujer atropellada se llama Llara Sorribes. Tiene, tenía, un hijo de trece años, Daniel Sorribes. Se ha encerrado en la casa y no hay forma de hacerlo salir.

Del interior del piso emana un silencio absoluto y tan denso que parece engullir el eco del rellano y envolver a todos los que aguardan en él.

—¿Habéis probado a forzar la puerta? —Bernat comprueba la cerradura.

—Estamos esperando la orden. —Pedro se encoge de hombros.

—¿Y el padre del chaval? —pregunta Albert.

—Dicen los vecinos que ni está ni se lo espera —replica Pedro ajustándose el cinto.

—¿Y qué haréis con el chico? —pregunta uno de los sanitarios

—Cosa de servicios sociales. Tenemos instrucciones de llevarlo a la DGAIA —contesta Pedro de nuevo, con un matiz de apatía impregnado en la voz

—¿No oléis a gas? —alerta Albert.

El grupo del rellano aguza el olfato ante la advertencia del agente. De la puerta tras la que Daniel Sorribes se ha atrincherado, escapa un hedor turbio que se intensifica a cada segundo. Bernat se queda guardando el rellano mientras Pedro y Albert se abalanzan hacia la puerta y la emprenden a patadas hasta reventar la cerradura, para perderse después en la penumbra de la vivienda llamando al muchacho a gritos.

Tras unos segundos de incertidumbre, burlando a los mossos que han invadido su casa, aparece un chico entre las sombras, delgaducho, pelo corto y negro, con la mirada desbordada por el miedo. Encuentra en las escaleras custodiadas por Bernat una ruta de huida y se abalanza hacia el policía, decidido a sortearlo. No ha avanzado dos pasos cuando su embestida se ve frenada en seco, bloqueado por el abrazo tenaz de uno de los sanitarios.

—Tranquilo, Daniel, tranquilo. Hemos venido a ayudarte. —Bernat intenta serenarlo con el tono templado de su voz.

No hay palabras que calmen al chico, que lanza patadas al aire sin freno y forcejea tratando de librarse de los brazos que lo retienen. Sin posibilidad de razonar con ese chaval alterado, solo queda la opción menos deseada por todos los allí presentes.

Saliendo a la calle por el portal custodiado, los dos sanitarios empujan la camilla sobre la que reposa Daniel Sorribes, sedado y apenas despierto. Ni se da cuenta de que el equipo forense está levantando el cadáver de su madre, la mujer atropellada por un patinete iba absorta en la lectura de su teléfono móvil. Ninguno de los presentes lo sabe, pero el choque que ha provocado esa muerte accidental, y dejado huérfano a su hijo, va a desencadenar un horror dormido que ha de venir.

2

El sol radiante, el intenso azul del cielo, el blanco impoluto de unas pocas nubes de algodón... Todo parece un decorado a ojos de Dani. Los árboles, la gente, él mismo; como si la vida que lo envuelve no fuese más que trazos de pintura gris sobre un lienzo.

Sentado en un banco, deja que las lágrimas surquen sus mejillas hasta caer sobre las hojas secas que alfombran buena parte del jardín. Es lo más parecido a un zombi de trece años: respira por mero impulso, muerto por dentro, abatido, tembloroso, llorando en silencio sin saber cómo seguir adelante. Es la primera vez en horas que se encuentra a solas y que es consciente de que lo que está viviendo es la consecuencia de una pesadilla muy real: es incapaz de verbalizarlo, casi ni de pensarlo, pero lo cierto es que su madre ha muerto. La mañana pasa resbalando con languidez; el tiempo se ha vuelto relativo y los chicos que pasan frente a él no son más que figuras vacías en un mundo sin sentido; ni siquiera repara en cuantos lo observan, bien de reojo, bien con descaro, y pasan de largo, anestesiados al dolor propio y ajeno. ¿Qué le importa a Dani cuanto lo rodea si nada volverá a ser igual, si no puede librarse del tormento que lo asfixia? Jamás volverá a ver a su madre, nunca la tendrá de nuevo a su lado, y ese sufrimiento es tan inmenso que no puede procesar ni aceptarlo.

Ahoga un grito desesperado y traga mocos, llanto y saliva, un cóctel amargo y triste que le atraviesa la garganta hasta llegar al estómago, vacío y cerrado por la pena. Lleva unas pocas horas en aquel lugar, pero le pesan como a un condenado a cadena perpetua, carcomido por la desdicha desde que despertó hace un rato. Lo primero que vio al abrir los ojos e incorporarse fue a un muchacho rollizo y vivaracho, en la franja de los quince, que lo velaba en una silla junto a su cama y que se levantó de un brinco, asustado por su repentino despertar.

—¿Tú eres el que quiso huir de los mossos? Pues no te ponía yo ese careto, hermano.

La voz del muchacho suena con un timbre ronco pero floreado. Cuatro pelos se reparten por su cara en un burdo intento de parecer una barba. Una mirada oscura, como muchos pasajes de la vida que le ha tocado vivir, subraya su rostro.

—¿Dónde estoy? —Dani casi no reconoce su voz pastosa y amodorrada.

—Estás en un centro de la Direcció General d'Atenció a l'Infància i l'Adolescència, los servicios sociales de la Generalitat. Aquí acaba todo el que necesita que cuiden de él, hermano. Yo soy Carlitos, tu compañero de cuarto. —Carlitos le regala media sonrisa y un saludo visto y no visto.

—¿Qué hago aquí? ¿Dónde está mi madre? —La voz de Dani es un lamento.

—Tu madre está muerta, chaval —suelta Carlitos sin freno ni compasión.

Aquella respuesta desapegada es la chispa cruel que activa los recuerdos de Dani. Preocupado porque su madre tardaba lo que nunca; atrincherado en casa cuando llegó la policía; el miedo y la ira corriendo por las venas, dejándolo fuera de sí; la huida de casa tratando de sortear a un mosso d'esquadra, un sanitario agarrándolo y pinchándole a saber qué; oscuridad; una camilla, un hospital, una mujer tratando de explicarle algo que se niega a aceptar; más miedo, más ira, más inyección, más nada; la calma del agotamiento, un viaje en coche ni corto ni largo, la llegada al centro, una pastilla, más sueño y despertar allí queriendo morir de llanto, pero sin poder hacerlo. Y Carlitos desmontando el dolor que lo destroza con su implacable naturalidad.

—Este sitio no será tu casa, pero la gente va a estar por ti, hermano. Por aquí quien más quien menos ha pasado lo suyo, pero lo que ahora es una mierda mañana será abono. Y mira lo bueno, *bro*, ya has pasado lo mejor de lo peor. Tu madre no se puede volver a morir, ni tú quedarte huérfano dos veces. —Carlitos hace una pausa para tomar aliento—. Por cierto, ¿cómo te llamas?

—Dani. Dani Sorribes. —La voz del muchacho apenas es audible.

—Dani me vale. El apellido no importa si no tienes familia.

«Si no tienes familia», ha dicho Carlitos. A Dani le duelen las palabras, no tanto por el tono indiferente como por la cruda verdad que arrastran. Realmente no tiene familia. Desde la noche anterior, en que no volvió a ver a su madre y lo llevaron al centro, entre el trajín y los tranquilizantes, no ha tenido tiempo de darse cuenta cómo, de un día para otro, se ha convertido en un huérfano de esos que bailan en las películas navideñas que tanto le gustaban a ella, y ahora que ha muerto, sin padre, tíos, ni abuelos conocidos, no le queda nada, ni familiares, ni amigos, ni hogar. Su casa, su habitación, su mundo, todo ha desaparecido junto con los cómics, los pósteres, los juegos y los peluches que su madre quería conservar y que él se sentía mayor para tener, y a los que ahora desearía poder abrazar. Se sorprende pensando que las únicas veces que durmió fuera de casa fue durante los cursos de primaria, en las colonias, y aunque siempre acababa disfrutando, no hubo año que no anhelase regresar al calor de los abrazos de su madre. No puede concebir que no vaya a recibirlos más, que no volverá a sentirse arropado por el abrigo de su complicidad.

Su cabeza es un hervidero de tristeza que no deja de proyectar recuerdos nacidos de la reciente melancolía: los días de cumpleaños soplando velas sobre tarta de zanahoria, el postre preferido de ambos; los días de Navidad abriendo regalos entre risas, merendando por la tarde chocolate con bizcochos en la calle Petritxol; las noches de pelis, cuando veían juntos una de miedo y Dani, asustado, se dormía en el sofá a su lado. Tantas y tantas cosas buenas que han desaparecido para siempre, una expresión que para un niño de trece años suena inabarcable. Para siempre.

Acaricia el collar que le pende del cuello buscando consuelo y fuerza en aquel amuleto, regalo materno que lleva desde que tiene uso de razón. Su madre lo era todo para él: universo, brújula y camino, y sin ella el vacío que siente es tan inmenso que nota que le falta el aliento, una sensación de ahogo incómoda y que va en aumento. Aterrado, trata de coger aire a dentelladas, de levantarse, pero siente que la vitalidad lo abandona, escurriéndose por sus extremidades mientras la cabeza le da vueltas, se le nubla la vista y se tambalea.

Antes de perder el conocimiento, la ve correr hacia él, como una sombra difuminada, una especie de ángel oscuro que trata de sostenerlo antes de que caiga al suelo y que todo desaparezca de nuevo.

3

—Este es el edificio anexo. Después del desayuno, los chicos vienen aquí para realizar las actividades del centro, ya sea en el aula de informática, la de estudios o la biblioteca. Hay también una sala polivalente que utilizamos para tutorías o para encuentros con familiares. Es la más íntima y acogedora. Luego te lo enseño todo con más calma.

Sara, la coordinadora educativa del centro de la DGAIA, apenas se detiene ante el edificio de ladrillo de dos plantas mientras no deja de bombardear con información a su acompañante. A sus cincuenta y dos años, su media melena teñida de rubio y sus ojos marrones cansados lo han vivido casi todo, y enseñar las instalaciones a los trabajadores recién llegados le resulta tan rutinario y mecánico como respirar. A su lado, Berta Miralles, la educadora que se incorpora a la plantilla del centro, guarda una pequeña libreta y un bolígrafo en el bolso en bandolera. Ha desistido de continuar tomando notas, incapaz de seguir el ritmo de las explicaciones de Sara, y se ha centrado en mantener el paso ligero y marcial con el que van recorriendo el lugar.

—Has entregado ya la documentación al director, ¿verdad? —pregunta Sara dejando escapar un resoplido. El paso acelerado le va limando el resuello.

—Sí. El título en Educación Social y el certificado de penales. Está todo controlado.

Berta le dedica una sonrisa cortés y fugaz antes de volver a distraer la mirada en el entorno. No hace ni media hora que terminó su entrevista con Marcel Cardona, el director del centro, un tipo alto y enjuto, vestido con vaqueros y americana para tratar de dar una imagen informal que su rostro pétreo echa al traste, y que escuchó con atención cómo Berta le explicaba su deseo de ayudar a todos esos chicos tutelados de forma mucho más directa, harta de sentirse encorsetada por la burocracia tras su escritorio de las oficinas de la DGAIA. Varado ante una de las ventanas, bañado por el agradable calor del sol de principios de mayo, el director no dejó de lanzar miradas inquisitorias a las mangas del jersey de Berta, dos tallas grande, en las que ella enterraba las manos en un gesto que parecía de estar a la defensiva.

—Te seré sincera, aquí no tenemos especial simpatía por los tatuajes.

Sara se detiene ante la puerta del edificio principal; igual que el director, clava la vista en las mangas del suéter oscuro de Berta, a juego con unos ojos brillantes y negros y la melena azabache que le cae perfectamente despeinada sobre los hombros, y de las que tira sin tregua en un acto reflejo, algo que nada tiene que ver con los tatuajes, pero sí con otras marcas que oculta recelosa.

—Tampoco es lo mío. Soy friolera. Me viene de mi madre —contesta Berta con forzada sumisión.

—Tenemos veinte chicos en el centro, cada uno con un drama a la espalda que nadie querría para sí —continúa Sara mientras reemprenden el recorrido por los jardines—. Limitar, acoger y prevenir es lo que buscamos aquí. El referente debe ser el centro y no el tutor. Menos vínculo, para evitar malentendidos...

El teléfono móvil de Berta suena impertinente en el interior del bolso e interrumpe el discurso de Sara. Berta lo rebusca contrariada y, al comprobar la llamada en la pantalla —«Salva»—, cuelga y lo lanza enojada al interior del bolso.

—Lo siento. —Berta ofrece una mirada de disculpa.

—Tranquila, no pasa nada. —Sara asiente con la cabeza en un leve gesto de complicidad antes de continuar—. Cada educador tiene una tutoría para hablar con el interno asignado, y cada seis meses se reúnen para comentar el informe de seguimiento educativo, un momento que puede resultar tenso. Uno de los chicos atacó a su tutor porque no compartía con él que le costara evolucionar en el control del temperamento y la gestión de las emociones...

El teléfono vuelve a sonar en el bolso de Berta. Esta vez lo encuentra a la primera y directamente lo apaga con un aspaviento rabioso que es incapaz de reprimir.

—Perdón. Las compañías telefónicas, mira que llegan a ser pesados.

Berta suaviza el semblante tratando de mostrar una sonrisa que no acaba de crecer en un rostro molesto por las llamadas recibidas. Sara evita pronunciarse ni preguntar lo que intuye: que nadie se enfada tanto por una llamada comercial, por muy insistente que sea. Aquello tiene pinta de ser algo más personal, pero ni le concierne ni le importa, así que prosigue con la explicación en un tono que se va alejando de la paciencia.

—Está terminantemente prohibido tomar drogas, aunque muchos niños están familiarizados con ellas y la gran mayoría fuman, muchos desde los once años. Los veinte primeros días de estancia tienen prohibido salir; pasado ese tiempo, pueden tener permisos, pero deben volver por la noche. Hay clases de mañana y tarde, y algunos fines de semana se hacen salidas lúdicas.

Berta asume el discurso de Sara con una afirmación de cabeza instintiva, pero su atención se ha desviado a un recodo del jardín, a un chico sentado en un banco, solitario y derrotado, ajeno a cuanto lo rodea. Ese muchacho cabizbajo que se aferra a un collar, igual que hiciese ella muchos años atrás con un encendedor que aún conserva, también sola y llorosa, también a una edad parecida, también apartada de todos, en un banco de madera decrépito muy parecido al que tiene ante sus ojos.

—Ya, pero ¿qué hay de ellos cuando salen de aquí? Se les hará un seguimiento para mejorar sus oportunidades en la vida, ¿no? —Frente a frente, Berta encara la mirada de Sara; el tono elevado de las preguntas parece convertirlas en un breve interrogatorio.

—Muchos de estos niños se conforman con tener una vida. —Sara inspira hondo y rebaja el empuje de sus palabras ante el marcado estupor del rostro de Berta—. Verás, aquí hacemos cuanto podemos por todos ellos, pero es complicado no frustrarse al ver que estos chicos son números para el sistema. Por encima del sesenta por ciento se ha escapado más de una vez. Casi el setenta y cinco por ciento toma o ha tomado algún tipo de droga. Más del cincuenta ha cometido algún delito antes de llegar, y un cuarenta y cinco por ciento no muestra una mejora significativa respecto a las causas que motivaron su ingreso en el centro.

—Eso significa que al menos la mitad de ellos puede tener una evolución positiva. Es decir, que si de los veinte chicos tutelados, seis o siete la tienen, el esfuerzo vale la pena. Con uno solo lo valdría. No sé, digo yo.

Sara frunce ligeramente los labios en un gesto a medio camino entre un mohín sarcástico y una sonrisa condescendiente. De cierta forma le divierte esa chispa arrogante de todo el personal que empieza, incapaces de adivinar la dureza que los espera.

—Claro, por supuesto —responde Sara enarcando media sonrisa forzada—. Bienvenida al centro. Ese positivismo te vendrá realmente bien. —Sara le estrecha la mano con una fuerza inusual que sorprende a Berta—. Ven, te presentaré al chaval que vas a tutelar. Acaba de llegar, como tú. Pienso que os vendrá bien, así os podréis ir adaptando al mismo ritmo.

Berta no responde y deja a Sara con la palabra en la boca: no ha dudado ni un instante en salir corriendo al ver a ese muchacho solitario y rendido tambaleándose, mareado al tratar de incorporarse del banco y buscando aferrarse a él sin éxito.

Berta llega *in extremis* para sujetarlo entre sus brazos, evitando que los huesos del chico choquen contra el suelo, justo a tiempo para descubrir un grito de auxilio en sus ojos tristes, antes de que los párpados caigan y se cierren como un exhausto telón.

4

Solo una jornada después de incorporarse a la plantilla del centro residencial de la DGAIA, a Berta Miralles le ha caído el primer mal trago. Odia visitar cementerios, no pisaba uno desde que le tocó enterrar a sus padres, aún en edad de jugar con muñecas, y ha tenido que acompañar a Dani Sorribes, el chico recién llegado al centro, como ella, al entierro de su madre. Quizás por eso se siente tan afín a él; por eso y por el dolor que calla y que puede ver en su mirada desolada y en las lágrimas silenciosas; por eso y por más puede imaginarse lo que será para el pobre soportar tanta desdicha.

El chaval no ha soltado palabra durante el trayecto al tanatorio, ni en el corto y funcionarial responso. Apenas ha variado el gesto sombrío ante la lápida de su madre, una vez sellada por los trabajadores del lugar. Un llanto ininterrumpido y callado lo ha dicho todo por él. Un par de amigas de la difunta, encargadas de las gestiones del entierro, lo han escoltado sin saber qué decir. A distancia, Berta lo observa desde un rincón. Con la excusa de dejarle espacio, de permitirle despedirse de su madre con tranquilidad, se ha mantenido alejada de los nichos cuanto ha podido. No le gusta la muerte ni el dolor que provoca en la gente. Su melena negra se derrama por el cuello de la cazadora vaquera, corta de mangas, a vista del jersey que rebosa cubriendo sus manos casi por completo, y que la protege del aire fresco de media tarde que arremolina las hojas caídas de los almendros en flor. A unos metros de ella, una pareja que roza la mediana edad discute sobre si hay algo peor que morir, en lo que ambos coinciden en que sí: morir solo, por ejemplo.

A espaldas de Dani, el grupo que forma parte de la comitiva del sepelio parece un tétrico desfile, oscurecido por las nubes negras y crecientes que tiñen el cielo de fin del mundo. Vecinas, algunas de ellas beatas ungidas con naftalina, conocidos y compañeros de trabajo, la mayoría envainados en solemnes trajes negros, esperan para saludar al chico en una ceremonia respetuosa que para Dani está de más. Una especie de besamanos en el que ninguno de los presentes sabe qué decirle a un crío en una situación como esa, ni el muchacho qué contestar en ese papel de adulto que jamás ha ensayado y que la fatalidad lo ha empujado a interpretar.

No lejos del cortejo fúnebre, al que se ha unido el párroco que ha oficiado la misa, Berta es testigo incómodo de cómo la falta de tacto crece entre la gente. Saludado el pobre muchacho, la tensión dramática se desvanece y da paso a risas sofocadas y comentarios banales sin mala intención que disipan la angustia del trámite. Afligido ante la fila de nichos donde se encuentra el de su madre, Dani, un esqueje huesudo de ojos oscuros y pelo corto y negro como el betún, no es ajeno a esa actitud frívola que le llega de soslayo; sus puños tensos así lo muestran. Berta arranca hacia aquella especie de Santa Compaña donde el octogenario capellán departe entre el público más decrépito, dejándose agasajar como una celebridad ante una jauría de fans. La educadora no puede evitar mascullar un «menudos gilipollas» que se oye más de lo esperado y menos de lo deseado, y se detiene junto a Dani ante el nicho recién sellado, presentando sus respetos con un suspiro y una caricia en el pelo que el chico agradece con media sonrisa de cortesía.

—*Què has dit, filla meva?* —El cura se acerca a ella y la interroga con un mohín reprobatorio en el rostro. Berta se aleja unos metros de Dani para encararse con el capellán.

—Nada padre. Pensaba en voz alta. Soy Berta Miralles, educadora social de la DGAIA. —Berta modula un tono cordial y saluda al párroco estrechándole la mano huesuda.

—*És clar. Pobre nen, tan jove i sense mare. Què passará ara amb ell?*

—De momento lo tutela la Generalitat, pero los centros están a rebosar y estamos buscando algún familiar que pueda hacerse cargo —responde Berta buscando empatía en el religioso.

—*Mare meva, quin despropòsit! Tants nens sense família i la gent vinga portar rusus i negrets sense coneixement.*

—Claro. Quién quiere un huérfano de trece años por muy de aquí que sea, *¿veritat, pare?*

El tono de Berta, apoyado en una mirada tenaz, queda impregnado de un agrio sarcasmo que ni puede ni quiere evitar. La irreverente contestación deja al párroco con el gesto torcido y el orgullo herido al sentirse increpado en el que debería de ser terreno abonado para un hombre de Iglesia: el amor incondicional al prójimo.

—*Et deixo, que marxen els jardiners. Que Déu et guardi. I cuida del noi.*

El cura se aleja de Berta regalándole una palmada en el hombro y dejándola con la palabra en la boca. Cuatro gotas mal contadas empiezan a dispersar a la cuadrilla; las pocas mujeres más longevas, en un intento de salvar sus peinados esculpidos en atmósferas de laca, esprintan hacia cubierto lo que su esqueleto anquilosado da de sí. Berta y Dani se quedan un instante a solas, sintiendo la lluvia salpicarles el rostro, saciando sus pulmones con el fresco aroma a naturaleza mojada que flota en el aire. Una reconfortante sensación de falsa libertad logra que, durante unos segundos, se aleje la cruda realidad que los une y los oprime.

—Lo siento, Dani, pero es hora de irse.

Berta le coloca una mano fraternal sobre el hombro tratando de consolarlo.

—¿Qué va a ser de mí ahora?

Dani deja ir la frase al viento, gimoteando y petrificado ante el sepulcro donde reposan los restos de su madre, aferrado al colgante del cuello. Las gotas de lluvia se mezclan con los restos de llanto aún presentes en el rostro compungido del muchacho.

—Haré lo que pueda y más por encontrar un familiar que te acoja. Te lo prometo.

Las palabras de Berta son más que una declaración de intenciones; son para ella el inicio de una cruzada, una redención personal que le permita hacer las paces con su pasado salvando a ese chico de un futuro que ella conoce y no desea para él ni para nadie.

El aguacero arrecia mezclándose con tenues rayos de un sol que se escapa entre los nubarrones, empecinado en imponerse sobre un horizonte que amenaza con un fiero temporal. La educadora combate un escalofrío ajustándose la cazadora a la cintura mientras acentúa el abrazo al chico, deseando que se sienta reconfortado como a ella nadie la hizo sentirse en una desgracia parecida muchos años atrás.

5

—Pues ya hemos llegado.

En el interior de un coche de la DGAIA, el chófer apaga el motor y se estira para desentumecer los músculos, acompañado de un gruñido entre dientes de pura satisfacción. El vehículo se ha detenido tras dos horas de camino después de su última parada en mitad de las entrañas del monte asturiano, justo en un pedazo de ningún lugar. Tras varios desvíos, el último por el enésimo camino sin asfaltar, se eleva amenazador un viejo caserón. Dominando el frontal del primer piso dos ventanales oscuros, protegidos por sendas contraventanas, parecen los ojos de un gran monstruo de piedra. El silencio del entorno es atronador, y la única banda sonora de bienvenida es el piar de algunos pájaros escondidos entre el espeso follaje de los árboles que los rodean.

Retrepado en el asiento trasero, Dani Sorribes barre el exterior con la mirada. A través de las ventanillas, con el polvo del camino aún suspendido y espesando el aire cálido del mediodía, trata de asimilar que haya ido a parar a un lugar a medio camino del todo y la nada, un paraje verde y despoblado hasta donde alcanza la vista. Por encima de la arboleda, lejos, aunque parece que estuviera cerca, se alza sobre el horizonte una estructura de hierro de un rancio color verde, parte de una mina por la que han pasado camino del caserón. La visión de la instalación derruida, cercada por una verja oxidada, le ha provocado a Dani un escalofrío por el aspecto siniestro que le da el abandono.

El chófer de la DGAIA baja del coche, protegido por unas gafas oscuras que apenas lo defienden del sol de principios de junio. Se dirige a la puerta de atrás y la abre ceremonioso, esperando que salga una celebridad que no es tal.

—Vamos, baja, seguro que nos están esperando —dice dirigiéndose al chico.

Dani vacila un instante, atrapado en una telaraña de dudas. Salir del coche supone aceptar que en su vida se abra un nuevo capítulo que no tiene claro dónde lo llevará. Otro sitio nuevo en el que vivir, otra persona para cuidarlo y a la que conocer, con la que congeniar. Una nueva vuelta a empezar de cero en tan solo un mes desde que se murió su madre. Ya treinta días y aún nota la debilidad que le provoca su ausencia. Cada vez que baja la guardia, que no está concentrado en algo, se siente de nuevo ese niño que fue, no el que es ahora, y que a veces no reconoce en su propia piel, obligado a crecer deprisa, como si llevase conectado un piloto automático. Solo cuando se para y puede añorar a su madre vuelve a sentirse él mismo, y es entonces cuando más nota el dolor de la tristeza, cuánto la echa de menos.

Como en una coordinada ceremonia, nada más que Dani pone el pie en el suelo, una mujer aparece risueña en la puerta principal de la casa. Su sonrisa sincera y la melena rubia recogida resaltan un rostro surcado por las arrugas propias de quien ha vivido más de cinco décadas. La ropa informal, la mirada azul vivaracha y una complexión atlética parecen decir que tiene menos años de lo que indica su carné de identidad.

—Bienvenido, Dani. Me alegra mucho que estés aquí. —La mujer se abalanza hacia el chico y le planta en las mejillas dos intensos besos, correspondidos con menos efusividad—. Yo soy Alicia Castán. Como ya te dije cuando hablamos, soy prima de una tía abuela de tu madre. En paz descansen las dos.

Alicia se persigna veloz y deja en el aire la estela de la señal de la cruz. Su marcado acento asturiano delata los años que lleva viviendo en la zona. Dani mantiene una sonrisa cordial a modo de comodín para cualquier pregunta o comentario; no sabe muy bien cómo actuar todavía con aquella extraña tan amable y cariñosa. Ha hablado con ella por teléfono un par de veces desde el centro, para conocerse un poco y romper el hielo, pero lo cierto es que no estuvo muy atento al torbellino de cosas con las que quiso convencerlo de lo bien que estaría en su casa. A

Dani le valió con el deseo y la insistencia de la mujer, familiar de su madre, pero alejada en la relación de parentesco, de la que no sabía nada, de la que nunca había oído hablar.

—¿Dónde están sus cosas?

Tras un rápido vistazo al interior del coche, Alicia se ha vuelto hacia el educador en un tono más inquisitivo de lo debido.

—Detrás, en el maletero. Voy a por ellas —responde el hombre solícito.

La mujer y el chico quedan a solas sin saber muy bien qué decir. Les falta el hábito del trato mutuo que se adquiere con la convivencia y el tiempo. Víctima de la timidez, Dani pierde la vista en el vergel que los rodea para evitar cruzarse con los ojos de Alicia, que lo buscan sin remilgos ni descanso.

—Eres más guapo al natural que en las fotos —le dedica Alicia con ternura.

—Gracias.

Dani remarca la leve sonrisa ante la insistencia de aquella mujer, cuyo exceso de cariño lo sobrepasa. El educador rompe el momento con un portazo del maletero y se acerca con una bolsa de deporte en una mano y una pequeña mochila preñada en la otra.

—¡Pero bueno, cómo *ye* que solo le traes eso, *oh*! —censura Alicia.

—Es la ropa que me han dado en el centro. —El educador se encoge de hombros—. Por cierto, hay cosas que tenemos que acabar de hablar.

—Imagino. Anda, trae y pasad *pa* dentro, que traeréis hambre del camino. Vamos, que el guaje seguro que se querrá instalar.

Alicia le arrebata las bolsas al hombre, que la deja hacer ante la entrega de esa mujer tan dispuesta. A través de la ventana del conductor, el educador recoge una carpeta con documentación y sigue la estela de la anfitriona hacia la entrada de la casa.

Dani permanece varado junto al coche, encallado entre la risa floja y el llanto. La llegada al centro de acogida fue una obligación imposible de luchar, pero venir a esta casa ha sido la primera decisión de madurez que ha tomado sin que nadie le diga si ha sido correcta. Solo espera que ese paso en su vida sea de momento el último, que de una forma u otra logre asentarse y dejar de vagar de un lugar a otro, que la convivencia con Alicia sea el antídoto que lo ayude a curar el enorme pesar de tener que crecer sin su madre.

El educador ha desaparecido en el interior de la casa y Alicia, ya sin las bolsas, lo espera en el umbral del portalón.

—Verás lo bien que vas a estar aquí. Por cierto, me encanta ese corte de pelo.

—Muchas gracias —responde Dani en un susurro.

Alicia sonríe y le revuelve el pelo en lo que pretende ser una caricia amable. Al entrar en la casa y darle la espalda, el chico no alcanza a ver la sombra que se adivina en la frialdad azul de la mirada de la mujer sencilla y hogareña que les acaba de recibir.

6

Dani despierta sobresaltado y sin aliento, con un grito mudo atrapado en la garganta. Intentando despegarse de la angustia que le ha dejado una pesadilla al verse entre tinieblas, huyendo de una figura oscura que no logra alcanzarlo, pero de la que no puede huir.

Poco a poco recobra el resuello y la calma mientras su vista se adapta a la penumbra, ahuyentada por finos rayos de sol que se cuelan a través de las contraventanas que cubren el único ventanal. Abrazado a la almohada, como solía hacer en el centro de acogida para consolarse de su dolor, añora el «buenos días» con que lo despertaba su madre, y el «buenas noches» antes de dormir, siempre con un largo abrazo y un beso; inventándose por la mañana cómo sería su jornada perfecta, explicándosela el uno al otro, dándose ánimos para que les fuera bien y por la noche, ya en la cama, contándose cuál había sido el mejor momento real del día que, por pequeño que fuese, valía la pena haberlo vivido.

Un rugido del estómago se adelanta a lo que dicta su reloj digital de pulsera: ha dormido más de la cuenta y se hace tarde para desayunar. Se incorpora de un brinco y abre las contraventanas de par en par, dejando que un alud de luz brillante arrase con las sombras de cada rincón. Fuera, el fulgor del día radiante otorga un brillo majestuoso a las copas del bosque que los rodea como un mar verde insondable. Acodado en el alféizar, Dani repara en cómo Alicia inspecciona el perímetro de esa arboleda que empieza a decenas de metros de la casa. «Habrá alimañas cerca», piensa cuando advierte que deambula escopeta en mano por aquella frontera imaginaria.

No tarda más de un minuto en vestirse para bajar a por el desayuno. Al abrir la puerta de su habitación, las bisagras de hierro colado revientan el silencio y despiertan el eco dormido en cada rincón. Hay una nota manuscrita de Alicia frente al umbral de su dormitorio: «Si tienes hambre, el desayuno *ta preparao* en la cocina. Yo ando por el huerto, a mis tareas».

Tras bajar las escaleras que dan a la planta baja, Dani encuentra un festín nada más acceder a la cocina. El espacio es enorme, con las paredes forradas de muebles de un blanco impoluto que amplifican la luminosidad de la estancia en contraste con el suelo de baldosín rojo que alfombra la casa. Sobre la mesa que domina el centro, pan del día, embutidos, queso (qué asco, lo aborrece), zumo y unas pastas de hojaldre que tienen pinta de estar riquísimas. Ni rastro de Alicia. Da buena cuenta del banquete y devora la mayor parte de todo menos el queso. La soledad es lo único que comparte con su vida en el centro, donde se sentaba en un rincón lo más apartado posible de internos y educadores, amargado por una tristeza de la que no se lograba despegar.

Engullido el último bocado, se incorpora y decide recoger la mesa tal como hacía en casa cuando terminaba el desayuno. Su madre no se cansaba de repetirlo: entre dos se hacen las cosas más rápido y se acaba antes, una enseñanza que Dani jamás ha olvidado; sin embargo, descubre otra nota pegada en la nevera: «Si acabaste, deja las cosas sin recoger y sal».

Nada más traspasar el umbral de la puerta que da a la parte trasera del caserón, nota la caricia de una suave brisa acompañada de una temperatura que invita a disfrutar del magnífico día. A lado y lado, unas voluptuosas jardineras lucen floridas como un pequeño vergel que le recuerda al parterre de flores de la entrada del edificio principal del centro.

A medio centenar de metros, distingue un pequeño huerto vallado del que emergen tomateras, aún con el fruto verde, y otras verduras que no reconoce. Alicia, sin el arma que portaba hace un rato, vestida con ropa de faena y cubierta con un gorro de paja que le ensombrece el rostro, permanece arrodillada arrancando hierbas de la huerta; al reparar en la presencia del muchacho, y sin dejar de trajinar, le dedica una sonrisa franca y amable.

—Buenos días, guaje. ¿Dormiste bien?

—Sí, bastante bien. Gracias.

—¿Desayunaste?

—Sí, gracias. Estaba muy rico.

La voz de Dani sigue siendo apenas un murmullo, atascada por la timidez. Pero se le ilumina el rostro al descubrir una caseta fabricada con remiendos de madera y mal rematada por una malla metálica que encierra a una decena de gallinas y un pomposo gallo crestado.

—¿Nunca viste gallinas? —pregunta Alicia divertida al ver la sorpresa en el rostro del chico.

—No. Bueno, en alguna excursión con el cole, de lejos.

Dani se acerca al corral y se agacha para ver a las aves curiosas abalanzarse hacia el cercado.

—¿Cómo se llaman? —pregunta Dani fascinado.

—Nunca les pongo nombre, no me gusta encariñarme con ellas.

—¿Tienes perro? —Dani trata de acariciar las gallinas con el dedo a través de la malla.

—No. Nunca me gustaron. El pelo me da alergia. —Alicia sigue concentrada en sus quehaceres.

—Yo siempre quise tener perro, pero mi madre no quería animales en casa. Decía que lo mejor era que corriesen libres por el monte, no estar encerrados entre cuatro paredes.

Dani apenas logra acabar la frase sin que se le corte la voz. La mirada se le torna sombría y la refugia en el cloqueo de las gallinas, entristecido por el recuerdo perenne de su madre.

—Anda ven, échame una mano. —Alicia no es ajena al dolor del chico y trata de alejar las nubes de tormenta en las que se han convertido sus pensamientos—. Si vas a vivir aquí, habrás de aprender las cosas de la casa.

Dani se acerca obediente y se arrodilla junto a Alicia, que sigue arrancando hierbajos y horadando parte de la tierra, preparándola para un nuevo sembrado. La mujer agarra las manos del chico con ternura y las dirige para enseñarle como agarrar y desraizar las plantas que entorpecen el buen crecimiento del huerto. La complicidad entre ambos es inmediata: risas, bromas, cumplidos hacia el buen trabajo del muchacho que lo colman de orgullo.

—¿Qué es eso de ahí? —pregunta Dani. El buen ambiente entre ellos relaja su timidez.

Alicia eleva la vista siguiendo la dirección que marca el dedo del chico; su mirada se turba al fijarse en la estructura metálica verde que se eleva en el horizonte, por encima del bosque, y que forma parte de la mina cercana. La mujer no media respuesta y oculta en el trabajo un evidente enojo que no le pasa desapercibido al muchacho.

—¿Qué pasa? —pregunta Dani contrariado.

—Déjalo. Venga, entremos. *Ye* hora de preparar la comida, Pablo.

Alicia se incorpora y se encamina hacia la casa dejando a Dani, agachado sobre la tierra removida del huerto y un montón de hierbajos arrancados, desconcertado al haber escuchado que se dirigía a él con un nombre que no es el suyo.

7

A Berta Miralles le ha llegado que algunos chicos del centro la apodan «la Musulmana» por lo tapada que va siempre. El mote no le molesta, sería mucho peor si viesen lo que oculta bajo la ropa que la cubre. «Le seré sincero, no tengo especial simpatía por los tatuajes», le habían dicho Marcel Cardona, el director del centro, y Sara, la coordinadora, mientras ella estiraba las mangas para tapar esas marcas de las que no está orgullosa y tampoco puede disimular.

Berta recupera el hilo del presente. Es mediodía, y en una aséptica sala de reuniones, Sara y algunos de los educadores se reúnen para llevar a cabo un diagnóstico de la situación de los muchachos en régimen de acogida, donde cada uno tiene una visión distinta del problema.

—La Administración debe mejorar el sistema de protección a los chicos fomentando que haya más familias que acojan —arranca Sara en un tono reflexivo.

—Hay que dar más ayudas a los centros. La mejora de los recursos afecta en positivo a la vida de los niños —aporta la educadora ya entrada en los cuarenta que se sienta a su lado.

—Deberíamos pensar en contratar más educadores para ayudar a los profesores en las aulas con los alumnos —apunta distraído otro mientras se atusa una poblada barba.

En silencio, Berta escucha perpleja el ir y venir de ideas generales y vacías; nada concreto que realmente sirva para sacar al centro, y a los chicos que acoge, de la realidad mejorable en la que se encuentra. No concibe que sus compañeros sean incapaces de percibir lo institucionalizados que están, su absoluta falta de perspectiva. Y por ahí no pasa.

—¿Y si nos dejamos de quejas de manual y vamos a propuestas concretas? Actos reivindicativos que llamen la atención de las instituciones, por ejemplo. —Berta enfatiza su postura reivindicativa con una mirada que interpela a cada uno de los asistentes.

—Vaya. ¿Y qué propones? —Sara suena tan condescendiente como pretende.

—Poner el foco en los medios de comunicación; buscar el altavoz de las redes sociales para ganar visibilidad. Que se nos oiga, joder —replica Berta desafiante.

La sala queda sumergida en un incómodo silencio por un instante. Ninguno de los presentes quiere decir lo que todos y cada uno de ellos piensa: que el discurso de Berta chirría contra la postura de quien lleva tiempo luchando, sintiendo que se le ha ido el viento de las velas.

Sara se reclina en la silla con una pose indulgente, como un capo mafioso. Ella y el resto de los educadores eran como Berta cuando llegaron al centro, y a base de golpes de realidad saben que todo lo que hacen es cuanto puede hacerse.

—Todos sabemos que para un niño separarse de su familia no es fácil. —Sara continúa con su perfil bajo—. Pasan a convivir con niños que no conocen, a depender de educadores también desconocidos. Sus vidas están llenas de incertidumbre y soledad, muchas veces traumática. Es el centro el responsable de velar por su salud física y mental...

—¿En serio? No me digas —Berta interrumpe el discurso—. Estos chicos son invisibles para la sociedad. Lo que se piensa de su vida es un cúmulo de prejuicios, cuando no tienen la culpa de su situación. —El tono airado de sus palabras crece; sus manos son un molinillo de irritados aspavientos—. Muchos han sido testigos o han sufrido violencia física, psicológica o sexual por parte de familiares, amigos, o incluso de sus padres.

—¿Crees que porque acabas de llegar tienes derecho a juzgarnos? —replica Sara, tan indignada como el resto—. Solo estás menos quemada. Atendemos a estos chicos veinticuatro horas al día, trescientos sesenta y cinco días al año. Los vemos desprenderse de su niñez como si fuese un disfraz.

Cada uno de nosotros tutela a dos o tres chavales, con todas las implicaciones que esto tiene. —Las palabras de Sara se convierten en un furioso clamor—. Los ayudamos en la reinserción social, a que tengan recursos para afrontar su futuro cuando dejen el centro. Algunos seguimos en contacto con ellos cuando salen de aquí, tratando de que no queden abandonados otra vez. —Sara da un puñetazo en la mesa y se levanta como un resorte, encarándose con Berta—. O sea, que no pretendas estar más cabreada que yo porque en eso te gano de calle, amiga mía.

Aunque el sol calienta más lo que debería para ser principios de junio, las mangas del jersey de Berta la protegen como deben. Sentada en un rincón del jardín, juguetea con un labrado encendedor de gasolina, abriéndolo y cerrándolo, absorta en el sonido metálico que produce y que la ayuda a pensar en la reunión. No es ese el ejército que esperaba encontrar cuando decidió salir de su trinchera tras el escritorio que ocupaba en la DGAIA, para huir de la burocracia que le parecía que le impedía ayudar. Ella, que se creía vacunada contra la desesperación, no deja de pensar que esos chicos intentarán salir adelante, pero no lograrán salvarlos. No con esa puñetera actitud de rendición.

El teléfono móvil suena en el bolso; un número desconocido en la pantalla. A saber quién.

—¿Diga? —A Berta se le ensombrece el rostro—. Joder, Salva. Te lo he dicho cien veces. Déjame tranquila, no me llames más.

Berta cuelga y bloquea el número antes de lanzar el móvil al interior del bolso. Es el tercer número nuevo desde el que Salva, su ex, intenta contactar con ella, con una inquietud y una urgencia que ella sabe que pasará con el tiempo, el que le lleve cansarse de recibir sus contundentes negativas. «Lo nuestro se acabó, asúmelo»: se acabaron las medias tintas, las verdades cordiales a medias. Se acabó. Berta está decidida a poner toda su energía en esta nueva etapa de su vida, a pesar del acoso de Salva, a pesar del inicio complicado con sus compañeros, a pesar de sus propias inseguridades. No piensa dejar que nada ni nadie frene su empuje, su deseo firme de apostar por ella. Nuevo trabajo, nueva soltería, nuevo futuro. Porque Berta tiene claro que, si no cambia, no tendrá más remedio que aceptar lo que tiene, y no está dispuesta a tragar con una vida que la asfixia.

Se abstrae abriendo y cerrando el encendedor metálico, ese al que se aferró durante el entierro de sus padres, como Dani Sorribes a su colgante el día del entierro de su madre. ¿Qué será de él? ¿Cómo estará? ¿Se adaptará a su nueva casa, a su nueva vida? Aún sonríe al recordar que fue en ese mismo lugar donde, hace poco más de una semana, su teléfono vibró un par de veces antes de cogerlo. Diez segundos de monólogo desde el otro lado y el corazón de

Berta se aceleró cuando le confirmaron que habían encontrado una familia de acogida para Dani. Era una gran noticia para seguir alimentando una esperanza que tenía más de incentivo que de ingenuidad.

Sentada bajo la penumbra del ramaje de los árboles del jardín, estira las mangas de ese jersey que protege las huellas del dolor padecido en su vida, un sufrimiento del que está convencida ha podido alejar a Dani Sorribes. La sonrisa plácida que le provoca haberle dado al chico una segunda oportunidad se le habría congelado al saber el horror hacia el que, sin querer, lo ha empujado.

8

La tarde ha sorprendido a Dani echado en la cama de su habitación, con la vista clavada en las vigas del techo, sobrellevando el aburrimiento. Cuánto echa de menos las comodidades que tenía en casa, donde, si existía el tedio, era por puro hartazgo de todas las opciones disponibles para entretenerse, ya fuesen cómics, juegos o su ordenador, con las horas de uso negociadas y establecidas por su madre. Qué bien le vendría el teléfono móvil que se resistió a comprarle, decidida a que no lo tuviese hasta que cumpliese al menos los catorce, empecinada en que tener ese dispositivo requería madurez.

Tras un rato indefinido y eterno tirado, ocioso, y sin poder dormir, se incorpora hastiado y se acoda en el alféizar. Como un océano verde, las copas de los árboles se extienden sin fin, mecidas por un viento cálido y manso.Por encima de estas, ese enigmático engendro de metal verde por el que Dani ha preguntado, pero Alicia se ha mostrado muy molesta y hermética cuando se lo mencionó. A saber por qué.

Después de comer ayudó a recoger la mesa ante la grata sorpresa de Alicia, acostumbrada a prescindir de cualquier ayuda por imposición de la soledad. Adecentada la cocina, quiso salir a explorar el entorno de la casa, pero se encontró con una respuesta inesperada.

—Ni hablar. Nada de pasear por el bosque a solas, y menos cuando se pone el sol. *Ye* peligroso.

Alicia se mostró tan inflexible desde el primer momento que Dani ni se planteó protestar y aceptó el destierro forzoso en su cuarto. Pero, harto de las paredes de su habitación, ha decidido recorrer la penumbra del caserón y satisfacer una curiosidad inexistente hasta ese momento. Le está costando sentir una sensación de hogar que solo reconoce al abrigo de su dormitorio. El esqueleto de piedra guarda un frescor agradable que combate el bochorno en alza con la llegada del verano. Sus muros encalados sobreviven anclados en otro tiempo, engalanados con aperos de labranza, un par de bodegones enmarcados y algunas fotos en blanco y negro de mediados del siglo pasado.

Esa decoración añeja y austera le recuerda las visitas que solía hacer con su madre al Mercat dels Encants, en el barrio de Les Glòries de Barcelona. Les encantaba pasear por aquella especie de rastro con corazón de zoco y complexión de centro comercial, perderse dentro de su moderna estructura, entre el laberinto de callejones de sus tres pisos, con multitud de puestos llenos de antigüedades, muebles, ropa y un sinfín de curiosidades. Lienzos, esculturas, retratos, candelabros y antiguallas con más valor emocional que monetario. Restos de historias anónimas que un día tuvieron su sitio e importancia en algún hogar.

En verano, durante las vacaciones que solían pasar sin salir de la ciudad, algún día temprano, muy temprano, cuando su madre lograba arrancarlo de la cama con la promesa de desayunar un par de dónuts de chocolate, acudían a la subasta pública que tenía lugar a las 7.30 de la mañana. A esa hora, el subastador del ayuntamiento, provisto de un micro inalámbrico, elevaba la voz entre los potenciales compradores que se agolpaban alrededor, siempre con el mismo importe de salida, treinta euros, y con el nombre del difunto propietario como referencia del lote subastado. A su madre le encantaba ver las pujas que se producían a voz en cuello. Ofertas que multiplicaban el simbólico precio inicial. Dani y su madre aprovechaban para deambular por la plaza, fisgoneando entre las pertenencias subastadas, deteniéndose ante los grandes y arcaicos retratos, ya fuesen de comunión, de boda o simples recuerdos de vacaciones, jugando a imaginar si la existencia de los retratados llegó a ser más o menos feliz. Cada día aquel improvisado expositor era una caja de sorpresas donde las anécdotas de algunos habituales hablaban de urnas para cenizas, dentaduras postizas, ataúdes o prótesis sin usar. Un gran reciclaje de vidas donde lo que no se vendía se iba a la basura. En unos años, vaticinaban otros, toda esa quincalla sería sustituida por muebles de Ikea, figuras de Buda de todos los tamaños y fotos encerradas en carcasas de discos duros.

En el caserón, Dani sube las escaleras que dan al tercer piso para encontrarse una buhardilla que le brinda más de lo mismo que el resto de la casa: un espacio diáfano y apenas decorado, sin ningún interés. Todo muy austero, muy rural.

De vuelta a la segunda planta, el único lugar que le queda por inspeccionar es el dormitorio de Alicia, el espacio personal de aquella mujer enigmática, de la que apenas sabe nada, pero que tan bien lo ha recibido. La luz que se cuela por el ajuste del marco parece una invitación sutil a adentrarse en la estancia. El portón es de recia madera, como el de su cuarto, con un picaporte de metal roído por el paso del tiempo que agarra dispuesto a entrar.

—¿Dónde crees que vas, guaje?

Como una aparición tenebrosa, engendrada en las sombras que moran en las esquinas, Alicia sorprende a Dani a su espalda. Al encararla, parece una figura fantasmagórica de rostro aterrador.

—Ahí dentro no hay nada que te interese —advierte Alicia con severidad.

—Perdón. Estaba dando una vuelta por la casa.

Soltando el pomo de la puerta con mano temblorosa, Dani apenas eleva el tono de voz.

—Ya sabes que no debes entrar ahí, Pablo.

—No me llamo Pablo, me llamo Dani —rectifica el chico con voz trémula.

—No entres ahí. Nunca. —La solemnidad de Alicia se ha tornado amenaza.

Dani asiente lívido, casi rígido, bloqueado en el verbo, con las palabras haciéndose bola, incapaces de librarse del nudo que le atenaza la voz. Prisionero de esa mirada furiosa que parece querer arrancarle el alma.

9

Dani aprovecha un pedazo de pan abandonado sobre la mesa para acabar de rebañar la poca salsa que aún le queda en el plato.

—¿Te gustó el guiso? —pregunta Alicia con una sonrisa mientras recoge la mesa.

—Estaba muy rico —responde Dani asintiendo y tras acabar de engullir el pan.

La cena ha transcurrido entre banalidades y prolongados silencios. Dani se ha alejado lo justo de los monosílabos, al tiempo que Alicia ha intentado construir una conversación sin tregua, sacando temas en procesión que en ocasiones han sonado a confusión y desvarío: «¿Sabes que Niceto ha pintado la tienda?»; «Me han dicho que van a poner una pizarra nueva en la escuela»; «Al parecer han vuelto a retocar el *tejao* en el santuario de los Santinos».

¿Qué Niceto? ¿Qué colegio? ¿Qué santuario?

Dani prefiere no preguntar por no entrar en un laberinto del que no sepa salir. Se limita a utilizar un comodín que le enseñó su madre para conversar con gente a la que le cuesta gobernarse con sentido:

asentir aparentando sorpresa o interés, según requiera el momento.

—No sabes cuánto deseaba tenerte en casa —le regala Alicia.

Aquella mujer que ordena la cocina con agilidad, y le dedica una mirada cargada de ternura, lo desconcierta. Le habla de cosas que da por sentado que sabe, como si tratase con un gemelo perdido, alguien que no es él pero podría ser. Apenas sabe de ella lo vivido en los últimos dos días y lo que le contaron Berta Miralles y el técnico de la DGAIA que lo llevó hasta allí: la grata impresión que se había llevado el personal que la entrevistó tras contactar con ella y explicarle su situación de desamparo; su absoluta determinación desde el principio a postularse como familia adoptiva. Todo amable, todo bueno.

Pero, desde que llegó a esa casa, ha visto un par de veces cómo Alicia ha mudado de talante, hasta el punto de que parece que dos personas compartieran un mismo ser, Jekyll y Hide, donde la presencia de uno difumina la esencia del otro. La mujer que le impidió entrar en su cuarto esa tarde nada tiene que ver con la que ha compartido mesa durante la cena. Y es que Alicia en ocasiones ha sido brusca, en otras amorosa; a veces locuaz, a veces huraña; a veces joven, a veces vieja. Intensa y diferente; y en toda esa mezcla y caos reconoce algo de su madre. Como en esas noches en que, creyéndose protegida por la penumbra del comedor, escuchaba en bucle la melosa voz de Jeanette cantando *Frente a frente*, y la melancolía y la euforia compartían instante: «Solo quedan las ganas de llorar, al ver que nuestro amor se aleja», y unas lágrimas brotaban en un rostro en el que Dani no lograba distinguir entereza o fragilidad.

—¿Conociste a mi madre? —pregunta Dani desde su sitio en la mesa.

Alicia mantiene las manos en la pila, ahogando platos bajo el chorro que mana del grifo. No se gira, apenas reacciona, y aun así Dani nota que se espesa el aire que comparten. La luz de la cocina se ha vuelto gris, como si la acabasen de tiznar con ceniza.

—¿A qué viene la pregunta? —responde Alicia con un deje sobrio en la voz.

—No sé. Me gustaría saber si alguna vez os visteis, si os llevabais bien.

—Apenas conocí a la parte de los Sorribes. A algunos de oídas, poco más.

Alicia esboza una sonrisa acartonada y rehúye la mirada del chico para refugiar la suya en el agua y la vajilla enjabonada.

—Pero algo sabrías de ella para querer acogerme al menos, digo yo —insiste Dani.

—Te quiero conmigo porque un centro de acogida no *ye* lugar *pa* sangre de mi sangre. —Alicia cierra el grifo y se seca las manos en sus vaqueros raídos. Sus ojos han vuelto a adquirir ese tono de hielo y su rostro esa inquietante tensión—. No todos tienen una segunda oportunidad y nosotros la merecemos. Anda, acaba y no te hagas el remolón, Pablo, que luego querrás ver una peli.

Pablo de nuevo. Ese nombre que le cuelga por error por mucho que la rectifique, hasta el punto de que ha decidido perder la guerra antes de plantear la batalla. Ya se cansará o se dará cuenta de su error, lo que antes suceda.

Acabada la cena, Dani ayuda a recoger lo poco que queda en la mesa. El silencio ha acabado por imponerse en una conversación que se torcía por momentos.

—Subo a lavarme los dientes y a ponerme el pijama.

Dani no espera contestación ni permiso para retirarse a su cuarto. De camino a la escalera, media luna ilumina sobre el bosque la estructura verde metálica como a un gigante decrépito. Para el chico tiene algo tan atrayente como tenebroso, igual que la tensión adictiva en una película de terror. Abre la ventana dispuesto a contemplar ese coloso de hierro sin el filtro del cristal ni de los visillos. Fuera, la noche en el monte asturiano es un remanso de paz turbia. Oscuridad cerrada y silencio conviven en una quietud espectral. El paisaje se ha desvanecido, convertido en alfombra negra de madrugada. De repente, como si procedieran del esqueleto de hierro recortado sobre el horizonte, se oyen alaridos a lo lejos que Dani juraría que son de una voz humana atormentada. A su espalda, Alicia sorprende a Dani, lo aparta de malos modos y, tras cerrar el ventanal, atranca los portones.

—No vuelvas a abrir una ventana de noche, jamás. —Se encara con el muchacho con las facciones encorsetadas por el miedo.

—¿Qué era ese ruido? —pregunta Dani, desconcertado por esa situación extraña.

—Nada que te incumba. —Alicia se dirige a la cocina tratando de huir de la conversación.

—¿Venía de la mina?

Alicia gira sobre sus pasos y desanda la distancia para encararse furiosa con el chico, quieto junto a la ventana cerrada.

—En esta casa no se habla de ese lugar, ¿estamos? —Dani asiente en silencio, consternado ante una Alicia que vuelve a ser esa mujer aterradora de rostro y mirada turbios—. Escúchame bien, guaje, *ye* hora de que conozcas las tres reglas: primera, de noche no abandones tu cuarto; cualquier cosa que necesites, me llamas; segunda, jamás salgas de casa ni abras las ventanas. Y tercera: nunca te adentres en el bosque. ¿Me entendiste bien? Nunca.

10

Goterones de lluvia kamikaze se estrellan contra las ventanillas del coche de Berta. Acabada la jornada en el centro, ha logrado aparcar cerca de casa. Calcula que apenas tendrá unos veinte metros hasta su portal, suficiente para acabar calada hasta los huesos.

La oscuridad se ha adueñado de las calles. Berta permanece hipnotizada ante el volante, a resguardo del diluvio, pensando en que la última vez que llovió con tal intensidad fue el día que acompañó a Dani Sorribes al entierro de su madre, semanas atrás. Desde aquel momento, no ha podido apartar de su mente el recuerdo del entierro de sus padres, sepultado durante años en el olvido para no abrir la puerta que la conecta con una infancia terrible, reflejada en las cicatrices internas y externas que marcan su piel y que esconde bajo capas de ropa. La última, una fea quemadura en la muñeca de su mano izquierda, provocada con el encendedor, que nota en el bolsillo del pantalón, el día que decidió romper con Salva y poner fin a una relación que le acabó quitando más de lo que le daba. La herida se ha curado, pero cada vez que la mira se activa una punzada de angustia y remordimiento en su memoria; angustia por el final amargo de ese tiempo compartido, que no le ha dejado nada bueno que conservar; remordimiento por no ser capaz de controlar esa pulsión de lesionarse, de combatir el dolor emocional con dolor físico.

Nada más abrir la puerta de casa y asaltar la penumbra del recibidor se forma un charco en el parqué. Berta está chorreando, empapada hasta las bragas. Pisando sobre los talones ya deformados, se desprende de las deportivas sin desabrocharlas, y entonces repara en que dos ojos brillantes la observan desde la oscuridad del pasillo. Berta no puede reprimir un grito de pavor al descubrir un perro mestizo, de tamaño medio, que se acerca a su encuentro. No ha tenido tiempo de huir cuando, por la espalda, unas manos le tapan los ojos. El aroma que desprende el extraño no la engaña y se zafa del tipo, encarándose con él.

—Salva, ¿qué coño haces aquí? —Berta contiene el aliento, pelea por reprimir el temor que le produce la presencia de su ex.

—Aún tengo llave. Por cierto, ¿quién se ha muerto? —Salva actúa con cínica normalidad.

—¿A qué viene eso? —responde Berta contrariada.

—Hace días estuviste en el tanatorio, ¿no?

—¿Qué pasa, ahora me sigues? —Berta no disimula un mohín de desagradable sorpresa.

—Fui yo quién te configuró la búsqueda de dispositivo en el ordenador, ¿te acuerdas? Alguna ventaja debe tener saber tu contraseña. —Sonríe con aire de superioridad—. ¿Qué te parece mi regalo de aniversario? ¿Chulo, verdad?

Salva, acomodado en la treintena, tallado en el gimnasio, con barba cuidada y rasurada, hinca la rodilla en el suelo. Acaricia efusivamente al animal, que le suelta un par de lametones de cariño correspondido. Las pulsaciones de Berta aún están disparadas, con el susto en el cuerpo por el allanamiento.

—Es macho y aún no tiene nombre, para que lo bautices cómo te dé la gana.

Salva se incorpora dispuesto a besar a Berta, pero, para su decepción, ella se aparta sin disimular su hartazgo.

—Venga, mujer, no seas así. Todas las parejas pasan baches. Es un regalo en son de paz.

—No es un regalo, joder, es un ser vivo que no quiero. Y lo nuestro no es un bache. Te lo dije y no iba en broma: no te quiero ver por aquí. —El tono airado de Berta no admite dudas.

—No me seas dramática, que tampoco fue para tanto —responde Salva molesto.

—¿Qué no fue para tanto? Me empujaste, me zarandeaste. —Berta intenta que no se le note que se le rompe la voz al revivir el instante al que se refiere.

—Ya te dije que fue sin querer. —Salva trata de acercarse a ella, que pone aire de por medio.

—Sin querer se da un pisotón. Sin querer no quedas en secreto con tu ex.

—Y dale. Solo quería devolverme un CD, joder. —Salva alza la voz.

—Dos años después y cuando acababa de cortar con su actual pareja. Claro —replica Berta sin poder evitar el sarcasmo.

Salva empieza a exaltarse, pero ella no retrocede. Sabe que él siempre ha tenido un lado rudo, aunque bajo control. Hasta hace una semana, cuando cruzó esa línea que nadie que duerma a tu lado debe cruzar jamás.

—Eres una egoísta de la hostia. Cuando vengas a buscarme, igual el que pasa de ti soy yo.

—Me arriesgaré. Y deja de llamarme. Te lo digo en serio. —Berta hace acopio de todo el aplomo que es capaz de mostrar.

Salva le dedica una mirada cargada de rencor que trata de esconder la angustia por quedarse sin la mujer que daba por sentado que era suya por derecho.

—Te olvidas de algo.

Berta extiende la mano con un gesto tras el que no cabe la negociación. Salva se mete la mano en el bolsillo y tira las llaves al suelo. Antes de salir de casa, se agacha a acariciar al perro, que menea la cola, agradecido por el cariño recibido.

—Vigila bien la casa, campeón, y caliéntame el sitio. En nada y menos vuelvo a estar aquí.

—Ni se te ocurra dejarme aquí a este perro, ya puedes...

Un sonoro portazo pone punto final a la frase. El silencio le devuelve a Berta parte de la serenidad perdida, aunque la presencia de aquel chucho le lleva el alma a los pies. Su cuerpo late pidiendo una nueva cicatriz en una guerra en la que Berta lucha por no entrar.

Hoy gana ella; mañana quién sabe.

11

—Espero que te guste.

La sonrisa de Alicia rebosa un entusiasmo sincero y Dani confía en que haya logrado frenar a tiempo la mueca de asco que crece en sus labios.

—La cogí en el puesto de Carmela, de paso por el *mercao*. Me dijo que están muy de moda entre los guajes.

—Muchas gracias.

Dani recoge la camiseta que le regala Alicia con una sonrisa forzada. Disimula como puede cuánto detesta esa prenda por muy a la última que esté, por muy buena imitación de marca que sea. No quiere explicarle por qué la repudia, de qué tanta tirria; eso es algo que se guarda para él en el baúl de las desgracias, un arcón demasiado lleno para tener solo trece años.

Pasó los primeros días en el centro carcomido por la pena, sin saber cómo seguir adelante. Durante las tareas conjuntas se dejaba llevar, no le quedaba más remedio, pero en el momento del tiempo libre aprovechaba para merodear por los jardines, alejado de todo, dando rienda suelta a las lágrimas que reflejaban el dolor por la pérdida repentina de su madre. Una tarde, un ruido sordo y repetitivo llamó su atención. Carlitos, su compañero de dormitorio, y otro chaval jugaban distraídos al pimpón, un deporte que era casi una religión para Dani. Carlitos lo animó a unirse. Biel, el otro chico, lo recibió con amabilidad. Dani aceptó la invitación y, por un instante, no hubo nada más que la mesa, la pala y la pelota. Les ganó una y otra vez, mostrando una destreza excepcional. «Eres realmente bueno», decían ambos. «Mejor que Popper», soltó Biel ante la mirada inquisitiva y temerosa de Carlitos. «Que no te oiga», dijo este. Aunque ya era tarde.

—¿Quién es mejor que yo?

A los tres muchachos se sumó un cuarto que rondaba los quince años. Seco, fibroso y con la cara afilada. El pelo cortado a cepillo, la mirada felina y un porte desafiante. Popper no se mostró amable; para él la vida era jodida para todos y ninguno tenía derecho a destacar por encima del resto. Sin necesidad de pedir permiso, se colocó en el otro extremo de la mesa y le dedicó a Dani un gesto huraño.

—Tú sacas.

La partida fue un toma y daca lleno de puntos disputados hasta que, en el definitivo, la pelota de Popper pasó cerca del borde, pero fuera. Dani celebró la victoria con una sonrisa de satisfacción.

—Ha rozado el canto. Ha sido buena —soltó Popper con saña.

—No es cierto. La bola ha ido fuera.

Dani protestó buscando un gesto cómplice en las miradas huidizas de los otros dos chicos, mientras Popper acortaba la distancia en tres zancadas y, sin mediar palabra, le soltaba un raquetazo en la cara, doloroso y humillante, ante el que fue incapaz de reaccionar.

—Pobre de ti si me llamas mentiroso. Si vuelves a insultarme, entraré en tu habitación y te quemaré vivo.

Dani aún nota el golpe latiendo en el orgullo, quemándole la mejilla, como si acabase de recibirlo. Ese fue el primer enfrentamiento que tuvo en el centro de acogida y, por desgracia, no el último. El cambio del colegio al instituto no fue fácil, algún insulto pasajero, algún abuso de poder por parte de los mayores, nada terrible ni continuado, nada que ver con los desencuentros constantes vividos en el centro. Una pesadilla que parecía olvidada con la llegada a la casa de Alicia y que ahora, con esa camiseta en las manos, le ha tocado recordar.

—Seguro que te queda muy bien. Te hace juego con esos ojos tuyos tan lindos.

La mujer insiste en valorar su regalo cargado de buena fe. La camiseta y esa actitud afable más parece una tregua para acabar con una guerra fría entre ellos, evidente pero no declarada. Y es que las últimas horas han transcurrido mecidas por una calma extraña llena de sonrisas forzadas y silencios incómodos. Dani aún recuerda el rostro enfurecido de

Alicia, emergiendo de la penumbra, prohibiéndole entrar en su habitación y, sin embargo, durante la cena, con la rabia enterrada, volvió a ser esa mujer que le revolvía el flequillo y lo cubría de caricias. O la noche anterior, primero cerrando la ventana de malos modos e imponiéndole unas reglas extrañas, y horas después con un regalo y la mejor de las sonrisas, como si nada hubiese pasado. Todo un misterio para el chico, que no sabe a qué atenerse para evitar que aparezca esa parte rabiosa, y ahora no se atreve a decirle que, antes de ponerse la misma camiseta que aquel cabrón de Popper, preferiría que le arrancasen la piel a latigazos.

—Gracias. Luego me la pongo. Podríamos ir juntos a ver el puesto ese de Carmela, ¿no? —pregunta Dani entusiasta, al tiempo que deja la camiseta en la mesa de la cocina.

—Claro. Un día *destos*.

La cordialidad de Alicia es una excusa en toda regla para no darle una respuesta. Se encamina hacia la parte de atrás de la casa, alejándose del chico y de una conversación que no desea continuar.

—¿Y mañana? —insiste Dani prudente, siguiéndola a distancia.

—No sé. Ya veremos. ¿Quieres que te haga un guiso para comer?

Alicia se adentra en el corral revolucionando a las gallinas, que van tras ella como un ejército atolondrado.

—Sí, un guiso me parece bien. Es por si en el puesto hubiese más camisetas como la que me has traído. Es que me gusta mucho.

Dani se acerca a la verja del gallinero luciendo su sonrisa más pura, jugando la baza del chantaje emocional, mintiendo para conseguir la respuesta que desea.

—He dicho que ya veremos.

La sonrisa de Alicia se deforma, intentando contener una paciencia que se le acaba. De entre todas las aves, escoge una y la toma en brazos.

—Mañana estaría bien. Me encantaría ver el mercado y...

—He dicho que ya veremos. Saldrás de esta casa cuando yo lo diga, y no se hable más.

Alicia no alza la voz; la mirada fría y el rostro siniestro son horror suficiente para dejar a Dani sin palabras. Con un certero giro de manos, retuerce el cuello de la gallina, que cruje dejando escapar un último suspiro por el roto del pescuezo y le provoca al chico un escalofrío que lo atraviesa por todo el armazón de sus huesos.

12

Berta ha pasado mala noche, apenas ha dormido. Como cada día durante la última semana, ha encerrado al perro en la cocina, y como cada madrugada, cansada de los quejidos y arañazos en la puerta, ha tenido que soltarlo del redil. No estaba de humor para leer, así que se ha instalado en el sofá para ver si la televisión aplaca la ansiedad que últimamente la domina. El cansancio le ha ganado la batalla casi a la hora de levantarse. Nada más sonar el despertador, se ha llevado un susto de muerte al notar el pellejo del perro sin nombre durmiendo a su lado.

Las oficinas de la DGAIA se encuentran en el número 50 de la teatral avenida del Paral·lel de Barcelona. Berta visita el lugar donde ejercía su puesto de trabajo hasta no hace demasiado tiempo, y saluda a la gente de recepción y a sus antiguos compañeros de departamento. La sensación es extraña, como la de volver a casa de los padres, donde todo ha sido tuyo, pero ya nada lo es. Los rincones, los olores, casi todo lo que revive son buenos recuerdos, pero no tarda en sumar el dos más dos que le hizo cambiar de rumbo. Demasiada burocracia en algo que, según ella, requiere de mayor complicidad.

—¿Ya te han devuelto? Poco han tardado en darse cuenta del saldo que *els hem colat*.

Lluís Alsina es un pelirrojo entrado en kilos, que aparenta más años de los cuarenta que tiene, y que siempre ha querido ser más gracioso de lo que es. Berta actúa con él de la forma habitual: exhibe una tímida sonrisa y se aleja sin mediar palabra. Tipos como Lluís son los que cubren de mala fama el cuerpo de funcionarios, acomodado en el menos es más, huyendo de cualquier implicación personal. De la gente que Berta conoce en la DGAIA, es de los pocos. Pero no ha venido a realizar ninguna visita social víctima de un ataque de melancolía: está allí por una llamada telefónica de Carmen Palau, una compañera que es más que una colega y menos que una amiga. Carmen trabaja en el ICAA, el Institut Català d'Acolliment i Adopció, dependiente del departamento de Justicia de la Generalitat, que se encuentra dentro del edificio de la DGAIA. Metódica, decidida y eficiente, se encarga de tramitar acogidas y adopciones de chavales como los que conviven en centros iguales a donde Berta trabaja.

Ambas mujeres comparten un café de máquina refugiadas de ojos y oídos ajenos en una pequeña sala de reuniones a la entrada de las oficinas. Un espacio que se ha inundado de lágrimas de dolor y alegría, dependiendo de la familia y el momento.

—¿Qué, cómo va en la vida real? —Carmen sopla el café humeante.

—Bueno, mentiría si te dijese que era todo lo que esperaba. —Berta da un pequeño sorbo a su vaso. Arde.

—¿Y eso? —Carmen se retira la larga melena cobriza del rostro.

—Es complicado. Los educadores del centro son muy profesionales, pero la mayoría están muy quemados aunque no quieran reconocerlo. —Se queda con la vista clavada en la oscuridad del café—. Mucho tiempo peleando por esos chicos, soportando infinidad de frustraciones.

—Ya. Me lo dices o me lo cuentas, reina. —Se recoloca las gafas de pasta que cubren unos tristes ojos marrones—. Aquí también tenemos lo nuestro.

—No es lo mismo, joder. —Berta le dedica una sonrisa irónica—. Allí toca bajar al barro. Estar con los chavales, verlos crecer, sufrir. —La sonrisa de Berta se ha diluido en el fondo de su vaso de café—. Cómo algunos se aferran a padres y madres que jamás deberían haberlo sido, que han convertido la vida de esos chicos en una tremenda desgracia.

El silencio se adueña de la sala por un instante. Ambas mujeres intercambian una mirada cargada de resignación y tristeza.

—Bueno, pero ahora te tienen a ti. Que se jodan los malos. —Carmen trata de animar a Berta proponiendo un brindis con los vasos de plástico que ella acepta con una sonrisa—. Y si además os diesen más dinero, ya sería la leche.

—Ya te digo. Joder, sin ayudas te queda la sensación frustrante de vivir en un embudo, a través del cual solo se consigue una pequeña parte de todo lo que podría ser. —Berta se acoda sobre la mesa y acorta la distancia con su colega—. Por cierto, ¿qué era eso que tenías para mí?

—Hostia, casi se me olvida.

Carmen termina el café de un trago y le acerca un viejo libro de tapa de cuero que reposa junto a ella, sobre la mesa compartida de la sala.

—Era de la madre de Daniel Sorribes. Se lo dio una vecina a uno de los mossos la noche que murió.

—¿Sabes algo de cómo le van las cosas? —dice Berta observando el libro.

—Al parecer, el periodo de adaptación va según lo esperado, con sus más y sus menos, pero dentro de lo normal. Si llevase yo el caso, podría informarte mejor.

—De momento me conformo con eso. Si te enteras de algo, ya sabes. —Berta apura el café de un trago antes de lanzar el vaso a una papelera cercana—. Eres un sol.

Ambas mujeres se incorporan casi a la vez, se funden en un breve abrazo y se dirigen al exterior de la sala, donde el quehacer rutinario no se ha detenido. Los funcionarios teclean concentrados, atienden llamadas y van y vienen de reuniones más o menos productivas. Carmen acompaña a Berta al vestíbulo de los ascensores.

—Oye, ¿y qué hay del tema de Salva? ¿Va todo bien?

—No sé qué decirte. Hace unos días se coló en mi casa y me dejó un perro; un regalo, según él. Al menos hace unos días que no me llama. —Berta pone una mueca de resignación.

—Menudo cabrón. Te dejo cariño, que tengo reunión con la jefa. Si necesitas cualquier cosa, me dices.

—¿No querrás un perro? —pregunta Berta sarcástica.

—Anda y lárgate de aquí antes de que llame a seguridad.

Las dos mujeres intercambian una carcajada y un beso como breve despedida. Berta aprovecha la llegada del ascensor para colarse antes de que se cierren las puertas. A solas, examina el libro recibido: es una edición antigua de *Romeo y Julieta*, impregnado de ese aroma a librería de viejo. Entre las hojas del ejemplar encuentra una postal a modo de marcapáginas; es un idílico paisaje de montaña, frondoso, verde, de radiante cielo azulado. En el reverso, las líneas están en blanco, tan solo un matasellos parcialmente borrado y un nombre extraño sin dirección a la que remitirse, privada de señas que permitan enviar una respuesta esperada.

13

El día se ha levantado radiante y, tras el desayuno compartido, Dani ha ayudado a recoger la cocina con el esmero habitual y, como siempre, sin que Alicia se lo haya tenido que sugerir. Una vez todo en orden, la mujer se ha enredado en los variados quehaceres de la casa, en los que, acostumbrada a manejarse a sus anchas, suele prescindir del chico. Así que a Dani no le ha quedado otra que volver a su habitación, a lidiar con la soledad y el aburrimiento hasta que, cansado de observar unas paredes que conoce de memoria, ha decidido salir a estirar las piernas e hinchar los pulmones de aire fresco.

La mañana rezuma un aroma intenso a vegetación y estiércol. Dani suspira al comprobar lo que ya imaginaba, que lo único que ha hecho ha sido trasladar de sitio el aburrimiento llevándolo consigo. Se dedica a dar vueltas alrededor de la casa observando y acariciando los fornidos muros de piedra que tanto le recuerdan a los del patio de recreo de la iglesia en la que cursó la catequesis. Todos los viernes por la tarde, después de clase, cogía el metro con su madre y se dirigían a la parroquia del Espíritu Santo, cerca del Hospital de Sant Pau. De su clase había sido el único en hacer la comunión con ocho años, pero no le importaba: decenas de niños de su edad, de otros colegios, acudían obligados a las aburridas enseñanzas del catecismo. La mayor motivación de todos era el partido de fútbol que se organizaba en dos partes, antes y después de la clase que impartía el padre Antonio, con mochilas en lugar de postes para delimitar la portería, y con dos equipos formados por casi veinte niños por bando, que corrían sin descanso de lado a lado como una manada salvaje, persiguiendo una pelota que parecía huir de aquella especie de horda de bárbaros por cristianar. El partido acababa por falta de efectivos, ya que los niños se iban retirando conforme llegaban sus familias a recogerlos. A Dani no le costaba un segundo dejar el imaginario terreno de juego y lanzarse a los brazos de su madre porque aún faltaba la mejor parte: cena de bocadillo en un bar cercano y, según el programa, peli en sesión de noche en el Phenomena, un cine espectacular que a Dani le encantaba. «Es como los de antes pero mejor», decía siempre su madre.

Lanzando piedras a la nada, Dani se da cuenta de que no había tenido tiempo de echar de menos la ciudad, su barrio. Ese olor a gasoil, asfalto y polución tan urbano. La prisa, el ruido. Un gentío corriendo, en patinetes o bicicletas, aislados por auriculares, por el deseo de desconectar. Un carrusel de tachar días sin freno con el propósito de llegar al fin de semana para volver a la casilla de salida del lunes. Una existencia vivida deprisa, a diferencia de ese pedazo de monte perdido de la mano de Dios, en el que se ve obligado a buscar cualquier distracción que haga que las horas no pasen como si fuesen siglos, ya sea contemplando un par de lombrices de tierra o el deambular monótono de las gallinas. Aún tiene presente la imagen de Alicia retorciendo el pescuezo de aquel animal que, horas después, se cocinaba desplumado y descuartizado en una olla. Tuvo que vencer la repulsión de comerse un ave que, horas atrás, había visto matar.

La arboleda cercana ofrece algún paseo atrayente, pero adentrarse solo es una prohibición expresa de Alicia, y aunque entiende que saltarse las reglas es tentar a la suerte, no puede evitar que una imagen llame poderosamente su atención: una especie de sombra, como si fuese un espantapájaros, oculta entre la vegetación baja que nace a un centenar de metros de la casa. La densidad del follaje le hace dudar de si se trata de un juego de claroscuros entre la espesura. Dani avanza hacia el límite de los árboles, decidido a inspeccionar si aquel tétrico espantajo, extraño para ese lugar, existe en realidad. No ha reparado hasta ese instante en que la suave brisa que soplaba se ha detenido y los pájaros han enmudecido. Aún lejos, la figura parece moverse: un sutil gesto de la cabeza, cubierta por un oscuro sombrero de ala ancha, que estremece al chico.

—¡No te lo llevarás otra vez!

Alicia aparece detrás de Dani, con el rostro deformado por la ira, empuñando la escopeta de caza, que descerraja un disparo contra aquella figura sombría.

—Entra en casa. ¡Ya! —ordena Alicia.

Dani no entiende nada, pero no discute. Corre hacia la puerta, cierra de un golpe y se ovilla en un rincón de la cocina, con las manos tapándose las orejas para amortiguar el estruendo de los disparos. Por encima de las detonaciones escucha los gritos de Alicia, atenuados por las ventanas cerradas. Apenas entiende algunas palabras sueltas a las que no logra hallar coherencia: mina, hijo, nunca jamás. Tras unos segundos interminables, los gritos y disparos cesan y parece que todo ha vuelto a la calma. Dani se incorpora, aún temblando de miedo, y echa un vistazo por la ventana. Hasta donde alcanza a ver, no hay rastro de ninguna figura en la arboleda ni tampoco de Alicia, cuando de golpe se abre la puerta de la casa sobresaltando al muchacho. Escopeta en mano, la mujer irrumpe atravesando la cocina a grandes zancadas hasta encararse con Dani y le cruza la cara de un guantazo.

—Te dije que no te alejaras. Te lo dije. —La mirada de Alicia destila una rabia profunda.

Dani se lleva la mano a la mejilla dolorida, desconcertado por el semblante furioso de ese ser que vuelve a parecer abominable.

—¿Es que quieres que te lleve otra vez? ¿Eso quieres? —Alicia está fuera de sí.

—Que me lleve ¿quién? No, no sé a qué te refieres —Dani protesta desconcertado.

—No volverá a ocurrir, ¿me oíste? Y si para eso no vuelves a salir de casa, que así sea. —Las palabras de Alicia son una sentencia.

—¿Qué? No puedes tenerme encerrado en casa. No es justo, yo no he hecho nada.

—¡A mí no me contestes, Pablo! —Alicia grita encarándose con Dani.

—¡Que no me llamo Pablo!

Aún con la escopeta agarrada, se abalanza hacia el muchacho, que logra zafarse y escapa escaleras arriba, al refugio de su habitación, refrendado con un sonoro portazo.

14

Dani ha permanecido encerrado en su cuarto la mayor parte del día. Ni siquiera ha salido para comer, jugándose una terrible represalia de Alicia, pero necesitaba curarse las heridas a solas, y su habitación es el único lugar que le permite bajar la guardia. Ha intentado dormir y frenar esos pensamientos inciertos que le recuerdan el presente oscuro que le ha tocado vivir y el futuro sombrío que se cierne sobre él. Porque Dani se ha quedado sin opciones. Como un colibrí con las alas dañadas, incapaz de volar hacia atrás, sin poder volver sobre su estela. A priori, no hay más familiares que hayan reclamado su adopción, y volver al centro está más que descartado.

Dani acaricia las tres espirales del colgante que oscila en su cuello, recuerdo de su madre y del que nunca se desprende. Quizás posea la magia que cada noche le recordaba ella antes de irse a dormir: esa capacidad tan sanadora como devastadora para sus enemigos, como le explicó el día que se lo puso al cuello. Dani tenía seis años, pero recuerda aquel instante como si hubiese sido ayer.

—Este collar, es un trisquel. —Llara, su madre, hablaba con la voz pausada de siempre, con esa mirada verde, brillante y vivaz que casi lograba hipnotizarlo—. El trisquel es un símbolo de la cultura celta. Lo llevaban los druidas, que eran como los magos de la tribu. Tiene tres espirales porque para ellos el tres era la perfección. —Le explicó el significado de aquel colgante como si fuese un cuento mágico, por eso le caló tan hondo—. Es una especie de talismán, como un amuleto de protección. Simboliza el pasado, el presente y el futuro. El equilibrio entre mente, cuerpo y espíritu.

Llara llevó la mano a la cabeza, a los hombros y al corazón de su hijo, que se dejaba hacer y la observaba entre fascinado y divertido.

—Pero eso mami, eso parecen cosas de dioses —espetó Dani mientras admiraba el colgante.

—Así es, mi niño; son cosas de dioses —le respondió Llara emocionada.

Ahora, sentado en la cama de su dormitorio, atrincherado en su cuarto, desearía que el trisquel hubiera tenido de verdad una capacidad mágica que le hubiese librado del bofetón recibido, algo que nunca sufrió con su madre, que jamás le puso la mano encima.

—¡Hora de cenar!

La voz de Alicia, retumbando desde la cocina, se cuela por los resquicios del portalón atrancado de su cuarto. Por mucho que se encomiende al trisquel,

Dani no puede quedarse encerrado para siempre, le toca volver a ponerse en la piel de chico sumiso. Ese sayo que le pesa un quintal y que no soporta vestir.

—Venga, come, son tus preferidos —dice Alicia entusiasmada.

En la mesa de la cocina reposa una tabla con varios tipos de quesos, cada cual con un aroma más poderoso. Para Dani es un banquete vomitivo, un festival de pies muertos con un hedor repulsivo. Se atiborra de pan y agua igual que un condenado, dilatando el momento de tener que rechazar lo que para Alicia es una ofrenda.

—Anda, guaje, no te llenes de pan, con el manjar que tienes delante. —Alicia retira las migas de pan que Dani ha ido desmenuzando sobre la mesa.

—¿Y tú de qué trabajas? —pregunta Dani sin atreverse a mirarla.

La pregunta sorprende a Alicia. Es la primera vez desde que llegó que se interesa por ella. Un anhelo que estaba por cumplirse y que por fin ha ocurrido, aunque la realidad es que Dani espera que la charla le evite tener que llevarse a la boca aquellos repugnantes trozos de queso.

—Ahora de nada. Me prejubilé. Pero trabajé muchos años de higienista dental —responde con media sonrisa aflorando en los labios.

—¿Y eso qué es? —pregunta Dani sin dejar de aferrarse al pan.

—Como un ayudante de dentista.

—¿Siempre has vivido sola?

Dani la mira de reojo al formular la pregunta, controlando su reacción en algo ya más personal, lo primero que le ha venido a la cabeza para seguir dándose tiempo, en espera de ese milagro que lo libre de la cena.

—La verdad es que no. —Alicia responde con un suspiro y su mirada vuela por la cocina, anclada en un recuerdo pasado y feliz.

—¿Estabas casada? —pregunta Dani.

—Lo estaba —responde Alicia asintiendo.

—¿Y dónde está tu marido? —Dani, atrapado por la curiosidad, ha dejado de manosear el pan.

—Se fue. —Alicia contiene el gesto.

—¿Tenías hijos?

Alicia enmudece. La mirada se le ha vuelto vidriosa, contiene el llanto con un fuerte suspiro.

—Un guaje guapo y travieso, como tú —responde Alicia con una forzada sonrisa.

—¿Y dónde está? —pregunta Dani sorprendido.

—Se marchó hace tiempo. —El rostro de Alicia parece ensombrecerse por un nubarrón cargado de pena, pero la tormenta queda ahuyentada de repente con una franca alegría—. Pero ahora te tengo a ti, y esta semana barnizaremos la casa. Lo haremos juntos —comenta Alicia eufórica—. Coge, anda. Se los encargué especialmente a Niceto. Hay un trozo de Gamonéu. Tuvo que ir hasta Cangas de Onís *pa* encontrarlo. Venga, no seas melindroso y come —insiste Alicia.

Dani menea la cabeza levemente, asintiendo por decreto. Alicia le acerca la bandeja, pero el chico se retira por instinto, repelido por el olor insoportable que desprende.

—¿Qué pasa? Ahora me dirás que no te gusta el queso. —La tensión crece en Alicia.

El chico duda, tembloroso. De nuevo juguetea con el pan, cabizbajo, incapaz de aguantar una mirada que es un volcán en plena erupción.

—¡Come!

El grito de Alicia estremece a Dani, que se refugia en la manía infantil de acariciar el trisquel del cuello. Un furioso manotazo estalla sobre la mesa y provoca un seísmo que acaba con varios cubiertos en el suelo y un vaso volcado. El agua se derrama sobre el mantel y cae sobre el piso de la cocina, como las lágrimas de miedo que resbalan por los pómulos de Dani.

—Después de todo lo que hago por ti, Pablo. Eres un niño desagradecido. —Alicia se incorpora desafiante.

—Ya te lo he dicho. No me llamo Pablo.

La voz arrastrada de Dani apenas deja huella en la noche. Alicia ya no atiende a razones. De un zarpazo agarra un trozo de queso y se abalanza sobre Dani, que trata de zafarse mientras ella intenta hacérselo tragar.

—¡Cómete el puñetero queso, ingrato mal nacido!

El muchacho forcejea con Alicia y con la silla, desesperado por librarse de ambas y ganar un espacio para poder escapar. De un empujón consigue quitársela de encima, pero el asiento y una torpe maniobra conspiran para que tropiece y caiga de espaldas al suelo. Como una tortuga panza arriba, trata en vano de correr antes de incorporarse. Resbala, vuelve a caer, incapaz de ganar tracción sobre el enlosado que parece una pista de hielo. Sus pupilas dilatadas son dos ventanas abiertas al terror, que ven cómo Alicia lo alcanza y arremete a guantazos contra él.

—¡Tú eres Pablo, me oyes! ¡Eres mi Pablo!

Dani apenas logra hacerse un ovillo, bloqueado por el miedo que lo atenaza, protegiéndose de los bofetones que recibe sin tregua. Cabeza, espalda, piernas: no hay parte de su cuerpo que se libre del castigo. Un manotazo le alcanza la cara y provoca que le sangre la nariz. La hemorragia le colapsa las fosas nasales, apenas puede respirar por la boca mientras el sabor metálico le inunda el paladar. A través de la escuálida trinchera de sus brazos, distingue la figura de Alicia, cegada por la ira, sin pensar que es sangre de su sangre a quien está golpeando en el suelo. Sea Pablo, Dani o como se llame.

15

Ha pasado día y medio y las señales de la paliza han aparecido por todo el cuerpo en forma de moretones. El vapor de agua generado por una ducha caliente inunda el baño de una niebla que va menguando hasta desaparecer. Dani limpia con la mano el vaho del espejo entelado hasta conseguir una imagen difusa de sí mismo. Aún tiene la nariz hinchada, y las magulladuras del torso y la espalda duelen con solo rozarlas. La condensación acumulada sobre el cristal deforma su reflejo, como si aquella percha huesuda fuese otro y no él.

Sin embargo, toda esa mierda le es asquerosamente familiar. No es la primera vez que carga con un dolor físico y emocional como ese. Sentirse traicionado; ser golpeado por alguien más fuerte que él. El abuso en toda regla. Los golpes de Alicia no han dolido más que los que recibió en el centro, una noche entre semana, en el momento de lavarse los dientes y prepararse para que las habitaciones quedasen inmersas en un pulcro silencio. Dani regresaba del baño cuando Carlitos, su compañero de cuarto, lo sorprendió y lo empujó a un dormitorio que no era el suyo. Al desconcierto inicial le siguió un escalofrío al descubrir a Biel y a Popper allí dentro. Dani se apresuró hacia la salida, pero Carlitos cerró la puerta y bloqueó el único punto de huida.

—Dejadme salir. Carlitos, déjame salir. Por favor.

—Aquí, *bro,* el que no es cazador se convierte en presa.

De un empujón, Carlitos lo envió al centro de la estancia, donde Biel lo inmovilizó agarrándole de los brazos a su espalda. Un chasquido de dedos de Popper y Carlitos se le abalanzó como un perro amaestrado y le atizó un puñetazo que le dolió menos en el pómulo que en el alma. Jamás olvidará aquellas risas a su alrededor, sonando con claridad pero alejadas, como si estuviese sumergido bajo el agua. Aquel golpe le robó la poca esperanza en el centro que le quedaba. En los ojos de Carlitos, la mirada era la de un animal fugado de la cárcel de sus huesos.

Con una silla atrancando la puerta del dormitorio, se viste entre quejidos provocados por el roce de la ropa con los morados. Aquellos chicos le pegaron porque podían, no necesitaban otra razón, porque, como le había dicho Carlitos, el que no era cazador era presa, y Dani sabe que es un rehén en manos de Alicia. Desde la paliza de la cocina se ha mantenido al cobijo de su habitación. Apenas ha cruzado con

Alicia monosílabos imprescindibles a preguntas simples, para mantener un perfil manso que encaje con su carcelera. Porque cuando se cansó de pegarle, lo arrastró por toda la casa, escaleras arriba, y lo encerró con llave en su cuarto hasta el día siguiente, cuando, en un aterrador despertar, la descubrió sentada a los pies de su cama.

—Lamento que haya tenido que ser así, pero haré lo que sea por recuperarte, Pablo.

La mirada. Esa mirada fría, cruel y vacía, fue el último baño de realidad para que entendiera que su única opción era huir de aquel siniestro lugar.

Es media tarde cuando Dani escucha el motor de un vehículo acercándose a la casa. Espía tras los portalones de la ventana de su cuarto y ve llegar un imponente todoterreno negro al que Alicia sale a recibir. Del vehículo desciende un tipo vestido con ropa de cazador, de pelo corto y rubio, asentado en la mediana edad.

El saludo entre anfitriona y visitante es amable; Dani alcanza a oír que Alicia se dirige a él por su nombre de pila: Basilio. La conversación es cordial dentro de los límites de lo banal, como las dolencias de ambos o el clima. Basilio se dirige a la parte trasera del vehículo y abre el portón para extraer por las orejas un par de conejos muertos, con seguridad cazados por él. Los animales cambian de manos mientras Alicia le da las gracias y reemprende la charla educada de antes.

Dani hace amago de abrir la ventana para pedirle auxilio a ese hombre que no conoce y que quizás pueda ayudarlo a escapar, pero la confianza que este tiene con Alicia le hace dudar. ¿Y si solo empeora las cosas? ¿Y si el desconocido es todavía peor que su captora? Dani decide que no se la puede jugar, no sin saber más, sin descubrir si es de él de quién hablan, sin saber que, si salta de la sartén, no hallará brasas. Aguza el oído, pero el tono manso de la conversación apenas le permite oír nada; agarra el picaporte del ventanal con precisión de ratero, pero al abrir la hoja de la ventana la madera cruje revelando su presencia. Basilio alza la vista hacia el primer piso y, al verlo, su rostro desprende terror.

—¿Quién *ye* ese guaje? —pregunta asustado.

—A ti no te incumbe —corta Alicia en seco y se dirige hacia Dani—: Métete para dentro, Pablo.

—¿También se llama Pablo? —dice Basilio desconcertado.

—Que te metas para dentro y cierres —insiste Alicia ante la pasividad del chico.

—Alicia, ¿es que ya olvidaste la última vez, *cagondiós?* Lo que pasó con Emilio, María y el Canijo. —Basilio se encara con ella furioso.

—¿Olvidar? ¡Llevó doce años recordando cada día, cada puñetero día! —Desafiante, Alicia escupe las palabras entre dientes—. Lo de Emilio y el Canijo pasó hace más de dos años y a mí no me ocurrirá —sentencia con aplomo.

Dani mantiene el ventanal entornado mientras Basilio adelanta un par de pasos, sortea a Alicia y se queda pasmado, con la mirada clavada en el chico.

—¿De dónde salió? ¿Has visto a quién se parece? —pregunta aturdido.

—¡Te he dicho que cierres! —grita Alicia furiosa encarándose con Dani.

El chico cierra la ventana y atranca el portalón dejando una leve rendija por donde espiar lo que ocurre fuera. Los gritos de Basilio traspasan los muros de la casa, pero Alicia no se amilana y se encara con él haciéndole callar y retroceder en más de una ocasión. El tipo alza la vista hacia la ventana desde donde observa Dani, que puede verlo señalar con rencor y lanzar palabras gruesas que Alicia frena de inmediato con un severo empujón. La discusión sube de tono, así como las voces de ambos, hasta hacer audible una frase disparada por el hombre enfurecido: «Si se lo lleva, la culpa será solo tuya».

Dani se ha despegado del ventanal en medio de la disputa que parece no tener fin. Quieto en la penumbra, se detiene un instante a pensar, refugiado en el trisquel, como hacía las noches en que se desvelaba y las sombras de su cuarto, vestidas de monstruos feroces, se empeñaban en acecharlo. El trisquel, que primero pendió de su cuna, como le explicó su madre, para luego pasar a colgar de su cuello. Con Alicia distraída, atrapada en multitud de reproches, es su momento de escapar. No sabe hacia dónde ir y tampoco le importa. Da igual que deba pasar horas andando sin indicaciones, con un sol intenso de día y un lacerante frío de noche. Dani lo tiene claro: mejor malo por conocer que horror conocido. Así que mete la ropa justa en la mochila, se calza las deportivas y le dedica una última caricia al trisquel. Listo.

Dani baja la escalera veloz, pero con tiento, tratando de no hacer el más mínimo ruido. Se dirige a la puerta de atrás, la de la cocina que da al huerto y al gallinero, en el lado opuesto de la casa donde Basilio y Alicia discuten. Cruza la cocina deteniéndose un instante ante un cajón del que extrae una linterna que había visto guardar a Alicia y la mete en la mochila. Si camina de noche, la necesitará. Al llegar a la puerta que da al exterior, agarra el picaporte con cuidado y lo mueve tratando de que el metal no cruja y rompa el silencio. Está cerrada. Pero nunca está cerrada, solo por la noche, para volver a quedar abierta durante todo el día. Angustiado, Dani vuelve a bajar la manilla, una vez, otra y otra más. Ya no le importa el ruido, lo único que desea es que la puerta se abra y escapar. La desesperación por huir lo ha distraído lo suficiente para no darse cuenta de que hace un par de minutos que los gritos afuera han cesado, y que el rumor de un coche alejándose se pierde en el viento.

—¿Dónde te crees que vas, guaje?

Dani frena en seco. Sobrecogido, traga saliva como si fuese lodo. No necesita volverse para adivinar la expresión agria en el rostro de Alicia. Tampoco se defiende cuando la oye acercarse por su espalda, entregado a una fatalidad que lo supera. Apenas se inmuta cuando nota un pinchazo en el hombro, seguido de una quemazón que le cubre la piel. Los párpados no tardan en empezar a pesarle como cemento cuando distingue una jeringuilla vacía en la mano de Alicia, de pie ante él. Una imagen que se va difuminando con el sopor que lo vence.

Lo último que distingue es cómo el sol que se colaba por las ventanas de la cocina ha empezado a retirarse y deja su trono a una luna acostumbrada a la maldad, que vive cobijada bajo el manto de la noche.

16

Dani recupera el conocimiento, aunque no tiene claro si forma parte de una extraña ensoñación. Es tan densa la oscuridad que no distingue si tiene los ojos abiertos o cerrados. Oye voces a lo lejos, apagadas. La caricia de las sábanas de franela y la robustez del colchón de lana le confirman que permanece tirado en la cama de su habitación. El olor del entorno está camuflado bajo un potente hedor a pintura. La cabeza le duele horrores; su cráneo es una olla a presión con el vapor en pie de guerra, batallando por salir. El hombro derecho le arde y le escuece. El estómago y el bajo vientre centrifugan un retortijón agrio y punzante. Ahora que nota todo ese sufrimiento, se sabe vivo y despierto.

Intenta levantarse, pero repara en que tiene las muñecas y tobillos atados y ligados entre sí, y una mordaza de tela le cubre la boca impidiéndole gritar. Trata de ordenar sus recuerdos cercanos y le viene a la mente la visita del tal Basilio, su intento de fuga fallido y el asalto de Alicia pinchándole algo que le hizo perder el conocimiento. El reloj digital de su mesita de noche señala casi mediodía. Ha estado inconsciente desde la tarde de ayer. Dani se agita furioso, tratando de librarse de las ataduras, envenenado por la impotencia de ser la presa de esa mujer trastornada.

Unas voces lejanas en el piso de abajo siguen con una conversación apenas audible. Dani cesa el combate que libra para intentar captar las pocas palabras que se alzan por encima del rumor incesante: enfermo. Lástima. Otro día. Gracias. No necesita más para reconocer el tono dulce y falso de Alicia por un lado y el de Berta Miralles, su educadora, por el otro. No sabe qué hace allí, pero ahora necesita hacerse notar, que sepa dónde y cómo se encuentra para que lo ayude a escapar de aquel infierno.

Ruido. Escoge la opción de llamar la atención de la planta de abajo. No le cuesta demasiado tomar impulso para rodar y caer empotrando la cara contra los fríos baldosines. De poco ha servido besar el suelo: la escasa distancia de la cama al piso apenas ha generado alboroto. Se arrastra hacia la puerta para golpearla con los pies: eso debería de ser suficiente. Sin embargo, la decisión llega tarde. Escucha con nitidez el gruñido de las bisagras de la puerta principal y una frase lapidaria: «Hasta la próxima». Se están despidiendo, y si Berta se marcha sin saber de él, estará condenado sin remedio.

Gira veloz hasta colocarse de rodillas, con la mejilla pegada al suelo, bloqueado por el amarre de sus extremidades. Repta hacia la ventana ayudándose de la barbilla y los dedos de los pies. El roce con el enlosado le irrita la piel. La mordaza y la forzada respiración nasal provocan que deje un reguero de baba y mocos en su lento avance de caracol, acortando terreno centímetro a centímetro hasta ganar la pared del ventanal. Apoyado en el muro, la ligadura de sus extremidades apenas le permite alzarse. Por una leve rendija de las contraventanas entornadas, divisa a las dos mujeres en el exterior en plena despedida; Alicia enfundada en manchada ropa de trabajo, a buen seguro por el barnizado de la casa, como le dijo; Berta sosteniendo lo que parece ser un libro abierto y, entre sus páginas, una especie de carta que ejerce de marcapáginas y sobre la que Berta parece dar explicaciones. Antes de entregarle el ejemplar a Alicia, la educadora garabatea un trozo de papel y lo acompaña de una breve explicación mientras lo arropa con mimo entre las páginas. En el cambio de manos, Dani distingue el volumen encuadernado en cuero viejo y gastado, el mismo que reposaba de vez en cuando en la mesita de noche de su madre, ese que él nunca leyó, pero que por el mimo con el que lo trataba lo sabía importante para ella.

En el confinamiento de su dormitorio, el chaval se desgañita entre gritos que mueren asfixiados por la mordaza. Salta de forma ridícula, esperando proyectar su imagen a través de la ranura de la contraventana. En uno de los torpes brincos, pierde pie y se golpea contra la madera de la contraventana. El impacto hace vibrar el cristal y ese leve sonido se convierte en lo más parecido a una llamada de auxilio. Dani propina un tremendo cabezazo hacia la contraventana que hace temblar el ventanal. Otro golpe. Y otro. El ruido ha tenido que oírse fuera, no le cabe duda. Encorvado hacia el exterior, alcanza a ver el coche de Berta, que se aleja custodiado por una nube de polvo del camino. De pie queda Alicia, clavándole la mirada a través de la ventana del dormitorio, justo antes de dirigirse furiosa al interior de la casa.

La respiración de Dani se dispara. Le llega nítido el eco del portazo cuando Alicia entra. Pasos en las escaleras. Por su mente sugestionada desfilan toda clase de castigos, dando por seguro que acabará por recibirlos. Oye meter la llave en la cerradura de la puerta de su cuarto. No puede creer que no haya trisquel, madre, educadora o providencia que vayan a salvarlo de lo que le espera. Está solo e indefenso, con la vida hecha añicos en un suspiro.

Alicia irrumpe enfurecida, añadiendo su presencia al tenebroso escenario. La luz que se cuela por la puerta proyecta su sombra alargada y tétrica. Se abalanza hacia Dani, que se ovilla contra la pared protegiéndose de aquel diablo de ojos azules.

—¿Qué pretendías con esa tontada de la ventana, *ho?*

Alicia repara en que la mirada asustada de Dani se posa en el libro que blande ante el muchacho. Lo agarra con las dos manos y lo agita con rabia, como deseando estrangular aquel volumen y todo lo que representa.

—Nadie te alejará de mí. ¿Lo entiendes? ¡Nada ni nadie! —Alicia rebaja el tono y recupera el aplomo—. Duerme a gusto, hijo mío. Mañana nos habremos ido para siempre.

17

La noche despunta cuando Berta consigue aparcar el coche en la calle Còrsega, a un buen puñado de manzanas de casa, en pleno corazón del ecléctico barrio de Gràcia. Un modernizado puzle de calles estrechas, viejos muros tatuados con artísticos grafitis y negocios vanguardistas ansiosos por destacar. El clima agradecido de principios de junio llena las plazas y terrazas de gente que disfruta tras todo un día de agobiante rutina.

Berta avanza entre la fauna que llena las calles maldiciendo entre dientes la llegada del calor. Enfundada, como siempre, en un largo jersey, apenas percibe la fina brisa atemperada que le besa la cara. Camino del portal, avanza cabizbaja, con el ánimo rendido. Tras pasar la noche cerca de Mieres, se ha pasado el día al volante. Entre la ida y la vuelta, ha recorrido 1.600 kilómetros en dos días para nada. Habría querido ver a Dani, darle en persona el libro de su madre con la postal y decirle que aún seguía pendiente de él, lejos, pero atenta por si pudiese necesitarla; que por muy bien que estuviese con Alicia no lo había abandonado.

Los veinte minutos que le ha costado llegar al portal han sido mano de santo. Un breve paseo que ha conseguido alejar parte de las malas sensaciones que la han acompañado durante el camino de vuelta. Nada más abrir la puerta de casa, el perro sale a recibirla mostrando alegría en su enérgico movimiento de cola, y se enrosca entre sus piernas sin apenas dejarle cruzar el umbral. Reclama la cuota de atención que le ha faltado tras dos días encerrado en soledad. Berta trata de calmar el empuje del chucho con un par de caricias rápidas. Aún no sabe qué hace con ese animal en casa; ella, ermitaña de ciudad, que considera a las mascotas un poco más que cosas, por debajo de los humanos y por encima de los muebles y las plantas.

—Vamos, perro, tira para dentro.

Con la paciencia al límite, cierra la puerta y evita que el can huya escaleras abajo. No ha querido ponerle nombre para no encariñarse, y «perro» ya le está bien cuando necesita llamar su atención. Varada en medio del recibidor, sus pensamientos siguen anclados en la visita de esa mañana. Su impresión de Alicia no ha sido buena, pero no quiere dejarse llevar por la desconfianza y provocar que el chaval regrese a manos del Estado. El tintineo de su teléfono móvil la rescata de sus pensamientos; en la pantalla aparece el nombre de Carmen.

—Hola, Carmen —saluda Berta.

—¿Qué tal, guapa? ¿Has vuelto ya?

—Acabo de entrar en casa — Berta responde con la voz arrastrada.

—¿Cómo te ha ido? Se te oye agobiada —apunta Carmen.

—Bueno, no muy bien. He intentado ver a Dani, pero estaba enfermo. —Berta se apoya en la pared del recibidor—. Alicia me explicó que los vómitos no le habían dejado dormir y estaba descansando tras la visita del médico. Un empacho, al parecer. —Se frota la cara buscando combatir el cansancio.

—Vaya, qué rabia, ¿y no has podido verlo?

—Pues no. Habría querido darle el libro en persona. Saber de su boca que todo va bien. La verdad, ha sido frustrante. —Berta cierra los ojos y recuesta la cabeza contra la pared.

—Un poco impresentable la mujer, ¿no? Pegarte esa kilometrada y no dejarte verlo ni un minuto. Joder, vaya narices —dice Carmen disgustada.

—Ya. Tampoco la he querido liar. No sé, pero Alicia no me ha dado la misma impresión que cuando hablamos por teléfono. Quizás seré yo. A saber. —La voz de Berta suena cansada.

—Igual tenía un día malo, no le des más vueltas. Anda, descansa un poco, que lo necesitas. Aún me acuerdo de que me debes dos cervezas —suelta Carmen con sorna.

—Vaya memoria para lo que quieres. —Ambas intercambian una breve carcajada—. Un beso, guapa, nos vemos pronto.

Berta cuelga y deja el teléfono sobre la consola del recibidor. Se dirige al pequeño y cuadrado salón comedor, que semeja un expositor de Ikea a medio terminar, con muebles y decoración actual salpicada por un leve caos de ropa por recoger.

—¡Perro, guarro!

Berta descubre un charco de meados junto al mueble bajo de la tele, fuera del empapador de la cocina que no consigue que el perro se acostumbre a usar. Refugiado bajo el sofá, con las orejas gachas y mirándola de reojo, el animal no entiende las palabras, pero sí el tono.

—¿Quién es ese Dani que tanto te preocupa?

La voz que emerge a la espalda de Berta la sobresalta dándole un susto de muerte. Se gira y dirige la mirada a la puerta de la cocina.

—¿Qué haces aquí? ¿Cómo has entrado? —Berta trata de aparentar la serenidad que le falta.

Apoyado contra el marco, Salva echa un largo trago de cerveza. Sus ojos entornados y la torpeza de sus movimientos revelan que esa botella es una entre muchas más.

—Tenía otro juego de llaves. Quería verte, es nuestro aniversario. —Echa otro trago.

—Nuestro aniversario fue hace dos semanas. Si vienes a por el perro, ya puedes llevártelo.

—El perro era tu regalo. Yo celebro la primera vez que nos acostamos.

Salva arrastra los pies y su lengua de trapo tratando de acortar la distancia que lo separa de Berta, que pone aire de por medio, algo que a él le disgusta de forma evidente.

—¿Quién coño es ese puto Dani? ¿El que te toca las tetas en mi lugar?

Salva se abalanza hacia Berta y la inunda con un desagradable hedor a alcohol. Le pone una mano sobre el pecho, que ella retira sacándoselo de encima de un manotazo.

—Suéltame, joder. Estás borracho.

Berta intenta apartarlo de un empujón, pero Salva utiliza su mayor envergadura para bloquear la ruta de escape.

—¿El que te agarra del culo mientras te come el cuello?

—Salva, para. Ya vale.

Berta forcejea asustada. Ya no es algo sutil, sino un asalto en toda regla. Salva aumenta el grado de violencia empotrándola contra la pared, sobándola sin permiso ni respeto, convirtiéndola en víctima de su propio miedo.

—¿El que se corre dentro de ti mientras te muerde los labios?

—¡Suéltame, joder!

Berta le propina un guantazo, aprovecha el desconcierto para empujarlo y quitárselo de encima. En dos zancadas trata de ganar la puerta de la calle, coger su teléfono y pedir ayuda. Apenas le da tiempo a agarrar el móvil: nota un cepo agarrándola del pelo y un salvaje empujón contra la pared, que la golpea en la cara y en el brazo, y hace que suelte el teléfono por el dolor del impacto.

—Ya te he soltado. ¿Contenta?

Salva se encara con Berta, con la mirada rabiosa y el rostro deformado por la ira; fuera de sí.

—Déjame, por favor.

La voz de Berta es un arrastrado lamento que Salva no escucha; el rencor es lo único que lo guía. Carga sobre ella todo su peso y su furia; le baja la bragueta de los vaqueros e introduce su mano por dentro del pantalón para acariciarle el sexo por encima de las bragas. Le llena el cuello de saliva; babas que calcinan el amor que hubo en un tiempo compartido y pudren el poso del poco cariño que quedaba. Si Berta pudiese articular palabra, rogaría que terminara y desapareciese, pero a lo único que le alcanza es a quedarse quieta, muy quieta, tratando de convertirse en vacío. Paralizada, queriendo no sentir el roce de la piel de su violador. Ese hombre que tantas noches le dijo al oído que la quería; el mismo que la empuja con fuerza dentro de esa pesadilla. Ojalá se la tragase el infierno de un bocado.

Ojalá pudiese arder.

18

Dani permanece en el suelo delante de una de las patas de su cama de hierro forjado. Sudoroso, engullido por la penumbra, frota las ataduras de las muñecas contra una esquirla de soldadura. El chico se muerde los labios echando el cierre a un grito de dolor. Lleva un buen rato rasgando, con las manos ensangrentadas, en carne viva, pero nota que la cuerda cede y eso es suficiente para no dejarse vencer hasta lograr cortarla. Ya con las manos libres, deshace el nudo que apresaba sus tobillos, y se enfunda una sudadera para combatir un escalofrío provocado por la helada que se cuela por los resquicios de la ventana. Jadea entre dientes mientras mete en la mochila una bola de ropa y comprueba que aún tiene la linterna que cogió de la cocina. Le falta lo más importante: el libro que Berta trajo esa mañana. El último recuerdo de su madre junto con el trisquel que acaricia para llenarse de valor.

La puerta del cuarto, como el resto de la casa, apesta a barniz. Con la mochila a la espalda, se cerciora de lo que ya suponía: Alicia no la ha cerrado con llave. La última vez que lo visitó, para darle la cena de malos modos, no le pareció escuchar el crujir metálico de la cerradura centenaria. Atado como estaba Dani, había supuesto que cerrar con llave estaba de más. El pomo lanza un chirrido apagado que apenas enturbia el silencio, que, en la casa, es más denso que en su habitación. Dani permanece quieto en medio del rellano del segundo piso, esperando recuperar su capacidad visual y que su mente sugestionada se calme y no convierta cada sombra en un fantasma con el rostro de Alicia acechándole en la oscuridad. Tarda un instante en ahuyentar esos temores inventados, logra que su visión se adapte a la penumbra y se desplaza de forma segura hasta la puerta entornada del cuarto de Alicia. Desde donde está distingue el libro en la mesita de noche. Dani tensa los puños. Le pertenece a él, es su legado, y marcharse sin rescatarlo sería como abandonar a su madre, algo que jamás podría perdonarse.

Paso a paso, como si caminase sobre un río helado y quebradizo, se acerca al dormitorio hasta llegar a la puerta. Sus pulsaciones se aceleran, se tapa nariz y boca para ahogar el quejido de su respiración desbocada. Alicia duerme plácida, derretida entre las sábanas de su amplío lecho. Dani nota un golpe de tos arremolinándose en la garganta que lo obliga a hundir la boca en el pliegue del codo para mitigar el carraspeo que le arde en el gaznate. No puede perder más tiempo.

En tres zancadas sigilosas alcanza la mesita de noche. Junto al libro encuentra una caja de pastillas que reconoce: Diazepam. Las había visto en el dormitorio de su madre y sabe el profundo letargo que proporcionan. Dani agarra el libro y abandona la habitación con la misma cautela con que ha entrado. Justo antes de salir, una portezuela junto al armario empotrado llama su atención. Del marco emana una leve luz que ondula en un baile hipnótico. Dani comprueba que Alicia sigue durmiendo, ajena a cuanto ocurre a su alrededor. Con delicadeza, abre la portezuela y revela un hallazgo que le hiela la sangre: un improvisado altar con un par de velas encendidas, una foto y recortes de periódico enmarcados. En el retrato aparece Alicia, más joven, con un niño más pequeño que Dani y que apenas se le parece. En el pie de foto, con una caligrafía infantil, se puede leer «Mamá y Pablo». Los titulares de los recortes de prensa hacen mención a un antiguo suceso, un accidente en la mina de un pueblo asturiano cerca de Mieres. Unos niños atrapados y nunca encontrados. Una terrible desgracia.

Dani no necesita girarse para saber que Alicia se encuentra de pie a su espalda, enfundada en un pijama demasiado grande. La mirada glacial se clava en el chico a través del cabello despeinado, que le cae en cascada por la cara y los hombros. El espectro ahora es muy real.

—Hijo mío —susurra entre dientes.

Alicia se abalanza hacia Dani, que logra esquivarla. El ímpetu le lleva a golpear el altar y las velas caen y prenden un chal de gasa que reposa a los pies de la cama. El chico logra zafarse y gana a la carrera la puerta, recorre el pasillo y se lanza al vacío por una ventana entornada del primer piso, abierta para aliviar el fuerte olor a barniz.

—¡Pablo!

Alicia observa la escena rota por la impotencia de ver cómo el que cree su verdadero hijo se ha suicidado. Ni siquiera se percata de que el fuego se ha catapultado de la ropa de cama al barniz aún fresco y corre sin control por la madera y muebles de la casa. Ese fuego que ya se le ha agarrado al pantalón del pijama cuando corre a la ventana, implorando que su Pablo no haya muerto estrellado sobre aquella ruda tierra astur.

Un toldo extendido sobre la puerta de la cocina ha parado la caída de Dani, haciéndole rebotar antes de caer el suelo y evitando un resultado fatal. Dolorido pero entero, se incorpora y arranca a correr hacia la montaña, jadeando el frío de la intemperie. No mira atrás, evita ver cómo arde la casa. Ese monstruo de piedra que vomita fuego por las ventanas, como si tuviera unos ojos coléricos. Las llamas del primer piso ganan terreno y tiñen de naranja el horizonte del monte asturiano. Dentro de la casa, se recorta la silueta de una mujer consumida por la tristeza y la hoguera que la rodea, que, sin remedio, le chamusca la piel.

—¡Pablo!

El alarido de Alicia resuena en toda la comarca. Desencajada, con el pijama prendido y los ojos perlados de lágrimas, el inmenso dolor de quemarse viva no es tormento comparable al que siente al ver que su hijo huye hacia las sombras que protegen su escapada; esa oscuridad que esconde un peligro que ella conoce, una terrible amenaza que un día ya se llevó a Pablo, y de nuevo, incapaz de retenerlo, vuelve a perderlo por segunda vez.

Segunda parte

El pueblo

19

Dani lleva horas deambulando sin rumbo. Cuando escapó del incendio, corrió sin dirección como alma que lleva el diablo, poniendo tierra de por medio con la pesadilla vivida.

Enfiló una senda empedrada que acabó por convertirse en una vía a ningún lugar. Por senderos impracticables, ha tenido que sortear arbustos que le han dejado innumerables arañazos; que trepar por pequeños riscos que le han despellejado los dedos de las manos. Ha estado a punto de caer por un desnivel, pero la linterna robada ha evitado una caída mortal. Los ruidos y las tinieblas que lo rodean han disparado su miedo, obligándolo a desconfiar de su propia sombra. En más de una ocasión ha salido corriendo al sentirse acechado por alguna alimaña a la que no conseguía ver entre la densa oscuridad de la madrugada. En esa noche sin luna, a pesar de la débil luz de la linterna, el monte es un absoluto agujero negro.

Con el paso de las horas, no le ha quedado más remedio que reconocer la evidencia. Se ha perdido.

Por mucho que quiera es incapaz de volver sobre sus pasos a un entorno conocido. Solo le queda avanzar, hacer camino casi a oscuras y rezar para llegar a algún lugar civilizado. Dani calcula que faltará poco para que amanezca, pero se nota agotado. Le duele todo el cuerpo y le pesan las piernas después de casi una noche entera andando sin parar. Tiene hambre y frío, y carece de remedio para ninguna de las dos cosas. Con las fuerzas al límite, la angustia ha dejado paso al cansancio y de ahí a la rendición. Lo único que desea es encontrar un lugar abrigado y tumbarse a descansar, a reponer la energía que se le escapa por cada poro de su molida piel.

Al fin, la linterna ilumina una pequeña cavidad en la base de una pared rocosa. El hueco es tan estrecho que ni se le puede llamar cueva, aunque a Dani le vale: un espacio en el que tener la espalda segura y la cabeza resguardada, donde pueda colocar la mochila de manera que le sirva de almohada. Le lleva un rato acomodar el pellejo a los salientes del terreno de ese colchón de piedra, pero la fatiga no tarda en acostumbrarle a la dureza del suelo hasta que se queda plácidamente dormido.

No sabe qué hora es cuando los rayos de sol inundan aquella especie de nicho y lo despiertan de su letargo. Le cuesta adaptar la vista al intenso fulgor de la mañana. Se nota dolorido: el duro relieve del terreno ha hecho mella en sus huesos. Se incorpora con dificultad aliviando parte de los males que lo aquejan. Tiene la boca seca, no ha bebido ni comido en horas. En eso no fue previsor; de hecho, no lo fue en nada cuando huyó de casa de Alicia con poco más que lo puesto, y el libro de su madre entre sus escasos enseres. Lo cogió y lo guardó tan deprisa que no tuvo tiempo de mirarlo, de saber por fin cuál era ese libro que su madre guardaba con celo y por el que había preguntado alguna vez, sin obtener más respuesta que una evasiva. Dani había sido incapaz de insistir al ver que su madre se quedaba ausente, enmudecida y engullida por la tristeza. Al extraerlo de la mochila, no puede evitar sentir una punzada de frustración: *Romeo y Julieta*. Entre sus páginas un pedazo de papel, seguro que el que garabateó Berta antes de entregárselo a Alicia, con su nombre escrito a mano, un número de teléfono y unas palabras: «Por si lo necesitas». En otro lugar, una postal de un paisaje de montaña. «Más montaña, que bien», piensa Dani. En el reverso, un matasellos medio borrado. Las líneas están en blanco y solo aparece un nombre manuscrito: Roque Pozuñegru.

Quizás el tal Roque sepa algo de su padre; quizás sea su padre. Su madre nunca le habló de él, ni siquiera le dio su nombre. Lo que le dijo es que no era el primero ni el único niño que crecía feliz sin padre, porque una madre que lleva a su hijo en el vientre hasta parirlo y amamantarlo no hay duda de quién es; ese vínculo es irrompible, pero un padre puede ser solo un accidente. Así que con el tiempo al chico dejó de importarle esa figura que nunca había estado ni tenía la sensación de haberla echado de menos.

Con una agónica sensación de sed y hambre, devuelve el libro a la mochila y se levanta para echar un vistazo alrededor. Le duele la cabeza y le rugen las tripas. La mañana le ha devuelto la visión del entorno. Se encuentra en medio del monte, de la nada, sin idea de hacia dónde tirar: un reguero seco a través de dos pedruscos parece su mejor opción.

Salva la bajada entre resbalones, golpes y más arañazos. El final del descenso es un sendero estrecho, al parecer transitable. El margen izquierdo linda con un pronunciado terraplén arbolado. Dani avanza por el camino sin saber hacia dónde va. Quizás solo esté dando vueltas en círculo, o aquello acabe en un callejón sin salida, o en ninguna parte. Quizás él muera en el monte, perdido, desfallecido de hambre y sed. El miedo vuelve a robarle la serenidad que le queda y las lágrimas le asaltan de nuevo. Entonces, tras unos matojos, lo ve. Al principio no reconoce qué es, pero conforme se acerca distingue un pequeño jabato tembloroso que emite unos leves gruñidos, una llamada desesperada a una madre ausente. Dani se acerca con cautela para no asustarlo. Empatiza con el animal, está solo, como él, y piensa que lo mejor es que se hagan compañía. Nada más notar la presencia del chico, el asustado jabato intensifica los quejidos.

—Tranquilo, no te haré daño —susurra Dani.

Un poderoso gruñido a su espalda frena su acercamiento. La madre del pequeño jabato ha aparecido, furiosa por la amenaza que percibe hacia su cría. Dani aguanta el aliento. Aquel bicho que le gana en kilos no entiende de buenas intenciones y lo único que desea es proteger a su camada.

—¡Largo de aquí, *ho!*

Dani se sobresalta con el grito que retumba entre los arbustos, por detrás de la jabalina. La voz pertenece a un hombre de pelo oscuro, ya en los cincuenta, vestido con ropa de montaña.

—Ni te muevas, *nenu* —le indica a Dani en voz baja.

La presencia del tipo amedrenta al animal, que, recuperada su cría junto al resto de la camada, enfila la marcha por el terraplén, bosque a través. Ya sin la presencia de la manada, el hombre se arrodilla para ayudar a Dani a incorporarse.

—¿Se puede saber qué *faces* en medio de la nada?

Dani no suelta palabra, desconfía de ese hombre al que no conoce y que ha aparecido de repente en medio de la nada. El tipo comprende la causa del mutismo del chico y rebaja el tono y la seriedad de su gesto.

—Me llamo Fede. Si vas a algún sitio y quieres, te llevo.

20

Berta no sabe a dónde ir. No reconoce dónde está, aunque ese siga siendo su barrio. Ha salido de casa y se ha dirigido a la avenida de Vallcarca, a la comisaría de los Mossos d'Esquadra. Allí, bloqueada por la ansiedad, confundida y avergonzada, se ha acercado al policía del mostrador para presentar una denuncia por violación.

En el hospital ha soportado la exploración para el atestado. Se ha sentido huérfana de la compañía de una amiga que la ayudase a soportar la vergüenza cuando el médico ha descubierto las marcas que mancillan su piel. Un mapa de vida que señala un camino lleno de angustia. Unas heridas que no han hecho más que sembrar dudas sobre su estabilidad mental y emocional, restando contundencia a su versión de la violación cometida por Salva. Sin embargo, la amabilidad con la que los agentes la han atendido ha derribado la falsa fortaleza que la sostenía y ha hecho que brote un reguero de lágrimas incontenible.

Ya de vuelta callejea sin rumbo, incapaz de centrarse en nada que no sea la agresión sufrida la noche anterior. Lucha por eliminar el horrible recuerdo que martillea su memoria, hasta que se ve asaltada por un llanto sordo que es incapaz de reprimir. Para colmo, ha recibido dos mensajes de Salva, asquerosos y cínicos, como si la agresión sufrida no hubiera sido tal, sino un juego sexual subido de tono en el que habían disfrutado los dos. Cabrón. Cabrón. Cabrón.

Berta se detiene y se sienta en un banco. Está mareada, atravesada por un escalofrío al recrear el miedo que sintió cuando Salva la agarró con esa fuerza brutal, excitado por hacer con ella lo que le viniese en gana. Eso fue lo que más la aterró, la mezcla sucia de lascivia y odio en su rostro; verse atrapada en la repugnancia de unos lametones rebozados por el hedor agrio del alcohol que desprendía su aliento; tumbada en el suelo, dejándose hacer mientras mudaba su mente a otro lugar. Porque resignarse no es consentir.

Lo peor cuando todo acabó fue la soledad. Sufrir la resaca del horror, tirada en el piso, echa un ovillo, golpeada por la sensación de impotencia, el bloqueo del llanto, la incredulidad de aquel sufrimiento. Rota por dentro, en pedazos. Y el silencio. Aquel silencio cómplice que llenaba el salón de reproches hacia sí misma, asfixiada por una culpa que no tenía. Quiso matar el dolor con dolor, como había hecho desde que, todavía una niña, sufría las borracheras de su padre. Entonces se quemaba los antebrazos con la llama del mechero, e impregnaba el aire de olor a pelo abrasado. La piel se retorcía ante el fuego, se abrasaba hasta reventar. También se hacía cortes en los brazos, donde apenas quedaba espacio para más heridas, entregada al daño de la cuchilla afilada, hipnotizada por la sangre que le corría por el antebrazo.

Recuperada del vahído, se incorpora y reemprende el camino. Su mente y su orientación han vuelto a centrarse. Le llevará apenas un instante llegar a casa, una morada a la que, después de haber sido violada con la complicidad de sus cuatro paredes, jamás podrá volver a llamar hogar.

Berta abre la puerta del piso arrastrando los pies y el ánimo y cierra tras ella. El perro se acerca agitando el rabo y la olisquea con las fiestas habituales. Pero el animal no se alarga en la bienvenida ni se enreda entre sus piernas como es habitual, sino que se encamina al salón como si barruntase que su dueña no está para juegos.

Berta deja caer las llaves en la consola del recibidor. Su cuerpo no es más que el envoltorio de un alma en pena. Su madre le hizo prometer que jamás se dejaría avasallar por ningún hombre y no ha sabido mantener la promesa.

El salón sigue envuelto en la tristeza de la penumbra. El perro ha vuelto a mearse allí, justo en el mismo lugar donde comenzó la agresión. Berta está harta de ese chucho cabrón que hace las cosas como le da la gana, que la obliga a fregar día tras día sus puñeteros meados, que campa a sus anchas. Que pasa de todo. Que no la respeta.

En la cocina, el animal bebe el agua limpia del cubo de fregar ajeno a la furia que arrecia tras él. Nota la mano de su dueña posarse sobre su cabeza y agradece la caricia con un bamboleo de cola, incapaz de adivinar el odio que la invade. Berta ve en ese chucho al desgraciado de Salva jactándose de su poder para dominarla. La rabia se le desboca como un alud por las pupilas dilatadas cuando lo agarra del pellejo y le hunde el hocico en el cubo, intentando ahogar su propio rencor, viendo en el agua que salpica las lágrimas que no pudo derramar, ajena a los quejidos del animal, a sus uñas que resbalan y arañan el parqué, desesperado por agarrarse a una vida que se le escapa a manos de en quien más confiaba.

21

—Aquí *ye'l* camino.

El sol de media tarde inunda la cabina del todoterreno de Fede. Protegido por sus gafas de sol de policía fronterizo, se encara a su copiloto, que no suelta prenda. Dani entorna los ojos cegado por el fulgor que se cuela a través del parabrisas. Parados en una curva de la carretera comarcal AS-377, parece que el tiempo se haya detenido. A esa hora, con el calor del mes de junio en ebullición, no hay coches que frecuenten la vía. Fede ha quitado el contacto y el motor ha dejado de rugir. Rodeados de un paraje verde glorioso, cerca del arroyo del Meredal, entre Gijón y Pola de Siero, el único sonido que los acompaña es el canto de los pájaros festejando la belleza de una primavera que se acaba.

—Muchas gracias por traerme —musita Dani.

El chico fija la vista en un letrero que, a una decena de metros ante él, marca la ruta hacia el lugar al cual se dirige: Pozuñegru. Después de encontrarlo en el monte, Dani le enseñó a Fede la postal por si le sonaba de algo. Ese tal Roque no sabe quién es, pero sí conocía el pueblo ante cuya senda se encuentran ahora.

Dani acaricia el trisquel e inspira hondo, como si el aire fuese combustible que alimentase su valor. Agarra la mochila con un aire de melancolía. Ese cubículo sobre ruedas ha sido su hogar las últimas dos horas, con parada incluida para almorzar en una sidrería. Un *caldu* caliente para atemperar el cuerpo y el pincho de tortilla de patatas más grande que ha visto en su vida. Tras la comilona, han reemprendido la marcha en aquel fornido vehículo, en el que Fede no ha parado de explicarle las maravillas de Estados Unidos. Un paraíso, según le ha contado ese hombre enamorado de la inmensidad de sus desiertos desde que recorriera por primera vez la Ruta 66. No han dejado de escuchar música country durante todo el camino, hablando de Willie Nelson, Johnny Cash, o Waylon Jennings. Una tortura de aúpa que Dani ha disimulado con una fingida sonrisa.

El chico abre la puerta de su lado y baja de un salto. El pequeño arcén está cobijado por la sombra de los árboles que bordean la carretera en ese tramo. Ni un alma alrededor. Solo ellos y el letrero del pueblo, que parece más una advertencia que una indicación.

—Toma. —Fede se saca del bolsillo una navaja automática y se la lanza a Dani, que la coge al vuelo sorprendido—. Llévala siempre y ojalá no la saques nunca. Cuídate, chaval.

Dani cierra la puerta del todoterreno y se despide con un saludo escaso y un nudo en la garganta. No se permite llorar, aunque la congoja aumenta con cada metro que lo ve alejarse. Fede lo ha ayudado cuando más lo necesitaba y ahora, al contemplar la navaja en la palma de su mano, espera que el tal Roque sea al menos la mitad de compasivo de lo que aquel desconocido ha sido con él.

Dani se adentra en el sendero que señala el cartel. Enfrentado a la señal, se ha fijado bien en la gran cantidad de marcas sobre el metal: calaveras. Todas iguales. Qué curioso. El camino serpentea alternando cuestas y bajadas que se adaptan a la pronunciada orografía del terreno. La senda cambia de pavimento, pasa del asfalto desgastado a la arena empedrada y de nuevo al asfalto para desaparecer en un camino agreste que ya se mantiene sin cambios. Con el sol a la espalda, la caminata parece inacabable. Pasa ante un caserón de piedra techado a dos aguas, medio derruido, consumido por el abandono y el paso del tiempo: un esqueleto de piedra comido por los arbustos.

Más adelante se yergue magnífico un silencioso bosque de hayas parecido al que había frente a la casa de Alicia. Tercos rayos de sol buscan penetrar el denso follaje en un juego de claroscuros que llenan la arboleda de brillos. Al atravesarlo Dani se siente dentro de un cuento de terror, de esos en los que una bruja se alimenta de niños tiernos. Se aferra a la navaja y al trisquel y aprieta el paso sin dejar de mirar alrededor, tratando de convencerse de que todos los ruidos que oye son parte de la naturaleza.

El sendero que atraviesa el bosque es más largo de lo que hubiese deseado, pero cuando llega al otro extremo, se siente a salvo y para a descansar. Tiene la boca seca y le falta el aliento. Se ha bebido el agua que llevaba en el primer tercio de su travesía y ahora le toca aguantar un rato de recorrido que se hace largo hasta llegar a un cercado metálico, carcomido por el óxido, y con una verja cerrada con cadena y candado. Tras esta, una vereda muere en una loma dominada por la gigantesca estructura de metal verde que veía desde la ventana de su cuarto y que ahora se eleva frente a él, más impresionante y terrorífica de lo que parecía desde lejos. Bajando la pista, un puñado de casas se amontona sin orden ni concierto: Pozuñegru.

Dani se adentra en el núcleo del pueblo, que es un laberinto desierto. Ni rastro de vecinos a esa hora. Las casas, de añejas paredes de roca rugosa, con los ventanales y portones excavados en las fachadas, se aparean tabique contra tabique. Ventanas abiertas de par en par, puertas entornadas y sillas en el exterior, al parecer preparadas para una tertulia a la fresca de la noche. Las calles, alfombradas en piedra, desembocan en otras que acaban en el mismo punto de partida. Acostumbrado al orden del barrio del Eixample de Barcelona, todo calles paralelas en damero, aquello es un enredo en el que acaba perdiéndose varias veces. Ni un alma a quien pueda preguntar cómo se va a casa del tal Roque, si es que existe. Al fin logra desembocar en una pequeña plaza en cuyo centro se eleva un pozo con el brocal construido con imponentes rocas y coronado por un labrado horcón metálico. A un lado distingue un portalón abierto del que se escapa cierto murmullo entre el cortinaje celeste que cubre la entrada. Sobre esta, un letrero tallado en madera y pintado en verde y amarillo: EL XIGRE DE XURDE.

Dani aparta la cortina y cruza el umbral. Su sombra se proyecta en el suelo alargándose hasta la única mesa ocupada por seis viejos que comparten una botella de licor y una partida de cartas. La presencia del chaval ha enmudecido el runrún de raíz. A su espalda, tras la barra de madera de la tasca, el veterano tabernero clava la mirada en él como si hubiese visto una figura mitológica. El resto de parroquianos, convertidos en estatuas de sal, no quitan ojo al chico, que se siente desubicado.

—Buenas tardes. Estoy buscando la casa de Roque. —La voz de Dani apenas se eleva frente a aquellos seres confundidos.

—¿Cómo *ye, ho?* ¿Te perdiste?

Uno de los viejos se dirige a Dani clavando en él su mirada profunda, de un azul intenso, tallada en su rostro rocoso y labrado.

—Estoy en Pozuñegru, ¿no? Busco a un tal Roque —dice Dani a media voz.

Enmudecido, el viejo se queda mirando fijamente, tratando de recordar, como si la cara del chico le resultase familiar.

—¿Hay algún Roque en el pueblo? —insiste Dani con timidez.

—¿Roque Mayo? —contesta el anciano perplejo.

—No sé. ¿Hay más de un Roque?

—En este pueblo, no —responde sin dejar de observarlo.

—Pues será ese. —Dani se encoge de hombros, incómodo ante la mirada descarada del hombre.

—¿Y para qué buscas a ese paisano, *cagondiós?* —pregunta el viejo.

Aquellos seis aldeanos, como una especie de jurado a punto de dictar sentencia, mantienen un silencio hondo y unas miradas heladas que impiden que la hospitalidad arraigue.

—Sigue *parriba,* hasta el final del pueblo. No te desvíes del sendero y encontrarás su casa.

Dani mira al tabernero por encima del hombro. Rígido como una esfinge, balbucea las indicaciones sin moverse del sitio. Manteniendo la vista en el decrépito comité de bienvenida, el chico desanda el camino hacia la salida y se pierde tras el cortinaje, dejando la impresión en los lugareños de que acaban de ver al diablo en persona.

22

El empedrado que abandona el pueblo se empina por una cuesta que se va pronunciando conforme se aleja de las casas que deja atrás. A su alrededor, hasta donde alcanza la vista, el paisaje se vuelve inmensidad en una pradera tapizada de verde brillante por los rayos de un sol cuya intensidad ha decaído con el paso de las horas. Dani aún sigue desconcertado, perdido en las miradas temerosas de aquella cuadrilla. Le parece mentira, pero está convencido de que han sentido miedo al verlo y no entiende cómo un chaval desconocido, de trece años y delgaducho, ha podido estremecer a tipos de rasgos curtidos y hechuras de boxeador. Antes de salir, entre los cuchicheos a su espalda, juraría que ha cazado al vuelo un comentario que se ha elevado más de lo deseado en boca de aquel viejo de mirada azul: «¿Te diste cuenta lo mucho que se le parece?». Debe de haber escuchado mal: ¿parecerse, a quién, si Dani nunca había estado en ese lugar?

El sendero acaba en la cima de un pequeño cerro que corona con el aliento en reserva y unos pinchazos de flato en el costado. Desde ese punto elevado divisa una casa a los cuatro vientos con aspecto de refugio de montaña. Tras esta emerge otra casucha que se asemeja a un cobertizo. Dani prosigue el camino y, conforme se acerca, trata de construir con palabras lo que le dirá cuando encuentre a Roque. Sigue convencido de que bien podría ser su padre, después de todo el secretismo de la postal vacía de palabras y ese libro repleto de pasión. Tiene tanto que expresar y tan complicado que nada le parece acertado ni preciso. ¿Y si tiene mujer e hijos? ¿Cómo se tomarán su presencia? A lo mejor la historia con su madre solo tuvo un capítulo, aquel en que lo traían al mundo, y se terminaba nada más nacer él. Las frases se desmontan ante la duda, así que mejor improvisará y ya se verá lo que pasa.

Tras un corto paseo, llega a los dominios de la casa. Lo que parece ser la puerta principal está cerrada y no aprecia movimiento dentro. Dani rodea el perímetro buscando algo que le confirme que Roque vive allí. Aparecido de la nada, un perro enorme y fiero corre hacia él. Paralizado por el miedo, Dani es incapaz de correr. A un par de centenares de metros de la casa se alza un bosque que podría ser refugio, aunque a campo abierto caerá bajo los mordiscos de la bestia antes de alcanzar los árboles. En ese instante recuerda la navaja de Fede, pero las manos trémulas y el miedo que lo atenaza le impiden reaccionar y vender cara su piel.

—¡Paco!

El perro frena en seco a pocos metros del chico, que tiembla como hoja en la tormenta. El can se sienta con la lengua fuera, sin ladrar ni gruñir, como hechizado por la voz del hombre que avanza hacia la casa pausadamente. Vestido como un leñador, el tipo procede de la misma cepa que los viejos de la taberna, alto y corpulento, con media melena negra asalvajada que le esconde las orejas. Con medio silbido, el animal regresa leal a su lado, y lo acompaña en el último tramo hasta que se encara con Dani, con el mismo pavor en la mirada que acaba de ver en la tasca.

—¿Qué haces tú solo por aquí, guaje? ¿Dónde *tan* tus padres? —pregunta el hombre.

Dani no logra articular palabra, superado por el susto del perro y la impresión de conocer al hombre a quien ha mitificado antes siquiera de ganar ese derecho.

—¿No me oíste? Que si tu familia anda en el pueblo —insiste el tipo, inquieto.

—No sé. Puede. —Dani casi no alza la voz.

—Qué cojones. Estará o no estará —replica el hombre.

Una suave brisa se ha levantado trayendo un susurro oculto entre los árboles. Roque, igual que el viejo de la tasca, queda atrapado en la fisonomía del chico, turbado, como si hubiese visto la reencarnación de un fantasma.

—¿Quién eres? —pregunta el tipo desconcertado.

—Soy el hijo de Llara Sorribes. Buscó a Roque. Roque Mayo, creo.

El hombre se detiene en seco, fulminado al conocer la identidad del chico, tratando de que no se note que le tiemblan las manos.

—Yo soy Roque. ¿Dónde *ta* tu madre? —pregunta con la voz entrecortada, como temiendo la respuesta.

—Me llamo Dani. Daniel Sorribes.

—¿Dónde *ta* tu madre? —insiste Roque.

—Vine solo. —Dani baja la mirada, frustrado por la reacción de Roque, indiferente a su presencia.

—¿Estás tonto? Estará muerta de miedo —lo reprende Roque.

—No es eso.

—¿Cómo viniste sin ella? —reitera Roque.

—Porque ha fallecido.

Dani escupe la frase rebozada en desprecio, harto de que se le oiga, pero no se le escuche. Extrae de la mochila el libro y se lo entrega a Roque, que lo recibe con la mirada entornada y la dureza del rostro tambaleándose, como si aquella novela fuese una urna que contuviese las cenizas de un tiempo añorado.

—Está oscureciendo. Más nos valdrá entrar en casa.

23

El sol se ha desvanecido sin remedio. A través de los visillos que cubren las ventanas, el cielo muestra todo su esplendor moteado por infinidad de estrellas.

En el interior del caserón de madera, un salón rústico es la única estancia, conquistada por los muebles indispensables y sin presencia de televisor. Una puerta da entrada a un pasillo en el extremo opuesto a la puerta, en el que a ambos lados se reparten el resto de las habitaciones: cocina, baño y tres dormitorios, uno de ellos al final del corredor.

A solas, Dani permanece sentado en un butacón del salón, con la mochila dormitando en el regazo. Sobre una estantería, un viejo transistor susurra noticias a media voz. Desde que han entrado, Roque apenas ha gruñido monosílabos, nada que ver con la película que el chico había armado en su cabeza, y menos aún tras explicarle las peripecias que ha sufrido para llegar, desde su estancia en casa de Alicia y el incendio, sin entrar en detalles de todo lo vivido para no inflar el drama, hasta la ayuda de Fede en el monte. Roque ha sabido del fuego por los cuchicheos del pueblo, no así que tuviese a Dani en acogida, algo sobre lo que, conociendo la historia de esa pobre mujer, se reserva su opinión. A ese tal Fede no lo conocía de nada.

Roque sale de la cocina portando entre las manos un puchero rojizo y humeante que impregna de aroma a hogar toda la estancia. Paco alza ligeramente la cabeza y continúa dormitando en el mismo rincón del que no se ha movido desde que entraron en la casa. Dani se incorpora aún cohibido por la rudeza del hombre que prepara la mesa.

—Venga, a cenar.

Dani deja la mochila en el sillón y se acerca a la mesa arrastrando los pies, sin saber qué decir que rompa el muro de silencio entre ellos. Roque sirve la sopa acompañado del repique del cucharón contra las paredes de la cazuela, sin aflojar la rigidez de su mirada. Con los platos llenos de caldo, se sienta y empieza a comer sin esperar a que Dani ocupe su sitio frente a él, hincando la cuchara en la sopa sin tregua.

—¿Piensas cenar de pie? —pregunta Roque con aspereza.

Dani toma asiento. Le sobran las manos, no sabe si cruzarlas, colocarlas sobre la mesa o dejarlas reposar sobre sus piernas. La incomodidad lo asfixia. Parapetado tras la olla de cobre rojizo, Roque al fin alza la vista para descubrir a Dani mirándolo fijamente, sin probar bocado.

—¿Qué pasó? ¿No te gusta? —Roque mira al chico con recelo.

—No tengo cubiertos —responde Dani con timidez.

—Pues pídelos, copón.

La falta de invitados y de costumbre ha sorprendido a Roque, que se levanta y extrae del cajón de una alacena una cuchara que deja sobre la mesa, retomando la cena con la mirada clavada en el oleaje del plato cada vez que la cuchara rompe el caldo.

—¿Por qué tenía mi madre una postal con tu nombre? —pregunta Dani sin levantar la vista del plato.

—Tu madre y yo fuimos amigos hace tiempo. —Roque tampoco se atreve a encarar al chico.

—¿Mi madre vivía aquí? En el pueblo, me refiero. —Una chispa de entusiasmo se le enciende en la mirada.

—¿Es que no te contó nada de su vida? —pregunta Roque sorprendido.

—Poco; casi nada. No le gustaba hablar de ella. Siempre decía que agua pasada no mueve molino. No sé a qué molino se refería —responde Dani encogiéndose de hombros.

—Vivía en el pueblo, sí. Cerca de la tienda de Niceto —dice Roque sombrío.

—No sé quién es, aunque he oído hablar de él —contesta Dani.

—Niceto *ye* el paisano que regenta la tienda del pueblo. —Roque ha perdido el ánimo de seguir hablando de aquello.

—¿Erais muy amigos? —pregunta Dani inocente.

—¿No tienes hambre? Come y calla un poco, copón.

Roque se arrepiente al instante del tono cortante de sus palabras, aunque no lo dice. No suele comportarse con esa brusquedad, pero no estaba preparado para la presencia de ese chico inesperado y el pasado que arrastra. Concentrado en el plato, no es capaz de mirarlo, devastado por tener que afrontar un asunto que solo trae malos recuerdos y mucho dolor.

Dani tiene los ojos arrasados de lágrimas, no soporta tanto desprecio. Ha sufrido demasiado como para tener que volver a mendigar un poco de afecto. Impulsado por el orgullo, se levanta de la mesa, agarra de un zarpazo su mochila del sillón y en dos zancadas llega a la puerta.

—¿Dónde crees que vas? —Las palabras de Roque suenan autoritarias.

—¿Y a ti qué más te da? —replica Dani con la voz rota.

—De noche no irás a ninguna parte.

—Porque lo digas tú —responde el chico al borde del sollozo.

—¡Porque lo digo yo, *cagondiós!*

Enfrentado a la puerta, Dani permanece en silencio. Por mucho que le moleste su actitud, no quería adentrarse en una noche que solo podría ofrecerle angustia.

—¿Cómo fue? —Extrañado, Dani se gira hacia Roque: no acaba de entender la pregunta—. Tu madre, ¿de qué murió? —Roque trata de disimular el dolor en la voz.

—¿Importa?

Dani le devuelve la dureza en su respuesta. Que piense lo que quiera, no desea compartir el dolor del atropello de su madre; quizás fuese muy amigo suyo, pero no merece la verdad, no se la ha ganado con el trato que hasta ahora le ha dispensado.

Roque, con los puños clavados en la mesa, hunde la vista en la sopa. No, la verdad es que le da igual cómo ha sido. Solo sabe que jamás volverá a ver a aquella mujer que tiempo atrás tanto significó para él.

—Tómate el *caldu*, anda. Mañana veremos qué hacer contigo.

Dani suelta la mochila y ocupa su lugar en la mesa para sepultar su atención en la sopa. El diálogo entre ambos se reduce al tintineo de las cucharas contra los platos, acompañado por el tímido y monocorde bisbiseo que mana de la radio y sofoca el apabullante silencio.

24

Tras la cena, la nada.

Hombre y muchacho se han repelido como imanes encarados hacia un mismo polo, escogiendo el silencio antes que iniciar una conversación por miedo a descubrir verdades que puedan cambiarles la vida.

Mientras Roque recoge la mesa y pone orden en la cocina, Dani se ha instalado en la habitación del fondo del pasillo. Deshacer la bolsa le lleva un suspiro. El dormitorio, parecido a una celda monástica, es tan sobrio como el resto de la casa. Una cama, un armario, una lámpara y la mesita que la sustenta. Sin cuadros, sin adornos, sin pasión ni personalidad. En parte le ha recordado al caserón de Alicia, y lo ha sobrecogido pensar en lo que fue aquel tiempo con ella y su final, apenas un día atrás.

Se dirige al salón, donde oye trastear a Roque yendo de allá para acá. Quieto bajo el marco de la puerta del pasillo, lo observa concentrado en bunkerizar cualquier posible entrada. Cierra la puerta con tres cerrojos de seguridad que comprueba que están bien atrancados. Lo mismo con los dos grandes ventanales, hasta cerciorarse de que no hay manera de forzarlos. Inspecciona cada hueco, cada recodo. Tras el salón, le toca a la cocina, el baño y las habitaciones, para acabar en la de Dani justo antes de que le ordene que es hora de irse a dormir. El chico no discute, lleva horas sin descansar bien y está reventado. Roque acaba de revisar el cuarto, confirmando que está todo sellado y en orden.

—Tienes pocas cosas —comenta Dani.

—No necesito más. Hoy dormirás aquí —replica Roque con desgana.

Desde la puerta observa cómo Dani escoge una camiseta y un pantalón corto que harán un digno papel de pijama, y es cuando se está cambiando que observa consternado los moretones en su espalda desnuda que aún profanan su piel; unas marcas que no se atreve a mencionar, pero, en parte para asegurarle que está a salvo, Roque no baja el denso tono de advertencia en su voz.

—Escúchame bien lo que te digo. Aquí hay tres cosas que se cumplen a rajatabla. Primera, de noche no te levantes nunca; si necesitas algo, gritas. Segunda, oigas lo que oigas no abras las ventanas ni salgas de casa. Y tercero: nunca nunca entres en el bosque. ¿Entendiste?

Dani asiente en silencio, perplejo. De nuevo reglas extrañas, las mismas que en casa de Alicia. Pero Roque no afloja esa mirada que confirma que para él esas leyes son inquebrantables. Sentado en la cama, con los hombros vencidos, el chico se desprende de las deportivas sin desatarlas justo cuando repara en que la estructura de la cama está cerrada hasta el suelo.

—¿Por qué has puesto esta tabla? —pregunta Dani.

—Cosas mías.

—Aquí debajo no cabe nada. —Dani lo interroga con la mirada.

—De eso se trata.

—¿Y qué pasa si te llamo y no vienes? —pregunta Dani inocente.

—Más te vale que no pase —responde Roque con voz profunda.

Roque lo observa con gesto serio desde la puerta, apaga la luz y deja la habitación sumergida en una oscuridad impenetrable.

Tac. Tac. Tac.

Un ruido en el exterior despierta a Dani de la duermevela en la que flotaba. Despojado de la modorra que lo mecía, mira su reloj de pulsera y confirma que está bien entrada la madrugada. Pequeños impactos sordos rompen contra los cristales de la ventana. Goterones de lluvia, o quizás un fino granizo aparecido fuera de temporada. Medio dormido, se incorpora abriendo el pesado portón de madera. Una lluvia intermitente ha creado una fina cortina de agua que amplifica un intenso olor a hierba mojada. Fuera, las sombras espectrales de los árboles languidecen ante la débil luz de una luna menguante. La noche parece tranquila.

Dani se dispone a cerrar el pórtico cuando lo ve a unos metros de la casa. Acechando en medio de la noche, esa figura lúgubre con ropa oscura y raída, un arrugado sombrero negro de ala y con un pañuelo que le cubre el rostro. La misma que vio en el bosque frente a la casa de Alicia, esa sombra que pensó que era producto de su imaginación, que solo existía en sus pesadillas. La mirada feroz del espectro se clava en los ojos de Dani, atravesado por un escalofrío de puro terror. Con las manos temblorosas, cierra la contraventana de un golpe y abandona su cuarto aterrorizado.

—¡Socorro! —grita mientras corre por el pasillo.

Una tenue luz entre las tinieblas guía su carrera hasta el salón, donde el cañón de una escopeta le apunta a la cara y acaba por robarle el poco aliento que le quedaba. Sentado en el butacón, tímidamente bañado por el fulgor de una lámpara de mesa, Roque, con Paco a sus pies, monta guardia empuñando un rifle de caza.

—Dije que no te levantases. —Roque baja el arma y mantiene la tensión en la mirada.

Dani está bloqueado. Su piel es una sábana blanca que pide tregua y sus pupilas dos pozos negros inundados de horror. Señala fuera tratando de balbucear palabras atrapadas por el miedo.

—No rompas mis reglas, no lo volveré a repetir. Tira *pa* la cama. Yo estaré aquí.

Temblando, con el susto fluyendo por las venas, Dani regresa a la habitación. Envuelto en la penumbra del pasillo, no llega a ver cómo Roque, con el gesto tenso, amartilla la escopeta y se acomoda en la mecedora, preparado para una larga noche de vigilia.

25

«Venga guajes, acabaos el almuerzo que en nada nos vamos».

A sus setenta, Gregorio Bayón sigue siendo el alcalde de Pozuñegru después de veinte años, mucho antes de que cerrase la mina más de dos lustros atrás. En las últimas dos elecciones ni siquiera tuvo rival. Nadie en el pueblo contaba con valor para retar a alguien acostumbrado a mandar, a conseguir cuánto se proponga. Los únicos que se atreven a desafiarlo son sus nietos, Abrán y Adara, a los que apremia para que acaben el desayuno.

En el pequeño patio interior del caserón, acompañados por el canturreo jovial de los pájaros, abuelo y nietos, aún en pijama, disfrutan de un mañana que se ha levantado radiante. Gregorio ojea el periódico del día anterior. En época de internet, defiende el alcalde, enterarse el primero de algo ya no tiene valor. La mejor manera de digerir y entender una noticia es una vez reposada.

—Buenos días.

Saliendo de la casa por la puerta del patio, una mujer envuelta en un grueso batín, y los ojos tras unas gafas de sol, saluda a todos y a nadie. Dedica una breve caricia a los chicos, que la reciben con tibieza, como si formase parte de una rutina, y se deja caer en una silla, como si en lugar de acabar de levantarse, hubiese finalizado un maratón.

—Buenos días.

Gregorio responde sin dejar de mirar el periódico ni disimular una mueca de hastío. Su nuera Nela, esa eterna alma en pena, con el frío metido en el cuerpo hasta en verano, siempre cubierta con ese batín y las gafas de sol que protegen los ojos hinchados por los antidepresivos —que el alcalde sabe que toma como caramelos para la tos—, lo saca de quicio. Gregorio estrena cabreo cada mañana que la ve con esa pose de mártir, indolente desde la muerte de su hijo Bras, su marido; una actitud de víctima que Nela no ha cambiado con el paso de los años y que a Gregorio tanto lo sulfura.

—Abrán, acábate el ColaCao, copón, y deja de jugar con la comida —sentencia Gregorio.

Abrán, el pequeño, de once años, choca las galletas en una lucha imaginaria de dos titanes de repostería que acaban despachurrados en una explosión de migas. Adara, la mayor, de catorce, alimentándose de redes sociales a través de su móvil, apenas le ha dado dos sorbos al zumo y ha malmordisqueado una tostada. Gregorio acaba el último sorbo de café sin entrar a pelear en una batalla que da por perdida.

—Venga, chicos, haced caso al abuelo —sisea Nela dejándose bañar por un sol benevolente.

Una mujer entrada en años y algunos kilos, vestida con ropa de servicio, aparece en la puerta que da a la casa y se dirige hacia la mesa con gesto cansado y un andar plomizo.

—Don Gregorio, un hombre lo espera en la puerta.

—¿Un hombre? ¿Qué hombre? —replica Gregorio sorprendido.

—No me lo ha dicho. Solo que usted lo espera —responde resignada.

—Araceli, yo no espero ni a la muerte. Recoge esto, anda. Venga, guajes, a prepararse, que ya mismín nos vamos a la escuela.

Gregorio y los chicos se levantan y entran en la casa mientras Nela se sirve un café. Abrán es el único que va corriendo, dejando en la mesa de jardín los restos de un desayuno apenas disfrutado que Araceli recoge con resignada rutina. «Estos guajes, hay que ver», rumia para sí.

La casa tiene un aspecto señorial. Las paredes están forradas de una madera oscura y noble que se funde con la piedra grisácea que sustenta la vivienda. La decoración, a base de tapetes y figuritas, permanece anclada decenas de años atrás. Cabezas de animales disecados colgadas en una de las paredes le dan un aire tétrico. En el recibidor, dominado por un carillón de casi dos metros de alto, un hombre instalado en la treintena, vestido como un anciano que desea parecer joven, fuerza una sonrisa adulterada nada más ver aparecer a Gregorio.

—Buenos días, alcalde.

—Buen día, Marcial. ¿A qué se debe la visita? —responde Gregorio con desgana.

—Solo quería saludar y saber si estaba preparado para la reunión de esta tarde.

—Tranquilo, rapaz, tampoco hay tanto que amañar. —Gregorio no disimula cierto hartazgo.

—No nos pondremos a dudar ahora. —La frase de Marcial tiene más de orden que de pregunta.

—Dudar no, pero ya sabes cómo *ye* la gente.

—No sé, ¿cómo es la gente? —Marcial no disimula la ironía impregnada en sus palabras.

—La de este pueblo como la de otros. Les preocupa que grandes infraestructuras se lleven por delante su pasado, el patrimonio cultural y social. Esas cosas.

—¿Patrimonio? ¿Qué patrimonio? ¿Una mina cerrada hace más de diez años? Vamos, alcalde. Tú y yo sabemos que aquí no vienen turistas. No es que el entorno no sea bonito, pero, aparte de hincharse de verde, ya me dirás qué hay que ver. Y el pasado, ¿de verdad quieres que hablemos del pasado? ¿De todo el tiempo que se tiró esta gente encerrada en sus casas, viviendo con miedo por una estúpida superstición? —Marcial hace una pausa—. Lo mires como lo mires, les estamos haciendo un favor, solo que aún no lo saben. Al final alguien tiene que decirles lo que les conviene. Porque, aunque piensen que lo saben, solo creen que lo saben. Y para eso estamos nosotros, para enseñarles el camino correcto —sentencia Marcial.

Gregorio no está acostumbrado a que le hablen con la lengua tan suelta. Criado entre charlas de palabras lentas, de buena gana pondría firme de un guantazo a ese niñato de provincias, si no fuese por el dinero recibido y todo el que le han prometido si el proyecto llega a buen puerto. Se ha dejado encandilar por los ceros, que han torcido su voluntad, y ha entregado el pueblo a aquellos que le parecen como una plaga de langostas, llegando con sus molinos de viento a reventarlo todo.

—¿Sabes una cosa?, ahora que me doy cuenta, nunca he estado fuera de este pueblo más de dos días seguidos. Va a hacerse raro ver otras cosas. —Suspira Gregorio.

El alcalde se ve reflejado en el cristal de un ventanal. Esa imagen, la que le devolvió el espejo mientras se afeitaba, no es la del hombre rocoso con palabra de hierro. El pelo ensortijado y grisáceo, domado hacia atrás a golpe de peine y cera, ya no le parece que le favorezca. El chaleco acolchado sobre la camisa no le disimula la barriga como pensaba. De repente parece ese viejo que no quiere ser. Como todos los hombres que quedan en el pueblo, se ha curtido en las entrañas de la tierra, barrenando, picando y cargando carbón, y como todos ellos, se siente abandonado por la Administración, que pasó de apoyar la minería a demonizarla. Ahora será un traidor más a los suyos. Se consuela pensando que lo hace por sus nietos, por darles un día a día más acorde con lo que les toca vivir a su edad. Actividades, amigos, oportunidades. Pero en su fuero interno, Gregorio sabe que el mundo no vale la pena fuera de las fronteras de la vida que conoce.

—Arriba ese ánimo, alcalde. Que las penas con dinero son menos penas.

—Que se lo digan a Judas cuando vendió al hijo de Dios —responde Gregorio con pesar.

—Nuestros molinos miden ciento cincuenta metros, casi tocan el cielo. Así que Dios está bien cerca de nosotros. No te preocupes, alcalde, los vas a encandilar.

26

Tenues rayos de sol se cuelan entre las contraventanas y arrancan a Dani de un plácido sueño. Se incorpora ordenando sus recuerdos recientes, desde su llegada al pueblo, el encuentro con Roque y el susto de madrugada. La visión de aquella oscura criatura sobre la que aún no es capaz de asegurar que fuese real o solo producto de una pesadilla, como las que lo acechaban en casa de Alicia.

Se ha despojado del improvisado pijama y se ha puesto los vaqueros y la camiseta azul del día anterior; no tiene mucho más donde escoger. El relente de la mañana le provoca un escalofrío que reclama la sudadera que se niega. Nada más abrir la puerta de su habitación, mitigado por la distancia, le llega el tono de voz cavernoso de Roque. Sin duda la conversación es un monólogo, una llamada telefónica quizás, que finaliza antes de que Dani llegue al salón, inundado de un caudal desbocado de luz natural. Dani se asoma aún abrumado por la sensación de ser más intruso que invitado. Roque, enfrascado en vestir la mesa para el desayuno, tarda unos segundos en reparar en su presencia.

—Buenos días. Anda, ven a desayunar, que en un ratín nos vamos.

Las palabras tienen mayor suavidad esa mañana. Dani se acerca a la mesa y ocupa la misma silla que durante la cena. Un plato con un par de magdalenas y un paquete empezado de galletas le devuelve a los desayunos del centro de acogida, tan alejados de los banquetes con los que Alicia lo agasajaba; ambos lugares convertidos en recuerdos ingratos que lo acompañarán de por vida. Paco, sentado a su vera, espera atento y paciente las migas que puedan caer de la mesa.

—¿A dónde vamos? —La voz de Dani es casi un susurro.

—Te vienes conmigo. Aquí no puedes quedarte —responde Roque.

—Ya, pero ¿a dónde? —insiste Dani cohibido.

—Come algo, venga.

Roque moja el silencio en el café que humea frente a él y Dani no insiste. El chico esconde la mirada en el tazón de leche caliente y mordisquea una galleta sin interés ni hambre, sabedor de que no vale rebelarse ante ese hombre introvertido que no es lo que él esperaba.

El todoterreno de Roque le recuerda al de Fede por el corpulento chasis y la rudeza del conductor para enganchar cada socavón de un camino que parece trazado sobre los raíles de una montaña rusa. Durante el recorrido sortean balas de hierba envueltas en plástico, abandonadas en medio del prado. A las afueras del pueblo se divisa un parque infantil comido por el óxido, entregado a los hierbajos. Dos porterías de fútbol carcomidas por el tiempo rivalizan en la derrota con una canasta sin aro y un tablero leproso que apenas se sostiene en un corroído poste metálico. Ese lugar apartado de todo le recuerda a la escueta descripción, entre lo muy poco que explicaba de su pasado, que le dio su madre de la única zona de juegos que había donde ella vivía, algo que mencionaba siempre que él se quejaba de los pocos parques que tenían cerca de casa.

No tardan en alcanzar las primeras casas del pueblo y en adentrarse en su distribución laberíntica. A través de la ventanilla, en el recorrido por las calles fantasmales, Dani intercambia su mirada con otras cargadas de asombro de los escasos viejos y viejas con los que se cruzan, como si estuviesen contemplado un ser irreal. Dani se da cuenta de que ya no hay rastro de las sillas que ayer parecían listas para la tertulia nocturna, de que las puertas están completamente cerradas, así como la gran mayoría de ventanas. En una de las calles repara en un perro labrador negro que dormita a la fresca bajo una sombra buscada.

El *tour* dura unos pocos minutos, hasta llegar a una zona que parece despoblada. Se detienen en una plaza frente a un edificio de dos plantas de porte y carácter señorial. Una balaustrada, molduras en la fachada y un mástil sin bandera destacan la nobleza arquitectónica y la importancia que un día llegó a tener. Las rejas de forja que cierran las ventanas le confieren un aire de presidio. Roque apaga el motor y retira las llaves del contacto.

—¿Dónde estamos? —Dani observa el entorno intrigado.

—Ese edificio *ye* la escuela —responde Roque.

—¿Escuela? —pregunta Dani desconcertado.

—¿Sabes leer y escribir? —Dani asiente confuso—. Pues del resto te pondrán al día los guajes.

Roque sale del coche mientras Dani traga saliva engullido por el respaldo de su asiento. Nuevo colegio, nueva gente a la que conocer. Le viene a la cabeza la última experiencia, la más reciente y terrible, en el centro de acogida, y es suficiente para que se estremezca. A través del cristal de la ventanilla contempla el edificio y, para su asombro, repara en un detalle insólito que le había pasado desapercibido.

—¿Sales ya, *ho?*

Roque lo reclama desde la calle con un gesto autoritario que Dani obedece con parsimonia. Sin perder la cara al edificio, se dirige hacia él señalando al balcón del segundo piso.

—¿Qué hacen esos dos hombres ahí? —pregunta Dani.

—Asegurarse de que no faltó nadie a clase —responde Roque.

—¡Es que te volviste loco! —Los gritos del otro extremo de la plaza se dirigen a Roque.

—A ese hombre lo conozco. Vino a casa de Alicia; se llama Basilio, creo —susurra Dani mientras lo ve acercarse furioso hacia ellos.

—Venga, tira *pa* dentro. —Roque encara al chico hacia la escuela apremiándolo a entrar.

Dani cruza la plaza arrastrando el ánimo. Dos tipos armados con escopetas, los que ha mencionado y había visto en la tasca el día anterior, siguen desde la balconada su deambular hasta que se pierde en el interior del colegio, mientras Basilio frena a un palmo de Roque.

—¿Qué *face* aquí ese guaje? —pregunta encarándose.

—Yo no lo traje, Basilio —responde Roque con aplomo.

—Me da igual cómo cojones llegó, debes deshacerte de él —sentencia.

—Estoy en ello, créeme, pero no puedo dejarlo tirado sin más. —Roque busca una empatía que la mirada agria de Basilio le niega.

—Llevamos mucho tranquilos y no podemos permitir que vuelva. —Basilio parece asustado.

—¿Los trajiste tú, no?—Roque señala a los tipos de la balaustrada—. Hacía tiempo ya.

—Claro que los traje yo, copón. A ti te da igual, tú no tienes hijos —responde indignado.

—Yo no creo en fantasmas, Basilio. —Roque mantiene una actitud comedida.

—Ya viste lo que le ocurrió a Alicia, *cagondiós*. —El tono de su voz suena a amenaza.

—Lo de Alicia pudo ser un accidente. Ya sabes que no andaba bien desde lo de Pablo...

—Deshazte del guaje —interrumpe Basilio desafiante—. No te lo volveré a decir.

Basilio se marcha dejando a Roque con la palabra en la boca. A su espalda, Gregorio Bayón, el alcalde, tras dejar a sus nietos en el colegio, ha observado el enfrentamiento entre los dos hombres. Se acerca a Roque con un halo de turbación en el rostro.

—¿Quién *ye* ese guaje? —pregunta.

Roque enmudece frente al alcalde; la vinculación de Dani con el pasado tiene demasiadas aristas y la que afecta a Gregorio es la más afilada de todas.

—Roque, vi el parecido, *cagondiós*. ¿Quién *ye* el guaje? —reclama el alcalde.

—*Ye* el hijo de Llara —Roque hace una pausa al ver el dolor en la mirada del alcalde—. Su madre murió hace semanas, Alicia lo tenía en acogida. Llegó a mi casa tras el incendio. —Los dos hombres quedan enfrentados en silencio—. Ahora ya lo sabes.

Los tipos de la balaustrada observan cómo Roque se marcha dejando a Gregorio a solas, atónito, en medio de la plaza. Se llaman Abelardo y Serafín. El primero porta una boina que no se quita nunca, es alto y espigado; el segundo, bajito y barrigudo. Don Quijote y Sancho Panza. Ellos, con sus rifles de caza, continúan su ronda desde ese punto elevado, atentos para repeler a tiros cualquier amenaza que ponga en riesgo la seguridad de los niños que alberga el colegio.

27

—Me llamo Santos Pereda, ¿quién eres tú?

El primer chico que se presenta a Dani tiene doce años y viste con un chándal holgado que no disimula su gusto por la bollería industrial. El pelo castaño, cortado a cepillo, y unos mofletes sonrosados le otorgan un aura de bonachón. El muchacho destila emoción en su mirada alegre y en cada gesto inquieto: la presencia de un niño nuevo en el pueblo es un acontecimiento imposible de expresar con palabras.

—Soy Dani. Dani Sorribes —contesta con timidez.

Y mira a su alrededor: el colegio es una única sala con diez pupitres para los cuatro niños que, con él incluido, acuden a clase. Un mapa físico y otro político de la península ibérica visten unas paredes carentes de tradición escolar. Una pizarra emborronada con restos de tiza cuelga tras la mesa del profesor que preside la estancia. En una esquina, un armario de metal guarda en sus entrañas escaso material de papelería. El suelo, engalanado con baldosas hidráulicas en colores terrosos, es un salto a las primeras décadas del siglo anterior.

—¿Te vas a quedar mucho tiempo? —pregunta Santos eufórico.

—Pues no lo sé —responde él a media voz.

Dani permanece a distancia y contenido. Tras lo sufrido en el centro de acogida, ya no se fía a las primeras de cambio, y tiene ese nudo que atenaza el estómago producido por la inquietud de volver a conocer gente, de tener que encajar en un nuevo lugar. La misma angustia que sintió el primer día de instituto, la primera vez que cambiaba de colegio y de caras tras nueve años en el refugio de un mismo entorno. Echa de menos una vida entera, su madre a la que más, pero sus amigos, Edu y Camila, le van a la zaga: ellos tres, que fueron inseparables durante todo aquel tiempo inocente de dibujos, plastilina y obras de teatro, de carnaval por todo lo alto y de multitudinarias fiestas de cumpleaños; unos años en los que todo era fácil y no había maldad. Todo aquello se fue con el paso a secundaria, cuando la familia de cada uno escogió un instituto diferente para que siguieran con su formación y Dani tuvo que empezar de cero, haciendo nuevas amistades que, casi a final de curso, no se habían asentado por completo; algunos chicos majos, Marc y Pau sobre todo, «pero nada serio», como le decía a su madre y ella se partía de risa por la frase y el tono.

—¿Tienes móvil? —Santos está emocionado, como si tuviese delante un ser de otro planeta.

—No. Mi madre no me lo quería comprar hasta los catorce —contesta Dani encogiéndose de hombros.

—¿Y te falta mucho para cumplirlos?

—Dos meses.

—Pues ya casi lo tienes —dice Santos emocionado.

—Bueno. Es que mi madre murió —responde Dani contenido.

—Vaya, lo siento. La mía también. —Santos rebaja su euforia—. Pero igual te lo compra tu padre —dice tratando de animarlo.

—No conozco a mi padre.

—Jo, pues me parece que te vas a quedar sin móvil.

Santos es pura naturalidad e inocencia, y se entrega con un fervor solo comparable a la noche de Reyes, mientras la atención de Dani hace rato que revolotea sobre la única chica que, parapetada tras su pupitre, solo ha levantado la vista de su móvil para dedicarle una mirada desconfiada. Su pelo largo y oscuro, repeinado hacia un lado, cae como una cortina sobre su oreja derecha. Sentado en la mesa de al lado, un niño más pequeño, de cara risueña y pecosa, como una ardilla traviesa, ha tratado de levantarse para acercarse al recién llegado, pero ella lo ha frenado para su profundo desencanto.

—Adara, guarda el teléfono. Abrán, siéntate bien, anda.

La voz de Roque suena como el trueno que anuncia la tempestad. Dani se vuelve para comprobar que se coloca tras la mesa del profesor.

—Hoy nos acompaña Daniel Sorribes. Anda unos días de paso por el pueblo. Santos, ¿dónde nos quedamos ayer?

—En historia. Hablábamos del conflicto de los mineros ingleses en los años ochenta —responde mirando un libro abierto sobre la mesa.

—¿Y qué dijimos, Abrán?

—Que Margaret Thatcher era una bruja de las pelotas. Eso dice mi abuelo.

Abrán suelta una risotada que Santos comparte. El cachondeo dura lo que tardan en conectarse con la mirada intransigente de Roque. En un segundo, el silencio y el respeto vuelven a los pupitres de los dos niños.

—¿Qué dijimos, Adara?

La chica, que ha seguido ojeando el teléfono a hurtadillas, despega la vista de la pantalla para encararla hacia la clase con evidente arrogancia.

—Fue una huelga masiva que paralizó la industria del carbón entre 1984 y 1985. A la vez se convirtió en una lucha simbólica entre el sindicato nacional de mineros, uno de los más poderosos del país, y el Gobierno. Margaret Thatcher, la primera ministra, utilizó una táctica de desgaste con los huelguistas en la que incluso llegó a excluir a sus hijos de los comedores escolares y de las ayudas para los uniformes.

—¿Y qué supuso para las relaciones laborales del país? —Roque lanza su pregunta hacia la clase tratando de motivar al resto para que se impliquen.

—La derrota de los huelguistas provocó que el movimiento sindical del Reino Unido se debilitase y fue un precedente hacia el que miraron el resto de los gobiernos en Europa.

Con aire de diva, Adara se recrea en su confianza de saberse la lección. Los catorce años suenan en su boca a treinta. Su perfecta explicación ha dejado a Roque satisfecho, a Santos y a Abrán, conformados en su habitual papel de furgón de cola, y a Dani seducido por aquella chica de profundos ojos negros que lo ignora y que tanto lo atrae.

28

—¿Cómo *ye* que viniste hoy?

Nela Monzón se dirige a Gregorio, su suegro, que permanece cerca con semblante impaciente. Apostada bajo la sombra alargada de un árbol de la plaza, espera que sus hijos salgan de la escuela.

—¿Es que no puedo recoger a mis nietos, copón?

Nela se retira el flequillo castaño y se encoge de hombros ante la rudeza del alcalde, curtida durante años de aguantar el carácter despótico de alguien acostumbrado a ser punta de lanza. Le extraña que haya decidido acompañarla cuando su pacto no escrito es que él acerca a los niños por la mañana y ella los recoge a la salida, dejando el mediodía libre para ese viejo dictador. Pero tampoco le da más vueltas: en ese pueblo nada es normal hace años, si es que lo fue alguna vez. Nela inspira y agradece que las gafas de sol protejan el llanto contenido en una mirada vidriosa que se rompe con demasiada frecuencia; ya ni se plantea por qué de repente le entran ganas de llorar, algo casi habitual. Lo que daría por tener fuerzas para no ser ella, por no haber dejado las ganas de vivir en el nicho donde reposan los restos de Bras, su marido; por tener el coraje de agarrar a sus hijos y huir de allí con una mano delante y otra detrás, apoyándose en nadie, en dirección a ninguna parte; porque sin trabajo, con la formación justa, sin familia cercana ni dinero propio del que disponer, Nela cree que su única vía de escape de ese lugar que la está matando es acompañar a su esposo en la verdadera muerte.

Las clases duran hasta el mediodía. Basilio Pereda, el padre de Santos, espera a distancia del alcalde y su nuera bajo el paraguas de seguridad que ofrece la vigilancia armada de la escuela. Dani es el primero en aparecer, y espera en el umbral a que Roque acabe de recoger para irse con él. Al salir, Adara ni se despide, instalada en una total indiferencia. Abrán le dedica un saludo furtivo antes de lanzarse como cada día a los brazos de su madre. Santos, ante la agria mirada de su padre, le estrecha la mano deseando que vuelvan a reencontrarse al día siguiente.

Tras Gregorio, absorto por la presencia de Dani, Nela se sobrecoge al descubrir al chico nuevo.

—¿Quién *ye* ese guaje? —Nela va hacia él, pero Gregorio la frena.

—Yo me encargo, marchad para casa.

La mirada del alcalde no admite discusión. Solo de ver las facciones del chaval, la impresión de Nela se torna frustración: ahora entiende la razón por la que su suegro ha querido acompañarla, y no ha sido precisamente por un deseo de ver a sus nietos o de disfrutar de la compañía de ella.

—¿Sabéis de dónde salió el guaje nuevo? —les pregunta Nela a sus hijos en un susurro.

—Ni idea —responde Adara absorta de nuevo en su móvil—. Solo sé que se llama Daniel.

Apretando los dientes, Nela marcha hacia casa a rebufo de sus hijos, que han emprendido el camino de vuelta como ha ordenado su abuelo. No le ha hecho falta más que un vistazo para darse cuenta de lo mucho que aquel muchacho desconocido se parece al responsable de la muerte de su marido, opine lo que opine el cabrón de su suegro.

Varado en la plaza, sin poder dejar de observar al guaje, Gregorio no tiene duda de cuánto se parece a Damián, su hijo pequeño, fallecido hace casi trece años. Antes de que Basilio se marche, lo intercepta agarrándolo del brazo ante la mirada sorprendida de Santos.

—¿Tú sabías algo del guaje? —El rostro de Gregorio despide una furia incontrolada.

—Lo vi en casa de Alicia —responde Basilio amedrentado.

—¿Y no se te ocurrió decirme nada? —El alcalde aumenta la presión sobre el brazo.

—Pensé que no acabaría en el pueblo. —Basilio trata de soltarse sin éxito.

—Pensar no *ye* lo tuyo, Basilio —escupe Gregorio entre dientes.

—Descuida alcalde, no se volverá a repetir. —De un tirón, Basilio se zafa de la mano ruda del alcalde—. Venga Santos, vamos *pa* casa.

Basilio se va con su hijo dejando al alcalde poseído por una rabia que se le desborda. Desde la puerta de la escuela, Roque y Dani han contemplado la escena de tensión entre los dos hombres.

—Vente, que tenemos que comprar aquí mismín.

Justo cuando Gregorio repara en ambos, el profesor se lleva al muchacho en dirección contraria para evitar un enfrentamiento que, tarde o temprano, sabe que se producirá.

Roque y Dani callejean por el empedrado en silencio. Viejos rostros desconfiados los observan atrincherados tras las ventanas cerradas a cal y canto, como apreció el chico esa mañana.

—¿Y ese perro? —pregunta Dani señalando al mismo labrador negro, que aún dormita en el mismo lugar donde lo vio al ir hacia el colegio.

—No se sabe de quién es, pero lo cuidan entre todos —responde Roque.

—¿Tiene nombre? —pregunta Dani sin dejar de observarlo.

—Si lo tuvo, nadie lo sabe. Todos lo llaman Pelayo, aunque no hace ni puñetero caso.

El perro ni se inmuta cuando pasan a escasos metros de su vera, ya mayor y acostumbrado a que lo acaricien y alimenten infinidad de manos.

El destino de Dani y el maestro es una casa que, para sorpresa de Roque, tiene la puerta cerrada. En los ventanales a ambos lados se exhiben encurtidos envasados y viandas enlatadas.

—¿Dónde está la casa de mis abuelos?

Roque suspira al escuchar la pregunta del chico; deseaba que no recordase la información que le dio ayer por la noche para no tener que enfrentarse a sus recuerdos.

—Es aquella.

Roque señala hacia una vivienda cercana al colmado, que solo se diferencia del resto por el evidente abandono: suciedad general, ventanas desconchadas con algunos cristales rotos, tejas partidas y la puerta de entrada corroída por el desamparo y la falta de cuidados.

Ambos se quedan admirándola un instante, Dani tratando de imaginar un pasado que nunca conoció; Roque intentando frenar la nostalgia que lo invade al pensar en ese tiempo que él sí llegó a conocer.

—Anda, vamos, no se nos haga tarde.

Se acercan a la puerta del colmado y Roque la aporrea esperando una respuesta que llega desde el interior como un grito atronador.

—¿Qué pasa, *ho*?

—Buen día, Niceto. Venía por el encargo —grita Roque desde fuera.

Una campanilla sobre la puerta suena estridente cuando se abre con la misma vehemencia que muestra el rostro del hombre que la abre. Justo el viejo de ojos claros que se enfrentó a Dani en la tasca en la tarde de ayer.

—Copón. Me iba *pal xigre* a echar una copa de guinda —responde Niceto con rudeza—. Veo que no viniste solo.

Niceto muestra la misma expresión áspera del día anterior al ver a ese chico desconocido.

—Este *ye* Daniel. Vivía con Alicia; de momento está en mi casa hasta que veamos qué hacer con él —dice Roque tratando de rebajar la tensión.

—Así que los quesos eran *pa* ti. Espero que te gustasen. El Gamonéu le costó unas buenas perras. Una lástima lo que le ha *pasao* a esa pobre desgraciada. —Le dirige a Dani una mirada de reprobación, sin que necesite pruebas ni razón para juzgar a ese desconocido.

—Sí, un terrible accidente. —Roque trata de apaciguar los ánimos.

—¿Se sabe cómo está? —pregunta Niceto.

—Mal. Al parecer la ingresaron en la unidad de quemados de Mieres con un hilo de vida.

Niceto Castro no cede de su intención acusadora; se adentra en la casa sin invitarlos a pasar. Antes de acceder al interior, Dani se dirige a Roque a media voz.

—¿Qué es eso del *xigre?*

—*Ye* el bar del pueblo. Xurde, el paisano que lo lleva, es el *xigreru*, el dueño del local.

Dani asiente sin demasiada convicción mientras entran al local, una apañada tienda de ultramarinos con un mostrador que la divide en dos. Tras este, un par de estanterías hasta el techo acumulan productos envasados. A ambos lados del tablero reposan artículos a modo de muestrario: aceite, botellas de orujo o de sidra, queso envasado al vacío y alguna caja de consejos paserinos, unas pastas típicas de la zona. Niceto no le quita ojo a Dani, que se remueve incómodo.

—¿Y qué hacía este guaje en casa de Alicia? —dice Niceto mientras trastea entre las estanterías.

—Lo tenía en acogida. Parece que nadie en el pueblo lo sabía. —Roque responde la pregunta que se adivina en la mirada del viejo—. Ponme también unas galletas, anda —pide Roque.

Dani observa las paredes del establecimiento, cubiertas de antiguas fotos de mineros en blanco y negro. Destaca en medio de estas un cartel blanco con los bordes rojos y la inscripción «P-400 G». Un golpe sordo sobresalta al chico, que recupera la atención hacia el mostrador. Niceto ha dejado caer con saña la caja que contiene el pedido de Roque.

—Ese cartel me lo quedé cuando cerró la mina. Indica que la galería general estaba a 400 metros de profundidad. —Dirige su atención a Roque con una mirada de reproche—. Cómo se te ocurre traerlo al pueblo, cago en mi manto.

—Te dije que yo no lo traje —se defiende Roque.

—Ya me entendiste, *cagondiós.*

—¿Qué cojones queréis, que lo deje tirado a la intemperie? —protesta Roque.

—Dime que esta noche no dormiste con la escopeta —le espeta rotundo.

La callada por respuesta de Roque es una afirmación tajante. Dani mantiene los ojos clavados en el suelo, incapaz de enfrentarse a ese hombre que tanto rechaza su presencia.

—¿Y quién *ye* este guaje para que la gente del pueblo tenga que sentirse espantada otra vez? —Niceto mantiene la tensión en sus palabras.

—*Ye* el hijo de Llara Sorribes. Murió hace unas semanas —responde Roque afligido.

La confesión cae sobre Niceto como un jarro de agua fría. La seriedad del rostro ha mutado hacia un profundo pesar y un nudo de amargura crece en su garganta. De un vistazo contempla las fotos que lo rodean, recuerdos de una vida dura, donde los mineros horadaban las entrañas de esa tierra. Tiempos duros pero sencillos. Ahora los pocos hombres que quedan, como él, se ven atrapados por la tristeza de lo que pasó en la mina. El viejo dirige una mirada amable a Dani que nada tiene que ver con su brusca actitud anterior.

—Hace años, cuando la mina aún funcionaba, el tendero guardaba bajo el mostrador las mejores piezas de cordero *pa* la gente importante. Filetes no tengo, pero esto *ye* calidad. —Niceto saca de debajo del tablero una caja de dulces que entrega al muchacho acompañada de un guiño—. Tu madre era un encanto, guaje.

Tras la duda inicial, Dani acepta la ofrenda y da las gracias con una leve afirmación de cabeza. Roque recoge la caja con la compra y están encarando la salida cuando Niceto retiene al profesor.

—¿Se lo contaste? —le pregunta a media voz.

—¿Contarle el qué?

—No vengas con esas, Roque. Si guardas al guaje, tendrás que decirle todo lo que debe saber.

El silencio de Roque es tan hondo como el convencimiento de Niceto de que no piensa explicarle al chico lo que pasó con su madre, algo que merece saber por muy dolorosa y cruel que sea la verdad.

29

De la vida animada que bullía años atrás en el café-teatro de Pozuñegru no quedan ni los cimientos, cuando por allí aparecían las hordas de mineros, con la paga ardiendo en el bolsillo, deseando calcinarla en alcohol y diversión, para limpiarse las venas y las retinas de la penumbra de las galerías que excavaban como obedientes hormigas. Pedazos de una vida de la que no queda nada.

La sala diáfana es un espacio oscuro, repleto de ausencia, envenenado por la tristeza. En la platea, unas decenas de sillas permanecen ocupadas por otros tantos vecinos de rostro amargo. Personas desprovistas de anhelos, víctimas de la nostalgia y del temor al pasado a las que ahora, con la aparición de ese guaje al que Roque da cobijo, les preocupa que regresen los malos momentos para atormentarlos de nuevo. Que vuelvan las sombras y los ruidos en la mina, que pierdan esa falsa sensación de tranquilidad a la que se habían acostumbrado. Los cuchicheos saltan de boca a oreja como un reguero de pólvora; chismorreos ahogados en el eco del local sobre la procedencia de ese muchacho que tanto se parece al hijo pequeño del alcalde, muerto en las entrañas de la mina, y que nadie sabe de dónde ha salido. La cadena de rumores crece entre los asistentes y con ella el rencor hacia un chico del que no saben nada, pero al que ya han sentenciado sin darle opción de explicar las circunstancias que lo han llevado a Pozuñegru.

—Qué desfachatez la del profesor, sabiendo todo lo que ya vivimos con los guajes —farfulla en uno de los varios corrillos un viejo de orejas grandes y cejas blancas y pobladas.

—Quizás por eso debéis dejarle que se explique y no crucificarlo de antemano. No seáis vinagre; sabiendo por lo que pasamos, no acogería a ese guaje sin un razonamiento.

Nieves Arroyo hace tiempo que no se muerde la lengua ni le importa remar a contracorriente del resto de sus vecinos. A diferencia de la mayoría de mujeres del pueblo, luce con orgullo sus casi sesenta primaveras. Con su media melena cobriza bien peinada, vestida con vaqueros y una camisola oscura que encajan en una silueta todavía en forma, el carmín rojo de sus labios destaca sobre una piel tersa y blanca de princesa de cuento.

—Si Fausto levantase la cabeza —espeta una de las mujeres atrapadas en un luto perpetuo.

—Si Fausto volviese de la tumba, lo haría con una buena erección en los pantalones; de eso no te quepa duda —responde Nieves con desparpajo al murmullo cazado al vuelo.

Ya no le preocupan los rumores ni los comentarios a sus espaldas, ni las miradas reprochándole el color con el que ha decidido pintarse los labios. Las razones por las que sigue viviendo en el pueblo se las guarda para quien merezca saberlas. Fue su marido el que murió, no ella, y eso es algo que le ha llevado mucho tiempo y lágrimas entender.

Las cortinas de fieltro rojo del escenario se desploman como cascadas de melancolía. Sobre las tablas, Gregorio Bayón y Marcial, el comercial de la empresa eólica, mudan papeles de mano cuchicheando con complicidad. Menos cómodo el alcalde que, sobreponiéndose a sus propias dudas, agarra un micrófono y se lanza a romper el murmullo que ha conquistado el silencio.

—Gracias a todos por acudir. Me acompaña Marcial Robles, delegado comercial de la empresa Eoloret. Ni que decir tiene que os resolverá mejor que yo las dudas que tengáis.

La indiferencia de los asistentes no logra romper el profundo silencio. No repara en los detalles técnicos que Marcial trata de hacer comprensibles. Las características de los aerogeneradores, su increíble potencia nominal, o la velocidad del viento de corte no son más que música sorda. Les trae sin cuidado que la mitad del territorio español no sea apto para instalar parques eólicos por su sensibilidad ambiental. Ni se inmutan al ser informados de que sus terrenos forman parte de las cuatro a seis millones de hectáreas a ocupar para cumplir con el objetivo de la Unión Europea en implantación de energías renovables. No les importa oír hablar de progreso, de oportunidad, de trato justo. Conocen ese laberinto administrativo del que no se puede salir sin entregar algo a cambio. Al final siempre es lo mismo, y lo único que queda es discutir cuánto dinero se recibe por entregar un pedazo de alma. Como les ocurrió, cuando cerró la mina, después de todo lo que pasó.

—¿Por qué nosotros? ¿Por qué este pueblo?

El eco del teatro amplifica el tono huraño de la pregunta que surge del final de la sala. Marcial sonríe desubicado. No esperaba hallar un obstáculo así entre la concurrencia.

—A nuestra empresa no le interesan los caladeros de viento. Están demasiado explotados. Buscamos zonas por descubrir, nuevos yacimientos eólicos. Por eso estamos aquí —responde Marcial con tono pausado.

—Estáis aquí para quedaros con todo. No tenemos que abandonar una tierra que fue nuestra siempre. ¿Para ir adónde? ¿A la ciudad? ¿Qué hacemos nosotros en la ciudad, *cagondiós?*

Gregorio no necesita rebuscar en la oscuridad del fondo para reconocer la voz de Roque Mayo. De pie, apartado del resto, igual que vive, asiste a la falta de combate de quienes tanto habían peleado. Mujeres y hombres convertidos en pellejos sin coraje.

—Cierto. Nos interesa este pueblo. Y pagaremos generosamente. —Marcial mantiene el tipo y la entereza ante la insistencia de Roque.

—¿Y qué más os da unos kilómetros aquí o allá? —insiste Roque.

—Nos da porque vemos lo que otros no llegan a ver. Y ofrecemos algo más que justo.

—Ya, pero la gente quedará sin sus casas mientras os llenáis los bolsillos de perras.

—Es un buen trato, para unos y para otros. El problema es que todos quieren energía limpia, pero nadie la quiere cerca. —Marcial adopta un tono condescendiente.

—Lo que nadie quiere *ye* que el progreso se lleve su vida por delante. Eso ya le ocurrió a este pueblo con la reconversión de la minería.

—Si en cada una de las cuencas mineras hubiese fábricas de palas eólicas o de placas solares, todos se sentirían como si les hubiese tocado la lotería.

—Pues pudiesen haberlo *pensao* antes de dejar tiradas a tantas familias —sentencia Roque.

—Nosotros somos los de la energía renovable. Nosotros somos los buenos. —Marcial se dirige al público buscando una aprobación que no llega.

—Pero, para ser los buenos, echáis a los paisanos a la calle y os quedáis con el mejor terreno.

—Caballero, he dicho que somos los buenos, no los tontos.

La conversación ha subido de tono en una escalada de reproches sin control. La tensión se ha adueñado de la cara de Marcial. Sus gestos se alejan de la imagen cordial de una empresa que pretende mejorar la vida de una gente que no ha pedido ser salvada.

—Este pueblo es también todo lo que vivimos aquí, y eso no puede quedar atrás. —La voz de Nieves resuena en el teatro—. No es solo un trozo de tierra, también son recuerdos.

Basilio Pereda, el padre de Santos, chista contrariado ante el giro de los acontecimientos. Acomodado entre las sombras del final, mantiene una pose de plantón policial que no le es ajena después de haber trabajado más de veinte años como vigilante de seguridad. Va cambiando el peso de pierna para no sobrecargar la lesión que lo empujó a una jubilación anticipada. De soslayo, no pierde de vista a los chavales que esperan aburridos, sentados en un rincón del improvisado auditorio. Adara, como siempre, abducida por la pantalla de su teléfono; Abrán, Santos y Dani, separados un par de metros, languidecen en sus sillas ante la total prohibición de levantarse o hablar entre ellos. Cerca de los chicos, Nela se derrama indiferente en su asiento: marcharse del pueblo con su suegro sería para ella como seguir en esa tierra maldita, sin poder dejar atrás todo el dolor que arrastra.

—¿Y por qué no votamos, *cagondiós?*

Niceto se ha sumado a la causa que, por la cara descompuesta de Gregorio, está tomando un cariz demasiado agrio. Otras voces, apagadas hasta ese instante, se suman a la polémica: «Igual sí habría que votar».

Marcial intenta comprender esa resistencia a dejar un pueblo enfermo de muerte, un sinsentido cuando ya nada los retiene allí. Apenas vive un centenar de personas, no tienen hijos y solo quedan cuatro niños. Es un lugar sin futuro, con el único medio de subsistencia, la mina, cerrado desde hace años, sin más recursos que puedan explotar y con un pasado terrible. Mirando el revuelo formado en la platea, desearía gritarles que están locos, que no hay esperanza ni nada que los ate a esa tierra. Gregorio observa a sus paisanos entre sorprendido y abatido; si bien es cierto que no les queda nada por lo que luchar, allí tienen sus casas, una vida conocida, y empezar de cero les da cierto reparo; eso el alcalde lo sabe bien. Aquella es gente curtida, acostumbrada al dolor y al trabajo duro, incluso a la desgracia, y los muertos, los que enterraron y los que jamás aparecieron, son las raíces más profundas que tienen en ese entorno baldío que llaman hogar.

Ambos se miran contrariados y aunque ni uno ni otro lo dice, no esperaban que aquel rebaño pudiera sublevarse. En toda revolución siempre hay un caudillo, y tanto Marcial como Gregorio le han puesto una cruz a Roque. Un reaccionario cuyo romanticismo no piensan dejar que les arruine los planes.

30

El día siguiente a la reunión, el pueblo se despereza tan anestesiado como siempre. Ni la fecha fijada para la votación le ha ganado el pulso a ese ritmo adormecido. El zumbido impertinente de algunos insectos se mezcla con el crujido de la madera cuarteada de las ventanas que, como girasoles, van abriéndose con la salida del sol. Pelayo, ese labrador negro y viejo, de andares narcotizados, se bambolea huyendo del calor hasta dejarse caer en un rincón sombrío de una calle desierta.

Roque y Dani son víctimas de esa misma rutina, y calcan una vez más la jornada del día anterior: desayuno, escuela, compra y a casa, donde espera impaciente una tarde colmada de aburrimiento. Tirado en la cama de su cuarto, Dani piensa que, a pesar de lo sencillo que le ha resultado adaptarse al colegio, donde Santos se porta genial y ese pequeño, Abrán, se muestra tan risueño y receptivo —aunque su hermana se mantenga hermética y distante—, echa mucho en falta los partidos de fútbol durante el recreo en el patio del instituto. El motor de un coche acercándose llama su atención; a través de los visillos de la ventana ve que se detiene justo ante la entrada de la casa. Una visita que no augura nada bueno.

Roque abre la puerta con el desconcierto de quien no espera a nadie. Confusión que se torna en recelo al toparse con una patrulla de la Guardia Civil. De los dos policías, el suboficial, alto, moreno y gesto amable, lleva la voz cantante.

—Muy buenos días, ¿Roque Mayo?

—Yo mismo. —Roque se mantiene a la defensiva.

—Nos ha llegado una denuncia de que acoge a un menor en situación irregular.

A Roque le vienen a la mente las palabras de Basilio: «Deshazte del guaje. No te lo volveré a decir». Está claro que su amenaza no era un farol y que ha decidido pasar a la acción. Hace un esfuerzo por mantener la calma, pero de forma inconsciente bloquea la puerta y tensa los puños. Las historias de luchas entre mineros y guardias en la Guerra Civil le impregnaron desde pequeño un sentimiento de aversión al tricornio.

—Eso no *ye* del todo cierto. *Ye* el hijo de una buena amiga.

—¿Está su amiga con el niño? —pregunta el suboficial.

—Mi amiga murió. Cuido unos días del guaje.

—¿Y el padre?

—Nunca se supo. Oiga agente, ¿hay algún problema? —pregunta Roque inquieto.

—Eso ya lo veremos. Haga salir al menor —ordena el segundo agente.

—¿Realmente *ye* necesario?

—Por favor, avise al chico que salga. Ya. —El suboficial insiste con la paciencia al límite.

Roque cede; sabe que si se resiste acabará esposado en la parte trasera del coche patrulla y Dani en un centro de acogida. Volviendo sobre sus pasos, se acerca a la entrada, pero no necesita adentrarse en la casa: Dani esperaba tras la puerta un encuentro con la policía que, por mucho que se lo negase, sabía que tarde o temprano tenía que llegar.

—Buenas tardes. Eres Daniel Sorribes Castro, ¿verdad? —pregunta el suboficial.

—Sí, soy yo —responde con la voz ahogada.

—Estabas en régimen de acogida en casa de Alicia Castán, ¿es así?

Dani asiente sin mediar palabra, con la mirada hundida en el mar de hierba, tratando de contener el llanto que crece tras el nudo que se le forma en la garganta al pensar que la vuelta al centro de acogida parece inevitable.

—Tendrás que venir con nosotros —apunta el suboficial sin acritud.

—¿Y eso? —pregunta Dani.

—Necesitamos hacerte unas preguntas sobre lo qué ocurrió en casa de Alicia.

—Yo no hice nada. —Dani se pone a la defensiva.

—Nadie ha dicho eso, pero debemos saber qué ocurrió en el incendio. —El suboficial mantiene un tono calmado—. Y tendremos que avisar a asuntos sociales; aquí no te puedes quedar.

—No quiero volver al centro de acogida. —Dani tensa los puños. Entre furioso y asustado, sigue con la mirada clavada en el suelo.

—Eso ya lo veremos, pero de momento tenemos que irnos.

El suboficial avanza hacia el chico, que retrocede colocándose a refugio de la sombra de Roque, que lo parapeta tras él protegiéndolo de unos guardias que elevan el nivel de tensión ante la actitud rebelde del profesor.

El motor de un coche al acercarse y el sonido impertinente del claxon los interrumpe. El vehículo frena con demasiada estridencia clavando parte de la rueda en el césped. Del auto desciende una mujer demasiado tapada para el calor excesivo que sufren ese año. Una cascada de pelo negro le riega los hombros; en su rostro destacan unos profundos ojos negros.

—Buenas tardes, ¿puedo ayudarlos?

31

Berta desciende del coche con ímpetu, casi de un salto y se dirige decidida hacia los agentes.

—¿Quién es usted? —El suboficial tensa el porte marcando terreno.

—Me llamo Berta Miralles. Soy educadora social de la DGAIA, el organismo de atención a la infancia y la adolescencia de la Generalitat de Catalunya. Este chico, Daniel Sorribes, está a mi cargo. —El tono de Berta es firme.

Desde el asiento trasero del coche de Berta, el perro, tembloroso y con la mirada triste, observa la escena a través de la ventanilla.

—Hasta dónde sabemos, se encontraba en régimen de acogida en casa de la señora Alicia Castán —contesta inflexible el suboficial.

—Así es. Bueno, así era hasta su lamentable accidente. —Berta deja asomar un gesto afligido.

—¿Y qué hace el muchacho en casa del señor Mayo? —inquiere el suboficial.

—El señor Roque Mayo es amigo íntimo de los progenitores. Estamos en fase de regularizar la situación de acogida de Daniel, pero mientras se cumplen los trámites, lo he traído al pueblo de su madre para cerrar asuntos familiares.

—¿Es muy normal que los educadores en Catalunya hagan visitas turísticas? —apunta sarcástico el segundo agente.

—Nada es muy normal últimamente en mi tierra. Ya me entiende. —Berta trata de romper el hielo, pero la actitud distante de los agentes la obliga a seguir en su solemne rol de funcionaria—. Pueden contactar con Carmen Palau, trabajadora del ICAA, el instituto de acogida y adopción. Ella podrá corroborar todo lo que les estoy diciendo. Aquí tienen mi documentación y su contacto.

Berta alarga su carné de identidad y una tarjeta de visita sin que se lo pidan. El suboficial recoge los documentos y los entrega a su compañero, que se dirige al coche patrulla a realizar la comprobación pertinente. Berta arquea media sonrisa ansiosa mientras deambula sin rumbo. Sabe que Carmen ratificará la historia apalabrada con ella: tras el incendio en casa de Alicia, no puede permitir que Dani vuelva a ser carne de régimen interno.

Roque, inmóvil bajo el marco de la puerta, se mantiene a la expectativa. Recuerda anteriores visitas de la Guardia Civil a Pozuñegru, y sabe que ellos lo saben. Que en el pueblo ocurrieron cosas terribles, que se hablaba de una sombra, una maldición que traía la mina, algo que nadie osaba explicar a la

Policía por el qué dirán. La oscura reputación del pueblo ha quedado, aunque Roque no crea en fantasmas.

El policía junto al coche hace un gesto a su compañero para que se acerque. El intercambio de impresiones a media voz apenas dura. El suboficial, con los documentos en la mano, se dirige hacia Berta y se los entrega.

—La técnica de ICAA nos ha confirmado la historia, gracias. Sin embargo, necesitamos la versión del chico sobre lo ocurrido en casa de la señora Castán.

—¿Se podría llevar a cabo una declaración aquí mismo? —pregunta Berta—. Por evitarle el mal trago de ir a comisaría.

—La verdad, no le veo inconveniente —responde el suboficial, al tiempo que con un gesto le indica a su subordinado que traiga una libreta del vehículo.

Mientras los agentes se preparan para tomarle declaración, Berta se acerca a Dani, visiblemente inquieto, para tratar de calmarlo.

—Te van a hacer unas preguntas, Dani. Tú tranquilo —le habla en un susurro, de espaldas a los guardias—. Contesta lo imprescindible y, si tienes dudas, simplemente di «no me acuerdo», ¿está claro?

Dani le responde con un lento movimiento de cabeza afirmativo y Berta le devuelve una sonrisa y un gesto cariñoso en el pelo buscando reconfortarlo.

Durante varios minutos, el suboficial bombardea a Dani con preguntas relacionadas con el origen del incendio, su estancia en la casa y su relación con Alicia. Tal como le ha sugerido su educadora, apenas se aleja de los monosílabos, pasando por frases cortas, justas de interés, y completando su testimonio con algún que otro «no sé, no me acuerdo»; poco a lo que los guardias puedan aferrarse ni por lo que deban sospechar del chaval. Dani no hace ni una mención a la verdad de lo ocurrido que levante la más mínima duda por la que pueda acabar de vuelta en el centro de acogida.

—Muchas gracias por la colaboración. —El suboficial se dirige a Berta—. Si tenemos más preguntas, nos pondremos en contacto con usted.

—Descuiden. Un placer ayudarlos —concluye Berta.

Un leve y cordial saludo con la mano en la gorra y la pareja de la Guardia Civil se monta en su vehículo para desaparecer rumbo a Pozuñegru.

—Lo has hecho muy bien. —Berta regala el cumplido al chico con una sonrisa.

—Gracias —contesta Dani lacónico—. Tú la avisaste, ¿no? —Dani se encara con Roque.

—Aquí no te puedes quedar. Ya te lo dije. —Roque evita la mirada afligida del chico—. Este no *ye* lugar seguro para ti.

Dani recuerda el número de móvil manuscrito que dejó Berta entre las páginas del libro de su madre, el mismo que Roque marcó para avisarla de que el chico estaba en el pueblo. «Por si lo necesitas», escribió; unas palabras cargadas de sinceridad que a Dani le suenan a traición de esos dos adultos que se niegan a ver lo que de verdad necesita.

—¿Vas a llevarme de vuelta al centro?

La pregunta de Dani deja a Berta bloqueada y sin respuesta. En realidad, no sabe exactamente a qué ha venido, si lo ha hecho por él o por ella misma, y tampoco desea mentir y decirle que todo va a salir bien cuando no tiene claro qué hacer. Lo que sí sabe es que un par de días atrás tuvo la desagradable sorpresa de encontrarse con Salva, el cabrón que la forzó, esperándola en la puerta de casa. Desmejorado, con los ojos incrustados en las cuencas sobre unas marcadas ojeras, los pómulos afilados surcados por una barba dispersa y la ropa descuidada. Casi escuálido, convertido en una sombra del hombre que un día fue.

—¿Pensabas que no te buscaría? Me han echado del curro. Los vecinos me señalan en el súper. No me encerraron porque tus cicatrices de mierda les hicieron dudar de si decías la verdad o solo eras una puta suicida. Así que le dirás a todos que pusiste la denuncia porque estás loca, por celos o por lo que te salga del coño. Pero tú no me jodes la vida como que me llamo Salvador Canal. ¿Estamos? Con todo lo que he hecho por ti. La de veces que te he follado tocando esas asquerosas marcas.

La llegada oportuna de un vecino le había permitido zafarse de su acosador y refugiarse en casa, ahogada en llanto y con un severo ataque de ansiedad. A la mañana siguiente, incluso antes de que fuese temprano, había recibido una llamada de Carmen Palau narrándole el voraz incendio en casa de Alicia. Cómo se la habían llevado los servicios de emergencia con quemaduras graves, pero viva. Lo peor es que no habían hallado ni rastro de Dani, evaporado igual que el fuego que había devorado buena parte del caserón. En una decisión tan poco madurada como necesaria, Berta había cargado en el coche una maleta y arrastrado al perro, esquivo desde que había intentado ahogarlo, y se había lanzado a la carretera.

Necesitaba huir de todo: el dolor que sentía desde la agresión de Salva la consumía, apenas la dejaba comer y dormir solo a base de pastillas. Despertaba cada mañana con ganas de llorar. Había cogido la baja para centrarse en vivir como un alma en pena, aceptando que se había hecho trizas hacía tiempo, que no recordaba la última vez que había estado entera. Ante la casa de Alicia, viendo con sus propios ojos los restos de hollín agarrado a las paredes, había recibido la llamada de Roque ubicando a Dani en Pozuñegru e instándola a que se lo llevase de allí. Había mentido a los agentes de policía que investigaban el incendio al asegurarles que el chaval estaba en lugar seguro, que no había denuncia que cursar. Así había decidido hacer del rescate del chico un propósito de vida que la ayudase a salir del fondo del pozo en el que se sentía, y ahora que lo tiene delante no sabe hasta qué punto ha hecho bien viniendo sin una alternativa mejor al centro de acogida que ofrecerle.

—Dani, estás en un limbo legal. Tarde o temprano te obligarán a volver al sistema. Lo mejor será que te vengas conmigo y ya veremos qué hacer. —Berta trata de mostrarse conciliadora.

Dani retrocede un par de pasos mostrando una evidente desconfianza.

—Oye guaje, gracias a ella no marchaste con la Guardia Civil —interviene Roque.

—Yo no pienso volver al centro. —Dani se encara con ambos, su mirada decidida ya no es la del muchacho pusilánime que era.

—Lo entiendo y haré cuanto pueda para que no sea así, pero si al final no queda otro remedio, estaré a tu lado. Te lo prometo —afirma la educadora.

—¿Y también me prometes que los chicos no volverán a amenazarme y a pegarme? —le reprocha Dani con amargura.

—Yo... Si lo hubiera sabido... —Berta enmudece ante aquella revelación inesperada.

—¿Qué habrías hecho? ¿Devolverme a mi madre? —Dani se encara con Roque, parado en la puerta—. ¿Y tú? ¿Por qué tenía mi madre una postal con tu nombre? ¿Por qué quería que te encontrase? ¿Para qué me traicionaras así?

Con la voz rota, Dani no puede contener el llanto que se derrama por sus mejillas. Azotados por la culpa, Berta y Roque son partícipes del dolor del chaval, un desconsuelo que los atraviesa hasta el tuétano.

—Iré a por mis cosas —musita Dani cabizbajo.

El chico se seca las lágrimas con la camiseta y se dirige hacia la casa arrastrando los pies.

—Espera, guaje.

Roque bloquea la entrada al muchacho. Desde que llegó Dani, aunque no lo reconozca, no ha sido él mismo. Y debe escoger si luchar contra la desconfianza de sus vecinos o el peso de la culpa por el pasado. Sabe que si pronuncia las palabras que se le arremolinan entre los dientes, estará invitando al diablo, pero que, si no lo hace, su espíritu jamás volverá a estar en paz.

—*Ye* tarde para ponerse en carretera. Hoy te quedas; mañana ya se verá.

32

La cocina de Gregorio está impregnada de un hogareño olor a *caldu*. Sobre el hule que cubre la mesa de madera reposa una sopera colmada humeante y una bandeja repleta de filetes empanados: la cena que Araceli ha dejado preparada antes de marcharse a la carrera para regresar al día siguiente. No quiere que la alcance el ocaso porque no le gusta conducir sin luz por esas carreteras, dice siempre la asistenta mientras se persigna, pero la realidad, aunque no lo confiese, es que la atemoriza que se le haga de noche en el pueblo.

El salón permanece en silencio. Con los chicos recogidos en sus habitaciones, Nela aprovecha la tranquilidad y el abrigo de la penumbra para preparar con mimo un pequeño centro de mimbre decorado con unas coloridas flores. Ensimismada en la tarea, no repara en el recién llegado alcalde, que la observa desde un rincón.

—¿Y ese adorno?

Nela apenas se sobresalta, empeñada en seguir anclada en la perfección de cada detalle.

—*Ye* un regalo —responde sin apartar la vista de la faena.

—Muy bonito. ¿Para quién? —Gregorio se acerca a su nuera para contemplar el centro de cerca.

—Mañana sería el cumpleaños de Bras. Tu hijo —deja ir Nela con un punto de rencor.

El alcalde enmudece un segundo, herido por haber olvidado el aniversario de su primogénito, porque su recuerdo esté tan enterrado bajo otros pensamientos.

—Ya lo sé, ¿crees que no me acuerdo de él? —responde Gregorio ofendido.

El silencio de Nela contesta por ella, un silencio atronador que por un instante lo engulle todo.

—¿Irás con los guajes? —Gregorio trata de reconducir la conversación.

—No creo. Iré por la mañana y ellos están en la escuela. —Nela no despega las manos de la labor.

—Ya que vas, podrías poner flores en la tumba de Dami.

—¿Para qué poner flores en un nicho vacío?

—Por mantener su recuerdo, copón —Gregorio responde molesto.

—Pero es que no quiero recordar. —Nela le dirige una leve mirada a su suegro—. Y no quiero que mis hijos sepan que *ye* el cumpleaños de su padre; que pregunten por él, que quieran saber cómo murió de verdad. No quiero que tiren del hilo, que sepan lo que pasó. —Nela hace una pausa y retoma la atención en el mimbre—. Quiero que su padre siga siendo un recuerdo difuso, que tengan en un pedestal a ese hombre del que ya no se acuerdan.

—No veo por qué mis nietos no deben visitar la tumba de su tío —replica.

—Porque no me da la gana —alza la voz Nela—. Me da igual si Araceli o la pobre de tu difunta Lourdes han hecho toda su vida lo que querías; yo no soy como ellas.

—A mí no me hables así —la abronca Gregorio.

—Entonces deja de tratarme como si fuese una sierva, joder.

El dolor habla por boca de Nela, es el que manda y la guía por encima de todo, y ya hace mucho que ese dolor por la muerte de su esposo se convirtió en rabia, rebozada en indiferencia gracias a los antidepresivos. No piensa ceder a la voluntad del alcalde, aunque no tenga dónde caerse muerta ni refugio al que acudir.

—Yo perdí dos hijos y su muerte me dolió por igual.

—Ojalá fuese cierto —responde Nela con desdén.

—¿Cómo te atreves? —Gregorio se encara con su nuera, que no se amedrenta y mantiene la dureza en la mirada.

—Me atrevo porque vi la cara que pusiste al ver al guaje nuevo, el que guarda Roque. Como si no me hubiese dado cuenta del parecido, como el resto del pueblo. Como si no hubiese visto cómo te temblaban las manos, como se te entornó la mirada —lo reprende Nela.

—Hubiese hecho lo mismo por Bras —se defiende Gregorio resentido.

—Con mi marido nunca te hizo falta, ahí tienes a tus nietos.

El desprecio de su nuera lo deja sin palabras, aturdido como un púgil noqueado. Nela recoge el centro de mimbre, se levanta y deja a su suegro plantado en medio de la penumbra que lo ha engullido casi todo alrededor. Antes de salir del salón, se dirige a él sin detenerse.

—Descuida, pondré unas flores en el nicho de Damián. Lo hago siempre que voy.

33

Berta Miralles deambula por las calles desiertas de Pozuñegru, perdida entre su laberinto de piedra. Tira del perro, separado de su dueña todo lo que le permite la correa. La confianza perdida no vuelve, por eso Berta quiere quedarse, para insistirle a Dani que cuenta con ella. Y por eso cuando llegó al pueblo y vio el coche de la Guardia Civil, entendió que tocaba poner en práctica el engaño hilado con Carmen Palau, porque sabía que más temprano que tarde el encontronazo con algún cuerpo policial sería inevitable.

El sol ha perdido vigor y la llegada de las primeras sombras ha enfriado el ambiente. Lleva rato dando vueltas sin encontrar a quien pueda indicarle un lugar donde hospedarse. Tan solo ha tropezado con un perro negro tendido al fresco, al que ni los ladridos histéricos del que ella arrastra han logrado sacar de la modorra. Roque le ha preguntado si tenía dónde dormir, le ha ofrecido un café y un sitio en la casa junto a Dani, pero Berta ha rehusado ambas propuestas: el café mejor otro día, con una sonrisa de agradecimiento y una mentira: «Ya tengo dónde quedarme». Después de lo sufrido con Salva no le apetecía pasar la noche en casa de un extraño, por muy amable que haya sido, ni le ha querido preguntar dónde alojarse para no tener que rechazar bruscamente cualquier posible insistencia para que se quedase. Además, considera que es mucho mejor si se mantiene al margen de la convivencia entre ellos, y de paso evitar que Dani tenga un empacho de su presencia.

Ahora, cansada, tras horas de conducir y ese callejeo sin resultado, piensa que quizás no habría sido tan mala idea haberse quedado, aunque hubiese sido solo por esa noche. Al volver una esquina igual a todas, quizás la misma por enésima vez, ve acercarse a un viejo fornido, con una mirada de un azul helado, para su momentánea salvación.

—Perdón. ¿Sabe si hay algún hotel o casa rural por la zona? —lo aborda Berta.

—¿Hotel? ¿De dónde saliste, *muyer?* —Niceto le responde desconcertado.

—Acabo de llegar y pensé que habría algún lugar dónde hospedarme —dice Berta abrumada.

—¿Y qué te trajo por este *pueblu?*

—He venido con alguien.

—¿No será el guaje ese de Roque? —pregunta Niceto contrariado.

—Si se refiere a Dani, soy su educadora social —responde Berta con aplomo.

Niceto Castro se toma un suspiro de reflexión. Entiende que cuanta más ayuda para arrancar a Dani del pueblo, mejor. Porque ese no es lugar para que crezca ningún niño.

—¿Cuánto piensas quedarte? —le pregunta con vehemencia.

—No sé. Lo necesario. Aún no lo he decidido —responde Berta.

—El perro, ¿está *enseñao?* —Niceto señala al chucho, que permanece apartado de ellos.

—No me hace mucho caso, pero apenas ladra y se porta bien.

—¿Fumas?

—No.

—¿Tomas drogas?

—No. Bueno... —Berta enmudece un instante.

—¿Bueno el qué? —Niceto frunce el ceño desconfiado.

—Café, alcohol... Eso sí —responde Berta con franqueza.

—Eso no son drogas, eso *ye* gasolina *pal* cuerpo. Anda, vente conmigo.

Pegada a la pared de la tienda de Niceto, una escalera de madera bien cuidada asciende al piso que hay sobre el local. Tras un giro de llave, el viejo y Berta entran en la vivienda, que desprende un fuerte olor a cerrado. Un estudio diáfano con un gran ventanal, muebles añejos, un baño antiguo pero cuidado y una cama en un rincón.

—Nada de fiestas ni charlotadas. Si te parece bien, puedes quedarte por, digamos, cincuenta euros a la semana.

—¿Cincuenta euros? ¿Dónde está el truco? —Berta no disimula su entusiasmo.

—El truco *ye* que no tengo cuerpo *pa* escaleras, y, en lugar de tenerlo *cerrao,* lo cuidas tú y me pagas.

—Pues si esa es la trampa, trato hecho.

Berta y Niceto cierran el acuerdo con un apretón de manos, en el que la fuerza del anciano no admite discusión. En el balanceo del saludo, la manga del jersey de Berta deja a la vista una de sus heridas, que no pasa desapercibida para el hombre.

—Has de ir con *cuidao*. Esa cicatriz *ye* muy fea. —La mirada de Niceto muestra cierto recelo.

Berta dice más por lo que calla. ¿Qué va a contar? ¿Qué es una autolesión no suicida? No necesita explicar la sensación de calma que la envuelve al quemarse o cortarse. Que luego llega la culpa, la vergüenza y de nuevo las emociones dolorosas. No quiere reconocer cuánto le cuesta enfrentarse al dolor. Esa es ella, con o sin orgullo.

—La vida, que no siempre una logra dominarla —replica Berta con desánimo.

—¿Y quién puede? En este *pueblu to* dios ha sufrido una burrada. Como las mujeres de los mineros, con la movilidad acartonada por la artrosis de tanto trabajar. O sus maridos, que un día se quedaron en la mina cuando el grisú o un derrumbe acabó por robarles el aire.

Berta se sienta en una antigua mecedora, como una niña embelesada que escucha el cuento de su abuelo. La voz ruda de Niceto es a la vez un bálsamo.

—Esa mina que dio sustento a base de tragar vidas, alimentándose de la sangre negra de los mineros hecha carbón. Otros aquí estamos todavía, sintiendo vergüenza de seguir vivos. —A Niceto se le nubla el semblante.

Berta busca conectar con esa mirada herida, ese dolor que ha visto tantas veces reflejado en el espejo de su habitación. Niceto se repone y recupera la luz en el rostro.

—Aunque me da más vergüenza todavía no invitarte a un *bollu preñau*.

—¿Y eso qué es? —pregunta Berta curiosa.

—Cago en mi manto. Si no comiste un *bollu preñau* en la vida, no sabes *na*.

Berta ni siquiera recuerda la última vez que sonrió y se sintió liberada y en paz. A través de la ventana, con el sol en plena retirada, distingue una silueta oscura que se recorta sobre un cielo azul marchito.

—Ese espantapájaros casi da miedo —comenta Berta estremecida.

—¿Qué *espantayu*? Aquí en el pueblo no tenemos de eso.

Berta devuelve la vista al exterior, pero no hay ni rastro de la figura que apareció en el horizonte. Quizás el cansancio le haya jugado una mala pasada.

Quizás.

34

A media mañana, Roque permite un breve descanso en clase para que los que quieran se coman el pequeño desayuno que no han hecho en casa. O como Santos, que repite en el colegio lo que ya ha devorado nada más levantarse de la cama. El momento es una excusa para romper la dinámica y que todos puedan airearse un poco.

A las puertas del verano, el calor aprieta y los alumnos salen a la calle, siempre bajo la vigilancia de Serafín o Abelardo. Mientras uno mantiene su posición elevada en la terraza, el otro baja para estar más cerca de los chicos. Hoy le ha tocado a Serafín, que permanece atento, pero a distancia, fumando un cigarro recién liado. Sentados en el suelo, a la sombra del edificio, Abrán, Santos y Dani forman un pobre corrillo mientras Adara, apartada unos metros, no despega, como es costumbre, los ojos del móvil.

—¿Entonces te vas a quedar para siempre? —pregunta Santos entusiasmado.

—Pues no lo sé. De momento parece ser que sí —responde Dani prudente.

—¿Y te gusta el pueblo? —La voz de Abrán destila inocencia.

—Sí. Bueno... Da igual.

—¿Bueno qué? ¿Hay algo que no te guste? —pregunta Santos contrariado.

—No, no es eso. Es algo raro que vi. —Dani mantiene un aura de misterio.

—¿Y qué viste? —pregunta Abrán.

—No sé. Algo en el bosque, cerca de la casa donde vivía antes de venir aquí.

—¿Es verdad que vivías en casa de Alicia Castán? —pregunta Santos incrédulo.

—Sí, un tiempo, ¿por? —En la voz de Dani emerge un halo de duda.

—Mi padre dice que, desde que su hijo desapareció, anda loca como una cabra —dice Santos mientras Abrán emite un balido que provoca una risotada en los dos chicos.

—Qué sabréis vosotros —con el enfado en la mirada, Dani escupe la frase con desdén.

El disgusto evidente de Dani frena de raíz el pitorreo de los dos chavales y el grupo queda sumido en un silencio denso e incómodo.

—Bueno, ¿y qué fue lo que viste? —Santos trata de recuperar la conversación.

—La primera noche que dormí en el pueblo oí un ruido de madrugada, abrí la ventana y ahí estaba. —Dani recuerda aquella noche con la mirada perdida en el infinito.

—Abrir la ventana de noche... ¿Es que no conoces las reglas? —le recrimina Santos.

—¿Lo de las reglas va en serio? —Dani interpela a Santos, que asiente convencido—. Yo pensaba que era una paranoia de la gente de aquí.

—De paranoia nada. Como dice mi padre, toda precaución es poca —replica Santos agravando la voz, tratando torpemente de imitar a Basilio. Los otros sonríen ante la pobre imitación.

—¿Y qué viste? —pregunta Abrán con gesto serio.

—No sé si me vais a creer.

—¿Era una sombra oscura? —Abrán tiene el gesto serio.

—¿Cómo lo sabes? —El rostro de Dani es pura sorpresa.

—No podemos hablar de eso —dice Santos con brusquedad.

—¿De qué no podéis hablar? —Dani se muestra desconcertado.

—De eso. Y no puedo decir más. —Santos se cruza de brazos teatralizando su mutismo.

—Pero si no me has dicho nada... —replica Dani.

—Porque no puedo, copón.

—No te puede decir nada de la maldición —suelta Abrán a media voz.

—¡Abrán! —Santos eleva el tono del susurro para no llamar la atención—. Nos meterás en un lío.

—¿A qué maldición se refiere? —pregunta Dani intrigado.

—A ninguna. Ya vale o nos la vamos a cargar —dice Santos preocupado.

—Joder, vamos, Santos. No me puedes dejar así —suplica Dani.

—*Ye* la maldición de Fosco —dice Abrán sin medir el tono de voz.

—¡Abrán, calla la boca! —Adara clava una mirada de reprimenda en su hermano. La bronca, aunque no sea para él, hace mella también en Santos, que ha enmudecido.

—Si *ye* del pueblo, tendrá que saberlo, ¿no? —Abrán protesta en tono inocente.

—¿Saber el qué? —insiste Dani cada vez más intrigado.

—¡Que te calles la boca, joder!

El grito de Adara llega hasta Serafín. El guardián se acerca al corrillo de chavales intrigado por saber a qué viene tanta discusión.

—Haya paz, haya paz —interviene conciliador.

—*Ye* Abrán, que se ha empeñado en hablarle de la maldición —lo acusa Santos con saña.

—¡Chivato, que eres un chivato! —replica Abrán dedicándole un corte de mangas.

Ajeno a las disputas infantiles, Serafín mantiene un gesto serio que no pasa desapercibido para Dani, que lo interpela con una pregunta.

—¿Es verdad que hay una maldición en el pueblo?

Los chicos enmudecen ante el rostro severo del guardián, que inspira hondo antes de hablar.

—Las minas son peligrosas y por eso todas tienen su maldición. En el pozo Santa Bárbara, por ejemplo, cuatro mineros, a finales de los años ochenta, salieron *asustaos* porque decían que habían visto una figura con traje y corbata, pero sin cabeza, y que les había dicho que salieran de la mina, que habría una desgracia. —Los tres chicos están atrapados en la historia que Serafín cuenta con pausada teatralidad—. Casi nadie los creyó, pero sus compañeros, que sabían lo que había en los túneles, organizaron paros durante esa semana, por precaución y en protesta por la falta de seguridad que había en la mina. Una de las cintas transportadoras que extraen el carbón quedó atascada para secundar el paro, y uno de los ingenieros intentó desatascarla; tropezó, se enganchó la corbata y murió decapitado. —Los chicos dan un respingo—. ¿Qué vieron esos cuatro mineros? Quizás nada, a saber, pero todas las minas tienen sus leyendas que a la gente le gusta exagerar. Venga guajes, hora de volver a clase.

Los tres chavales y Adara se levantan y se dirigen obedientes a la entrada del colegio. Ella, pendiente del móvil; ellos, comentando entre murmullos el final escabroso de la historia que les acaban de contar. Un relato que Serafín no sabe cuánto tiene de cierto, pero que le ha evitado contar la terrible verdad que esconde la mina del pueblo.

35

Llega la hora de salir del colegio y, como cada día, Basilio y Nela, distanciados y en silencio, aguardan pacientes a que sus respectivos hijos aparezcan. No hay más gente en la plaza ni se la espera —quizás algún vecino que cruza sin detenerse como parte del recorrido de su paseo—, por eso la presencia de aquella mujer desconocida escama a los lugareños, desconfiados de propios y extraños.

Berta espera alejada de la puerta de entrada, esquivando la mirada inquisidora que se intuye tras las gafas de sol de la mujer y se aprecia claramente en el hombre, que no disimulan el recelo que les produce. Sostiene y olfatea una seta de color blanquecino que desprende un olor muy agradable para distraerse de la incomodidad que le produce la indiscreción de ambos. Berta inspira hondo y se tensa cuando ve que él, ya en la mediana edad y con el semblante severo, se le acerca.

—Tú no eres de aquí —Basilio no pregunta, sentencia.

—Soy Berta Miralles, educadora social. —Alarga la mano en un saludo que no encuentra correspondencia.

—¿Fuiste la que habló con la Guardia Civil? —Basilio se encara con ella.

—¿Y tú quién los avisó? —Berta replica aguantando el envite.

—Hice lo que debía. Este no *ye* lugar para ese guaje.

—Eso depende. El chico ha sufrido mucho y merece otra oportunidad.

—Me parece bien, pero no aquí.

—¿Qué tiene de malo empezar de nuevo en este pueblo?

—Eso a ti no te incumbe. Con que sepas que no *ye* bienvenido, vale.

El porte agresivo de Basilio se relaja al ver a los chicos salir del colegio, y que Roque y Dani se aproximan hacia ellos.

—Si tú trajiste al guaje, tú te lo tendrás que llevar.

Basilio no dice más. Sus palabras son un veredicto que no da pie a réplica. Se da media vuelta y se marcha a recoger a Santos, para perderse por una de las calles. Roque llega junto a Berta observando cómo padre e hijo se alejan. Desde la otra punta de la plaza, Nela recibe con un abrazo a sus niños sin dejar de mirar a la educadora, que tampoco pierde de vista el rostro triste de la mujer.

—¿En este pueblo todo el mundo es así de agradable? —lanza Berta con ironía.

—Por aquí tenemos un dicho: «Hasta la lengua del santurrón *ye* negra como el carbón»; aquí la gente *ye* dura como la tierra que picaron. —Roque frunce los labios en señal de compasión; no le hace falta preguntar para saber que la charla no habrá sido agradable—. No te esperaba. ¿Va todo bien?

—Quedamos en que recogería a Dani después de clase.

—Pensé que faltaba concertar los días —responde Roque extrañado.

—Eso da igual, ¿no? Como acordamos que sería todas las semanas...

—Claro, sí. Supongo que no importa.

Dani intenta protestar, pero un ademán de Roque lo frena mientras afirma con la cabeza con reiterada levedad, como pensando en una conversación pasada pero reciente. No hay nada que objetar a las palabras de la educadora. Así quedó pactado cuando decidieron entre ambos que de momento Dani se quedase a vivir con él mientras encontraban una opción mejor. De esa forma Berta podría colaborar y quedarse con el chico cuando hiciese falta, y seguir con las clases de tutoría para acelerar su adaptación.

—¿Qué haces con eso? —Roque señala la seta.

—La he recogido de camino. Me chiflan. —Berta vuelva a aspirar ese aroma que la fascina.

—Esa *ye* tóxica —suelta Roque con cierta guasa.

Berta tuerce el gesto y mira el hongo con asco, lanzándolo hacia la vegetación que delimita la plaza frente a la entrada del colegio, y se frota las palmas de las manos contra los pantalones.

—Pues menos mal que me lo has dicho. Con lo bien que le caigo a esta gente, habría tenido que enterrarme yo misma —dice Berta con sarcasmo.

—Si fuese para enterrarte, descuida, que no faltarían manos.

Roque enmudece al darse cuenta del excesivo mal gusto de su ironía, pero Berta muestra una sonrisa que señala que ha entendido la broma, lo que permite al profesor respirar aliviado.

—¿Cuándo lo recojo? —pregunta Roque.

—Estaremos como una hora. Puedes venir sobre las dos.

—De acuerdo, nos vemos entonces.

Como un prisionero que cambia de bando, Roque entrega a Berta la custodia de Dani que, sin disimular cierto hastío, se resiste a dar los dos pasos que separan a esos dos adultos que, como todos últimamente, deciden por él sin preguntarle qué es lo que realmente necesita y quiere.

36

—¿Qué tal estás, Dani?

—Bueno, bien.

—¿Quieres contarme cómo ha sido el cambio a vivir en el pueblo?

Sentados frente a frente, Berta trata de conectar con la mirada del chico, que la huye distrayendo la vista en las paredes del apartamento de la educadora. En el centro de acogida llegaron a verse un par de veces, pero los encuentros apenas sirvieron de nada. Monosílabos y frases cortas arrancadas a la tristeza; ahora Dani parece menos angustiado, pero sigue tan hermético como siempre, encerrado tras los muros de su silencio.

—No sé. Pues bien, supongo.

Dani juguetea con el perro ajeno a la presencia de Berta. Nunca le gustó demasiado hablar de sus sentimientos, ni cuando vivía su madre. Se sentía extraño contando las cosas negativas que le pasaban; para Dani, la terapia siempre era la misma: pasar página a base de no pensar en ello y de sepultar cualquier mala vivencia en el olvido. «El tiempo y la paciencia lo curan todo», esa frase de Marta, su profesora de tercero de primaria, le quedó grabada para siempre cuando se la oyó decir el día que lo consolaba a la hora del recreo, víctima esa mañana de las burlas de algunos compañeros. Desde entonces ha sido siempre de callarse todo, esperando que la receta de su maestra haga efecto pronto o tarde, dependiendo de la magnitud de la tragedia, pero siempre efectiva, sin tener que recurrir al drama de explicárselo a nadie, y poder seguir guardándoselo en un rincón oscuro de su mente donde todo queda oculto hasta que se esfuma. Su madre logró aceptar ese mutismo llegando a un acuerdo no escrito con él por el que, si ella preguntaba si estaba bien y no había nada terrible de qué preocuparse, se conformaba si respondía con un lacónico: «Lo estaré». Pero su educadora no parece tan conformada e insiste en conocer sensaciones que ni Dani es capaz de explicarse.

—Puedo entender que odies no haber escogido todo esto, pero tienes gente a tu alrededor que quiere ayudarte a salir adelante. —Berta mantiene un tono paciente en la voz.

—Lo sé. —Dani sigue jugueteando con el perro, que corresponde a sus caricias.

—¿Qué ocurrió en el centro para que no quieras volver?

Cansada de dar vueltas, Berta ha decidido coger un atajo hacia uno de los problemas recientes de Dani. La confesión que hizo en casa de Roque sobre el acoso sufrido en el centro le dolió por partida doble, por estar allí y no haberse dado cuenta, y por sentir que le había fallado.

—Nada importante. Cosas de chicos.

Dani se enreda con el perro escondiendo la verdad. No se ve con fuerzas de explicarle por qué no puede regresar al centro, que de los puentes que le unían al pasado no quedan más que cenizas, ruinas calcinadas en el fuego de su venganza. Porque Dani tardó tan poco en aceptar la propuesta de Berta de salir del centro como en decidir que se marcharía dejando un recuerdo en aquellos desgraciados que lo habían empujado a madurar deprisa, haciéndole sufrir el infierno que es la vida de un chaval huérfano de trece años. Lo que habría dado por ver sus caras cuando la voz de Marcel Cardona, el director, retumbó en cada rincón del centro escupiendo insultos y lamentos. El parterre, su pequeño jardín del edén, había sido destrozado. Plantas pisoteadas, césped socavado, flores arrancadas. Una devastación que no iba a quedar impune. En los dormitorios, los chicos se desperezaban con el rumor de los tambores de guerra. Algo había ocurrido y, por el alboroto generado, alguien lo iba a pagar caro.

Como el resto, Carlitos y Popper, compañeros de cuarto desde la marcha de Dani, despertaron alertados por el bullicio que rondaba las habitaciones y que llegaba a su dormitorio convertido en estruendo. Con los dos chavales todavía entre las sábanas, desconcertados, la luz lechosa que inundaba sus retinas les mostró la imagen del director en la puerta del dormitorio celebrando haber dado con los cabrones que andaba buscando. Carlitos y Popper se desperezaron sabiendo la magnitud de la bomba que les había caído encima al ver las suelas de sus zapatillas pringosas de tierra y césped, impregnadas de hojas y pétalos machacados. A ninguno le hizo falta pensar dos veces para saber que Dani se la había jugado bien, y que ya no encontrarían a ese puto traidor en el centro.

Desde el asiento trasero del coche de la DGAIA que lo llevaba hasta Alicia, Dani ponía tierra de por medio entre él y su desquite. El paisaje repleto de colores terrosos pasaba ante sus ojos como un decorado sin interés mientras recordaba su discreta incursión nocturna, ya bien entrada la madrugada, esquivando a los educadores de guardia para robar las zapatillas de Popper y Carlitos y reventar el parterre del director. A través de la ventanilla, pequeñas arboledas se perdían veloces en breves pinceladas verdes sobre el azul del horizonte mientras Dani acariciaba el collar de su madre, agradecido por haberle dado fuerza para asolar a sus enemigos.

Han pasado muchos días desde aquello y, ahora que lo recuerda frente a Berta, siente más remordimiento que orgullo por ese acto; no tanto por el castigo merecido que les cayese a aquellos dos desgraciados por tantas otras maldades, sino por su forma de actuar dejándose llevar por el rencor, dando rienda suelta a una rabia que no reconoce en su pellejo.

—Solo quiero saber que estás bien.

Berta coloca una mano paciente y maternal sobre el hombro de Dani tratando de llegar al chico, pero sin agobiarlo. Ha sufrido en su propia piel muchas de las desgracias por las que él ha pasado y es a partir de sus propias vivencias que espera poder ayudarlo, darle toda la comprensión y amparo que ella no tuvo, para que Dani no llegue a padecer lo que ella soportó.

—Lo estaré.

La sonrisa que Dani le dedica es totalmente sincera. Aprecia el esfuerzo de la educadora, a pesar de que prefiera aislarse en el silencio, y la mueca de satisfacción que se dibuja en el rostro de Berta refrenda que, aunque poco a poco, van por el buen camino. Hace calor y ella baja la guardia un instante y se sube una manga del jersey. La mirada del chaval, atrapada en las marcas del antebrazo de la mujer, la alerta de su fatal error y al instante rectifica, incómoda y avergonzada.

—Es la hora. Venga, esperaremos a Roque abajo, estará al llegar.

El engorroso momento es la excusa para que Berta dé la sesión por finalizada. Ya lo decía su abuelo: «Cuanto antes acabe el velatorio, antes enterraremos al muerto».

37

«Los inviernos acabarán siendo primaveras, y los veranos, infiernos». Recorriendo el monte en su todoterreno, Fede recuerda esta frase que le mentó un paisano hace años. En su día le pareció una exageración propia de un tipo demasiado alarmista, un poco pasado de sidra y con ganas de llamar la atención, pero viendo el panorama que se les viene encima, igual hasta se quedó corto. A principios de junio, y desde el mes de abril, ya han sufrido tres incendios forestales, algo que solo cinco años atrás era impensable. El aumento de la temperatura y la falta de lluvias han convertido la madera seca de los árboles en combustible y los bosques en un blanco fácil de pirómanos e irresponsables, así que le ha tocado redoblar la vigilancia del recóndito espacio donde crece segura su frondosa plantación de marihuana.

El bamboleo del coche a causa del camino pedregoso por el que conduce se funde con la música del banyo de los Bellamy Brothers. No anda demasiado lejos de Pozuñegru y recuerda a aquel chaval enclenque que recogió en medio de la montaña. Aunque la historia de la postal le pareció extraña desde el principio, no quiso inmiscuirse demasiado. Ni uno ni el otro estaban por llamar a la Guardia Civil: Fede para evitar cualquier sospecha sobre su presencia en el bosque; el chico, por lo que fuese que a él no le importó. Lo había dejado donde le pidió el guaje y con eso ambos se dieron por satisfechos.

Además, puñetera la gracia que le hacía ir a Pozuñegru, ese pueblo del que todo dios en la comarca cuenta leyendas que hacen que se hiele la sangre. Historias oscuras como la de Mengollo, en el concejo de Quirós, que su abuelo le narraba de pequeño y que le producía noches de pesadilla, una aldea que dejó de existir porque todos sus habitantes murieron convirtiéndola en un pueblo fantasma. En 1854 un terrible temporal de nieve aisló la aldea durante tres meses, y cuando en abril los senderos estuvieron transitables, el párroco de Casares, un pueblo cercano, quiso acercarse a dar misa a los feligreses tanto tiempo abandonados. Cuando llegó, no había resto de vida, solo un silencio tenebroso moraba en aquel lugar. A medida que recorría las calles, su horror se desbordaba al comprobar que toda la población estaba muerta, con cadáveres tirados en medio del camino, junto con animales domésticos y casi todo el ganado. Tras alguna teoría y ninguna explicación, los habitantes de Mengollo acabaron en una fosa común y la aldea se abandonó para siempre.

Hoy, siglo y medio después, sus ruinas recuerdan que toda esa gente sufrió una muerte misteriosa y horrible.

—Pero qué cojones... —maldice Fede entre dientes.

Detiene el motor con un gesto de sorpresa que transciende más allá del parabrisas. Fuera, en medio del sendero por el que circula, un tronco caído bloquea el camino impidiendo el paso de vehículos. No estaba ahí la última vez, piensa, extrañado por la presencia de aquel obstáculo que interrumpe la vía más corta hacia su plantación clandestina, una de las dos sendas que llevan a Pozuñegru.

Nada más bajarse del todoterreno y acercarse a inspeccionar el tronco, presiente que algo no va bien. Los sonidos de la naturaleza se han callado, como si se hubiese silenciado el monte. Raro. Pero Fede se desprende de esa sensación incómoda conforme se acerca al árbol que traba el camino. No ha caído por causas naturales: golpes evidentes de hacha en la base no le dejan dudas de que ha sido talado. A saber quién y por qué. No le hace falta probarse para darse cuenta que el tronco pesa demasiado y no podrá moverlo a pulso. Necesitará amarrarlo con la cincha que tiene en el vehículo y arrastrarlo; no queda otra si no quiere caminar monte a través más de lo deseado para llegar a la plantación.

Cuando se gira hacia el coche, lo ve y se estremece. En medio del camino. Una figura oscura, con la ropa raída, con un sombrero negro y un pañuelo cubriéndole el rostro bajo una mirada furiosa; un engendro que se abalanza hacia él blandiendo un pico de metal del tamaño de un martillo. Fede apenas logra protegerse del ataque, que impacta en un brazo. La furia del golpe le parte un hueso con un crujido seco, y el alarido de dolor de Fede se propaga por todo el entorno.

Aterrado y confundido, sortea el tronco talado y huye a trompicones, colapsado por el dolor que le provoca el brazo roto y una angustia que lo asfixia. Se adentra entre los árboles, buscando refugio, un escondite entre el laberinto del bosque. Las punzadas en el brazo son cada vez más intensas. Se marea, necesita sentarse, parar. En un desesperado vistazo, se da cuenta de que no hay rastro de su atacante y se deja caer a cobijo de un arbusto bajo y frondoso. El brazo sangra sin parar. La herida no tiene buena pinta. Ahoga los quejidos entre la respiración desbocada. Se nota desfallecer, a punto de perder el conocimiento. Sabe que no puede quedarse, necesita seguir, encontrar ayuda. Intenta levantarse, pero le fallan las fuerzas, se le doblan las rodillas y se desploma. Se le nubla la mirada, apenas puede mantener los ojos abiertos, lo suficiente para ver que esa figura oscura y estremecedora sortea el arbusto.

Al borde del desmayo, Fede desea preguntar por qué, aunque no importe, pero solo le queda brío para un balbuceo. Las palabras enmudecen antes de salir. En la mirada del agresor, ni rastro de remordimiento, solo una profunda ira a la que dar rienda suelta. De nuevo enarbola el pico y lo encastra con violencia en el cráneo de Fede. Un crujido, una explosión de sangre, un hombre muerto al instante.

Enfrentado al cadáver, el espectro mantiene la mirada rabiosa en el rostro ensangrentado de aquel pelele, en el que solo queda una mueca vacía y unos ojos blancos, sin vida.

38

Como cada atardecer, Dani espera la hora de la cena muerto de aburrimiento en su cuarto. Tendido sobre el arrugado edredón de la cama, la puerta cerrada de su habitación filtra una leve melodía que ha escuchado infinidad de veces y eso lo desconcierta, así que se incorpora de un salto y en silencio sale al pasillo.

Contiguo al suyo, el dormitorio de Roque tiene la puerta entornada y le permite ver parte del interior. Por el marco se escapan esos versos melancólicos que Dani conoce de memoria. «Solo quedan las ganas de llorar, al ver que nuestro amor se aleja». La voz tersa de Jeanette se eleva desde un tocadiscos cantando *Frente a frente*, la canción que su madre escuchaba poco antes de acostarse, cuando la soledad se derramaba desde sus ojos abatidos. Cuánto la echa de menos. Dani recuerda cómo la observaba escondido entre las sombras, dejando que se perdiese en la nostalgia de un tiempo y un lugar que nunca compartió con él y que ahora, envuelto de nuevo en esos acordes tristes, sabe de dónde venían y a quién dedicaba el silencio de sus pensamientos.

La penumbra de la habitación oculta la pena en la que Roque anda sumido, sentado en una esquina de la cama de espaldas a la puerta. Sobre las sábanas y abierto, *Romeo y Julieta*, el recuerdo de cuando Llara, embelesada por aquella historia de amor, llamaba a su enamorado «Romeo», ese que jamás la llamó «Julieta». Ojalá Roque hubiera sido el escogido por aquella mujer a la que amaba, pero que jamás tuvo pasión en la mirada para él, todo lo más el cariño que se le profesa a un buen amigo. Ahora Roque, sollozando en un ahogado silencio, se arrepiente por enésima vez de no haberle explicado lo que sentía, de su cobardía ante un rechazo que le pesaba más que la posibilidad de lograr su amor, y haber vivido en la fantasía del sí en lugar de arriesgarse a la realidad del no. Jamás podrá remediarlo, «pues ya no queda nada de qué hablar. Nada».

La cena transcurre en un silencio incómodo, anestesiado por el rumor del transistor y el tintineo de las cucharas contra los platos.

—¿Por qué está cerrada la mina? —Dani se atreve a romper el mutismo que los separa.

—Hubo un accidente, hace años, y ya nadie entró en ella. —Roque ni levanta la vista del plato para evitar el tema.

—¿Y qué pasó?

—Murió gente. *Ye* lo que pasa en las minas —responde Roque con apatía.

—¿Y qué pasará con el pueblo si se vota instalar los molinos?

—Los paisanos saben bien qué votar. —Roque apenas levanta la voz y sigue mirando su plato.

—¿Cómo era el pueblo cuando funcionaba la mina? —El chico insiste en mantener viva la charla.

A Roque se le iluminan los ojos. La pregunta de Dani es la oportunidad de desempolvar buenos momentos nunca olvidados.

—Era una maravilla. Vecinos yendo y viniendo. Todas las casas estaban llenas de familias de mineros. —Cuchara en mano, parece un director de orquesta dirigiendo una sinfonía muda—. Hombres charlando en la barra del *xigre;* las mujeres con delantal llenando botijos con el agua helada de la montaña. Había dispensario, carnicería y un almacén grande. Incluso pensaron levantar un cine. —El entusiasmo de Roque se desvanece—. Ahora solo quedan ruinas.

—¿Y mi madre? —Dani formula la pregunta a media voz. Roque se refugia de nuevo en la cena, enterrando cualquier afán de afrontar esa conversación—. He oído la canción. Ella la escuchaba casi cada noche. —La voz de Dani guarda cierta tristeza.

—No quiero que entres en mi habitación.

—La puerta no estaba cerrada —Dani se excusa veloz.

—Pues no quiero que me espíes —replica tajante Roque.

Un muro de silencio vuelve a alzarse entre ambos, pero Dani se empeña en derrumbarlo con su inocencia infantil.

—¿Erais novios?

—¿Quiénes? —pregunta Roque descolocado.

—Tú y mi madre.

—No. —Roque responde apresurado, casi avergonzado de la pregunta, acompañando la negativa de un silencio espeso y triste—. Éramos amigos.

—¿Y qué hacíais en el pueblo? ¿Qué le gustaba a mi madre?

Roque deja escapar un profundo suspiro, como si acabasen de encomendarle una tarea agotadora, el lastre de soportar la penosa carga que para él es el pasado.

—Pues lo que se podía hacer por aquí entonces: coger moras, pasear por el bosque, ir al río en verano. Esas cosas —dice Roque afligido.

—Suena divertido. —Dani esboza una leve sonrisa.

—Entonces lo era.

—¿Y por qué se fue? —La sonrisa ha desaparecido del rostro del chico.

—Tu madre marchó porque quiso. Y aquí quedamos el resto —responde Roque con amargura.

—¿Y por qué no te fuiste con ella?

—Ella escogió su vida y yo la mía. —Roque permanece a resguardo de la sopa.

—¿Se fue porque se cerró la mina?

—¿Qué quieres que te diga de la mina? ¿Que murieron guajes? ¿Que se los tragó la montaña y antes mató a sus padres? Porque la mina mata. Se tragó a los hombres de este pueblo y más adelante a sus hijos. Como el monstruo que *ye*. Insaciable y voraz. —La mirada de Roque se ha vuelto pétrea.

—¿Conociste a mi padre? —Dani refugia la mirada en el plato, esperando una respuesta como el que aguarda la detonación de una explosión.

—*Cagondiós*. Anda y cómete la sopa, copón.

A Dani se le encharca la mirada por la dureza de las palabras de Roque. En silencio, trata de recuperar el ritmo de la cuchara, pero el nudo de la garganta le impide tragar.

Roque se descubre con los dientes apretados y los puños tensos, incapaz de explicarle la verdad de lo que sabe, y que para él la vida era mejor cuando Llara vivía en el pueblo. Que solo le ha tocado sufrir, tanto la pérdida de la mujer que amaba como el declive del pueblo, cuando las empresas cerraron las minas. Viviendas que se subastaban, viudas que se quedaban en la calle con su enorme pena y su pobre pensión. La dureza del carbón como la forma de vida y de muerte de tanta gente; la maldición de las cuencas mineras, donde cada explotación cerrada era la defunción de un pueblo y la penuria de tantas familias.

Y a esta desgracia hay que añadirle la herida profunda y dolorosa que los persigue. Esa terrible crónica de lo que ocurrió en la mina, la verdadera maldición de la que Roque se siente culpable. Un recuerdo que es alquitrán para su alma. No puede olvidar lo que hizo, y aunque desearía que la presencia de Dani, con su inocencia amable, lo ayudase a soltar una carga tan cruel, siente que no queda nada que pueda librarle del peso del remordimiento.

39

Aunque Berta ha madrugado, el atardecer la ha sorprendido al llegar antes de lo esperado. Un paseo a la fresca por el bosque antes de comer, un buen trozo de lenguado al horno por invitación de Niceto, una sobremesa plácida guiada por las palabras del viejo minero, una siesta no programada en brazos del sillón de su piso y perderse entre las páginas de un libro han sido pequeños grandes placeres que han disfrazado las últimas horas de minutos. Unas reglas del tiempo que se deforman en aquel pueblo empeñado en rechazar cualquier futuro, por inmediato que sea. Ahora, sentada en el balcón del estudio sobre la tienda de Niceto, se da cuenta que el relente de la tarde le ha conquistado la piel haciéndola tiritar.

Pasando frente al colmado, Dani y Roque, que porta un cesto de mimbre atiborrado de setas, frenan bajo el balcón y el profesor le dedica una mirada huidiza y un saludo fugaz.

—Como dijiste que te gustaban las setas, trajimos unas pocas.

Roque eleva el capazo mostrándolo como la ofrenda que es, y evita posar la mirada sobre la de Berta; como un torpe Romeo ante una sorprendida Julieta, parece un pretendiente angustiado cortejando a su amada con un buen puñado de hongos en lugar de ramo de flores. La educadora da las gracias con una leve afirmación, sin sonreír para no avergonzar a ese paisano rudo, incomodado por aquel papel tierno y cortés. Aunque le divierte, a Berta la escena también la halaga; no siempre ha sido la dama del balcón que recibe un regalo, por muy setas que sean.

—Qué pasada. Espera que bajo.

Berta cierra el libro y, sin soltarlo, cruza en dos pasos el pequeño estudio hasta ganar las escaleras y bajar al encuentro de Dani y Roque, que la esperan incómodos, desacostumbrados del trato rutinario con aquella mujer. Berta llega a su altura y admira el cesto, coge uno de los hongos y aspira su aroma.

—Madre mía, cómo huelen. —Berta lo devuelve a la cesta y encara la mirada de Roque—. Muchas gracias, es todo un detalle.

—No se merecen. —Roque se encoge de hombros para restarle importancia y le entrega el cesto. —*Ye* de parte de los dos, ¿verdad, guaje? —dice mirando a Dani.

—Claro. —El chico carraspea como preparando un discurso aprendido—. En agradecimiento por lo que has hecho por mí. —Esboza media sonrisa tímida, un tanto avergonzado, mientras Berta le regala una mueca de satisfacción.

—Por cierto, si deciden enterrarme, que sea cerca de aquel claro. —La educadora señala hacia una parte de la arboleda que parece menos frondosa.

—¿Cómo? —Roque enmudece, confundido por el comentario.

—Lo digo por si se os coló alguna venenosa, no sea que a la gente del pueblo le dé por tirar mi cadáver en un terraplén —dice Berta mostrando una sonrisa mordaz.

Roque muda el gesto de la preocupación a la sorna; le ha costado pillar la ironía.

—Descuida, que no te faltará lápida que ponga: «Aquí yace la insufrible de las setas».

Ambos intercambian una sonrisa afable de compenetración, algo que se afianza entre ellos.

—Venga, Dani, tira, que *ye* tarde —dice Roque, y después se dirige a Berta—. Ahora en serio, lávalas bien y no te las comas de una sentada, que lápida no, pero a lo mejor tenemos que llevarte al dispensario.

—No sufras, al menos dejaré un par por comer.

Berta y Roque vuelven a compartir un gesto divertido mientras se despiden con un saludo fugaz.

—Adiós.

Dani le dedica un vistazo pasajero mientras se encaminan calle arriba; una mirada alicaída y tierna, suficiente para conectar con la desdichada infancia de Berta. Los ojos de aquel chico distante, y la cesta de mimbre que le han dejado, rescatan el recuerdo de Teo, dormido durante años en lo más profundo de su memoria.

Teo era el único hijo de Antonia, la vecina del piso de abajo. Una pequeña familia que ejercía como la de Berta cuando la suya desaparecía camino del hospital las veces que su padre se desmayaba, harto de beber, y su madre lo acompañaba. Teo, dos años mayor que Berta, adoraba de ella sus oscuros ojos de cervatillo y la sonrisa tímida de aquellos labios finos, que se despegaban lo justo para salpicar el silencio. Berta adoraba de Teo la gratitud que derrochaba hacia ella; era el hermano mayor que nunca tuvo para protegerla del mundo hostil que envenenó su infancia, con un padre secuestrado por el alcohol, una madre entregada a salvarlo y un abuelo que murió antes que sus progenitores y que fue incapaz de luchar por su custodia. El puente de amistad que unió aquellas dos islas fue arraigando hasta convertirse en una devoción que fluía en dos direcciones. No tardaron en llamarles «los Mellizos». Unos lo empleaban con cariño; los más con despecho, fruto de la envidia por aquella relación tan sólida.

Teo evitaba que Berta se hundiese en la pena de aquella vida terrible; era brújula y camino. Para el chico de ojos marrones y tez blanquecina, Berta era la hermana menor que tuvo y que se fue, Laura, que estuvo una semana con dolor de tripa y su madre decía que era cuento, para no comerse el bocadillo de fiambre que ponía en casi cada cena. Cuando entró en urgencias, la peritonitis era imposible de tratar y la pequeña murió hundiendo a Teo en la tristeza por la hermana perdida, y por compartir vida con una madre a la que había aprendido a odiar. La presencia de Berta llenaba de falsa normalidad la convivencia en esa casa. Los reproches entre Teo y Antonia, que atronaban por el patio de luces, enmudecían con la presencia de la niña. Por ese mismo patio de luces, Berta hacía descender una pequeña cesta de mimbre colgada de un hilo de lana cada vez que cesaban los gritos y sabía que Teo estaría en su habitación, tratando de digerir la rabia que tragaba en cada discusión con su madre. En esa cesta enviaba un par de galletas y un trozo de chocolate para endulzar el disgusto, y aunque Teo la mayoría de las veces no se comía la ofrenda, agradecía el esfuerzo de Berta, recogía el presente y tiraba del hilo para hacerle saber que podía subir la cesta, siempre con un dibujo de regalo, sencillo y pueril, que ella coleccionaba con cariño.

Un día, en lugar de un dibujo, Berta recibió un presente inesperado: un encendedor de gasolina, plateado y labrado, el único recuerdo que Teo guardaba de su difunto padre, acompañado de una nota manuscrita: «Por si necesitas quemar el mundo». Esa fue la última vez que supo de Teo, justo el día que los gritos de Antonia se convirtieron en llanto sin que Berta supiese por qué, cuando aquella tarde nadie cogió las galletas de la cesta y no encontró ningún dibujo de vuelta. «Lo atropelló un autobús», le dijo su madre al día siguiente; nada pudieron hacer por salvarle la vida. Berta conservó el encendedor como un tesoro y jamás volvió a quedarse en casa de su vecina. La familia que ejercía de su familia desapareció igual que la suya propia, arrastrada por la bebida que, como un tsunami, se llevó por delante los cimientos de su hogar.

Armando, su padre, era buena persona, pero sufría, y solo el alcohol acallaba el dolor que le provocaba una severa depresión. «Es una mala temporada», decía para engañarse, ya que su problema era mayor de lo que él creía y de lo que trataban de hacerle ver los que estaban a su alrededor. Armando tenía días regulares, malos y muy malos, en los que abrir los ojos o levantarse de la cama era un ejercicio que se sentía incapaz de afrontar. Los malos, aún lograba vestirse y beber en el bar, hasta que algún conocido lo subía a casa, casi desmayado; los regulares conseguía llegar borracho a casa por su propio pie.

Teresa, la madre de Berta, seguía viendo en aquellos ojos verdes la luz de sus primeras citas, y no se resignaba a que el hombre al que aún amaba se perdiese entre las sombras; por eso intentaba ayudar, ser compasiva y no juzgarle ni cuando llegaba tan bebido que no sabía ni dónde estaba. «Papá está malito», solía decirle a Berta cuando, sin hablar, ella le preguntaba con la mirada. Armando jamás pegó a su mujer ni a su hija, pero les provocó gran sufrimiento. Y él padecía por ello, y se sentía un lastre, y bebía por autocompasión, y volvía a sentirse culpable al despertar con resaca a la mañana siguiente, deseando beber para no soportar aquella tristeza que lo asfixiaba. Estaba atrapado en un círculo vicioso de dolor en el que no dejaba entrar a nadie que pudiese rescatarlo, convencido de que cualquiera se perdería a su lado.

En los días regulares tirando a buenos, la vida en familia era una postal de vacaciones, un poso de alegría que les hacía olvidar por unas horas, con suerte un día, la tristeza infinita que sufría aquel hombre. De ese tiempo Berta recordaba las visitas al parque de Les Aigües, en el barrio del Guinardó de Barcelona, jugando en la cueva que había en la entrada, haciendo flotar barcos de papel en el lago artificial de la zona alta del parque, donde su padre se atrevía a meter los pies en las aguas poco profundas, como un artista loco, con ese aire de bohemio que le daba el flequillo caído y los ojos verdes con un matiz gris, como el poso que ensombrecía su alma. Cuando llegaba la borrasca a la cabeza de Armando, lo que les quedaba a Teresa y a Berta era el recuerdo de ese hombre al que adoraban y que seguía bajo la piel de aquel desgraciado que más de una vez se había meado encima. Como si fuese un tesoro perdido en un laberinto, no sabían cómo llegar al Armando al que amaban, y por qué ni el cariño ni la paciencia funcionaban para abrir aquella concha vacía.

Berta recuerda con claridad, encerrada de niña en su habitación, los gritos de su padre hacia todos y hacia nadie; la desesperación y la frustración en el llanto de su madre, la impotencia por no poder salvar a su hombre. Y Berta, asustada y sola, pintada en la penumbra por la escasa luz de un flexo, apretaba fuerte las manos, como si rezase sin saber rezar, y la ayuda que no sabía pedir llegaba en forma de dolor, el que le causaban las uñas clavadas en el dorso de sus manos, un dolor que la alejaba de las voces de fuera, un dolor que calmaba otro más grande para el que no tenía cura: el de un corazón roto; el de un alma herida el día que salió de su habitación y vio lo que vio.

Roque y Dani se han perdido camino del todoterreno con el que han abandonado el pueblo dejando a Berta sumida en la penumbra del ocaso y tiritando, en parte por el frío y en parte por el tormento del recuerdo de aquella tarde de su infancia. Un recuerdo que desearía que no fuese más que un delirio borroso. Que no fuese suyo. Pero el dolor que le produce esa pesadilla, lo quiera o no, la atormentará para siempre.

40

El día despierta en casa de Roque libre de reproches. Hombre y chico se han levantado pasando página al rencor que dejó la cena de un par de noches atrás. Uno pensando que hizo preguntas que no tocaban y el otro seguro de que se excedió el tono de las respuestas. Quizás esa conversación vuelva a la mesa, pero ambos ya conocen los límites para evitar que descarrile de nuevo.

Es sábado, el sol luce con desparpajo y no hay colegio. Mientras Roque recoge los cacharros del desayuno, apremia a Dani para que se vista. Saldrán pronto.

—¿Adónde vamos? —pregunta el chaval curioso.

—Venga, tengo que hacer un recado en Mieres.

Todavía atándose las zapatillas, Dani sale de casa cerrando la puerta de un golpe. Roque lo espera en el todoterreno con la puerta del copiloto abierta y el motor en marcha. Paco, hecho al ir y venir de su dueño, se queda en el exterior patrullando por un entorno marcado como su territorio.

El trayecto dura lo que un ligero paseo, justo lo que tardan en llegar a Pozuñegru y callejear hasta la tienda de Niceto, donde el viejo los espera en la puerta con las manos en los bolsillos y ese deje de hombre sólido que lo acompaña. Roque para el motor y se dispone a salir.

—¿Qué hacemos aquí? ¿No íbamos a Mieres? —lo detiene Dani con sus preguntas.

—A Mieres voy yo. Tú te quedas con Niceto.

—¿Con Niceto? —pregunta Dani sorprendido.

—Preguntaste mucho por la mina; pues nadie en el pueblo sabe más que este hombre.

—¿Iremos a la mina?

—No —la respuesta de Roque es taxativa—. Pero puede explicarte muchas cosas.

—¿Por qué no me quedo con Berta?

—Le pregunté y tenía que bajar a Oviedo. No será mucho rato.

Dani y Roque descienden del vehículo y van al encuentro del viejo, que acorta la distancia con ellos. Dirige un seco saludo al hombre y una afectuosa atención al chaval.

—Buen día, guaje. Qué, *¿preparao pa* pasar la mañana?

—Supongo.

Dani responde encogiéndose de hombros mientras se acerca a Pelayo, el perro negro sin dueño, al que acaricia ante la pasividad del chucho, que sigue dormitando sobre el empedrado.

—Gracias. Volveré lo antes que pueda —Roque se dirige a Niceto.

—No te apures. Aquí estaremos cuando vuelvas.

Roque vuelve al coche y en un par de maniobras desaparece por el laberinto de calles de Pozuñegru. Mientras, Niceto cuelga un cartel que reza: CUANDO ESTÉ *YE* QUE HE VUELTO, y se encamina hacia una de las calles del pueblo.

—Vamos, guaje, quiero enseñarte una cosa.

—¿Y la tienda?

—El que quiera algo, ya volverá. —Al viejo le interrumpe un ataque de tos—. No irán a comprar a ningún otro *lao*.

Tras una lenta caminata en subida, al ritmo fatigado de los pulmones machacados del viejo minero, llegan a su destino, un punto elevado a las afueras del pueblo.

—Este sitio tiene unas vistas privilegiadas. Aquí quedo con la melancolía, que *ye* la única que me comprende. —Las palabras de Niceto son casi un suspiro.

Dani se detiene junto al viejo que, resoplando, trata de recobrar el aliento. Frente a ellos el monstruo metálico de color verde que Dani veía desde la ventana de su habitación en casa de Alicia y el día que llegó al pueblo. Un armazón imponente y tenebroso que se divisa ante ellos en una lejanía cercana.

—¿Qué es aquella estructura de metal?

—Eso *ye* el castillete de la mina.

—Ah. ¿Y qué hace?

—Ahora nada, pero antes nos bajaba a la mina por el pozo principal, a cuatrocientos metros de profundidad. Decenas de hombres, entre ellos tu abuelo, cargamos el esqueleto en esa jaula. Días y días reventando las entrañas de esta tierra maldita que a tantos se llevó por delante. —A Niceto vuelve a asaltarlo un golpe de tos—. Puñetero aire fresco, *cagondiós*.

—¿Mi abuelo era minero? No lo sabía. —Dani se muestra sorprendido.

—Ese hombre era el mejor barrenero que jamás he conocido. —Niceto carraspea tratando de aclararse la garganta.

—¿Qué es un barrenero?

—Copón, guaje. ¿En serio no te contaron nada de él?

—A mi madre no le gustaba hablar de su familia. —Dani se encoge de hombros.

—Ya. —Niceto hace una pausa para valorar las palabras del chico—. El barrenero es el encargado de colocar los explosivos en la mina. Y tu abuelo era, de los buenos, el mejor.

Dani asiente sin dejar de mirar el castillete, que hinca sus patas oxidadas en una tierra asalvajada por los hierbajos.

—Qué silencio, ¿no? —apunta.

—Y qué triste. No como cuando la mina funcionaba a pleno pulmón. En todo el complejo se oía el *turullu,* la sirena que anunciaba el cambio de turno. Y ahora, ya ves.

—¿Y qué se sacaba? —pregunta Dani señalando el complejo.

—Carbón. Y penitencias, que mal se pasaba en ese agujero.

—¿Siempre has vivido aquí?

—Nací en Lindes, pero aquí me quedé.

—¿Esta fue la única mina en la que trabajaste?

—Esta fue la última —responde Niceto solemne—. Empecé trabajando en Asturias y de ahí a la cuenca leonesa para terminar en Pozuñegru. Llegué pocos años antes de que cerrasen la mina. Entonces los asentamientos mineros tenían una grandeza de la que no queda ni los restos. Tenían de todo: hospital, escuela, tiendas y cuartel de la Guardia Civil. Alguno, hasta barrio chino. —Niceto se detiene; la fatiga lo obliga a recuperar algo de aire—. Miles de mineros contratados, muchos construyendo sus casas en las montañas del entorno. Pero bueno, eso *ye* historias de una forma de vida que ya se fue.

—Qué pena que cerrasen la mina, ¿no?

—Esta y muchas. ¿Oíste hablar de la Marcha Negra? —Dani niega con un gesto de la cabeza y una mueca de confusión—. ¿Qué hostias os enseñan en la escuela? En 1992 un grupo de quinientos mineros marcharon desde Villablino, en León, hasta Madrid. Centenares de kilómetros andados que acabaron en una manifestación que reunió a miles de personas. Todo para acabar así. Las minas batallaron siempre, pero no ganaron nunca —musita Niceto.

—¿Y por qué la cerraron?

—La mina del pueblo cerró y abrió un par de veces. Entraban diferentes empresas pensando en los beneficios, sin creer en la mala suerte que la envolvía. —El tono de Niceto se va ensombreciendo—. La primera vez parte del pozo se inundó y ahogó a doce hombres. Años después hubo una explosión que se oyó como si hubiese *reventao* el cielo. En esa murieron veinte mineros.

Dani deambula por la pequeña planicie. Protegido por un par de árboles centenarios que le otorgan una sombra agradable, un reducido muro de apenas tres metros, de mampostería maciza, se alza un par de metros sobre el suelo; el chico se acerca a observar las pintadas reivindicativas y los carteles desgastados que sobreviven sobre la tapia al paso del tiempo. Al acercarse, descubre unos agujeros repartidos a lo largo de aquel resto de muralla, como si fuesen obra de las termitas.

—¿Y qué pasó con los niños? —Dani clava su mirada curiosa en la del viejo.

—¿Los guajes? ¿Qué te contaron? —El viejo inspira hondo antes de responder.

—Poco. Que hubo un accidente y quedaron atrapados en la mina.

—Quedaron atrapados, sí. Pero quién sabe si fue un accidente. Lo único claro es que el vientre negro de esta tierra se tragó las almas de esas pobres criaturas —lamenta Niceto.

El eco transporta un grito desgarrador que los sobrecoge y corta la conversación. Un alarido que emerge de lo más profundo de la mina y que les hiela la sangre por el tormento que arrastra.

—¿Qué ha sido eso? —pregunta Dani espantado.

—Nada. Un animal, el viento... Venga, volvamos, que se hace tarde.

El viejo apremia al chaval para que arranque camino abajo, de vuelta al meollo del pueblo. A espaldas del chico, al minero le brota una mirada inquieta por el lamento estremecedor que los ha sorprendido.

Entre zancada y zancada, Dani no puede evitar echar la vista atrás, y cuando ve a la figura oscura en una colina cercana, la misma que había visto por la noche a través de la ventana, preferiría no haberlo hecho.

41

Nada más salir del coche, tras aparcarlo frente a la tienda de Niceto, Berta se ha sentido arropada por el entorno, los aromas y la temperatura que la ha recibido. Apenas ha estado tres horas fuera, lo que le ha costado ir y volver de Oviedo, pero se ha dado cuenta de que con solo unos días exiliada en la quietud del monte, ya era como una extraña en medio de la ciudad. Hacía días que no pisaba un núcleo urbano y la capital le ha recordado la agresión de Salva, una herida sin marca que le hierve a cada paso.

Si ha salido del pueblo ha sido por obligación, para recoger el paquete de ropa que Carmen Palau le ha enviado a través de una empresa de mensajería. Cuando se fue de Barcelona, se llevó poco más que lo puesto, y empezaba a necesitar fondo de armario, ropa y mudas, para poder cambiarse sin tener que lavar prendas cada dos días.

Después de organizar el vestuario recogido, ha decidido bajar a sentarse al pie de las escaleras, a leer al fresco para sacarse de la cabeza la conversación telefónica con Carmen; la llamó confirmándole la llegada del envío, para tener que oír: «Me he topado con Salva, estaba merodeando cerca de tu piso». Su amiga ha tratado de quitarle hierro, como si hubiese tropezado con un pesado más, pero Berta sabe que ha sido un momento violento. Se lo ha notado en la voz trémula, en las palabras apresuradas, en las pausas a media frase. Carmen solo se acelera cuando está preocupada: como un mal jugador de póquer, es incapaz de ocultarlo. Ha intentado pasar de puntillas por el encontronazo, aunque Berta quería saberlo todo y no ha tenido más remedio que narrarle los detalles: que ha intentado saber dónde se escondía, si tenía un nuevo número de teléfono, o cuándo pensaba volver. Se le ha escapado que Salva ha soltado lo que sin duda era una amenaza: que la estaría esperando, y Berta sabe que cumplirá la advertencia. Por supuesto que Carmen no le ha revelado ni media y Berta nunca podrá agradecerle cuanto ha hecho por ella.

Cierra el libro, incapaz de concentrarse, engullida por los pensamientos oscuros de un futuro que se le antoja lleno de inquietud y tinieblas. ¿Es así como le tocará vivir su vida a partir de ahora, exiliada a kilómetros de su ciudad, escondida y pendiente de cada esquina? ¿Cómo ha llegado a ese punto, convertida en una víctima que huye de un agresor que campa a sus anchas? Es una de tantas mujeres afectadas por la violencia de sus parejas, historias que meses atrás leía como una noticia triste más que se desvanecía en cuanto apagaba el teléfono, y ahora se ve atrapada en esas mismas arenas movedizas, sintiéndose engullida por la frustración y el miedo. Cuando colgó a Carmen, llamó a la abogada que su amiga le recomendó y que insistió en que contratase una vez tramitada la denuncia, para explicarle el acoso y las amenazas de Salva, apremiándola a conseguir la prisión provisional para ese desquiciado antes de que descubriese su paradero y ella se convirtiese en un número más en la fatídica lista de muertes por violencia de género.

—No tiene un final agradable.

Berta estaba tan ensimismada en su desdicha que no ha reparado en la llegada de Roque, de pie ante ella, con las manos en los bolsillos y un gesto de indecisión al intuir que ha interrumpido un relevante momento a solas.

—¿Perdón?

—El libro —Roque señala la novela que Berta guarda entre las manos— no tiene el mejor final.

La educadora observa el título del volumen con indiferencia, incapaz de disimular la escasa importancia que tiene para ella en ese instante.

—Parece que últimamente solo escojo historias desastrosas.

—¿Va todo bien? —Roque da un paso hacia ella—. Si necesitas algo...

Berta agradece el ofrecimiento con una fugaz sonrisa que no logra disipar la angustia que la turba.

—¿Tienes algo al fuego? —pregunta Roque frunciendo el ceño.

La educadora se queda desconcertada por la pregunta hasta que el aroma intenso que flota a su alrededor llena su rostro de preocupación.

—¡La cafetera!

Berta se incorpora de un brinco y corre escaleras arriba, perdiéndose veloz en el interior del estudio. Roque desmonta media sonrisa incrédula y se encamina hacia la puerta de la tienda de Niceto. La campanilla colgada sobre el marco revela la llegada del profesor. Dentro del colmado Niceto, percatado de la presencia de Roque, repasa las existencias de los estantes acompañado de Dani, que lo sigue más como una fiel mascota que como un ayudante capaz.

—¿Todo bien con el aprendiz? —pregunta Roque con un punto de sorna.

—Le falta brío, pero *ye* aplicado. Venga guaje, tira *pa* casa.

Dani sale de detrás del mostrador, se encamina hacia Roque y pasa a su lado para salir de la tienda sin decir palabra, mientras Niceto deja de trastear y se acerca al profesor, contrariado por la actitud esquiva del muchacho.

—¿Pasó algo?

—Pasó que cuanto más tiempo viva en este pueblo, más preguntas tendrá sobre su verdadera familia. —Niceto clava su mirada en los ojos de Roque—. Tienes que hablarle de su padre.

—Yo no tengo que hacer nada. —Roque pretende marcharse, pero el viejo lo retiene agarrándolo del brazo ante el desconcierto del profesor.

—No puedes dejar que el guaje siga sin saber.

—Explícaselo tú si quieres, pero a mí no me metas.

—Ya estás metido. —El viejo minero eleva la voz—. Piensa en su dolor.

—¿Su dolor? ¿Y qué hay de mi dolor, *cagondiós?* —Roque maldice entre dientes, con la mirada desbocada por el rencor—. Gracias por ocuparte de él.

Roque se gira y abandona la tienda sin despedirse, dejando a Niceto plantado y con la sensación amarga y frustrante de que el profesor se equivoca, y de que cuanto más tarde Dani en saber la verdad, peor será para todos.

42

Es lunes, quedan pocas jornadas para acabar el curso escolar y el temario ya escasea. En el colegio, Adara, Abrán, Santos y Dani disfrutan del rato de descanso entre clases en la terraza del edificio, amparados por la presencia siempre vigilante de Serafín y Abelardo.

—Haeda era una bruja a la que el demonio le concedió poderes para hacer el mal. Y le advirtió: si los utilizas para hacer el bien, desaparecerás en tres días.

Adara siente fascinación por esa fábula. Se la explicaba su padre cuando apenas tenía tres años y se le quedó tan grabada que aún la recuerda, y los detalles olvidados los inventa. Es de lo poco que atesora de él, muerto en un accidente cuando ella empezaba a dejar de ser un bebé y Abrán acababa de nacer. Adora explicar esa leyenda, tanto por lo que significa para las raíces mineras del pueblo como por lo conectada que le hace sentir con su padre. No importa las veces que Abrán ha escuchado esa historia: siempre que su hermana la narra lo vive con la misma devoción que la primera vez. Igual que Santos y Dani, cautivados por el embrujo del relato y el arrebatador perfil de Adara a la cálida luz del sol.

—María y Miguel eran padres de nueve guajes. Al llegar el invierno no podían alimentarlos con las patatas que tenían, y subían a cobijarse a la cueva de los Infantes. Un día nevó tanto y sopló tanto viento que María y Miguel no lograban arrastrar a los guajes ladera arriba, y los llevaron a la cueva. —La pasión de Adara concita el interés incluso de los hombres armados—. La bruja, que olía a azufre, aún a sabiendas de las amenazas del diablo, se apiadó de la familia y arrancó unas piedras de la montaña, a las que prendió fuego. La hoguera permaneció encendida toda la noche. Lo hizo durante tres días y, justo antes de desaparecer, en un último esfuerzo, juntó el poder que le quedaba y llenó el monte de esas piedras mágicas para que todas las familias pudiesen calentarse en invierno. Así trajo el carbón a nuestras minas.

Agasajada por los aplausos de los tres chicos, Adara sonríe satisfecha, como siempre que acaba de contar la historia de Haeda, una bruja mala que se volvió buena.

—Yo también me sé una historia sobre el carbón —comenta Dani exultante.

Arrastrado por la euforia de sentirse parte de algo por primera vez en no sabe cuánto, Dani se lanza a explicar un relato de cuna, de su madre en su caso. No por competir, no por destacar, solo por tratar de perpetuar esa sensación mágica que lo embriaga.

—En la cumbre del Pedraforca...

—¿Qué *ye* el Pedraforca? —interrumpe Santos con curiosidad.

—Es una montaña de Catalunya. Pues eso, que en la cima del Pedraforca había un castillo de sarracenos dominados por un demonio...

—¿Qué *ye* sarracenos? —interrumpe de nuevo Santos con sana ingenuidad.

—Es como los cristianos llamaban a los árabes —contesta Dani con paciencia—. Como decía, los vecinos de la zona pidieron ayuda a los ángeles para que los librasen del mal. En esa lucha entre ángeles y demonios, la montaña se partió en dos y aparecieron las cuevas donde las brujas empezaron a celebrar sus aquelarres. Son reuniones de brujas para crear hechizos. —Dani se adelanta a Santos, que andaba presto a preguntar—. Esas mujeres abandonaban sus casas dejando a sus hijos desvalidos, bailaban bajo la luna llena envueltas en el olor a azufre del carbón que las rodeaba. Por eso algunos lo llaman «la piedra del demonio».

El viento sopla cálido y manso. La atención ha cambiado de foco y ahora son Abrán y Santos los que observan a Dani, hechizados por un relato que desconocían. Adara, al contrario que el resto, se siente más traicionada que encantada y no lo disimula.

—Vaya tontada de historia. Qué sabrás tú del carbón y las minas —dice Adara con tirria.

—Mi abuelo era minero. Barrenero de los mejores, me ha dicho Niceto —responde Dani orgulloso.

—También dicen que los reyes existen y no *ye* verdad.

—¿Por qué eres tan borde conmigo? —pregunta el chico, dolido por el comentario.

Adara no tiene respuesta. Dani simplemente no le cae bien y no le apetece hacer el esfuerzo de conocerlo. Se fija en el trisquel que cuelga por fuera de su camiseta.

—Qué chulo el colgante. ¿Me lo dejas?

Dani duda. Nunca le ha dejado a nadie el amuleto que le regaló su madre. Aunque quizás sea un modo de limar asperezas en una relación que desea que mejore. Ahogado en una sensación de desamparo, se lo quita y se lo cede a Adara que, al borde de la terraza, abre la mano, y deja caer el amuleto sobre las ruinas de una casa adyacente.

—Vaya, que torpe. Lo siento. —La disculpa de Adara suena tan falsa como lo que es.

—¡No!

Conmocionado por la pérdida, Dani se aboca al vacío tratando de ver algo a metros de altura por entre las grietas del inmueble. Adara disimula el gozo que le produce castigarlo; por entrometido, por haberle robado protagonismo, y para volcar contra él una rabia que viene de lejos. El muchacho, burlando a Serafín y Abelardo, abandona la terraza lanzándose escaleras abajo, dispuesto a recuperar el preciado recuerdo materno.

Roque se ha ausentado, convencido de que sus alumnos están a buen recaudo y el aula de la primera planta está desierta. El desconchado de las paredes, los baldosines rotos y la vejez del mobiliario son un reflejo del deterioro general del pueblo. A Dani le resulta sencillo salir y orillar el edificio del colegio hasta topar con el caserón deshabitado. Desde el segundo piso de la escuela, abocados a la balaustrada, Abrán y Santos observan temeroso cómo se adentra en aquel lugar desolado. Nunca antes han visto deambular a un niño solo por aquellas calles. La suficiencia en el rostro de Adara se ha tornado sufrimiento: no esperaba que Dani se atreviese a bajar y ahora padece por lo que le pueda pasar.

El chico entra en la casa derruida, donde tímidos rayos de sol se cuelan entre los portones cerrados de las ventanas y alguna vidriera colorida mal empapelada. La estructura, comida por el tiempo y el olvido, se ha ido degradando, como la mayoría de las casas en Pozuñegru. Con el castillete decrépito ensuciando el horizonte, el abandono y la ausencia han convertido el pueblo en un amasijo de ruinas.

En el lugar hay cascotes por el suelo, polvo y unos viejos bancos de madera. Por la decoración, religiosa y austera, el espacio semeja una pequeña y antigua capilla arrasada por el desuso. El altar que la preside está desnudo y maltrecho. Dani rebusca entre la suciedad y las esquirlas de las paredes que se han ido desprendiendo por las inclemencias del tiempo y la falta de cuidados. Una búsqueda que acaba en un sobresalto por la presencia de Abrán, que lo ha seguido hasta allí.

—Jo. Menudo susto me has dado. ¿Tú qué haces aquí?

—Quería ayudar —contesta Abrán con una sonrisa inocente.

Pero su semblante pasa de la emoción al horror. Alertado por su mirada desbocada, Dani mira por encima de su hombro y ve que en el otro extremo de la capilla algo se mueve entre las sombras. Una figura oscura con un gorro negro y unos ojos entornados y fieros. Abrán trata de huir, pero el terror que lo domina afecta a su coordinación y cae de bruces contra un pedrusco desprendido del tejado. Dani lanza un grito de auxilio que no tarda en ser atendido.

—¡Qué pasó, *cagondiós!*

Serafín y Abelardo irrumpen en el lugar enarbolando las escopetas. Para cuando llegan, Dani está hecho un ovillo, temblando en el suelo, sujetando en la mano el trisquel recuperado. Entre la jaula de sus brazos, que le protegen la cabeza, ve que no hay ni rastro del espectro crecido en la penumbra. Junto a él, Abrán yace inconsciente mientras la sangre que mana de la herida de su cabeza tiñe el polvo y la tierra de aquel suelo sagrado y ruinoso.

43

El despacho de Gregorio Bayón, sobriamente decorado, está cubierto de madera noble de suelo a techo. Sobre esas lamas oscuras destacan multitud de alfileres de cabeza rojo sangre que atraviesan el cuerpo de centenares de mariposas expuestas en vitrinas. Algunas de ellas, las más imponentes y vistosas, con la placa identificativa que les da nombre y prestigio. Como la *Papilio ulysses*, de un cautivador color turquesa; o la *Ornithoptera goliath titan*, también llamada «alas de pájaro» por su enorme envergadura, siendo la segunda mariposa más grande conocida. Los colores verdes y amarillos de sus alas, surcadas por una franja negra, son todo un espectáculo.

Sentado en un rincón, Dani se remueve en la silla incapaz de permanecer quieto. Imagina a esas mariposas volando libres antes de ser capturadas y ensartadas por las agujas. Como Abrán, lleno de vida y buen humor antes de que la ambulancia se lo llevase al hospital inconsciente e intubado. Han intentado sin éxito contactar con el abuelo y con la madre, así que Roque se ha acercado a casa del alcalde a comunicar la noticia en persona. Araceli, la mujer que atiende la casa, les ha informado que el alcalde y la señora Nela habían ido a Mieres, que no tardarían en volver. Mientras Adara se ha refugiado en su habitación, Araceli los ha acomodado en el despacho. Tras un rato de tensa espera, Roque ha salido al encuentro del rugido de un motor acercándose. Las piernas de Dani se agitan como un telégrafo enviando un angustioso mensaje de auxilio. El silencio que reinaba tras la puerta del despacho se rompe con los gritos del alcalde, que hacen temblar los cimientos de la casa. Entre los muros se cuela la voz sollozante de Nela, que habla de culpables, de dolor, de venganza y castigo.

Dani se sorprende cuando la puerta se abre de golpe. Traspasando el umbral en dos violentas zancadas, Gregorio se abalanza hacia él y lo agarra de los brazos, zarandeándolo sin piedad.

—¿A qué tuviste que venir a este pueblo, *cagondiós*, a matar a mi nieto?

Gregorio levanta la mano, pero se frena al ver el rostro asustado del chico; unas facciones que le resultan tan familiares que es incapaz de golpearlas. A su espalda, Nela irrumpe en el despacho y acaba el trabajo de su suegro enfrentándose a Dani y cruzándole la cara de un guantazo, que le deja una marca en la piel y un profundo dolor en el orgullo.

—¡Nela! —La voz de Roque es casi un rugido.

Dani se lleva las manos a la mejilla abofeteada y se refugia detrás de Roque, que lo parapeta a su espalda.

—No vuelvas a hacer eso. El guaje no tiene la culpa —le advierte Roque.

—La culpa *ye* tuya por no librarte de él —replica Nela con amargura.

—Y me encargaré, a mi modo.

—Nela, déjanos. Vete con Adara —Gregorio se dirige a su nuera con firmeza.

—¿Es que no piensas hacer nada? —La mirada de Nela rebosa una rabia profunda.

—Ve a coger ropa para Abrán, la necesitará en el hospital. —Gregorio apenas mira a su nuera, enfocando su atención en Roque y Dani.

—Abrán *ye* tu nieto, tu único nieto. —Las palabras de Nela están llenas de rencor hacia el alcalde por no ser más tajante con ese guaje que solo les ha traído desgracias.

—He dicho que nos dejes, *cagondiós*.

El mal genio del alcalde diluye una vez más las agallas de su nuera, que lucha por contener la fuerza de un llanto creciente.

—Siempre quisiste más a Damián que a Bras. —Nela se dirige a la puerta del despacho, pero, antes de salir, se encara con los tres varones—. Más os vale que mi hijo salga de esta.

Sin la presencia de su nuera, Gregorio se dirige a Roque, que no se deja intimidar.

—Me quitaste a mi hijo y harás lo mismo con mi nieto —sentencia Gregorio.

—Lo que pasó con Damián no *ye* cosa mía. Nunca lo fue.

—Erais paisanos —se lamenta el alcalde.

—Un paisano nunca haría lo que hizo él. Y mira ahora, *armaos* hasta en la escuela.

—¿Qué insinúas? —La pregunta de Gregorio es más una advertencia.

—Los fantasmas no existen, alcalde. El problema del pueblo bien sabes que es otro.

—Fuera de mi casa —se dirige a Roque con una dureza descarnada en el rostro—. Como ha dicho su madre, espero por tu bien que mi nieto se recupere.

Roque camina hacia la puerta sin perder de vista a Gregorio, que no le quita ojo. Antes de salir, Dani repara en Adara, parada al final de la escalera que lleva al piso de arriba. El muchacho trata de conectar su mirada con la de la chica para que confiese que él no tuvo nada que ver con la presencia de Abrán en aquella casa abandonada, pero Adara apenas reacciona. Oye y no escucha, mira y no ve. Es una sombra de sí misma, sufre la lucha entre el remordimiento y el rencor hacia Dani por haberse lanzado a por ese estúpido colgante. La lágrima que se le escapa y limpia con disimulo decanta la batalla hacia un arrepentimiento que no piensa admitir.

La tarde anda vencida cuando Roque y Dani llegan a casa. En el umbral de la puerta, Paco los recibe como cada día: indiferencia hacia el chico, alegría desmedida hacia su amo. Agotado, Dani cruza el comedor lanzando un sonoro resoplido cuando un portazo a su espalda lo sorprende. Sin mediar palabra, Roque cierra la puerta con llave y se desprende del cinturón, que repta entre las trabillas del pantalón como una serpiente de cuero. La hebilla envuelta en la mano forma el mango de un látigo que es una extensión de su brazo.

—¿Qué vas a hacer? —pregunta Dani confuso.

Sin entender qué ocurre, se separa de Roque, que lo observa con el semblante abatido por lo que no quiere, pero debe hacer.

—Te lo advertí. O seguías las reglas o habría consecuencias. Bájate los pantalones.

—Había alguien en la capilla abandonada. Lo he visto. —Las palabras de Dani son casi un lamento.

—Bájate los pantalones —insiste Roque con serenidad.

—¡Abrán me siguió, yo no hice nada! —implora el chico desesperado.

—¡Bájate los pantalones, *cagondiós!*

—¡Y una mierda!

Dani corretea por el comedor en una huida sin salida. Roque sigue los pasos del chaval y de un zarpazo de su mano libre atrapa al chico, que se retuerce tratando de escapar de un agarre que es una prensa imposible de abrir. El forcejeo es tan absurdo como desigual. Sentado en el butacón del salón, Roque no tarda en vencer la resistencia del chaval, al que logra doblegar sobre sus rodillas como un junco en medio de un ciclón.

Tras la ventana, cae el crepúsculo en Pozuñegru. Su silencio manso se ensucia con los azotes del cinturón contra la piel de Dani. El llanto del chico se pierde entre la oscuridad de los árboles del bosque cercano, flotando en la noche estrellada. Un alarido que cuenta sin hablar que le ha tocado aprender una lección por las malas.

44

Dani permanece echado en la cama, con el gesto huraño y la vista clavada en el techo. Ha estado las últimas horas despierto viendo colarse los primeros rayos de sol. El cansancio y el dolor por los azotes apenas le han dejado dormir, viéndose con el culo al aire, como un niño pequeño y desvalido. El cuero del cinturón mordiéndole la piel, la fuerza desmedida de Roque, y él atrapado entre sus peludas manazas, sin poder huir. Vergüenza, castigo, impotencia: un cóctel nocivo que ha acabado por envenenarle el orgullo.

Una lágrima furtiva se escapa rodando por la mejilla, una de las pocas que durante la noche se han escapado del llanto reprimido que, avivando su rencor hacia Roque, se ha negado a derramar; un sollozo contenido que ha disparado el recuerdo de su madre y lo mucho que echa en falta el amparo de su amor. Ella jamás le pegó; su peor castigo era el silencio, la indiferencia, que le dolía incluso más que los golpes del cinturón, pero más temprano que tarde el desdén entre ambos se desvanecía con un maternal abrazo, algo que con Roque no ocurrirá, porque esos correazos no se los podrá perdonar.

El chico se revuelve incómodo encima del colchón; infinidad de dudas se entremezclan en su mente, girando sin parar, se siente superado por todo cuanto ocurre alrededor. Si había tanto misterio en ese pueblo, ¿por qué su madre nunca le habló de ello? ¿Por qué no le contó nada de la mina ni de los niños perdidos? ¿Y por qué nunca le habló de su padre, quién era, y por qué nunca llegó a conocerlo? Cuando llegó al pueblo, al ver su nombre en la postal, había creído que era Roque, pero los latigazos recibidos lo descartan por completo. Un padre, su padre, no golpearía así a un hijo; eso Dani lo tiene claro.

Se incorpora y se sienta al borde del colchón. Es hora de levantarse y enfrentarse a su verdugo, el mismo que le da cobijo, que lo defendió de la ira del alcalde y que ha evitado que vuelva a ser presa de los centros de acogida, pero mientras se viste con desgana, se da cuenta de que solo puede odiarlo. Odiar esa casa, ese pueblo y a toda su gente, y a la vez consumirse en ese rencor porque, por mucho que le pese, no tiene adónde ir.

Irrumpe en el salón, donde se repite la misma liturgia de todas las mañanas: la voz monótona y plana del transistor, la mesa con la vajilla y la comida lista para el desayuno. Todo en la misma posición, en la misma cantidad, sobre el mismo mantel. Cada día más de lo mismo, cada día una fotocopia exacta del día anterior. La asfixiante agonía de la rutina.

—Buenos días —Roque saluda sin mirar al chico.

Acaba de servirse el café, sentado frente a su taza y las tostadas de cada mañana. Dani no responde, no lo mira. Ocupa su asiento refugiando la mirada en la taza de leche que no tomará, en el plato de galletas que apenas tocará. Deseando que el silencio de su desprecio le haga saber lo mucho que repudia su compañía.

—Cómete las galletas, anda.

Roque también se esconde en el pan chamuscado, ahogando su tormento en la oscuridad amarga del café. Por mucho que se repite que lo que hizo era necesario, que mejor unos azotes que un entierro, no logra acallar esa voz que le dice que tenía alternativas. Que eligió ese camino por despecho; que por mucho que lo esconda en un rincón oscuro de su alma, puede ver el deseo de venganza en cada golpe. Por ser el hijo de Llara, por todo el dolor que le produjo la marcha de aquella mujer a la que amaba.

Paco, sentado junto a la mesa, esperando que caiga algo que llevarse al morro, levanta las orejas y dirige su atención a la entrada. Alguien viene. Segundos después, el golpe de unos nudillos contra el marco justifica el estado de alerta del perro, que se clava enérgico frente a la puerta. Al abrir, Roque descube a Berta, enfundada en unos vaqueros y una chaqueta negra, un atuendo exagerado para el calor que abrasa durante la última semana pero que, debe reconocer, le quedan muy bien. A su lado, un perro esquivo se resiste a quedarse quieto.

—Buenos días. Caminando desde el pueblo, hay un paseo hasta aquí. —Berta muestra una sonrisa cordial.

—Buenos días. ¿Cómo por aquí tan pronto? Habrás madrugado.

—Madrugar es un lujo para los que duermen más de dos horas seguidas.

—Sí, es cierto. —Roque deja escapar una leve sonrisa; conoce bien esa sensación—. ¿Qué se te ofrece?

—Verás... —Berta dirige una mirada al perro tratando de traspasarle todo el protagonismo—. Es este chucho que no quiere saber de mí. Me preguntaba si os podéis quedar con él un tiempo. El apartamento de Niceto es pequeño y he pensado que, en tu caso, teniendo ya uno, podrían hacerse compañía. Y con todo el espacio que tienes aquí... Buenos días, Dani.

Asomando por la puerta, el chico devuelve el saludo con un gesto breve. La distancia emocional entre el hombre y el chico es evidente. Evitando la mirada del profesor, se acerca al animal, que menea la cola, alegre por la presencia de esa cara que reconoce, de esas manos que ya le han acariciado. Paco, como dándole la bienvenida, ladra con simpatía a aquel recién llegado de su especie.

—¿Nos lo vamos a quedar? —pregunta Dani emocionado.

—Bueno, no sé. Igual tenéis que hablarlo primero.

Berta muestra una sonrisa entre la complicidad y la disculpa que Roque acepta de buen grado; sea por la falta de cafeína o por redimirse de la noche anterior, no quiere volver a ser el malo, así que, con un leve movimiento de cabeza, accede a esa adopción que sabe no será temporal.

—¿Cómo se llama? —pregunta Dani acariciando al animal.

Berta le cede la correa y el chico la acepta encantado.

—Yo lo llamo perro. Tú puedes ponerle el nombre que quieras.

—Cosmo. Lo llamaré Cosmo —confirma Dani entusiasmado.

Apartados de Dani, que sigue jugueteando con el perro, Berta y Roque intercambian un gesto amable rebozado en una sonrisa que, en el caso de él, se queda en el molde.

—¿Se sabe algo del nieto del alcalde? —pregunta Berta.

—Aún nada. Tenían que hacerle pruebas.

—Seguro que va todo bien, ya verás.

Berta le regala una caricia en el brazo que pretende ser cordial, pero que una mirada trabada unos segundos convierte en algo más. Berta aparta la mano con la misma celeridad que Roque desvía la vista, y se quedan atrapados en un silencio avergonzado, cargado de excusas y de disculpas conocidas y no dichas.

—Gracias por las setas. Estaban muy ricas. Descuida, no me las comí de golpe—dice Berta con una sonrisa tibia que trata de suavizar la tensión.

—No se merecen. —El sonrojo del rostro de Roque se aligera.

—Y por la cafetera. Un minuto más y quemo el estudio de Niceto.

—Te saldría un café bien *cargau*.

—Negro como el tizón. Para no dormir en tres días.

Ambos entrecruzan una sonrisa cómplice por la broma compartida.

—¿Quieres uno rápido?

—¿Perdona? —Berta se queda confundida ante el ofrecimiento.

—Café. Si te apetece tomar un café antes de que marchemos a la escuela.

—Ah, no. He tomado uno antes de venir.

—Y sin quemar la casa de Niceto. Todo un logro.

—Voy mejorando. —Berta lanza un puño al aire y guiña un ojo subrayando la gracia.

—Dejamos ese café para otro día, entonces.

—Claro, otro día. Gracias por todo.

Un escueto saludo, una breve sonrisa de despedida y la educadora emprende el camino de vuelta hacia el pueblo. Roque observa a esa mujer singular que le está rompiendo los esquemas. Él, que creía tener su vida bajo control, que nada podía sorprenderle, que no esperaba del destino más que sosiego y que, por mucho que se engañe, no puede negar cuánto le ha gustado compartir ese momento con ella y el contacto suave de aquella piel.

45

El ambiente en la escuela es lo más parecido a un velatorio. El sol rompe la penumbra del aula inundándola de tenues luces a través de los barrotes de los ventanales. Sentados en sus sitios, Adara, Santos y Dani se ahogan en un mar de silencio. Frente a ellos, el libro que Roque les ha mandado leer y que ninguno lee. Desde que ocurrió el accidente de Abrán, no hay ganas de impartir clase, pero los adultos han coincidido en que lo mejor es mantener la rutina. Sin embargo, la ausencia del pequeño, pesa en el ánimo de todos.

—Vengo en seguida. Os quiero leyendo y en silencio —comenta Roque levantándose de golpe.

El profesor necesita salir. Está mareado, pero mantiene el tipo hasta alcanzar la calle y notar la brisa fresca que le alivia por un instante. Reprime una arcada entre espasmos, a refugio de los vigilantes de la terraza. La visión del sitio vacío de Abrán, recordar su cuerpo tirado en el suelo, inerte y sangrando, le sume en el desconsuelo. Hacía años que no lamentaban el accidente de ningún guaje y el recuerdo de la ambulancia saliendo de Pozuñegru, aullando veloz, es como un temblor que lo tambalea sacudiéndole hasta el alma. Quizás todo sea por culpa suya, por hacer caso al corazón y no a la cabeza, por acoger a Dani y despertar la amenaza dormida en la mina al resucitar heridas del pasado. Retales de una vida olvidada tanto tiempo atrás que no parece que sea la suya propia.

En el aula, los chicos se remueven aburridos. El lento paso del tiempo aumenta el deseo de estar en cualquier otro lugar.

—¿Duele? —Santos se dirige a Dani en un susurro.

—¿El qué? —responde Dani confundido.

—El culo, qué si no. En este pueblo todos aprendimos a palos.

Intercambian una sonrisa cómplice. Dani se siente liberado por el comentario de Santos, al saber que no es el único en recibir los azotes del cinturón.

—Adara. ¡Adara! ¿Sabes algo de Abrán? ¿Cómo está? —Dani aumenta el tono del murmullo, pero no logra llamar su atención.

Adara no responde. No levanta la vista, clava una mirada furiosa en el pupitre. Incapaz de soportar el peso de la responsabilidad, prefiere cargar la culpa sobre Dani. La tenga o no.

—¿Podremos ir a verlo? —insiste Dani con interés.

—Tú no. Si a mi hermano le ocurre algo, será culpa tuya. —Adara le dedica una mirada cruel.

—Eso no es cierto. Yo lo vi y él también lo vio. Por eso trató de huir. Tropezó y se golpeó.

—Mientes —escupe Adara a media voz.

—Esa cosa, lo que fuera, estaba allí. Escondida entre las sombras.

—Mientes. —Adara aprieta los puños y sigue sin mirarlo.

—No miento. Vestía de negro, llevaba sombrero y un pañuelo que le tapaba la cara. —Dani no puede evitar elevar la voz.

—¡Mientes! —grita Adara barriendo de un manotazo el libro que acaba en el suelo. Con el rostro deformado por la ira, se enfrenta a Dani y a Santos, desconcertados por su brusca reacción—. Fosco no existe, *ye* una leyenda, un cuento para que los niños no se alejen. —Adara se frena, respira con dificultad por culpa de la rabia.

—Entonces ¿qué hacen esos dos en la terraza de la escuela? ¿Por qué van armados? —Dani señala hacia el techo para enfatizar su argumento.

—*Ye* por los lobos, joder. Me lo dijo mi abuelo.

—Aquí no hay lobos —replica Santos.

—Claro que no, bobo, *ye* por los guardas armados —suelta Adara con desdén.

El estruendo de dos tiros y unos gritos de alarma traslada la tensión al exterior de la escuela. Rifle en mano, Serafín baja las escaleras de la azotea a zancadas y atraviesa el aula en una desgarbada carrera hacia la puerta. Santos y Dani se abalanzan a los barrotes de la ventana para ver qué sucede y se llevan un susto de muerte cuando Roque los sorprende desde fuera.

—¡No se os ocurra salir! —les ordena alarmado.

Serafín y Roque dirigen su atención a la arboleda que queda frente a la escuela, parapetada tras una tupida línea de arbustos.

—¿Seguro que lo viste? —grita Serafín sin perder de vista a la vegetación.

—¡Iba de negro! ¡Lo vi caer entre las matas! —indica Abelardo desde su elevada posición.

Con la punta del cañón de su arma, Abelardo les indica hacia dónde dirigirse. Serafín amartilla la escopeta mientras se aproxima cauteloso. Roque avanza tras él cubriéndole la espalda. Entre los matojos, con una herida que le desgarra el vientre, el viejo labrador negro, Pelayo, sin amo, pero cuidado por todos los vecinos del pueblo, se desangra sin remedio, jadeando entre gemidos, hasta morir.

46

Al otro lado del pueblo, cerca de las afueras, Berta explora los alrededores ajena al incidente sucedido en la escuela. Cautiva de la calma que la acompaña, envuelta en los sonidos del entorno, apenas ha reparado en el rumor sordo de los dos disparos que arrastra el eco.

En su deambular por las calles de Pozuñegru, se cruza con un par de mujeres envejecidas antes de tiempo, enfundadas en un luto eterno, viudas de rostros marchitos y aura espectral que se apartan dirigiéndole una mirada de desconfianza. Algún viejo riega su huerta y recoge los frutos de una tierra que ha sepultado a muchos vecinos y a alguno de sus familiares.

Varias casas abandonadas, en relativo buen estado, parecen haberle ganado un pulso al tiempo; en las paredes destacan hornacinas ocupadas por vírgenes y santos encomendados a proteger a sus ocupantes, familias humildes y trabajadoras que hicieron del carbón la bandera de su día a día.

La ermita, quemada y medio derruida desde la Guerra Civil, no aguantó la contienda, la pena ni la falta de fe, como reza un cartel conmemorativo en el exterior, el que cuenta que se decidió no reconstruirla en honor a un grupo de mineros fusilados entre sus muros por el ejército franquista.

Superado el margen exterior del pueblo, un pequeño riachuelo nace bajo un puñado de rocas y discurre escuálido pero bravo, paralelo a una involuntaria senda que limita con la arboleda cercana. Berta se acuclilla junto al arroyo para disfrutar del frescor que desprende, y moja las manos en su agua fría y cristalina, igual que hacía de pequeña en la cascada de la Font del Gat, en la barcelonesa montaña de Montjuïc, donde su abuelo Atanasio la llevaba de vez en cuando en las calurosas tardes de verano. De ese hombre, palentino de nacimiento y catalán de adopción, recuerda las manos fuertes y rugosas y el intenso olor a *aftershave*, que revive cada vez que pasa por una barbería con solera. Eso y los caramelos de café con leche que le daba y que llevaba siempre, quizás para ablandar un corazón que la obra y un hijo borracho y necesitado de dinero, le habían endurecido. Ese hombre de rostro joven, envejecido tras tantos años cavando zanjas y paleando hormigón, de pelo cano y ojos oscuros, enmarcando una mirada arrasada por una vida que debió de ser una condena. Enviudó al poco de nacer su único hijo y fue incapaz de criarlo como era debido. Entregado a las penurias de un trabajo esclavo, acabó por sentirse responsable de la deriva alcohólica de su vástago, hasta que este decidió suicidarse llevándose por delante a su esposa y dejando una hija huérfana. Lástima que el abuelo Atanasio ya no estuviese para cuidar de ella, piensa Berta. Sí, una lástima.

Se incorpora y sigue la corriente de agua. El silencio del entorno es sepulcral. La soledad de aquel mundo derruido casi da miedo, como un largo pasillo engullido por la oscuridad. Unos metros más adelante descubre un cartel que indica el sendero que lleva a la entrada de la mina. La educadora utiliza la mano de visera para protegerse del sol, que luce con ganas, aunque el calor es benevolente. A lo lejos, el armazón de hierro verde, oxidado y decadente, que se divisa desde cualquier lugar del pueblo, se alza sobre una loma como un enfermizo titán. En la base de la estructura, Berta distingue a un tipo deambulando y, aunque la distancia es grande, la nitidez del día y la singularidad del sujeto ayudan, no tiene duda de que se trata del hombre de pelo rubio y corto llamado Basilio. Qué raro, Niceto le dijo que el complejo llevaba años cerrado y que nadie se acercaba por el peligro de un desprendimiento o un derrumbe del suelo.

Tras un meandro del camino, orillando con el riachuelo, la vegetación llama la atención de la educadora. Como si hubiese cambiado de hábitat, la naturaleza pierde el color y el brío, arrasada y seca, convertida en un páramo hasta llegar al cercado que rodea el complejo minero, donde desaparece el arroyo bajo el subsuelo.

—En este pueblo no puede crecer nada bueno. —La educadora se frena y se gira sorprendida por la voz grave pero femenina que le advierte a su espalda—. Y menos aquí, tan cerca de la mina.

La mujer nada tiene que ver con las dos viudas con las que se topó antes. La melena cobriza, el carmín rojo de los labios, unas modernas gafas de sol y el chándal que viste, que no disimula el cierto buen tipo que conserva, hacen que destaque como un pavo real en medio de un gallinero.

—Menudo cambio, la verdad. —Berta extiende la mano para saludarla—. Hola, me llamo Berta, soy...

—Eres la que trajiste al guaje que vive con el profesor. —La mujer la corta de raíz con brusquedad, aunque le devuelve el saludo.

—No exactamente, ¿por? —Berta retira la mano y replica a la defensiva en espera un nuevo sermón.

—Porque te habrán puesto a parir de lo lindo. Me llamo Nieves. —Le muestra una sonrisa cordial que Berta corresponde con un gesto amable que libera la tensión.

—No creo que me hagan hija adoptiva. —Berta mantiene el tono irónico y ambas comparten una sonrisa—. No te había visto por el pueblo.

—Bajo bastante a Mieres, al cine, a la biblioteca o a tomar un café. Aquí, aparte de caminar o cuidar el huerto, no hay mucho que hacer. —Nieves señala el complejo minero con un gesto de la cabeza—. ¿Viniste a verla de cerca?

—¿Qué? ¿La mina? Solo estaba dando un paseo.

—En esa explanada solo queda ruina y abandono desde que tapiaron la entrada de la bocamina. Si te acercas, aún huele a aceite de engrase y roca perforada.

—Hace un momento vi a ese hombre rubio, Basilio, creo que se llama, bajo esa armadura de hierro. —Berta señala hacia la soledad del castillete.

—¿Basilio? Me extraña. —Se encara con Berta con rostro perplejo—. Nadie entra allí hace tiempo.

—Pues juraría que era él.

Ambas quedan sumidas en una tregua de silencio, evitando entrar en una discusión que entienden que no les reportará nada nuevo, haya visto Berta o no a Basilio en la mina. Nieves se acoda en un trozo de talanquera carcomida que aún se resiste al olvido.

—La última vez que unos cuantos pisamos el complejo fue a los diez años de que lo cerrasen; y parecía agonizar de tanto abandono. —Con la mirada fija en el castillete, su mente se ha trasladado al pasado—. Todo estaba derrumbado; los edificios sin un solo cristal ni una teja sana. En los vestuarios aún quedaban roldanas de las que colgaban las cadenas que sostenían las perchas para dejar la ropa, la de la calle al entrar y el mono sucio al salir.

Nieves fuerza un golpe de tos para frenar el empuje de la nostalgia al recordar esa decadencia a la que no se acostumbra, al pensar en las almas atrapadas de cuantos no volvieron a ver la luz del sol. Berta se apoya junto a ella, en silencio, respetando un dolor que la vida y el trabajo le han enseñado a reconocer. La educadora trata de reconducir la conversación con un interrogatorio lleno de banalidad.

—¿Tu marido trabajaba en la mina?

—Como todos los hombres de aquí.

—¿Hace mucho que vivís en el pueblo?

—Pues treinta años hará en septiembre. Ahora vengo de estar con él.

—Echando una copa en la tasca, seguro.

Berta lanza el comentario como un chascarrillo, buscando una complicidad añeja entre mujeres.

—En el cementerio, como cada día.

La respuesta de Nieves no encierra reproche ni rencor, pero el rostro de Berta se desmonta por tan vergonzosa ofensa.

—Vaya, lo siento. No era mi intención.

—Tú no tienes culpa de nada, mujer. —Nieves da un manotazo en la valla, como si un juez acabase de dictar sentencia con el mazo—. Venga, volvamos.

Ambas mujeres emprenden la vuelta por la ribera del riachuelo, en dirección contraria a su caudal, con el sol a la espalda y sus largas sombras adelantándose en el camino.

—¿Y qué hay de las mujeres? ¿No había mineras?

—En este pueblo no, aunque las mujeres estuvieron ligadas a la mina siglos atrás, hasta que la policía minera, a finales del XIX, trató de sacarlas del subsuelo. Muchas acabaron trabajando en el exterior como alpargateras, cocineras o lavadoras de carbón. Se las llamaba «carboneras». —Berta escucha el relato de Nieves con interés—. En enero de 1996 comenzaron a trabajar con contrato las cuatro primeras mineras. Todas se llamaban María, manda huevos. —Nieves hace una pausa y suelta una leve risotada—. Eran las primeras, las que iban a cambiar las cosas, pero no las querían. Tuvieron que soportar un acoso del copón, metidas en la jaula que las bajaba al pozo, rodeadas de hombres, recibiendo pellizcos en el culo o en los pechos. —El tono de Nieves se vuelve agrio como el contenido de su historia—. Comentarios machistas que les hacían salir llorando de la mina cada jornada. Con el tiempo entraron más y la cosa se normalizó, se tenía en cuenta la valía sin mirar el sexo de cada minero. Porque la mina era infrahumana *pa* todos, ya fueses hombre o mujer, y bajar allí era aceptar que podías quedar enterrado vivo.

Alcanzan la linde de Pozuñegru que aparece tan desierto como siempre.

—¿Y qué hay de las que no se dedicaban a la mina?

—¿Qué quieres que haya, alma cándida? Las mujeres a tener guajes y a cuidar de la casa. No había otra vida en el pueblo para la mayoría.

—¿Y tú?

—Yo no soy la mayoría. —Nieves muestra la sonrisa orgullosa de quien no se siente en deuda con nada ni nadie, pero pronto se desvanece—. ¿Ya te hablaron de la maldición?

—¿Qué maldición? —Berta se muestra confundida.

—Nada. Cosas de pueblo, pero si te acercas a la mina, no lo hagas de noche. El camino no *ye* muy seguro. —Nieves fuerza un gesto amable para rebajar la carga de la advertencia—. Cuídate, nos vemos pronto.

Berta observa cómo esa mujer misteriosa y afable se aleja, mientras ella ha quedado atrapada en la inquietud de las últimas palabras que ha pronunciado y que le han sonado alarmantes.

47

Al día siguiente, en la linde del pueblo, un pequeño terreno cercado por un vallado de madera recibe una escasa comitiva de vecinos. La parcela es una plantación de cruces garabateadas sobre tumbas excavadas. Aquel sencillo cementerio de animales está cobijado bajo la sombra de un bosquecillo de castaños. Serafín, Abelardo, con la boina en la mano en señal de respeto, y unos pocos vecinos acaban de enterrar al labrador abatido el día anterior. Pelayo lo llamaba la mayoría, un perro que era de todos y de ninguno, cuya muerte los sume en un profundo pesar.

Los asistentes saben que los dos tiros que acabaron con el perro no son culpa de Abelardo; fue el miedo el que confundió el pelaje negro entre los arbustos y el que apretó el gatillo. Un miedo que ha devorado la paz del lugar desde que llegase el guaje que vive con Roque Mayo y que trajo esa mujer extraña que se aloja sobre la tienda de Niceto. Un rumor indignado crece entre la comitiva y maldice sobre cómo ha empeorado su día a día: la vuelta a las ventanas y puertas cerradas, a olvidarse de las noches a la fresca, al eco sombrío que llega desde la mina. Hasta hace poco podían fantasear con ese declive plácido de sus vidas, arrinconando en el olvido todo lo que pasaron con las desapariciones de los niños y las visitas de la Guardia Civil, que no encontró ni rastro de los pequeños. La llegada del nuevo guaje es una tentación para despertar el mal que ya sufrieron antes, ese que todos niegan que exista, pero que todos creen haber visto. Primero fue Abrán, ahora Pelayo, quién sabe qué será lo próximo.

Nieves asiste al sepelio del perro presentándole sus respetos como si fuese un vecino más de Pozuñegru. Conforme crece la indignación y los juramentos contra Berta, Roque y el guaje al que acoge se distancia de la comitiva para ahorrarse discusiones, cegados como están todos por una visión engañosa de la realidad, incapaces de entender que un niño no puede ser responsable de un temor que no hará su existencia más mísera de lo que ya es si no dejan de vivir anclados en las bondades de un pasado que ya se fue. Esa vida miserable es un todo, con momentos buenos y malos, y para Nieves no se entienden los unos sin los otros, por mucho que a uno le pese.

En la escuela, otros dos lugareños han sustituido la habitual guardia de Serafín y Abelardo. Dentro del aula, Roque ha cargado a los chicos de problemas de matemáticas que los mantienen con la vista clavada en los cuadernos y con la mano danzando al son de los lápices, sumidos en un silencio propio de un examen, hasta que ha llegado la hora de marchar.

A la salida, Roque se dirige con Dani a la tienda de Niceto. El breve paseo ha transcurrido entre vistazos constantes a su espalda, a cada esquina, ventana o tejado. Tras lo sucedido a Abrán, fuese lo que fuese lo que ocurriera, el profesor no puede evitar verse dominado por cierto grado de paranoia.

—Dile a Niceto que prepare las cosas. Voy por el coche y te recojo. No salgas hasta que llegue.

La orden de Roque es aceptada sin reparos. Dani entra en el colmado, alertando de su presencia por el tintineo de la campanilla. Niceto Castro, acodado sobre el mostrador, deja de leer el libro en el que andaba inmerso al reparar en la presencia del chico.

—Que pasó, guaje. ¿Viniste a buscar el encargo del maestro?

—Sí.

Dani reafirma con un gesto de cabeza, impresionado, como siempre que lo ve, por el magnetismo de ese hombre al que tiene un profundo respeto. Niceto se incorpora sin dejar de clavar su mirada en ese chaval enfundado en un traje de nervios, que cruza y descruza los brazos sin saber qué hacer con ellos.

—Eres muy *callao*, zagal. Tu abuelo, el catalán, ese sí que no callaba ni bajo el agua.

—No sabía que mi abuelo era catalán.

—*Cagondiós*. Tu madre sería un encanto, pero es para darle una pescozada. Ven aquí, guaje. —Niceto invita a pasar a Dani tras el mostrador—. Tu abuelo vino de Lérida a trabajar hace más de cincuenta años. Aquí se prendó de tu abuela Remedios y se casó con ella.

Dani se abstrae en las imágenes de las paredes mientras Niceto le habla. Además del cartel que indica la profundidad del pozo al que bajaban los mineros, hay una infinidad de recortes de carácter anarquista y un caleidoscopio de fotos en blanco y negro de mineros que cambiaron el pico y la pala por el fusil. Dani observa los retratos y pasquines revolucionarios con evidente interés.

—¿Mi abuelo combatió en la guerra?

Dani permanece absorto en las fotos y recuerda a la vez los agujeros que vio en el muro el día que se quedó a cargo de Niceto; balazos sin duda de aquellos años bélicos.

—Tu abuelo nació acabada la guerra. Pero muchos mineros murieron defendiendo a los suyos. Hombres y mujeres que buscaban huir de las miserias y se encontraron en la contienda sin más.

A Niceto se le nubla la mirada. No lo dice, pero uno de esos hombres que siguieron la lucha después de la guerra, escondidos entre montañas y bosques, era su propio padre. Y su tío. Y su abuelo. Ninguno regresó. A ninguno encontraron, aunque fuese reventado y cosido a balazos.

—En este pueblo se perdieron muchos guajes. Lo primero por la guerra. Muchos mineros republicanos quisieron ahorrar a sus hijos las calamidades de la Guerra Civil. —Un golpe de tos frena el relato de Niceto, ese mal crónico que le dejó la mina—. Menores que huían solos, entre lágrimas, hacia países desconocidos. Francia, Rusia, Bélgica o Suiza. Muchos no regresaron. Cruz Roja dice que se dio refugio a 32.000 guajes. Los llamaron «los niños españoles de la guerra». Aunque salían con intención de volver con sus padres, mantener el contacto fue difícil. —Niceto carraspea para aclararse la garganta—. A la Guerra Civil le siguió la mundial, y los guajes que habían huido de la primera quedaron engullidos por la segunda. Gran cantidad acabó vagando por las calles de Europa, obligados a mendigar o a delinquir para sobrevivir. Los mayores de edad que caían en manos del ejército alemán eran internados en campos de concentración, pero cuando se capturaba a un menor, era entregado a España e ingresaba en el Auxilio Social. —La voz rasgada y profunda de Niceto añade misticismo al relato.

—¿Qué es eso del Auxilio Social? —pregunta Dani atrapado en la historia del viejo.

—Era un organismo creado a imagen de la hitleriana Winterhilfe o Auxilio de Invierno. Allí se inculcaba a los guajes que debían redimir el pecado de tener unos padres comunistas. El Estado se hacía cargo de huérfanos con padres exiliados o considerados no aptos para ocuparse de sus hijos por ser republicanos.

—Eso es un asco —suelta Dani indignado.

—Eso *ye* la guerra, guaje.

—Y yo me quejaba del centro de acogida. ¿Qué pasó con los niños que se fueron?

—Acabada la Segunda Guerra Mundial, Franco trató de retornar a los guajes para educarlos dentro del régimen, pero los aliados contra el franquismo y la Cruz Roja buscaron evitarlo. A los que lograron repatriar, el Estado les cambiaba los apellidos para que las familias legítimas no los pudiesen rastrear. No existían para nadie. Sin embargo, a los menores que estaban en la Unión Soviética no los dejaron volver para evitar que entraran en España niños adoctrinados por los rojos. —Un ataque de tos repentino vuelve a interrumpir a Niceto—. Puta mina, *cagondiós*... Muchos pequeños quedaron desamparados en Rusia, formando bandas callejeras para sobrevivir, exponiéndose a ser enviados a campos de trabajos forzados, a la cárcel o, en el peor de los casos, a desaparecer sin dejar rastro.

—Una cosa —Dani interrumpe la narración—, ¿qué es eso de «rojos»? ¿Es que iban pintados?

—¿Qué *caralladas* aprendéis en la escuela? Así llamaban los franquistas a sus enemigos. —Niceto evita profundizar en la conexión del color con el Partido Comunista—. A los encarcelados tachados de rojos, el Estado les retiraba la patria potestad porque decía que no estaban capacitados para educar a sus hijos. El Patronato de Nuestra Señora de la Merced se convertía en el responsable de los hijos de padres encerrados o fusilados. Y la Iglesia cobraba por cada guaje del que se hacían cargo.

—¿Y aquí también pasó todo eso? —La pregunta de Dani está cargada de inocente ignorancia.

—Pasada la guerra, se presentó en este pueblo la Guardia Civil con unas monjas asquerosas y resentidas. Se llevaron los pocos guajes y guajas que quedaban. —Niceto hace un receso para inspirar hondo ante la falta de fuelle—. Hijos de mineros rojos, según ellas. Y si no *ye* la guerra la que nos deja sin guajes, *ye* la mina. Y si no *ye*... —Niceto ha perdido el vigor que lo acompañaba. En su lugar, una sombra de tristeza le oscurece el rostro—. Tú sabes lo que viste, ¿verdad, guaje?

Las palabras se agolpan entre los labios de Dani cuando Roque irrumpe en la tienda y rompe la atmósfera de confidencias entre el chico y el viejo. Niceto se percata de la mirada desconfiada de Roque al ver a Dani tras el mostrador y cambia de registro.

—Y así eran las galerías que tenía la mina. Anda, agarra las compras, que ya vinieron a buscarte.

A Dani le sorprende el repentino cambio de discurso de Niceto, aunque al ver el rostro serio de Roque entiende que la actitud del viejo es solo una pose. Antes de abandonar el mostrador, agarra las dos bolsas de plástico de la compra y luego atraviesa la tienda con la vista clavada en el suelo.

—¿Hablaste ya con el guaje? —La pregunta de Niceto suena más a reproche. El profesor no responde, anclado en medio del colmado en un duelo de miradas con el viejo tendero—. Debes explicárselo; se lo debes —Niceto insiste en un tono más templado.

Roque permanece en silencio; no se siente capaz de sacar a la luz aquella parte de su pasado; es cierto que se siente en deuda con el chico por cómo acabó la relación con su madre, pero es su deuda y él debe escoger cuándo y cómo pagarla, así que abandona el local sin articular palabra, ni tan siquiera un adiós.

48

—¿La encuentras? —pregunta Roque rebuscando entre los cajones de la cocina.

—No la veo —responde Dani haciendo lo mismo en la alacena del comedor.

Roque sale de la cocina con cara de circunstancias y va al encuentro del chico, que tiene la tez paliducha y contiene un gesto de dolor.

—¿Te sigue doliendo? —pregunta Roque.

—No. Bueno, no mucho —responde Dani tratando en vano de hacerse el fuerte.

—Venga, vamos a donde Niceto a coger una infusión. *Ye* lo mejor *pal* dolor de tripa.

—Da igual. Es tarde y tendrá cerrado. Se me pasará.

Dani no puede reprimir un retortijón que le deforma el rostro por un instante.

—Anda tira. Sé dónde encontrarlo.

Es noche cerrada cuando Roque aparca el todoterreno cerca de la puerta del chigre. Dani sigue intercalando momentos de calma con otros de dolor en los que se dobla sin remedio. No les cuesta más que dos minutos llegar a la puerta, por donde se escapa el murmullo de las conversaciones mantenidas en el local. A punto de entrar, Roque se detiene un instante, como bloqueado por un muro invisible. Dani lo observa aguantando una mueca de dolor.

—¿Estás bien? —pregunta Dani en un intercambio de papeles.

—Sí. Todo bien. Venga, entremos —responde Roque ocultando la verdad al chico.

Nada más abrir la puerta, los ojos de los presentes se clavan en los dos recién llegados. Niceto comparte mesa, copas y tertulia con otros tres viejos del lugar, iguales a otros mayores repartidos por la sala. Todos y cada uno de ellos igual de sorprendidos por la presencia de Roque. Xurde, el dueño del establecimiento, detiene el trasteo de vasos tras la barra. En una mesa apartada, Abelardo bebe solo. Al ver entrar a Roque y a Dani, su mirada se entorna y su rostro se ensombrece por el odio.

—Vaya. Cuánto sin verte por aquí. —Niceto toma la palabra aparentando normalidad.

—No quería molestar. Necesitaba una infusión para el guaje. Dice que le duele la tripa.

Roque permanece de pie. Cohibido. No se ha movido de la puerta desde que ha entrado. No parece el hombre seguro que Dani está acostumbrado a ver, y el chico se sorprende por ello.

—Anda, pasad y sentaros. Xurde —la voz de Niceto retumba en el local—, prepara una manzanilla al guaje, a ver si lo revivimos.

Niceto se incorpora y se acerca, como si su compañía fuese una especie de salvoconducto que les permitiese estar allí. Roque acepta a regañadientes y Dani lo sigue sin entender qué ocurre. Ambos se sientan a la mesa de Niceto.

—Pon otra copa de guindas —ordena a Xurde sin mirarlo.

—No, gracias. Yo estoy bien —dice Roque educado.

—Descuida, *ye* para mí —replica Niceto con seriedad dando paso a una sonrisa burlona—. Te tomaba el pelo. Después de tanto sin venir, no me vas a negar que te invite.

Xurde acude a la mesa con una infusión en taza y un vaso con hielo tintado por el alcohol rojizo que contiene.

—Salud. —Niceto eleva el vaso y lo choca con el de Roque, que brinda y bebe sin ganas.

—Ahora brindas con él como si no hubiese *pasao* nada, viejo.

Desde su rincón, la voz de Abelardo suena arrastrada por el alcohol y el rencor.

—Yo brindo con todo el que me apetece —replica Niceto.

—¿Ya le explicaste lo del coche que encontraron en medio del monte? —Dirige una mirada inquisitoria a Roque—. ¿Sabes que vino la Guardia Civil otra vez? —Abelardo balbucea visiblemente borracho—. No hallaron ni rastro del tipo que lo conducía.

—Nosotros ya nos vamos. Acábate la manzanilla. —Roque se incorpora dirigiéndose a Dani.

—Es que está quemando —protesta el chico.

—Pues nos la llevamos ¿Qué se debe? —Roque se dirige a la barra sacando unas monedas.

—Pero no os vayáis, hombre. Ya que trajiste al guaje al pueblo, bien habrá que hablarle de la maldición. —Abelardo se levanta tambaleándose y se apoya en la mesa para no caer. Las miradas han cambiado de bando, ahora todas se dirigen indignadas hacia él.

—*Ye* mejor que te calles y tires *pa* casa —lo reprende Niceto bruscamente.

—Venga, viejo. Qué mal va a hacerle saber la verdad. ¿Ya te hablaron de Fosco? —se dirige a Dani en tono paternal—. Claro que no. A este atajo de cobardes les falta arrestos *pa* explicarlo. —Abelardo deambula dando tumbos—. Fosco *ye* la oscuridad que hay en la mina. *Ye* la penumbra, el sufrimiento, el miedo a la muerte que ronda en los pozos y galerías. Ese laberinto donde desaparece la inocencia de los que bajan por primera vez y salen siendo hombres. Jóvenes convertidos en mineros. Esa oscuridad, se alimenta de las almas inocentes, llevándose a esos guajes, dejando solo machos que pelean con las piedras. Ese miedo de los jóvenes mineros que se oculta en las sombras de cada túnel, eso *ye* lo que los mineros siempre llamaron Fosco.

—Abelardo, venga. Te estás pasando. —Xurde lo agarra del brazo llevándolo a la puerta.

—Quita, cojones. Pienso acabar la historia. —Abelardo se suelta de un tirón y lo aparta empujándolo—. Por eso se decía que Fosco se llevaba a los guajes, porque cuando salían de la mina habían desaparecido para siempre. —Abelardo se interrumpe por un hipo que es casi una arcada. En medio del chigre, aspira hondo para recuperar el aliento—. Hasta el día que Fosco vino de verdad y se llevó a los guajes en aquel accidente; el día que se le paró el corazón a este pueblo. Desde que se los tragó la mina, solo uno más nació en Pozuñegru. —La voz de Abelardo es un lamento.

—Déjate de *caralladas, cagondiós*. —La voz de Niceto retumba en el local.

—*Caralladas,* ya. —Abelardo agarra el vaso de un parroquiano y se lo bebe de un trago, devolviéndolo a la mesa de un golpe—. Como el informe de la Guardia Civil. Que había sido un animal, dijeron. —Abelardo suelta una risotada falsa y forzada—. Ni una puñetera pezuña en todo el caserón del Canijo; ni lobos ni osos *avistaos;* solo un montón de sangre por el suelo y ni rastro de los cuerpos —Abelardo, apenas en pie por el alcohol, clava su mirada en Niceto—. *Caralladas,* ¿eh, viejo? Que se lo digan al Canijo. Que se lo digan a Emilio y María. Que se lo digan a su bebé.

Dentro del chigre, el silencio es sepulcral. A Dani, atónito tras escuchar la historia, se le han pasado todos los males.

—Y si Fosco se volvió real fue por tu culpa. —Abelardo señala a Roque con rabia.

—Ya vale, Abelardo. Esto se te ha ido de las manos —interviene Niceto yendo hacia él.

—Sabes que tengo razón, viejo. —Se aparta de Niceto y se acerca a Roque—. Removiste toda aquella mierda de la escuela con los guajes y mira cómo acabó. Dejaste a este puñetero pueblo en ruinas, *cago en mi mantu*.

—Hice lo que tenía que hacer. —Roque no se inmuta ante la provocación de Abelardo.

—Y unos cojones. Hiciste lo que hiciste por despecho, cabrón.

Abelardo se abalanza hacia Roque dispuesto a golpearlo, pero el exceso de alcohol hace mella en sus reflejos. Roque se lo quita de encima de un manotazo, empotrándolo contra la barra y haciéndole caer al suelo de forma patética entre insultos y reniegos.

—Gracias por la infusión. Buenas noches.

Roque lanza unas monedas sobre la barra y se dirige a la salida. No hace falta que le diga nada a Dani para que arranque tras él sin rechistar.

La salida de los dos devuelve cierta calma al ambiente del local. Uno de los viejos ayuda a incorporarse a Abelardo y, aunque ninguno lo dice, todos los presentes intuyen que haber nombrado a Fosco en voz alta ha sido un error. De esos que se pagan más caro de lo que ninguno puede llegar a imaginar.

49

Hoy Niceto se ha marchado pronto del chigre. El desencuentro de Abelardo con Roque le ha dejado mal cuerpo y ninguna gana de seguir compartiendo tertulia. La tranquilidad en el exterior del local y la brisa fresca de la noche lo ayudan a templar el ánimo.

—¿Dónde vamos tan tarde? —Berta aparece de repente y sorprende al viejo minero.

—Volvía ya *pa* casa. ¿Y dónde vas tú a estas horas?

—A buscarte. Quería darme una ducha, pero el calentador no se enciende.

—Maldito cacharro. Desde que lo cambié no deja de dar problemas. Anda, te acompaño y le echo un vistazo.

—¿Seguro que no es molestia? —pregunta Berta por compromiso.

—Otro día puede, pero hoy hasta me apetece estar *ocupao*.

Berta y Niceto emprenden la marcha cuando un grito a su espalda los desconcierta.

—¡Ese guaje nos traerá la desgracia, viejo! ¡Ya lo verás!

Abelardo sale del chigre calándose la boina y dando tumbos. Aún con ganas de brega, intenta increpar a Niceto, que hace caso omiso y enfila la calle en dirección contraria. Berta camina junto al viejo, intrigada por los chillidos de aquel hombre.

—¿A qué venía eso? —pregunta.

—A nada. Son tontadas sin importancia. —Niceto continúa el trayecto cabizbajo.

—El guaje..., el niño al que se refería, ¿es Dani? —insiste Berta con cautela.

—Ya te lo dije. No es nada. Desvaríos de borracho —intenta zanjar Niceto.

—Pues a mí me ha parecido que hablaba muy en serio.

—Porque no lo conoces. No hagas caso, mujer. Y deja de darme la brasa.

Berta frena en seco. El último comentario de Niceto la indigna. Sorprendido, el viejo se detiene unos metros más adelante y se da la vuelta hacia ella.

—¿Te crees que no me doy cuenta de lo que pasa? No se ven niños correteando por la calle y los pocos que hay están encerrados en casa o custodiados en el colegio por hombres armados. —Berta se acerca desafiante a Niceto—. Si pasa algo con Dani quiero saberlo.

—Al guaje no le pasa nada. —Niceto evita la mirada inquisitiva de Berta, aunque se sabe acorralado por su insistencia—. Hace catorce años hubo un accidente en la mina que enterró a este pueblo *pa* siempre.

Niceto prosigue el camino por las calles desiertas con paso lento, como su relato. Berta lo acompaña en silencio, atenta a sus palabras.

—Roque era íntimo amigo de Damián Bayón, el hijo pequeño del alcalde.

—No sabía que el alcalde tenía hijos. ¿Dónde están ahora? —lo interrumpe Berta.

—A eso vamos. No seas impaciente, copón. —Niceto recupera la voz profunda de su narración—. Damián y Llara Sorribes, la madre de Dani, eran novios de toda la vida, hasta llegar a comprometerse cuando tuvieron edad casadera.

—No entiendo nada —interrumpe Berta—. Si Llara estaba tan enamorada de Damián, ¿por qué la postal con el nombre de Roque?

—¿Quieres dejar de interrumpir? —Niceto se detiene y protesta, irritado—. ¿Y de qué cojones de postal hablas, *ho*?

—Da igual. Perdona. Sigue, por favor.

Berta hace el gesto del silencio para evitar explicarle el tema del libro de Llara y la postal que había en su interior y no liar más una historia que de momento no entiende. Ambos reemprenden la marcha y Niceto su relato.

—Roque y Damián acabaron trabajando en la escuela del pueblo. Roque no quiso bajar a la mina, y Damián tampoco siguió los pasos de Gregorio como hizo su hermano mayor, Bras, el padre de Abrán y Adara. El pobre andaba loco por lograr la atención de un padre que solo tenía ojos para su hijo pequeño. —La tos, como es habitual, interrumpe a Niceto cuando habla más de lo debido y pierde el aliento—. Esa rebeldía unió a los dos amigos aún más. Damián era el director de la escuela y Roque empezó a dar clases y a ayudar en las tareas de mantenimiento. Fue cuando Llara empezó a ver cosas raras entre Damián y los guajes: caricias, besos, demasiado zalamero *pa* ser el director, y el rumor empezó a esparcirse por el pueblo. —Niceto hace un alto para tomar aire.

—¿Todo bien? ¿Nos sentamos un rato? —Berta se preocupa por el minero.

—Nada mujer. Pulmones de viejo, eso *ye* todo. —Niceto prosigue el camino y el relato—. Los padres no creyeron que algo así pudiese pasar con sus propios hijos, pero alguno que otro fue a ver a Basilio. Al ser guarda de seguridad conocía gente en la policía, y pensaron que podría cerciorarse de lo que pasaba, pero sin pruebas, y siendo Damián el hijo del alcalde, Basilio no quiso mojarse. —Niceto enmudece por un instante.

—¿Y qué pasó? —pregunta Berta insistente.

—Un par de días después, Damián se llevó a los guajes de excursión a la mina sin aviso ni permiso. Hubo una explosión y la entrada de la bocamina se derrumbó. Quedaron todos *atrapaos*. Los equipos de rescate tardaron días en poder retirar parte de los escombros ante el riesgo de derrumbe. Toda la gente del pueblo colaboró en la excavación y durante las tareas se hundió parte de un túnel y Bras, el hijo mayor de Gregorio murió aplastado por una roca. —A Niceto se le quiebra la voz por el recuerdo mientras que a Berta se le demuda el rostro al escuchar la fatalidad de la historia—. El alcalde enterró dos ataúdes a la vez, uno lleno y el otro vacío, y bien sabe Dios que le dolió uno más que el otro. —La tos interrumpe de nuevo la narración—. Los equipos de rescate no hallaron nada en los túneles a los que se pudo llegar, ni un cuerpo, ni un alma. Los guajes habían desaparecido con Damián. Tras un tiempo de búsqueda, dieron el operativo por acabado y declararon muertos a los atrapados. No hubo ni un funeral en el pueblo para los guajes. Nadie quiso enterrar el recuerdo de sus hijos en nichos vacíos. La mayoría de los padres abandonó Pozuñegru para alejarse de la pena, aunque se la llevasen con ellos. Algunos quedaron, muertos en vida, con la falsa esperanza de que sus hijos apareciesen algún día.

El silencio los acompaña unos pasos. Niceto siente el peso amargo del recuerdo y Berta tarda un instante en procesar tanta desgracia.

—¿Qué pasó con Llara?

—Llara marchó del pueblo. De un día para otro, sin decir nada ni despedirse. Me enteré de que tuvo un hijo cuando Roque vino con Dani a la tienda.

—¿Y Roque?

El viejo inspira hondo antes de contestar.

—Con la marcha repentina de Llara y la muerte de Damián, decidió cargar con la culpa de lo sucedido y se retiró a la antigua casa de sus padres, en medio del monte. Se relaciona lo justo; viene a comprar a la tienda, pero no había vuelto a pisar el *xigre*, hasta hoy. Cuando los pocos guajes que quedaban crecieron, Gregorio le pidió, le exigió, que se hiciese cargo de la escuela.

—¿Y qué hay de la maldición? —pregunta Berta intrigada.

—¿Qué sabes tú de eso? —contesta Niceto extrañado.

—Nieves lo mencionó, aunque no llegó a explicarme nada.

Niceto se mantiene en un silencio taciturno, pero se da cuenta de que no tiene sentido seguir callando.

—Tras el accidente de la mina, pasado un tiempo, el único guaje que no había ido a la escuela y no murió en la mina, Pablo, el hijo de Alicia, la mujer que acogió a Dani, desapareció en el bosque sin dejar rastro. Ella juró y perjuró haber visto una sombra entre los árboles, pero nadie le hizo caso; la tomaron por lo que la pobre acabó siendo, una mujer apartada y desquiciada por el dolor. Años más tarde, una pareja joven se instaló en un caserón cerca del pueblo con la idea de montar una casa rural. María, la mujer, dio a luz a un bebé al poco de llegar. No pasaron dos meses cuando ella, su marido Emilio, el bebé y un vecino del pueblo al que apodaban Canijo desaparecieron. Ni huellas, ni pisadas. Nada.

—¿Cómo que nada? —pregunta Berta con un halo de espanto.

—Nada. La policía encontró una carnicería en casa del Canijo, sangre por todas partes, pero ni rastro de los cuerpos. —Niceto vuelve a inspirar hondo para llenar unos pulmones que fallan—. Las dos familias embarazadas que quedaban en el pueblo marcharon asustadas. Ningún niño ha vuelto a nacer en Pozuñegru.

—¿Y qué hay de los hijos de Gregorio y Basilio?

—Ellos decidieron quedarse y convertir el pueblo en una especie de fortaleza. Casas cerradas a cal y canto, paisanos *armaos* en la escuela y los guajes bajo control en todo momento. La gente empezó a dar rienda al rumor de que había un fantasma atrapado en las fauces de la mina, aún hambriento de almas que arrastrar a las tinieblas. Que Fosco se había vuelto de carne y hueso llevándose la inocencia de Pozuñegru *pa* siempre.

—¿Qué es eso de Fosco?

—Qué no. Quién.

Niceto le dirige una mirada cargada de temor. Siguiendo su camino por las espectrales calles vacías, el viejo minero le cuenta la leyenda sombría que pesa sobre las entrañas de la mina; la que habla de cómo la oscuridad de sus túneles devoraba la poca niñez que quedaba en los jóvenes mineros y cómo en el imaginario colectivo del pueblo se instauró la inquietante idea de que esa oscuridad, Fosco, un fantasma, se había hecho carne.

En la otra punta de Pozuñegru, ya a las afueras, Abelardo ha parado a mear en la base de dos paneles metálicos plantados uno junto al otro. Ese lugar es sagrado para la gente del pueblo, pero a esas horas y en aquel espacio apartado no hay quien pueda recriminarle su incivismo. Una forma estúpida y rebelde de expresar la rabia que siente contra todo, contra su propia vida.

Le cuesta mantenerse en pie, lleva la ropa mal puesta y la boina torcida. La borrachera de hoy es de las que hacía tiempo que no se corría, pero después de lo ocurrido los últimos días, con la muerte del perro, la posible venta del pueblo y el accidente de Abrán, necesitaba aturdir con alcohol la inquietud que su mente es incapaz de soportar.

Acabada la meada, reemprende la marcha sin tan siquiera subirse la bragueta, dando tumbos hacia ningún sitio en concreto. No le apetece encerrarse en casa, donde solo le espera la soledad y una noche en vela. Lo único que quiere es pasear, que pasen las horas y el sol se lleve las tinieblas que lo rodean. Esa oscuridad que parece moverse entre la penumbra. Una sombra tenebrosa que cobra forma frente a él. Un espectro que no media palabra cuando blande el pico y lo hunde de un golpe certero en el cuello de

Abelardo. La explosión de sangre que mana de la arteria seccionada salpica un arbusto cercano. Aún con un soplo de vida, Abelardo cae fulminado contra las matas ante la mirada vacía de aquel engendro. El mismo que frena la hemorragia con un pañuelo mugriento y arrastra al hombre herido como si fuese un guiñapo, evitando dejar un rastro de sangre, hacia su guarida. Esa donde el horror tiene su hogar.

50

El potente olor a desinfectante del hospital es un aroma a derrota que anticipa el final trágico que antes o después ha de llegar. Las saetas de un reloj de pared se estiran hasta marcar que ha pasado la hora de la cena. Por los pasillos coinciden médicos, enfermeras y celadores con familiares alegres o demacrados, según la situación del paciente al que acompañan. Las paredes blancas exponen dibujos de trazo infantil y brillante colorido en señal de agradecimiento al personal. Un pequeño soplo de alegría en el área de la unidad materno-infantil del Hospital Vital Álvarez Buylla de Mieres.

Abrán permanece inconsciente en la cama de su habitación. A su lado, sobre la mesita, un manojo de flores frescas reposa dentro de un jarrón. El rostro demacrado del niño, iluminado por la luz del fluorescente de la cabecera, ha perdido el sonrojo infantil y toda pizca de vivacidad. Su cuerpo inerte es como un maniquí, conectado a la sonda gástrica que lo alimenta y a la vía del brazo que le administra la medicación. A su lado, derrotado en un sillón, Gregorio agarra la mano escasa de su nieto. Los rasgos de su cara han envejecido de golpe, con saña; las arrugas se han endurecido en un semblante casi decrépito. No necesita abrir los ojos para notar la presencia de Niceto Castro, aunque el viejo alcalde despega los párpados más por cortesía que por las ganas, nulas, que tiene de recibir visitas.

—¿Cómo va? —pregunta Niceto agarrando una silla y sentándose a su vera.

—Va. El médico marchó ahora mismín, pero tampoco dijo nada nuevo. Que sacar el coágulo de la cabeza *ye complicao* y hay que esperar. —La voz de Gregorio se apaga en cada palabra.

—Tienes que confiar, Gregorio. El guaje, *ye* fuerte. Le viene de casta —Niceto trata de animarlo y pone una mano en el hombro del alcalde.

—No sé yo.

—Conozco a su abuelo y me basta —sentencia Niceto.

Gregorio no dice nada. Igual que Niceto, ha pasado infinidad de horas visitando a compañeros devorados por la silicosis. Mineros en la treintena con los pulmones apolillados de tanto aspirar polvo, ahogados por los nubarrones que les ennegrecían el pecho. Hombres que se animaban palmeándose la espalda. «En dos días a la calle, ya lo verás». Frases optimistas que rebosaban mentiras y que de tanto repetirlas acababan por engañar al diagnóstico más terrible.

—¿Dónde *ye* Nela?

—La mandé para casa a descansar. Hoy me quedó yo.

—¿Y Adara?

—Con Araceli. No quiso venir a verlo todavía —se lamenta Gregorio.

—Este no *ye* lugar para guajes con salud.

Gregorio inspira hondo y se guarda su opinión. El lugar de su nieta es junto a su hermano, diga lo que diga ese viejo sin descendencia.

—La otra mañana recordé el día del accidente. —Niceto observa al alcalde de reojo—. Muchas veces le di vueltas a la cabeza. ¿Por qué nos salvamos tú y yo?

—No era nuestra hora. —Gregorio acaricia la mano de su nieto buscando un consuelo que no acaba de encontrar.

—Desde aquel día he soñado muchas veces que el castillete caía, que todo el mundo andaba muerto alrededor. Y *ye* un poco así. No puedes mirar ese monstruo de hierro y no recordar todas las almas que quedaron atrapadas. —La voz de Niceto parece quebrarse.

—Yo ya no sueño. Casi ni duermo. Si me coge la muerte que sea con los ojos abiertos.

—Gregorio, sé que no *ye* lugar ni momento, pero ¿qué necesidad tienes de vender el pueblo a esa gente, con todo lo que quedó bajo tierra? —dice Niceto con gravedad.

—¿Viste las caras de los paisanos? Son muertos en vida, Niceto. Apenas quedamos ciento veinte personas y sin lo más esencial, una escuela como Dios manda o un centro de salud, cualquier pueblo muere, y el nuestro no tiene pinta de querer batallar.

Gregorio sigue acariciando consternado la mano de Abrán, pero su mirada vuelve a ser la del alcalde todopoderoso, y, con ese personaje, Niceto sabe que no puede luchar. Apoyando las manos en las rodillas, se levanta de la silla lanzando un leve quejido entre dientes y se dirige a la puerta de la habitación. Ya con el picaporte en la mano, se detiene un instante antes de salir.

—Cuando todo dios marchó, las minas siguieron trabajando. Y *ye* nuestra sangre la que caldeó las casas de los que se fueron a la ciudad. No creo en Dios, Gregorio, pero rezaré por tu nieto. —Niceto dedica una última mirada de soslayo al viejo alcalde, que solo tiene ojos para su Abrán moribundo.

Gregorio trata de dormitar después de la visita de Niceto, pero no tarda la puerta en volver a perturbar su descanso. Esta visita no la esperaba.

—Buenas tardes, alcalde. Hay personas que no tienen compasión. Mira que venir al hospital con temas de trabajo estando tu nieto así. Ya no queda dignidad. —Marcial Robles, el comercial de la empresa eólica, permanece de pie a unos metros tras él.

—Ya veo, ya. ¿Qué se te ofrece? —Gregorio agarra con fuerza cariñosa la mano de Abrán; ni puede ni quiere disimular que Marcial no es bienvenido.

—Nada más que interesarme por el chaval. Pasaba por aquí y qué menos. —Marcial se acerca hasta colocarse de pie junto al alcalde, que ni siquiera lo mira.

—Pues gracias por la visita, pero no tenías que haberte molestado. Tus faenas tendrás.

—Nada, hombre, no se merecen.

La incomodidad y el silencio se adueñan del momento. Marcial parece no atreverse a decir lo que ha venido a decir y Gregorio no disimula que allí está de más.

—Bueno, pues te dejo tranquilo, alcalde. Ya nos vemos para la votación. Seguro que irá bien. Espero que se mejore tu nieto.

Marcial palmea el hombro del alcalde con una excesiva familiaridad no ganada. El abuso de confianza enfurece a Gregorio, que se remueve en el asiento. Antes de que el comercial salga del cuarto, la voz atronadora del alcalde lo obliga a detenerse.

—¿Sabes que el tratado del carbón y el acero *ye* el principio de la Unión Europea? Se firmó en abril de 1951, en París, y hasta hoy. —Gregorio devuelve la mirada triste al cuerpo de su nieto, dándole la espalda al comercial—. No arrepentirse del pasado, aunque pese, eso *ye* dignidad.

Marcial alza las cejas sin saber a qué viene aquello y disimula un gesto de condescendencia ante un viejo gagá que no le produce ni un ápice de respeto.

—Muy profundo, alcalde. Tú ahora dedícate a tu nieto, que nosotros nos encargamos del resto. Verás cómo los vecinos se convencen de hacer lo correcto.

51

La luz mísera de una bombilla pende de la bóveda de una cueva y apenas alumbra un metro a su alrededor de una penumbra intensa, enclaustrada entre la roca excavada. Para Fosco es suficiente, acostumbrado como está a moverse en la oscuridad que lo rodea. Adora el frío que atenaza el ambiente y el hedor a carne muerta que impregna el aire es casi un perfume para él.

Ordenadas encima de una tabla de madera reposan varias herramientas: tijeras, pinzas, tenazas, punzón, bisturí y un cuchillo de sierra. Sobre una camilla metálica, el cadáver de Abelardo. Desnudo, muy delgado, casi escuálido. La herida amoratada y abrasiva del cuello contrasta con el amarillo mortecino de su piel.

Fosco se ha desprovisto de los guantes negros y muestra unos dedos abotargados, repletos de llagas. Ayudado de una esponja, limpia el cuerpo con paciencia, incluyendo la nariz y la boca, para eliminar los gérmenes que puedan afectar a aquella piel marchita. Provisto de un afilado bisturí, realiza un corte preciso en la ingle que secciona la arteria femoral. A través de la herida del cuello, introduce un tubo con el que, ayudado de una bomba manual, desangra el cuerpo. La sangre fluye en la camilla hasta un cubo mugriento que recoge el líquido viscoso.

Vaciado el cuerpo, la tez de Abelardo se ha vuelto de un blanco azulado, casi verdoso. Fosco se detiene a contemplar el cadáver bajo la tenue luz de la bombilla. Su mirada indiferente no muestra pasión ni rastro de remordimiento. Aquel hombre muerto no es más que un amasijo de carne, vísceras y huesos al que poco le importa haberle quitado la vida.

Agarra un punzón y, con sumo cuidado, lo ensarta en el lagrimal del ojo izquierdo para abrir una incisión que le permite maniobrar con el fino bisturí. El estilete recorta con precisión el párpado y secciona el perímetro de toda la cavidad. Unas pequeñas pinzas le permiten extraer el ojo ensangrentado con el nervio óptico, que cuelga del globo ocular. Repite la operación con el ojo derecho hasta tener ambos en la mano, y los contempla con detalle, satisfecho del trabajo de carnicero. Con cuidado, los coloca en un cuenco metálico con hielo, donde flotan manchando de sangre el agua helada.

Es el turno de las orejas. El cuchillo de sierra rasga hasta cortar el cartílago, que acaba de arrancar de un tirón, llevándose carne y piel. Al igual que los ojos, deposita los apéndices mutilados en otro recipiente helado.

La nariz le cuesta más. Con una escarpia y un martillo rompe la base del tabique nasal con un crujido del hueso que deja eco en aquel matadero. El bisturí acaba de seccionar la carne alrededor hasta separarla del todo. Como los trofeos anteriores, la deja en la vasija correspondiente.

Llega el momento de liberar el cráneo. Una hoja afilada corta con esmero la base del cuero cabelludo, levantando la piel y el pelo como un antiguo indio americano, desde la frente hasta el cogote, y consigue una peluca aterradora que coloca junto a otras cazadas tiempo atrás.

Las manos del monstruo enhebran con destreza una gruesa aguja quirúrgica. El hilo negro de sutura ensarta los labios de Abelardo y los atraviesa con certeras puntadas, sellando la boca del muerto con un zurcido aterrador.

Fosco lanza la aguja dentro del balde sucio donde reposa el resto de herramientas. Su trabajo ha terminado. Sobre la camilla, el cadáver mancillado de Abelardo, con la boca cosida con hilo basto, el cuero cabelludo y las orejas arrancadas, los orificios cadavéricos de las fosas nasales y los dos pozos oscuros donde brillaban los ojos en vida. Inspira hondo admirando su obra macabra, no es la primera ni será la última, y le satisface saber que cada vez lo hace mejor.

Solo queda rematar la faena.

El hacha de leñador que enarbola cae brutal y precisa sobre el cuello del cadáver de Abelardo, un golpe seco que cercena la cabeza del resto del cuerpo. Fosco la eleva con ambas manos, para contemplar a la tenue luz de la bombilla el espeluznante trofeo.

52

—Despierta, Dani.

Es noche cerrada. El muchacho abre los ojos, sobresaltado por el zarandeo de Roque que, de pie junto a su cama, es la viva imagen de la angustia.

—Está ardiendo el pueblo.

Roque conduce a toda velocidad, enganchando los baches del camino que provocan el vaivén despiadado del todoterreno. Han salido de casa con lo puesto: la camiseta y el pantalón corto que les hacen de pijama. Por la ventanilla del coche, Dani observa inquieto cómo el reflejo anaranjado del fuego alcanza el cielo nocturno, y revive la noche que huyó de las garras de Alicia. Algo se quema en Pozuñegru. La columna de humo que se proyecta es como una bandada de pájaros negros que ubica el incendio dentro del laberinto de calles del pueblo. Siguiendo la estela de la humareda, Roque llega al meollo del desastre frenando el vehículo en seco. La tienda de Niceto está ardiendo.

Ambos saltan del coche y se dirigen hacia los vecinos que, con las caras encendidas por las llamas, combaten el incendio a golpe de cubos de agua. De mano en mano, llegan llenos y marchan vacíos a través de una organizada cadena humana. El aire se ha caldeado y el olor a madera quemada lo impregna todo. Entre el histerismo y el griterío, Roque y Dani se acoplan al tumulto para colaborar en la extinción. El ritmo de cubos y barreños se intensifica, tratando de contener un incendio que se propaga rápido y crece como un gigante. Alguien pregunta a gritos si han avisado a los bomberos, aunque ya sepa la respuesta, que llega bramando desde el gentío: desde Mieres tardarán no menos de una hora. Para entonces no quedará nada de la casa, y a saber qué será del resto del pueblo.

Uno de los vecinos logra acercar una manguera conectada a un grifo exterior de una casa cercana. La presión insuficiente del agua no es el remedio, pero ayuda a frenar la acometida del fuego. Llegan mantas, cubos de arena, más baldes para vencer a las llamas que devoran la casona hasta los cimientos. De entre la multitud, aparece Niceto echándose las manos a la cabeza, consternado por la dantesca pesadilla. Viviendo en la otra punta del pueblo y tomando pastillas para dormir, ha sido difícil alertarlo. Mira en derredor entre las caras tiznadas de sus vecinos, buscando histérico a quien su rostro aterrado no acaba de encontrar.

—¡Berta está arriba! —grita, desesperado, el viejo minero.

Roque reacciona veloz al aviso de Niceto y se lanza hacia las escaleras laterales que dan a la planta superior, pero han sido invadidas por el incendio. En dos zancadas gana la casa contigua a la tienda y, ayudándose de una cañería, trepa por la fachada de piedra con agilidad felina. Llegado al segundo piso, hace pie en el alféizar de una de las ventanas que lo separa unos tres metros del rellano de la entrada al estudio, aún libre de llamas, y desde ahí salta. El ímpetu del aterrizaje lo golpea violentamente contra la pared lastimándole el hombro. De un codazo rompe un cristal de la puerta cerrada para introducir la mano y retirar la aldaba que le cierra el paso. Ya dentro, una humareda gris se ha instalado como una espesa niebla. El suelo cruje debilitado por el calor, pero el fuego aún no ha conquistado la estancia. Con la camiseta tapando nariz y boca, protegiéndose del humo, recorre el lugar hasta encontrar a Berta, tirada en la cama, inconsciente pero viva. «Aguanta, por lo que más quieras», piensa mientras alza a la chica en brazos y gana la puerta en tres pasos hasta el rellano de las escaleras, aún custodiado por las llamas.

—¡Aquí!

Alertados los vecinos, unas cuantas manos agarran una manta extendida, como si fuese una lona de salvamento, que permite a Roque lanzar a la chica desfallecida, que cae amortiguada en el improvisado colchón. El siguiente es él, y, justo antes de saltar, aún con la amenaza del fuego crepitando entre la madera consumida a sus espaldas, difuminadas tras la cortina de sombras y fulgor de las llamas, distingue las luces furtivas de un coche que huye del lugar.

53

En la sala de espera del hospital, Roque mantiene la mirada perdida en un punto indeterminado de la pared, de la que pende un tablón de anuncios mostrando campañas que nadie atiende. A su lado, Dani le da el último bocado a una chocolatina sacada de la máquina expendedora. No han dormido en toda la noche. Tras auxiliar a Berta, hicieron cuanto pudieron por ayudarla hasta que llegó la ambulancia y los sanitarios lograron estabilizar sus constantes.

Entre otras familias igual de angustiadas, esperan que alguien les diga cómo se encuentra. Roque chista agobiado. Nada más llegar lo cosieron a preguntas sobre el accidente: si el fuego se produjo en espacio cerrado o abierto, el tiempo de exposición de la paciente o si estuvo o no consciente. Hasta ahí pudo ayudar más o menos. Luego el desastre: si Berta toma medicación, alergias conocidas, enfermedades pasadas... Roque no ha sido capaz de contestar ni una de estas preguntas y se siente mal por no haber podido ayudar, aunque apenas haga unas semanas que la conoce y se jugase la vida por salvarla. Será que Berta le importa más de lo que es capaz de reconocer, y eso en cierta manera lo asusta.

En su memoria aún planea la tensión de la evaluación llevada a cabo por los médicos para descartar una intoxicación grave que la pudiese llevar al coma. Para pacientes como ella, con síntomas leves de carácter respiratorio, se recomienda que esté en observación no menos de cuarenta y ocho horas. Le han realizado una exploración física completa y es ahí cuando se han alarmado. Dos médicos se dirigen hacia Roque, que se levanta de su asiento y sale a su encuentro.

—¿Es usted la pareja de la paciente? —Una médica joven con gafas y un moño mal recogido toma la palabra.

—Vecino del pueblo —contesta Roque

—¿La conoce desde hace tiempo? —insiste la médica.

—No mucho. Llegó hace poco. Le cuido el perro.

—¿Y qué sabe de las cicatrices? —El otro médico, con barba canosa, robusto y panzón, pregunta en tono acusador.

—¿Qué cicatrices, *ho?* —Roque tuerce el gesto, no le gusta el tono que toma la conversación.

—¿Seguro que no sabe de qué le estamos hablando? —El médico mantiene un gesto receloso.

—Yo no sé nada de nada. Ya dije que casi no la conozco. No sé ni su apellido. —Roque aguanta el envite endureciendo la mirada y tensando los puños.

—No le estamos acusando de nada, pero en situaciones así debemos ser muy cuidadosos. —La médica joven trata de suavizar el momento rebajando el tono.

—No sé a qué hostias de situación se refieren —sentencia Roque.

Dani aprovecha el enfrentamiento para zafarse del grupo. Se dirige a la habitación de Berta dispuesto a ver cómo se encuentra, deseando que esté fuera de peligro. La puerta está entornada y nadie la custodia. Con paso sigiloso, se acerca a la cama donde dormita plácida, con la mascarilla de oxígeno cubriéndole nariz y boca. De pie frente a ella, observa en los brazos descubiertos de Berta las marcas aberrantes intuidas en la tutoría que mantuvieron en el piso de Niceto.

—¿Tú qué haces aquí?

Sorprendido por un enfermero en su ronda, Dani abandona la habitación a la carrera con el gesto sobrecogido y la imagen de los cortes impresa en la mirada.

Atardece con languidez en Pozuñegru. Con el rostro enfurecido, Roque atraviesa las calles del pueblo a paso de ciclón. Las pocas miradas que lo acechan, parapetadas tras los ventanales entornados, lo observan llegar a su destino: la casa de Gregorio Bayón. Igual que el ariete de un ejército, golpea repetidamente la aldaba de hierro que pende del portalón de madera.

—¡Gregorio! ¡Sal a la calle! ¡Da la cara, cojones!

—¿A qué vienen esas voces, *ho*? —El alcalde aparece por la puerta, manos en los bolsillos y un porte bravucón.

—¿Cómo puedes estar así tras lo que ha pasado en la tienda de Niceto? —El odio impregna las palabras de Roque.

—¿Y a mí qué cuentas me pides? Los bomberos dijeron que fue un cortocircuito. Cosas que pasan.

—¿Qué cosas pasan? ¿Qué arda el único *colmao* del pueblo dos días antes de votar si nos lo llenan de molinos?

—¿Qué quieres decir con eso? —Gregorio endurece la mirada ante la insinuación de Roque.

—Que mientras ardía la casa de Niceto vi como marchaba un coche que no era de aquí.

—O eso creíste ver.

—Sé lo que vi. ¿Dónde van a comprar todos ahora?

—Si los paisanos eligen bien, ese no será problema *pa* nadie.

—Para ti seguro que no, ¿verdad, alcalde? —Roque no esconde la intención de lo que insinúa.

—Escoge bien las palabras que vas a decir. —La mirada de Gregorio se torna feroz.

La presencia de Adara junto a Araceli, espectadoras desde una ventana del segundo piso, consigue frenar la tensión. Roque rebaja el tono a poco más que un murmullo.

—No creo en fantasmas, bien que lo sabes. Ni que los ruidos de la mina sean almas rugiendo desde las entrañas de la tierra, como piensan cuatro desgraciados. —El alcalde guarda un silencio cauto. Como Roque, no cree en apariciones ni monsergas del más allá, pero prefiere callar y ver hacia dónde va el envite del profesor—. Nadie mandó a Damián entrar en la mina con los guajes. Eso le costó la vida a este pueblo. —La voz de Roque se debate entre la pena y el rencor.

—Aquello fue un accidente —masculla Gregorio entre dientes.

—Un accidente que podría haberse evitado —sentencia Roque.

—Era tu amigo. Si hubieras *estao* aquel día, ahora lo tendría a mi lado.

—Yo nunca habría puesto a los guajes en peligro.

—Mi hijo tampoco. ¡Él los quería, *cagondiós!*

—Igual *demasiao* —replica Roque con saña.

Gregorio recorta el metro que los separa. Sus ojos son dos volcanes entornados por el odio.

—Por respeto a mi nieta, no entro en la casa, agarro la escopeta y te meto dos tiros. Lárgate de mi vista antes de que me arrepienta.

Roque mantiene la mirada clavada en la de Gregorio antes de retirarse por donde ha venido. Los dos hombres hacen equilibrios sobre líneas rojas que no se deben traspasar, y ambos saben que hay heridas que una vez abiertas son imposibles de cerrar.

54

Nada más bajar del taxi y pisar Pozuñegru, Berta se siente reconfortada por el abrazo de la brisa rural. Aún sufre cefaleas y tiene molestias al respirar, pero el frondoso decorado del bosque, y el monte recortado sobre el azul del cielo, la reaniman. Ha pasado casi una semana desde que ocurrió el incendio, desde que la ingresaron en el hospital con los pulmones embotados de humo, y, tras dos días en observación, ya consciente, ha tenido que enfrentarse a las preguntas siempre incómodas sobre las marcas aberrantes de su cuerpo. Incluso ha llegado a visitarla la jefa de psiquiatría, decidida a que Berta se sometiese a un examen psicológico, empeñada en hacer de sus miserias pasadas un caso relevante que añadir al historial. Le costó convencer a todo el mundo de que los estigmas de su piel nada tienen que ver con el fuego originado en la vivienda, cuya causa desconoce; que no tiene el perfil ni la pretensión de suicidarse; que las cicatrices son huellas de batallas antiguas.

Le han dado el alta justo después de comer y, para su decepción, no había nadie esperándola a la salida, aunque se engañaba deseando que no fuese así. Un taxista al límite de la jubilación, huraño y mudo la mayor parte del trayecto, la ha llevado hasta el pueblo, pero se ha negado a acercarla a la puerta de la casa indicada por más instrucciones que le ha dado. No conoce el entorno y todo lo más que ha consentido ha sido en quedarse a las afueras, frente a un camino empedrado que abandona Pozuñegru empinándose por una cuesta pronunciada conforme se aleja hacia un paisaje que se transforma en un manto verde hasta donde alcanza la vista. A Berta le ha tocado dar un paseo hasta casa de Roque.

La caminata le hace más bien que mal. El tiempo anda algo revuelto y el calor afloja y deja una suave sensación de frescor. El aire limpio, impregnado de olores silvestres, es un bálsamo que le acaricia la garganta en cada inspiración, mejorando a cada paso el ánimo marchito con el que había llegado.

Nada más llamar a la puerta, el ladrido afilado de Cosmo desde el interior de la casa rompe la calma dominante. Roque no tarda en abrir, echándole una severa reprimenda al perro.

—Calla, copón. Menudo escándalo.

Solo con alzar la mirada hacia la visita inesperada, enmudece, embriagado por la emoción controlada de que se alegra de verla; una reacción que enciende una sonrisa sutil en los labios de Berta. Cosmo, en cambio, se frena desconfiado; no gruñe, pero no celebra su presencia. Paco, una vez cerciorado de quién se trata, vuelve a su interminable siesta.

—Buenas. ¿Qué tal? Hola, Dani.

Berta alza la mano para saludar al chico que, desde el umbral del pasillo que conduce a las habitaciones, saluda de forma tímida y esboza un gesto amable a modo de bienvenida antes de regresar junto a Cosmo al confinamiento voluntario de su cuarto.

—Menuda sorpresa. ¿Cuándo saliste?

—Me dieron el alta después de comer. Acabo de llegar.

—Podrías haberme avisado. Te habría ido a buscar. —Roque chista y esboza algo parecido a un ademán de disculpa.

—Da igual. No quería molestar.

—Molestia ninguna, ya lo sabes. ¿Cómo andas?

—Mejor. Algún mareo aún, pero los médicos dicen que es normal, que se pasará en unos días.

—Pero entra, mujer. —Roque se aparta para darle paso—. ¿Un vaso de agua? ¿Un café?

—Gracias, pero acabo de llegar y quiero acercarme a casa, a ver qué puedo recuperar.

Roque tuerce el gesto, no hacen falta palabras para que Berta entienda que difícilmente hallará algo, y que si lo encuentra, será un milagro que esté en buen estado.

—Ah, por cierto, muchas gracias también por esto, sea lo que sea.

Berta extrae del bolsillo una pequeña talla de madera que representa una mano cerrada, con el pulgar entre los dedos índice y corazón.

—*Ye* una *figa* de azabache; un amuleto de protección para ahuyentar el mal de ojo.

—No pensaba que creyeras en esas cosas —dice Berta asombrada.

—Creer, lo que se dice creer... Uno siempre se acuerda de santa Bárbara cuando truena. —Roque se encoge de hombros; intenta disimular lo abrumado que se siente por tener que dar explicaciones.

—Es muy bonito. Muchas gracias. —Berta lo devuelve al bolsillo con una sonrisa—. Las enfermeras me lo guardaron hasta que estuve recuperada.

—Te lo dejé en la mesita el día que te ingresaron. Lamento no haber podido ir más. Entre la escuela, Dani, los perros... —Roque enarbola una disculpa que no sabe cómo finalizar.

—No pasa nada. —Berta clava sus brillantes ojos oscuros en el verde cohibido de los de Roque—. Me salvaste la vida.

—No fue para tanto. Lo hice encantado. Ya me entiendes. —Roque refugia la mirada en el suelo, un tanto avergonzado por el comentario.

—Bueno, nunca pensé que tendrían que salvarme de un incendio, ya ves.

Ambos comparten una sonrisa que es más una válvula de escape a un momento embarazoso, en el que ninguno sabe si debe traspasar los límites de la pura cordialidad.

—¿Seguro que no quieres un café? —insiste Roque.

—Otro día —rechaza Berta con ternura.

—A la tercera va la vencida.

—Puede. Quién sabe.

Antes de emprender el camino de vuelta, Berta le regala una sonrisa, un saludo tímido y una mirada que dice más por lo que no dice. Roque observa cómo se aleja y ahoga un suspiro, confundido por la zozobra que nota en las tripas, algo que no sentía desde hace más de diez años y que solo unas semanas atrás habría apostado un brazo a que jamás volvería a sentirlo.

55

Derrotada frente a la tienda de Niceto, Berta contempla que el fuego ha devorado la casa dejando apenas el armazón de piedra, ennegrecido por las llamas. De la escalera que accedía al piso superior, no queda más que algún peldaño embutido en la pared de roca y una cinta blanca y roja que baliza la zona. La idea de recuperar sus cosas, o lo que quede de ellas, se ha desvanecido como las cenizas que aún arrastra el viento estival.

—¿Qué *faces* tú por aquí?

Berta se vuelve sobresaltada por las palabras que la asaltan a su espalda. Basilio encabeza una comitiva de pocos vecinos que, por la solemnidad de sus rostros, no parece de bienvenida.

—Solo quería recoger mis cosas, aunque no queda nada que recuperar. —Berta mantiene una actitud serena ante la severidad de los presentes.

—¿Vuelves después de lo que pasó? —Basilio no disimula el rencor en sus palabras.

—¿Lo que pasó? Yo no provoqué el fuego. —Berta se ofusca al sentirse señalada como culpable de una catástrofe de la que es víctima.

—Pero sí trajiste al guaje. —Basilio se la encara rabioso—. Y con él volvieron las desgracias a este pueblo.

—Dani tampoco es responsable de lo ocurrido. —Berta no se acobarda y planta cara—. Las cosas pasan.

—Abrán, Pelayo, esto. —Basilio apunta con saña a la tienda de Niceto—. Tantas cosas a la vez no pasan, *cagondiós*. Nos pusiste en peligro a todos.

Basilio comanda la camarilla que acorrala a Berta contra las ruinas de la casa como si fuese un pelotón de linchamiento. Ella recula mientras busca argumentos con los que defenderse, pero las palabras se han evaporado ante semejante asalto.

—Que digáis eso a la pobre y no se os caiga la cara de vergüenza...

La voz grave de Niceto frena el acoso del grupo y desvía su atención hacia él, que se acerca con el bamboleo pausado de un alguacil del Lejano Oeste.

—Ya tenemos nuestros problemas para preocuparnos de los de fuera. *Ye* una amenaza, bien lo sabes, viejo. —Basilio, erigido en portavoz, se encara con el veterano minero.

—Yo solo sé que aquí nunca se trató así a los forasteros —los reprende Niceto.

—¿No te importa lo que ha *pasao* con la tienda? Trayendo al guaje volvieron las penurias. —Basilio señala a Berta sin tan siquiera mirarla.

—La mina *ye* la mayor de las penurias. El que no se quedó sin un brazo por un derrumbe se electrocutó o murió asfixiado por el grisú. Al que una vagoneta no quebró un pie, lo reventó un barreno en mal estado. El sonido de los huesos al troncharse, eso no se olvida jamás. —La vehemencia de Niceto detiene el empuje de Basilio y el resto—. Primero acabó con los hombres, después con los guajes, y cuando los atrapó, marcharon las mujeres. Quedaron algunas viudas y quien no tenía dónde ir. Lo vivisteis igual que yo. Aquí el único culpable *ye* las ganas del alcalde de vender nuestras vidas por unos molinos. ¿*Pa* qué cojones queréis unas perras que no callarán vuestra conciencia? —Un repentino ataque de tos frena el envite de Niceto—. La mina nos absorbió tanto que no supimos hacer más, y después que la empresa marchó, mucha gente no estaba preparada *pa* volar sola. Huyendo de la miseria os quedaréis sin dignidad. —Niceto deja escapar un suspiro que no es más que el antídoto al veneno de la nostalgia.

—¿Y qué quieres? ¿Qué abandonemos sin más? Algo habrá que hacer con el pueblo —Basilio gesticula manteniendo un pulso apasionado con el sermón de Niceto.

—Honrar su memoria. Este lugar no necesita más —sentencia Niceto.

—Sabes que existe, Niceto. Que vendrá por el guaje y no habrá quién lo detenga. —Basilio arrastra las palabras con la mirada nublada por el miedo.

—Yo solo creo lo que veo, y después de las almas que me visitan todas las noches, no me da miedo otro fantasma.

Niceto dirige su mirada a Berta y con un gesto le indica que es hora de irse. Ella se abre paso despacio entre la gente hasta ganar la compañía de Niceto, al que siente como la sombra protectora del padre que no es. Sin despedirse ni mirar atrás, se alejan del grupo calle arriba.

—¡Si lo dejamos quedarse, nos arrepentiremos! ¡Oíste, viejo! ¡Lo pagaremos caro!

Niceto y Berta prosiguen su camino ignorando las advertencias de Basilio. Con la vista clavada en el pavimento de la calle, comparten un silencio que se vuelve más denso conforme se alejan de los vecinos.

—¿Adónde vamos? —Berta apenas alza la voz.

—A mi casa. Tengo cuartos de sobra. Si te parece bien. —Berta asiente con solemnidad—. ¿Comiste ya *tortos*, muchacha?

—No sé qué es eso.

—Esta noche vas a probar el plato minero por excelencia: huevos fritos, patatas, lomo y *tortos* de maíz. Para chuparte los dedos.

Por primera vez desde que llegó al pueblo, Berta recibe una tímida sonrisa de aquel tipo recio. Un hombre que no lo dice, pero al que la presencia de la educadora ha logrado aliviar muchas de sus heridas. Un hombre que ha vivido mucho y que, para hacerlo, ha tenido que morir muchas veces.

56

El día ha despertado envuelto en una nube de espesa niebla que oculta el valle. El *orbayu*, esa lluvia constante, de piel fina, ha creado una cortina ligera que deja un aroma en el aire a tierra mojada. Un desfile de paraguas se derrama por las calles del pueblo hasta el límite exterior, donde la gente empieza a congregarse. Como cada año en esta fecha, 26 de junio, conmemoran el último accidente que aniquiló a buena parte del personal que trabajaba en la mina, el que propició el cierre definitivo del pozo. Es el día de san Pelayo, un joven de catorce años despedazado en Córdoba con unas tenazas de hierro a manos del califa Abderramán III, al que sexualmente rechazó. De eso hace ya más de mil años.

A la ceremonia acude casi todo el pueblo, no hay quién no tenga un minero muerto en la familia, ya sea ese día u otro cualquiera. Al final, la jornada sirve para honrar a los caídos en las entrañas de los túneles excavados por las manos de los que ya no están. Y en este día siempre hay voces, como la de Basilio, acompañado de su hijo, que condenan que se remueva una vez más el dolor del recuerdo. En el otro extremo, los resignados, Niceto entre ellos, defienden la necesidad de mantener viva la memoria que, ya sea brutal y trágica, no deja de ser la huella de su existencia.

Y como cada año, los relatos de dolor y tormento van cambiando de boca y oídos. Historias de hombres atrapados entre rocas derrumbadas. Tipos duros sollozando, llamando a sus madres antes de que los equipos de rescate llegasen a auxiliarlos. Hombretones con ataques de ansiedad y de pánico a la hora de dormir, soñando con la mina, con la muerte. Leyendas reales de mineros de antaño apenas guarecidos bajo sus boinas, extrayendo carbón con muy pocos medios, tirando de lomo, surcando la nieve que obstruía los caminos enfundados en pobres alpargatas. Historias de mineros a los que la tierra devoró sus almas, dejando huérfanos por el camino. Madres y esposas que despedían por la mañana a hijos y maridos sin saber si, acabado el turno, los volverían a ver, mientras tejían su esperanza con hilos de angustia.

El *orbayu* mantiene el pulso al sol, que asoma tímido entre las nubes. La procesión se arremolina alrededor de dos paneles metálicos, colocados uno junto al otro en un parterre de flores bien cuidadas. En uno de ellos se menciona el nombre de los mineros muertos el día del accidente; en el otro, el de los niños que engulló la mina catorce años atrás. Los primeros, víctimas de una explosión que reventó el cielo; de lo que pasó con los segundos, nadie quiere hablar.

A distancia prudencial de los congregados, Berta contempla todos esos rostros afligidos. Intrigada por el cortejo taciturno, ha seguido a la comitiva hasta la zona sin entender la raíz de aquel evidente pesar.

—Los mineros padecieron siempre. —Nieves la sorprende llegando por detrás. Enfundada en un halo de tristeza, se planta junto a ella apoyada en un silencio severo. Apenas intercambian un leve gesto como saludo—. La mina nos trajo prosperidad y penurias, y al final solo nos quedaron las últimas.

Nieves, con la mirada atrapada en los paneles metálicos, donde uno de los nombres grabados es el de su difunto Fausto, susurra al viento la historia de la trágica conmemoración para que Berta comprenda las razones de tanta solemnidad. Deseosa de desahogarse, es el único día del año que se entrega sin condiciones a la tristeza del recuerdo; el único día del año que viste de luto.

—Ya fuesen maridos o guajes, las mujeres de los mineros cargaron con el sufrimiento porque *ye* lo que les dio esta vida, y yo no quiero renegar de ello. *Ye* parte de mí —concluye Nieves con un punto de amargura.

—Sé a lo que te refieres —apunta Berta con un mohín respetuoso—, y lo importante es no dejar de vivir la vida.

—¿Por qué debería hacerlo? Por suerte o por desgracia, la que murió no fui yo.

Un llanto espontáneo se extiende entre varios asistentes y acapara buena parte de la atención de los congregados, que arropan a los afectados con palabras de afecto.

—¿Y por qué no te has marchado? —pregunta Berta encarando la mirada de Nieves.

—¿Y, adónde voy a ir? ¿O *ye* que acaso quedarán aquí los malos tiempos? Esos irán conmigo donde vaya. Lo peor ya lo pasé. Además, aquí falleció mi Fausto y yo moriré aquí también, no vaya a ser que por no morir en el pueblo no nos encontremos en la otra vida.

Nieves esboza una sonrisa triste y, tal como ha venido, desaparece entre la gente, por la que corre una duda teñida de inquietud: dónde andará Abelardo, hace días que no aparece.

Berta busca un rostro amigo entre tanto paisano esquivo que le gira la cara sin disimular el rechazo que produce su presencia. La educadora intenta conectar su mirada con la de Niceto, su único salvavidas en ese océano de amargura. El viejo, junto a Serafín, anda departiendo con otro grupo de viejos sobre anécdotas contadas infinidad de veces. Berta caza varias de esas confesiones al vuelo, algunas antiguas, de cuando la guerra y la brigada político-social los detenía y torturaba; como a principios de 1948, en que veintidós mineros fueron arrojados vivos al pozo Funeres por ser militantes socialistas y, como no murieron en el acto, regresaron a por ellos, con dinamita y gasolina, y les prendieron fuego para callar los gritos de agonía. Hombres y mujeres coinciden en la adicción que genera la mina, a la que cuando entras, quieres marchar, pero si no entras algo falta. Los mismos que recuerdan a las «luciérnagas», mineros que al salir de noche de la jaula del pozo dedicaban ráfagas, apagando y encendiendo el frontal de los cascos, a sus seres queridos. Dos, tres o cuatro, dependiendo de cuantos los esperaban al salir. Y los niños huérfanos, tristes por no tener luciérnaga que les iluminase la noche. Otros discuten sobre los acuerdos que se firmaron hace años para los subsidios y jubilaciones, y se sienten todavía vendidos por el sindicato. Los más cenizos debaten sobre qué pozo ha matado a más mineros en la cuenca asturiana. Y aunque alguno se empeñe en lo contrario, la mayoría coincide: no hay capas de carbón con más muertos que las del pozo Nicolasa, en Mieres, con más de cuarenta y cinco fallecidos desde que abrió en 1967.

Niceto repara en la soledad de Berta, la excusa perfecta para escapar del grupo de viejos y unirse a su compañera de hogar al amparo de su paraguas.

—Ha venido mucha gente, pero no veo a Roque.

La mirada de Berta sigue rebuscando entre el gentío deseando dar con él para colocarse a su vera y volver a sentir la seguridad y la calma que le trasmite, hasta que Niceto pone coto a su esperanza.

—Ese no viene nunca. *Ye* alérgico a los males de la mina.

—Ya veo —responde Berta con un halo de decepción.

—¿Viste al alcalde?

—La verdad es que no.

—Eso sí *ye* raro. Gregorio no se pierde este día por nada. El nieto no estará muy católico. Eso o andará preparando la reunión de la tarde. —Niceto chista demudando el gesto.

—¿Reunión? ¿Qué reunión?

—Hoy toca votar si se vende el pueblo a la gente de los molinos.

—¿Y qué crees que pasará?

—Pasé lo que pasé no será nada bueno. Eso seguro —dice Niceto con pesar.

—*¡Santa Bárbara bendita, trai-larai-larai-larara!* —Como en cada conmemoración, Serafín se arranca a cantar el himno de los mineros y coge a Berta por sorpresa—. *¡Santa Bárbara bendita, trai-larai-larai-larara!*

En el segundo verso ya se le han unido Nieves y Niceto, y para el tercero ya todos los hombres y parte de las mujeres siguen la letra con solemnidad y hondo pesar.

patrona de los mineros, mirai,
mirai, Maruxina, mirai, mirai cómo vengo yo.
Patrona de los mineros, mirai,
mirai, Maruxina, mirai, mirai cómo vengo yo.

En el pozu María Luisa, trai-larai-larai-larara,
en el pozu María Luisa, trai-larai-larai-larara,
dieciséis mineros muertos, mirai,
mirai, Maruxina, mirai, mirai cómo vengo yo.
¡Dieciséis mineros muertos, mirai
Mirai Maruxina, mirai, mirai cómo vengo yo!...

El grito desgarrador de una de las vecinas enlutadas detiene el cántico y alerta a los asistentes. La mujer está pálida, con la huella del horror impresa en los ojos, le flaquean las piernas, tartamudea y gesticula atropellada, incapaz de articular palabra, señalando unos matorrales de vegetación baja.

Un par de viejas se acercan tratando de enderezar su calma con palabras de aliento. Al dirigir su atención al ramaje, las mujeres se estremecen horrorizadas, como la paisana a la que trataban de tranquilizar. El coro de chillidos llama la atención del resto de congregados que, al llegar a la altura de las tres mujeres, se espantan al ver un arbusto teñido de carmesí, regado con un baño de sangre seca y desconocida si no fuese por la boina rasgada que corona el matorral, esa que todos saben que pertenece a Abelardo, el mismo que llevaba días sin aparecer.

La lluvia pierde fuelle hacia un leve chispear que provoca el entierro de unos cuantos paraguas. Niceto permanece mustio, pensativo, con la vista perdida en la multitud que, como las nubes de tormenta, se disipa rauda y asustada, masticando juramentos entre dientes.

—Pasé lo que pasé no será nada bueno. Cago en mi manto.

57

El improvisado auditorio del café-teatro vuelve a congregar a la mayoría de los habitantes de Pozuñegru. De concentrarse por la mañana para homenajear a sus muertos a reunirse para decidir si venden el pueblo; si renuncian a lo que fueron sus vidas, sus recuerdos, al camposanto, a las sepulturas, a la tierra que abraza los restos de sus seres queridos.

Esta segunda asamblea vecinal no es tan sosegada como la primera vez que les habló Marcial Robles. Los murmullos han crecido en intensidad y acritud, alimentados a base de reproches agrios entre dos bandos bien diferenciados. Los más, como Basilio, hartos de aguantar el dolor que acarrea seguir en ese lugar. Que si el arbusto ensangrentado de la mañana, el incendio de la tienda de Niceto o el accidente del nieto de Gregorio. No quieren desperdiciar más tiempo en esa comarca hostil. Los menos, como Niceto o Nieves, se atrincheran en la obligación de no abandonar. Caer, sufrir y levantarse. Vivir es lo que tiene. No es fácil, pero huyendo no se aleja uno de quién es, de la existencia que ha tenido.

Prefieren ser fieles a la desdicha que desertar hacia una felicidad cobarde. Esto será un desierto, pero aquí seguiremos, dicen.

En un rincón del escenario, Gregorio, reclinado en su asiento tras el improvisado escritorio, atrapado en la preocupación por la salud de su nieto, permanece ajeno a las reflexiones de ambos bandos, incapaces de ponerse de acuerdo.

—Un pueblo es como un ser humano. Nace, crece y, si no se le cuida, muere. Y, como una persona de bien, puede y merece tener una segunda oportunidad que nosotros le podemos dar. Por favor, no se la nieguen. —Marcial deambula por el entarimado tratando de conectar con el público como un ambicioso telepredicador.

—¿Abandonaréis a vuestros hijos y maridos? Sus huesos siguen *enterraos* en este pueblo, sus almas en el fondo de la mina, su sangre regó esta tierra. ¿Venderéis su memoria por cuatro perras? —Niceto se dirige al auditorio obviando la presencia de Marcial.

—No hace falta ser tan dramático, caballero. El recuerdo de los seres queridos vive dentro de cada uno y va allá donde uno esté —replica Marcial en tono bajo.

—Venga, Niceto, no me seas *charrán*. —Iluminado sobre el escenario, Gregorio parece un cómico trágico en plena representación—. Aquí estamos para cerrar un trato justo, no como pasó en Gontón.

Casi todos recuerdan la expropiación de las casas del núcleo de Gontón, en A Coruña, a finales de los setenta. Una comarca rica en lignito que pasó a manos privadas por orden pública. Vecinos manifestándose ante la Guardia Civil, entonando cánticos y enfrentándose a las excavadoras que derrumbaban sus casas: *A terra é nosa, e non de Fenosa*. Una iglesia trasladada de localidad, piedra a piedra. Incluso las tumbas fueron cambiadas de cementerio. De aquel lugar se llevaron hasta los muertos. Madres que eran almas en pena, enganchadas al dolor adictivo de saber que su hijo estaba enterrado en la mina y no podían recuperarlo. Algunas querían quedarse con la esperanza de que algún día apareciesen y no hallasen la casa vacía. Mujeres y hombres muertos en vida. Al final, el pueblo cedió en su lucha, hartos de chocar contra la burocracia.

—Aquí lo que pasa *ye* que a ti toda esta gente te importa una mierda. —Niceto se encara con Marcial.

—¿A mí? —Marcial exagera una pose—. Yo intento ayudarlos. Usted se aferra a una idea egoísta.

—De egoísta nada. Niceto tiene razón —Nieves interviene desde su asiento—. Esta tierra es de todos, de los vivos y de los muertos.

—Los muertos, muertos están, Nieves —Gregorio, falto del empuje de otros días, apenas alza la voz—, y si Fausto nos oyese, seguro que diría lo mismo.

—Fausto no nos oye por tu culpa. —La mirada de Nieves destila una rabia guardada mucho tiempo—. Porque ese día tenías que bajar tú y no él. No te quería cambiar la libranza, pero tú le obligaste para preparar un puñetero discurso de reelección.

El alcalde enmudece, se queda paralizado como una figura de cera. El silencio en la platea es denso como la brea. Nadie rebate lo que todos sabían, pero no se decía en voz alta, ni siquiera Nieves, que en su día prefirió centrarse en la pena y dejar de lado el rencor, y que ahora, viendo el desprecio a la tierra que guarda el alma de su marido, ahoga un sollozo y, aunque le tiemblan los labios, pintados de carmín como le gustaba a su Fausto, aguanta el gesto porque no quiere darles el placer de que la vean llorar.

—Si me permiten, no estamos aquí para dirimir conflictos personales. —Marcial carraspea y se dirige al auditorio—. Díganme, ¿cómo esperan funcionar sin el único colmado que tenían?

—¿Y tú cómo sabes que este pueblo no tiene otras opciones? —La voz de Roque suena desde el final de la sala.

El ímpetu de Marcial se frena en seco, incapaz de ocultar un evidente desconcierto. Roque emerge de la penumbra del fondo del local y acorta la distancia con el comercial, encarándolo con la furia intimidatoria de un boxeador.

—Será porque vosotros prendisteis fuego a la tienda de Niceto —afirma ante Marcial.

—Lo sé porque me preocupé en recorrer este lugar y saber de los vecinos y sus inquietudes. —Recuperando la entereza, Marcial se acerca a Roque y le susurra al oído—. ¿O qué te pensabas?

Roque explota. Le propina un empujón para ganar espacio y soltarle un puñetazo certero al mentón que le hace tambalearse. Gritos, agarrones, insultos. Manos que sujetan, hombres que interceden y separan. La reunión se ha convertido en una trifulca de bar. Dani y Santos se han puesto de pie sobre sus asientos para ver la bronca mejor. Niceto y un par de viejos más a duras penas mantienen agarrado a Roque, que trata de zafarse entre alaridos para que lo suelten y amenazas e insultos a Marcial. El comercial, auxiliado por el alcalde y alguno de los vecinos, recupera el aplomo. Basilio se ha interpuesto entre los dos hombres, acostumbrado a lidiar con este tipo de trifulcas cuando ejercía de vigilante. Roque pierde fuelle, cansado de guerrear contra los férreos brazos de los mineros. Las palabras calmadas de Basilio acaban por devolver a la bestia a la jaula de sus huesos.

Poco a poco, las aguas vuelven a su cauce, el jaleo se convierte en rumor y los asistentes vuelven a sus asientos entre cuchicheos que se desvanecen en el eco del teatro. Sobre el escenario, el alcalde recupera el micro como si fuese un bastón de mando.

—Tras este lamentable incidente, la única forma democrática de ponerse de acuerdo será viendo qué dice la mayoría sobre la venta del pueblo. —Gregorio eleva una mano hacia el techo y se dirige a los allí congregados—. ¿Votos a favor?

58

A la mañana siguiente, la rutina marchita del pueblo permanece inalterable. Tibios deseos de buenos días como si nada hubiese ocurrido la noche anterior. Alonso, uno de los viejos, mantiene su *jeep* negro con el maletero abierto aparcado frente al colegio. Ha vuelto con los encargos del resto de vecinos, que se amontonan junto al vehículo. Sin la tienda de Niceto, no les ha quedado otra que organizarse para comprar en la localidad más cercana, a media hora en coche de Pozuñegru. Por riguroso orden de llegada, Alonso reparte los pedidos con evidente desgana mientras los tacha de una lista manuscrita y arrugada, y recuerda en tono impertinente que hoy le ha tocado a él, pero mañana será el turno de otro.

El todoterreno de Basilio marcha lentamente entre la multitud congregada, atravesando la plaza hacia la salida del pueblo. La afluencia de gente apenas le permite avanzar y deja ver un maletero rebosante de alimentos y una ingente cantidad de bolsas de hielo en un par de grandes neveras portátiles a medio cerrar.

—¿Dónde vas con todo eso, animal? *Pa* lo que nos queda en el convento... —suelta Alonso alzando la voz con un punto de acritud.

—Lo que compre o no *ye* asunto mío —replica Basilio, que acelera dejando al gentío en el espejo retrovisor.

Junto a su casa, Roque trastea el motor del coche engullido por el capó abierto. A dos metros, Paco permanece tirado sobre la hierba, bajo una mesa de jardín, arropado por el frescor de la sombra. No lejos del vehículo, Dani lanza una pelota a Cosmo, que corre entusiasmado a devolvérsela a su dueño en un bucle que parece no tener fin. El animal salta eufórico en contraste con el ánimo mustio que arrastra el muchacho.

—¿Y ahora qué pasará con el pueblo? —pregunta Dani con un deje de preocupación.

Roque mantiene el rostro abatido a refugio, entre cilindros y pistones. No sabe qué decir a una pregunta que le ha robado el sueño por la noche, desde que la mayoría de vecinos elevasen las manos al cielo para condenar el pueblo al infierno. Observa a su alrededor y no acaba de asimilar que vaya a perder toda la belleza que lo rodea.

—¿Tendremos que irnos de aquí?

Dani insiste tratando de obtener alguna palabra que calme su incertidumbre. El chaval se acerca a Roque alejándose del perro, que ha perdido el interés por el juguete y no deja de ladrar a la nada que se esconde más allá de la linde del bosque.

—¿De verdad nos pueden echar?

—No lo sé. No sé qué va a pasar, *cagondiós*.

A Dani se le amarga la mirada. La brusquedad en la respuesta duele como un latigazo y le recuerda de nuevo que su presencia es más estorbo que dicha. El tintineo metálico del móvil llega ahogado desde la casa. Roque asoma bajo el capó restregando sus manazas en un trapo grasiento, y escapa de aquella situación incómoda hacia la casa acompañado de Paco, también atraído por la melodía, que lo reclama como a una rata en Hamelin.

—¡Cosmo! Vale ya, joder. —Dani se desahoga con el animal.

Los ladridos del perro han acabado por conquistar el entorno de la casa, la mascota se ha convertido en fiero guardián. Cosmo gruñe y ladra a los árboles, al vacío. Con el pelo erizado, en una posición agresiva que Dani trata de aplacar con caricias que no surgen efecto.

—¿Qué te pasa? ¿Has visto algo?

De pronto, Cosmo arranca a correr hacia la arboleda. Feroz, fuera de sí, y se pierde entre la espesura que sofoca los ladridos, cada vez más apagados.

—¡Quieto, Cosmo! ¡Vuelve aquí!

La primera intención de Dani es ir a la casa en busca de auxilio, pero frena en seco. El orgullo le gana el pulso a la razón. No piensa pedir ayuda a

Roque después de la crudeza con la que lo ha tratado. A la carrera, llega a la frontera de los árboles y se adentra en el bosque. El mismo sobre el que estaba advertido de que nunca jamás debía cruzar.

El hayedo es una maraña de troncos y arbustos que deja pasar la luz con una cobarde tibieza. Dani avanza temeroso, buscando en todas direcciones una amenaza que no aparece. Llama al perro entre dientes, sin atreverse a alzar la voz, a merced de lo que se pueda encontrar. Tras un instante eterno sin resultados, la arboleda revela una enorme roca en medio de un pequeño claro. Un ruido ante él; algo anda entre los arbustos. Un sobresalto que le eriza la piel. Cosmo aparece feliz entre las matas, entregado a su amo, que lo recibe con caricias y una reprimenda.

—Ya te vale, joder. Menudo susto me has dado. Anda vamos.

Sobre el pedrusco totémico, un detalle llama su atención y le roba el aliento: un gran trisquel grabado, como el del colgante que le regaló su madre y, bajo el símbolo, unas palabras cinceladas que Dani no puede evitar susurrar:

—Un guaje perdido *ye* una casa rota. Dos, *ye* un dolor que siempre mana. Pero tres, *ye* que Fosco ronda bajo tu ventana.

El siseo de la brisa entre el ramaje se ha detenido. La intensidad del sol, como cubierto por un velo, ha decaído, y un halo de niebla crece envolviendo el sotobosque. Cosmo vuelve a gruñir enseñando los dientes a la espalda de su amo. Por encima del hombro, aterrado, Dani distingue entre los árboles esa figura negra de mirada atroz que lo observa como una voraz alimaña. Y que se abalanza a por él.

El chico arranca veloz, sin mirar atrás. Sortea raíces y ramas que lo golpean sin piedad. Tras él, un siniestro resuello gana terreno a su espalda. La mano sucia y decrépita de Fosco se estira a punto de agarrar el pellejo del chaval. Dani acelera, lleva la carrera al límite, pero las zancadas tenebrosas siguen agarradas a su rastro, a punto de atraparlo. Un ágil quiebro y esquiva un arbusto que su perseguidor no logra evitar. Un último esfuerzo y gana el claro que lleva a casa de Roque. Cosmo lo sigue sin perder paso en su carrera. Dani no desfallece, trata de ganar la puerta cuando echa un vistazo hacia atrás para comprobar que nada lo sigue. No le da tiempo de volver la vista al frente y choca contra una especie de muro que resulta ser Roque. Dani intenta respirar y hablar a la vez, pero le falta fuelle por el esfuerzo.

—¡Visto!... ¡Lo he!... ¡Visto!... ¡En el bosque!... ¡Me ha!... ¡Perseguido!

Roque permanece mudo, atrapado en un halo de desdicha. Coloca una de sus manazas en el hombro de Dani acompañada de una mirada cargada de sufrimiento.

—*Ye* Abrán, el nieto de Gregorio. Ha muerto.

59

Una procesión de trajes negros va llegando y se agolpa a las puertas del austero cementerio de Pozuñegru. Un muro de piedra cerca el perímetro, con la única entrada de una cancela de hierro forjado y retorcido. Impera un riguroso silencio apenas roto por las oraciones susurradas por mujeres que pasean rosarios sujetos entre unas manos ajadas que se bambolean con su lento caminar. Una ristra de nubes blancas ha tapado el sol de mediodía, como si la naturaleza rindiese homenaje dando cuartel al calor que castiga el luto obligado.

La comitiva familiar ha llegado en primer lugar. La encabeza un párroco enclenque y estirado que acompaña a la parentela del difunto Abrán. Nela, visiblemente abatida, parapeta su dolor y el efecto sedante de las pastillas tras las gafas de sol. Adara, ahogada en un sollozo constante, se agarra al brazo de su madre dejándose arrastrar. Gregorio, con los ojos ensangrentados, hinchados de tristeza, intenta mantener la sobriedad en un rostro que se desmonta por la congoja. Tras ellos, Araceli, la asistenta, es un reguero de lágrimas y lamentos.

Muchos de los presentes aprovechan para visitar los sepulcros de sus familiares. El cementerio está salpicado de tumbas de mineros cuyos cadáveres nunca fueron recuperados. Heridas abiertas que jamás pudieron cicatrizar. El carbón, la forma de vida de muchas familias, también lo fue de su muerte, y son las mujeres del pueblo las que más lo sufrieron. Esas a las que la fatalidad hizo fuertes. Mujeres que al sonar el teléfono no necesitaban descolgar para saber la desgracia que aguardaba al otro lado del auricular. Nieves entre ellas, como cada día, como ahora, resignada a visitar y a hablar con la lápida de su marido, a retirar el polvo de la repisa y a recomponer las flores aún frescas. Hoy ha decidido no pintarse los labios en señal de respeto hacia el pobre Abrán. Está convencida que su Fausto lo entenderá. Ella también padeció la fatídica llamada que la empujó al suplicio y la resignación de la pérdida, añorando cada noche, insomne en una cama que, por vacía, se volvió fría e inmensa. Tuvo que aprender a vivir sola; después de mucho intentarlo, no habían logrado tener hijos, pero para otras madres fue mucho peor al sufrir el tormento de perder a guajes y maridos sepultados bajo tierra. Nieves traslada un beso de sus labios a sus dedos y lo coloca con ternura en el centro de la lápida, y musita un «hasta mañana, mi amor» antes de regresar junto al séquito que se agolpa frente al sepulcro dispuesto.

El coche fúnebre ha accedido al modesto recinto y dos operarios extraen el pequeño ataúd encarándolo con el nicho asignado. Apartados en un rincón, Santos y Dani permanecen hombro con hombro. El primero viste un traje oscuro que le queda grande y le hace parecer un adulto menguado. El segundo es el único de la procesión que, aunque planchada y limpia, viste ropa informal. Se mantienen cabizbajos y en un incómodo silencio que Santos es el primero en romper con un susurro.

—*Ye* la primera vez que vengo a un cementerio, ¿y tú?

—Yo no. Fui cuando murió mi madre.

—La mía murió cuando nací, así que, si me llevaron, no me acuerdo.

—Normal.

El silencio vuelve a imponerse hasta que Santos decide poner fin de nuevo a ese engorroso mutismo.

—¿Cómo debe de ser estar muerto? No poder mover las piernas, no oler o toser.

—Si estás muerto, no tienes tos.

—Ya lo sé, *ho*. Solo que me parece raro. No lo de toser y estar muerto, lo de morirte.

—Cuando te mueres, te mueres y ya está. Para qué darle más vueltas.

—Pero no imagino cómo será estar tanto tiempo metido en un lugar tan pequeño.

—Y dale. Que ahí dentro no te enteras de nada. Estás muerto. Como dormido, pero muy profundo. Y sin despertarte jamás.

—Que ya lo sé. Pero me cuesta imaginar eso de no despertar nunca más. Que todo siga aunque ya no estés.

Los vecinos se agolpan alrededor de la familia, que asiste consternada al cierre del nicho. Unas paladas de cemento bajo la lápida acaban de emparedar el ataúd. El cura entona un par de salmos con pulcra indiferencia. Aquí se despiden del guaje para siempre. Un rostro que no volverán a ver, una risa que no volverán a escuchar, una piel que no volverán a besar. Ya descansa con Dios. Gregorio sostiene a Araceli para que no caiga desmayada mientras Adara, agarrada a su madre, es incapaz de dejar de llorar. No hay consuelo para tanto dolor. Las lágrimas escapan silenciosas bajo las gafas de Nela, que se odia por tener que enterrar a su hijo y no poder dejar de pensar en cuánto desearía sollozar sobre el hombro de su marido.

Alejado de la multitud que colma de condolencias a la familia, Niceto espera turno para dar el pésame. Berta, despistada por la melancolía del recinto, se encamina hacia el viejo minero para acompañarlo y presentar a la vez sus respetos. En su camino se cruza con Roque, un encuentro que tiene algo de forzado. Berta desearía poder decirle unas palabras de consuelo, darle un abrazo que reconfortase el peso que sin duda acarrea, pero se conforma con el roce tibio de sus manos, con el que ella intenta mostrarle un aprecio sincero y él dar las gracias por esa muestra de afecto.

Niceto y Berta, ya juntos, con el hálito contenido, observan desde su apartada posición lo que sin duda será una tormenta. Tras una pareja de vecinos, como el que espera audiencia, Roque toma aire y traga saliva dispuesto a dar el pésame a Gregorio y a su familia. Sabe que el encuentro no será grato, pero no puede huir de lo que su conciencia le dicta. Lo acompaña Dani, que aparenta una gran serenidad, aunque la procesión vaya por dentro. A su corta edad, la muerte y los cementerios se han vuelto más habituales de lo que debería ser normal.

Su turno. Roque encara la devastada mirada del alcalde con un tono sumiso.

—Os acompaño en el sentimiento. Si os podemos ayudar en algo, lo que sea...

Roque eleva la mano esperando la de Gregorio para estrechársela en señal de respeto, pero el alcalde no la acepta y lo obliga a devolverla junto al bolsillo del pantalón.

—Cómo te atreves a ponerte en presencia de mi nuera y mi nieta. Después de lo que nos has hecho.

Gregorio se abalanza hacia Roque cuando Basilio, apareciendo de entre el gentío, se interpone entre los dos hombres frenando al alcalde y enfriando los ánimos.

—Cálmate, Gregorio. Este no *ye* momento ni lugar.

La ira del alcalde se templa y se aleja hacia el coche de la funeraria donde espera Araceli. Nela, enmudecida, destila tal rabia y desprecio que hace intención de arremeter contra Roque, pero Adara la frena. La mirada de su hija es suficiente para que entienda que necesita más una madre amorosa que vengativa.

A solas frente a Roque, Basilio se le encara en un susurro desafiante.

—Te lo advertí con el guaje. Que traería la muerte. Tú eres el único responsable de todo esto. ¡Santos! Tira, nos vamos.

Basilio no da pie a réplica al agarrar a su hijo y abandonar el cementerio junto al resto de los vecinos. El recinto se va quedando vacío de figuras negras y tristes y la paz reconquista muros y rincones. Roque y Dani son los últimos en marchar, dolidos por el rechazo de un pueblo que les niega hasta las migajas de la compasión. El relato de Basilio sobre la responsabilidad del chaval ha calado y nadie pone en duda su palabra frente a un guaje aparecido de la nada y a un vecino arisco con el que apenas se relacionan. Ambos emprenden en solitario el camino de vuelta a casa, abatidos, incapaces de digerir el silencio espeso que los acompaña.

60

Roque acaba de freír unas patatas para la cena cuando tocan a la puerta. Un par de golpes tímidos que a Paco y Cosmo, ambos con las orejas tiesas, no les han pasado por alto. Roque se seca las manos y se dirige a la entrada con la tensión impresa en el rostro; tras el desprecio sufrido en el cementerio, no espera a nadie que traiga buenas noticias.

—¿Interrumpo? —Berta se presenta con una sonrisa amable que relaja la pose de Roque.

—En absoluto. ¿Cómo por aquí a estas horas?

—Quería saber qué tal estabais. Los vecinos han sido muy duros con vosotros.

—La gente *ye* dura en este pueblo. En un tiempo ya no seremos ni paisanos.

—Ya, pero eso no les da derecho a trataros así. ¿Y Dani?

—En su cuarto. Los guajes se olvidan antes de estas cosas.

Berta y Roque comparten un segundo de silencio que parece eterno, mientras noche y día se prestan oscuridad uno al otro a las puertas de un crepúsculo creciente. Es el profesor el que toma la iniciativa para encauzar el momento.

—*Ye* tarde para un café, pero ¿quieres quedarte a cenar? Hay cachopo y patatas fritas.

—Gracias. Será un placer.

Sentados a la mesa, Roque, Berta, Dani y un incómodo silencio. Sobre el mantel, una procesión de migas, el pan pellizcado y los platos vacíos son el reflejo de que han dado buena cuenta de la cena.

Con una invitada en casa, hoy no los acompaña el sonido hipnótico de la radio y la conversación a tres aún les cuesta como para que fluya con normalidad.

—Si no os importa, me voy a mi cuarto —suelta Dani con voz queda.

—Venga, tira. Hoy recojo yo —apunta Roque.

—Yo te ayudo. —Berta se levanta como un resorte y se pone a recoger los platos junto al profesor.

El chico retira la silla con un sonido grosero al arrastrarla. La incomodidad de compartir velada con dos adultos es excesiva, hasta el punto de sentirse de más en aquel salón. Cosmo, alejado de su antigua dueña, lo acompaña mientras se pierde por el pasillo camino del dormitorio. El sonido de un portazo excesivo cuelga por momentos del eco sordo del hogar.

Los platos de la cena ya han desaparecido para dar paso a un par de tazas humeantes de café. Frente a frente, Berta y Roque continúan separados por un silencio embarazoso.

—¿Cómo lleva Dani lo de la venta del pueblo? —pregunta ella dando un sorbo.

—No sé. Bien no.

—No quise decir nada delante de él, pero esta mañana me llamó mi amiga Carmen. Alicia se ha marchado del hospital por su cuenta. No saben dónde anda.

—¿Y qué vais a hacer?

—¿Con Alicia? No sé, no es cosa nuestra.

—Me refiero a Dani. Cuando nos echen, no podré encargarme de él.

Roque recupera la mirada perdida en el salón y la fija en la de Berta, adelantándose a cualquier petición de la educadora en lo que a la custodia del muchacho se refiere.

—El chaval te respeta. Eres lo más cercano a un padre que tiene. Te aprecia.

—El perro también y tampoco soy su padre.

Roque responde con dureza y se levanta de la mesa contrariado, retira su taza ya vacía y la lleva a la cocina. No le gusta la deriva que está tomando la conversación. Berta apura su café de un trago largo, como buscando fuerza en el elixir de la cafeína.

—Niceto me contó lo de Llara y Damián. Sé lo que pasó con los niños y la mina. —Berta busca sin éxito conectar con la mirada de su anfitrión.

—Tú solo sabes lo que te contaron.

Roque trastea en la cocina moviendo cacharros, intentando aplacar una ira creciente por desenterrar una historia que no quiere revivir. Berta se levanta de la mesa y se acerca a la cocina con la cautela de un domador que comparte jaula con una fiera.

—Tienes que explicárselo a Dani. Hablarle de su madre —insiste Berta.

—*Ye* tarde. Deberías ir *pa* casa.

Roque la evita cuando vuelve al salón a recoger la taza que ha quedado sobre la mesa y regresa a la cocina buscando perderse en tareas domésticas. Espera que Berta se dé por aludida y abandone la casa llevándose con ella el agrio recuerdo de un pasado que ha vuelto para atormentarlo.

—Dani merece conocer la verdad. —La tensión en las palabras de Berta aumenta.

—¿Qué verdad? ¿La que cuenta que su madre marchó sin despedirse y yo tuve que soportar todo lo que pasó con el que era mi mejor amigo? —Roque se encara con ella.

—Al menos la parte que le incumbe. —La educadora se mantiene firme.

—¿Y qué parte es esa? —replica Roque con amargura.

Berta no necesita contestar a la pregunta; la respuesta es evidente y lo que Roque se teme. Ha llegado el momento del que ha huido durante tanto tiempo, el de resucitar el pasado en primera persona; el de abrirse y contar lo que le tocó padecer, la desgracia en la que se vio inmerso; quizás así logré desprenderse del tortuoso lastre del ayer.

—Damián y yo nacimos en este pueblo y fuimos amigos de siempre; los dos repudiábamos la mina y sobre esa renuncia cuajó nuestra amistad. —Roque se deja caer en el sillón del salón—. Él en seguida demostró interés por la enseñanza, por los guajes, y entró a trabajar en la escuela. Entre su capacidad para destacar y la estela del alcalde, no tardó en llegar a ser director. Fue entonces cuando me ofreció dejar la fábrica donde estaba y trabajar con él, haciendo tareas de mantenimiento y supliendo a profesores de vez en cuando. Una carrera de ingeniería inacabada algo tenía que valer. Fue al poco de empezar en la escuela que Llara y su familia llegaron al pueblo. Era preciosa, diferente a las chicas que conocíamos. Quedé enamorado desde el primer día que la vi, pero ella solo tenía ojos para Damián. Y no se lo reprocho. Guapo, sociable, divertido, con un padre alcalde... Todo lo contrario a mí. —Roque hace una pausa e inspira hondo—. No sé si llegó a saber cuánto la amaba, pero jamás se lo dije; preferí quedarme con la duda antes que recibir su rechazo. Nos hicimos buenos amigos, muy buenos, diría yo. Salíamos los tres, supongo que me tenían el cariño que se le tiene a una mascota, sacándola a pasear, disfrutando de su compañía..., dejándola de lado cuando su presencia es un estorbo para la intimidad. —Roque se levanta asqueado y se enfrenta al ventanal; fuera, el cielo es un festival de luces brillantes—. Hasta el día en el que Damián marchó de excursión con los guajes a la mina y... ya sabes lo que pasó. Una mañana, pasados unos días de la desgracia, fui a buscar a Llara, pero se había marchado. Nadie supo o quiso decirme a dónde, así que de la noche a la mañana me quedé sin la mujer a la que amaba y sin mi mejor amigo. Me quedé solo y no supe levantar cabeza. —A Roque se le quiebra la voz—. En lugar de seguir con mi vida me encerré en el silencio, cada vez más distanciado de todos, deseando olvidar aquel dolor que llevaba agarrado al alma.

—Sufriste, lo entiendo, pero Dani no tiene la culpa. Merece la oportunidad que la vida no le ha dado. —Berta mantiene la mirada clavada en los ojos de Roque.

—Ya. *Ye* fácil decirlo cuando no eres tú quien lo padece. ¿Qué sabrás tú de dolor?

Berta se remanga el jersey como si se arrancase la piel, mostrando las cicatrices que surcan sus brazos y las llagas de las quemaduras que retuercen la carne rosada; marcas externas de las heridas que van por dentro. Roque se queda atrapado en las aberrantes lesiones mientras ella inicia un relato que es una confesión.

—Tenía trece años cuando mi padre mató a mi madre y luego se suicidó. Presencié cómo le asestaba dos cuchilladas y justo antes de tirarse por el balcón me dirigía una sonrisa. Una sonrisa que parecía de alivio. De la noche a la mañana me quedé huérfana. Sin familiares que se pudiesen hacer cargo de mí, mi tutela pasó a los servicios sociales. Fue en esto donde encontré un desahogo al sentimiento de culpa. —Berta clava su mirada en las marcas de los brazos—. He sido incapaz de mantener una relación en mi vida, lesionándome una y otra vez para sobreponerme a la soledad y la decepción. Un círculo vicioso del que no he podido librarme, atormentada por los recuerdos que me persiguen desde niña.

Roque posa su mirada verdosa en los ojos vidriosos de Berta. Con suavidad y ternura, resigue las cicatrices como si fueran parte de su belleza. Ella, avergonzada, trata de ocultarlas, pero él la frena con firme delicadeza. Roque acorta la distancia. Con la torpeza de un adolescente en su primera vez, abraza la cintura de esa mujer a la que desea. Roque acerca sus labios, que ella rechaza con una leve caricia que es un muro a la vez.

—Lo siento. No... no puedo —se disculpa afligida.

El dolor y el asco por la violación de Salva aún los siente a flor de piel, y es esa empalizada la que impide el enredo de sus cuerpos.

—No pasa nada —responde Roque apartándole el pelo del rostro.

La mirada comprensiva de Roque es lo que Berta necesita para acurrucarse sobre el pecho de aquel hombre tan rudo como tierno. Y así permanecen en la penumbra, de pie, abrazados en silencio, a la luz de las estrellas que esa noche salpican el firmamento.

62

En el salón de su casa, amparado por la penumbra, Gregorio Bayón se consume reclinado en una butaca. A solas, en silencio. El ejército de un solo hombre derrotado por la melancolía. De un trago apura un vaso de aguardiente, el cuarto casi seguido. El ardor que viaja del gaznate al vientre nubla su mente y afloja el nudo que le atenaza el estómago, pero el bálsamo cada vez se desvanece antes. Apenas le quedan tres dedos a la botella y una noche de insomnio que superar.

Acaba de enterrar a su nieto, pero es incapaz de asumir el hecho e imagina al pequeño Abrán emparedado en un nicho, a oscuras, solo. Gregorio es un pellejo vacío, atrapado en el falso pesar de que aún puede salvarlo. Solloza entre espasmos e, igual que un globo que se deshincha, nota cómo la fuerza para seguir viviendo escapa de su cuerpo. Le asaltan arcadas que trata de frenar con otro sorbo de alcohol. Uno más. Y otro. De repente, el corazón le da un vuelco. Reflejada en el carillón, la figura de Fosco a su espalda. Acechando feroz. En un primer impulso lanza el vaso contra la presencia de aquel espectro que no es tal. El vidrio estalla en pedazos contra la pared regando el suelo de cristales. El rincón de la casa está vacío. Ninguna amenaza le aguarda más allá de la traición de su propia imaginación.

—¿Estás bien, abuelo? ¿Qué ha *pasao?*

La presencia de Adara sorprende al alcalde, que se esfuerza en recuperar una pose de normalidad y el ritmo sosegado de su respiración.

—Se me cayó el vaso, nada más. ¿Cómo *ye* que andas todavía despierta?

Adara enciende una lamparita ahuyentando la oscuridad de la habitación. La muchacha está despierta por la misma razón que él trata de aletargar el juicio con aguardiente. El alcalde se acerca a un ventanal ocultando el desánimo en las tinieblas que ofrece la noche.

—¿Por qué nuestra familia *ye* maldita? —pregunta Adara apenada.

—¿Qué *caralladas* dices? ¿A qué vino eso? —responde Gregorio sorprendido.

La leve luz de la lámpara perfila una sombra agrandada de Adara, que se proyecta sobre su abuelo como un ángel exterminador.

—Primero papá y el tío Damián, y ahora Abrán. —Adara se acerca a su abuelo.

—Tuvimos mala suerte. Las personas mueren. Eso *ye* la vida. Aunque duela.

—Papá y el tío quedaron sepultados en la mina y Abrán murió por culpa de Fosco. —No hay rastro de tristeza en la voz de Adara, solo reproche.

Gregorio alza una mirada tensa que choca con la de su nieta.

—No digas bobadas. Fosco no *ye* más que una leyenda.

—Dani dijo que lo vio.

—Como si dice que vio al mismísimo Jesucristo. Ese guaje no *ye* de fiar.

—Otra gente en este pueblo también lo vio —insiste Adara.

—Adara, no me toques las narices. Respeta el luto por la memoria de tu hermano.

—Abrán no habría muerto si no hubieses sido un cobarde quedándote de alcalde en esta mierda de sitio. —La mirada de la chica muestra toda su indignación.

El alcohol, la pena y la vergonzosa verdad en las palabras de Adara son un cóctel amargo que estalla en las entrañas del alcalde. El viejo levanta la mano, dispuesto a cruzarle la cara.

—¡Gregorio! —El grito de Nela, que aparece en el salón, frena el ímpetu de su suegro—. Ni se te ocurra tocar a mi hija.

La hoja de una ventana se estampa con violencia contra la pared estremeciéndolos. El alcalde se abalanza hacia el ventanal tratando de ver algo a través de la negritud, y aunque parece que no hay nada fuera, un escalofrío le recorre la espalda al distinguir una sombra oscura varada en medio de la penumbra conocida. Gregorio cierra la ventana con un deje tembloroso que no logra disimular.

—Mañana nos llevarás a la estación de autobuses de Mieres.

Hacía tiempo que la voz de Nela no sonaba tan firme y serena. Abrazada a su hija, no se deja amedrentar por la mirada arrogante del alcalde.

—¿Y dónde cojones piensas ir? —pregunta Gregorio con desprecio.

—A Barcelona, a casa de una tía de mi madre. Ya he hablado con ella. Vamos, Adara. —Nela guía a su hija hacia las escaleras, de vuelta a la cama.

—¿Y qué hay de tu marido?

—Mi hija me necesita más que yo a él. —Nela sofoca un sollozo en unos ojos enrojecidos y unos labios trémulos—. Y por mí como si a este pueblo se lo traga la tierra.

62

Aún con los ojos cerrados, Berta despierta tras un sueño reparador como no ha disfrutado en tiempo. Adormilada, nota la claridad del sol posada en unos párpados que se resiste a abrir. Se reconoce a solas, en camiseta y bragas, retozando en una cama que no es la suya. Pequeñas grandezas que la llevan a recordar la noche anterior con una sonrisa. Enredada en los brazos de Roque, protegida por unas manos rudas pero tiernas. Silencios cómodos arropados entre la ropa de cama. Noche entre abrazos sin necesidad de sexo. El pack completo.

El aroma a café recién hecho inunda la habitación. Berta se despereza; arquea la espalda, y extiende los brazos como si quisiera atrapar el techo. Por fin decide abrir los ojos. A un lado, el resto de la cama vacío, ni se ha enterado cuando Roque se levantó. Al otro, la puerta de la habitación entreabierta, y, resaltando en la sombra del pasillo, los ojos inquisidores de Dani, enmarcados por un rostro sorprendido. El sonido apagado de unos golpes en la puerta de entrada aleja la presencia del chico y deja en la educadora una incómoda sensación de vergüenza.

Cuando Dani llega al comedor, Roque ya ha abierto a la inesperada visita. Santos, con una sonrisa de oreja a oreja, espera en el umbral.

—¿Qué es eso de que habías quedado *pa* ir a casa de Santos?

—Creo que te lo dije ayer —responde Dani.

—Ayer no dijiste nada.

—Bueno, pues te lo digo ahora —responde con indiferencia.

—Mira, guaje...

Apareciendo por el pasillo, ya vestida, Berta hace un gesto a espaldas del chico para que Roque se deje ganar la batalla. No toda victoria es un triunfo. Tras años de lucha por mejorar la vida de tantos niños, ella lo sabe.

—... Te quiero aquí antes de la merienda. —Roque inspira hondo y rebaja el tono.

Quizás sea por la navaja que le regaló Fede, y que nota en el bolsillo del pantalón, pero Dani mantiene esa pose rebelde. Sin apenas despedirse, deja a Roque plantado en medio del salón. A través de la puerta abierta, el cruce de miradas con Basilio, que espera dentro del coche, augura una tregua momentánea de su mutuo desprecio. Los guajes son sagrados.

Ya en el umbral, los chavales se saludan con un leve gesto de cabeza y se dirigen al vehículo, aparcado a unos metros de distancia.

—No pensaba que tu padre me iba a dejar ir a tu casa. Con la manía que me tiene —comenta Dani sin apartar la vista del suelo.

—Chantaje emocional. Lo de que cuando dejemos el pueblo no nos veremos más y esas cosas. Yo creo que me ha dicho que sí por *pesao*. —Santos corona la frase con una risotada—. Cuando venía de camino, he visto el coche del alcalde con Adara y su madre dentro. Mi padre se ha enterado de que marchan a Barcelona.

—Ella es la primera. En unas semanas nos iremos todos —sentencia Dani con pesar.

Los chicos aprovechan la cercanía del coche para finiquitar una charla que ninguno desea seguir. Uno porque vuelve a verse abocado al pasado, dando tumbos de nuevo; el otro porque es incapaz de imaginar un futuro distinto a la única realidad que hasta ahora ha conocido.

63

Berta deambula orillando la arboleda, aliviada por el descenso del intenso calor. Un rebaño de nubes ha encapotado el cielo, aligerando el bochorno que caldea el bosque. Refugiada tras las gafas de sol, lleva en su cabeza una tormenta y en las entrañas un vacío. Ha salido de casa de Roque buscando una calma que pacifique su lucha entre el deseo y la razón. Tras la mirada de Dani, no deseaba quedarse a desayunar, pero ha acabado cediendo ante la insistencia del anfitrión. Como jóvenes avergonzados, han cruzado las palabras justas evitando gestos y miradas, ya sea por falta de costumbre o por pudor. Y entre silencios prudentes, no han sido capaces de decirse cuánto bien les hizo la noche anterior y lo mucho que desearían repetirla.

Ahora, a solas, entre los olores silvestres y el rechinar de las chicharras, Berta se ahoga en remordimientos por robar parte de la atención que Roque le dispensa a Dani. Y aunque el corazón diga que el tiempo lo encaja todo, su cerebro grita que ella acabará siendo más competencia que apoyo, agriando el futuro del chico por edulcorar el suyo. Un egoísmo que no puede permitirse.

El sonido del teléfono espanta por un segundo el temporal de sus pensamientos, sustituyéndolo por otra borrasca nada más ver el nombre en la pantalla. Es Andrea, su abogada.

—Hola, Andrea. Dame buenas noticias, por favor. Las necesito.

La conversación dura pocos minutos, en los que Berta se ha dedicado básicamente a escuchar a la abogada explicándole que, ante el nuevo escrito de alegaciones, que describe el acoso de Salva y la amenaza velada que le lanzó a Carmen, el juez había decidido tomar medidas cautelares, ordenando su entrada en prisión hasta la celebración del juicio, si es que antes no pagaba la fianza. Ahora le tocaba a los Mossos d'Esquadra detenerlo, y le constaba que aún no lo tenían, pero que estaban en ello. Berta ha agradecido la llamada y las noticias, positivas sin duda, que serán excelentes cuando le confirmen que ya se encuentra entre rejas. Con un beso y la promesa de seguir informándola, Andrea se despide y cuelga.

A Berta no le da tiempo a reaccionar ni a soltar un grito de pánico cuando, de entre los matojos, una zarpa la agarra del brazo y la arrastra al interior del bosque para quedar engullida por la frondosa arboleda. Berta, tirada en el suelo, rebozada en hojarasca, se revuelve asustada sin entender qué ocurre. El espesor del boscaje llena el entorno de claroscuros.

Enfrentada a su agresor, Berta permanece ovillada en el suelo con las pupilas dilatas, conmocionada por el asalto de aquel ser horrible que hasta hace unos segundos no era más que un cuento de terror para niños.

Fosco no ve venir el impacto de la rama en la pierna, clavada como un certero puñal. El dolor, ardiente y punzante, lo obliga a llevarse las manos al muslo en un acto reflejo. Entre alaridos de dolor, se tambalea como un triste borracho. Berta se incorpora trastabillando y huye en una torpe carrera que un traspié ralentiza de forma trágica. Un brutal empujón de Fosco la estampa contra un árbol, y cae magullada de nuevo al suelo.

De la herida que el monstruo lleva en la pierna, fluye un sangrante río carmesí que se desborda por la pernera del pantalón. A través del pañuelo negro que le cubre el rostro, Berta distingue la mirada vacía de un hombre muerto por dentro.

Aterrada y molida por los golpes, Berta es incapaz de plantar batalla. Tirada en el suelo, coloca sus manos trémulas ante el rostro cuando esa bestia se acerca cojeando hacia ella. Unas manos que ni la protegen ni evitan que vea el pico amenazante en manos del que llaman Fosco. Entregada a una muerte segura, cierra los ojos intentando poner la mente en calma, pero tras unos segundos eternos, la embestida no llega. Al entreabrir los párpados, se topa con un halo de duda en esa mirada fiera, atrapada en un punto fijo: las tortuosas cicatrices de sus muñecas que han quedado al descubierto.

—No, por favor.

Las palabras suspiradas por Berta parecen ser la orden que despierta a Fosco del letargo, a cuyas pupilas inyectadas en sangre y maldad ha vuelto la furia. Lo último que Berta llega a ver es el empuje del pico cayendo contra su cara, justo antes de sentir el dolor y de que todo alrededor quede fundido en un profundo negro.

64

Al volante del todoterreno, Roque encara los últimos kilómetros de carretera sin asfaltar antes de llegar a casa. La potencia del aire acondicionado convierte el habitáculo en un congelador, y protege del calor exterior la carga repartida en varias bolsas: café, vino, galletas, aceite, *fabes*, pasta, carne, algo de pescado, fruta y verdura para unos días. El aroma a mercado trata de imponerse al olor a gasoil y cuero rancio. Aprovechando la ausencia de Dani, ha ido al pueblo más cercano para aprovisionarse. Cuando lleguen los molinos, una vez finalicen los trámites de la venta del pueblo y deban abandonar sus casas, ya no tendrán que desplazarse para llenar la nevera.

Volver acompañado por la soledad le resulta extraño. Compañera hasta hace unas semanas, su vida ha fluido los últimos años en un acomodado silencio. Breves conversaciones con Paco sin un ladrido por respuesta. El apoyo vespertino de la radio para hacer pasable la transición de la cena a la cama. Copas huérfanas de brindis, noches de alcohol sin compañía. Todo desde el accidente de los guajes y Damián, y la marcha de Llara. Un agravio que hizo extensivo al mundo entero, incapaz de soportar tanto pesar. Pero en las últimas semanas ha disfrutado de la presencia de Dani, cuya inocencia ha limado buena parte de su carácter afilado. Y ahora que no lo tiene, siente un vacío raro. Lo más cercano en mucho tiempo a echar de menos.

Y qué decir de la última noche con Berta, la primera en brazos de una mujer desde que la única que existía para él se fue sin dar explicación. De eso hace ya casi catorce veranos. No ha necesitado sexo para volver a embriagarse de ilusión por la posibilidad de compartir con ella la nueva etapa de su vida fuera del pueblo. Ella y Dani, por qué no. Los tres como uno. Pero el fiasco del desayuno ha agriado esa perspectiva. Han compartido mesa como dos visitantes incómodos que coinciden sin remedio. Ni rastro de la mujer abrazada de la noche anterior.

Un cambio brusco de conducta en Berta que quizás sea culpa de él, con la sensibilidad oxidada por falta de costumbre, incapaz de dar respuesta a sus necesidades y sentimientos. «Una vez más, solo tú eres responsable de otro fracaso», se dice así mismo.

Apenas le queda un kilómetro para llegar y no da crédito a lo que ve. Un golpe de volante y un frenazo en seco. De inmediato detiene el coche en un ensanchamiento de la pista. Abre la puerta y abandona el vehículo de un salto. A grandes zancadas atraviesa un prado verde e inmenso como un mar de hierba, empujado por la furia que se le desborda del rostro. Aquello es la gota que colma el vaso, la excusa perfecta para liberar toda la tensión. Y con ellos piensa desahogarse.

—¡Qué cojones buscáis en estas tierras, *ho*! —grita Roque.

Dos hombres vestidos con llamativa ropa de trabajo, pasados los cuarenta y los días de su mejor forma física, observan desconcertados cómo un tipo con pinta de chalado se acerca a ellos. El más bajo sujeta una regla extensible mientras el otro trastea con un medidor óptico colocado sobre un trípode. Tras ellos, una excavadora parada, con el cazo posado en el suelo, amenaza la brillante alfombra de césped. Roque llega a su altura y se encara con ambos, que no tienen muy claro si tomárselo en broma o en serio.

—¿Qué hostias hacéis aquí? ¿Quién os dio permiso? —La mirada furiosa de Roque interpela a los dos trabajadores por igual.

—Calma hombre. Hemos venido para hacer mediciones y catas. Nos autorizó el alcalde. Cualquier cosa que tenga lo discute con él —responde el más bajo.

—Lo discutiré con tu puta madre como no marchéis a la carrera.

De un tirón inesperado, Roque le arrebata la regla y la revienta contra el medidor óptico, que se estampa contra el suelo.

—¡Tú qué haces, gilipollas! —le reprende el más alto.

Los trabajadores se abalanzan sobre Roque, que los recibe con patadas y puñetazos errados, pero que los mantienen a raya. El más alto saca un destornillador del cinto de herramientas y lo empuña enérgico. Roque no se acobarda y mantiene los puños en alto, decidido a llegar dónde sea por defender esa invasión de su tierra.

—Pero qué haces Ramón. Anda, guarda eso. Qué van a pensar los vecinos de nosotros.

En el fragor de la pelea, ninguno se ha dado cuenta de que ha llegado Marcial Robles acompañado de dos operarios con aspecto de boxeadores. La presencia del comercial atempera los nervios de los obreros mientras aviva la cólera de Roque, que se encara con él señalándolo con un dedo desafiante.

—¿Qué cojones *ye* esto? Aún no se firmó nada para que traigáis las maquinas al pueblo.

—Es solo una formalidad. Un paso previo para aligerar el trabajo que vendrá después.

Con paso tranquilo, Marcial se acerca al trípode caído y se arrodilla ante el medidor óptico para coger una lente rota por el golpe.

—Créeme si te digo que nuestra intención no es amargar la vida de la gente. Todo lo contrario. —Marcial se incorpora, pero es otro hombre, con el gesto serio y combativo—. Pero tampoco voy a permitir que un tocacojones como tú nos amargue la nuestra.

No hace falta que diga más para que las dos moles que lo acompañan agarren a Roque y lo inmovilicen. Marcial se encara con él hasta que sus alientos llegan a tocarse.

—Esta te la debía.

El puñetazo del comercial que Roque recibe en el estómago lo deja doblado sobre las piernas flácidas. Los siguientes, de los tipos que lo sujetaban, caen sin orden ni miramiento en torso, cara y espalda. Un diluvio de golpes que le hacen doblar la rodilla. A duras penas logra protegerse y devolver alguno. Y mientras recibe semejante paliza se aferra a un pensamiento: las cicatrices de Berta. Esas que acariciaba horas atrás y que son mucho más profundas que lo que él podrá llegar a sufrir y a soportar jamás.

65

—¿Me dejas? Venga, papá. Solo dos horas. Así podré jugar un rato con el perro. Venga, va. Llegaré a casa puntual. No hará falta que me castigues porque no me voy a retrasar.

Aparcado a un centenar de metros de la casa de Roque, Basilio observa cómo Santos, sentado en el asiento trasero del viejo Land Rover, no para de bombardearle con súplicas. A su lado, Dani permanece callado, esperando que su silencio ayude a convencerlo.

—No me hace ninguna gracia que te quedes con esta gente. —Basilio levanta la mano para evitar la protesta que ya brotaba de los labios de Santos—. Pero como te traigan a casa más tarde de las siete date por *castigao* hasta Navidad.

Santos lo celebra con una sonrisa y un abrazo que casi le parte el pescuezo a su padre. Saliendo uno por cada puerta, los chavales abandonan el vehículo para reencontrarse unos metros por delante. El rugido del motor a su espalda delata la despedida de Basilio que, a través de la ventanilla, alza la voz por encima de las revoluciones del asfixiado todoterreno.

—¡A las siete, ni un minuto después! ¿Entendiste? —insiste Basilio con vehemencia.

Santos se aleja despidiéndose con un gesto a medio camino entre el saludo y la afirmación. Con el coche perdiéndose poco a poco, los chicos emprenden el recorrido hacia la casa en un juego de empujones cargado de risas y compadreo.

—¿Está el profe? No veo su coche —comenta Santos despreocupado.

Dani observa alrededor. Ni se había percatado de que el vehículo de Roque no está donde suele.

—Claro. El otro día lo estaba reparando. Lo habrá dejado detrás de la casa.

—Voy a ver.

Con un trote poco motivado, Santos se dirige hacia la cabaña mientras Dani llega a la puerta, abre y entra dejando la puerta entornada.

El salón está en una silenciosa penumbra, apenas iluminado por la luz que entra por las persianas bajadas y con los visillos echados. Ni rastro de los perros. Ni Paco ni Cosmo. Del primero, no le extraña; de Cosmo, acostumbrado a recibirlo eufórico, mucho más.

—Ya estamos aquí. Santos se queda a merendar. Su padre le deja hasta las siete.

—Qué bien, has traído un amigo.

Esa voz. Esa voz.

Una frase arrastrada y afónica brota de la oscuridad, y un sudor frío atraviesa la espalda de Dani, aterrorizado cuando su sospecha se vuelve real. Alicia surge de la cocina como una aparición fantasmal. Demacrada, sucia, con un vestido blanco y raído que es más un sudario. El pelo grasiento es un amasijo de mechones y calvas laceradas por el incendio de la casona. El cuerpo lleno de llagas y heridas, algunas abiertas y supurando. La mirada vacía, con la demencia colgando de sus ojos azules, fríos y perturbados.

—¿No vas a darle un beso a tu madre? —La voz ronca de Alicia suena aterradora.

En su brazo izquierdo, no más que un pellejo huesudo, una herida profunda y reciente destaca sobre las lesiones que la convierten en una visión grotesca. En su mano derecha, blande un cuchillo barnizado de sangre fresca que a Dani le hace temer lo peor.

—He tardado un poco en venir. No me dejaban salir. Pero ya te tengo conmigo.

La sonrisa aterradora de Alicia deja entrever una dentadura mugrienta y ruinosa. En ese instante, Dani lo ve. Tirado en un rincón del salón, sobre un charco de sangre pegajosa, el pobre Paco muerto, desangrado.

Dani no necesita saber cómo ha llegado Alicia hasta él: vería el nombre de Roque escrito en la postal cuando Berta le llevó el libro de su madre y no le dejó verla. Lo conocía, sabía dónde vivía, y, por lo tanto, dónde podía estar su Pablo, algo que quedó esculpido en su memoria incluso cuando la sedaron en el hospital para controlar el suplicio de las quemaduras que le habían devorado la piel y algunos trozos de carne hasta el hueso. Ningún dolor como el de volver a perder a su hijo. Alicia, con una motivación mayor que su propia existencia, aprovechó un descuido de las enfermeras para escapar del hospital. La de camioneros que intentó follarse para que la llevasen, la de kilómetros caminados, la de comida robada y noches pasadas al raso. Ningún escollo que no pudiese superar para reunirse de nuevo con su hijo y permanecer con él por siempre jamás. Ya sea en esta vida o en la otra.

—Ahora ya nadie nos separará nunca.

Alicia tensa la empuñadura del cuchillo. Su rostro ha mudado a ese engendro de mirada cruel que solo destila demencia, que ni reconoce ni atiende a razones, y que se dirige hacia Dani, enraizado en la penumbra, bloqueado por el miedo.

—Oye, yo no veo el coche por ningún *lao*. ¿Seguro qué...?

Santos abre la puerta y no tiene tiempo de acabar la frase. Reacciona por el agarrón de Dani, que tira de él para salir huyendo a la carrera, espoleado por la presencia de su amigo, que lo libera del horror que lo paralizaba. Santos no entiende nada, pero corre por imitación al distinguir una silueta espectral recortada entre las sombras. Una especie de mujer fantasma que no sabe quién es, pero que le suena haber visto por el pueblo. Esa que corre tras ellos con un cuchillo ensangrentado en la mano. La misma que entre maniacos alaridos los persigue más allá de la linde del bosque que nunca debían cruzar.

Tercera parte

La mina

66

Las zancadas de los dos chavales crujen sobre la hojarasca; sortean veloces árboles y ramas bajas en el laberinto de hayas en el que se adentran. Alicia sigue tras ellos entre las sombras proyectadas por el ramaje. Los gritos y el eco de sus pasos no les permite el mínimo descanso. La desesperación los aleja de pensar que atraviesan la tierra de Fosco; la amenaza real de aquella mujer enloquecida es suficiente horror del que huir. La carrera, plagada de obstáculos y angustia, lleva las fuerzas de Santos al límite, con el flato estrangulándole el costado. El pobre muchacho corre a trompicones, resoplando, mientras Dani tira de su amigo para evitar que se deje vencer.

—Vamos, Santos. No te pares.

—No puedo más. —Suspira desfallecido.

Rendido a la evidencia, Dani lo dirige hacia un frondoso arbusto tras el que se agazapan. Saca la navaja del bolsillo y con la otra mano tapa la boca de Santos, para evitar que las inspiraciones agónicas los delaten. Apenas un instante y escuchan las pisadas de Alicia a pocos metros de su escondrijo, aminorando la marcha, quizás intuyendo que andan cerca. Los chicos, temblando tras la espesura, esperan que pase de largo y se dé por vencida en ese juego macabro del gato y el ratón. El tiempo se detiene hasta que el chasquido de los pasos sobre las hojas secas acaba siendo un rumor que se pierde en la lejanía.

Permanecen inmóviles hasta cerciorarse de que el peligro ha pasado. Dani no contempla volver por el mismo camino, incapaz de saber si Alicia deambula hacia uno u otro lado. La luz del sol parece brillar con más fuerza al final de un terraplén que desciende ante ellos, como si se tratase de un claro o del final del bosque; desde ahí quizás puedan orientarse y pedir ayuda. Tampoco tienen mejores opciones. Quedarse está descartado: si los sorprende la noche perdidos en el bosque, ya pueden darse por muertos.

—Venga, vamos.

Dani asoma la cabeza por encima del arbusto y se asegura que todo sigue en calma. De un tirón levanta a su amigo, aún con el aliento roto, y se lanzan pendiente abajo, arrastrados por la fuerza de la gravedad. La bajada se vuelve frenética, cada zancada es un ejercicio de equilibrismo esquivando troncos al límite y evitando acabar con los huesos empotrados en los árboles; un descenso salvaje que finaliza contra unos matorrales que amortiguan la frenada a cambio de unos soportables arañazos. Apenas se permiten un par de jadeos antes de retomar la carrera hacia la luz, que se ha vuelto más intensa justo en el linde de la arboleda. El ímpetu del sol los obliga a entrecerrar una mirada acostumbrada a la penumbra del bosque. Al fin logran ubicarse en el entorno. Frente a ellos, los límites de la mina de Pozuñegru, con el castillete alzándose sobre la loma, a lo lejos, como un gigante decrépito.

—¿Y ahora qué? —Las palabras de Santos brotan ahogadas, aún asfixiado por el esfuerzo.

—Bordearemos el bosque hasta el pueblo. Creo que si vamos en esa dirección, llegaremos.

—¿Qué hora es? —Un nubarrón de pánico nubla el rostro de Santos.

—No sé, ¿por?

—Como llegue más tarde de las siete, mi padre me mata.

Para cuando los chicos se dan cuenta, es demasiado tarde. De entre los árboles, Alicia se abalanza hacia Santos y le hunde el cuchillo en el estómago hasta el mango. El chico cae al suelo ovillado, ensangrentado, temblando entre súplicas y gritos de dolor. Dani se apresura a socorrer a su amigo sin pensar en Alicia, que resuella tras él.

—Tranquilo. Tranquilo. Pon las manos aquí, aprieta la herida.

Dani coloca las manos trémulas de Santos sobre la herida, que no deja de borbotear sangre, y priva a las mejillas de color en un rostro que palidece.

—Las zapatillas. Eran nuevas. Mi padre se va a enfadar. —Las lágrimas que se le escapan ruedan por los pómulos mezclándose con los chorretones sangrientos que le tiznan la cara—. Tengo miedo.

Son las últimas palabras que balbucea Santos antes de que se le escape el último aliento. Dani solloza junto al cadáver de su amigo mientras le sujeta las manos ya sin vida.

—Te lo dije, Pablo. Nadie volverá a separarme de ti. —La voz afónica de Alicia suena a la espalda de Dani.

Por encima del hombro de la mujer, el chico aprecia una sombra repentina. Fosco aparece de la nada y empotra el pico contra la espalda de la mujer con un impacto descomunal que le hace crujir el esternón. La mano inerte de Alicia deja escapar el cuchillo, y en el verde de unos ojos que se apagan la maldad se convierte en tristeza. Con la misma ferocidad, Fosco arranca el arma del torso de Alicia que se desploma levantando una nube de polvo al caer.

El silencio que los envuelve es ensordecedor. Dani queda frente al monstruo sin nadie que se interponga entre ellos. Nota la navaja en el bolsillo, pero en sus manos no hará mayor servicio que un palillo para cazar un búfalo, así que arranca a correr ladera arriba, hacia la mina, el único paso que no flanquea Fosco, que acelera cojeando tras él. Dani carga con un pesado cansancio, pero no quiere acabar como Abrán o Santos, sangrando en el suelo, llorando impotente ante una muerte cruel. Así no.

Esa desesperación es la que lo empuja a saltar dentro del agujero que encuentra en el camino. Un orificio en la tierra, profundo y tenebroso, de una oscuridad impenetrable. Una boca que engulle la caída de Dani dejando a Fosco a pie del hoyo, chillando frustrado, quedándose una vez más sin la presa que tanto anhela cazar.

67

Lo primero que nota al despertar es un frío metálico en las palmas de las manos que cala por encima de la ropa. Lo siguiente, el dolor punzante que le martillea las sienes. Los párpados le pesan, así que aguza el oído tratando de captar cuanto flota alrededor. Sonidos y matices que no le permiten ubicarse. No se oye a nadie alrededor y un fuerte hedor le colapsa el olfato; una extraña mezcla de producto químico, tierra húmeda y un olor fétido que la desconcierta. No necesita la vista para darse cuenta de que se encuentra en posición horizontal, sobre una especie de camilla. Hace fresco, la temperatura es baja. Tiene los músculos entumecidos y un aturdimiento contra el que intenta luchar.

Recuperado cierto brío, Berta abre los ojos y se ubica en aquel lugar que no conoce. Tal como imaginaba, se encuentra sobre una camilla de metal. El entorno está iluminado por una pequeña bombilla desnuda que cuelga del techo, y que le permite descubrir que se encuentra en una especie de cueva. Su luz escuálida apenas planta cara a la penumbra e ilumina el entorno más cercano a su radio de acción. Berta distingue alrededor paredes de piedra excavada. La bóveda del techo está apuntalada con recias vigas de madera y fornidos puntales. Una caverna a la que, a simple vista, no atina a encontrar salida. Con enorme esfuerzo, se incorpora hasta quedar sentada. Se frota la cara, la nuca, las sienes, buscando un punto que pueda desconectar el dolor de cabeza que la martiriza, pero ese pulsador no existe. Berta va recuperando sensaciones. Los sentidos funcionan con la precisión que se les supone. De un pequeño salto abandona la camilla, dispuesta a descubrir dónde ha ido a parar.

Echa mano al bolsillo del pantalón para cerciorarse de lo que ya sabe: su teléfono móvil ha desaparecido. Las formas vagas que distingue se ocultan entre las sombras. Berta inspira hondo para preservar la calma. Aquel ser horrible del bosque habrá entrado por algún acceso por el que también se podrá salir; solo tiene que encontrarlo y escapar antes de que vuelva y se arrepienta de haberla dejado con vida. Camina con tiento, tratando de no chocar con nada. Entre la oscuridad, distingue frente a ella una fila de garrafas. Formol al 40 por ciento. Garrafas de cinco litros vacías, o casi. En otro rincón, más recipientes plásticos de diferentes capacidades. En este caso, botellas de agua destilada y otras de alcohol etílico.

Sus ojos se hacen con el control de las tinieblas y entonces lo ve. Y al verlo, se estremece. Y sus manos tiemblan. Y su respiración se acelera. Y el terror se adueña de ella. Un cuerpo desnudo, decapitado, en una camilla idéntica a la suya. La calma se diluye en el sudor frío de la angustia que le produce esa visión tétrica y repugnante, pero no puede dejar de observar. No logra reprimir una arcada cuando descubre junto a la camilla una mesa sobre la que reposan baldes de metal ensangrentados, con trozos de cuero cabelludo arrancado. Tras estos, en una estantería, frascos de vidrio repletos de un líquido amarillento en el que flotan por separado ojos, orejas y narices. Una repugnante carnicería que es solo la punta del iceberg de lo que las sombras revelan. Empaladas, una junto a otra, cabezas cortadas como espeluznantes calaveras; caras irreconocibles con la nariz y las orejas amputadas, las cuencas oculares vacías, el pelo arrancado y la boca cosida. Un horror indescriptible que a Berta la deja temblando.

La luz de la bombilla parpadea un instante, como señal de que algo va a ocurrir, un aviso que la despierta de aquella macabra imagen. Se abalanza y palpa la pared, resiguiendo cada trozo de roca; busca un hueco, una hendidura, lo que sea que indique por dónde salir. Avanza enganchada al muro, tropezando con cacharros a los que no presta atención, ansiosa por escapar de las atrocidades que encierra esa prisión. Se frena de golpe al notar un golpe en el costado que la deja sin aliento. Una llave gruesa, hundida en el ojo de una cerradura, justo encima de un pomo metálico áspero al tacto. Un gruñido de óxido se escapa cuando la gira para abrir el portón de madera donde queda embutida, y recibe un impacto de aire fresco impregnado de olor a tierra. Al traspasar el umbral y escapar de la caverna, Berta observa la realidad desoladora de donde se encuentra. Sepultada por toneladas de desesperación, tiene claro que su situación, lejos de mejorar, ha empeorado con creces.

68

Bajar del coche y mantenerse en pie ya le parece un milagro. Roque se tambalea como un edificio en demolición. Las piernas no son más que carne trémula. Los dolores son tan intensos que el sufrimiento se ha vuelto difuso. Lo que apuntaba a trifulca de bar ha acabado en paliza severa. Un diluvio de golpes que lo han dejado tirado en el prado, para el arrastre. Antes de comprobar que seguía consciente, se lo han advertido: su palabra contra la de cinco trabajadores de una empresa a la que ha insultado públicamente; si en lugar de dejarlo donde se han quedado los puños quiere seguir a golpe de toga, ya puede cerciorarse de no tener esqueletos en el armario porque irán a por él con todo. Cuando el rodillo judicial lo haya aplastado, la somanta de palos que ha recibido le parecerá gloria bendita.

La tarde anda rara, oscura y plomiza, con el cielo encapotado y el sol tras unos nubarrones que han secuestrado la luz. Roque mira el reloj. Basilio ya debería haber traído a Dani, pero está todo muy tranquilo. Demasiado. Ni siquiera aparecen los perros, ese comité de bienvenida que no falla nunca.

—¡Dani! ¡Paco!

Al nombre del perro le sigue un silbido potente y agudo que se pierde hasta difuminarse en el viento. Nada. Ni respuesta, ni rastro. Algo no va bien, algo no cuadra. Saca el teléfono, y tras un instante buscando en la agenda, pulsa el botón de llamada. No espera demasiado hasta que su interlocutor responde al otro lado de la línea.

—Basilio, ¿trajiste ya a Dani o estáis por venir? —La preocupación en el rostro de Roque se convierte en un pánico desgarrador—. Cómo que se quedó con Santos en casa. ¿Los dejaste aquí solos? ¿Es que no viste que no estaba el coche, *cagondiós*?

Roque cuelga furioso, sin despedirse. Recorre el camino del vehículo a la casa con un trote lastrado por el dolor de los muslos, soltando quejidos entre dientes. Conforme se acerca, se da cuenta de que la puerta de entrada está entreabierta. Raro. Malo. El móvil vibra en el bolsillo del pantalón, pero lo deja sonar sin atenderlo hasta que cesa. Un manto de penumbra le cae encima al atravesar el umbral. El silencio que lo envuelve todo dispara su ansiedad haciéndole tragar angustia y saliva.

—¡Dani! ¡Paco!

Nada. Corre hacia el pasillo y se topa con Paco, tirado en el suelo, flotando en un charco de sangre. Roque cae de rodillas ante el animal. La tristeza provoca una onda expansiva que hace que le tiemblen las manos y la barbilla. Una tímida procesión de lágrimas atraviesa sus mejillas y discurre hasta caer en el pelaje de su fiel amigo. Roque le dedica una última caricia mientras sorbe parte del llanto derramado. Buen perro.

Llega débil, pero lo oye. Un leve sollozo al fondo del pasillo. Se incorpora y se adentra en la oscuridad llevado por un silbido agudo, cada vez más audible. En la habitación de Dani, acurrucado contra la pared, Cosmo respira entre lamentos, temblando, muerto de miedo. Roque se le acerca y acaricia la cabeza del animal, que mueve ligeramente la cola, agradecido por dejar de padecer en soledad.

—Tranquilo, Cosmo, tranquilo. Quédate aquí mientras voy a por tu dueño.

Minutos más tarde, Roque sale de casa escopeta en mano. En las agresivas zancadas hacia el todoterreno se aprecia que se ha desprendido del dolor que lo atenazaba.

Al volante del coche, acelera camino del pueblo. El rifle se bambolea en el asiento de atrás con los baches del camino. La rabia le rebosa las pupilas. Pase lo que pase, para bien o para mal, todo acabará esa noche.

69

El vaivén del péndulo y el sonido metálico del engranaje del carillón es cuanto llena el vacío de la oscuridad en casa del alcalde. Ni un ápice de vida entre los muros de aquel hogar.

Encerrado en el sótano, enfrentado a su banco de trabajo, Gregorio Bayón contempla el zafarrancho de utensilios bajo la luz amarillenta del flexo que lo alumbra. Frascos de cristal que encierran mariposas en un vasto espectro de color. Fuera de los límites de la mesa solo hay tinieblas que engullen todo alrededor. Como si aquel tablero repleto de herramientas y lepidópteros fuese un solitario planeta en el centro del universo.

A través del vidrio de los tarros, observa el relicario de especímenes pendientes de procesar. Un ejemplar en cada recipiente. La mariposa isabelina, una especie nocturna que vive en los bosques de España y Francia; la lucina, sin diferencia entre macho y hembra; la monarca, una de las más hermosas; la manta de luto o mariposa cebra, que puede vivir hasta tres meses. Un catálogo extenso de alas vistosas y muertas. Las más grandes llevan encerradas casi seis días, las pequeñas, que apenas viven una semana, un par. Colocadas sobre papel de cocina impregnado en agua tibia en el fondo del envase para que sus cuerpos, quebradizos al morir, se suavicen, junto a unas gotas de antiséptico para evitar que aparezca el moho. Nunca le ha gustado preservarlas en resina. La sensación de verlas atrapadas en esa cárcel endurecida le pesa en la conciencia, algo que no le ocurre al mostrar la belleza de tantos gusanos convertidos en cisnes tras un limpio cristal.

No sabe qué hora es ni le preocupa. Abandonado por su nuera y su nieta, nadie lo espera a la hora de la cena, así que se centra en aquella afición que siempre lo ha llenado de paz y de gozo, pero ahora no puede evitar que le recuerde al pobre Abrán. La muerte, el encierro de seres majestuosos, la preparación, la delicadeza de sus cuerpos. La imagen de su difunto nieto emparedado en ese ataúd de madera se le agarra al pecho y le estrangula el alma hasta dejarlo sin aliento: «Mi pobre *nenu*».

Gregorio aparta la amargura, seca las lágrimas y decide empezar con una *morpho* tropical de preciosas alas azuladas y negras. Tras extraerla del tarro, le ensarta un alfiler en medio del tórax con sumo cuidado. Colocada sobre el centro del extensor de alas, ayudándose de un fórceps para mariposas, las separa ligeramente para evitar que se sequen y nivelarlas a ambos lados. Enfocando a través de las gafas que reposan a mitad de nariz, Gregorio se asegura de que las alas formen un ángulo recto con el cuerpo antes de clavar un alfiler por la vena principal de la parte superior del ala. Primero una, luego la otra, repitiendo el mismo proceso con las inferiores. A punto de colocar el papel encerado que ayuda al secado, oye los porrazos en la puerta de entrada. Alguien llama estropeando ese tiempo que dedica a bajarse del mundo y alejarse de los agobios que lo rigen.

La sorpresa al abrir la puerta es desagradable. Ni siquiera se esfuerza en disimular el asco que se le derrama en la mirada cuando ve a Roque plantado en el umbral, al que ni siquiera saluda; ni le pregunta ni le importa quién le ha dado esa soberana paliza que tanto se merecía.

—¿Dónde *ye* tu hijo? —Roque arremete contra el alcalde nada más verlo aparecer.

—¿Mi hijo? ¿Qué hijo, cabrón? —Gregorio se abalanza hacia Roque, que no cede.

—Tu hijo está en la mina, bien que lo sabes. Y se ha llevado a Dani y al hijo de Basilio.

—Mi hijo murió, *desgraciao*. Deberías haber estado con él en esa puta excursión. Era tu responsabilidad —le reprocha Gregorio entre dientes.

—Damián fue a la mina con los guajes dispuesto a lo que pasó. Quería soterrarse con ellos para que los padres no lo denunciasen.

El alcalde tensa los puños y la mandíbula dispuesto a saltarle al cuello si falta a la memoria de

Damián. Pero no hace nada. Necesita saber. Aferrarse a algo que cierre la herida que lleva abierta desde que la mina se tragó al orgullo de su vida: Bras y Damián; su hijo y su hijo más querido.

—Un día Llara vino a verme. Me explicó que una tarde fue a buscar a Damián a la escuela y lo sorprendió besando a un guaje; un beso que no era de director, ni siquiera de padre. —Roque inspira hondo, todavía le resulta embarazoso hablar del asunto—. Damián se dio cuenta y quiso excusarse, y aunque quisieron dejarlo correr, desde aquel día me dijo que lo veía nervioso y distante. Llara no quería creerlo, pero no podía evitar dudar, y esa duda la estaba consumiendo. Consiguió y me dio las llaves del despacho de la escuela y allí encontré una tarjeta de memoria con varias fotos. Fotos que no eran terribles, pero sí inadecuadas para una relación entre profesor y alumnos. Fotos que seguro que no le hubiesen gustado a ningún padre. Así que me fui a hablar con Damián deseando que me contase algo que no hubiera visto, lo que fuese que justificase aquellas imágenes, pero todo lo que conseguí fue que lo negase entre excusas, malas y vagas; ni una razón que ahuyentase las dudas. —Roque traga saliva, aún puede revivir aquel momento—. Al día siguiente, Damián se llevó a los guajes a la mina. No supe qué pasó hasta que dieron la voz de alarma.

—¿Cómo vienes a mi casa a faltar la memoria de mi hijo? —farfulla furioso el alcalde.

—Gregorio, si sabes en qué parte de la mina anda dímelo, te lo ruego.

—Lo hiciste por ella, *desgraciao*. Querías deshacerte de Damián *pa* quedarte con Llara.

—Yo la quería, sí, pero eso nada tiene que ver con lo que hizo tu hijo.

—Fosco es una leyenda, copón. Damián murió en esa mina por tu puñetera culpa.

—Damián está vivo, Gregorio —Roque clava la mirada en la del alcalde—, y de la misma forma en que se llevó a los guajes, quiere llevarse a Santos y a Dani.

—Ya escuché más que suficiente. Marcha de mi vista si no quieres que me arrepienta de lo que no quiero hacer —amenaza Gregorio agarrando un cayado que tiene junto a la puerta.

—No te lo pido por mí, hazlo por ellos —suplica Roque desesperado.

—No lo repetiré, Roque. Marcha o te parto la cabeza aquí mismo.

El alcalde blande el garrote. Las líneas rojas han desaparecido y en su lugar solo hay odio ciego. Roque no insiste más, da media vuelta y desanda el sendero empedrado que desemboca en las calles del pueblo. A unos metros de la puerta, se detiene para dirigirle unas últimas palabras.

—Cuando Llara marchó, no sabía que estaba embarazada. Has visto a su hijo, y ahora ya sabes quién es su padre.

70

A Dani le palpita el brazo como si tuviese vida propia. La bajada ha sido vertiginosa, quizás un par de pisos de altura. Tras lanzarse por el agujero, ha chocado contra la pared de aquel túnel inclinado. Un par de rebotes han frenado la caída hasta aterrizar sobre unas cajas de madera leprosa, tapadas con una lona raída, que han reventado con el impacto atenuando el golpe. Apenas logra ver entre las sombras que lo envuelven. Nota el cuerpo dolorido por el costalazo, pero nada grave que impida la movilidad. Manos y pies, que apoya para incorporarse entre los restos de madera podrida, responden. Un dolor agudo nace del antebrazo izquierdo, que nota adormecido y ardiendo. Al tacto, identifica una gruesa astilla que atraviesa la carne de lado a lado. Apenas puede palparla sin que una punzada le cruce todo el cuerpo. La herida húmeda gotea lo que debe de ser un reguero de sangre. Piensa extraérsela con la navaja, aunque esa idea absurda le dura poco. En su lugar, se arranca un trozo de camiseta e improvisa un vendaje que proteja la herida y frene la hemorragia.

El olor a humedad es tan penetrante que lo nota agarrado al fondo del paladar. El espesor de la penumbra se diluye en un polvo en suspensión que forma una niebla espectral. A derecha e izquierda, excavado en la roca, se prolonga el túnel en el que se encuentra: una galería bajo tierra que parece partir de ningún sitio para acabar en ningún lugar. Dos bocas de lobo que infunden el mismo miedo, sin indicaciones que le den una ligera pista de hacia dónde tirar. Escoge la de su derecha, intuyendo que en esa dirección está la bocamina.

Adentrado en las entrañas de la oscuridad, Dani se protege el brazo herido colocándolo contra el pecho en cabestrillo mientras lleva el sano pegado a la pared. La piedra irregular y fría le sirve de lazarillo entre tinieblas. Tras un largo rato recorriendo el túnel, su mano haya un vacío: otra galería parte de aquella gruta, y en ella se adentra. A unos pasos parte otro túnel en el que también acaba entrando. Con tanto cambio de dirección, pierde la noción del espacio en ese hormiguero sin salida. No sabe si va a izquierda, a derecha o da vueltas en círculo. Preso de la ansiedad, acelera con el mismo frenesí que se le desboca la respiración. Perdido en la oscuridad, distingue lo que parece un halo de luz que le permite dejar de utilizar las paredes de la gruta como guía. El destello frágil bambolea al final del pasadizo como en un juego de sombras chinescas. Conforme se acerca al fulgor, un olor a pudrición infecta el aire y le llena las encías de un repugnante sabor agrio. A una decena de metros ante él, tras un recoveco de la cavidad iluminada, Dani divisa una figura dándole la espalda.

—¡Hola! ¿Puede ayudarme?

No ha dado un paso y la euforia se torna en terror cuando Fosco emerge de entre las sombras, cortándole el paso hacia la cueva alumbrada, pico en mano, con esa mirada feroz sobre el pañuelo que le cubre media cara, como a un antiguo bandolero.

—¡Quieto!

La voz que irrumpe transportada por el eco de la gruta alarma al chico y a la bestia. Yendo hacia ellos, Dani reconoce en la silueta robusta y desgarbada la estampa del alcalde.

—Imaginé que recordarías la galería del topo. Corrías por aquí de guaje, cuando ya estaba cerrada. Ya no queda nadie que sepa de su existencia. —Sin duda ni miedo, Gregorio se acerca a Fosco, atónito ante la presencia de aquel hombre—. ¿De verdad eres tú? —pregunta el alcalde incrédulo. Gregorio y Fosco quedan enfrentados, separados por apenas un palmo de aire viciado—. ¿Cómo no viniste a mí?

Por primera vez en años, el fuego de la mirada de Fosco es solo brasa. Ya no blande el antiguo pico de minero impregnado de óxido y sangre. Respira forzado al escuchar la voz de aquel hombre al que tantas veces, hace tiempo, llamó padre.

—Hijo mío...

A Gregorio se le hace un nudo en la garganta. Desearía arrancar con un largo abrazo el padecimiento del hijo al que creía muerto. Con delicadeza de artificiero, acaricia el rostro cubierto de su hijo. Una tez endurecida, cubierta de surcos y desdicha.

—Anda, tienes que volver conmigo. Tendrás hambre. Y frío.

El alcalde trata de agarrarle la mano, pero Fosco la aparta de un tirón, como si la extremidad de Gregorio ardiese. Los años de falta de afecto pasan factura. Su padre insiste con pausa, con mimo, conquistando aquella mano enguantada. Fosco ya no es Fosco, solo es un ser humano consciente de los errores terribles que le han destrozado la vida. Un dedo tembloroso señala la cueva iluminada a espaldas de su padre y emite un quejido ahogado que quiere ser de arrepentimiento. Gregorio intenta serenarlo con una mirada cargada de ternura.

—Lo he visto y ya no se puede hacer nada. Vuelve conmigo. Todo se arreglará.

Arrinconado tras ellos, Dani ha seguido la escena agazapado entre las sombras. En la retina, el estupor por el vínculo familiar entre la bestia y el alcalde. Aprovecha el reencuentro entre padre e hijo para escapar, pero el maligno sexto sentido de Fosco detecta la huida del chico y activa de nuevo su rabia hacia él. Gregorio actúa de inmediato interponiéndose entre ambos.

—¡No, no! ¡Quieto, quieto!

—Él quiso quitarme a mis guajes y yo le quitaré al suyo.

La voz afónica, de ultratumba, que emerge de sus fauces, estremece la luz de las antorchas que iluminan la cueva que tienen a escasos metros.

—Míralo. El guaje no *ye* hijo de Roque. Llara marchó del pueblo con tu hijo en su vientre. Mira cuánto se te parece.

La duda anida en los ojos de Fosco. Llara, ese nombre de mujer que tanto significó en otro tiempo. Fosco se aparta del alcalde y mira a Dani, ovillado contra la pared del túnel. Con paso amansado, avanza ofreciendo la mano en señal de tregua, pero el muchacho se aparta aterrado, incrédulo tras haber visto la maldad que ese demonio esconde. Fosco se detiene al darse cuenta del miedo que infunde en el que dice su padre es su propio hijo, ese que tanto se le parece, un rechazo que es un baño de verdad; y es que hace tiempo que eligió un camino y nada podrá apartarlo de esa senda. Enfrentado a Gregorio, le señala de nuevo la cueva iluminada.

—Allí están mis mariposas.

—Vuelve a casa, Damián. —La voz del alcalde es un ruego.

—Damián murió, padre. Yo soy Fosco.

El impacto del pico quiebra las costillas de Gregorio y llena el eco de la gruta de un crujido mortal. En los ojos vidriosos del hombre se mezclan el miedo, el dolor y la tristeza de perder a su hijo otra vez, un desconsuelo que se le derrama en lágrimas antes de exhalar su último aliento. Con su padre caído sobre un charco de sangre, Fosco se gira hacia Dani dispuesto a terminar lo que hace tiempo empezó, pero el chaval ha huido entre la penumbra de los túneles.

Es hora de cazar.

71

No necesita echar la vista atrás para saber que Fosco anda cerca. Dani corre tratando de poner tierra de por medio con ese monstruo que siente a rebufo. Entrando y saliendo a tientas de grutas oscuras, atrapado en la maraña de túneles, como un ratón de laboratorio que busca de premio la libertad. El dolor del antebrazo lo destroza, sus quejidos son cada vez más intensos y lo descubren en medio de las tinieblas. Trata de inmovilizarlo con el brazo sano, pero no puede evitar las sacudidas en su carrera y cada zarandeo es una punzada agónica. Entre las sombras, un murmullo ronco invade el aire y cada esquirla de roca, de suelo a techo.

—¡Hijo mío!

La voz cavernosa de Fosco se propaga recordándole que aquel engendro es su padre, pero Dani ni puede ni quiere creerlo. Apoyado en las fuerzas que saca de la flaqueza, escapa del siniestro rumor corriendo por encima de sus posibilidades.

Al fin desemboca en una galería que reconoce, con las cajas reventadas por la caída y la lona envejecida que cubre los restos como una sábana forense.

La tibia luz azulada de la luna se cuela por el hueco por donde Dani saltó y baña al chico con un leve destello. No pierde un segundo y trata de escalar ayudado de los asideros naturales que ofrece la roca excavada, pero trepar con un solo brazo se convierte en misión imposible. Apenas ha ascendido un par de metros cuando, al no poder echar la mano inutilizada, se suelta y cae. Así una vez. Y otra. Pero Dani continúa empecinado en subir, y logra afianzarse a otra vía de subida, apropiada para que los pies trabajen más que su mano inútil. Con calma y destreza, consigue superar el punto crítico que lo había descolgado hasta ese momento, para llegar a un recodo que encara la chimenea directa al exterior en un último ascenso de unos tres metros para alcanzar la libertad. Un fatal resbalón en el siguiente apoyo le hace perder el equilibrio y golpear con violencia el brazo herido contra un saliente. La intensidad del dolor lo colapsa haciéndole caer como un fardo sobre el amasijo de cajas quebradas.

El batacazo lo deja sin aliento, revolviéndose en el suelo, entre polvo y astillas. Nota el brazo frío y la herida ardiendo. Un suplicio que lo obliga a morder su mano con saña para no gritar y alertar a Fosco de dónde está. El mordisco deja una buena marca y algún punto sangrante, pero el remedio de matar dolor con dolor da resultado. Entonces, aún tirado sobre la fría tierra, distingue entre la oscuridad una figura y se estremece.

—Por Dios, Dani, ¿estás bien?

La voz de Berta resulta tan reconfortante como inesperada. La educadora lo ayuda a incorporarse y le toma la cara entre las manos para comprobar que se encuentra relativamente entero.

—Madre mía, ¿estás herido? ¿Cómo has llegado hasta aquí?

—Ahora no. Tenemos que escapar. Él va a venir —susurra Dani aterrado.

El intercambio de miedo en la mirada de ambos no necesita palabras. Los dos saben de quién se trata, de lo que es capaz y lo que pasará si los alcanza.

—Venga, que te ayudo a subir. Sal y busca a Roque. Trae ayuda.

—No puedo trepar.

Dani muestra la herida del antebrazo bajo la tenue luz de la luna. El gesto de repulsión y angustia que se esparce por el rostro de Berta le hace comprender al muchacho que la herida es tan alarmante como intuye. El eco que los envuelve anticipa el sonido de unas pisadas amenazantes que en breve los alcanzarán. Fosco ya está ahí.

—Corre, vamos. Hay que sacarte de aquí.

Sin perder un instante, Berta agarra la mano de Dani y arranca a correr hacia la boca del túnel por el que ha llegado, dejando que la oscuridad y el silencio los engullan por completo.

72

La visión del cadáver de la pobre Alicia le horroriza. A pesar del haz de luz de la linterna, Roque casi tropieza con el cuerpo, tirado justo sobrepasada la linde del bosque. Con el vestido blanco y vaporoso, teñido con la sangre que mana de las entrañas. Esa mujer que tanto sufrió semeja una muñeca de porcelana rota y desfigurada. Los ojos abiertos de un azul gélido retienen un halo de tristeza en un rostro deformado por el miedo.

Minutos antes, Roque cruzaba la arboleda, rifle en mano. El hayedo era una cascada de sombras proyectadas por la luna llena. Ha gritado el nombre de Dani y de Santos sin preocuparle que Fosco saliese a su encuentro. Lo ha deseado, para confirmar que el fantasma no es más que un hombre consumido por la venganza. Un hombre que fue amigo, al que lloró cuando lo creyó sepultado bajo la mina y al que ahora desea pasarle cuentas del pasado. Heridas abiertas que no cicatrizaron y acabaron por infectar el presente.

Nada más salir del bosque, Roque se ha topado con el cadáver de Alicia. Con la linterna encintada al cañón de la escopeta, ilumina alrededor del cuerpo y contiene la respiración, musitando entre dientes algo parecido a un rezo que acompañe su anhelo: que no aparezca el cuerpo de ninguno de los chicos. A unos metros del cadáver, maldice que su plegaria haya sido escuchada a medias. Un charco carmesí impregna el suelo rocoso y los hierbajos que afloran entre sus resquicios. La sangre de un cuerpo caído en aquel lugar y desaparecido, seguro malherido, del que solo queda una deportiva tirada y casi nueva.

—¡Quién va!

Roque se tensa, alarmado por el grito de aviso que le asalta por la espalda. Reconoce la voz y prefiere girarse con calma, rindiendo el arma para indicar que no supone ninguna amenaza. Encarado a Basilio, vestido con ropa de cazador, la luz intensa de la linterna de este lo obliga a entrecerrar los ojos para proteger la mirada. Separados tan solo unos pocos metros, Roque distingue la expresión de furia esculpida en el rostro, al final del cañón del fusil con que lo apunta.

—¿Dónde *ye* mi hijo? —pregunta Basilio con rudeza.

—No lo encontré. Y a Dani tampoco.

—Yo quiero encontrar a mi Santos. Me importa tres cojones el bastardo de Llara.

Roque mantiene las manos en alto, esperando que, como padre, Basilio empatizase con su angustia, pero el tono rabioso es una declaración de intenciones. Si le descerraja dos tiros en plena noche, en medio de la nada, seguro que quedará impune. Sus contactos en los cuerpos policiales ayudarán a recomponer la escena para eludir cualquier responsabilidad. Y Roque sabe que Basilio lo sabe.

—¿Y eso? —La atención de Basilio se fija cerca de Roque.

El haz de la linterna alumbra la zapatilla tirada junto al charco rojizo. Sin dejar de apuntarle, Basilio se acerca con prudencia, aterrado por verificar lo que, a un par de metros, ya no le queda duda de lo que es. La respiración se le acelera y un par de lágrimas brotan en un llanto pausado que se derrama sobre una barba descuidada. Un alarido rompe la noche. Un grito desgarrador que es un lamento por la pérdida de su único hijo.

—Lo sabía, lo sabía...

Basilio balbucea entre dientes mientras se retuerce como si una mano invisible le arrancase las tripas. Roque permanece a distancia, expectante. Conoce bien la capacidad corrosiva de la pena, que convierte la tristeza en odio, y la tiene delante. Basilio recupera el porte erguido de cazador; el dolor de padre desconsolado se ha tornado en gesto severo de hombre furioso. Vuelve a encañonar a Roque, amartilla el arma y el crujir del percutor quiebra el silencio.

—Aún no sabes que ocurrió. La sangre podría ser de la mujer. —Roque amansa el tono de su voz tratando de calmar la cólera de Basilio.

—Esa zapatilla... Se la compré a Santos. Si él lo agarró, ya estará muerto. Nadie sale de la mina con vida.

—Dani *ye* tan víctima como tu hijo. El problema *ye* otro, bien lo sabes.

—Yo solo sé que teníamos un trato *pa* que nunca tocase un pelo a mi hijo. Pero el guaje de los cojones tuvo que venir al pueblo y ponerlo todo patas *parriba*.

—¿Qué *ye* eso de que tenías un trato? —Roque se encara con él. El dedo en el gatillo frena su ímpetu, aunque no reprime su enojo—. ¿Cómo que un trato, Basilio? —insiste Roque ofuscado.

—Al poco que paró la búsqueda de los guajes, me topé con Damián a las afueras de la mina. Me atacó, quiso matarme, pero logré calmarlo. Ya no era un hombre centrado. La locura se lo había comido *pa* siempre. No dejaba de repetir lo mismo: «La gente del pueblo me lo quito todo, y yo le quitaré todo a este pueblo». En esos ojos solo había rabia y venganza.

—¿Por qué no fuiste a la policía cuando fueron a verte aquellos padres? Te avisaron y no hiciste nada. —La voz de Roque destila indignación.

—¿Quién me hubiese creído entonces siendo hijo de quién era?

—¿Y por qué no dijiste nada cuando diste con él?

—Porque logré un acuerdo. Yo le traía provisiones y los líquidos esos de muertos, y para él ni Santos ni yo existíamos. Y fíjate ahora. —A Basilio le cuesta frenar la congoja.

—Cabrón, egoísta. ¿Sabes cuánta gente ha muerto por culpa tuya?

—También ha muerto mi hijo. Y más que van a caer.

Basilio se acomoda, apunta y respira hondo para acertar el tiro de gracia que no le devolverá a su hijo, pero calmará el resquemor de venganza que le arde por dentro. Roque permanece firme, encomendado a su dignidad. Sabe que no podrá agarrar el arma antes de que dos cartuchos del 12, a tres metros de distancia, le revienten el estómago.

El disparo suena como una explosión, perturbando a la fauna cercana, que pía, aúlla y berrea turbada por el rugir del fogonazo.

73

En un acto reflejo, Roque ha cerrado los ojos. Aún sigue en pie. Nota dolor, demasiado agudo para que sea mortal. El brazo izquierdo le sangra, el disparo le ha rozado lo suficiente como para tener el hombro desgarrado. Frente a él, Basilio está tirado en el suelo, inconsciente. De su cabeza mana un reguero de sangre de una brecha que no estaba ahí. La figura de Niceto se recorta en medio de la noche, enfundado en una cazadora oscura, blandiendo una robusta rama partida. Se arrodilla junto a Basilio, aleja el arma de su mano inerte, comprueba el pulso y lo ladea para evitar que se trague la lengua.

—¿Cómo sabías?

Roque se tambalea. La intensidad de los pinchazos le ha enmudecido y apergaminado la piel. Es incapaz de vencer el flojeo de las piernas y tiene que apoyarse en una piedra cercana.

—Fui a tu casa buscando a Berta y me encontré a los perros. Al muerto y al otro. Vi un rastro de sangre que entraba en el bosque e imaginé que la murga andaría por aquí.

Niceto se levanta usando la rama de punto de apoyo, dejando escapar un suspiro en el esfuerzo.

—¿Berta no estaba contigo? —La preocupación lastra las palabras de Roque.

—No vino a casa. Pensé que andaba *con ti* —responde Niceto angustiado.

El viejo se desprende del cinto y aplica a Roque un doloroso torniquete para cortar la hemorragia.

—Si alguno de ellos sigue vivo, estará en la mina. —Roque inspira hondo por el dolor.

—No entro en el pozo desde el día que reventó. El cupo de mineros a morir andaba cubierto aquel día. —La mirada de Niceto se empaña por un instante.

—No tienes que entrar. Quédate y avisa a la Guardia Civil.

—*Pa* cuando lleguen solo quedará recoger los muertos. —Niceto se escupe en la mano y agarra la rama con brío renovado—. Ya consumí siete vidas, *nenu*. Lo que llevo *ye* de regalo.

Roque se incorpora y recoge la linterna de Basilio, arrastrando en el rostro el suplicio por la herida latente. Enfoca la luz al suelo y sigue la dirección que marcan unas gotas de sangre en las que Niceto también repara. Rasgando la noche con el haz de sus linternas, siguen el rastro varias decenas de metros desde su punto de partida, hasta que las marcas se pierden al pie de una pared de roca firme y compacta.

—¡Aquí! —Alertado por el viejo minero, Roque se acerca hasta él, que está agachado ante un peñasco del que nace un matojo de hierbajos—. ¿Lo notas?

Roque se inclina hacia la base de la roca. El aire alrededor tiene un hedor intenso, viciado, diferente a la esencia natural que los rodea. Apoyado en su hombro bueno, ayuda al minero a empujar el pedrusco, que acaba cediendo y deja visible la entrada de una caverna comida por la penumbra; una galería que Niceto no conocía, que no salía en los planos y que no tenía acceso por el pozo. La luz de las linternas se cuela en el túnel debilitándose ante la oscuridad densa. Los dos hombres se miran un instante e intercambian la misma expresión de resignación. No les queda otra que entrar.

El agujero excavado da paso a un conducto bajo que desciende en diagonal y que los obliga a avanzar agachados, una posición incómoda que a las lumbares de Niceto les pasa factura. El rastro de sangre vuelve a aparecer en aquella especie de cuello de botella rocoso. Tras un centenar de pasos, desembocan en una pequeña galería tapiada en la única dirección hacia la que pueden avanzar. Niceto descubre en el rostro de Roque un punto de angustia que ha visto infinidad de veces en las miradas asustadas de tantos y tantos mineros.

—Si lo piensas una sola vez, nadie se mete bajo tierra para hacer este trabajo. He visto a muchos que aguantaron una semana y no volvieron más. Nada que decir en su contra. Era gente con dos dedos de frente.

Niceto aspira el oxígeno densificado que casi puede masticar. La humedad y el frío caen sobre los huesos como una túnica invisible. Algo se remueve en las tripas del viejo, una sensación de rechazo que lo atrapa. Amor y odio hacia un lugar que todavía nota vivo bajo la piel. Fue minero y morirá minero, de eso no le cabe la menor duda.

Se acercan a la pared que bloquea el camino. Examinándola a la luz de las linternas, Niceto descubre un hueco oculto, en un lado de la roca que, no sin dificultad por la estrechez, les permite bordear el obstáculo para aparecer en un corredor ligeramente iluminado por un leve fulgor al final del mismo. Conforme se acercan, el destello hace danzar las sombras como en una hoguera de campamento. Imágenes tenebrosas que se vuelven inquietantes, que mantienen a Niceto y a Roque en alerta. A cada paso el aire pierde el matiz cavernoso para convertirse en un hedor fuerte y repulsivo. El final del pasadizo está iluminado por el fuego que prende en el interior de candiles y quinqués, viejos faroles de minería en desuso desde hace décadas. La galería acaba en un recodo, una breve esquina que desemboca en una cueva en tinieblas excavada en la tierra. Nada más adentrarse en el lugar, Niceto y Roque reprimen una arcada mientras la mirada les queda atrapada en el más aberrante terror. Un horror repugnante grabado ya para siempre en sus retinas.

Aquella especie de cripta es la imagen atroz del infierno en la tierra. El espacio recrea una antigua clase de escuela. Un aula tétrica con unos cuantos pupitres diseminados. Mesas fabricadas con madera carcomida, retales aprovechados de palés y cajas desechadas. Y tras cada escritorio un taburete improvisado. Y en cada taburete un niño muerto. Cadáveres disecados de los pequeños, expuestos de forma grotesca, como mariposas con las alas rotas, incapaces de volver a volar. Los cuerpos, vestidos con la ropa que llevaban más de una década atrás, aún en parte reconocibles, pero en estado de descomposición. Con los rostros deformados y abotargados, como viejos aniñados. Algunos mal remendados con bastos trozos de piel, orejas o narices ajenas. Zurcidos con hilo rudo, como un parche tosco en un jersey. Con las cuencas de los ojos vaciadas y pequeños trozos de carbón en su lugar. Miradas negras y escalofriantes, como el pasado que les tocó vivir. Esos niños que quedaron atrapados en la mina años atrás, que jamás regresaron a sus casas e instalaron la pena eterna entre sus cuatro paredes.

Roque y Niceto se llevan la mano a la boca, incapaces de procesar tanta atrocidad, esa estampa cruel que les confirma que todo mal tiene su morada. El eco de una explosión los distrae de aquella pesadilla y les devuelve parte del resuello.

—Vino de ese lado.

Niceto señala la galería que se extiende más allá de la cueva, hacia un túnel tenebroso.

—Válgame Dios...

El viejo es el primero en encontrarlo. Roque no puede evitar un respingo al descubrir el cuerpo ensangrentado de Gregorio Bayón, tirado como un muñeco roto en el suelo de piedra. Por mucho que les duela, todo lo más que pueden hacer es dedicarle una oración de carrerilla y a media voz. La espeluznante verdad encontrada no les permite perder tiempo y se adentran en el túnel a la carrera. Quizás la explosión tenga que ver con Berta y Dani. Si siguen vivos, ya saben la monstruosidad que los espera.

74

—Vamos, no te pares.

Atrapados en la alquitranada oscuridad del túnel, Berta tira de Dani, que pierde fuelle y zancada en la carrera. Trata de arrastrarlo en un vano intento de recuperar el ritmo de la huida. Tras unos metros de empujar al chico, a Berta no le queda otra que frenarse.

—Me duele mucho.

La educadora detecta en el hilo de voz de Dani el suplicio que le provoca la herida. A tientas, palpa el brazo con cautela. El chico escupe un gemido ahogado y lo retira de golpe. En los dedos de Berta ha quedado impregnado un líquido viscoso y hediondo.

—Se está infectando. Tenemos que curarla cuanto antes.

Un murmullo maligno los aterra y les eriza la piel; aunque no puedan verlo, notan acercándose el susurro de una expiración ronca.

—¡Corre!

Berta agarra de la mano a Dani y lo arrastra como si fuese una cometa. Huye empujada por la desesperación, decidida a proteger a ese niño como si fuese suyo.

—¡No puedo más!

—¡Venga! No te pares ahora. Ya casi estamos.

Dani lanza dentelladas al aire, asfixiado. Sus pies corren por el empeño con el que Berta tira de él. Nota la firmeza con la que le sujeta la mano en un esfuerzo que casi le parece maternal. La educadora y el chico salen del túnel desembocando en un breve tramo de galería más amplio, y en dos zancadas llegan a la cueva en la que Berta despertó.

Tras cerrar de un portazo, la educadora echa la llave y se parapetan bloqueando la entrada con la camilla sobre la que ella yacía un rato antes, y en la que ahora está tendido el cadáver de Santos. Dani se queda consternado al contemplar el cuerpo ensangrentado y lívido de su amigo, pero el primer impacto contra el portón lo despierta de su bloqueo. Del otro lado, golpes y empellones hacen vibrar el marco y, con la onda expansiva del asalto, agitan la camilla que Berta y Dani intentan colocar contra la puerta. Los alaridos roncos de Fosco se cuelan entre las rendijas como el rugido de una bestia atormentada, deseosa de teñir su pico de sangre.

—¡Empuja fuerte, Dani!

—Tengo miedo... —La voz del muchacho ahoga un sollozo.

El ataque no cesa. El estruendo de cada embestida es cada vez más intenso y salvaje. Dani busca la calma que le falta en el rostro de Berta, esa mujer que aprieta los dientes volcándose en rechazar el asedio; que demuestra una colosal valentía haciéndole creer que hay esperanza, que al final saldrán de esa abriéndose camino como flores que brotan entre ruinas.

Berta trata de parecer serena, pero sabe que, si Fosco sigue golpeando así, la puerta no tardará en ceder, y cuando caiga, estarán indefensos y sin ruta por la que huir. Como una señal, nota algo en el bolsillo del pantalón. Un viejo amigo del que hace años no se separa. Un ángel que fue demonio. El encendedor de gasolina que tantas quemaduras le ha infringido, que siempre lleva para recordar la fuerza que la hizo salir de aquel hoyo de autodestrucción. Ese que le ha dado una idea suicida, la única que se le ocurre en ese momento desesperado.

—Cuando me mueva, aguanta fuerte. No cedas.

El tesón en la mirada de la educadora no admite discusión. Dani atrinchera sus fuerzas contra la camilla. Berta corre a la pared frontal y, tras una veloz comprobación, agarra la única garrafa llena de formol. Cinco litros que sube de un tirón encima de la camilla, junto a otra de alcohol etílico, sobre el mancillado cuerpo de Santos. Nada más desenroscar los tapones, un fuerte olor a química le provoca un respingo al inhalar aquel tufo afilado. Arranca las etiquetas de un tirón y las coloca en el cuello de los recipientes, a modo de mecha.

—Quiero que corras al final. Tírate al suelo, junto a la pared.

—¿Qué vas a hacer?

—¡Corre, vamos!

El grito de Berta empuja a Dani que, a trompicones, topa con la pared y se tira al suelo evitando mirar el cadáver decapitado y desnudo del tipo que yace sobre otra camilla, sin alcanzar a ver la brutalidad de las partes mutiladas que horrorizaron a Berta.

Los golpes sobre la puerta se intensifican. A cada impacto, una nube de polvareda cae del marco, cada vez más debilitado. Los alaridos de Fosco aterrorizan el aire que respiran. Berta saca el encendedor del bolsillo, lo enciende con un ágil movimiento de dedos y prende el papel, que empieza a arder mientras ella corre hacia Dani. En un instante, los recipientes explotan en una deflagración brutal, reventando la puerta con una tormenta de madera y escombros que golpean a Fosco con violencia. La onda expansiva alcanza a Berta y a Dani empotrándolos contra la pared de roca, convertidos en víctimas de su plan de escape. Los pilares que sostienen las vigas del techo se fracturan por la furia de la explosión. Las llamas prenden y crepitan en la madera reventada. El desplome del armazón debilita la bóveda de piedra que, en un irrefrenable alud, se desmorona sepultando todo en su derrumbe, dejando en el ambiente una densa nube de polvo gris que esconde la devastación y anticipa el horror de la tragedia.

75

—Creo que *ye* por aquí —anticipa Niceto.

Los haces de las linternas de Roque y el viejo se entrecruzan frenéticos rompiendo la oscuridad del túnel que atraviesan a la carrera. Un último giro y encaran el final del corredor para adentrarse en una galería más amplia, alumbrada por un resplandor anaranjado y oscilante. El umbral de un habitáculo excavado en la roca escupe una débil llama, vestigio de un incendio casi sofocado. En el suelo distinguen los pedazos reventados de la puerta de madera de entrada, y una alfombra de tierra y cascotes sobre el cuerpo maltrecho de Fosco. Al parecer, el monstruo ha caído.

Una pequeña hoguera devora una de las vigas de madera en el interior de la caverna; el fuego ondea sin brío, con pinta de querer extinguirse. El fulgor de la lumbre descubre al final de la cueva una mano polvorienta y menuda que sale inerte de entre los restos del derrumbe. Roque trata de entrar cuando Niceto lo sujeta por el brazo. El profesor forcejea con el férreo minero, que gana la disputa ante su oponente, mermado de fuerzas por el brazo inutilizado.

—Suéltame, *cagondiós*. —Roque bracea sin éxito.

—No se puede entrar ahí, copón. No así, a pelo. Se puede derrumbar en cualquier momento. Hay que andarse con *cuidao*.

El viejo señala el techo de piedra debilitado. Las traviesas que lo sostenían están vencidas, convertidas en puntales endebles de la bóveda casi derruida. Niceto pasa en primer lugar; se adentra esquivando las frágiles vigas y las llamas cansadas que alumbran el espacio, y se dirige al final de la gruta. Roque lo sigue de cerca, angustiado por saber a quién pertenece esa mano raquítica y yerma de vida.

—Ese *ye* Dani. —La congoja rompe la voz de Roque.

No puede reprimir unas lágrimas de impotencia por no haber protegido a ese niño como merecía. Ese chico que era el nexo entre las dos únicas mujeres que habían conseguido penetrar en su coraza. Ese guaje al que sin duda ha llegado a querer.

—Ayúdame, vamos—ordena Niceto.

El viejo minero se ha agachado sobre la montaña de escombros y la retira roca a roca, escogiendo los pedruscos que quita para no perturbar el delicado estado de la estructura que los rodea; un cascote mal elegido podría generar un efecto dominó que los acabase sepultando sin remedio.

—Retira esas primeramente. Las pequeñas —le indica Niceto.

Obviando el dolor de su brazo herido, Roque se une al viejo en su lucha contra el tiempo, y saca del montículo los fragmentos que Niceto le indica. Mano a mano, desescombran retirando con prudencia los restos de roca. El polvo se les cuela en nariz y boca irritándoles la garganta en cada inspiración, obligándolos a toser pedazos invisibles de papel de lija.

—¡Aquí! ¡Veo algo! —le advierte Niceto.

Un último esfuerzo y sacan un pedrusco, vasto y pesado, de encima de la camilla sobre la que yace el cadáver mutilado de Abelardo, destrozado por la tromba de rocas. La estructura metálica, magullada pero estable, ha soportado el alud con cierta dignidad. El techo tiembla como un flan en medio de un terremoto, un instante de incertidumbre hasta que el runrún del desplome cesa y una falsa sensación de calma vuelve a imponerse. Bajo la camilla distinguen el cuerpo de Berta, acurrucada sobre Dani, tratando de proteger la integridad del chico. Ambos están inconscientes. Niceto y Roque se apresuran a sacarla y la llevan al rincón de la cueva que parece más seguro, donde el minero le comprueba las constantes.

—Tiene pulso. Débil, y respira —dice Niceto esperanzado.

Del bolsillo interior de la cazadora, saca un botellín de agua y le moja con suavidad los labios. Poco a poco, ayudado por suaves palmadas en la mejilla, consigue que Berta recupere el conocimiento a golpe de tos para expulsar el polvo acumulado en nariz y tráquea. Niceto suspira aliviado, una sonrisa se le acomoda en los labios al ver los ojos de la educadora abiertos.

—Vaya susto nos diste.

—¿Y Dani? ¿Dónde está Dani?

La voz de Berta apenas es audible, aún lastrada por la falta de resuello. El viejo la frena y trata de calmarla cuando intenta ponerse de pie en un impulso de rescatar al chaval.

—Quieta, mujer. Roque tiene al guaje.

Roque ni siquiera atiende al comentario del minero, afligido por la delicada situación del niño, al que le insufla aliento y le realiza un masaje cardiaco, presionando el pecho a ritmo constante para bombear su corazón.

—Vamos, Dani, no te rindas ahora —musita Niceto entre dientes.

El viejo y Berta, arrodillados en la penumbra, esperan una señal del muchacho que les devuelva la calma. En el rostro del minero se ha desvanecido la esperanza, las entrañas de la mina nunca trajeron buenas nuevas, aunque le perturba el coraje en los ojos de Roque, propio de un padre por mucho que no lo sea. No se necesita ser carne de carne para amar sin condiciones.

Un frágil golpe de tos y Dani vuelve a la vida. Las lágrimas de Roque, antes de pena, cambian de bando ante la inmensa alegría por haber arrancado al chico de las garras de la muerte. Berta se acerca gateando al chaval, desbordada por un sollozo exultante. Ovillado sobre la tierra, Dani se mueve con dificultad, víctima de los dolores que acarrea, una jaqueca que le taladra las sienes y un terrible desconcierto.

—¿Qué ha pasado? ¿Dónde estoy? —balbucea Dani en un susurro.

Un siseo atronador inunda cada rincón de la cueva. Roque se lanza a proteger los cuerpos de Berta y Dani cuando ve cómo una viga medio rendida se vence sobre ellos. Cierra los ojos y gira la cara esperando poder soportar el impacto en el lomo. Pero el golpe no llega, y solo cuando se gira descubre al viejo minero aguantando la traviesa con el espinazo antes de que los aplaste a los tres. El cuerpo de Niceto tiembla por el esfuerzo titánico que le supone sostener el madero y los terrones adheridos a él.

—Tenéis que salir de aquí. El techo no aguantará *demasiao*, ni yo tampoco.

—Espera, buscaré algo para apuntalar —dice Roque incorporándose con decisión.

—¡No! No hay tiempo. Sácalos de aquí. Si suelto la traviesa, se viene todo abajo.

Niceto respira a bocanadas forzadas, apretando los dientes. La cara, enrojecida y abotargada, parece que le vaya a explotar. Berta ayuda a Dani a incorporarse mientras Roque conecta su mirada con la del minero: que se quede es su sentencia a muerte y no se resigna a dejarlo allí. Niceto sabe lo que piensa

Roque por la severidad del rostro y el vidrio de sus pupilas, el mismo con el que miró a sus compañeros que, al igual que él ahora, se sacrificaron para que otros pudiesen volver a caminar bajo el sol. Ahora es su turno. Lo que la mina le negó en su día, cuando toda su brigada quedó sepultada, se lo reclama dispuesta a saldar la deuda. A Niceto le parece justo. Qué mejor lugar donde reposar los huesos y el alma que en las entrañas de la tierra excavada a pico, barreno y pala, con el sudor y la sangre de tantos. Sus amigos, sus hermanos.

—Venga, marchaos. Estaré bien. Sé bueno, guaje.

El rumor ascendente de un temblor anuncia el derrumbe que está a punto de sobrevenir. El viejo dibuja una sonrisa que difumina la tensión acumulada en su mandíbula. Cuando los ve abandonar la cueva, ya a salvo, nota una lágrima correr por su mejilla arrugada y manchada de polvo. Un llanto que le reconcilia con la tragedia de su pasado. No más fantasmas que le roben el sueño cada noche, no más sentimiento de culpa que amargue sus recuerdos.

Niceto Castro clava rodilla en tierra, vencido por el peso de la viga y el alud de rocas y pedruscos que lo golpean sin piedad, sepultándolo sin remedio en aquel eterno sepulcro.

Ya fuera de la caverna, el estruendo del desplome les produce un profundo pesar. Berta y Dani lloran abrazados mientras Roque contempla impotente los restos del derrumbe. Sin tiempo a procesar qué ocurre, algo se mueve a su espalda. Ninguno había reparado en ello, pero Fosco no yace bajo los restos del portón. Roque alza el brazo herido para protegerse cuando el brutal impacto del pico raja carne y quiebra hueso en un crujido seco. Un estallido de sangre impacta en la ropa de Fosco.

—Cuánto tiempo, paisano.

Las palabras roncas son veneno en la boca del monstruo. Roque aprieta los dientes para soportar la presión de la herramienta sobre el brazo malherido. Babeando de gozo, Fosco empuja hasta hacerle doblar la rodilla. En un movimiento rápido, extrae el pico para volver a golpear con furia. La punta destroza músculo y le provoca a Roque un dolor insufrible. En un último esfuerzo, a punto de perder el conocimiento, se gira hacia Berta y Dani y logra articular una palabra que es a la vez orden y lamento.

—Huid.

76

De nuevo la oscuridad y el terror.

A la carrera, a merced de las tinieblas, Berta arrastra a Dani de la mano, aunque las fuerzas fallan. Tras ellos, alejándose en cada zancada, un rumor de chillidos roncos que se entremezclan con gritos de dolor.

—Vamos, Dani, no te pares.

—No puedo más.

El chico arrastra las palabras como los pasos. Todavía mareado, jadea por la falta de aliento. La garganta le quema y la cabeza le duele horrores, igual que la herida del brazo.

—Por aquí. Vamos.

La galería se bifurca en dos túneles y Berta decide seguir el de la izquierda. Un pálpito y la impresión de haber visto un sutil fulgor. En el ambiente no queda el más leve murmullo de la lucha entre Roque y Fosco. Para Berta ese silencio da fe de que Roque ha muerto y ya solo quedan ellos dos. Si por ella fuera se rendiría, se aletargaría en un rincón y aguardaría a su verdugo. Unos segundos de dolor a cambio de la paz eterna. Pero Dani no merece su rendición, la necesita y es motivo suficiente para seguir peleando.

—Venga, Dani, hay que seguir.

El túnel finaliza en una chimenea vertical que por fin les regala un rayo de esperanza, el de la tenue luz que se cuela por una trampilla sobre sus cabezas, a varios metros de altura. La claridad se desvanece por la oscuridad que la devora en su descenso, dejando apenas un destello insuficiente para distinguir nada alrededor. Berta deambula con las manos extendidas palpando la pared en busca de algo que les permite trepar y al fin lo encuentra. Una vieja escalera de madera afianzada a la pared.

—Vamos, Dani. Sube tú primero. Yo iré detrás.

El muchacho se aferra al lateral de la escalera con su única mano sana e inicia la ascensión, clavando los pies en los débiles travesaños. La subida es lenta y torpe, cada peldaño es una conquista. Con un solo brazo, el esfuerzo es descomunal, pero insuficiente para que se mantenga agarrado a la madera, y, para su desesperación, le falla la mano y cae hacia atrás como si el vacío lo arrastrase.

—¡No!

Su grito de angustia queda sesgado al notar el cuerpo de Berta frenando la caída, ayudándolo a recuperar la estabilidad. La educadora ha trepado tras él hasta engancharse a su espalda evitando un desplome fatal.

—Venga, sigue subiendo. Yo te aguanto.

Dani prosigue la subida a un ritmo lento pero constante. Apenas a un par de metros de completar la ascensión, el susurro de una respiración ronca los estremece. Al pie de la escala, saliendo de la oscuridad, Berta distingue la mirada fiera de Fosco entre el sombrero y el pañuelo que apenas deja ver la comisura de unas profundas cicatrices. No tarda en lanzarse hacia arriba a por ellos.

—¡Corre, Dani! ¡Corre!

El chaval acelera, pero sube a trompicones. Berta se siente impotente, incapaz de avanzar con la velocidad suficiente para evitar que Fosco le atrape el tobillo y tire de ella decidido a despeñarla; el forcejeo dura lo que Berta logra lanzar una patada certera a la cara del monstruo, que cae de la escalera dándoles un instante precioso para llegar a la trampilla. Entre uno y otro la empujan hasta abrirla, salen al exterior a rastras y, sin perder un instante, la cierran mientras ven que Fosco sube de nuevo. Con Berta tirando de Dani, corren a esconderse entre la penumbra, tras una fornida columnata de piedra. El chico tarda un instante, pero reconoce el lugar. Los bancos decrépitos, las vidrieras empapeladas, el altar maltrecho tras el que se esconde la trampilla en el suelo... Es la capilla abandonada junto a la escuela. El lugar donde Adara tiró su trisquel, donde Abrán se golpeó para morir días después. Ahora entiende cómo el monstruo pudo estar allí sin que nadie lo viese llegar, cómo se adentraba en el pueblo desde las catacumbas de la mina.

Con la mano sobre nariz y boca, intentan silenciar la frenética respiración cuando escuchan que la trampilla se abre y golpea el suelo con estrépito. El eco del impacto flota en el aire hasta desvanecerse. Por los debilitados muros, se cuela el silbido de la brisa nocturna, y se mezcla con el jadeo ronco de Fosco, que lo delata alejándose de ellos. Berta aprovecha para darle a Dani unas indicaciones mudas pero evidentes: ella correrá distrayendo la atención de Fosco mientras Dani huye hacia la salida. El muchacho, con el rostro descompuesto por el miedo, intenta protestar en vano. Un beso en la frente y Berta sale disparada alertando la furia de la bestia, que corre a por ella. La educadora lo esquiva entre los bancos al tiempo que ve cómo Dani gana sigiloso la puerta de la capilla.

—Danza cuanto quieras, cuando me ocupe de ti, iré a por él.

El siseo de las palabras de Fosco deja a Berta con un halo de terror en la mirada. Ha estado jugando con ellos, como el cazador que sabe que se cobrará su presa más pronto que tarde.

—¡Corre, Dani, va a por ti!

Berta grita a la nada del umbral de la puerta entreabierta. El chico ya no está. Con un quiebro, intenta zafarse y alcanzar la salida, pero su carrera se ve frenada en seco por un violento tirón de pelo. El monstruo la sujeta como si agarrase un gato por el pescuezo. Inútilmente, Berta forcejea con aquella mano enguantada que es un cepo imposible de librar. Fosco extrae con relamida calma el pico rebozado en la sangre de tantos caídos. En sus ojos fieros, el deseo de matar, un ansia homicida que le eriza la piel.

De pronto, emergiendo de entre las sombras, Roque se abalanza sobre Fosco haciéndole perder el arma y provocando que suelte a Berta, que cae al suelo. Roque aprovecha el desconcierto de Fosco para golpearlo con las escasas fuerzas que le dejan el brazo herido, destrozado, y un feo orificio que le sangra en el pecho. No tarda Fosco en rehacerse y, de un severo puñetazo, se lo quita de encima como el que espanta una mosca. Roque, tirado contra un banco, respira con agónica dificultad. Berta gatea hacia él y lo abraza en su regazo.

—Damián, tienes que parar. No puedes seguir con esto. —Un golpe de tos interrumpe a Roque—. He visto la cueva. ¿Cómo pudiste hacerles eso?

Fosco recoge el pico del suelo y se acerca a ellos, tendidos sobre el polvo e indefensos.

—¡Esos guajes eran mi vida! —La voz ronca atruena en la capilla—. No sufrieron cuando les llegó el momento de convertirse en mis mariposas. Mías para siempre.

—Se los robaste a sus padres.

—¡Los hice eternos! Cuidé de ellos cuando quedamos en la mina. Los calmé, los abracé, les conté cuentos. Yo los quería. —Fosco parece rememorar aquellos días.

—¿Y qué hay de Llara?

La furia de Roque no consigue ir más allá del odio impregnado en su rostro; ni siquiera logra elevar sus palabras más allá de un quejido.

—Me acuerdo de ella, sí. Al parecer se llevó algo mío que ha vuelto a este pueblo. Algo que querías darle tú, pero no quiso saber nada de ti.

Fosco escupe cada palabra con rencor, saboreando el odio que se derrama de su mirada.

—Solo eres un monstruo. Que Dios se apiade de ti. —Roque apenas tiene un hilo de voz.

—Tú me hiciste lo que soy. Ahora carga con ello, amigo.

Fosco alza el pico para reventarles el cráneo cuando frena en seco. Casi ni lo ha notado. Un ligero pinchazo y una quemazón que crece por la espalda como una mancha de aceite. Se echa mano y nota algo clavado a la altura de los riñones. De un doloroso tirón, extrae una navaja clavada hasta la empuñadura, con el brillo de la hoja eclipsado por el rojo de su sangre, que nota manando por la pierna sin cesar. Entre espasmos, se gira para descubrir a Dani, que tiembla ante él. Del cuello le pende un trisquel, el mismo que juraría que regaló a la que iba a ser su mujer. Sufriendo un pinchazo en cada inspiración, a Fosco le tiemblan las piernas. En un último arreón se abalanza sobre Dani, que apenas retrocede, incrédulo por haber sido capaz de apuñalarlo con la navaja que le regaló Fede esperando que no tuviese que usarla nunca.

A punto de agarrar al chico, un golpe en la nuca lo deja noqueado, y se tambalea tras el altar hasta derrumbarse, cayendo de rodillas y soltando el pico, que retumba con un golpe metálico contra el suelo empedrado. Frente a él, Berta, ensangrentada y rabiosa, sostiene un pedazo de madera arrancado de un banco. Los roles de cazador y presa han cambiado, y en la furia que se derrama de los ojos hinchados de la mujer, se intuye la piedad que tendrá con aquel engendro rendido. Ninguna.

Un alarido al borde de la demencia resuena entre los consagrados muros de la capilla. Un grito que libera la ira acumulada en una vida entera. Por el dolor de las cicatrices que han devastado su piel, por Salva, por todos los hombres que la hicieron sufrir, por haber ardido en el infierno de una violación. Toda esa rabia acumulada en un golpe brutal que impacta de lleno en la cara de Fosco, le arranca el pañuelo, le rasga el pómulo y le desgarra los labios, provocando un denso borbotón de sangre que le estalla de la boca. El monstruo, roto y vencido, cae hacia atrás por el hueco de la trampilla, un peso muerto, engullido y devorado por las densas sombras de la mina.

Y tras el rumor sordo por el impacto de la caída, el silencio.

77

Con un breve espasmo, el cuerpo de Roque se arquea sobre la camilla al recibir la descarga del desfibrilador. La mascarilla de oxígeno que le cubre nariz y boca permanece limpia, ni la más mínima impresión de vaho por una respiración inexistente. En el box de la ambulancia medicalizada, la médica y el enfermero, ninguno mucho más allá de los treinta, se afanan por conseguir recuperar un pulso perdido hace ya casi un minuto.

—Dale otra vez.

Tras el masaje cardiaco, la médica vuelve a colocar las palas en posición. Cuando el desfibrilador alcanza la potencia, le aplica otra descarga. Un nuevo espasmo, una nueva derrota. Pero no se rinden, vuelven a la carga dispuestos a recuperar aquella vida como sea. O por lo menos a intentarlo hasta la extenuación.

Berta observa la batalla de los sanitarios contra la tozudez de la muerte desde la ambulancia donde es atendida. Extenuada, quiere descansar y perder de vista aquella tierra de sombras, desaparecer en alguna cala abandonada de la Costa Brava, apagar los sentidos y que todo se desvanezca. Quiere llorar, preocuparse por Roque, pero no puede. El cansancio físico y mental es tan devastador que es incapaz de sentir. En su lugar solo queda el ímpetu de un muñeco de trapo; se siente anestesiada, como un arcoíris en blanco y negro.

Su atención se centra ahora en la ambulancia contigua, donde atienden a Dani. Le han puesto una vía para administrarle la medicación que combate la infección purulenta de su antebrazo. A pesar de la anestesia local, los quejidos del chaval traspasan la mascarilla de oxígeno que lucha por arrancarse. En una cura de urgencia, le han extraído parte de la astilla que le desgarra la carne, pero la reparación completa de la herida necesita de hospital y quirófano. Y allí es adonde se disponen a llevárselo.

—No pienso dejarlo solo.

Berta abandona la ambulancia ante las protestas del enfermero y un psicólogo recién llegado, de barba cana y descuidada, voz de nicotina y ojeras de trasnochador, que se empeña en ofrecerle una ayuda que ella insiste en no necesitar. Cuando va junto a Dani, ninguno de los dos hombres se atreve a insistir, incapaces de afrontar esa mirada irrompible.

En otra ambulancia, un sanitario atiende la herida craneal de Basilio, que permanece tumbado, dócil, con la mirada extraviada. No han tenido más remedio que sedarlo ante la histeria que lo dominaba.

Lanzando patadas y puñetazos al aire, llorando, farfullando improperios. Una postal bipolar fruto de la conmoción. Eso ha pensado el enfermero que se ha ocupado de curarle la brecha. Joven, recién aterrizado en el servicio, se ha centrado en seguir las pautas, y ha atendido la patología más severa y evidente primero para estabilizar al paciente. No se ha preocupado demasiado de los desvaríos de aquel pobre hombre. No sé qué de su hijo, no sé qué de un pacto, no sé qué de una maldición.

Dos ambulancias parten de Pozuñegru a toda velocidad. En una, Roque se aferra a un hilo de vida tan fino que tuerce el gesto de los facultativos que lo velan. En la otra, Dani se agita en una queja constante que Berta trata de templar con palabras de aliento. Y en tanto las ruedas de los vehículos los alejan del pueblo, en el horizonte la mañana se despereza pálida, acorde con los ánimos de cuantos deambulan por ese pueblo convertido en la boca del infierno.

Luces azules de sirenas mudas brillan girando sobre el techo de los coches de la Guardia Civil que han conquistado la zona. Tras la llegada de la primera patrulla, y constatar la magnitud de la tragedia, le ha seguido un escuadrón policial. Agentes y mandos que se llevan las manos a la cabeza, incrédulos ante semejante matanza en un lugar que debiera ser remanso de paz. El centro de operaciones se ha instalado en la plaza frente a la escuela. El médico forense va de un lado a otro levantando acta de los cadáveres diseminados por la zona. Varios agentes se dedican a interrogar a las pocas decenas de vecinos que quedan, Nieves entre ellos. Nadie ha visto nada, han oído poco y no saben mucho. Todos piensan en Fosco, pero ninguno se atreve a mencionarlo por el qué dirán. Prefieren esperar a que alguien les cuente qué ha pasado en su pueblo para que, de la noche a la mañana, se haya convertido en el plató de una película, de esas de tiros, como dice alguno de los curiosos contenidos por el perímetro de la cinta policial.

Un par de equipos de rescate e intervención de montaña han bajado a la mina por la entrada de la capilla. Guardias civiles preparados para trabajos de esta índole. Un buen rato bajo tierra y más de uno ha regresado desencajado, vomitando por segunda o tercera vez. No por la dureza del subsuelo, sino por lo hallado entre la horrible penumbra de su interior. Los agentes apostados fuera han tenido que mantener a raya a los periodistas más avispados, llegados por el filón informativo tras el aviso de algún guardia untado de dinero. Las órdenes de arriba son claras: nada de imágenes escabrosas de los niños perdidos años atrás, en el derrumbe de la mina, para evitar a la población tan macabro sensacionalismo. Niños disecados como momias. Burdos trofeos de caza ya podridos, deshaciéndose por el paso del tiempo. Un drama horrible que no habían visto jamás.

Del interior de la capilla, un miembro de la policía científica sale con un pico, oxidado y ensangrentado, y un pañuelo roñoso, embolsados ambos como pruebas periciales. La herramienta, del tamaño de un martillo, ha perdido el aura de terror que destilaba en manos de Fosco. Del monstruo, ni rastro. Los equipos de rescate no han encontrado a nadie en los túneles, vivo o muerto, que encaje con la descripción dada por Berta y Dani. Emilio Nogales se recoloca los pantalones, que ya le quedan pequeños, se despoja de la gorra y se atusa la densa melena grisácea. Sargento de la Guardia Civil y jefe del operativo, apenas contempla la versión de un fantasma oscuro surgido de las entrañas de la mina para matarlos a todos. Ni más ni menos que el hijo menor del alcalde, también asesinado, vuelto de la tumba años después. Si en su cabeza suena absurdo ni se plantea cómo sonará redactado en un informe. Las pruebas y la investigación dirán qué mal nacido pudo llevar a cabo semejante carnicería, la primera que sus negras pupilas han visto en casi treinta años en el Cuerpo y que, por el bien de su úlcera, espera que sea la última.

El trajín en Pozuñegru no cesa. Un ajetreo que ya nadie recordaba en ese pueblo, abandonado a su suerte como tantos otros tras infartar el corazón que bombeaba la sangre de su economía. Las bolsas de cadáveres, colocadas en una extensa hilera, semejan rayas en una libreta que recuentan el buen puñado de vidas perdidas. Por desgracia, esa imagen sí le trae recuerdos a los viejos residentes y a Nieves, amargos todos, de cuando los mineros no salían de su turno, sino que los sacaban con los pies por delante, embolsados en grandes sacos de plástico. La última vez, más de una década atrás, cuando una veintena de hombres perdieron la vida en una explosión, entre ellos su Fausto. Esa fue la excusa definitiva para que la compañía cerrase la mina y bajara el telón de la supervivencia del lugar. Radial en mano, cortaron el cable de la jaula, que cayó a peso por el pozo de entrada como la hoja de una guillotina que rebanaba el pescuezo del porvenir de la gente. Dejándoles sin esperanza ni futuro. Solos y olvidados.

En esa aldea enterrada que nunca quiso saber nada de la muerte.

78

—Allá estaba la casa de Niceto, ¿te acuerdas?

A Berta Miralles se le quiebra la voz al recordar al viejo minero. En el lugar donde se erigía el hogar de aquel hombre no queda más que tierra removida y un gran socavón. Igual que los restos de una civilización destruida, muchos de los edificios de Pozuñegru han sido derruidos para convertirse en meros recuerdos. Un pueblo que, como la niebla que se refugia tras las montañas, desaparece sin remedio.

—Y allí tenía la tienda.

Dani Sorribes pasea junto a su antigua educadora por las calles de aquella aldea minera caída en desgracia. Han pasado casi cinco meses desde que se marcharon de allí, ambos en la misma ambulancia, ella cuidando del niño en el que ya no quedan restos de infancia. En su mirada endurecida se ve que la edad adulta se cierne sobre el joven que se lleva la mano al antebrazo izquierdo.

—¿Te duele? —pregunta Berta.

Dani no contesta. Permanece absorto, con la vista clavada donde se elevaba el castillete, arrancado del paisaje que guardaba su silueta. Los restos de la mina han sido eliminados de raíz, sin piedad. En su lugar, algunos molinos se alzan sobre el horizonte en el futuro parque eólico, aún en construcción. Dani se frota la cicatriz que le dejó la profunda herida. Tardó en curarse, pero hacía días que no la notaba y ahora, al deambular por el entorno devastado por las excavadoras, las punzadas que nota parecen querer recordarle que fue allí donde nació.

Ambos continúan el camino en silencio. Las huellas de las botas de montaña imprimen su presencia en el sendero embarrado. El hayedo que rodea buena parte del pueblo ha rendido el verde a los tonos amarillentos del otoño. Hace frío. Berta se ajusta el cuello del impermeable, que apenas la arropa. Sin el abrigo de las casas, el aire montañés los golpea inmisericorde. El cielo amenaza con una lluvia que no acaba de caer, pero que el intenso olor a tierra mojada anuncia.

No tardan en llegar a su destino. El cementerio de Pozuñegru, el único lugar indultado por las palas de las máquinas. El viento pasa sobre el muro de piedra y se cuela entre los cipreses agitándolos como a globos de feria. Si aún no han arrasado el camposanto es por el litigio que varios vecinos mantienen con la empresa del parque eólico para llevarse los restos de sus seres queridos, abandonados desde que fueron obligados a dejar sus viviendas. Berta y Dani avanzan entre las tumbas, afligidos al ver que la paz fúnebre se ha convertido en desolación. Ni rastro de flores frescas en los sepulcros. Lápidas cubiertas de polvo, salpicadas de barro por las lluvias propias de la estación. Algunas colocadas no hace demasiado, de cuando sacaron de la mina a los niños embalsamados y deshechos; algunos enterrados en Pozuñegru; a otros se los llevaron sus padres a cementerios sin pleitos pendientes, y los menos fueron incinerados. Esos niños ahora tan olvidados como el resto.

No les cuesta encontrar el nicho que han venido a visitar. Ayudándose de la manga del chubasquero, Dani retira como puede la suciedad que lo mancilla y, sobre la repisa, deposita el trisquel que ha colgado de su cuello durante años. Un regalo materno que ahora se convierte en ofrenda de amistad perpetua.

—Hoy cumpliría trece —murmura Dani con pesar.

La sepultura de Santos, igual que el resto, languidece entristecida por el olvido. Berta coloca una mano sobre el hombro del chico en una caricia reconfortante que él agradece con un hondo suspiro. No lejos del nicho de su amigo, reposan las almas de Abrán y Gregorio. Nieto y abuelo, uno al lado del otro, descansando juntos para toda la eternidad.

La visita termina unos pasos más allá, justo ante la sepultura de Niceto: ese viejo minero que los respaldó cuando el resto los repudiaba. El hombre que les salvó la vida

—¡Oigan!

Una voz autoritaria tras ellos les alarma. Su dueño, un tipo enclenque, malcarado y bien afeitado, enfundado en una capelina, se acerca con paso firme.

—Aquí no pueden estar, esto es propiedad privada.

—Este suelo es sagrado y podemos visitarlo si nos da la gana —replica Dani con acritud.

—Pertenece a Eoloret y no se puede entrar sin permiso.

—Solo queríamos visitar la tumba de un ser querido, ya nos íbamos —contesta Berta en un tono cordial, tratando de rebajar la tensión.

—Pues, arreando, ya estáis saliendo —ordena el hombre con un gesto brusco.

—Tampoco *ye* cuestión de ser tan huraño.

Ahora el sorprendido es el vigilante, cuando descubre que la voz a su espalda pertenece a un hombre fornido. Con el brazo izquierdo en cabestrillo, enfundado en una fina chaqueta polar, se acerca hasta llegar a la altura de Berta y Dani.

—Pero esto qué es, ¿una romería? —protesta el guarda indignado.

—Vinimos juntos y ya nos vamos. No queremos causar ningún mal.

La voz calmada de Roque rebaja la tensión del vigilante, que los sigue a distancia mientras abandonan el cementerio.

—¿Viste tu casa? —pregunta Berta a media voz.

—Arrasaron con todo. Pusieron una especie de estación eléctrica en su lugar. Qué más da.

Roque desanda el camino hacia la salida del pueblo, en silencio, mientras Berta le agarra de la mano. Su última vez en Pozuñegru, lo sacaban en ambulancia debatiéndose entre la vida y la muerte. Los cuidados hospitalarios durante semanas le devolvieron parte de la salud perdida, pero el brazo aún anda renqueante, como el vigor que rebosaba meses atrás. Rechazaba volver, aunque no resistió el empuje de Dani por rendir homenaje al bueno de Santos el día de su cumpleaños. No quería sentirse acosado por el recuerdo amargo de todo lo vivido. Volver al lugar de las pesadillas que, en su nueva casa compartida en Barcelona, lo asaltan cada noche. Sin embargo, enfrentarse a todo aquello le ha hecho bien. Afrontar que no hay amenaza que temer, que sus rencores se han esfumado con el pueblo y que las muchas vivencias agradables no han quedado sepultadas, sino que siguen arraigadas a su memoria.

—¿Qué hay de Carmen? —Roque rompe el silencio taciturno.

—Bueno, me ha dicho que el expediente sigue su curso. Si todo va bien igual, en un par de meses me dan el ok para convertirme en familia de adopción. Pero no quiero que Dani se haga ilusiones, por lo que pueda pasar.

Berta no alza la voz para que sus palabras no lleguen a los oídos del chico, unos metros por delante de ellos. Sabe que Carmen Palau, su amiga del ICAA, hará cuanto pueda por ayudarla, aunque quizás no será suficiente. Roque asiente con levedad, atrapado aún en la duda de un futuro que, incluso con Berta a su lado, no acaba de ver claro. Cinco meses de relación son pocos comparados con una vida enraizada en el carbón.

—¿Qué pasa, Dani?

Junto a Roque, Berta se acerca al chaval, que se ha detenido en seco. Lleva la respiración desbocada y el rostro de un pálido mortecino. La educadora y el profesor siguen el rastro de la mirada aterrada hasta distinguir sobre la colina más cercana una silueta oscura y desafiante. Un escalofrío les recorre la espalda hasta erizarles el vello de la nuca. Temblando, en tensión, ninguno de ellos reacciona ante la visión de un horror que daban por extinguido.

—¿Se puede saber qué ocurre? No me creo que no hayan visto nunca un espantapájaros. —El comentario descreído del guarda los descoloca como un jarro de agua fría, devolviéndoles de golpe al momento presente—. Cornejas. Esas ratas con alas no paran de estrellarse contra los molinos. Hasta que lo solucionemos, hemos tenido que instalar uno para ahuyentarlos. Pero ni con esas.

Un último vistazo a la inquietante figura y Berta, Roque y Dani aceleran camino del coche. Cosmo, asomado a la ventanilla, mueve la cola y ladra agitado, como apremiándolos a llegar a aquel espacio que ejerce de refugio. El perro se ha resistido a salir cuando han llegado, quizás presa del terror, aún grabado en su erizado pellejo, que sintió aquella tarde en que murió el bueno de Paco.

Ninguno de los tres se despide de aquel hombre que se ha detenido a contemplar una huida disfrazada de prisa por llegar a casa. «Muchos kilómetros por delante», han dicho con la voz destemplada por el recuerdo del terror sufrido no hace tanto. En el interior del coche, con los seguros de las puertas puestos, no hay intercambio de palabras ni de miradas, solo el firme deseo de salir a la carrera de Pozuñegru. Para siempre y sin echar la vista atrás.

Mientras se alejan, el guarda ríe por dentro. Las historias de fantasmas que cuentan de aquella aldea son fábulas para niños y le resulta ridículo que asusten a nadie. Con paso cansado, sigue la ronda por el perímetro de la obra. El *orbayu* hace acto de presencia y el fino aguacero lo obliga a calarse la capucha de la capelina. Una lluvia que no consigue lavar los restos de nostalgia vertidos sobre aquella tierra herida.

Alejándose de la colina, confiado y en calma, no logra percatarse de que el espantapájaros ya no está en su lugar.

Una sombra tenebrosa y horrible que muchos afirman que nunca hubo en el pueblo.

Agradecimientos

En primer lugar, y de forma destacada, quiero darte las gracias a ti, que te has gastado dinero y has apostado por este libro para que llene algo tan preciado como es tu tiempo de ocio y, de paso, ayudarme a levantar este sueño que, no por tópico, no deja de ser cierto. Créeme que esta historia está hecha pensando en ti, para que lo hayas pasado bien pasándolo mal. Ojalá haya sido así.

A mi gran amigo Pere, que fue la chispa que encendió la mecha de todo esto; gracias por los consejos, las llamadas, los encuentros... Tantas veces brújula, pero, sobre todo, gracias por todas las veces que me has sacado siempre del fondo del pozo. Oh, capitán, mi capitán...

A mi agente, Justyna Rzewuska, por confiar en mí, por tu entusiasmo desde el inicio y por darle a esta historia las alas que le faltaban para poder despegar. Sin ti, esta novela no hubiera sido más que infinidad de horas enterradas en un cajón. Gracias, mil gracias.

A todo el equipo de Espasa y en especial a mi editora, Rosa Pérez Alcalde, por creer en esta novela, por quererla, mejorarla y hacerla crecer por encima incluso de lo que yo imaginé; por abrirme la puerta de este maravilloso mundo literario. No puedo estar más agradecido.

A todos los que me habéis ayudado en el proceso de documentación, a Carmen, a Txema, a Izaskun y a tantos otros.

A mi hija, Noa, por contagiarme su emoción y recordarme siempre lo orgullosa que está de mí; imposible que lo esté más que yo de ella.

Y por último, a mi mujer, Ana, que fue la primera en creer y empujarme a dar el salto del guion a la novela, confiando en la capacidad de llevar esta nave a puerto, apoyándome siempre desde la paciencia durante tantas y tantas horas encerrado en la soledad del despacho; siempre sumando para que yo pudiese multiplicar palabras. Eres el corazón que late en silencio para que pueda vivir todo esto.

Gracias a todos.

Les chênes d'or

Christian Signol

Les chênes d'or

ROMAN

LE GRAND LIVRE DU MOIS

Éditions Albin Michel S.A., 1999
22, rue Huyghens, 75014 Paris
ISBN broché : 2-7028-3617-8

À Michel et Jacqueline Pestel

« Et aujourd'hui, vous pourriez me faire cuire des truffes sous la cendre ?

— Non ! Je ne pourrai pas.

— Parce que vous n'avez plus de truffes ?

— Non. Aujourd'hui, vois-tu, je n'ai plus de cendres. »

MICHEL SERRES

« Le terme de nos pérégrinations sera d'arriver d'où nous partîmes, et pour la première fois d'en connaître le lieu. »

T.S. ELIOT

1

Ici, les chemins forestiers ne mènent nulle part. Ils s'enfoncent dans les bois de chênes, errent dans les vallons où sommeillent les sources, s'y perdent quelquefois ou remontent, étonnés, sur des coteaux déserts. D'autres fois, ils s'en vont et ne reviennent plus. Dans le temps, on croyait que c'était la Dame blanche, celle qui hantait les bois pendant les nuits de pleine lune, qui les faisait disparaître dans les entrailles de la terre, les points d'eau, les combes les plus secrètes. Aujourd'hui, plus personne ne croit à ces sornettes, pas plus qu'à l'Aversier ou à la Chasse volante dont on avait si peur, alors, en ce pays.

Chez nous, on aime la terre, sans doute plus qu'ailleurs, à cause de la truffe : la demoiselle noire. De mémoire d'homme, il y en a toujours eu par ici. Les anciens le savaient, qui gardaient jalousement leur domaine à l'abri des regards. Elle a remplacé la vigne dont ces collines étaient couvertes, avant la Grande Guerre. Quand le phylloxéra est arrivé, entre les années 1860 et 1870, semant la désolation dans le pays, la Noire a proliféré sur ses ruines, on n'a jamais bien su pourquoi. C'est tout le mystère de ces terres qui brûlent sous le soleil et la passion, fragiles et fortes comme les gens de ce pays.

Ici, chez nous, point de forêts profondes ou de collines en fleurs, mais des taillis de chênes nains et de genévriers, des merisiers, des prunelliers, des buis, des noisetiers, des églantiers, des pierres plates, maigres, d'un jaune orangé, et, entre elles, vivante, rebelle, une terre rougeâtre qui saigne un socle de calcaire : ce que l'on nomme le causse périgourdin, où la demoiselle noire a compensé la pauvreté des cultures installées dans les langues étroites des vallées. Là, on cultive un peu d'orge, de froment, de maïs qu'on a longtemps appelé blé rouge, et, depuis quelques années, du tabac.

Ici, les hivers s'épuisent en quelques jours de grand froid, et le gel en un mois. Très vite, en mars, avec le retour des giboulées, le printemps fait éclore sur les collines des îlots de verdure qui gagnent en une semaine les combes les plus secrètes. À peine les pluies tièdes achèvent-elles d'essorer le bleu pâle du ciel que survient l'été, flamboyant et superbe, où s'ébranlent les terribles orages d'août, souvent pour la Saint-Roch. Alors tout brûle : l'air, le ciel, les arbres, la terre, où l'herbe se retire, chassée par des forces souterraines que la canicule réveille, nourrit, et, inexorablement, finit par consumer.

Même l'automne courbe l'échine sous la chaleur épaisse que répercutent les murettes et les pierres qui rongent ces lieux de mystère. Il s'étire jusqu'à la Sainte-Catherine, ou presque, puis se fige dans la rosée blanche d'un petit matin que l'on n'attendait plus. Alors le ciel roule ses nuages de plomb pendant une semaine, puis, d'un coup, il s'éclaircit et se met à resplendir. Le gel est là, rarement la neige, qui rôde de longs jours mais ne se pose guère. Il y a longtemps que le bois est rentré et que les cheminées fument dans les aubes claires, aiguisées par l'éclat des étoiles. Vient alors le temps de la réflexion, et des soupirs.

Les hommes sont noirs et lents. Ils aiment tout de leur pays : ses chagrins, ses sourires, ses colères superbes. Ils parlent aux bêtes, manient l'outil sans hâte, s'enferment dans une passion furieuse de la terre. Ils sont capables de tout pour la sauvegarder : de courage, de folie, de sacrifice, de désespoir, mais aussi d'une patience infinie. Ils connaissent où sont les bornes, les surveillent, ont le souci de préserver ce qu'ils possèdent, car ils ont peu, pour la plupart, et savent qu'ils ne peuvent compter que sur eux-mêmes. Cependant, s'ils se montrent économes, parfois avares, ils ont confiance dans les vertus de leur race. Car elle leur donne de la force et, tant qu'elle brûle en eux, ils sont heureux. Sur la fin de leur vie, ils ne se couchent que pour mourir, et souffrent en silence. La mort ne les étonne guère, puisqu'elle est dans la nature des choses et qu'ils l'ont vue à l'œuvre, souvent, sur les bêtes ou leurs proches. C'est pourquoi leur dernier soupir révèle rarement des regrets : ils ont fait ce qu'ils devaient faire.

Les femmes, elles, déclinent vite sous le poids des fardeaux. Elles sont résistantes, pourtant, mais les enfants les accablent très tôt, autant que les tâches ménagères qui s'ajoutent aux travaux des champs. Elles savent que le temps leur est compté, mais elles ne s'en plaignent pas. La religion les console de tout. Elles ne se redressent que pour juger du temps qu'il fera, tout en demeurant généreuses, surtout pour leur famille. Penchées sur leurs toupines, elles ont l'orgueil de bien nourrir ceux qui dépendent d'elles. Les flammes de leur âtre allument dans leurs yeux des papillons de lumière qui ne s'envolent jamais, sinon pour se cacher dans les replis les plus secrets de leur cœur.

Nul, ici, ne pourra oublier Mélina Fontanel qui a si bien personnifié ces lieux de solitude et de mystère. Parce qu'elle y est née, certes, mais surtout parce qu'elle ne les a jamais quittés depuis l'époque où son père était bordier sur les terres des Carsac. À Costenègre, exactement, un lieu-dit situé dans la commune de Salvignac, département de la Dordogne, à la lisière des forêts de chênes et de châtaigniers du Périgord vert qui s'étend au nord jusqu'au Limousin, et du Périgord blanc, qui côtoie, vers le sud, la basse vallée de l'Isle et ses jardins fleuris.

Les bordiers habitaient à la limite extrême des propriétés, dont ils étaient les gardiens. Le père de Mélina, on l'appelait « lou Dzan » : le Jean. C'était un homme sec, taciturne, aux yeux fiévreux, non pas violent mais sombre, farouche, qui faisait peur à qui croisait sa route. À elle, non, il ne faisait pas peur, le pauvre homme, car il l'aimait pour deux, ayant perdu sa femme bien avant l'heure et en souffrant beaucoup.

Dès son plus jeune âge, Mélina marchait déjà derrière lui au milieu des truffières qui crépitaient sous le soleil des étés de feu. Comme elle avait peur de le perdre, elle tenait de toutes ses petites forces l'extrémité de sa veste de chasse.

— Lâche-moi donc, lui disait-il. Je ne vais pas m'envoler.

Mais elle serrait ses petits doigts, comme si perdre cet homme, le seul être qui peuplait sa jeune vie, l'eût condamnée à mourir sur-le-champ, privée d'une essentielle nourriture, d'un indispensable contact. Jean Fontanel le savait. Il ne se fâchait pas. Au contraire, il était fier, sans se l'avouer, de ces doigts refermés sur sa veste comme s'ils se fermaient sur son cœur. Il marchait, infatigable, sur les chemins, les sentiers, les friches lointaines, et la petite le suivait, appliquée à mettre ses pas dans ceux de son père, farouche, silencieuse, sans qu'aucun sourire n'éclaire ses lèvres trop souvent closes.

Le jour où elle fit vraiment connaissance avec la truffe, elle devait avoir trois ans. Ils se trouvaient dans une garenne maigre, sur laquelle on avait éclairci les chênes nains, et où couraient des tapis de mousse sèche, très brune par endroits. Son père s'était arrêté devant trois minces crevasses et s'était agenouillé en faisant signe à sa fille d'approcher.

— Regarde, Lina, dit Jean Fontanel.

La petite se pencha, inquiète.

— C'est le brûlé. La truffe se trouve toujours à la limite.

Elle observa la nappe sombre où nulle plante ne survivait et il lui sembla que ses pieds allaient prendre feu.

— Regarde la patte de poule, reprit son père. C'est la truffe-fleur qui soulève la terre. Il faut la laisser mûrir.

Il posa une graine d'avoine à l'intersection des trois crevasses, se releva et dit :

— La voilà marquée. Nous reviendrons à la saison.

Pour les Carsac, Jean Fontanel s'occupait essentiellement des truffières, et Louis Sauvénie, le métayer, des terres cultivables. C'est pourquoi Mélina eut la chance de s'intéresser très tôt au seul trésor de ce pays.

Elle ne se souvenait pas de la voix de sa mère — et pour cause : elle ne l'avait jamais connue. Celle de son père, elle l'entendit longtemps, bien après la mort du pauvre homme. Il l'appelait Lina, alors qu'elle s'appelait Mélina. Ce petit nom lui resta, plus tard, quand elle travailla au château. Et chaque fois qu'elle l'entendait, elle se revoyait au temps où ils vivaient seuls, son père et elle, dans la maisonnette en lisière des bois, et qu'ils mangeaient la soupe de pain, le soir, de chaque côté de la table en bois de noyer brut. Elle sentait posés sur elle ses yeux sombres qui s'éclairaient dès qu'elle rencontrait son regard. Elle y devinait alors quelque chose qu'elle définissait mal, mais qui la bouleversait : la certitude que si elle n'avait pas été là, cet homme n'aurait pas vécu. Il n'existait que par elle, pour elle. Et même si elle devinait qu'à travers elle, c'était sa femme disparue que son père recherchait, elle était heureuse de la chaleur de ce regard où, tout au fond, brillait une lumière plus vive que celle des embellies.

Pourtant, malgré ses efforts, Jean Fontanel ne parvenait pas à combler l'absence d'une mère. Il y avait près de la petite, souvent, la nuit, un gouffre ouvert dans lequel elle redoutait d'être précipitée. Elle se penchait au-dessus de cet abîme chaque fois qu'elle pensait à sa mère, et il lui semblait qu'elle tombait, que rien n'allait plus l'arrêter, qu'elle allait s'écraser, mais elle savait qu'elle n'en avait pas le droit à cause de son père.

Alors, parfois, elle demandait doucement :

— Parle-moi d'elle.

Il essayait, mais n'y parvenait pas. Quand elle pleurait, il devenait fou : il décrochait son fusil, s'en allait dans la nuit et elle l'entendait tirer, là-bas, au fond des bois. Elle allait se coucher en laissant la lumière allumée, se cachait sous les couvertures. Lorsqu'il rentrait, elle s'apaisait, respirait mieux. Il venait la voir, la regardait un moment, soufflait la bougie, puis il s'éloignait, se couchait à son tour. Alors elle se disait qu'un jour elle serait mère et donnerait à ses enfants tout l'amour qu'elle n'avait pas reçu et qui, pourtant, elle le savait, elle en était sûre, aurait comblé ce gouffre dont elle avait si peur.

Le lendemain, la vie recommençait. Mélina faisait semblant d'oublier, son père aussi. Ils mangeaient dans une pièce au sol en terre battue et pauvrement meublée : une maie, un buffet bas, une table et deux chaises de paille. La lumière du chaleil accroché au manteau de la cheminée éclairait moins la pièce que le feu qui brûlait devant la plaque de fonte noire de suie. Ils n'avaient pas encore l'électricité, alors, et ils devaient économiser l'huile. Le bois, en revanche, ne manquait pas, et le chêne tenait si bien le feu qu'ils n'avaient aucun mal à réveiller les braises chaque fois qu'ils rentraient dans la maison sombre, seulement éclairée par une minuscule fenêtre, de surcroît encombrée de deux rideaux qui, autrefois, avaient été blancs.

C'était une masure plutôt qu'une maison, couverte de tuiles brunes et jointoyée d'une sorte de torchis couleur de terre comme on en utilisait, à l'époque, à défaut de ciment. Dans son prolongement il y avait une petite étable, une remise et, de l'autre côté, contre le pignon exposé au sud, un four à pain à moitié démoli, non par le temps mais par la main de l'homme. On eût dit que quelqu'un s'était acharné à le détruire, puis avait renoncé. Pourquoi ? Nul ne le savait, du moins nul n'en parlait, comme si les pierres éparses en bordure du chemin se trouvaient là depuis toujours. La maison elle-même était constituée d'une seule pièce qui dans son enfance paraissait immense à Mélina, mais dont elle comprit vraiment la petitesse à mesure que son univers s'agrandit.

Cet univers, à l'époque, c'était avant tout le domaine des Carsac : des bois, des friches, des combes, des sentiers qu'elle ne prenait jamais seule de crainte de se perdre. Elle suivait son père dans tous ses déplacements. D'abord à la métairie, qui était située dans une grande combe qu'on appelait — qu'on appelle toujours — la Méthivie, lorsqu'il allait aider les Sauvénie sur les ordres du vieux Carsac. Ensuite, sur le chemin qui permettait d'atteindre la grand-route de Sorges à Salvignac, pour aller rendre compte au château de l'état des truffières ou de la récolte.

Ce n'était pas un vrai château que la demeure des Carsac ; plutôt une grande bâtisse à deux étages, épaulée, à droite et à gauche, par deux tours carrées en forme de pigeonnier, trois fois moins larges que le corps principal. Perpendiculaire à la tourelle de gauche, un long bâtiment un peu moins haut servait de dépendances, le long d'une cour entièrement close par des murs couleur sable. Au milieu de la cour, un bassin au rebord carrelé de pierres plates contenait une eau d'un vert sombre. Jamais, au grand jamais, à cette époque où elle trottinait derrière son père, Mélina n'aurait imaginé qu'elle habiterait un jour ce château. Pourtant, plus tard, de l'une de ses fenêtres à meneaux, elle contempla pendant des années les bois que le soleil d'automne poudrait de cuivre et d'or.

Même là, bien à l'abri entre les murs épais, une fois devenue une femme mûre, elle ne put rien oublier de ses peurs d'enfant, sur ces sentiers où elle redoutait d'apercevoir la Cître, cette chèvre blanche, grande comme un cheval, qui, disait-on, enlevait les enfants pour les emmener dans son repaire au fond des bois où ils disparaissaient à jamais.

Mélina crut bien être emportée par elle un hiver de neige, l'année où son père tomba malade d'une pneumonie. Il avait l'habitude de se soigner lui-même avec des tisanes et des décoctions de plantes, mais la fièvre, ce mois de décembre-là, faillit avoir raison de lui. Il sentit qu'il ne guérirait pas sans aide, et il demanda un matin à la petite d'aller prévenir les Sauvénie afin qu'ils aillent chercher le médecin.

— Cours vite, lui dit-il, et fais bien attention de ne pas te perdre avec cette neige.

Elle promit, inquiète, tout de même, car elle avait à peine six ans. Elle avait tellement peur de se lancer ainsi sur les chemins qu'elle tremblait comme une feuille, ne se décidait pas à ouvrir la porte. Il fallut bien partir, pourtant, et s'engager dans l'étendue blanche où semblaient s'agiter les tisons noirs des chênes, sous un ciel couleur de cendre, dans un vent à lame froide qui mugissait, par moments, comme ces monstres, mi-bêtes mi-hommes, dont elle entendait parler, parfois, au cours des veillées.

La Méthivie se trouvait à deux kilomètres de Costenègre. Le sentier escaladait d'abord une colline, puis plongeait dans un fond très sombre et très humide que l'enfant n'aimait guère, avant de remonter vers le coteau et de le suivre sur plus d'un kilomètre. Un dernier élan le hissait vers des bois d'où il redescendait paisiblement en direction de la métairie qui se trouvait à l'intersection de deux combes, à l'abri du vent. Mélina le connaissait bien, ce chemin, mais ce jour-là, la neige changeait tellement l'apparence des choses qu'il lui fallut un long moment avant de pouvoir se repérer.

Après avoir escaladé le premier coteau, au moment de plonger vers la Fondial, une véritable panique la prit. Elle s'arrêta, scrutant le vallon, et se trouva incapable de faire un pas de plus dans cette direction : là-bas, au bord du chemin, la Cître l'attendait. Deux cornes noires dépassaient de son corps immobile reposant sur les pattes de devant, dont Mélina distinguait nettement les sabots. Elle demeura bien dix minutes immobile, se demandant que faire, luttant contre l'envie de se mettre à courir vers Costenègre. La pensée de son père en danger finit par la contraindre à faire le pas qu'il fallait. Elle quitta le chemin et entra dans le bois pour passer dans le dos de la Cître qui ne bougeait toujours pas.

Quand Mélina arriva à sa hauteur, pourtant, une force inconnue la poussa à regarder dans sa direction. Elle distingua alors le tronc foudroyé d'un vieux chêne que la neige avait recouvert presque en totalité, mais qui laissait émerger deux moignons de bois noir que la petite avait pris pour deux cornes. C'est depuis ce jour-là que Mélina ne se satisfit jamais de l'apparence des choses et qu'elle prit l'habitude de regarder en face le danger. Certes, ce matin-là, elle se perdit plusieurs fois et mit bien longtemps avant d'apercevoir la Méthivie dans son vallon, mais cette première victoire sur la peur et sur l'ignorance lui fut précieuse et pleine d'enseignements. Il lui sembla, quand elle entra dans la maison des Sauvénie, qu'elle avait grandi de plusieurs années.

— Qu'est-ce que tu fais là, toi, petitoune ? lui demanda la Miette, une forte femme aux yeux couleur de châtaigne, aux cheveux épais comme de la paille, qui devait, à l'époque, peser plus de cent kilos.

Mélina expliqua en quelques mots ce qui se passait, puis elle fut happée par deux bras puissants qui l'abandonnèrent près du feu, face au fils de Louis et de la Miette qui avait à peu près le même âge qu'elle et qui s'appelait Pierre.

La Miette réchauffa l'enfant d'un grand bol de lait, tandis que Louis partait pour Salvignac afin de prévenir le médecin. Elle se trouvait bien, Mélina, dans la bonne chaleur de la grande cheminée à manteau de chêne, et elle aurait bien voulu ne jamais la quitter, mais elle pensait à son père seul, là-bas, et elle s'en inquiéta auprès de la Miette.

— Pauvre ! lui répondit-elle, mes jambes ne peuvent pas me porter jusqu'à Costenègre. Le mieux est d'attendre le retour de Louis. Il te reconduira sur la charrette.

Le fait d'avoir réussi à franchir une fois la distance entre sa maisonnette et la Méthivie donna à Mélina la volonté de repartir sans attendre. La Miette, d'abord, s'y opposa, puis elle finit par la laisser aller, non sans avoir réchauffé ses sabots avec des braises et glissé dans ses poches deux pierres chaudes que la petite s'empressa de saisir et de serrer.

— Ne va pas te perdre, lui dit-elle en refermant sa porte, ne t'éloigne pas du chemin.

Il fut plus facile à Mélina de trouver sa route au retour en suivant tout simplement ses traces. Sa peur s'était un peu atténuée et la Cître avait disparu. Seul le vent continuait de se battre avec les arbres, poussant des plaintes sous les coups de griffe des branches nues. La neige voletait au ras du sol, fouettant les jambes de la petite qui ne portait pas de bas, mais des chaussettes de laine trop courtes. Le monde lui sembla, ce matin-là, une bête bossue, endormie dans une immense bauge blanche, et qu'il importait de ne pas réveiller.

Une fois chez elle, elle n'eut aucun mal à raviver le feu afin de réchauffer son père qui dormait « tra la taque », c'est-à-dire derrière la cheminée, dans un sombre réduit protégé par un rideau noir de suie. D'ordinaire, Mélina ne s'approchait guère de ce recoin malgré l'attirance que suscitait en elle un portrait de sa mère qui y était accroché. Son père le lui avait mis en main une fois, une seule, mais elle en gardait la mémoire précise et il ne cessait de la hanter : on y voyait une jeune femme brune, avec, sur la tête, une très ancienne coiffe blanche qui laissait deviner ses cheveux sur les tempes, et qui descendait sur sa nuque, à la manière d'un fichu. Noirs étaient les yeux, également, et rond le visage qu'un sourire craintif éclairait à peine, accentuant la fragilité de cette femme dont on refusait de parler. Le jour où la petite avait tenté de questionner la Miette à ce sujet, celle-ci avait feint de ne pas entendre. Quant à son père, si Mélina l'interrogeait, ses yeux se mettaient à briller sans qu'il puisse prononcer le moindre mot, comme si, à cette évocation, il perdait brusquement sa faculté de parler.

De même, ce fut à peine, si, ce matin-là, il put parler au médecin qui arriva en compagnie de Louis sur la charrette, aux alentours de midi. Mélina demeura sagement à l'écart, attendant que les deux hommes ressortent du réduit. Ils discutèrent à table, appuyés lourdement sur leurs coudes en buvant du vin chaud, puis le métayer demanda à Mélina :

— Tu n'as pas peur ? Tu veux me suivre à la maison ? Je viendrai ici tous les jours, tu n'auras pas à t'inquiéter pour ton père.

Pour rien au monde, elle ne l'aurait abandonné. Elle refusa farouchement, et ils n'insistèrent pas. Une fois seule, elle fit réchauffer la soupe, comme le lui avait appris son père. Après quoi, elle lui porta du bouillon et demeura un moment près de lui, à le regarder pensivement. Il la remercia, la dévisagea de ses yeux pleins de fièvre, et lui dit :

— Qu'est-ce que je deviendrais sans toi, Lina ?

Elle comprit vraiment ce jour-là de quel poids elle pesait dans sa vie et elle en fut réellement comblée, éblouie même, car le pauvre homme représentait tout ce qui lui était cher, le seul être au monde vers lequel, dès son réveil, convergeaient toutes ses pensées.

Louis revint dans l'après-midi apporter des médicaments, expliqua comment il fallait les prendre, puis il repartit. Jean Fontanel mit une semaine à guérir, huit jours durant lesquels sa fille suivit attentivement son combat contre la maladie, écoutant ses râles, puis ses soupirs, s'asseyant près de lui, lui parlant, parfois, sans qu'il lui répondît.

Il resta à Mélina de ce temps lointain, si éprouvant pour l'enfant qu'elle était, une force dont elle profita au cours des périodes les plus difficiles de sa vie, et elles ne lui manquèrent pas. Malgré sa fragilité, cependant, elle ne connut jamais la tentation du désespoir. Même à cette époque où elle se sentait si petite, si seule, si démunie, aux côtés d'un homme que la maladie clouait au lit. Quand il se leva enfin, cet hiver-là, la neige avait fondu. Il était grand temps de s'occuper des truffes dont c'était la pleine saison.

Jean Fontanel était celui qui « savait ». Le secret lui venait de son propre père, mais il n'en parlait jamais, pas même à Mélina. Encore moins aux Carsac qui constataient chaque année avec satisfaction que leurs truffières prospéraient, alors que la plupart, ailleurs, dépérissaient.

— Je te le dirai un jour, Lina, promettait Jean Fontanel à sa fille qui, au demeurant, ne songeait pas à l'interroger.

Il ne suffit pas de planter des chênes pour obtenir des truffières fécondes. La clé du succès, c'est de savoir choisir les glands. Jean Fontanel n'hésitait pas à couper les arbres épuisés et à remettre en terre aussitôt les jeunes plants nés des fameux glands qu'il choisissait, loin des regards importuns. Ces glands-là, et eux seuls, engendraient la contamination qui donne ces truffes uniques, magnifiques, parfois grosses comme le poing, que l'on trouve en janvier, les années où il a suffisamment plu pendant l'été.

Jean Fontanel les cherchait avec l'aide d'une truie monstrueuse dont Mélina avait très peur. C'était l'usage, à l'époque : on n'a dressé les chiens que plus tard, quand on a compris qu'ils obéissaient plus facilement. Les truies, au demeurant, permettaient d'élever des gorets que l'on vendait après avoir choisi celui que l'on garderait pour assurer la viande d'une année. Avec des pommes de terre, des haricots, de la soupe, du fromage et parfois du gibier, c'était là toute la subsistance de Jean Fontanel et de sa fille. Pourtant, Mélina ne connut pas la faim. Elle mangea toujours à satiété, même pendant sa plus lointaine enfance, à l'époque où elle vivait dans le dénuement au plus profond des bois. D'ailleurs, à Costenègre, il y avait toujours suffisamment de restes pour donner sa pitance à la truie qui terrorisait Mélina depuis qu'elle avait dévoré quelques-uns de ses petits. Elle ne comprenait pas comment une mère pouvait se conduire ainsi et elle était contente quand son père frappait sur le groin de l'animal avec son bâton ferré pour extraire la truffe de la terre.

Cet hiver-là, la récolte fut bonne. Il avait plu en août et il n'avait pas fait trop froid depuis la Saint-Martin. Assez, cependant, pour éviter l'invasion des chenilles qui avaient fait tant de mal aux truffières lors de la Grande Guerre. De mars à juillet, Jean Fontanel avait pu procéder à l'élagage des chênes et ne s'était pas trompé dans l'éclaircissement. C'est là une opération risquée pour les trufficulteurs : quel arbre couper pour éviter l'excès d'ombre ou le chevauchement des cercles de brûlure ? Le chêne producteur, en effet, est rarement celui que l'on croit, d'autant que la truffe se trouve toujours à la lisière du brûlé, souvent plus près d'un arbre qui, lui, n'est pas forcément contaminé.

Mélina ignorait tout cela, encore, à cette époque, en ramassant la Noire, tandis que son père tenait à distance la truie trop gourmande. Il lui en donnait une de temps en temps, mais sa récompense ordinaire, chaque fois que l'animal avait désigné le bon endroit, c'étaient des grains de maïs. Il suffisait alors de creuser. Quel plaisir c'était, pour Mélina, de sentir sous ses doigts la chair grumeleuse, l'extraire de la terre, la respirer, la donner à son père qui la nettoyait prestement et la faisait disparaître dans la musette de toile bise qu'il portait sur son dos !

Le mois de décembre n'est pas le meilleur mois de la récolte : c'est en janvier que la truffe est vraiment mûre, qu'elle a le meilleur parfum, à condition que les gelées ne la saisissent pas. Alors, elle se désagrège et finit par pourrir. Mélina savait surtout qu'avant le début de la grande récolte viendrait la Noël, et même si elle n'en parlait guère, elle ne cessait d'y penser. Car ils allaient par habitude veiller à la Méthivie, avant de se rendre à la messe de minuit à Salvignac en compagnie des Sauvénie.

Mélina partait avec son père sur les mauvais chemins, au milieu des chênes pétrifiés par le froid, dans un silence d'étoupe, sous une lune de sucre qui éclairait à peine le sentier. Jean Fontanel portait la lampe d'une main et, de l'autre, serrait celle de sa fille. Ah ! cette main ! Elle en sentit longtemps la chaleur et la pression des doigts sur les siens, comme s'ils y avaient laissé pour toujours leur empreinte. Sans doute ne savait-il pas que la petite rêvait de ce moment, de cette chaleur, plusieurs semaines à l'avance. Quelquefois, il serrait davantage, comme s'il voulait signifier par là qu'il ne l'oubliait pas, malgré ses pensées qui vagabondaient. Alors elle serrait, elle aussi, et il lui semblait qu'elle ne connaîtrait jamais de plus beau langage que celui-là.

Elle n'avait pas peur avec lui, même quand les nuages recouvraient la lune, que l'obscurité se refermait sur eux dès leur entrée dans les bois, et elle se laissait guider en pensant à tout ce qui l'attendait à la métairie. Un grand feu, d'abord, près duquel elle se réchauffait quelques minutes en compagnie de Pierre, puis, sur la table en bois brut, des pâtés, des confits, un chapon farci, de la crème blanche et, après le repas, des marrons glacés qu'ils avalaient, Pierre et elle, tandis que la Miette leur chantait de vieilles chansons de Noël. Alors Mélina pensait à sa mère et elle enviait beaucoup Pierre. Cependant, elle s'efforçait de sourire pour que personne ne remarque sa tristesse.

Ensuite, ils partaient en charrette, les deux hommes côte à côte sur la banquette, et les enfants assis à l'arrière contre la Miette qui les prenait dans ses bras, un de chaque côté. Pour Mélina, c'était bon de sentir contre sa joue se soulever la grosse poitrine chaude de la Miette et de respirer l'odeur de fumée qui imprégnait son manteau. Protégée par deux couvertures de laine, elle regardait, à travers les ridelles, les lumières qui se multipliaient comme des feux follets à mesure qu'ils s'approchaient de Salvignac : celles des familles, qui, comme eux, se rendaient à la messe. Déjà, les cloches appelaient, répondant aux grelots du cheval, dont les sabots cognaient sur la terre gelée.

Dans l'église l'attendaient les belles toilettes des femmes, les chants, les statues jaune et bleu, l'or du retable et de l'encensoir, et tant de monde, aussi, que Mélina, habituée à la solitude, en était un peu effrayée. Une année, il y eut même une crèche avec un âne, des bœufs, une femme vêtue de blanc et un enfant couché dans un panier plein de paille. Cette année-là, la Miette eut bien du mal à arracher Mélina à la contemplation de ce tableau vivant : elle aurait bien voulu se coucher elle aussi dans ce panier, sous le regard de cette femme qui était brune, comme sa mère, et qui souriait comme elle avait dû sourire, sa mère, en se penchant sur son berceau le jour de sa naissance. Cette nuit-là, Mélina eut l'impression que cette femme vêtue de blanc était bien celle qu'elle avait attendue si longtemps, revenue pour la voir, lui parler, parce que c'était Noël et qu'il faut bien que les enfants soient heureux quelquefois.

Le chemin du retour lui paraissait très long, car elle savait que de menus cadeaux l'attendaient à la Méthivie : des oranges, des papillotes, un jouet ou deux achetés par la Miette. La petite en demeurait éblouie, sous le regard rêveur de son père qui mangeait une soupe à l'oignon avant de repartir. En traversant les bois, au retour, il ne lui parlait guère, car il forçait l'allure et elle comprenait qu'il avait hâte d'arriver.

Une fois bien au chaud dans leur maisonnette, il lui donnait parfois un jouet qu'il avait bricolé lui-même et qu'il posait près de la cheminée pendant que Mélina se déshabillait. Cette année-là, il lui fit présent d'un landau avec des vraies roues, garni d'un petit oreiller empli de fanes de maïs et d'une pièce de vieux drap retombant sur les côtés. Il avait dû y travailler longtemps en se cachant, sans doute le soir, sous la chiche lumière du chaleil, tandis qu'elle dormait tout près de lui.

Ainsi passaient les Noëls de son enfance, des Noëls que Mélina ne put jamais oublier. On ne choisit pas les morceaux du passé que conserve notre mémoire. Qui le fait alors et pourquoi ? Elle se posa souvent la question sans pouvoir y répondre. Cependant, comme elle n'avait pas le goût du malheur, elle prit pour habitude de tirer de l'espoir des plus menues choses de la vie. Et cela dès l'époque où elle ramassait avec son père, dans les froidures de janvier, des truffes qui appartenaient à d'autres et qu'ils leur portaient chaque fin de semaine, avec l'humilité de ceux qui n'ont que leurs bras pour gagner leur vie.

Jean Fontanel se découvrait toujours en entrant dans la cour du château. Il n'était soudain plus le même pour la petite, qui trouvait que ses cheveux trop rares le rendaient plus fragile, humble, et parfois pitoyable. Le vieux Carsac, Grégoire, prévenu par un domestique, sortait pour peser les truffes, en compagnie de son fils Antoine. Grégoire Carsac était un homme sec, au nez fin et courbe, aux traits aigus, aux yeux très clairs, qui portait un chapeau de feutre comme on en voyait au siècle dernier, et une grosse chaîne de montre en or sur un gilet aux reflets aile-de-corbeau. Des bottes de cuir lui montaient jusqu'aux genoux, soulignant un pantalon bouffant de cavalier — car il aimait à parcourir ses terres à cheval pendant la belle saison. Il avait à peine soixante ans, à l'époque, mais sa manière de se vêtir et de se conduire était celle de l'ancienne noblesse terrienne d'avant guerre, et sans doute pour cette raison apparaissait-il très vieux à Mélina, au contraire de son fils Antoine qui était vêtu plus sobrement, sans bottes, même si ses vestes de chasse à boutons dorés et ses guêtres toujours bien graissées témoignaient de sa position de propriétaire et d'héritier.

Ce n'étaient pas de mauvaises gens, ces Carsac qui, pourtant, faisaient très peur à Mélina. Avant la Révolution, ils avaient été liés aux seigneurs d'Hautefort, puis ils avaient émigré, comme beaucoup de nobliaux, jusqu'à la Restauration, abandonnant leurs terres à un parent de confiance moins compromis qu'eux avec l'Ancien Régime. Ils en avaient retrouvé l'essentiel en 1815, avec le retour des Bourbons, mais ils n'avaient jamais plus occupé la même position car la noblesse terrienne devait désormais compter avec ceux qui s'étaient enrichis en rachetant les biens du clergé confisqués par l'État : une sorte de bourgeoisie rurale issue du monde des affaires et qui s'était ralliée à Louis XVIII sans la moindre hésitation. Ayant utilisé une grande partie de leurs avoirs en exil, ils avaient dû vendre des terres pour retrouver un peu d'aisance financière, car ils avaient gardé des habitudes d'avant la Révolution et ils organisaient des fêtes où se retrouvaient la plupart de ceux qui avaient dû s'exiler pendant la période sombre.

Si l'arrivée de Louis-Philippe, en 1830, ne les avait pas beaucoup affectés, ils avaient eu fort à faire en

1848 avec les républicains et leur garde nationale qui avait manœuvré jusque dans la cour du château. Napoléon III, dès son coup d'État de 1851, avait mis bon ordre à toute cette agitation. Ensuite, jusqu'à la guerre de 1870 et l'avènement de la troisième République, les Carsac s'étaient montrés assez accommodants pour se faire bien voir du nouveau régime et retrouver ainsi un peu de leur prestige d'antan. Jusqu'à la fin de la guerre de 14, toutefois, ce n'avait été qu'une lente agonie, un démantèlement des terres dont ne subsistaient aujourd'hui que celles de Salvignac, ces bois truffiers où l'invasion des chenilles sur les chênes et le manque de main-d'œuvre eussent, sans Jean Fontanel, provoqué une chute inexorable des récoltes.

Heureusement pour eux, ils possédaient également quelques terres en fermage à proximité du Bugue, dans la vallée de la Vézère, là où les forêts ne portent plus de petits chênes mais de grands châtaigniers et où, sous les fougères, ce ne sont plus des truffes que l'on trouve mais des cèpes et des chanterelles qu'un fermier leur livrait à l'automne. Ces terres venaient d'Élise Verteillac, la femme de Grégoire, qui les avait apportées en dot lors de son mariage avec lui en 1895.

S'ils résidaient à Salvignac, c'était parce que là se trouvait le véritable berceau de leur famille, que la demeure y était plus conforme à leurs goûts, mais aussi et surtout parce qu'ils pouvaient y exercer la passion des truffes qui consumait aussi bien le père que le fils. Il suffisait de constater leur impatience à se pencher sur le panier que leur portait leur bordier, les flairer, les tâter, les soupeser, pour comprendre combien ils étaient fascinés par « la Noire » qui représentait l'essentiel de leurs ressources, du moins, comme l'on dit par ici, en espèces sonnantes et trébuchantes, les fruits des métairies leur servant surtout à subsister.

— Allons ! disait le vieux Grégoire, ce sera une bonne année, finalement, si les braconniers ne reviennent pas.

C'était là sa hantise : que des braconniers puissent lui voler ses truffes, mais également les sangliers, qui en sont très friands, et aussi les mulots et les lapins.

— Veillez-y, Fontanel ! disait le vieux Carsac, Vous avez toute ma confiance.

Comment n'aurait-il pas donné sa confiance à son bordier, sachant qu'il connaissait les secrets les plus rares, et qu'il se dévouait corps et âme à ses maîtres ? Quant aux prédateurs, c'était aussi lui qui organisait les grandes battues indispensables à leur destruction, auxquelles participait une bonne partie des gens du village, et que clôturait un grand banquet dans la cour du château.

Pendant que les hommes discutaient, Fantille, la cuisinière, venait chercher Mélina et lui donnait un bol de chocolat chaud. Fantille ressemblait beaucoup à Miette Sauvénie : elle était forte, comme elle, avec des cheveux raides et jaunes, de gros bras habitués aux travaux pénibles, et elle manifestait à la fille du bordier autant de tendresse que la Miette, comme si ces deux femmes avaient deviné combien la présence d'une mère manquait à la petite. C'est à peine si Mélina osait bouger dans la grande cuisine envahie de faitouts, de casseroles, de toupines, de tourtières et d'oules à châtaignes. Élise Carsac, la femme de Grégoire, était morte quelques années auparavant, mais Mélina n'en gardait aucun souvenir. C'était la femme d'Antoine, Albine, qui menait la maison et gouvernait les domestiques. Elle n'avait pas apporté de terres en dot, cette Albine, car elle était fille de commerçants de Périgueux, où Antoine l'avait rencontrée pendant ses études. Elle était fine, sévère, ses cheveux blonds peignés en chignon et vêtue de longues robes grises. Elle annonçait toujours son arrivée par un doux froissement d'étoffe qui paralysait Mélina sur sa chaise.

— Bois ! disait-elle à la petite. Tu as dû avoir froid en route.

Jamais Mélina ne levait les yeux sur elle, mais elle sentait qu'Albine la dévisageait et qu'elle s'interrogeait, sans doute, sur la manière dont cette enfant vivait seule avec son père dans une maison perdue au fond des bois.

— Tu n'as que la peau sur les os, reprenait Albine. À se demander s'il te donne à manger.

Mélina était bien incapable de répondre : elle se sentait trop minuscule, trop faible pour cela.

— Est-ce qu'elle comprend, au moins ? demandait Albine Carsac à Fantille.

— Dame ! si elle comprend, répondait la cuisinière. Elle est loin d'être sotte !

Jean Fontanel finissait par arriver pour boire son vin chaud, son grand chapeau périgourdin à la main. Il prenait alors un air humble, se faisait tout petit.

— Ah ! Vous voilà ! s'exclamait Albine Carsac. Cette petite serait mieux ici, au château, qu'au fond des bois. Que ne la laissez-vous pas à Fantille ? Elle s'occuperait bien d'elle, vous savez ?

— Je m'en occupe, moi, répondait-il.

Mélina se rapprochait de son père, effrayée à l'idée de demeurer prisonnière dans ces murs, et saisissait sa veste, bien décidée à ne pas la lâcher.

— Tout ça n'est pas raisonnable, Fontanel, reprenait Albine Carsac, ce n'est pas une vie pour cette petite.

Le bordier se hâtait de vider son verre et ne répondait pas. L'homme et l'enfant repartaient, le panier vide, et ils marchaient très vite comme s'ils avaient peur d'être rattrapés. Mélina devinait qu'il souffrait d'être jugé incapable de l'élever, et elle en souffrait avec lui. Une fois à Costenègre, il la faisait asseoir face à lui, et, d'une voix craintive, demandait :

— Tu n'es pas bien ici, avec moi ?

— Oh ! si ! répondait la petite.

— Tu veux t'en aller au château ?

— Oh ! non !

Plus que les réponses de sa fille, ses yeux, sans doute, le rassuraient tout à fait, car il pouvait y lire tout ce qu'il représentait pour elle, et combien il lui était indispensable. Alors il souriait et, quelquefois, lui disait :

— Un jour, bientôt, je te parlerai d'elle.

2

La vie de Mélina et de son père était rythmée par le travail des truffières. Au contraire des autres fillettes de son âge, elle ne gardait pas de moutons car leur présence est néfaste pour les truffes. En revanche, elle veillait sur les canards et les oies que son père gavait en novembre pour vendre les foies gras, ce qui constituait l'essentiel de ses revenus de l'année. Ils allaient chercher l'eau à la fontaine qui se situait à deux cents mètres de la maison, dans un creux ombreux où Mélina guettait les salamandres et les têtards, son père avec une grande seille, la petite avec une cruche qu'elle versait, au retour, dans le seau posé sur la pierre de l'évier, et qui leur servait à se laver les mains.

Ils n'avaient pas besoin d'acheter de la viande, puisqu'ils élevaient un cochon, des canards et des oies. Les Sauvénie, eux, élevaient quelques moutons à la Méthivie pour le compte des Carsac, mais il n'était pas question de les laisser pacager dans les bois truffiers. En dehors de ces occupations ménagères, Mélina ne quittait guère son père. C'est d'ailleurs pendant ces années-là, pour l'avoir observé chaque jour malgré son jeune âge, qu'elle apprit ce qu'elle savait de plus précieux sur la demoiselle noire, comment il faut la choyer pour qu'elle daigne naître et mûrir sur des terres ingrates mangées par la rocaille.

Son père lui avait fabriqué un petit « bigot » — une sorte de houe à deux dents — et elle travaillait près de lui à nettoyer et gratter légèrement le sol depuis l'extérieur du brûlé en direction de l'arbre, de manière à peigner les racines et à ne jamais les rebrousser. Il lui montrait les plantes favorables, celles qui sont amies de la truffe et prouvent sa présence : l'épervière piloselle d'abord, dont la disparition au profit des sédums et des petites fétuques annonce une production prochaine. Il lui désignait le cerisier Sainte-Lucie que l'on appelle aussi faux merisier en lui recommandant de ne jamais le couper, de même que le genévrier dont les baies bleues attirent les grives, et il lui expliquait qu'il fallait redouter l'ajonc, la digitale, la bruyère, les châtaigniers qui occupent la lisière de certains bois. En revanche, il se réjouissait de la présence du buis, du prunellier, du noisetier, du cytise ou de l'alisier.

Le plus gros du travail commençait trois semaines après la Saint-Blaise — le 3 février —, date à laquelle il était de tradition de porter bénir une rave à l'église, et durait jusqu'à la fin du mois de juillet. Ensuite, il était absolument interdit de toucher à quoi que ce soit, car on savait qu'à la « Saint-Roch, la truffe est sur le roc ». Mélina en apprit plus tard les raisons dans les livres : comment la sexualité du champignon commence en mai, comment les truffettes naissent en juin, et grossissent lentement jusqu'en décembre, pour peu que les conditions soient favorables et que l'on y ait apporté le soin nécessaire.

À l'époque, elle se contentait d'observer son père, sans chercher à comprendre pourquoi il agissait d'une manière plutôt que d'une autre. S'il élaguait peu les plus grands chênes, persuadé qu'il était que l'élagage d'un arbre en production pouvait l'arrêter pour plusieurs années, il éclaircissait volontiers pour éviter l'excès d'ombrage. La lumière et l'eau, en effet, sont indispensables à la truffe pour naître et se fortifier. Il ne faut donc pas hésiter à couper des arbres. Grégoire et Antoine Carsac estimaient leur présence absolument indispensable à ces sacrifices, de crainte que le bordier ne se trompe. La discussion durait longtemps entre Jean Fontanel et les propriétaires, mais c'était toujours lui qui emportait la décision. Il savait, en comparant les cercles de brûlure, quel était l'arbre — fût-il le plus éloigné — qui contribuait à la formation du mycélium. Sa main ne tremblait pas quand il prenait la hache, alors que les Carsac le regardaient avec des yeux pleins de méfiance, comme s'il les dépossédait d'une partie de leurs richesses.

Dans les truffières épuisées, la seule solution était de couper tous les arbres et de remettre en terre des plants nés des fameux glands secrètement choisis et non pas, comme aujourd'hui, avec des chênes mycorhizés, c'est-à-dire contaminés artificiellement. C'était le seul moyen pour récolter un jour, de nouveau, de belles truffes. Mais il fallait attendre longtemps, parfois dix ans, le plus souvent quinze. La patience a toujours été l'une des plus grandes vertus des gens de ce pays.

Avec l'arrivée de l'été, Jean Fontanel guettait les orages d'août, si néfastes pour les autres cultures mais si profitables à la truffe qui vient de naître. S'ils étaient nombreux, il se réjouissait, car une grande sécheresse est nuisible à la demoiselle noire, parfois pour de longues années. À partir de la mi-juillet, il abandonnait les truffières pour aller aider les Sauvénie lors des moissons et des battages. Mélina, qui le suivait, comme toujours, s'en réjouissait, car c'était l'une des seules occasions où elle pouvait rencontrer d'autres gens que ceux qu'elle côtoyait tous les jours : les habitants des villages et des fermes alentour.

On ne battait déjà plus au fléau, à l'époque, car les premières batteuses à vapeur avaient fait leur apparition depuis quelques années. On n'avait donc plus besoin de séparer la balle du grain au tarare, cet instrument merveilleux dont la petite aimait à tourner la manivelle, pour s'amuser, sur l'aire de Costenègre. Les battages se terminaient avec la fête de la « gerbebaude » : un grand repas pris sur des planches à tréteaux en compagnie de tous ceux qui avaient aidé aux moissons, mais aussi de Grégoire Carsac, qui, pour la circonstance, comme c'était l'usage, y assistait, en bout de table, après le partage du blé.

Mélina s'interrogeait sur cette présence qui lui paraissait déplacée, en tout cas propre à susciter chez les hommes présents une réserve que le vin, cependant, finissait par dissiper. Mais la nuit était chaude, les bouteilles se vidaient et les plats succédaient aux plats : bouilli de porc, poule farcie, confits, tartes, tant d'autres mets encore que l'enfant appréciait à leur juste valeur. Elle était alors une fillette étonnée mais heureuse de se trouver là, dans la nuit tiède de l'été, où le chant des grillons soulignait les rires qui montaient vers des étoiles si proches qu'il lui arrivait de tendre la main pour tenter de les décrocher.

Souvent, à la fin, on chantait. Des hommes se levaient, aux voix fortes et rocailleuses, parfois des femmes, aussi, et Mélina, alors, se demandait quelle avait été la voix de sa mère. Son père baissait la tête, comme s'il avait honte de participer à ces réjouissances, et la petite comprenait que, comme elle, il pensait à la disparue. Alors, elle se taisait malgré son envie de participer à ces chants, à ces rires qui lui semblaient pourtant capables d'effacer les peurs de ses jours et de ses nuits.

En revanche, elle ne se privait pas de chanter à l'occasion de la Fête-Dieu de Salvignac, en juin, où elle ajoutait ses fleurs sauvages à la jonchée du Saint-Sacrement, mais également en participant aux Rogations du mois d'août, car il n'y a pas de honte à chanter pour le Bon Dieu : c'est ce que lui avait enseigné la Miette qui l'y conduisait chaque année avec Pierre. Le cortège suivait lentement le curé en surplis et les enfants de chœur à travers les champs et les bois, s'arrêtait devant les croix, face aux reposoirs recouverts d'un drap blanc où les paysans avaient déposé en offrande des œufs, des épis de maïs ou des noix : menus présents destinés à attirer sur leurs terres la bienveillance divine.

Devant les croix ornées d'un crêpe noir, on chantait le *De profundis* pour le salut des membres de la famille qui avaient disparu pendant l'année écoulée ; devant les autres le *Libera me* et, en chemin, les litanies rituelles qui se terminaient par le refrain : « *Te rogamus audi nos !* » Quand le curé avait prononcé la formule attendue : « Seigneur, donnez les fruits à la terre et veillez sur eux », les propriétaires des champs voisins des croix se mêlaient au cortège, où, donnant la main à la Miette, Mélina chantait, donc, avec l'innocence des enfants de son âge, ne songeant à rien d'autre qu'à cette joie collective dans laquelle se dissipait son angoisse.

Jean Fontanel n'y venait pas. Il ne fréquentait pas l'église, d'ailleurs, ce qui lui valait de fréquents reproches de la part du curé de Salvignac quand il le croisait dans la cour du château ou sur un chemin :

— On ne peut pas élever une enfant sans le secours du Bon Dieu, disait l'homme en noir. Méfiez-vous qu'on ne vous la prenne pas pour la confier aux sœurs de Périgueux.

— Si le Bon Dieu ne m'avait pas enlevé si tôt ma pauvre femme, répondait Jean Fontanel d'une voix qui tremblait, vous ne me parleriez pas comme ça aujourd'hui. Quant à me prendre ma petite, s'il le faut, je la défendrai avec mon fusil.

Pourtant, sur les instances des Carsac, et parce qu'il avait très peur de la perdre, il accepta que la Miette conduise Mélina chaque dimanche à l'église pour la messe de onze heures. Ce fut pour elle une manière d'échapper enfin à l'isolement dans lequel elle vivait à Costenègre.

Un jour où, avec la Miette, justement, elles passaient à côté du cimetière, au retour de l'église, celle-ci y entra pour aller prier sur la tombe des siens. Mélina la suivit, donnant la main à Pierre, avec l'impression de s'approcher d'un monde redoutable. C'était la première fois qu'elle pénétrait dans ces lieux, et elle ne comprenait pas ce que la Miette venait faire là. Comme la petite l'interrogeait, la Miette lui expliqua que les morts dormaient entre ces murs, dans des tombes, que ses parents étaient enterrés là, et qu'elle était venue leur parler. Mélina lui demanda alors, de la façon la plus naturelle :

— Et ma mère, où est-elle ?

La Miette parut très embarrassée, mais elle finit par répondre, sans regarder la petite :

— Elle n'est pas là.

— Mais où, alors ? insista Mélina.

— Je ne sais pas. Il faut demander à ton père.

Mélina fut tellement surprise, accablée, même, d'apprendre que sa mère ne se trouvait pas à l'endroit où reposaient les morts, qu'il lui fallut quelques semaines avant d'oser en reparler. Quand elle trouva enfin la force de poser des questions à son père, ce ne fut pas sans appréhension.

C'était le soir, ils finissaient de manger, un samedi, sans doute, puisqu'elle devait passer une nouvelle fois devant le cimetière, le lendemain, en allant à la messe. Jean Fontanel fumait son tabac gris au coin de la cheminée, assis sur le petit banc de bois qu'ici, en Périgord, on appelle salière, pensif comme il était souvent, observant sans bouger les flammes qui dansaient devant lui. C'est à peine si la petite s'entendit prononcer ces mots dont elle devinait la gravité :

— Pourquoi ne se trouve-t-elle pas au cimetière, comme les autres ?

Jean Fontanel sursauta, se redressa vivement comme s'il s'éveillait d'un songe. Elle fut frappée par son regard, ce soir-là, tandis qu'il cherchait ses mots, que des lueurs folles illuminaient ses yeux.

— Je voudrais lui parler comme la Miette parle à ses parents, poursuivit Mélina.

Elle crut qu'il allait lui répondre, expliquer, enfin, mais non : il se leva brusquement, décrocha son fusil puis s'enfuit sans un mot, laissant la porte ouverte derrière lui, et, quelques minutes plus tard, Mélina l'entendit tirer des coups de fusil dans les bois. Comme il tardait à revenir, ce soir-là, elle partit à sa rencontre, épouvantée par l'idée qu'il avait peut-être retourné son fusil contre lui, comme elle l'avait entendu dire d'un homme de Sorges, quelques mois auparavant.

C'était la fin de l'été. Les orages rôdaient au-dessus des collines depuis de longs jours, mais refusaient de donner à la terre craquelée l'eau qu'elle réclamait avec de longs soupirs. Les feuilles des chênes, déjà tavelées de taches brunes, étaient devenues craquantes comme des gaufres sorties du four. La nuit tombait, épaisse et chaude, sans la miséricorde d'un souffle de vent. En courant, Mélina avait du mal à respirer, et plus elle courait, plus elle avait peur de trouver son père mort, car il ne lui répondait pas. Elle finit par l'apercevoir, assis sur un tronc, près de la truffière qui avait brûlé il y avait quelques années, et dont les chênes recépaient, fragiles encore, sur une herbe rase qui ne reverdissait plus. Quand il l'entendit, il pointa son fusil dans sa direction, comme s'il ne la reconnaissait pas. Alors elle lui dit, aussi doucement qu'elle le put :

— C'est moi, Lina.

Sa voix parut rendre à son père sa raison. Elle s'approcha, tandis qu'il restait immobile, son fusil baissé, maintenant. Il la dévisagea un long moment et elle crut, une nouvelle fois, qu'il allait se confier, raconter ce qui était arrivé à sa femme, mais il se contenta de soupirer, de se lever, et il passa devant sa fille sans un mot. Elle le suivit en silence, sous les premières étoiles qui s'allumaient tout là-haut, tremblant comme elle tremblait, à présent, derrière ce père qui, par moments, ne la reconnaissait plus.

Le plus terrible pour Mélina, c'était la sensation qu'elle éprouvait de devoir le protéger, alors que c'était elle la plus vulnérable. Si seulement elle avait pu parler de tout cela avec quelqu'un, sans doute aurait-elle moins souffert. Même la Miette, cependant, semblait avoir peur lorsque elle l'interrogeait. Et pourtant cette femme était bonne, courageuse, et se montrait prévenante avec elle. Alors ? Quel était ce mystère ? Que s'était-il passé de si terrible que personne n'osait en parler ? Pendant les veillées d'hiver à la Méthivie, cette année-là, Mélina tenta de trouver des indices au fil des conversations, notamment au cours de l'énoisillage qui voyait réunies trois ou quatre familles chez les Sauvénie où Jean Fontanel et sa fille se rendaient aussi à partir de la Saint-Martin.

Les noyers ne sont pas des ennemis des chênes truffiers : ils cohabitent facilement, au contraire des châtaigniers. C'est pourquoi il y en avait beaucoup, à l'époque, et même aujourd'hui on en trouve pas mal par ici, car les noix sont un apport d'argent frais que nul ne peut négliger.

Avant la dernière guerre, on les vendait, certes, mais aussi on brûlait l'huile dans les chaleils, du moins ceux qui, comme Jean Fontanel et sa fille, n'avaient pas encore l'électricité. Mélina n'était pas peu fière de casser les coquilles avec son petit maillet, en compagnie des femmes assises autour de la grande table de la Méthivie. Les hommes se groupaient entre eux, à l'autre bout de la table, pour égrener le maïs. Il y avait là les métayers des alentours : les Fajardie, les Brugidou, les Gossinel, d'autres encore qui quittèrent plus tard la région pour aller vivre en ville, comme beaucoup, et qu'on ne revit jamais.

Mélina se faisait toute petite entre la Miette, toujours à sa gauche, et sa voisine de droite, la femme d'Élie Brugidou, mais elle ne perdait pas un mot de ce que l'on racontait. C'était surtout le vieil Élie Brugidou, à la parole facile, que l'on entendait : il s'agissait de contes, de légendes de l'ancien temps, de récits qui laissaient Mélina transie de peur sur le banc, même si elle les connaissait déjà. Elle redoutait surtout le moment où il allait parler de la Chasse volante qui l'avait surpris une nuit, il y avait bien longtemps, sur la route de Thenon. C'était l'automne, le vent s'était levé, il avait entendu les chiens, les chevaux, les cors, et tout un cortège hurlant qui avait tourné longtemps au-dessus des bois, alors qu'il s'était réfugié dans un taillis. Mais ce qui l'avait surtout impressionné, précisait-il, c'était la Dame blanche qui conduisait la chasse, montée sur un grand cheval blanc, entourée de deux dogues monstrueux, vêtue d'une longue robe de satin et couronnée d'une coiffe où brillaient des diamants.

— Tu n'en as jamais vu, observait immanquablement Louis Sauvénie. Comment savais-tu que c'étaient des diamants ?

— Elle me l'a dit, soufflait le vieil Élie.

Un profond silence succédait à ces paroles

étranges, et Mélina frissonnait dans l'ombre. Il en fallait plus pour empêcher le vieillard de raconter d'autres histoires, toujours les mêmes, mais pour la petite toujours aussi impressionnantes : c'étaient des rencontres avec le Lébérou, cet homme couvert d'une peau de loup qui erre la nuit pour surprendre les voyageurs attardés; parfois avec la Chaucho-Vieillo, cet esprit malin qui entre la nuit par le trou des serrures, ou avec les Fachilières qui gardent les carrefours des chemins, au fond des bois, et vous entraînent vers les points d'eau pour vous y faire noyer.

Mélina, qui vivait déjà dans la peur à cause de sa mère et de son père, sortait de ces soirées épouvantée. Une fois à Costenègre, elle ne fermait pas l'œil de la nuit. Elle demeurait le regard fixé sur les poutres tellement imprégnées de suie qu'elles scintillaient parfois sous la lumière de la lune entrant par le « fenestrou ». Elle se disait alors que les diamants de la Dame blanche devaient jeter les mêmes éclats et cherchait à deviner sa présence dans l'ombre.

Associés au bruit des maillets cognant sur les coquilles de noix, ces récits restaient longtemps dans sa mémoire et se réveillaient en elle quand elle marchait seule le long des chemins. Alors, brusquement, croyant sentir un souffle dans son dos, elle se mettait à courir jusqu'à ce qu'elle trouve un abri, à Costenègre ou à la Méthivie. C'est tout juste si, à l'époque, Mélina n'avait pas peur de sa petite ombre. Le monde lui paraissait une immense toile d'araignée tendue au-dessus d'elle, dont chaque maille représentait une menace qui mettait sa vie en péril.

Au cours de ces veillées, en effet, après les contes et les récits, les conversations se nouaient, tout aussi mystérieuses pour elle, car elle parlait finalement peu avec son père et elle ne connaissait rien de ce qui se passait autour d'elle. Un soir, il fut question d'une truffière qui avait brûlé à cause d'un jeteur de sort venu d'Excideuil, prétendit un homme, ce qui provoqua une vive réplique de Louis Sauvénie qui mit un terme au sujet en disant :

— On n'a jamais vu un feu prendre tout seul. Quant à vos histoires de Chasse volante, les oies sauvages qui descendent vers le sud en automne poussent les mêmes cris. Il vous suffirait de lever la tête pour comprendre qu'il y a une explication bien simple à tous vos prétendus mystères.

Mélina n'oublia jamais ces mots-là. Ils l'aidèrent, à ce moment de sa vie, à surmonter ses peurs, et elle sut gré à Louis Sauvénie de les avoir prononcés. Les soirées d'énoisillage, dès lors, lui parurent moins redoutables, et elle put guetter sans trembler les propos dans lesquels elle espérait que sa mère, un jour, apparaîtrait. Ce ne fut jamais le cas. Aussi se promit-elle d'interroger Louis Sauvénie qui, lui, paraissait capable de connaître et surtout de dévoiler le secret qui assombrissait sa petite vie.

Il était de coutume, à cette époque-là, de découper les années en fonction des grandes fêtes religieuses ou des saints du calendrier : l'Épiphanie, la Saint-Blaise le 3 février, le mardi gras, les Cendres, les Rameaux, Pâques, l'Ascension, Pentecôte, le mois de Marie, la Fête-Dieu au début de juin, la Saint-Jean, la Saint-Roch et ses Rogations, la Saint-

Michel de la fin septembre, la Sainte-Catherine le 25 novembre, la Saint-Martin, la Sainte-Luce où « les jours croissent d'un saut de puce » et la Noël. Ainsi, pour Mélina, les années ne comptaient pas, d'autant qu'elle n'allait pas encore à l'école. Le temps lui paraissait immobile. Elle avait toujours vécu avec son père, et elle pensait qu'elle était destinée à demeurer toute sa vie près de lui.

Quel âge avait-elle, le jour où elle se trouva seule avec Louis Sauvénie un après-midi, sur la charrette, en revenant de la Méthivie où elle était allée aider la Miette à faire la lessive ? Moins de huit ans, probablement, puisque c'est à cet âge-là que son père consentit enfin, sous la menace du maire de Salvignac, à la laisser aller à l'école comme les autres enfants.

C'était en mai, ou du moins au printemps, car les chênes étaient déjà verts. Ils suivaient le mauvais chemin qui descend vers la Fondial, ce creux humide que la petite n'aimait pas, avant de remonter vers le coteau qui les hisserait vers Costenègre. Elle observait Louis à la dérobée, confiante, tranquille, car sa seule présence la rassurait. C'était un homme trapu, très large, aux bras puissants, aux cheveux bruns frisés, et dont les yeux clairs surprenaient au milieu d'un visage à la peau tannée, striée de rides profondes. Il se dégageait de lui une force qui contrastait avec la fragilité de Jean Fontanel. Il semblait à Mélina qu'avec lui toutes les menaces qui pesaient sur sa vie s'estompaient. C'est sans doute ce qui l'incita ce jour-là à demander, alors qu'ils venaient de passer la petite mare d'eau de la Fondial qui ne s'asséchait jamais, même au plus fort de l'été :

— Et ma mère ?

Il tourna vers elle sa tête placide, sans qu'elle puisse déceler la moindre surprise sur son visage.

— Elle est morte, ma petitoune, tu le sais bien, fit-il d'une voix douce et calme à la fois.

— Comment est-elle morte ?

Louis tira sur les rênes, arrêta le cheval, la regarda un long moment, hésitant à répondre.

— Ton père t'expliquera un jour, dit-il enfin. Tu es trop petite encore. Ça te ferait trop de mal.

Elle eut beau insister, supplier, Louis ne voulut rien entendre. À partir de ce jour, elle comprit qu'elle ne pouvait compter que sur elle-même. Alors, elle se mit à observer son père, à l'épier, à le surprendre, surtout quand elle revenait seule de la Méthivie et qu'elle savait qu'il ne l'attendait pas. Sa souffrance la poussa même à fouiller le réduit qui lui servait de chambre, sans jamais, toutefois, rien trouver.

Un soir du mois d'août, pourtant, alors que l'orage tournait au-dessus des bois et que le tonnerre ébranlait les collines, Jean Fontanel n'entendit pas rentrer sa fille. Ne l'apercevant pas dans la cuisine, Mélina s'approcha de la porte de la chambre sans bruit. Son père était là, dans l'ombre, à genoux devant le lit, tenant à la main une vieille boîte à biscuits en fer-blanc, immobile, sans un mot. En se haussant sur la pointe des pieds, elle tenta de voir ce que contenait la boîte, mais elle ne put y parvenir. Elle comprit pourtant qu'il parlait à cette boîte avec des mots dans lesquels il lui sembla deviner des reproches. Elle crut qu'il était devenu fou et son cœur s'emballa soudain, la contraignant à reculer. Un coup de tonnerre fit trembler la maison, et la pluie crépita sur le toit. Jean Fontanel referma la boîte et la cacha sous le lit. Mélina fit rapidement marche arrière vers la porte d'entrée qu'elle ouvrit et referma en la claquant de manière à ce qu'il l'entende.

Il apparut dans la cuisine et lui dit de cette voix fiévreuse qu'elle connaissait bien :

— Tu arrives à temps. Je m'inquiétais.

Il tremblait un peu en roulant sa cigarette de tabac gris, et elle ne parvenait pas à lever les yeux vers lui, de peur d'être devinée. Heureusement, l'orage, en crevant de toute sa violence, occupa bientôt leur attention, car la toiture était en très mauvais état, et deux gouttières se formèrent qui les contraignirent à placer des casseroles pour recueillir l'eau de pluie.

Ce soir-là, l'orage s'acharna longtemps sur les collines, au point même que l'on craignit pour les truffières.

— Trop de ruissellement détruit ce qui nourrit la truffe, dit Jean Fontanel. Vivement que l'orage s'éloigne.

Ces mots, pourtant si sensés, ne parvinrent pas à rassurer Mélina : elle était certaine, à ce moment-là, qu'il était en train de perdre la raison.

Aussi, pendant les jours qui suivirent cette découverte, elle ne cessa pas de le surveiller et de penser à la boîte à biscuits. Pourtant, elle attendit longtemps l'occasion de l'ouvrir, car elle redoutait que son père ne la surprenne à son tour. Un matin, cependant, il partit chercher une hache neuve au château en lui disant qu'il en avait pour une heure ou deux. Elle laissa passer un bon quart d'heure avant de pénétrer dans la chambre où, tremblante, elle s'agenouilla devant le lit et glissa sa main entre le matelas de fanes de maïs et le sommier. Elle sentit alors sous ses doigts la boîte qu'elle redoutait tellement, et elle la tira vers elle sans oser la regarder. La pensée lui vint alors qu'elle contenait sans doute une photographie, ou peut-être quelques lettres, et elle en fut rassurée.

Elle la déposa sur le lit, l'examina un moment sans l'ouvrir : on y voyait, sur le couvercle, une chaumière dans un paysage de neige au bord d'une forêt, et, sur les côtés, des frises de houx et de gui. Il devait l'avoir achetée lors d'un Noël lointain, car Mélina ne se souvenait pas l'avoir reçue en cadeau. Elle attendit encore quelques minutes avant de l'ouvrir, avec en elle l'impression de trahir la confiance de son père. Elle souleva enfin le couvercle qui ne fit aucune difficulté pour s'ouvrir, et elle crut que son cœur s'arrêtait de battre, persuadée qu'elle fut, à cet instant précis, que son père était réellement devenu fou. La boîte contenait des cendres, elle n'eut pas besoin de réfléchir plus longtemps pour le comprendre, car elles étaient semblables à celles de la cheminée, et dégageaient la même odeur — une odeur qui était également celle de la grande pièce dans laquelle ils vivaient.

Mélina la referma très vite, la replaça sous le matelas et elle s'enfuit en direction de la Méthivie pour confier à la Miette ce qu'elle venait de découvrir. Elle courut un moment, le cœur fou, avant de s'arrêter brusquement, foudroyée par une pensée soudaine : elle ne devait en parler à personne, sinon on enfermerait son père, comme cet homme dont la Miette racontait l'histoire à la veillée : ayant perdu un procès avec son voisin pour quelques ares de terrain, il creusait chaque jour entre les deux propriétés un fossé de cent mètres de long qui avait, à l'époque où on l'avait emmené, plus de deux mètres de profondeur. C'était sa femme qui l'avait fait enfermer. Elle ne supportait plus de le voir revenir à la nuit tombée couvert de terre, incapable de s'absorber dans d'autres tâches que ce fossé, et laissant partir en friche une propriété qui avait pourtant été prospère.

Mélina s'assit au bord du chemin, désespérée. Son père avait sombré dans la folie mais elle ne pouvait le confier à personne, car il avait besoin d'elle, cet homme, et c'était à elle de le protéger. Elle se résigna à revenir lentement vers Costenègre, bien décidée à ne rien laisser paraître de la peur qui la faisait trembler depuis quelque temps quand les yeux fiévreux de son père se posaient sur elle et qu'il lui disait, d'une voix étrange, douce et grave à la fois :

— Ma Lina, je n'ai que toi.

La brume, à cette époque-là, frappa brusquement les truffières. C'est une sorte d'oïdium, très difficile à combattre, et qu'on a toujours redouté par ici. Il y avait eu des gelées tardives au début du mois de mai, ce qui est toujours néfaste pour les chênes truffiers. En effet, leur feuillage tendre résiste mal à une chute importante de température. Jean Fontanel et les Carsac s'inquiétaient de voir apparaître les chenilles sur les repousses, mais ce fut la brume qui s'installa. Mélina s'en aperçut un soir du mois de juin, alors que la chaleur était tombée sur les collines depuis deux semaines et qu'un air brûlant oppressait les hommes comme les plantes.

En se penchant sur des petits chênes de deux ans, elle découvrit une sorte de lait de chaux sur les feuilles et sur les rameaux, comme une poudre blanchâtre qui se détachait au toucher et qu'elle ne connaissait pas. Elle ignorait encore que la brume est provoquée par un champignon : le blanc du chêne, qui hiberne sous les écailles des bourgeons. C'est le développement de ce champignon qu'on appelle brume et dont la prolifération peut contaminer et détruire des truffières entières.

Ce soir-là, Mélina appela son père qui marchait devant elle, dans le bois d'à côté. Il vint vers elle, se pencha sur les repousses, les palpa, les secoua, grommela quelques mots qu'elle ne comprit pas, puis il s'approcha des arbres adultes du bois contigu, examina les feuilles un long moment, les pétrit entre ses doigts. Comme elle s'approchait à son tour, Mélina constata que certaines feuilles de ces chênes-là étaient aussi contaminées. Jean Fontanel se tourna alors vers sa fille et dit d'une voix qui lui sembla contenir toute la détresse du monde :

— Pauvres de nous ! Viens vite !

Ils partirent vers le château, courant plus que marchant, sous un ciel qui avait pourtant semblé à la petite, tout au long du jour, promettre une soirée et une nuit paisibles. En chemin, son père ne se retourna pas une seule fois et elle ne put lui poser la moindre question. Il devait être huit heures du soir quand ils arrivèrent au château où les Carsac étaient en train de dîner. Jean et Mélina attendirent un instant sur la terrasse, le temps que Fantille aille les prévenir, puis Grégoire apparut, bientôt suivi par

Antoine. Le bordier expliqua en quelques mots rapides ce qui se passait, mais les Carsac ne voulurent pas le croire.

— Voyons ! Fontanel ! s'exclama Grégoire, ce n'est pas possible ! J'y suis passé il y a huit jours.

— Demandez à la petite.

Mélina confirma, sous le regard inquiet d'Albine Carsac et de Fantille apparues sur la terrasse. Ils repartirent, tous silencieux, sur la charrette conduite par Antoine, Jean Fontanel et sa fille à l'arrière, les Carsac à l'avant, sur la banquette de cuir. Il faisait presque nuit quand les trois hommes se penchèrent sur les repousses touchées par la maladie. Mélina demeura un peu à l'écart, craignant pour son père des reproches qui, effectivement, ne tardèrent pas :

— Enfin, Fontanel ! s'écria Grégoire Carsac, comment ne vous en êtes-vous pas aperçu plus tôt ?

Le bordier ne répondit pas. Il demeurait face aux propriétaires, immobile, les bras ballants, semblant porter sur ses épaules une écrasante culpabilité. Les Carsac s'approchèrent de la truffière voisine et constatèrent, comme Mélina et son père l'avaient déjà fait, que certaines feuilles là aussi étaient touchées. Le vieux Grégoire fut le premier à retrouver ses esprits. Rabrouant son fils, qui, à son tour, s'en prenait à Jean Fontanel, il ordonna :

— Demain, à la première heure, je vous ferai apporter du permanganate de potasse et du soufre. Louis Sauvénie viendra vous aider. Je vais le prévenir.

Le bordier, accablé, acquiesça de la tête. Il semblait coupable et Mélina ne comprenait toujours pas pourquoi. Il savait, le pauvre homme, pour s'être battu contre la brume une fois, que les traitements de fongicides sont très toxiques pour la truffe. Autrement dit, la récolte de cette truffière était perdue pour trois ou quatre ans, peut-être définitivement. Cependant, on ne pouvait pas faire autrement que de prendre le risque de traiter afin que la maladie ne se propage pas dans les bois des alentours.

Mélina eut envie, ce soir-là, de crier à son père de se défendre, qu'il n'était en rien coupable de ce qui se passait, mais elle n'en trouva pas la force. Pourtant, elle lui en voulait de se laisser humilier ainsi alors que, sans lui et le secret dont il était le dépositaire, les truffières des Carsac n'auraient pas été aussi productives. Elle s'éloigna de quelques pas pour ne pas assister à la mise en accusation qui suivit, mais de toute sa vie elle n'oublia rien de ces instants-là. Mortifiée, refoulant ses larmes, elle se jura, dans la nuit tombante, que personne, jamais, ne lui parlerait à elle de cette manière, toute démunie qu'elle était, petite et faible, sans rien pour l'aider, sinon cette force qu'elle sentait bouillonner au fond d'elle-même, parfois, devant l'injustice, et qui la laissait toute surprise, vaguement effrayée.

Le lendemain, dès le lever du jour, Louis Sauvénie arriva sur sa charrette avec les produits que, sur ordre de Grégoire Carsac, il était allé prendre au château dans la nuit. Commença alors un travail de soufrage très pénible sous la chaleur accablante, mais aussi sous l'œil des Carsac venus assister aux opérations. Il fallut trois jours pour soufrer les repousses et les feuilles des chênes adultes touchés par la maladie. Sa poudreuse à la main, Mélina n'y voyait presque plus dès la mi-journée, tellement le soufre faisait pleurer ses yeux, sans qu'elle songeât à se plaindre. Tout occupée qu'elle était à ce travail minutieux, au contraire, elle ne pensait plus à la boîte à biscuits, et son père, absorbé par sa tâche, redevenait celui qu'il avait toujours été. Le soir, elle se lavait à grande eau à la fontaine pour faire disparaître le soufre collé sur ses cheveux, ses cils, ses ongles et sa peau. Elle avait surtout très mal aux yeux, et elle pleurait sans cesse. Alors, en la voyant épuisée, les yeux rougis, son père lui disait :

— Tu sais, Lina, tu lui ressembles.

Cette année-là, la récolte fut mauvaise, à cause de la brume, certes, mais aussi à cause des gelées tardives qui s'étaient abattues sur les bois pendant les saints de glace. Par ailleurs, il n'avait pas assez plu pendant l'été, au moment où la truffe en a le plus besoin. On comprit dès le mois de décembre, en commençant à les caver — c'est-à-dire à les chercher —, que ce ne serait pas une bonne année. La truie n'était pas franche, et il lui arrivait de donner de fausses indications pour obtenir son maïs, ce qui n'était pas dans ses habitudes.

En portant la récolte au château tous les soirs, Jean Fontanel baissait la tête, accablé, car il avait la passion de son métier, et la seule estime qu'il nourrissait pour lui-même était due à son savoir et à ses connaissances acquises au cours des années. Mélina le suivait malgré ses craintes de le voir encore humilié, ce qui ne manqua pas de se produire un soir où ils avaient cheminé malgré le froid et le vent du nord. Mais, ce soir-là, elle ne put le supporter. De retour à Costenègre, une fois qu'ils furent attablés face à face, elle lui dit d'une voix qu'elle voulut la plus douce possible :

— Il ne faut plus.

Il leva vers elle des yeux dévastés, comprit sans doute qu'il risquait de la perdre et répondit :

— Tu as raison. On n'a pas le droit de parler ainsi à des gens honnêtes.

Trois jours plus tard, alors que Grégoire Carsac et son fils multipliaient leurs reproches, Jean Fontanel leur répondit, d'une voix qui les surprit par sa fermeté :

— Puisque c'est ainsi, monsieur Grégoire, la petite et moi, nous partirons demain.

D'abord stupéfait, le vieux Carsac faillit s'étrangler, puis il demanda d'un ton chargé de mépris :

— Partir ? Et pour aller où ?

— On trouvera. Les gens d'ici me connaissent.

Et, dans le lourd silence qui se fit, Jean Fontanel ajouta poliment :

— Il faut comprendre monsieur Grégoire, j'ai du savoir et beaucoup de courage.

Il se retourna, s'en alla sans un mot de plus, laissant les Carsac abasourdis, incrédules, tandis que Mélina sentait gonfler en elle une immense vague de joie, d'amour éperdu pour cet homme qui venait en une minute de reconquérir sa dignité. Et pourtant on était en hiver. Il faisait de plus en plus froid, le grand gel était annoncé par le vent du nord, et ils ne savaient pas où aller. Ce soir-là, au coin de la cheminée, assis sur la salière, le bordier ne dit pas un mot, mais il sembla à sa fille qu'il était heureux.

Le lendemain, « le cœur manqua » à Mélina au moment de rassembler ses affaires et de quitter la bonne chaleur de l'âtre. Dehors, il avait gelé. Tout était blanc, pétrifié, et le ciel resplendissait, avec ces éclats de fer-blanc que le soleil de l'hiver fait si bien miroiter ces jours-là. On avait du mal à regarder par la fenêtre, et le froid pénétrait jusqu'aux os, même dans les maisons. Alors que la petite hésitait, prête à capituler, son père éteignit le feu, balaya, jeta un grand sac sur son épaule et sortit — ils ne possédaient rien d'autre que leurs effets personnels car tous les meubles appartenaient aux Carsac. Elle le suivit sans un mot et ils prirent le chemin de Sorges, dans la direction opposée à Salvignac. Elle se jura, à ce moment-là, de ne plus jamais en vouloir à cet homme qui marchait sans se retourner, farouche et déterminé, portant sur son dos tout leur bien.

À deux kilomètres de Costenègre, cependant, il s'arrêta et lui montra les chênes dont quelques-uns avaient encore leurs feuilles de ce vieil or qui leur vient à l'automne avant de virer au cuivre et de tomber.

— Regarde, Lina, lui dit-il, ils nous font cadeau du plus bel or de la terre.

Et, comme elle s'approchait, il demanda :

— Sais-tu pourquoi ?

— Non.

— Parce qu'ils nous aiment.

Elle laissa tomber son sac et enserra la taille de son père dans ses bras. Il lui entoura les épaules et ils restèrent ainsi un long moment silencieux, incapables de se remettre en route. Ce fut lui qui fit le premier geste, dénouant son bras, puis la petite fit de même. Ils repartirent, entre les chênes qui resplendissaient sous le soleil du matin, ces chênes d'or que faisait doucement frissonner le vent du nord, dans un murmure doux comme une caresse.

Il ne leur fallut pas longtemps pour arriver à Sorges, qui n'est situé qu'à cinq kilomètres de Costenègre. C'est un village de petites maisons bien sages groupées autour d'une église romane, sur la grand-route qui mène de Périgueux à Thiviers, c'est-à-dire sur l'axe principal qui relie le Périgord au Limousin. Une petite place rectangulaire bordée de commerces y abrite les marchés et sert de lieu de rencontre aux habitants. Une grande paix règne entre ces murs couleur de sable où Mélina, plus tard, ne revint jamais sans émotion. À cause sans doute de ce jour d'hiver, où, à onze heures du matin, elle était assise sur une murette, près de son père, leur sac posé devant leurs pieds.

Les gens, en passant devant eux, les reconnaissaient et les saluaient de la tête. Ils ne comprenaient sans doute pas ce qu'ils faisaient là, dans le froid, alors que ce n'était pas jour de marché. Trois ou quatre vinrent leur parler, mais, croyant qu'ils attendaient quelqu'un, ne s'inquiétèrent pas de leur situation. Mélina devina que son père ne demanderait rien, et que, au contraire, il était certain qu'on lui proposerait du travail en raison de sa connaissance des truffes et de sa réputation. Il ne se rendait pas compte que personne ne devinait la raison de leur présence sur cette place ouverte à tous les vents.

Elle ne l'en aima que davantage ce jour-là, pour cette inconscience un peu folle, ce courage insensé, alors qu'elle ne l'avait cru capable que de subir, y compris les reproches les plus injustifiés au sujet d'un travail auquel il se dévouait corps et âme. Il restait là, assis près d'elle, très droit, les mains sagement posées sur ses genoux, plein de confiance, et la petite avait envie de lui crier d'aller vers les gens, de leur expliquer, de les supplier de ne pas les laisser seuls dans la nuit qui tombe tôt en hiver, mais elle n'en avait pas la force.

Vers une heure de l'après-midi, tandis qu'ils mangeaient leur pain et un morceau de fromage sur la place maintenant déserte, la charrette de Grégoire Carsac apparut brusquement. Il les aperçut aussitôt, fit manœuvrer le cheval, s'arrêta devant eux, les observa un long moment et descendit.

— Enfin, Fontanel, est-ce bien raisonnable tout ça ? demanda-t-il d'une voix que Mélina ne lui connaissait pas.

— J'ai des défauts, monsieur Grégoire, dit le bordier, mais je connais les truffes.

— Bien sûr, Fontanel, fit Grégoire Carsac. Qui vous a dit le contraire ?

Et, comme s'il ne comprenait pas :

— Où comptez-vous aller, comme cela ?

— Me placer.

— Voyons, Fontanel, vous savez bien où se trouve votre place : elle est à Costenègre, au milieu de nos truffières.

— Plus aujourd'hui, monsieur Grégoire.

— Et pourquoi donc ?

— Parce que je n'y ai plus de fierté.

Grégoire Carsac s'attendait à tout, sauf à ces mots qui semblèrent le frapper de stupeur.

— Et depuis quand ? demanda-t-il, déconcerté.

— Depuis que vous me l'avez prise.

Grégoire Carsac réfléchit quelques instants, son regard courut du père à sa fille, puis revint vers lui.

— Eh bien, je vous la rends, Jean, dit-il, parce qu'il est vrai que c'est vous qui en savez le plus et que sans vous nous n'aurions jamais eu de si belles récoltes.

Jean Fontanel ne répondit pas. La petite le sentait trembler légèrement contre elle, et il lui tardait qu'il accepte de rentrer à Costenègre car elle avait très froid. Il n'y consentit pas tout de suite, cependant, et demeura debout, les bras le long du corps, comme s'il attendait encore quelque chose.

— Si c'est des excuses que vous voulez, dit Grégoire Carsac, je vous les présente, de la part de mon fils et de moi-même.

— Ce ne sont pas des excuses que je veux, dit le bordier. C'est du respect.

— Vous l'aurez, Jean, dit le vieux Carsac avec un accent de sincérité. Nul ne vous en manquera plus.

Le bordier se tourna alors vers sa fille, comme s'il guettait une approbation. Elle vit à la lueur qui s'était allumée dans ses yeux qu'il était heureux. Elle approuva discrètement de la tête, lui sourit.

— C'est entendu, monsieur Grégoire.

— Allez ! Montez ! dit le vieux Carsac. Vous savez bien que nous avons besoin de vous.

Jean Fontanel souleva Mélina dans ses bras et la hissa sur la charrette. Elle s'assit à l'arrière, face à lui, à l'abri du vent. Les yeux de son père brillaient d'une joie un peu enfantine, pleine de cette innocence qui lui venait parfois quand il était ému. Elle aurait voulu se blottir contre lui, mais elle n'osait pas, sans doute à cause de ce trop-plein d'amour qui les submergeait l'un et l'autre dès qu'ils se trouvaient face à face.

Elle regretta longtemps de n'avoir pas su, ce jour-là, être capable de lui montrer combien, dans sa révolte, dans son dénuement, elle le trouvait beau, grand et irremplaçable.

3

À la fin de l'été qui suivit, après deux ou trois entrevues, le maire de Salvignac, soucieux de faire appliquer la loi, réussit à convaincre Jean Fontanel de laisser sa fille aller à l'école. Mélina ne sut pas exactement ce qui se dit le jour de la visite décisive du maire à Costenègre, mais elle entendit crier les deux hommes depuis la remise où elle s'était réfugiée. Une fois le maire reparti, son père vint la trouver, l'air grave, et lui dit :

— Tu iras donc à l'école en octobre. Il le faut.

Elle eut bien du mal à lui cacher sa joie, mais elle s'y efforça car elle savait à quel point il avait besoin de sa présence. D'ailleurs, au cours des trois semaines qui les séparaient du début du mois d'octobre, il redevint agité, fiévreux, et la petite l'entendit plusieurs fois parler à la boîte à biscuits. Son angoisse, un moment oubliée, se réveilla. Un soir, peu avant la rentrée, Mélina l'attendit en vain, alors que la nuit était tombée. Elle sortit, munie de la lampe à pétrole, le chercha un moment, l'appela, mais nul ne lui répondit. Elle se coucha, folle d'angoisse, et ne put s'endormir, redoutant d'entendre l'un de ces coups de fusil, qui, chaque fois, la faisaient se dresser, le cœur battant, sur son lit. Il rentra au milieu de la nuit, et, quand il vint la voir, comme à son habitude, pour remonter la couverture sur ses épaules, elle feignit de dormir.

Mélina apprit bien plus tard qu'il s'était rendu chez les Sauvénie, cette nuit-là, pour leur demander de convaincre le maire de ne pas exiger la présence de la petite à l'école, mais il n'y avait trouvé aucun secours. La Miette et Louis y envoyaient leur fils Pierre depuis deux ans, persuadés qu'il était indispensable de recevoir de l'instruction pour mieux se défendre dans la vie. Ensuite, Jean Fontanel avait dû errer dans les bois pendant une heure ou deux, puis, exténué, s'était enfin décidé à se coucher.

La veille de la rentrée, alors qu'ils finissaient de dîner, le bordier alla brusquement décrocher le portrait de sa femme dans la chambre, le posa devant sa fille, et, brusquement, lui dit :

— Regarde-la, Lina, regarde-la bien.

La petite observa un instant ce visage dont elle connaissait les moindres détails, et qui venait souvent hanter ses nuits, tout en se demandant ce qu'il y avait de changé en lui, ce soir-là, ou susceptible de révéler une vérité cachée.

— Regarde comme elle était belle, reprit son père.

Il ajouta, comme elle s'efforçait d'examiner le portrait avec le plus d'attention possible :

— Si on te dit des choses sur elle, là-bas, il ne faudra pas les croire. Il faudra te rappeler ses yeux, son regard, et cette bonté qui était sienne.

Elle promit. Il parut rassuré, rapporta le portrait dans la chambre, et ne parla plus de la soirée. Mélina eut alors l'impression que s'il voulait la garder près de lui, sans contact avec le monde extérieur, excepté la Méthivie ou le château, c'était pour protéger une mémoire qui était menacée. Elle se posa des questions une grande partie de la nuit et ne put trouver le sommeil que vers quatre heures. Alors, épuisée, elle s'endormit, sous le regard de cette femme, sa mère, où elle avait décelé depuis longtemps, outre une évidente bonté, une blessure dont elle était certaine qu'elle n'avait cessé de souffrir.

Le lendemain, elle se mit en route de bonne heure, avec, au bras, un panier dans lequel elle portait ses provisions pour le repas de midi. Il avait été entendu avec la Miette qu'elle passerait à la Méthivie pour faire route avec Pierre. Le trajet serait plus long, mais le fait de marcher près de Pierre, et d'affronter le monde inconnu de l'école en sa compagnie, avait paru à Mélina préférable aux affres de la solitude.

Pierre était un garçon placide, plutôt fort pour son âge, à l'image de ses parents. Ses yeux, couleur de châtaigne, semblaient ne jamais ciller sous un front large et des cheveux épais, très noirs, dont il ne parvenait pas à coucher les épis. Il était lourd, malhabile, un peu pataud. Pourtant il y avait déjà entre lui et Mélina une grande amitié du fait qu'ils se côtoyaient depuis toujours. Ils avaient partagé les mêmes Noëls, les mêmes repas, les mêmes jeux à la Méthivie lorsque la petite s'y rendait avec son père, et elle avait en lui une grande confiance.

Ils marchaient côte à côte, ce matin d'octobre, au milieu des chênes qui commençaient à peine à changer de couleur, lui avec son cartable, elle avec son panier qui ne contenait ni livres ni cahiers, encore, seulement du pain, du lard et un morceau de fromage. Il faisait beau, les bois crépitaient dans les premiers rayons chauds du soleil, et cependant il semblait à Mélina qu'elle allait prendre pied dans un monde encore plus menaçant que celui dans lequel elle avait vécu jusqu'alors. Pierre, pour la rassurer, ne cessait de lui répéter :

— N'aie pas peur, Lina. Je suis là. Je ne te t'abandonnerai pas.

Cependant, les pas de Mélina se faisaient de plus en plus hésitants à mesure qu'ils approchaient de Salvignac. Et quand ils laissèrent le château des Carsac sur la gauche pour descendre le chemin conduisant à la grand-route qui traverse le village, elle refusa d'avancer et s'assit sur le talus. Pierre, désemparé, prit place à ses côtés et demeura un moment silencieux. Puis il lui parla, mais elle ne l'entendit pas : à l'instant d'affronter le monde, c'était la crainte de son père à la laisser aller vers lui qui la clouait sur place. Elle devinait qu'elle y ferait des découvertes que, depuis toujours, le pauvre homme avait voulu lui épargner.

— Enfin, Lina, dit Pierre, nous allons arriver en retard et nous faire punir.

La peur d'une punition donna du courage à la petite, d'autant que Pierre la prit par la main et ne la lâcha plus.

L'école était située un peu plus loin sur la gauche, au flanc de la colline. Deux escaliers de pierre y conduisaient, qui la rendirent, ce matin-là, encore plus difficile à atteindre à Mélina. À gauche se trouvaient les cours préparatoires dirigés par l'institutrice : Mme Servantie ; à droite les cours moyens et la classe du certificat d'études qui étaient placés sous la responsabilité de son mari. La cour de récréation, située entre les classes et les escaliers, était séparée en deux par une murette : un côté destiné aux filles, l'autre aux garçons.

À leur arrivée, Pierre dut donc abandonner Mélina, mais il demeura près de la murette, alors que, sous le regard curieux des fillettes de son âge, elle s'efforçait de reconnaître, tout en bas, l'univers familier de l'église et de sa place où elle se rendait chaque dimanche avec la Miette. Plus loin, entre les frondaisons de très beaux peupliers, elle apercevait une rivière dont elle ne s'était jamais approchée, car elle se trouvait à l'autre extrémité du village, sur la route de Cubjac, et dont elle ne savait même pas, alors, qu'elle se nommait l'Isle.

C'est à peine si elle osait respirer, ce matin-là, tandis que Pierre l'encourageait du regard : elle venait de remarquer qu'elle était la seule à porter des sabots et à ne pas avoir de tablier. Elle se sentit si différente des autres qu'elle faillit s'élancer pour s'enfuir, quand une voix très douce demanda :

— Tu es Mélina Fontanel ?

C'était la maîtresse d'école. Brune, les cheveux frisés, les yeux verts, vêtue d'une blouse blanche, elle lui souriait, et la petite se demandait pourquoi elle ne l'appelait pas Lina, comme on l'avait toujours fait. Elle parvint à hocher la tête, sans prononcer le moindre mot.

— Viens ! suis-moi ! lui dit la maîtresse d'école. Je vais te montrer ta place.

Elle l'emmena dans la classe, lui désigna de la main l'un des bancs au pupitre incliné, au bois rugueux éclairé par le blanc laiteux d'un encrier de porcelaine, qui se trouvait juste devant son bureau.

Puis elle dit à Mélina qui se sentit dès lors en confiance :

— Tu t'assoiras là. Juste devant moi, pour que tu m'entendes bien.

Ensuite elle lui donna une ardoise, un plumier, un porte-plume, des livres couverts de papier bleu et ajouta :

— Je suis sûre que tu rattraperas vite ton retard. Tu peux compter sur moi, ma fille, je t'aiderai.

C'était la première fois qu'on l'appelait ma fille. La petite eut vers la maîtresse un élan que celle-ci n'osa arrêter. Au contraire, prenant la main tendue vers elle, elle la serra dans les siennes, puis, l'ayant lâchée, elle lui caressa la joue de ses doigts. Après quoi, abandonnant brusquement son sourire, elle demanda à Mélina de parler français et non patois pendant la classe. En effet, pour avoir toujours vécu avec son père et avec les Sauvénie, Mélina mêlait l'un et l'autre, ce qui lui donnait un langage très particulier dont elle s'était déjà aperçue, dans la cour, à quelques mots prononcés, qu'il faisait rire les autres élèves.

Dès ce premier jour, pour faire plaisir à sa maîtresse, la petite s'efforça de bien écouter et d'imiter Pierre qui était assis à sa droite, dans la rangée du milieu, avec ceux qui savaient déjà lire. La matinée passa sans qu'elle s'en rende compte, tant elle était captivée par ce qu'elle entendait. Elle fit provision de tout, même de ce qui ne lui était pas directement destiné : de mots nouveaux entendus au cours d'une dictée, d'une leçon de choses sur les feuilles de marronnier, d'une page d'histoire sur les Gaulois. À midi, rassurée, enchantée, elle s'assit face à

Pierre sur la murette, et ils partagèrent ce qu'ils avaient apporté.

— Tu vois, lui répétait-il, tu n'avais pas besoin d'avoir peur : tout se passe bien.

Un peu d'appréhension, pourtant, saisit de nouveau Mélina quand l'heure de la rentrée d'après midi approcha, mais la maîtresse vint la prendre par la main pour la conduire en classe où elle lui enseigna les premières lettres de l'alphabet. Elle ne fut pas peu fière, le soir venu, en rentrant chez elle, de montrer à son père son cahier et son livre de lecture. Il feignit de s'en réjouir, alors qu'il devinait combien cette nouvelle vie allait de plus en plus éloigner sa fille de lui.

En quelques jours, en effet, Mélina fut complètement métamorphosée. L'attention que lui témoignait la maîtresse et la révélation qu'elle pouvait apprendre très rapidement tout ce qu'elle voulait lui firent comprendre que la vraie vie n'était pas celle qu'elle avait menée sur les terres des Carsac, au milieu des truffières. Si sa soif de connaissance lui fit rattraper son retard en très peu de temps, les félicitations répétées de la maîtresse provoquèrent les jalousies de ses compagnes qui ne tardèrent pas à se manifester dans la cour de récréation.

L'une d'elles, précisément, sans doute parce qu'elle apprenait avec beaucoup de difficultés, poursuivait Mélina de ses sarcasmes et de ses moqueries à propos de ses vêtements et de ses sabots éculés. Mélina avait bien demandé des chaussures à son père, mais il lui avait répondu qu'il fallait attendre Noël, quand il aurait vendu les foies gras. Un jour de novembre, cette fille, qui se prénommait Rosalie, alors que Mélina avait été félicitée une fois de plus dans le même temps où elle avait été tancée par la maîtresse, lui lança, dans un angle de la cour où elle l'avait habilement attirée :

— Ce n'est pas étonnant que tu apprennes facilement : tu es une sorcière, comme ta mère. Et comme elle, tu finiras brûlée vive dans une truffière.

Mélina, à ces mots, crut que son cœur éclatait. Il lui avait suffi de quelques secondes pour comprendre tout ce que son père avait tenté de lui cacher, les lourds mystères de ce passé qui s'expliquaient soudain : l'absence de sa mère au cimetière, les cendres dans la boîte à biscuits, la douleur de son père et son incapacité à parler d'elle. Il fallait s'enfuir de ces lieux où l'on venait de lui faire tant de mal, et où, pour la première fois de sa vie, elle se sentait submergée par trop de douleur. Elle franchit le portail, puis les escaliers, et se mit à courir aussi vite qu'elle le pouvait, prenant instinctivement la direction de Costenègre où elle arriva à bout de souffle, hagarde, échevelée, tenant à peine sur ses jambes.

Elle n'eut aucun mal à trouver son père qui travaillait dans la truffière la plus proche de la maison. Quand il l'aperçut, dès avant qu'elle ne parle, il comprit que ce qu'il redoutait était arrivé. Il s'affaissa sur lui-même quand la petite lui dit d'une voix qui eut bien du mal à passer ses lèvres :

— Elle est morte brûlée. On me l'a dit.

Il lâcha son bigot, vint vers elle, demeura un instant immobile, puis lui prit le bras et murmura :

— Tu comprends maintenant? Tu comprends pourquoi je ne voulais pas que tu ailles à l'école?

Elle n'eut même pas la force de répondre. Il l'entraîna vers la maison, la fit asseoir, et, en la sentant si désespérée, si souffrante, il trouva enfin les mots qui s'étaient si longtemps refusés à lui :

— Elle a essayé d'éteindre le feu, mais c'était en août et tout était très sec. Elle a dû se laisser encercler ou se faire assommer par la chute d'un arbre et elle n'a pas pu se sauver.

Il ajouta, si bas que Mélina entendit à peine :

— Quand on l'a retrouvée, elle était tellement noire que je ne l'ai pas reconnue. On l'a ramenée à la maison, et je l'ai veillée seul. Cette nuit-là, je n'ai pas pu supporter de la voir comme ça, calcinée, défigurée, alors qu'elle était si belle. Je ne sais pas ce qui m'a pris. Il m'a semblé que je devais l'aider, qu'elle ne pouvait pas rester dans cet état. Tu comprends ?

Mélina fit « oui » de la tête.

— Alors, j'ai achevé ce que le feu avait commencé.

Elle ne trouva pas la force de lui demander comment. Il y eut un long silence entre eux, tandis qu'il la regardait comme s'il la suppliait de lui pardonner. Elle était au-delà de l'horreur et bien incapable de prononcer le moindre mot. Il ajouta, dans un soupir :

— Quand elle se battait contre le feu, j'étais à la Méthivie, pour le dépiquage.

Mélina demeura un moment silencieuse, écrasée par cette révélation, sans même trouver la force de pleurer. Elle demanda alors à son père :

— Qui a mis le feu ?

— On ne sait pas, répondit-il, fuyant son regard.

Elle devina qu'il mentait et qu'elle venait de s'approcher d'un autre secret, peut-être plus terrible encore.

— C'était très sec, tu sais, ajouta-t-il. Parfois, en cette saison, ça prend tout seul. Il suffit d'un morceau de verre sous le soleil.

Elle ressentit le besoin de le questionner encore, malgré sa voix qui tremblait :

— C'est arrivé quand ?

— Sept mois après ta naissance.

Il lui proposa ensuite de lui montrer les cendres qu'il avait gardées, mais elle refusa, sans oser lui dire qu'elle savait où il les cachait. Puis, soudain, alors qu'ils demeuraient assis face à face, silencieux, il reprit cet air fiévreux qui inquiétait tant Mélina et lui dit, d'une voix qui lui donna la conviction de se trouver devant un nouveau mystère :

— Tu sais, Lina, il faut me croire : c'est moi qu'elle aimait.

Il fallut toute la persuasion, toute la douceur de la maîtresse d'école pour convaincre Mélina de retourner en classe. Elle lui promit que plus personne, jamais, ne lui ferait de mal, et la petite finit par céder, devinant qu'il était vital pour elle de ne pas se replier sur sa souffrance, et de quitter ces truffières où, pendant les huit jours qui avaient suivi sa fuite de l'école, elle n'avait cessé d'errer, cherchant les traces de celle qui y avait laissé sa vie.

Dans la cour, Rosalie ne s'approchait plus d'elle : elle avait dû être sévèrement punie. Pierre ne s'éloignait pas de la murette, surveillant Mélina du regard, et la maîtresse se montrait encore plus attentionnée qu'auparavant. La douleur qui brûlait en elle s'estompa un peu, même si elle continua de questionner Pierre en chemin, ou de s'interroger à voix haute.

— Enfin, Lina, lui répondait-il, qui veux-tu qui ait mis le feu ? C'est fréquent que des bois brûlent en été.

Avec le temps, elle oublia un peu la révélation de Rosalie, passionnée qu'elle était par la lecture et l'écriture. Avant la Noël de cette année-là, elle sut écrire presque tous les mots de son livre. À partir de Pâques, elle fut en mesure de lire avec ceux qui avaient un an d'avance sur elle au début de l'année. Ces progrès et cette aptitude à apprendre plus vite que les autres finirent par adoucir un peu sa blessure.

C'est vers cette époque-là que le curé de Salvignac exigea sa présence au catéchisme, le dimanche matin avant la messe, et le jeudi après-midi. Si son père accepta de la laisser aller le dimanche, puisque de toute façon elle se rendait à l'église avec la Miette, il s'opposa à ce qu'elle se rende à Salvignac le jeudi, car c'était le seul jour où elle pouvait travailler avec lui. Or il avait besoin de son aide autant que de sa présence. Sur l'intervention de Grégoire Carsac, le curé s'inclina, mais la petite paya très cher en actes de contrition ce manque d'assiduité.

Pourtant le curé Bonneval, originaire du Rouergue voisin, était un homme de la terre, un fils de paysans. Grand, fort, le teint très brun, les cheveux ondulés peignés en arrière, il aurait dû se montrer compréhensif envers Jean Fontanel qui était seul pour travailler les truffières, mais les exigences de la religion passaient pour lui avant les préoccupations terrestres. Dès lors, Mélina dut mettre les bouchées doubles et rattraper en chemin, grâce à

Pierre, son absence des jeudis. Ce ne fut pas difficile, car elle avait réellement le goût d'apprendre, même si elle ne comprenait rien aux mystères que l'on prétendait lui enseigner.

Des messes auxquelles elle assistait depuis déjà quelques années, elle ne s'intéressait qu'aux chants et à ces paroles latines qui semblaient composer une sorte de musique dont les sons l'enchantaient. Leur signification lui échappait, évidemment, comme celle de la messe elle-même, mais elle se trouvait bien dans ce lieu aux couleurs tendres, où les gens semblaient baigner dans une béatitude qui éloignait les menaces du monde. Elle chantait donc, protégée par les saints et les anges, les *Gloria* et les *Ave*, dans une confiance qui lui faisait découvrir une douceur étrange, dont elle se plaisait à imaginer qu'elle aurait été celle de sa mère si elle avait eu la chance de grandir près d'elle.

Au catéchisme, elle montra dès le premier jour beaucoup de réserve, quand le curé prétendit lui enseigner que Dieu était infiniment bon, infiniment aimable, alors qu'il avait laissé sa mère brûler dans un bois. Comment pouvait-on accepter une chose pareille ? Si Mélina ne se rebella pas, car elle n'en avait pas la force, encore, elle décida une bonne fois pour toutes que cette vérité-là ne serait jamais la sienne. Ainsi, la communion des saints et la rémission des péchés lui demeurèrent-elles complètement étrangères, de même que le Saint-Esprit ou la résurrection de la chair. Elle fit juste ce qu'il fallait pour ne pas attirer les foudres du curé et, par la même occasion, celles de ce Dieu que l'on disait si bon mais dont elle savait, elle, à quelles limites se heurtait sa bonté.

À l'école, dès qu'elle sut lire, ce fut totalement différent. Elle se passionna pour les poèmes qu'elle récitait dans une sincérité totale, éblouie par la beauté de ce langage qui lui donnait accès à un univers dont elle sut, tout de suite, qu'il pouvait la conduire vers plus de grandeur. Les rimes l'emplissaient de joie, d'un bonheur qu'elle n'avait jamais connu, et lui faisaient peu à peu retrouver la confiance qui avait été tellement ébranlée par Rosalie. Pendant tout le trajet vers la Méthivie, elle ne cessait de réciter les vers qu'elle avait écrits avec soin dans son cahier, comme ceux-ci, qui revenaient en elle à la manière d'un refrain :

Quand nous habitions tous ensemble
Sur nos collines d'autrefois
Où l'eau court, où le buisson tremble
Dans la maison qui touche aux bois...

Elle oublia ainsi ses tourments, au moins pendant quelques semaines, et vécut la même vie que ses camarades, dont pas une, pourtant, ne devint une véritable amie. Sans doute Mélina leur faisait-elle peur, farouche comme elle l'était, sauvage, même, au point de ne jamais se mêler à leurs jeux dans la cour de récréation. Elle se contentait de la compagnie de Pierre et de la Miette. Grâce à eux elle pouvait s'échapper de Costenègre où son père souffrait de la voir de plus en plus absente. Il ne lui en faisait pas de reproche, au contraire : il était plus que jamais silencieux. Elle le sentait hostile, pourtant, et se rendait volontiers à la Méthivie où Pierre et la Miette devenaient peu à peu sa véritable famille.

À l'occasion des Rameaux de cette année-là, la Miette coupa des branches de laurier, y suspendit des œufs en chocolat, des petits anges en sucre, et conduisit à la messe Pierre et Mélina, elle-même portant des rameaux de buis afin de les faire bénir. La petite savait, pour les avoir remarqués, que la Miette les accrochait ensuite au-dessus des portes, à la Méthivie, afin de protéger sa maison du malheur. Mélina en rapporta naturellement une ramille chez elle et l'accrocha au-dessus du portrait de sa mère. En la découvrant, le soir, à son retour, son père soupira et dit doucement :

— S'il avait veillé sur elle comme il l'aurait dû, elle serait encore là aujourd'hui.

Mélina décrocha la ramille de buis et la jeta dans le feu en se souvenant qu'elle avait souvent pensé la même chose, avant de se conduire comme la Miette et ces femmes qui fréquentaient l'église. C'était la preuve, à ses yeux, qu'elle changeait, et elle en était contente car il lui semblait que le monde, en même temps, s'adoucissait autour d'elle. Aussi participa-t-elle, cette année-là, aux séances supplémentaires du catéchisme lors de la semaine sainte. Un après-midi, les cloches étant à Rome, les filles et les garçons entreprirent une tournée dans la campagne, des sonnailles dans les mains, pour annoncer l'office du soir. Les gaufres qu'on leur distribua en chemin aidèrent Mélina à supporter le jeûne du vendredi saint et l'évocation du supplice de Jésus sur le Golgotha. Le lendemain, Jésus ressuscita et les cloches revinrent, attirant vers l'église ceux qui ne communiaient qu'une fois dans l'année.

Jean Fontanel, lui, restait dans les truffières au

lieu de se rendre à l'église, et Mélina craignait beaucoup pour son salut, songeant que même Louis Sauvénie, qui jurait souvent, faisait ses Pâques. Elle n'osait pas, cependant, en parler à son père, et, pour se faire pardonner ses absences répétées, elle demeura près de lui chaque jour de la seconde semaine de vacances.

C'était le début des grands travaux dans les truffières. Il fallait nettoyer, griffer avec le bigot, couper, élaguer. Mélina passait ses journées courbée vers le sol, mesurant combien était ingrat ce travail, comparé à celui de l'école. Grégoire et Antoine Carsac venaient souvent. Ils se montraient bienveillants, discutaient beaucoup, et semblaient soucieux de ménager leur bordier. Celui-ci répondait juste ce qu'il fallait, mais toujours avec politesse.

Cette année-là, ils décidèrent de reconstituer toute une truffière dont les arbres étaient épuisés. C'était essentiellement dans ce travail que le savoir détenu par Jean Fontanel trouvait à s'exercer. On n'avait pas assez de petits chênes dans les truffières en activité, pour les prélever et les replanter ailleurs. Il était donc nécessaire de choisir des glands, les faire naître en pots et les planter à la place des chênes épuisés que l'on avait sacrifiés. C'était une opération délicate dans le choix des glands mais aussi dans la manière de les faire pousser : on utilisait à cet effet un terreau d'une composition que Jean Fontanel eut le temps de révéler à sa fille avant de mourir.

Lui-même, à l'époque, se cachait pour aller repérer les chênes sur lesquels il recueillait les glands. Cela se passait dans la première semaine de mai. Pourquoi ? À cause de ce secret si protégé, auquel

Mélina ne comprenait pas qu'il ne la fît pas participer, elle, sa propre fille, son seul enfant.

En revanche, s'il se cachait pour trier les glands qu'il avait recueillis et faire son dernier tri, il ne se cachait plus pour les planter à la fin du mois de novembre, en accord avec le dicton qui disait : « À la Sainte-Catherine, tout bois prend racine. » Mélina l'aidait, plantant à ses côtés les petits chênes à six mètres de distance les uns des autres dans un sol préalablement labouré, et, surtout, veillant à ce que les jeunes plants fussent inclinés vers le midi, les racines au nord, de manière à ce que leur ombre, plus tard, les protège d'une trop forte chaleur.

Durant ces travaux essentiels, les Carsac veillaient à éloigner les importuns. En effet, si depuis quelques années les paysans se tournaient vers des cultures moins aléatoires et de première nécessité, cela ne les empêchait pas d'envier ces Carsac qui vendaient chaque hiver, dans les marchés de Sorges ou d'Excideuil, près de trois cents kilos de truffes.

Ils n'acceptaient pas la présence de Jean Fontanel à cette occasion, sans doute par peur de le voir rentrer en contact avec des propriétaires qui pouvaient tenter de s'attacher ses services. En outre, comme il n'était ni fermier ni métayer, il ne percevait rien sur la vente des truffes. Simplement, parfois, si la récolte avait été bonne, quelques billets qu'il s'empressait de cacher dans son coffre en noyer. Ce n'était pas que Jean Fontanel fût avare, mais il considérait que lui-même et sa fille ne manquaient de rien puisque ils avaient un toit, de quoi manger et de quoi se chauffer. Les vêtements venaient le plus souvent du château ou de la Méthivie : des vêtements usagés, bien sûr, mais qui paraissaient à

Mélina, chaque fois qu'elle les revêtait pour la première fois, avoir appartenu aux plus belles princesses du monde.

Un soir de janvier, alors qu'ils avaient la veille livré aux Carsac un sac de truffes, elle demanda à son père pourquoi il ne les suivait jamais dans les foires. Jean Fontanel comprit que sa fille avait très envie de connaître autre chose que Costenègre, Sorges, ou Salvignac, de découvrir ces foires et ces fêtes dont elle entendait parler, surtout à l'école, où l'on rencontrait tant de monde et où l'on pouvait s'amuser.

— Aux premiers beaux jours, je t'emmènerai au marché d'Excideuil, lui promit-il. Il se tient le jeudi et tu ne vas pas à l'école.

L'hiver parut terriblement long à la petite, cette année-là, et elle ne cessa de guetter les premières feuilles sur les chênes. Mais la nature était en retard et il faisait encore froid au début d'avril. Elle finit par croire que son père avait oublié sa promesse quand il lui dit, un mercredi matin, alors qu'elle s'apprêtait à partir pour l'école :

— Nous irons demain à Excideuil. J'ai demandé à Louis de me prêter la charrette. Est-ce que tu es contente ?

Si elle était contente ! Il ne pouvait pas savoir à quel point il lui faisait plaisir. Pour la première fois, la journée à l'école lui parut interminable, et la nuit qui suivit également. Elle fut debout avant son père, ce matin-là, et ce fut elle qui alluma le feu pour faire chauffer le café. Ils partirent dans le jour qui se levait et teintait le ciel d'un rose où l'on devinait la promesse d'une journée froide mais ensoleillée.

La route d'Excideuil, de Salvignac à Coulaures, longe l'Isle qui serpente le long des prés, des champs de maïs et de tabac, au fond d'une vallée étroite coincée entre les coteaux du causse : à gauche ceux de Salvignac, à droite ceux de Thenon. Au printemps, le vert tendre de la vallée tranche sur le gris rosé des bois d'alentour, où les chênes tardent à mettre leur feuilles. C'était le cas, ce matin-là, tandis que, serrée contre son père qui tenait les rênes, Mélina regardait la rivière scintiller sous les premiers rayons du soleil. Les naseaux du cheval jetaient dans la brume légère une fumée plus épaisse, comme celle des encensoirs. Ils ne parlaient ni l'un ni l'autre. Il faisait frais, encore, et Mélina ne savait pas que cette journée lui resterait inoubliable.

Ils dépassèrent le village de Mayac, qui, un peu à l'écart de la route, sous son château épaulé de deux tours rondes, disparaissait à moitié derrière les arbres, puis le hameau des Réjoux, avant d'apercevoir devant eux les toits de Coulaures. L'Isle bifurqua soudain sur la gauche en direction de Thiviers et du Limousin, et l'attelage suivit la Loue, qui lui ressemble beaucoup : même largeur, même éclat dans le soleil, et une agilité semblable à franchir les pierres, les gués, les cascades où frayent les truites. Ils ne rentrèrent pas dans Coulaures qui était situé à droite de la grand-route et dont Mélina apercevait le bizarre clocher à bulbe, mais ils continuèrent vers Excideuil dont elle découvrit brusquement le château au détour de la route, sur laquelle, à présent, de nombreuses charrettes les accompagnaient.

— Nous allons arriver, dit Jean Fontanel. Tu n'as pas froid au moins ?

Non, elle n'avait pas froid, Mélina. Elle ne pensait qu'à ce qui l'attendait là-bas, loin devant, à ce petit bonheur partagé avec son père. Il faisait tout à fait jour depuis Coulaures, et le ciel virait du rose à un bleu très clair. C'est à peine si elle remarqua les quelques maisons de Saint-Pantaly puis de Saint-Martial : elle n'avait d'yeux que pour les deux grands donjons carrés qui, là-bas, semblaient souligner le ciel et dont elle n'avait jamais vu les pareils. Plus l'attelage approchait, et plus ils lui paraissaient immenses.

Il y avait des charrettes partout, à présent, et elles n'avançaient que très lentement. Mélina put contempler le château à sa guise pendant que l'attelage le longeait, avant d'entrer dans le bourg dont les vieilles maisons coiffées de tuiles brunes étaient serrées autour de l'église bénédictine.

Jean Fontanel trouva à garer la charrette en bas de la place du marché, où la vieille halle était trop petite pour abriter tant de monde. Des étals étaient dressés de chaque côté des ruelles en pente, où se mêlaient les poules, les oisons, les volailles de toutes sortes. Mélina suivit son père vers la halle, entre les marchands de chapeaux, de boutons, de fil, de couteaux, d'ustensiles de cuisine. Sous la halle, on vendait des légumes et des fruits, mais aussi et encore des volailles : pintades et dindons, canards et chapons effrayés par les cris des enfants qui dominaient le brouhaha de la foule des acheteurs.

Jean Fontanel rencontra un homme de sa connaissance, donna à sa fille une pièce et lui dit :

— Va te promener un peu et retrouve-moi ici dans une heure.

Puis il se dirigea vers l'une des nombreuses auberges en compagnie de l'homme qu'il connaissait. Un peu intimidée au début, la petite finit par descendre vers la grand-route où se trouvaient les baraques des colporteurs, des diseurs de bonne aventure ou des vendeurs de chansons. Avec la pièce de son père, elle acheta une gaufre, et, en la savourant délicieusement, elle fit plusieurs fois l'aller et retour le long de la grand-route, s'arrêtant devant l'étalage d'une marchande de robes et de rubans.

— Tu veux quelque chose, petite ? lui demanda la marchande avec un bon sourire.

Mélina battit précipitamment en retraite, n'osant avouer qu'elle n'avait pas de quoi acheter le moindre petit ruban, puis elle remonta vers la vieille halle où elle attendit son père un moment, assise sur une grosse borne en pierre, achevant de manger son gâteau.

Quand il apparut, il lui sembla très gai. Il lui demanda d'une voix qu'elle ne lui connaissait pas :

— As-tu vu quelque chose qui te ferait plaisir ?

Jamais elle n'aurait osé lui avouer qu'elle avait très envie d'une robe, mais, comme s'il l'avait deviné, il l'entraîna vers la grand-route où se trouvaient les marchands de vêtements. Là, il lui acheta la première robe neuve de sa vie : une robe longue de cretonne comme on en portait à l'époque, à épaulettes et non serrée à la taille, d'un bleu foncé avec des fleurs blanches. Quand il eut payé, sans un mot, Mélina prit sa main et la serra très fort.

— Va vite la porter à la charrette et attends-moi un moment, dit-il.

Elle attendit beaucoup plus qu'un moment, sagement assise sur la banquette. La matinée s'avançait, de plus en plus chaude, de plus en plus animée. Serrant sa robe neuve contre elle, elle regardait de tous côtés, faisant provision d'images, de sons et de couleurs, émerveillée de côtoyer tant de monde.

Comme son père ne revenait pas, elle partit, sa robe toujours serrée contre elle, vers la place de la halle où elle l'attendit encore. Une heure passa sans qu'il apparaisse. Mélina risqua alors un œil dans la première auberge, où il ne se trouvait pas. Il y en avait trois autres autour de la place, toutes aussi bruyantes et enfumées. Elle découvrit enfin son père dans la dernière, tout en haut, près de l'église. S'étant approchée de la porte ouverte, elle aperçut des hommes attablés, des servantes en tablier blanc qui circulaient difficilement entre les tables d'où s'élevait un brouhaha parfois traversé par les cris des marchands scellant leur marché en présence des accordeurs, ces hommes chargés de concilier la demande des vendeurs et l'offre des acheteurs. Ceux-ci s'efforçaient de tenir la main dans laquelle le marchand devait frapper, mais elle se rétractait souvent au dernier moment, et les discussions reprenaient, de plus en plus agitées, de plus en plus bruyantes. À part les servantes, il n'y avait pas de femmes. Aussi ce fut en retenant son souffle que, ne voyant pas son père, Mélina s'avança entre les tables, poussée par la peur de l'avoir perdu, si loin de leur maison.

Elle le découvrit derrière la grande cheminée, attablé avec le même homme qu'au matin. Quand il l'aperçut, comme s'il était pris en faute, Jean Fontanel se leva brusquement, laissa tomber une pièce sur la table, puis il vint vers elle, balbutia quelques mots qu'elle ne comprit pas et sortit en lui faisant signe de le suivre.

Il se dirigea vers la grand-route, dépassa la halle, se retournant de temps en temps pour voir si sa fille le suivait. Comme ils arrivaient en bas, brusquement, il s'arrêta. À deux pas de lui, une femme vêtue de noir, immobile, l'observait. Son regard glissa jusqu'à Mélina qui s'était arrêtée aussi, puis revint vers lui. Il voulut s'avancer, mais la femme l'arrêta de la main.

— C'est sa petite ? demanda-t-elle.

Jean Fontanel hocha la tête. La femme, noire, très brune, et qui rappelait quelqu'un à Mélina, s'agenouilla face à elle, l'attira et la serra sans qu'elle puisse s'en défendre. Elle sentait la violette. Sans bien savoir pourquoi, la petite aurait voulu que ce moment dure toujours. Mais la femme en noir la repoussa doucement, se releva, et, sans un mot pour le bordier, elle s'éloigna, très droite, et ne se retourna pas.

Jean Fontanel repartit sans un mot d'explication, et il sembla à sa fille que sa démarche était mal assurée. Il avait dû boire plus que de coutume, et il n'était pas habitué. Arrivé à la charrette, il s'assit à l'ombre après avoir pris le panier à provisions qui était dissimulé sous la banquette. Mélina, alors, s'assit près de lui et demanda :

— Qui c'était ?

Il ne répondit pas, ouvrit son couteau, coupa du pain pour lui et pour sa fille, puis un morceau de lard, et, comme s'il ne l'avait pas entendue, il commença à manger. La petite répéta doucement :

— Cette femme, qui c'était ?

Il soupira, hésita encore un moment, mais elle comprit que pour la première fois il allait trouver la force de lui parler vraiment. Sans doute sous l'effet du vin, peut-être parce que l'apparition de la femme en noir l'avait bouleversé, il commença d'une voix lente, sans regarder sa fille :

— C'est la sœur aînée de ta mère : Pascaline. Tu ne l'as jamais vue parce qu'on s'est fâchés quand...

Il buta sur les mots, reprit en hésitant :

— Quand la truffière a brûlé. Elle m'a dit que j'étais responsable de tout, que c'était de ma faute, que si j'avais été là, Ida ne serait pas morte. On ne s'est plus jamais revus, et pourtant elle n'habite pas loin de Salvignac. Elle est mariée à un petit propriétaire des Granges-Neuves, pas loin de Négrondes.

Il soupira, et, toujours sans regarder la petite, poursuivit :

— Leur famille n'est pas de là, mais d'un endroit qu'on appelle Loubatié : c'est une ferme sur les collines, vers Thenon. Ils avaient des truffières aussi, et ta mère en savait autant que moi sur la Noire.

Il baissa la voix, reprit, dans un murmure :

— Ta mère, je l'ai rencontrée à la fête de Cubjac, un dimanche d'août. Elle aimait danser. Moi, je ne dansais guère, mais pour elle j'aurais fait le tour de la terre sur les mains. Elle était d'une famille un peu bizarre, en tout cas différente de la mienne. Enfin, j'étais seul à Costenègre puisque mes parents étaient morts, et on s'est mariés très vite.

Il prit le temps de boire à la bouteille une gorgée, et Mélina crut qu'il allait s'arrêter de parler, mais non ; il reprit d'une voix plus ferme, à présent, comme s'il était soulagé d'avoir commencé :

— Son père était un grand blessé de guerre. Il avait donné à ses deux filles ses secrets sur les truffes avant de partir au front, parce qu'il craignait de ne pas revenir. La guerre l'a épargné, mais il est mort, aujourd'hui. Sa femme, ta grand-mère donc, a mis les terres en fermage, ou peut-être même qu'elle les a vendues. Elle vit avec Pascaline, du moins je le crois. C'était une mauvaise femme, avare et autoritaire, qui ne voulait pas de moi comme gendre. Il faut comprendre : ils étaient propriétaires et moi je n'ai jamais été que bordier… Ton grand-père, lui, c'était un brave homme, qui souffrait beaucoup, car il avait été gravement blessé en 1918, au mois de mars. Un peu avant sa blessure, il avait sauvé un soldat américain en le ramenant sur son dos à travers les lignes. Peter Loveridge, il s'appelait. Si je m'en souviens si bien, c'est parce que ta mère en parlait tout le temps. Il écrivait souvent, cet Américain, et il revenait aussi, de temps en temps, voir ton grand-père. Il leur racontait son pays, Chicago, les Grands Lacs, les grandes villes, la vie qu'il menait là-bas, et ça lui faisait un peu tourner la tête, à ta mère. Elle en rêvait. C'était comme si ce pays l'avait ensorcelée. C'est à cause de lui que tout est arrivé.

Il se tut brusquement, comme s'il en avait trop dit. Il se tourna vers Mélina pour la première fois depuis qu'il avait commencé à parler, et elle constata que ses yeux brillaient.

— Je crois que j'ai trop bu, dit-il.

Elle eut très peur qu'il s'arrête et demanda aussitôt :

— À cause de l'Américain ? Il voulait l'emmener là-bas ?

— Oh non ! pas lui. Il est mort quelques mois avant qu'on se marie. Mais elle avait toujours l'Amérique dans la tête, et nous vivions à Costenègre. Alors, forcément...

— Alors quoi ?

Le fait de manger l'avait un peu dégrisé. Il comprit sans doute qu'il en avait trop dit car il se ferma brusquement et coupa un nouveau morceau de pain. Autour d'eux, maintenant, la foire se défaisait. Des charrettes partaient, d'autres manœuvraient pour s'approcher des étals des forains qui remballaient les marchandises, tout cela dans un grand vacarme que dominaient par instants les hennissements des chevaux, les aboiements des chiens sous la halle, les rires des hommes sur le seuil des auberges.

Mélina tenta encore une fois de faire parler son père, mais c'était fini : il s'en voulait, sans doute, d'en avoir tant dit, et il la laissa seule avec ses questions, cherchant à deviner ce qui avait bien pu se passer. Il ne lui parla d'ailleurs plus de la journée, sauf une fois, une seule, avant d'arriver à Costenègre, vers la fin de l'après-midi. Il arrêta alors la charrette au milieu du chemin, se tourna vers la petite, la prit par les épaules et lui dit d'une voix douloureuse :

— Il faut me croire, Lina, c'est moi qu'elle aimait.

4

PENDANT les semaines qui suivirent le marché d'Excideuil, Mélina ne cessa de se poser des questions, ne comprenant pas quel était le rapport entre sa mère, l'Amérique et cette truffière qui avait brûlé. Elle interrogea de nouveau la Miette qui parut surprise et très inquiète de ce qu'avait révélé Jean Fontanel à sa fille, mais qui lui assura ne rien savoir de plus. Alors elle s'adressa une nouvelle fois à Louis, sans plus de succès.

— Arrête de te poser tant de questions, ma petitoune, lui conseilla-t-il, ça ne sert à rien. Apprends bien à l'école et fais ton chemin. C'est tout ce qui compte.

Quant à Pierre, il ne lui répondait même plus. Il soupirait, puis, sans se fâcher, il lui prenait la main et l'entraînait vers l'école, fidèle compagnon qui, elle ne pouvait pas le savoir, alors, souffrait beaucoup de la voir malheureuse.

Mélina comptait profiter des grandes vacances pour obtenir de son père plus de confidences, mais il se méfiait d'elle, désormais. Elle constata qu'il s'était mis à boire, puis elle comprit qu'il buvait sans doute depuis longtemps et qu'il avait réussi à le lui cacher jusqu'à la foire d'Excideuil. Cet été-là, plus elle essaya de se rapprocher de lui, plus il s'éloigna d'elle. Elle en souffrit beaucoup, car elle ne cessait de penser à cette femme rencontrée au marché, et elle avait bien envie d'aller la trouver pour l'interroger. Comme elle avait peur, en même temps, elle ne réussit pas à faire un pas dans sa direction.

Ce fut donc avec beaucoup d'impatience qu'elle attendit la rentrée des classes. C'était pour elle le moyen d'oublier toutes les questions qu'elle se posait, et surtout d'échapper à cette angoisse qui la saisissait en présence de son père, surtout le soir, quand la nuit était tombée, et qu'il la regardait en pleurant, parfois, ou en murmurant son nom sans pouvoir lui parler vraiment, ce qui l'aurait soulagé, sans doute, et peut-être guéri.

Un soir, ce devait être en octobre, car tous les chênes avaient encore leurs feuilles, il ne rentra pas. La petite l'attendit jusqu'à la tombée de la nuit, puis elle partit à sa recherche, sa lampe à la main, comme il lui était déjà arrivé de le faire à plusieurs reprises. Elle mit du temps à le trouver, car il travaillait dans la truffière la plus éloignée de Costenègre, qui se situait à deux kilomètres de chez eux. Quand elle le découvrit enfin, il était couché sur le côté, inanimé, et il lui sembla qu'il ne respirait plus. Elle crut qu'il était mort et elle se pencha sur lui en l'appelant. Il se mit à gémir, balbutia quelques mots incompréhensibles et ses mains se refermèrent sur celles de sa fille. Soulagée, Mélina l'aida à se mettre debout et, passant son bras droit par-dessous ses épaules, elle le soutint tout le long du chemin, non sans marquer de nombreuses haltes pour reprendre des forces.

Il leur fallut près d'une heure pour regagner Costenègre où Mélina parvint à le conduire jusqu'à son lit sur lequel il s'endormit aussitôt. Le lendemain, il ne put se lever.

— Lina, murmura-t-il, j'ai été frappé par un Encontre. Je l'ai senti entre mes épaules. Il m'a traversé la poitrine. Il n'y a que Jarillou qui pourra me sauver.

Jarillou était une sorte de guérisseur, mi-rebouteux, mi-leveur de sort, qui habitait dans les grands bois de Bujadelles, entre Sorges et Périgueux. Mélina en avait entendu parler, comme tout le monde, ici, mais elle ne l'avait jamais vu. On disait que les gens venaient de loin pour le rencontrer, tant ils avaient confiance en ses pouvoirs.

Louis Sauvénie, à qui la petite rapporta les paroles de son père, leva les bras au ciel et répondit :

— C'est pas un guérisseur qu'il lui faut, c'est un médecin. J'irai le prévenir ce matin même.

Le médecin, que Mélina connaissait pour l'avoir déjà vu dans sa maison, vint dès le début de l'après-midi, accompagné par Louis. Il était vieux, avec de fines lunettes, une barbiche rousse, et de larges mains qui paraissaient savantes et rassurantes. Il diagnostiqua un coup de froid, donna une liste de médicaments, puis il s'en alla en pestant contre ces superstitions qui qualifiaient d'Encontres les simples maux qui frappaient les vivants.

— Surtout, qu'il prenne bien les remèdes ! dit-il en montant dans sa voiture. Que ça ne se transforme pas en pneumonie.

Jean Fontanel accepta les remèdes, mais la fièvre ne tomba pas. Il continuait à se plaindre d'un Encontre qui, dans la croyance populaire, est un contact néfaste avec ces puissances maléfiques qui hantent le monde, et dont les anciens prenaient grand soin de se garder. Il se mit à délirer, et, dans les moments de répit, à implorer la présence de ce Jarillou qui seul, assurait-il, pourrait le délivrer. C'était un automne gris et venteux. Les tempêtes d'équinoxe s'abattaient sur les bois et roulaient de grandes vagues sombres sur la crête des collines. La nuit, le vent mugissait dans les couloirs des combes puis remontait vers les coteaux avec des grands froissements d'air qui cassaient les branches des arbres. Mélina avait peur. Elle devinait des forces qui la dépassaient et pouvaient l'écraser. Il lui semblait que la terre manifestait des volontés, des colères, dont, jusqu'alors, elle n'avait jamais eu conscience.

Comme l'état de Jean Fontanel ne s'améliorait pas, au contraire, Louis Sauvénie finit par accepter de faire venir l'homme qu'il réclamait. Celui-ci arriva le surlendemain, en début d'après-midi, un grand chapeau noir sur la tête, avec une manière étrange de marcher, comme s'il faisait corps avec la terre. Il était fort, grand, très calme, et la peau de son visage était tannée, épaisse comme du cuir. Ses yeux, très noirs, très vifs, contrastaient avec la lenteur de ses gestes : ils furetaient autour de lui, tandis qu'il frottait lentement ses mains larges comme des battoirs l'une contre l'autre. Il portait des vêtements de velours noir, marchait avec de grosses chaussures ferrées.

L'ayant fait entrer, Louis, de mauvaise humeur, partit aussitôt. Mélina demeura seule avec le guérisseur dans la cuisine. L'homme ne parlait pas. Il la dévisageait, et, malgré sa peur, elle ne songeait pas à s'éloigner. Il lui prit la main, la garda un moment dans la sienne, demanda enfin :

— Comment t'appelles-tu ?

— Lina.

— Et lui ? fit-il avec un signe de tête en direction du réduit où l'on entendait gémir son père.

— Jean.

— Et elle, comment s'appelait-elle ?

Comment savait-il ? Il vint à l'esprit de la petite qu'il avait peut-être questionné Louis avant de venir, et elle répondit :

— Ida.

L'homme lâcha sa main, s'en fut dans le réduit où dormait le bordier, y demeura dix minutes, puis il revint dans la cuisine et demanda une bassine d'eau et des ciseaux. Dès que Mélina les eut posés devant lui, il sortit de sa poche des feuilles de lierre, y tailla des encoches avec les ciseaux, et les laissa tomber dans l'eau une à une. Il se mit alors à parler dans un langage que Mélina ne comprenait pas, s'adressant probablement à une puissance invisible qu'il était seul à connaître. Dehors, le vent s'acharnait contre les volets, ployait la cime des arbres que la petite apercevait par la fenêtre, et semblait gémir lui aussi, comme son père derrière le rideau.

Cela dura au moins une demi-heure, puis il se redressa et sortit les feuilles de lierre de l'eau, les unes après les autres. Il les examina un long moment, puis il alla les jeter dans le feu. Alors seulement, ses yeux noirs se levèrent sur Mélina. Il ne prononça pas un mot, du moins pas tout de suite. Il sortit, et elle le vit s'éloigner dans les bois. Elle demeura immobile, à l'attendre, très inquiète, sans oser aller voir son père qui gémissait par moments dans son lit.

Le soleil n'était pas apparu depuis plusieurs jours. Une légère brume baignait les collines sur lesquelles erraient les ombres des gros nuages poussés par un vent fou. Mélina commença à se demander si l'homme, ayant rempli son office, était reparti chez lui, quand il réapparut, un petit sac à la main.

Il entra, vida sur la table son sac d'où coulèrent des herbes qui étaient pour la plupart inconnues à Mélina. Des racines aussi, qui semblèrent à la petite être des racines de millepertuis. Il fit cuire tout cela dans une toupine, puis, toujours sans un mot, il prépara un cataplasme dans un torchon et enfin lui dit :

— Viens voir ! Il faudra renouveler le remède pendant huit jours, matin et soir.

Elle le suivit dans la chambre où il défit la chemise de Jean Fontanel et posa le cataplasme à même la peau, sur la poitrine. Puis il le fixa avec une bande de gaze, rabattit la chemise, remonta la couverture, et dit :

— Tu sauras faire ? Sur le cœur. Juste sur le cœur.

Elle fit « oui » de la tête car elle aurait été bien incapable de prononcer le moindre mot. L'homme repassa dans la cuisine, où, de lui-même, il se servit un verre de vin. Mélina demeura debout de l'autre côté de la table, ne sachant que faire pour remercier.

— Il faudra me faire porter un canard, dit-il. Pour toi, ce sera le prix.

Elle promit de s'acquitter de cette dette. Il lui demanda alors du pain et un morceau de fromage, puis il se mit à manger tout en la dévisageant d'un air sombre.

— Toi aussi, tu auras mal au cœur, lui dit-il. Mais toi, au moins, tu en guériras.

Elle n'osa pas demander si son père, lui, allait guérir. D'ailleurs, l'homme ne lui en laissa pas le temps. Il ramassa les miettes de la main, les jeta dans le feu derrière lui, puis il se leva, et, sans un mot, ouvrit la porte et s'en alla. La petite le vit disparaître dans le chemin qui s'enfonçait dans le bois tandis que la nuit tombait déjà sur les collines. Elle tremblait. Elle aurait voulu se trouver à l'école, dans la compagnie des autres élèves, entendre les paroles rassurantes de la maîtresse et le ronronnement paisible du poêle au fond de la classe. Mais elle était seule dans les bois et elle n'entendait plus gémir son père. Elle n'entendait que le vent, et la pluie, maintenant, qui giflait les murs et les arbres dont la masse compacte et sombre semblait menacer la maison.

La tempête dura huit jours. Mélina n'avait jamais assisté à un tel déchaînement de vent et de pluie. Elle n'allait pas à l'école car elle tenait à veiller sur son père, mais Louis Sauvénie venait aux nouvelles chaque jour. Elle renouvelait scrupuleusement les cataplasmes, matin et soir, comme elle l'avait promis. Au bout d'une semaine, la tempête se calma, et Jean Fontanel guérit. Mélina le trouva debout un matin en se levant. Déjà, depuis quelques jours, il gémissait moins et se sentait mieux. Ce matin-là, il mangea de bon appétit, puis il dit avant de partir dans les truffières :

— C'est fini pour cette fois.

Mais dans sa voix perçait une grande lassitude, ou, plutôt, une sorte de renoncement. Mélina, en partant pour l'école, n'était pas rassurée du tout, car le monde lui paraissait avoir changé de nature. Elle le devinait habité, plein de mystères, de forces malveillantes — on disait alors maljoventes —, et elle avait l'impression d'être guettée à chaque détour du chemin, au fond de chaque combe, à l'orée de chaque bois, par quelque présence indécelable à l'œil et cependant redoutable.

Jean Fontanel était tombé malade au début de la tempête d'équinoxe, et il avait guéri dès qu'elle avait cessé. Il apparut à Mélina que les êtres vivants étaient étroitement dépendants de cette terre qui les porte, et que sa souffrance comme son bonheur étaient aussi les leurs. À partir de ce jour, elle devint attentive aux voix dans le vent, à ses murmures et à ses soupirs : autant de confidences qu'elle finit par accueillir sans peur. Elle s'ouvrit au langage de la pluie, à celui des arbres et à celui des bêtes. Elle prit l'habitude de s'adresser aux plantes, de cueillir celles qui guérissent, d'écouter battre ce qui lui semblait être des cœurs inconnus là-bas, au fond des bois.

Durant l'hiver qui suivit cet automne de vent et de pluie, la récolte des truffes fut mauvaise. Pourtant, un froid sec et lumineux avait saisi les bois dans sa main d'acier dès le début de décembre, mais les truffettes, gorgées d'eau, pour la plupart, avaient pourri. Février fut un peu meilleur que janvier. Un soir, Jean Fontanel revint avec deux grosses truffes prélevées parmi son dû : il avait droit, chaque année, à une livre, et jamais il n'aurait songé à tromper les Carsac. L'honnêteté de cet homme était maladive, et pourtant il n'était pas riche. Mais il tenait à faire plaisir à sa fille, à la saison, au moins une fois, en cuisant deux grosses truffes sous la cendre. C'était une fête pour eux, assis côte à côte devant la cheminée, que de surveiller la cuisson dans les cendres encore chaudes, après avoir laissé éteindre le feu. De temps en temps, Jean Fontanel se levait, grattait les truffes avec son doigt, se relevait et lui disait :

— Encore un peu.

Déjà un bon fumet emplissait la pièce, et la petite se consumait d'impatience. Il fallait les laisser cuire à point pour qu'elles ne soient pas trop fermes, sans pour autant les laisser charbonner. À la fin, Jean Fontanel les piquait avec une fourchette et les portait dans leurs assiettes. Tous deux restaient là un moment à les respirer, les yeux clos, puis ils les coupaient en fines lamelles, avant de les savourer lentement. On ne les fait plus guère cuire comme cela aujourd'hui, non pas que l'on ne trouve plus de truffes, mais parce que l'on ne trouve plus de cendres. C'est là sans doute le signe le plus manifeste d'une évolution des campagnes où les âtres se sont éteints, remplacés par des cuisinières et le chauffage central. Mélina, quant à elle, fit en sorte de toujours allumer de grandes flambées, l'hiver, qui lui donnèrent longtemps de belles cendres. Une fois l'an, elle y faisait cuire deux truffes en souvenir de celui qui savait si bien lui faire plaisir et en était heureux.

Cette année-là, Jean Fontanel affirmait que la terre avait souffert comme lui, qu'il était temps que le printemps vienne balayer toute cette souffrance. Il allait mieux, mais il semblait ne plus avoir autant de forces qu'avant l'automne. Il paraissait avoir oublié ses confidences d'Excideuil et se fermait à la moindre des questions formulées par sa fille. Elle se souvenait pourtant parfaitement de ce qui s'était passé ce jour-là, et, ses préoccupations dues à la maladie de son père s'estompant, elle y pensait de plus en plus.

Un matin d'avril, elle n'y tint plus : au lieu de prendre le chemin de la Méthivie, elle prit celui qui menait à Sorges, projetant, à partir de là, d'aller jusqu'à Négrondes pour parler à cette femme qu'elle avait croisée à Excideuil. Mélina se souvenait très bien des mots de son père : « C'est Pascaline, la sœur aînée de ta mère. Elle habite les Granges-Neuves, près de Négrondes. » La petite savait que Négrondes ne se trouve pas très loin de Sorges et elle espérait bien y arriver avant midi.

Il faisait beau, sans quoi elle ne se serait pas mise en route. Les chênes gardaient cette couleur de cendre rose qui leur vient en hiver, surtout lorsqu'il a gelé. Le vent ne soufflait plus du nord, mais du sud-est, et il faisait moins froid que les jours précédents. Mélina avait deviné ce changement de temps la veille au soir en rentrant de l'école : la mousse au bord du chemin s'était ouverte et les bois semblaient plus profonds. Ils se faisaient accueillants aux premières caresses chaudes du vent, signe que la nouvelle saison était en chemin, comme Mélina, ce matin-là, dans une lumière neuve où fusaient encore les éclats de la rosée blanche.

À Sorges, qu'elle atteignit vers dix heures, elle prit la grand-route de Périgueux à Thiviers, et, dès lors, elle se sentit moins seule que dans les bois. Un vieil homme en charrette, qui transportait des pommes de terre, proposa de la conduire et la laissa, une heure plus tard, un kilomètre avant Négrondes, devant un chemin qui menait vers les Granges-Neuves où la petite lui avait dit qu'elle se rendait. Ce chemin s'enfonçait dans des bois plus touffus que ceux de Sorges, au milieu desquels elle reconnaissait des hêtres, des érables et des châtaigniers, mais où le soleil ne pénétrait pas. Elle n'était pas très rassurée et elle marchait le plus vite possible, comme lorsqu'elle s'imaginait poursuivie par la Cître.

Bientôt la forêt s'ouvrit sur un coteau où verdissaient quelques pâtures maigres et des champs fraîchement semés. Mélina aperçut un toit de tuiles rouges à son sommet. À l'embranchement de deux sentiers, un panneau de bois vermoulu portant l'inscription : LES GRANGES-NEUVES indiquait cette direction. Mélina hésita alors un instant, comme si elle craignait de se faire mal en allant jusque là-bas, puis la curiosité fut la plus forte et elle finit par s'approcher de la ferme où deux chiens vinrent la menacer. Elle savait leur faire face, car il n'en manquait pas entre la Méthivie et Salvignac. Ils l'accompagnèrent jusqu'au seuil où une femme noire apparut, un torchon à la main.

La petite la reconnut tout de suite. C'était bien le même visage rond, aux larges méplats, aux yeux noirs, et quelque chose de mauvais dans le regard qui la figea sur place.

— Qu'est-ce que tu viens faire là, toi ? lui demanda-t-elle.

Et, comme Mélina ne savait que répondre :

— Eh bien, entre, puisque tu es là ! Mais pas longtemps parce qu'il va arriver.

Mélina comprit que Pascaline parlait de son mari et il lui sembla qu'elle en avait peur. Elle la fit asseoir à table et la petite remarqua combien elle ressemblait à sa mère, ce qui ne l'avait pas frappée à ce point à Excideuil.

— Alors ? Qu'est-ce que tu veux ? fit-elle. Il n'y a rien pour toi, ici.

Et elle ajouta, sans laisser le temps à Mélina de répondre :

— Ton père sait-il que tu es venue ?

— Non.

Pascaline parut rassurée, se détendit un peu, mais ne s'assit pas et continua de considérer Mélina avec beaucoup de méfiance.

— Alors ? fit-elle, je n'ai pas que ça à faire, moi. Qu'est-ce que tu veux savoir ?

— Je voudrais que vous me parliez d'elle, dit Mélina. Je ne l'ai pas connue et j'aurais tellement voulu...

Pascaline soupira, finit par s'asseoir, puis, comme s'il lui en coûtait beaucoup, haussa les épaules.

— Bon, fit-elle, puisque c'est ainsi, tu vas manger la soupe avec nous, et je te dirai ce que je me rappelle. Ce sera la première et la dernière fois : on a vendu ici, avec Robert, et on s'en va à la Saint-Jean à Paris. On a acheté un commerce là-bas.

Mélina n'eut pas le temps de demander qui était Robert. Il arriva sur un tracteur qui crachait une fumée noire, entra, demanda à sa femme qui était cette gamine, puis, sans plus s'intéresser à elle, se servit un verre de vin et s'attabla. C'était un homme long et maigre, au regard dur, au visage en lame de faux. Pascaline posa une soupière devant son mari. Il se servit, se mit à manger et à boire, dévora presque un poulet entier, un grand morceau de fromage, but un dernier verre de vin et repartit.

Mélina avait à peine terminé sa soupe, ainsi que Pascaline qui était restée debout pour servir son mari. Elle s'assit, et, après une ultime hésitation, commença à mi-voix :

— J'étais son aînée, à ta mère. Elle me disait tout. On habitait au Loubatié, un lieu-dit, pas loin de la route de Thenon, au fond des bois, à l'écart de tout. Mais ça ne lui déplaisait pas à ta mère : c'était une rêveuse.

Comme Mélina était sur le point d'achever sa soupe, Pascaline poussa vers elle un blanc de poulet et poursuivit :

— Elle était belle, mais elle ne le savait pas. Ils étaient plusieurs à avoir demandé sa main, et puis, va savoir pourquoi, elle a rencontré ton père à la fête de Cubjac. Je m'en souviens : j'étais là. Ils ont dansé et dansé très longtemps. À la fin, j'ai dû les chercher parce qu'ils s'étaient éloignés dans la campagne. C'était l'été, il faisait très chaud. Je ne les ai retrouvés qu'une heure plus tard. On aurait dit qu'ils avaient décroché la lune.

Pascaline soupira une nouvelle fois, puis elle reprit :

— Pendant les jours qui ont suivi, on n'a rien pu lui dire, à ta mère : elle rêvait, ne pensait qu'à lui. Ils se sont revus deux ou trois fois pendant l'été, puis les fêtes ont cessé. Un jour, elle s'est échappée pour aller le retrouver. Alors notre mère a deviné qu'elle avait un galant et elle l'a enfermée. Lui, il a mis un mois à comprendre ce qui se passait. Il est venu, un dimanche, au sortir de la messe, et il l'a enlevée. Heureusement, d'ailleurs, car elle t'attendait, toi, déjà. Ils se sont mariés entre deux témoins à Salvignac. Et puis tu es née, et il y a eu cette truffière qui a brûlé, Ida qui y est morte. Notre mère, elle, a péri de chagrin... Voilà ! C'est tout ce que je peux te dire.

Mélina demanda malgré elle, retenant son souffle :

— Sait-on qui a mis le feu ?

— Certes non. Ce que je sais, c'est que si ton père avait été là, elle ne serait pas morte. Même si elle a été assommée par un arbre, il aurait pu la tirer à l'écart.

— Et l'Amérique ?

Pascaline regarda la petite avec stupeur, demanda :

— Tu sais ça, toi ?

— Oui, c'est mon père qui m'en a parlé.

Pascaline soupira, reprit :

— Il y avait un Américain qui revenait une fois par an à la maison, pour voir notre père qui l'avait sauvé en 1918. Il disait en riant qu'il nous y emmènerait tous, et que là-bas nous serions riches et heureux ensemble. On en riait, bien sûr, mais ta mère, elle, elle y croyait... d'ailleurs elle croyait tout ce qu'on lui disait.

Pascaline réfléchit un moment, perdue dans ses pensées, puis elle poursuivit :

— Quand notre père est mort, l'Américain est revenu une fois ou deux, puis on ne l'a plus revu. C'est sa femme qui nous a prévenus de sa disparition. C'était peu de temps avant qu'Ida rencontre ton père, je crois.

Il y eut un instant de silence qui fit craindre à Mélina que Pascaline cesse ses confidences. Aussi demanda-t-elle doucement :

— Et les truffes ?

— On savait, elle et moi. Notre père nous avait parlé avant de partir à la guerre parce qu'il avait peur de ne pas revenir. Moi, ça ne m'a guère servi, mais elle, si. Enfin je le suppose, parce qu'on ne se voyait guère : notre mère vivait avec moi, à l'époque, et elle ne voulait pas entendre parler de ta mère. J'ai bien essayé à plusieurs reprises de lui faire changer d'avis, mais je n'y suis pas parvenue. Elle disait toujours : « Pour moi, elle est morte. »

Mélina laissa passer quelques secondes, demanda encore :

— Et à Costenègre, qu'est-ce qui s'est passé ?

Pascaline la dévisagea sans paraître comprendre.

— Que veux-tu qu'il se soit passé ? Ils vivaient d'amour et d'eau fraîche, je suppose, parce qu'ils n'étaient pas riches, les pauvres.

Mélina devina qu'elle n'apprendrait rien de plus, Pascaline ayant vécu trop loin de ses parents. Elle ne pouvait pas savoir ce que son père répétait souvent quand ils étaient seuls : « C'est moi qu'elle aimait, c'est moi qu'elle aimait. » La seule chose que Mélina avait apprise, en somme, c'était que son père avait enlevé sa mère et qu'elle l'attendait avant leur mariage. Elle posa encore deux ou trois autres questions à Pascaline, mais ses réponses ne firent que confirmer son ignorance de la vie que les parents de Mélina avaient menée à Costenègre. Mélina repartit, déçue, non sans que Pascaline, en la poussant dehors, lui eût dispensé ce conseil :

— Dans la vie, petite, faut pas rêver. C'est comme ça que les malheurs arrivent.

Mélina put regagner Costenègre juste à l'heure où elle rentrait d'ordinaire de l'école. Son père ne remarqua rien. Le lendemain, elle dit à la maîtresse qu'elle avait eu mal au ventre et qu'elle était restée couchée. Elle ne devait plus jamais retourner aux

Granges-Neuves où plus personne ne pouvait lui parler de sa mère. Elle se sentit plus seule encore sur le difficile chemin sur lequel elle s'était engagée. Elle était persuadée, à cette époque-là, de ne jamais pouvoir percer le secret de celle qui lui manquait tant, et elle tâchait de vivre sans trop y penser, pour ne pas trop en souffrir.

L'école l'y aida. Elle allait sur ses douze ans, en effet, et c'était l'âge où, avant la Seconde Guerre mondiale, on passait le certificat. Elle s'y préparait donc du mieux qu'elle le pouvait, mais c'était difficile, même si elle avait depuis longtemps rattrapé son retard. Outre la santé de son père, en effet, ses sujets de préoccupation étaient grands, surtout sur le chemin de la Méthivie, où elle retrouvait Pierre. Elle guettait les signes de ces présences maléfiques que lui avait révélées la maladie de son père. Au retour de l'école, le soir, elle entrait de plus en plus souvent dans les bois, s'asseyait contre le tronc d'un arbre et guettait les bruits, regardait de tous ses yeux, retenant son souffle, et peu à peu elle découvrait la vie des plantes et des bêtes, sous les feuilles, sous la mousse, dans les arbres, les bosquets. Elle écoutait le souffle du vent, elle distinguait des voix qui lui parlaient des autres mondes, de ce qui se cache derrière l'air, de la force de l'eau, des feuilles, des herbes jaillies de la terre, et dont, peu à peu, elle apprenait les noms.

Elle ne s'y sentait pas seule, parlait à ces présences mystérieuses en leur demandant de protéger son père. Elle imaginait derrière des feuillages des ombres à figures humaines qu'il était important d'apprivoiser, comme l'avait fait le guérisseur, en pratiquant son rite de divination. Son comportement en fut modifié, et ses camarades, à l'école, la baptisèrent de nouveau la sorcière, comme l'avait déjà fait Rosalie. Cette fois, pourtant, elle ne s'en émut pas. La maîtresse s'aperçut qu'elle avait changé. Elle la retint à plusieurs reprises, le soir, pour lui demander ce qui n'allait pas, mais la petite refusa de lui répondre. Pierre, lui aussi, s'inquiétait :

— Enfin Lina, lui disait-il, tu deviens folle ou quoi ?

Comment aurait-elle pu expliquer ce qu'elle avait découvert à l'automne précédent avec le guérisseur ? C'était impossible. Alors elle faisait ce qu'elle avait toujours fait : elle s'en accommodait seule, tentait d'apprivoiser ce qui demeurait invisible aux autres, et, par des rites qu'elle inventait, elle essayait de protéger son père qui s'affaiblissait de jour en jour, miné par un mal dont elle savait, inconsciemment, qu'il ne guérirait pas.

Autant dire qu'elle eut beaucoup de difficultés à obtenir le fameux certificat d'études primaires. Elle fut reçue de justesse, tout de même, ainsi que Pierre. La Miette, très heureuse, ce soir-là, au retour de Salvignac, les invita à souper pour fêter l'événement. Ce fut une belle soirée, pleine de rires et d'histoires racontées par la Miette. À la fin du repas, toutefois, Louis demanda brusquement à Jean Fontanel :

— Et maintenant qu'elle est devenue savante, qu'est-ce que tu vas en faire, de cette petite ?

Jean Fontanel demeura sans voix. Pour Pierre, tout était simple : il allait travailler avec ses parents et prendre leur suite un jour. Mélina ne comprenait pas de quoi on s'inquiétait ce soir-là. Pour elle, il était évident qu'une fois l'école terminée, elle reviendrait vivre avec son père, afin de l'aider dans les truffières. Aussi fut-elle déconcertée quand celui-ci répondit, soucieux, et, lui sembla-t-il, plus fragile encore qu'à l'ordinaire :

— Je ne sais pas. Je la garderais bien avec moi, mais qu'est-ce qu'elle deviendra à Costenègre si un jour je ne suis plus là ?

Mélina ne dit rien tant qu'ils furent dans la maison de Louis et de la Miette, mais, sur le chemin du retour, elle s'inquiéta auprès de son père. Ce devait être dans les premiers jours de juillet. Il faisait une chaleur lourde, et dans la nuit passaient de grands froissements d'air épais comme de la farine. Les chênes craquaient à cause du changement de température, et Mélina sentait que les bois, les collines se plaignaient de quelque chose d'anormal, comme si eux aussi ressentaient son inquiétude. Son père marchait devant elle hâtivement, ne trouvant pas le courage de répondre à ses questions, et il lui semblait très fatigué.

Une fois chez eux, alors qu'ils s'apprêtaient à se coucher, elle lui dit qu'elle ne voulait pas s'en aller de Costenègre, qu'elle souhaitait rester toute sa vie près de lui. Il s'approcha d'elle, la prit par les épaules et répondit d'une voix hésitante :

— Il n'y a rien pour toi, ici, ma fille. La vie est ailleurs.

— On a bien vécu, tous les deux, jusqu'à aujourd'hui.

— C'est vrai, mais tu ne peux pas passer ta vie dans les bois. C'est trop dur.

Ses yeux brillaient. Il paraissait désespéré. Mélina

devina qu'il lui en coûtait de lui parler ainsi, et, ce soir-là, elle comprit qu'il se savait très malade et qu'il allait mourir. Elle lui répondit que personne ne lui ferait quitter la maison où il vivait, lui, et elle sentit qu'elle lui faisait du bien.

Trois jours plus tard, cependant, il lui demanda de l'accompagner au château, et, pendant qu'il parlait à Grégoire Carsac, Albine, la femme d'Antoine, la fit appeler, se montra très aimable avec elle, lui donna du chocolat, puis lui dit que Fantille devenait vieille et qu'elle avait besoin d'aide. Mélina devina alors que son père ne l'avait pas amenée au château par hasard, et elle se sentit trahie. Elle ne savait pas que cela faisait plusieurs mois qu'il résistait aux pressions de Grégoire, de la femme d'Antoine et du curé de Salvignac qui prétendaient que la place de Mélina n'était plus à Costenègre mais au château, où elle apprendrait les bonnes manières et où elle pourrait un jour trouver un mari.

Mélina s'enfuit, courut droit devant elle et se réfugia au fond des bois, tremblante, n'osant croire que son père avait consenti à son départ de Costenègre. Elle y resta trois jours et trois nuits, dormant sur la mousse épaisse d'une combe, mangeant des baies et buvant l'eau d'une source qu'elle connaissait, entre Costenègre et la Méthivie. Il lui apparut pourtant qu'elle ne pouvait pas continuer à vivre ainsi. La faim et le désespoir la poussèrent à aller vers celle qui, elle en était certaine, saurait la comprendre : sa maîtresse d'école. Elle se souvenait qu'elle l'avait embrassée en lui disant au revoir le soir du certificat d'études, et elle lui gardait beaucoup de gratitude pour tout ce qu'elle avait fait pour elle.

— D'où viens-tu, toi ? lui demanda sa maîtresse

en découvrant Mélina devant sa porte à la tombée de la nuit, sale, dépenaillée, à bout de forces.

Mélina n'eut pas besoin de lui raconter ce qui s'était passé, car les gendarmes de Salvignac étaient venus la voir dans la matinée. Mme Servantie lui donna à manger, l'aida à se laver, puis elle lui parla comme la mère qu'elle n'avait jamais eue, lui montrant que peut-être elle pourrait rester à Costenègre quelques mois de plus, mais qu'il était impossible d'y demeurer toujours. Mélina l'écouta, rassurée, car ce qui compte pour les enfants c'est le présent et non pas l'avenir. Elle lui promit d'intervenir en sa faveur et lui proposa de passer la nuit chez elle. Mélina s'endormit en imaginant qu'elle se trouvait chez sa mère, et elle oublia pour quelques heures les menaces qui pesaient sur sa vie.

Le lendemain, la maîtresse d'école alla prévenir le maire, et ce fut entre son institutrice et lui que Mélina regagna Costenègre. Grégoire Carsac s'y trouvait déjà, en compagnie d'Antoine, pour reprendre les recherches. Son père l'embrassa sans lui faire le moindre reproche. Il fit entrer tout le monde et Mélina attendit dehors un moment, rassurée par la présence de sa maîtresse d'école dans la maison. Ensuite, on l'appela et elle dut écouter ce qu'on avait décidé : elle pouvait rester avec son père pendant la durée des vacances. En octobre, elle irait travailler au château, mais elle rentrerait chez elle chaque soir. Tous étaient d'accord pour cette solution. Mélina remarqua que son père tentait de lui sourire. Elle se dit que le mois d'octobre était loin et elle se déclara d'accord, au grand soulagement de ceux qui se trouvaient là. Sa maîtresse l'embrassa une nouvelle fois avant de repartir, et la vie reprit son cours, comme si rien ne s'était passé.

L'été de cette année-là fut superbe. Il y eut de belles journées de grand soleil, pas trop chaudes, cependant, car le vent venait de l'ouest. Après avoir achevé le travail dans les truffières, ils avaient moissonné à la Méthivie, puis battu, puis fêté la gerbebaude. On attendait les orages. Ils éclatèrent juste après les Rogations pour donner suffisamment d'eau aux truffes en formation. Le soleil revint au bout d'une semaine, sécha les chênes qui déployèrent toutes leurs feuilles vernies. Les cercles de brûlé signalant la présence des truffes commencèrent à se former et l'on comprit que la saison s'annonçait bonne. Jean Fontanel s'en fut marquer quelques truffes-fleurs avec des graines d'avoine. Mélina le suivait dans tous ses déplacements, veillant sur lui comme si elle le savait en danger.

Il l'était, et, pas moins que sa fille, ne l'ignorait. Un matin de la mi-septembre, repris par la fièvre, il ne put se lever. Le médecin, de nouveau, revint, puis ce fut le tour de Jarillou. Ce jour-là, dès son arrivée, le guérisseur imposa les mains sur la poitrine de Jean Fontanel, se mit à trembler et à suer, paraissant ne plus voir personne. Quand ce fut fini, il se leva, et dit à la petite :

— Je vais rendre le mal. Ne bouge pas. Je reviens.

Elle le vit s'éloigner, puis presser ses mains contre le tronc d'un grand chêne, toujours en tremblant. Il revint au bout de quelques minutes, apaisé, sembla-t-il à Mélina qui l'interrogeait du regard.

— C'est comme ça que je me délivre du mal que

j'ai levé, dit-il. Il ne faut pas que je le garde. Ça me tuerait.

En veine de confidences, il ajouta :

— Il n'y a que les chênes qui supportent ça. Les autres arbres en crèvent. N'oublie pas : les chênes seulement. Eux seuls ont assez de force.

Il renouvela chaque jour cette opération, ne ménagea pas ses efforts, mais il dut avouer, un soir, à Mélina :

— J'ai fait ce que j'ai pu, mais cette fois ça ne suffira pas.

Il prit sans doute la petite en pitié car il resta trois jours supplémentaires, dormant dans la remise, lui montrant les herbes et les fleurs avec lesquelles il confectionnait ses cataplasmes : sureau, millepertuis, jusquiame à la senteur fétide, myosotis, renoncule, euphorbe des bois, véronique, aubépine, et bien d'autres encore. Il lui expliqua leurs vertus, leurs effets, la meilleure saison pour les cueillir, la manière de les préparer, en cataplasme ou en infusion, lui laissa entrevoir une partie de ses connaissances, sans doute parce qu'il avait deviné en elle une sensibilité particulière pour ce monde-là.

Un matin, Jean Fontanel appela Mélina et lui dit d'une voix très faible :

— N'aie pas peur, ma Lina. Je vais la rejoindre. On veillera sur toi. On te protégera. Il faudra que tu ailles au château. Ce sera mieux pour toi.

C'est à peine si elle reconnaissait son visage maigre dans la pénombre. Ses yeux brillaient de fièvre et de fatigue.

— Approche-toi. Je vais te dire le secret.

Elle se pencha sur lui, posa sa joue sur son épaule, tout près de sa bouche. Elle pleurait, lui aussi, mais il eut la force de parler jusqu'au bout. Désormais, Mélina « savait ». Elle resta un long moment couchée sur sa poitrine, puis il lui sembla que son père s'était endormi. Ensuite, il dit encore ces quelques mots qu'elle connaissait si bien : « Tu sais, c'est moi qu'elle aimait », puis il se tut et ne parla plus jusqu'à la fin.

Le lendemain, le guérisseur lui dit, devant la Miette et Louis Sauvénie prévenus par Pierre qui, dans l'épreuve, venait chaque jour soutenir Mélina :

— Il ne souffre pas, je lui ai donné ce qu'il fallait pour ça, mais il ne passera pas la nuit.

Et il partit, silencieux, de sa grande foulée qui le faisait ressembler à l'ogre chaussé de bottes de sept lieues, s'enfonçant dans les bois touffus comme dans un univers dont lui seul connaissait les secrets.

La Miette voulut emmener Mélina chez elle, mais elle refusa. Alors, ce fut la Miette qui resta avec la petite, veillant celui qui allait l'abandonner, elle en était sûre, comme l'avait fait sa mère douze ans plus tôt. Il mourut dans la nuit, le pauvre homme, sans doute de ce que l'on appelle aujourd'hui une longue maladie et que, à l'époque, on était incapable de combattre, surtout pas les médecins. Les guérisseurs, eux, savaient au moins apaiser les souffrances. Mélina ne devait jamais oublier Jarillou et les leçons qu'il lui avait données.

Le lendemain, à la première heure, Louis, venu aux nouvelles, s'en fut prévenir Grégoire Carsac, qui arriva peu après en compagnie d'Antoine et d'Albine. Tous trois embrassèrent Mélina, comme si elle faisait partie de leur famille. Pierre demeurait près d'elle, et elle comprenait qu'il aurait voulu l'aider. Elle ne pleurait pas. Il y avait longtemps qu'elle avait deviné à quel point son père était malade, un peu comme les animaux, sans doute, qui devinent d'instinct la mort prochaine.

Vers midi, le menuisier de Sorges apporta une boîte longue et claire dans laquelle Louis Sauvénie et Antoine Carsac transportèrent Jean Fontanel. Mélina ne souffrait pas vraiment, du moins pas encore. La Miette avait posé sur le cercueil un bol d'eau bénite et une branche de buis. Dans la maison entrèrent pour la première fois des gens que la petite ne connaissait pas. Ils bénissaient la boîte, discutaient à voix basse, buvaient un verre de vin et repartaient. Mélina ne sentait pas le temps passer. Elle demeurait immobile, assise sur une chaise, comme le resta la Miette en veillant avec elle pendant la nuit qui suivit.

Le lendemain, on chargea le cercueil sur la charrette de Louis, puis on partit vers le cimetière de Salvignac, ce cimetière où son père ne serait pas seul puisque Mélina avait pris soin de placer la boîte de cendres près de lui. Trop de chagrin empêcha ses larmes de couler quand on fit glisser le cercueil dans la terre. Des gens vinrent s'incliner, puis l'on repartit sur la charrette. Pierre serrait la main de Mélina dans la sienne. Comme il avait été convenu qu'elle allait pendant quelques jours habiter chez les Sauvénie, il ne la lâcha pas une seule fois jusqu'à la tombée de la nuit.

5

Les enfants savent se protéger de la souffrance par instinct de survie. C'est pour cette raison, sans doute, que Mélina ne remit pas les pieds à Costenègre avant plusieurs mois. C'est aussi pour cette raison qu'une partie de son esprit se ferma à ce qui venait de se passer. Demeura en elle une terrible impression d'abandon et de solitude. Mais elle possédait cette force de son jeune âge qu'elle sentait bouillonner, le matin, surtout, en se levant, au moment où il s'agissait d'affronter ce monde nouveau dans lequel elle avait pénétré, et donc ceux qui habitaient le château.

Il lui fallut pas mal de temps pour apprendre comment on vivait dans ces lieux si nouveaux. Quelle différence avec la masure de Costenègre ! À l'étage, où elle ne montait jamais sans appréhension, d'immenses pièces ornées de gravures, de trophées de chasse, étaient encombrées de coffres trapus, d'armoires à linge, d'armes, de meubles de style. Elle couchait en bas, près de la cuisine, dans une chambre qui prolongeait celle de Fantille, et qui s'ouvrait sur la cour, à l'angle du mur d'enceinte. De l'autre côté, c'étaient les écuries, un cellier, une resserre où elle ne s'aventurait guère, ne se trouvant à son aise que dans la compagnie de Fantille.

Celle-ci lui apprenait la cuisine, mais aussi le soin qu'il fallait porter aux meubles et aux objets précieux d'une telle demeure : il convenait de les cirer, de passer les marbres à l'alcali, de frotter l'argenterie, sous le regard impitoyable d'Albine Carsac qui faisait toujours aussi peur à Mélina.

Une lingère, nommée Rosine, venait du village à la journée. Un palefrenier, homme à tout faire, que l'on appelait Rémi et qui allait sur ses soixante ans, couchait dans l'écurie et prenait ses repas dans un coin de la cuisine, à l'écart, sous le regard miséricordieux de Fantille qui le plaignait; c'était un pauvre homme originaire de la forêt Barade qui était venu mendier son pain un soir et que l'on avait gardé parce qu'il s'était occupé des chevaux pendant la nuit et s'apprêtait à repartir sans demander de gages. Comme l'ancien palefrenier s'était enfui trois jours plus tôt avec une jeunesse du village, Grégoire Carsac avait proposé à Rémi de rester et il était encore là, quinze ans plus tard, muet, appliqué dans son travail, mais sale, hirsute, à tel point qu'Albine exigeait de ne jamais se trouver en sa présence.

Mélina se mit à les observer tous avec une certaine curiosité car ils étaient tellement différents des êtres qu'elle avait connus, à la Méthivie, qu'elle ne comprenait pas très bien à quelles lois secrètes ils obéissaient. Antoine et Albine Carsac n'avaient pas d'enfants. C'était sans doute ce manque qui l'avait poussée, elle, à demander depuis longtemps à ce que Mélina vienne travailler au château.

Albine aurait pu en être heureuse, et pourtant

elle en voulait à la petite, car sa seule présence lui rappelait l'injuste destin qui la frappait. Quand elle entendait le frôlement de sa robe dans le couloir, instinctivement Mélina s'apprêtait à subir des remontrances sur la manière dont elle accomplissait son travail. Ça n'allait jamais très loin, mais Albine ne pouvait pas s'en empêcher.

— Laisse, disait Fantille. Elle est plus à plaindre qu'à blâmer, la pauvre.

Car Fantille, elle, plaignait tout le monde. Sa générosité ne se limitait pas à ceux qu'elle côtoyait mais s'adressait à tous, y compris aux chemineaux qui venaient parfois demander la soupe et la paille, en hiver, pour la plupart de pauvres hères dont on n'avait pas besoin dans les terres pendant la mauvaise saison. Elle rappelait la Miette à Mélina, que celle-ci allait voir au moins une fois par semaine, le dimanche, sans oublier de passer par le cimetière où son père et sa mère, songeait-elle avec une sorte de paix, étaient enfin réunis. Cependant, elle ne s'y attardait pas. Il lui semblait qu'elle devait s'éloigner de cette douleur, ne pas la réveiller sous peine d'y sombrer. Elle s'attardait davantage auprès de Pierre qui lui donnait des noisettes, de menus présents, s'inquiétait de savoir si tout allait bien, si l'on ne lui faisait pas de misères au château.

— Tu sais, Lina, lui disait-il en brandissant un bâton, si on te fait du mal, il faut me le dire : je viendrai te défendre.

Elle le rassurait, discutait un peu avec la Miette et avec Louis, puis elle regagnait à pas lents, comme à regret, la demeure qui était désormais la sienne en s'efforçant de ne pas trop penser au passé, ni à ces deux êtres qui dormaient ensemble, dans le cimetière, et qui lui manquaient tant.

Le maître des lieux, Grégoire Carsac, parlait peu, sinon à son fils Antoine, et possédait un bureau au rez-de-chaussée où il recevait les gens avec lesquels il était en affaires. Il dormait à l'étage, dans une chambre située au-dessus de son bureau, où nul n'avait le droit d'entrer. En vieillissant, il devenait de plus en plus maigre, et son nez fin et courbe saillait davantage d'un visage mangé par les rides, mais sa mise était toujours aussi soignée. Mélina avait plaisir à le voir aller de son bureau à l'écurie, de la salle à manger à sa chambre où elle se plaisait à imaginer des objets précieux, des trésors venus des pays lointains, des lettres écrites par de grands personnages, des secrets qui lui seraient un jour révélés.

D'Antoine, son fils, Mélina avait toujours su qu'elle devait se méfier. Elle sentait souvent son regard posé sur elle et évitait de le croiser. Ce qu'elle y avait lu un jour lui avait fait deviner, ou plutôt lui avait révélé, ce que les femmes savent d'instinct : cet homme lui voulait du mal. Le sourire glacé d'Antoine, ses traits aigus, ses cheveux d'un noir corbeau, sa façon de la dévisager la mettaient mal à l'aise. Elle le fuyait autant qu'elle le pouvait, encouragée par Fantille qui, elle aussi, le craignait sans que la petite réussisse à deviner exactement pourquoi.

Les Carsac n'étaient pas parvenus à remplacer Jean Fontanel à Costenègre et s'en désolaient. En effet, à cette époque-là, c'est-à-dire au début des années trente, les affaires marchaient mal. Beaucoup d'hommes étaient partis en ville, abandonnant sans remords une situation d'ouvrier de la terre qui les nourrissait à peine. Si l'on trouvait encore des fermiers ou des métayers, on ne trouvait plus de bordiers : les jeunes préféraient partir pour tenter leur chance ailleurs. Ainsi, les Carsac n'avaient plus personne pour s'occuper des truffes.

Un soir — ce devait être au début du mois de décembre de cette année-là —, le vieux Grégoire fit appeler Mélina dans son bureau où elle entra toute tremblante, se demandant quelle bêtise elle avait bien pu commettre pour être ainsi convoquée.

— Quel âge as-tu, petite ? lui demanda-t-il abruptement, tandis qu'elle se tenait le plus droite possible devant le bureau impeccablement rangé, où elle remarqua des livres à la couverture de cuir, une cravache, un sous-main, un encrier et bien d'autres objets dont elle ne connaissait pas l'usage.

— Douze ans passés, monsieur.

— Oui, oui, c'est vrai, murmura-t-il avant de rester un long moment silencieux.

Mélina ne bougeait pas, toujours aussi inquiète de ce qui l'attendait.

— Tu sais qu'ici on ne te veut que du bien, reprit-il, alors il faut me dire la vérité, petite.

Elle se demanda de quelle vérité il voulait parler, mais elle fit « oui » de la tête, car elle était trop effrayée pour s'opposer à quoi que ce fût.

— Est-ce que ton père t'a parlé ?

La question frappa de plein fouet Mélina. Elle sentit pourtant que subitement elle était devenue importante. D'ailleurs, le regard de Grégoire Carsac n'avait jamais été aussi humble, et cette humilité soudaine, sans que Mélina la définisse très bien, la rassura. Il n'eut pas besoin de préciser de quoi Jean Fontanel était censé avoir parlé à sa fille : elle avait compris tout de suite qu'il s'agissait du secret des truffes, cet enseignement qui ne se transmettait que de parents à enfants, mais qui disparaissait peu à peu, les paysans ayant choisi d'évoluer vers les cultures traditionnelles, avec des méthodes nouvelles, plutôt que de se consacrer aux truffes si capricieuses, si difficiles à faire naître dans des bois dont l'entretien était si malaisé. Ainsi, sans le vouloir, grâce à son père, Mélina était devenue l'une des dernières dépositaires d'un savoir qui s'éteignait et dont les Carsac, eux, avaient besoin.

— Oui, répondit-elle d'une voix qu'elle s'efforça de rendre ferme, il m'a parlé.

— Tant mieux, fit le vieux Carsac après une hésitation. Nous allons pouvoir nous entendre.

Et il lui proposa d'aider à la récolte de l'hiver en compagnie d'Antoine et de Rémi.

— Pour le reste, ajouta-t-il, nous aviserons au printemps. Tu nous diras ce qu'il faut faire, n'est-ce pas ?

Elle accepta d'autant plus facilement que c'était pour elle le moyen de fréquenter de nouveau les bois. Elle s'était évadée quelquefois, mais rarement, car elle n'avait pas à sa disposition le prétexte de l'école ou du travail à l'extérieur, et elle regrettait le temps où elle pouvait aller se blottir dans la forêt pour l'écouter respirer, vivre, lui enseigner tout ce que le commun des mortels ignorait. Elle allait ainsi pouvoir retrouver son domaine perdu, celui qui lui faisait penser à son père, à sa mère, comme s'ils étaient encore vivants, là-bas, parmi les chênes dont les feuilles murmuraient des mots rassurants près de ses oreilles.

Ce ne fut pas un véritable hiver que cet hiver-là. Du moins Mélina ne se souvint pas d'avoir eu froid dans les truffières. Il est vrai qu'ils ne perdaient pas de temps, Rémi conduisant la truie dressée par Jean Fontanel, Antoine Carsac portant le sac dans lequel il faisait prestement disparaître les truffes ; Mélina devant, se dirigeant vers les endroits sûrs, là où, d'expérience, elle savait que naissait la Noire. Grégoire Carsac, lui, surveillait sans un mot, mais avec un léger sourire, et il se montrait très aimable avec elle. La récolte de cette année-là fut bonne, sans plus, car le temps avait été trop humide l'automne précédent. Le gel ne se manifesta qu'à la fin du mois de janvier, mais déjà la récolte s'épuisait, si bien que février ne fut pas de bon rapport.

Début avril, Grégoire Carsac demanda à Mélina quelle truffière, à son avis, il fallait éclaircir, quelle autre était épuisée, et où il serait bon de replanter des chênes.

— Il faut que j'aille voir, lui répondit-elle.

— Va, petite, dit-il avec bienveillance.

Elle put retrouver ses bois dans la solitude et, pour la première fois depuis la mort de son père, elle s'aventura jusqu'à Costenègre où les ronces et les orties avaient gagné du terrain. Elle entra d'abord dans le hangar à bois, où elle s'assit sur le tabouret sur lequel elle avait l'habitude d'aller se réfugier, parfois, puis dans la petite étable où ils enfermaient les canards et les oies. Ensuite, elle se dirigea vers la porte qu'elle poussa, mais elle était fermée. La clef se trouvait toujours dans sa cache habituelle, celle qu'ils avaient choisie, son père et elle, sous la pierre descellée, la troisième sur la gauche, exactement, entre la porte et la fenêtre.

Mélina eut une hésitation à l'instant de pénétrer dans ce qui avait été son univers pendant douze ans. Il lui sembla qu'elle allait apercevoir son père, et même peut-être sa mère, assis à table. Elle le souhaita si fort que, le seuil franchi, elle ne douta plus de les trouver là tous les deux, face à face, comme s'ils l'attendaient. Quel choc ce fut pour elle de découvrir que la pièce était vide ! Il n'y avait plus de table, plus de coffre, plus rien, sinon cette noire terre battue sur laquelle couraient des faucheux et ces poutres, non moins noires, auxquelles étaient suspendues des chauves-souris. Son cœur se mit à cogner si fort qu'elle recula doucement, très doucement. Elle eut à peine la force de refermer la porte avant d'aller s'asseoir un instant dans la remise. Puis elle se mit à courir, à courir dans les bois, si vite qu'elle en tremblait et qu'elle finit par s'écrouler sur un tapis de mousse, entre deux chênes verts.

Elle aurait sans doute pu mourir ce jour-là, tant le choc avait été violent. Elle continua de trembler un long moment, les genoux repliés, essayant de chasser la vision de la pièce noire où elle avait cru retrouver un peu de son passé. Il fallut de longues minutes avant que la forêt familière ne parvienne à l'apaiser. Et puis elle lui parla, comme à son habitude. Mélina se coucha sur la mousse et ce fut comme si elle l'entendait respirer. Alors elle se sentit moins seule et, au bout d'un moment, elle chercha les signes qu'elle avait pris l'habitude d'interpréter : des ronces en forme de croix, une empreinte sur la terre meuble, des branches dessinant un visage, une main sur l'écorce indiquant une direction à prendre. Bientôt les arbres nus se mirent à chanter. Un oiseau appela à dix mètres d'elle : une bécasse qu'elle avait dérangée.

Ce qu'elle allait chercher au fond des bois, en réalité, c'étaient les réponses aux questions qu'elle se posait depuis toujours sur la mort de sa mère, et ce mystère qui l'entourait. Depuis sa visite à Pascaline, elle n'avait rien appris de plus, mais elle se souvenait des derniers mots murmurés par son père : « C'est moi qu'elle aimait… c'est moi qu'elle aimait. » Qui d'autre que lui aurait-elle pu aimer ?

À cette époque-là, Mélina, dans sa quête éperdue, demandait aux arbres de la forêt, qui avaient été témoins de ce qui s'était passé, de lui révéler la vérité :

— Dites-moi, suppliait-elle, vous qui savez tout, qui avez tout vu, qui avez tout entendu, dites-moi, s'il vous plaît, pourquoi elle est morte.

Les branches frémissaient, les feuilles frissonnaient, les troncs craquaient, des murmures couraient à ras du sol, venus des truffières, mais nulle réponse ne lui était donnée. Il lui sembla que la clef de l'énigme se trouvait peut-être au château, et elle se mit dès lors à interroger Fantille en qui elle voyait une alliée. Celle-ci, pourtant, lui répondait invariablement :

— Laisse ta mère en paix, ma fille. Elle a droit au repos maintenant.

Ces quelques mots contenaient eux aussi leur poids de mystère. C'était le « maintenant » qui intriguait Mélina. Si elle avait droit « au repos maintenant », cela signifiait que la vie de sa mère avait été difficile et douloureuse. Pourquoi ? Que s'était-il passé ? Obsédée par ces questions, Mélina prit l'habitude d'errer dans le château, de pousser la porte de pièces où elle n'avait pourtant rien à faire, guettant le pas d'Albine, le cœur battant, mais elle ne trouva rien qui pût l'instruire et, en même temps, l'apaiser.

Au printemps, il fallut choisir des glands pour replanter quelques chênes, afin de remplacer la vingtaine qui était épuisée. Cette occupation allait permettre à Mélina d'oublier les questions qui la hantaient. Grégoire Carsac la fit venir une nouvelle fois dans son bureau, mais il n'était pas seul : Antoine se trouvait là aussi, et elle en fut mal à l'aise, comme chaque fois qu'elle se trouvait en sa présence.

— Voilà ! lui dit Grégoire, il faudrait des glands pour planter en novembre. C'est toi qui iras les choisir, et on les mettra en pots jusqu'à l'automne. C'est le moment.

— Non, dit-elle, c'est trop tôt.

— Tu es sûre ?

— Oui.

— Alors, fais à ton idée.

À partir de ce jour, elle se sentit guettée par Antoine : il voulait savoir quel était ce secret qu'avait enseigné Jean Fontanel à sa fille, avant de mourir. Mélina avait appris de la bouche de son père que les bons glands étaient ceux donnés par les chênes qui débourraient le plus tard, pendant la première semaine de mai, avec des bourgeons très blancs et beaucoup de duvet. De ces arbres-là, et uniquement d'eux, il fallait choisir les glands les plus petits et les plus allongés : alors on était sûr — selon Jean Fontanel mais Mélina le vérifia plusieurs fois — de planter des chênes qui seraient féconds pour les truffes.

Elle attendit donc la première semaine de mai, puis elle partit dans les bois faire sa provision. Elle ne cueillit rien les deux premiers jours, car elle savait qu'Antoine Carsac la suivait, mais elle n'eut pas de mal, le troisième, à lui échapper, car les bois lui étaient familiers. Quand elle revint au château, rapportant sa provende, il se montra furieux et elle comprit qu'elle allait devoir se méfier davantage de lui. Pourtant, elle avait la conviction d'être devenue indispensable et elle comptait bien le demeurer. Elle avait deviné que sa seule force au milieu des Carsac était là, dans sa connaissance des glands et de la truffe, et qu'il était vital, pour elle, de la préserver.

Elle n'eut pas à attendre longtemps la vengeance d'Antoine. Un jour que Rémi était malade, accablé par la fièvre et incapable de se lever depuis trois jours, Antoine obligea Mélina à nettoyer l'écurie. Au lieu de l'aider, pendant tout le temps qu'elle s'affairait avec la fourche et la brouette, il demeura immobile devant la porte, un sourire aux lèvres, s'effaçant à peine quand elle passait en poussant la brouette vers le tas de fumier qui se trouvait dans le jardin, de l'autre côté du mur d'enceinte, à plus de trente mètres de là.

Mélina travaillait depuis près d'une heure quand Albine, prévenue par Fantille, vint s'interposer. Elle ne parvint pas à fléchir Antoine, et il fallut que Grégoire Carsac, en personne, intervienne :

— Maintenant ça suffit ! lança-t-il à Antoine. Le

plus gros du travail est fait. Le reste attendra que Rémi aille mieux.

À l'instant où Mélina regagnait la cuisine, Antoine lui dit de sa voix grinçante :

— Dépêche-toi de grandir, petite, et sois sûre que nous reparlerons de tout ça.

Pendant les jours qui suivirent, Mélina se confia à Fantille, qui parvint, comme chaque fois, à la rassurer. Pourtant, jugeant qu'il y avait là une menace pour la petite, Fantille parla des manigances d'Antoine à Albine. Les deux femmes, alors, pour permettre à Mélina de s'éloigner d'Antoine, la poussèrent à participer davantage à la vie du village. C'est ainsi que Mélina fit connaissance avec la coutume du feu de la Saint-Jean auquel elle assista pour la première fois en compagnie de Fantille. Il eut lieu non pas sur la place de l'église, mais dans une prairie voisine de l'Isle, sur la route de Cubjac. La petite avait attendu ce moment avec tellement d'impatience qu'elle courait presque, ce soir-là, en quittant le château, devant Fantille qui peinait à la suivre et disait :

— Attends-moi donc ! Où vas-tu si vite ?

Malgré son impatience, Mélina ralentit et marcha au pas de la vieille servante. Il faisait un de ces temps clairs et chauds de juin qui poussent les gens à s'asseoir devant le seuil des portes, à sortir enfin de l'ombre des maisons où les relègue la chaleur accablante des jours. Les martinets achevaient de s'épuiser dans le ciel vert en rondes folles. D'épaisses bouffées de chaleur au parfum de foin erraient sur la campagne en nuages invisibles. Mélina avait l'impression que cette journée de juin ne s'achèverait jamais, qu'on ne reverrait plus d'étoiles dans le ciel.

Les deux femmes arrivèrent parmi les premières dans la prairie où l'herbe fauchée dégageait un parfum plus frais grâce à l'humidité qui montait de la rivière voisine. Les jeunes gens du village avaient apporté des planches, des fagots, des vieilles poutres qu'ils avaient dressés autour d'une grande perche plantée en terre. Par-dessus les fagots, ils avaient entassé des branches de genévrier et de pin qui s'embrasent facilement. À l'extrémité de la perche, un bouquet de fleurs sauvages couronnait l'ensemble.

L'heure approchait d'allumer le foyer. Les villageois arrivaient les uns après les autres, lentement, sans se presser, tandis que sonnaient les cloches de l'église. La Miette apparut bientôt, précédée par Pierre qui, aussitôt, vint près de Mélina et lui dit :

— Je suis content que tu sois là. On va pouvoir sauter le foyer tous les deux.

Et il lui prit la main. La nuit tombait enfin, chaude et lourde de multiples senteurs, avec de longs froissements d'air venus des peupliers de la rive. Le curé en surplis, suivi par un enfant de chœur portant l'eau bénite, s'avança et récita des prières auxquelles s'associèrent les femmes, puis il aspergea le bûcher et l'alluma avec un cierge. Aussitôt, tout s'embrasa et la nuit fut illuminée par une immense langue de feu qui parut à Mélina bondir jusqu'aux étoiles. Alors s'organisa une farandole autour du foyer qui crépitait joyeusement et projetait sur les danseurs des étincelles d'or. Mélina tenait la main de Pierre et, de l'autre, celle d'un garçon qu'elle ne connaissait pas. Fantille et la Miette, côte à côte, les surveillaient en discutant. Mélina tourna tellement, ce soir-là, qu'elle en devint ivre et dut s'asseoir dans l'herbe pour ne pas tomber.

Plus tard, elle sauta le foyer avec Pierre — un dicton prétendait que ceux qui agissaient ainsi étaient promis l'un à l'autre — et ce fut seulement à ce moment-là que les braises rougeoyantes lui firent penser à sa mère. Aussitôt elle chancela, puis elle recula et, après avoir laissé se dissiper ce moment de frayeur, elle demanda à Fantille de partir. Celle-ci fut d'abord surprise, puis elle devina ce que Mélina ressentait et elle ne fit pas de difficultés pour quitter les lieux. La Miette et Pierre, aussi, avaient deviné les pensées qui étaient venues à Mélina : Pierre lui reprit la main et lui parla tout le long du trajet de sa voix déjà grave, placide et chaude. Cette nuit-là, ce fut la première fois où Mélina songea qu'il serait bon pour elle de passer sa vie près de lui.

Elle oublia très vite le feu de Saint-Jean en aidant aux travaux des champs à la Méthivie. Puis vinrent les Rogations, la fête de la Saint-Michel, et l'année se termina dans le froid sec et dur qui, la nuit, faisait craquer le tronc des chênes. Le jour de l'an, avec les gamins de Salvignac, Mélina fêta le « Guillonaou » en portant des branches de gui de porte en porte. Les gens donnèrent de menus cadeaux : fruits ou friandises que les enfants partagèrent. À Pâques, il y eut la « Pascade », à laquelle Mélina participa pour la première fois, avec les encouragements de Fantille qui avait obtenu la permission d'Albine. Il était d'usage, alors, d'aller de ferme en ferme pour demander des œufs en chantant en patois périgourdin :

Donnez-nous quelques œufs pour l'omelette
Le ciel bénira votre toit.

Ce fut bien deux centaines d'œufs que les enfants récoltèrent ce jour-là, et la Miette les battit en une omelette géante qu'ils dégustèrent dans la grande salle à manger du château, sous l'œil attendri d'Albine. C'est ainsi que Mélina fit peu à peu sa petite place dans le village et aux alentours, sous le regard protecteur de Pierre à qui, désormais, elle se sentait promise.

Elle ne se rendait pas compte qu'elle grandissait, que le temps passait, car elle travaillait beaucoup, du fait que les Carsac n'étaient pas riches : ils ne pouvaient pas payer d'ouvriers agricoles, et Mélina n'avait guère de temps, entre la cuisine, les truffières et l'aide aux travaux de la Méthivie, pour s'occuper d'elle. C'étaient Antoine et Rémi qui accomplissaient le plus gros du travail dans les truffières, mais sa présence y était souvent nécessaire. Elle s'y rendait avec le vieux Grégoire, en charrette, et redoutait les jours où les rhumatismes de son maître l'empêchaient de se déplacer. Ces jours-là, elle se sentait en danger face à Antoine, et à peine rassurée par la présence de Rémi. Un incident vint toutefois mettre fin à la menace que représentait pour Mélina Antoine Carsac. En effet, un soir où il la serrait de près, dans une chambre où elle faisait le ménage, Albine apparut et se mit en colère. Antoine protesta de son innocence, mais il se défendit mal. Quand tous deux eurent disparu, Mélina entendit crier Albine pendant près d'une heure et, le soir, elle ne descendit pas dîner. Dès lors, Antoine devint plus distant, et Mélina cessa d'avoir peur.

Ce fut vers cette époque-là, un après-midi, que, seule dans le château, Mélina ne résista pas à l'envie de pousser la porte d'une pièce à l'étage, et qu'elle découvrit un portrait qui la troubla beaucoup. Deux enfants en costume s'y trouvaient, parmi lesquels elle reconnut Antoine en bas âge. Qui était l'autre, qui lui ressemblait mais qu'elle n'avait jamais vu au château ? Était-il mort ? Pourquoi n'en parlait-on jamais ? Elle posa la question à Fantille, qui, d'abord, ne lui répondit pas. Mélina dut insister, supplier, avant d'obtenir une réponse :

— C'est Philippe, le frère aîné d'Antoine.

— Il est mort ?

— Non, il est parti.

— Quand ? Il y a longtemps ?

— Oh ! Je ne me rappelle pas. Une dizaine d'annés, peut-être.

— Où est-il ?

— On ne sait pas. Même son père ne le sait pas.

— Et leur mère, il y a longtemps qu'elle est morte ?

— Je ne me souviens plus.

Il sembla à Mélina que Fantille mentait, et elle comprit qu'une nouvelle fois elle s'était approchée d'un domaine interdit. Le dimanche suivant, elle interrogea Louis et la Miette qui lui parurent troublés par ses questions.

— Philippe est parti parce qu'il s'est fâché avec son père, finit par admettre Louis. Quant à la mère, la pauvre, elle a beaucoup souffert avant de mourir. Elle était atteinte d'une maladie qu'on ne connaissait pas par ici, et les médecins n'ont rien pu faire. Elle est restée de longs mois à Périgueux à l'hôpital, et puis elle est revenue un automne pour mourir près des siens. Elle est passée en février, je m'en souviens bien car il gelait à pierre fendre.

— C'était une brave femme, reprit la Miette, mais elle languissait beaucoup de sa famille et de la vallée de la Vézère d'où elle était « sortie ». Je crois qu'elle ne s'est jamais habituée, ici.

— Et Philippe ?

— Oh ! lui, répondit la Miette, c'était une tête folle.

Mélina devina qu'elle n'en apprendrait guère plus, mais elle posa néanmoins une dernière question :

— Il y a longtemps qu'elle est morte ?

— Qui ça ?

— La mère d'Antoine et de Philippe.

— Il y a eu quinze ans en février.

— Un an avant ma naissance ?

La Miette hésita à répondre, s'y décida en soupirant :

— Peut-être, mais c'est si loin que je ne me rappelle plus très bien.

De Philippe, elle n'apprit rien de plus que ce que lui avait dit Fantille, sinon qu'il vivait sans doute à l'étranger : c'était du moins le bruit qui courait au village. Pierre, en la raccompagnant à Salvignac, lui dit en confidence :

— J'ai entendu dire que Philippe vivait en Amérique.

Elle ne sut pourquoi, ce jour-là, son estomac se noua en entendant prononcer le mot « Amérique ». Un malaise s'empara d'elle, que Pierre remarqua.

— Qu'est-ce que tu as ? lui demanda-t-il.

— Rien, je suis un peu fatiguée.

Il demeura un moment silencieux, puis il ajouta :

— D'autres disent qu'il est en Afrique.

Puis il lui reprit la main, comme à son habitude, et il ne prononça plus un mot jusqu'à Salvignac. Mélina, sans bien savoir pourquoi, s'efforça d'oublier Philippe Carsac, sa mère, et tout ce qu'elle avait entendu depuis sa découverte du portrait. Elle ne remit jamais les pieds dans la pièce où elle l'avait trouvé.

C'est vers cette époque-là qu'Albine décida d'emmener Mélina à la foire de Périgueux. Elle ne sut ce qui avait décidé sa maîtresse à ce voyage, mais elle ne s'y attarda pas, tant elle était impatiente de découvrir enfin la grande ville. Depuis quelques mois, déjà, Albine s'était rapprochée d'elle et parfois lui disait :

— Comme tu grandis vite !

Mélina ne savait si elle devait entendre par là un reproche, mais le regard d'Albine lui donnait à comprendre qu'il s'agissait plutôt d'un regret. Mélina l'avait toujours trouvée belle, et elle l'était, avec ses cheveux blonds, ses yeux verts, sa taille mince, et cette manière qu'elle avait de se déplacer en faisant jouer les plis de ses longues robes. À plusieurs reprises, Albine avait eu des élans de tendresse vers elle, puis, le lendemain, avait repris sa distance un peu mélancolique. Mélina avait deviné que sa présence, même si elle était précieuse à sa maîtresse, en même temps, la faisait souffrir. Elle s'était habituée à ces changements d'humeur car elle devinait de quel poids pouvait peser chez une femme une telle blessure. Elle-même, depuis toujours, rêvait d'avoir plus tard un enfant pour lui donner tout ce qu'elle n'avait pu recevoir, et combler ainsi, du moins elle l'espérait, l'absence d'une mère. C'est pourquoi, malgré les accès de froideur d'Albine qui succédaient à des périodes de douceur, Mélina se sentait bien en sa compagnie.

Elles partirent un matin, de très bonne heure, sur le break conduit par Antoine. Le cheval allait au trot sur la route qui suit l'Isle, dans ce qui est encore le causse sur quelques kilomètres. Il faisait bon, et Mélina était heureuse près de cette femme qui lui souriait de temps en temps en lissant de la main sa robe de coton d'un bleu très clair, si belle que la petite se retenait de respirer pour l'admirer. Elle en oublia très vite la présence d'Antoine, qui, d'ailleurs, ne se retournait pas. Depuis qu'il était monté sur la voiture, il paraissait furieux, et il semblait à Mélina que c'était à cause d'elle.

Le long du chemin tout lui était découverte : le village de Sarliac, aux maisons sagement assises le long de la rivière et qui, dès sa sortie, sur sa droite, reçoit la route de Thiviers ; le hameau de Laurière et, plus loin, celui dont le nom l'étonna : Antonne-et-Trigonnant. Un peu plus loin encore, l'Isle, grossie des eaux de l'Auvézère, longeait la grand-route jusqu'à Périgueux, dont Mélina aperçut la cathédrale de Saint-Front sur les hauteurs.

— Nous arrivons, lui dit Albine.

— Déjà !

Mélina n'avait pas vu le temps passer, et cependant ils étaient partis depuis plus d'une heure. Une longue côte les conduisit jusqu'aux premières maisons de la grande ville, des maisons grises et basses pour la plupart, pas très différentes de celles de Salvignac. Il leur fallut encore une demi-heure avant de gagner le centre, tant il y avait de voitures, de charrettes, de fardiers, d'automobiles, le long de la route étroite.

Antoine arrêta la voiture à proximité des allées Tourny qui étaient proches du champ de foire. Albine et Mélina partirent à pied parmi une foule si bruyante, si animée, que la seule préoccupation de Mélina, pendant un moment, fut de ne pas perdre de vue sa maîtresse. Antoine s'était éloigné de son côté, sans un mot, et elle en avait été soulagée.

Jamais Mélina n'avait vu autant de monde, même à Excideuil le jour où son père l'y avait emmenée. Albine était heureuse : la petite le devinait à la vivacité qu'elle mettait à se déplacer entre les étalages malgré la cohue. Elle acheta des gants, une ombrelle qu'elle fit livrer chez l'une de ses amies domiciliée dans le quartier de la préfecture, pas très loin des allées Tourny où, confia-t-elle à Mélina, on les attendait à midi pour déjeuner.

Plus loin, elle s'arrêta devant l'étal d'un marchand de chapeaux, et se tourna vers Mélina en demandant :

— Lequel te plairait ?

D'abord surprise, et très gênée aussi, Mélina eut du mal à répondre. La marchande dit à Albine :

— C'est une bien belle fille que vous avez là, madame.

Mélina voulut protester, consciente qu'elle était d'usurper une identité qui lui était interdite, mais Albine ne lui en laissa pas le temps :

— En effet, répondit-elle, aussi lui faut-il un chapeau qui lui convienne.

Mélina, ne sachant que dire, sentit ses jambes trembler sous elle. Albine lui avait fait le plus beau cadeau de sa vie : avoir une mère, enfin, une vraie mère, élégante de surcroît, fût-ce un instant, une seconde, quelques minutes seulement, celles qui lui suffirent pour choisir un chapeau de feutre beige, en forme de cloche, avec un ruban bleu, qu'elle conserva longtemps et qui lui rappela, chaque fois qu'elle posait les yeux sur lui, cet instant unique et merveilleux.

Mélina ne sut pas si Albine vit les deux larmes qu'elle s'efforçait de retenir au bord de ses paupières, mais elle devina que sa maîtresse était aussi émue qu'elle. Ensuite, Albine l'entraîna vers d'autres étalages, d'autres boutiques merveilleusement achalandées, puis vers les hauteurs de la ville, auxquelles menaient des ruelles obscures et sales, dont les balcons se joignaient presque au-dessus de la tête des passants.

— Je ne viens jamais à Périgueux sans me recueillir dans la cathédrale, dit Albine.

Quelle splendeur ! Mélina, qui n'avait jamais fréquenté que l'église de Salvignac, découvrit des coupoles, des vitraux, des retables d'une beauté qu'elle aurait été bien incapable d'imaginer. Elle fut si impressionnée qu'elle ne réussit à réciter aucune des prières qu'elle avait apprises par cœur au catéchisme. Albine, la tête inclinée, se recueillit pendant un long moment, puis elle se redressa, souriante, avec une grande douceur sur le visage.

Pour redescendre vers le champ de foire, elle prit la main de Mélina puis elle la lâcha une fois qu'elles arrivèrent en bas, dans la cohue, de nouveau, parmi les baraques où l'on vendait de tout : des légumes, des fruits, des volailles, mais aussi des potions magiques, des eaux de jouvence, des poudres contre les poux, des pommades contre les brûlures ou le mal de dents. Albine fit rapidement ses dernières emplettes puis elles partirent vers la préfecture, chez son amie d'enfance, qui les attendait. Mélina fut heureuse de constater qu'on lui faisait bon accueil et surtout qu'Antoine ne se trouvait pas là : il devait festoyer avec des relations de foires, dans l'une des nombreuses auberges de la ville.

Le mari de leur hôtesse apparut bientôt, et Mélina comprit qu'Albine en était contrariée. C'était un homme sévère, en costume noir et col dur, qui travaillait à la préfecture. Heureusement, il déjeuna très vite et ne s'attarda pas. Une fois qu'il fut parti, Albine et son amie envoyèrent Mélina dans la bibliothèque afin de pouvoir discuter à leur aise. Elle se mit à feuilleter un livre de Guy de Maupassant, mais elle renonça bien vite à la lecture et s'approcha de la fenêtre pour essayer d'apercevoir le champ de foire qui ne se trouvait pas très loin. Elle observa avec amusement les gens : femmes en toilette, hommes en costume, marchands en blouse, ménagères en tablier noir qui s'y rendaient ou en revenaient avec une sorte d'agitation, de fébrilité, qui l'étonnait beaucoup.

C'était pour elle un spectacle si nouveau, si vivant, ces gens affairés, poussés par de mystérieuses nécessités, qu'elle entendit à peine Albine entrer dans la pièce.

— Viens, lui dit-elle, il est temps.

Son amie, qui s'appelait Yvonne, était brune autant qu'Albine était blonde, avec de grosses lèvres rouges comme des cerises. Elle donna des chocolats à Mélina et l'embrassa. Quand elles sortirent, le soleil avait disparu. On entendait un orage gronder au loin, par-delà Saint-Front.

— Il manquerait plus qu'il pleuve, souffla Albine.

Elles se dirigèrent vers le champ de foire, eurent du mal à retrouver la voiture parmi tant d'autres, et Albine pesta contre Antoine qui n'était pas encore là.

— Ça ne m'étonne pas. C'est chaque fois la même chose, fit-elle avec dépit.

Elle releva la capote et elles purent s'asseoir côte à côte à l'arrière. Mais, comme l'orage menaçait d'éclater vraiment, il leur fallut revenir chez l'amie d'Albine, le temps de le laisser déverser sa colère. Ce fut vite fait : en un quart d'heure, les nuages crevèrent sur la ville, provoquant la panique du bétail et une fuite éperdue de ceux qui se trouvaient à découvert, puis ils s'éloignèrent aussi vite qu'ils étaient apparus. Albine et Mélina embrassèrent de nouveau Yvonne, puis elles repartirent vers la voiture près de laquelle Antoine Carsac, furieux et trempé, cette fois, les attendait. Mélina comprit qu'il avait bu, car il eut du mal à monter sur la banquette et à prendre les rênes. Enfin l'attelage partit sous une petite pluie tiède qui se mit à tomber dès la sortie de Périgueux, faisant comme un bruit de pattes d'oiseaux sur la capote noire. Alors Albine passa son bras par-dessus les épaules de Mélina et demanda :

— Tu n'as pas froid ?

Mélina ne répondit pas, mais elle se serra contre sa maîtresse et fit semblant de s'endormir. Elle comprit plus tard que ce voyage avait forgé dans son souvenir la sensation impérissable d'une poitrine qui se soulevait doucement contre sa joue, et la certitude de savoir, désormais, ce qu'était la précieuse chaleur d'une mère.

6

DEUX ans passèrent sans que Mélina n'y prenne garde. À seize ans, elle était désormais une femme et ne pouvait pas l'ignorer : le regard des hommes sur elle le lui indiquait assez. Celui d'Albine, aussi, qui, au fur et à mesure que Mélina se transformait, s'éloignait d'elle après avoir été très proche. Mélina ne lui en voulait pas. Elle avait toujours su qu'il était important, et même vital pour elle, de rester à sa place, de ne pas forcer le destin. Au contraire, pendant quelques mois, elle mélangea aux tisanes d'Albine une décoction de plantes dont elle pensait qu'elle pouvait enfin combler ses vœux de maternité. Albine trouvait que sa tisane avait un drôle de goût et s'en prenait à Fantille qui disait à Mélina, sans vraiment se fâcher :

— Cesse donc ! Tu finiras par nous l'empoisonner.

Découragée, Mélina finit par renoncer, mais elle aimait tellement sa maîtresse qu'elle s'efforçait de ne pas lui faire de peine. Et pour cela elle évitait soigneusement Antoine, s'habillait de robes longues, oubliait de se coiffer, parfois même de se laver.

— Mais qu'est-ce qui te prend ? s'emportait Fantille. On dirait que tu tiens commerce avec le diable.

Elle ne croyait pas si bien dire. Mélina n'osait même plus se regarder dans le miroir, et, attentive à ne pas être suivie, courait les bois tous les jours, passait des heures dans les truffières, vivait comme une sauvageonne.

Elle rattrapait le temps perdu, en fait, car pendant une année les Carsac avaient trouvé des bordiers et les avaient chargés de s'occuper des truffières. C'étaient un homme et une femme âgés d'une cinquantaine d'années et originaires de la région de Montignac. Ils avaient tout de suite compris que Mélina était pour eux une concurrente et exigé des Carsac de ne plus la voir dans les truffières. Mélina en avait souffert, bien sûr, puis elle s'était réfugiée auprès de Fantille, attendant le moment de regagner le terrain perdu.

Ce moment ne tarda guère : Grégoire et Antoine s'aperçurent rapidement que les bordiers leur volaient des truffes et les revendaient pour leur propre compte. Ils les chassèrent et demandèrent à Mélina de reprendre sa place. Elle eut la bonne idée de ne pas se faire prier, ce qui lui valut l'estime de Grégoire et lui donna les coudées franches.

Il y avait d'ailleurs beaucoup à faire : en une année, les truffières, insuffisamment entretenues, menaçaient de s'asphyxier. Ce printemps-là, il fallut employer deux hommes pour les nettoyer. De plus, les anciens bordiers avaient laissé crever la truie que Jean Fontanel avait si bien dressée. Mélina eut alors l'idée de dresser un chien, ce qui parut également préférable aux Carsac. Il s'appelait Bobi, venait d'une ferme voisine, et n'était pas de pure race. Il devait être le fruit d'un croisement entre un épagneul et un griffon, mais il avait un nez extraordinaire, Mélina le comprit dès le premier jour où elle l'emmena avec elle. Ce devait être en novembre, et elle n'avait que peu de temps avant la récolte.

Ce n'est pas très difficile de dresser un chien, surtout quand on y passe ses journées, comme Mélina le fit alors. Il faut surtout, avec beaucoup de patience et de douceur, associer le parfum de la truffe à celle d'un aliment qu'il aime particulièrement : du fromage, du biscuit, ou même de la viande. La bonne méthode consiste à commencer par cacher le fromage et à le lui faire chercher. Puis il convient de cacher ensemble le fromage et la truffe ; et enfin la truffe seule, le fromage venant récompenser l'animal. Mélina ne savait rien de cela. Elle l'apprit toute seule, en observant son chien, en ne le frappant jamais et en l'aimant beaucoup.

Quand l'animal a compris, tout devient facile : il marque la truffe en grattant le sol de ses pattes, et c'est là qu'il faut intervenir : ne pas la lui laisser déterrer, car ses pattes, à force, saigneraient. Si l'on a pris la précaution de l'empêcher de creuser très tôt au cours du dressage, alors, dès qu'il a marqué la truffe, il se retourne et attend sa récompense.

Plus tard, Mélina eut un chien qui mentait très bien. Il feignait d'avoir flairé une truffe et se retournait vers elle. Elle s'aperçut que c'était un chien qui avait été battu et avait appris à dissimuler ce qu'il faisait pour ne pas être châtié. Elle le garda, mais elle en dressa un autre, plus jeune, plus franc, qui mourut dans ses bras, après avoir été heurté par une voiture.

Ce mois de janvier-là, les Carsac furent très étonnés mais très satisfaits de ce succès si rapide. Ils avaient redouté le pire, c'est-à-dire de ne pas pouvoir assurer la récolte car les chiens truffiers ne se prêtent pas. En outre, malgré les mauvais soins des bordiers, c'était une année exceptionnelle — avec la truffe, c'est souvent comme ça : elle a des caprices qui défient la raison. Plus simplement, il avait plu juste ce qu'il fallait pendant l'été, et l'automne, lui, avait été plutôt sec. Bref! ce fut une très bonne année, qui permit à Mélina de retrouver encore plus d'importance aux yeux des Carsac, et elle en éprouva du réconfort.

Ce fut pour elle le début d'une période heureuse et libre car nul ne songeait à la retenir quand elle partait avec son chien dans les bois. Elle en profita pour faire provision de ces herbes dont elle avait appris les pouvoirs du guérisseur. En effet, au cours de ces deux années elle était allée le voir à trois reprises dans sa masure des bois de Bujadelles. Il l'avait reconnue tout de suite, l'avait fait entrer dans sa cuisine qui ressemblait beaucoup à celle de Costenègre : même dénuement, même mobilier sommaire, même noirceur des murs. Il avait accepté de répondre à ses questions, probablement parce qu'il avait deviné en elle quelqu'un qui avait la même passion que lui pour les herbes et sans doute aussi les mêmes dispositions à deviner le sens caché des choses.

Elle le revit pour la dernière fois à cette époque où elle était libre d'aller et venir, au printemps, alors que les premières feuilles pointaient sur les chênes. Il lui parla longuement, cet après-midi-là, puis il lui dit soudain, tandis qu'elle s'apprêtait à repartir :

— Je ne te reverrai plus, petite. Je suis arrivé au bout. Il ne faudra plus revenir.

Mélina eut bien du mal à le quitter, cet homme qui avait été si bon pour son père et pour elle. Il le devina et l'accompagna un peu sur la route. Puis il s'arrêta et lui dit de sa voix de rocaille :

— Le secret, c'est qu'il faut aimer le monde dans ses plus petites choses. Tu n'oublieras pas ?

Elle promit et partit, non sans se retourner plusieurs fois car elle avait le cœur serré à la pensée de ne plus le revoir. Il ne s'était pas trompé : trois mois plus tard, un jour où Mélina aidait les Sauvénie aux fenaisons, Louis lui demanda, alors qu'ils marchaient à côté de la charrette chargée de foin :

— Tu te souviens de cet homme qui a soigné ton père ?

— Oui, dit-elle, il s'appelle Jarillou.

— J'ai appris qu'il était mort.

Elle n'eut pas la force de demander quand ni comment. Dès que le foin fut déchargé dans le fenil, elle partit dans les bois pour se retrouver seule avec ses souvenirs, toujours aussi impressionnée par cet instinct que le disparu possédait de la vie, mais aussi de la mort. S'il lui avait enseigné l'essentiel de ce qu'il connaissait sur les plantes, cet instinct, elle l'avait en elle. Il y avait fort longtemps qu'elle devinait les choses avant qu'elles n'arrivent, et elle avait toujours su, au fond d'elle, que son père ne vivrait pas vieux. Au château, elle savait qu'Antoine était le mal absolu, qu'Albine souffrirait toute sa vie, que Grégoire n'était pas l'homme dur et autoritaire qu'il s'efforçait de paraître et que Fantille était la bonté même. D'Albine, Mélina savait également qu'elle était « marquée ». Un destin tragique la guettait. C'est pour cette raison que, malgré les humeurs changeantes de sa maîtresse, Mélina tâchait de se montrer aimable vis-à-vis d'elle.

De même, quand Grégoire Carsac se mit à souffrir de rhumatismes et de douleurs, Mélina le soulagea avec des bains de pieds préparés avec de la bardane, de la bruyère, du chiendent et des fleurs de genêt. Il lui en sut gré, et, pour tout dire, lui manifesta encore plus d'intérêt : il la croyait savante uniquement des truffes, et découvrait qu'elle connaissait aussi le pouvoir des plantes. À partir de ce jour, même Antoine la considéra d'un autre œil, avec une sorte de méfiance respectueuse, et il demeura à distance.

Ce fut l'année suivante qu'on entendit parler pour la première fois d'un certain Hitler qui, d'après les journaux, se montrait de plus en plus menaçant. Mélina ne s'en soucia pas beaucoup au début, mais ce nom revint souvent dans les conversations, y compris au château. Au fond d'elle-même, à force d'entendre ce nom-là, elle comprit qu'il compterait dans sa vie. Et puis l'été arriva, et les travaux le lui firent oublier.

Ses seuls soucis du moment, du moins depuis qu'elle avait acquis son indépendance et affermi ses positions au château, concernaient la mémoire de sa mère et le mystère de sa mort. On ne lui parlait plus de ce Philippe qui l'avait occupée quelque temps. Il était loin, c'était tout. Il lui arrivait de questionner des gens de Salvignac qu'elle connaissait bien, mais ils ne savaient pas grand-chose, ou du moins le lui cachaient soigneusement.

Pourtant, un jour, alors qu'elle lavait le linge à la rivière, des femmes du village, sans se soucier d'elle, se mirent à parler de Philippe Carsac. Mélina apprit qu'il avait été une « forte tête », souvent en conflit avec son père, et que « tout ça s'était très mal terminé ». L'une d'entre elles prétendit qu'il était complètement fou et prêt à tout pour arriver à ses fins. Puis elles parurent s'apercevoir de la présence de Mélina et changèrent de conversation, ce qui l'intrigua beaucoup. Pendant les jours qui suivirent, elle se demanda pourquoi les femmes s'étaient tues brusquement et s'en inquiéta auprès de Fantille.

— Oh ! Pauvre, lui dit-elle, si tu te mets à écouter les commères, maintenant, tu as du temps à perdre ! Tiens, aide-moi plutôt à remplir ces bocaux de confits !

C'était là la passion de Fantille : canards, oies, porcs finissaient leur vie en conserve, si bien qu'il y en avait tellement à la cave qu'on aurait pu soutenir un siège. Mais Fantille était aussi experte en confitures de prunes, de mûres, de coings, et ne sortait plus guère de sa cuisine, car l'âge commençait à compter. Elle avoua qu'elle avait près de soixante-dix ans, alors que Mélina lui en aurait donné à peine soixante. C'était une vraie femme du Périgord, forte et généreuse, l'une de celles qui, alors, travaillaient toute leur vie au service d'une famille. Près d'elle, Mélina se sentait bien, en sécurité, et elle ne voyait pas le temps passer.

Les mois défilaient, pourtant, et elle achevait de se transformer, comme ces chrysalides qui prennent leur aspect définitif sous le soleil. Elle ne pouvait pas ignorer qu'elle était belle. Oh ! pas de cette beauté fragile qu'on voit aux femmes des villes, mais de celle de chez nous, robuste, sombre, sauvage, sans nuance. À cette époque-là, elle était brune, grande comme il fallait, ronde, avec des yeux très noirs semblables à ceux des gitanes, des cheveux drus, et deux fossettes aux joues qui donnaient l'impression qu'elle avait le sourire facile. Il est vrai qu'après ses premières années si douloureuses, le monde dans lequel elle vivait lui paraissait une sorte de paradis.

Pierre aussi était devenu un homme. Il ne lui parlait plus avec les mêmes mots, et il faisait des projets à voix haute :

— Je prendrai un jour la métairie. Ce serait bien si on se mariait. Tu le sais, Lina, que j'ai une grande amitié pour toi.

Il n'osait pas dire de l'amour. Ce n'était pas un mot que l'on prononçait si facilement, dans nos campagnes. C'est ce mot-là, pourtant, qu'elle aurait bien voulu entendre, mais Pierre n'avait jamais été très savant dans ce domaine. Il était bon, travailleur, courageux, et c'était déjà beaucoup, elle le savait.

— Les Carsac ne voudront jamais, lui répondit-elle. Ils ont trop besoin de moi.

Il protesta :

— C'est moi qui ai besoin de toi.

Et, comme elle demeurait silencieuse :

— Tu le sais, Lina, qu'on a toujours été promis l'un à l'autre.

— Alors, il faut demander la permission aux Carsac.

— Je le ferai à la première occasion. Je te le jure, je le ferai.

Il essaya mais ne put pas. Ce fut la Miette qui parla

de ce projet de mariage à Grégoire Carsac, mais elle se heurta à un refus.

— Ils ont le temps, lui répondit-il. Et puis on a besoin d'elle, ici, au château.

Quelque chose alors, en Mélina, se révolta. Il lui sembla qu'elle n'existait pas, qu'elle n'avait aucun droit, pas même celui de décider de sa vie. Aussi de ce refus se sentit-elle profondément blessée. Elle attendit quelques jours, cependant, le temps que sa résolution se forge, puis elle alla frapper à la porte du bureau de Grégoire Carsac. Il se douta bien, en la faisant entrer, de la raison pour laquelle elle venait le trouver. Il feignit cependant de s'étonner et la laissa parler.

— Je veux me marier avec Pierre Sauvénie, dit-elle. Vous n'avez pas à vous inquiéter : je continuerai à m'occuper des truffières.

— Il n'en est pas question, répliqua-t-il. Tu es trop jeune.

— J'ai eu dix-huit ans au mois de janvier.

— C'est bien ce que je dis : tu es trop jeune. Quand tu auras vingt et un ans, tu feras ce que tu voudras. Je ne pourrai pas t'en empêcher.

— Si vous ne voulez pas nous laisser nous marier, poursuivit-elle d'une voix douce mais ferme, nous allons partir, Pierre et moi.

— Tu n'en as pas le droit. Je suis responsable de toi.

— Je partirai quand même, et je vous jure bien que vous ne me reverrez jamais.

Le vieux Carsac fit semblant d'en rire et demanda d'une voix qui blessa cruellement Mélina :

— Et où iras-tu, toi qui n'es jamais sortie de Salvignac ?

— En Amérique.

Ce fut comme si la foudre le frappait. Il devint blanc, ses mâchoires se crispèrent, et elle comprit qu'elle avait touché juste. Mais elle comprit également qu'il se sentait trahi, et qu'elle s'en était fait un ennemi.

— Attends encore un peu, dit-il seulement, tentant de dissimuler sa colère. Si ça se trouve, on va avoir la guerre.

— Justement. Je veux me marier avant.

Elle ne pouvait pas lui dire qu'elle rêvait depuis toujours d'avoir un enfant — une fille — et que ces bruits de guerre, en menaçant ce rêve, la désespéraient.

— Je vais réfléchir, concéda Grégoire Carsac.

— Ce n'est pas la peine, trancha-t-elle. On se mariera après les battages, à la fin du mois d'août.

Et elle sortit, étonnée d'avoir été capable de si bien défendre sa cause. Quand elle raconta l'entrevue à Pierre, il n'osa y croire. Deux jours plus tard, le curé de Salvignac vint à la Méthivie pour tenter de le faire fléchir — en ce qui concernait Mélina, il savait que c'était inutile d'essayer. La Miette le jeta dehors. Le lendemain, Grégoire Carsac fit venir Louis Sauvénie et le menaça de lui retirer la métairie, mais Louis ne céda pas, car il se savait, avec Pierre, indispensable. Et puis c'était lui, et non pas Grégoire, le représentant légal de Mélina depuis la mort de son père. Elle n'avait besoin, en réalité, que de son autorisation. De guerre lasse, Grégoire Carsac capitula.

Ce soir-là, ce fut la première fois que Pierre embrassa Mélina. Ils marchaient sur le sentier qui, depuis la Méthivie, descend dans ces grands bois où l'on peut si facilement se perdre. Il s'arrêta brusquement, la prit dans ses bras, et la serra très fort avant de poser ses lèvres sur son épaule, ensuite sur son cou, et bientôt sur ses lèvres. C'était un homme qui, s'il avait beaucoup de force, était très maladroit. Il l'aimait depuis toujours. Mélina aurait pu lui demander n'importe quoi. Si elle l'avait voulu, il aurait marché sur les mains jusqu'à Périgueux, il aurait mendié sur les routes ou tenté de lui décrocher des étoiles. Elle ne lui en demandait pas tant : il lui suffisait d'une promesse qu'elle lui arracha sans peine ce soir-là :

— Quand on sera mariés, tu devras me dire tout ce que tu sais au sujet de ma mère.

Elle ne lui laissa pas le temps de protester, ajouta :

— Tu as entendu parler tes parents. Je crois que tu sais tout et que tu as toujours eu peur de me le confier. Le lendemain de notre première nuit, il faudra tout me dire. Promets-le-moi !

Il promit. Mélina l'embrassa à son tour, et ce fut comme un serment entre eux dont ils ne reparlèrent plus avant la date convenue.

Il y en eut un, toutefois, qui ne se résigna pas à ce mariage : ce fut Antoine Carsac. Mais il ne pouvait pas agir à découvert : il n'y avait plus assez de main-d'œuvre, de gens capables, à cause de cette crise économique dont on parlait à l'époque, et aussi de la menace de guerre. Un jour de juillet où Mélina se trouvait sur le chemin entre le château et la Méthivie, elle le vit apparaître devant elle, l'œil mauvais, décidé à l'empêcher de passer.

— Alors tu veux te marier, dit-il, menaçant. Et avec mon métayer par-dessus le marché

— Parfaitement.

— Et tu lui donneras ce que tu m'as toujours refusé, à moi ?

Elle comprit que ce qu'elle redoutait était arrivé. Elle n'avait pas peur, cependant : elle se savait forte et de taille à se défendre. Au fur et à mesure qu'il avançait vers elle, elle reculait. Quand il bondit, elle n'eut guère de mal à l'esquiver, ce qui le rendit encore plus furieux.

— De toute façon, j'ai le temps, lui dit-il. Je sais qu'un jour viendra où tu ne pourras pas m'échapper.

— Il faudra compter avec Pierre, désormais.

— Et tu crois qu'un métayer me fait peur ? grinça-t-il.

— Un métayer sait se servir d'un fusil aussi bien qu'un propriétaire.

— Tu me menaces ?

— C'est vous qui me menacez, et depuis trop longtemps.

Il avançait de nouveau vers elle et elle dut entrer dans le bois. Il tenta de lui saisir le bras, mais elle avait l'habitude de se faufiler entre les branches basses et elle put s'échapper, non sans l'entendre crier des insultes derrière elle. Elle courut jusqu'à la métairie où elle arriva à bout de souffle et se garda bien de raconter à Pierre ce qui s'était passé. Elle avait trop peur d'une vengeance car elle savait que Pierre était capable de tout pour la défendre, sans doute même de tuer Antoine.

Elle aurait pu en parler à Albine, et cela aurait sans doute suffi à tenir Antoine à distance, mais elle ne voulait pas lui faire de peine : elle souffrait assez comme cela. Fantille, elle, disait :

— Je te regretterai, ma fille. Pourtant tu as raison : il faut te marier, cela te vaudra une position que je n'ai jamais pu acquérir, moi, et j'en ai souvent souffert.

Il tardait à Mélina qu'arrive la fin du mois d'août, un mois qui fut très chaud, ponctué de nombreux orages. Les incidents se multiplièrent avec les Carsac, notamment au moment du partage de la récolte de blé. On eut peu de temps pour préparer le mariage auquel Antoine et Grégoire refusèrent d'assister. Albine et Fantille, elles, malgré les menaces des hommes, avaient accepté. Louis et la Miette firent de leur mieux pour que ce soit une réussite : ils aimaient beaucoup Mélina, et ils n'avaient qu'un fils. Toutes leurs économies y passèrent. Mélina ne put les aider parce qu'elle n'avait pas d'argent. Les Carsac ne la payaient pas : elle était nourrie, logée, et c'était tout. C'était d'ailleurs le lot de nombreux domestiques à la campagne dans ces années d'avant guerre, et elle n'avait jamais songé à s'en plaindre. Albine, heureusement, participa à l'achat de la robe de mariée. Sans elle, Mélina n'en aurait pas eu, car c'était un privilège, à l'époque, de pouvoir se marier dans une robe blanche, avec un voile et une couronne de fleurs d'oranger. Pierre, lui, était vêtu de l'unique costume qu'il posséderait de sa vie et que la Miette avait commandé à un tailleur de Cubjac.

Ils eurent seulement une vingtaine d'invités, parents, amis ou connaissances des Sauvénie, mais ils avaient dû nettoyer la grange pour le repas car la cuisine de la métairie était bien trop petite pour accueillir tant de monde. Ils avaient tendu des draps le long des murs, et pavoisé l'ensemble avec des fleurs des champs. Fantille et la Miette avaient préparé à l'avance le grand repas des noces. Mélina ne s'en souciait guère, de ce repas, au matin du 29 août 1939, quand il fut enfin l'heure de partir pour l'église de Salvignac. Elle ne songeait qu'à la promesse de Pierre, et à ce qu'elle allait apprendre, le lendemain, au sujet de sa mère.

Elle monta à côté de Pierre sur la charrette conduite par Louis Sauvénie. Les ridelles et les brancards aussi avaient été décorés. Même la jument avait reçu des fleurs dans la gourmette et sur le frontal. Pierre ne cessait de regarder Mélina et murmurait à son oreille :

— Tu es belle, Lina. Tu es trop belle.

Pauvre Pierre ! S'il avait su, à ce moment-là, ce qui les attendait, il n'aurait rien trouvé trop beau. Mélina, elle, sentait confusément qu'il fallait profiter de ces moments parce qu'ils leur étaient mesurés.

C'est ce qu'elle fit, le long du chemin qu'elle connaissait si bien, entre ces chênes qu'elle aimait tant, et ensuite à l'église, les mains sagement posées sur son prie-Dieu, tandis que le curé parlait d'honnêteté, de fidélité, d'enfants à venir dans le bonheur du travail partagé. Mélina n'en demandait pas davantage. Pierre non plus. Il lui passa la bague au doigt en la regardant droit dans les yeux, la dévisageant de son regard profond, sincère, qui l'ensoleillait.

À la sortie, des enfants jetèrent des fleurs sur les mariés pendant qu'ils recevaient les félicitations des amis et des invités sur le parvis. Au retour, en direction de la Méthivie, un cousin de Pierre joua de l'accordéon sur leur charrette. Il faisait beau. Des gens chantaient dans le cortège et, dès leur arrivée à la Méthivie, le vin coula à flots des deux barriques installées à l'entrée de la grange. Puis l'on se mit à danser sur l'aire de battage au son de l'accordéon. Mélina dansa avec Pierre, mais aussi avec Louis, puis avec tous les invités. Quand tout le monde fut bien gai, ils prirent place à table pour un véritable festin.

Il y eut d'abord un potage au vermicelle, puis du foie gras, ensuite des bouchées à la reine au ris de veau, des confits de canard avec des pommes sarladaises, du rôti de bœuf sauce Périgueux aux haricots verts, des cailles avec un farci aux truffes, des perdreaux rôtis, enfin des fromages, des crèmes et des tartes. Il faut bien le dire, si les parents et les amis des jeunes mariés de l'époque se déplaçaient si facilement, même de loin, c'était parce qu'ils savaient qu'ils feraient à cette occasion leur meilleur repas de l'année. La nourriture était sacrée, en ce temps-là, parce qu'elle était la première des récompenses, surtout pour ceux qui avaient eu faim à un moment ou à un autre de leur vie. En outre, les occasions de se distraire étaient rares, et l'on prenait plaisir à danser, à s'amuser, même si ce n'était pas sur un plancher ciré.

Autant dire que le repas dura longtemps, jusque tard dans la nuit. Mélina dut danser de nouveau avec tout le monde, alors qu'elle ne rêvait que de danser avec Pierre. D'ailleurs, depuis quelques jours, elle ne rêvait que de se retrouver seule avec lui, dans la petite chambre qu'ils avaient aménagée, son père et lui, dans le grenier de la Méthivie. Mélina gardait aussi présente à l'esprit la promesse qu'il lui avait faite au sujet de la mort de sa mère, et il lui tardait que la fête s'achève.

Les mariés purent s'enfuir vers quatre heures, mais, comme c'était la tradition, ils durent se cacher pour échapper aux invités qui, conduits par le garçon et la demoiselle d'honneur, les cherchaient pour leur porter une soupe à l'oignon. Comme ils ne les trouvaient pas — Pierre leur avait ménagé une retraite dans une grange d'un de ses amis de Sorges —, Louis finit par leur dire où ils s'étaient réfugiés. Ils arrivèrent à sept heures du matin, et il fallut manger et boire le « chabrol » traditionnel, c'est-à-dire mélanger du vin au bouillon de soupe. Ensuite, après les plaisanteries d'usage que pour sa part Mélina ne goûta guère, ils rentrèrent lentement à la Méthivie, alors que le soleil jouait de ses rayons à travers les chênes et que les odeurs secrètes des bois se levaient une à une, leur donnant l'impression d'avoir vécu des milliers de fois ce moment.

Mélina devinait que Pierre n'était pas à son aise. Il savait qu'il allait devoir tenir sa promesse et semblait le redouter. Elle eut peur, tout à coup, tant il lui parut évident que s'il craignait de lui dire la vérité, c'était parce qu'elle était cruelle. Mais elle avait trop attendu, trop cherché, trop espéré savoir un jour ce qui s'était passé, pour reculer aujourd'hui.

— Alors ? demanda-t-elle.

— Ah ! lui répondit-il, tu n'as donc pas changé d'avis ?

— Non, Pierre, je n'ai pas changé d'avis.

— Il me faut donc te dire ce que je sais.

— Oui. S'il te plaît.

Il prit la main de Mélina et l'entraîna dans une clairière où l'on entendait respirer et murmurer les arbres si paisiblement, si tranquillement, que sa peur s'envola. Tout pétillait, tout se remettait à vivre dans la lumière du matin, les parfums exaspérés par la fraîcheur de la nuit, comme si le monde se remettait en marche lentement, avec beaucoup d'espérance.

— Tu es bien sûre que tu le veux? demanda Pierre une dernière fois.

Mélina hocha la tête et lui sourit. Pierre soupira, puis se mit à raconter doucement, sans la regarder :

— Mon père et ma mère en parlaient souvent à table, mais ils m'avaient fait jurer de ne rien te dire.

Il tourna la tête vers Mélina, puis, comme elle ne disait rien, il reprit :

— Ce Philippe, c'était une fripouille, et ta mère, il faut bien le dire, elle était rêveuse et innocente. Personne ne sait comment ils se sont rencontrés, sans doute dans une truffière ou alors quand elle gardait les oies dans quelque friche. C'était aussi un beau parleur, le Philippe, et il ne songeait qu'à l'aventure, aux voyages, aux grandes villes. C'est pour ça qu'un jour, sans doute, il lui a parlé de l'Amérique.

Pierre se tut un instant, reprit après un soupir :

— Tu ne le sais peut-être pas, mais son père avait sauvé un Américain pendant la guerre et il revenait souvent les voir, cet Américain, et il leur parlait de son pays.

— Si, je sais, souffla Mélina : il s'appelait Peter Loveridge.

— Oui, un nom comme celui-là. C'est pourquoi ta mère en rêvait de l'Amérique, et que Philippe lui avait promis de l'emmener. Même s'ils se cachaient, tout le monde savait qu'ils se retrouvaient dans les bois tous les deux. Un journalier les avait vus et en avait parlé.

Pierre se tut de nouveau, comme s'il ne pouvait pas en dire plus. Alors, Mélina, d'un signe de tête, lui fit signe de continuer.

— En réalité, il n'avait aucune envie d'aller en Amérique avec elle. Ce qui l'intéressait, c'était le savoir de ta mère sur les truffes car son père lui avait parlé avant de partir à la guerre. Elle avait dû en faire la confidence à ce Philippe de malheur l'une des premières fois où ils s'étaient vus : elle ne se méfiait de personne, tu comprends ?

Mélina fit « oui » de la tête et demanda doucement :

— Dans la truffière, qu'est-ce qui s'est passé ?

— Élise Carsac était morte l'année précédente. Philippe avait voulu obliger son père au partage des terres, mais Grégoire avait refusé parce qu'il ne voulait pas morceler son domaine. Le temps avait passé et ils ne se parlaient même plus. Ce mois d'août-là, ils se sont battus, un jour, dans la cour du château. Grégoire Carsac eut le dessus. L'autre, fou de rage, est allé mettre le feu à une truffière, la meilleure qu'ils possédaient. Ta mère travaillait à proximité pendant que ton père était venu ici, à la Méthivie, pour aider. Elle a essayé d'éteindre le feu, mais c'était l'été, tout était sec, et il y avait du vent. Elle a dû se faire prendre par la chute d'un arbre et n'a pas pu se relever. Ou alors elle s'est laissé encercler : on a retrouvé plusieurs foyers.

Pierre soupira encore, murmura :

— Voilà.

— Et Philippe ?

— Il a eu peur d'être accusé, et il est parti très loin. On ne l'a plus jamais revu.

Pierre se tut. Il s'en voulait d'avoir tenu sa promesse, car il savait que la vérité serait difficilement supportable et il n'avait pas tort. Pourtant, ce qui fit le plus mal à Mélina, ce matin-là, ce ne fut pas de savoir que Philippe Carsac avait mis le feu, mais de penser à la souffrance de son père.

— Il le savait, dit-elle doucement.

— Qui ?

— Mon père, il le savait.

— Tu crois ?

— Oui. Il me disait souvent : « C'est moi qu'elle aimait. » Peut-être qu'il les avait surpris. Ou bien il avait été renseigné par une âme charitable. Il a dû en souffrir terriblement. D'ailleurs, c'est de cette souffrance qu'il est mort, j'en suis persuadée.

Le silence se fit. Mélina, à présent, avait du mal à retenir ses larmes et Pierre le devinait.

— Tu vois qu'il ne fallait pas m'obliger à parler.

— Si, dit-elle, il le fallait. J'ai trop cherché, trop attendu, je te remercie.

Il l'aida à se lever et ils partirent, silencieux, maintenant, vers la métairie où ils allaient vivre désormais. Ce fut un peu plus loin seulement, en passant devant une borie de pierres sèches, que l'idée d'être la fille de Philippe Carsac, et non pas de celle de Jean Fontanel, frappa brusquement Mélina. Alors les arbres se mirent à tourner follement au-dessus de sa tête, ses jambes se dérobèrent sous elle, et elle se sentit basculer vers l'herbe du chemin.

7

PIERRE avait ramené Mélina à la Méthivie et l'avait aidée à se coucher sur leur lit, dans ce grenier où elle devait passer des années, seule le plus souvent. La Miette monta lui porter un cordial et parler avec elle. Mélina en avait bien besoin. Elle était si bouleversée qu'elle fit part à la Miette de ses craintes. Celle-ci, d'abord surprise, s'exclama :

— Qu'est-ce que tu vas chercher là ! Tu es née au mois de janvier et ils ont dû se rencontrer au printemps suivant.

— Tu crois? insista Mélina, pas tout à fait convaincue.

La Miette assura que non seulement elle en était persuadée, mais elle avoua qu'elle avait bien connu Ida, qui venait souvent à la Méthivie et se confiait à elle.

— Elle était tourmentée par ce qu'elle faisait, précisa la Miette, mais elle ne pouvait pas s'en empêcher. Il l'avait ensorcelée, l'autre, avec ses belles paroles, son Amérique, ses mensonges. Un mauvais sujet, vraiment, ce Philippe !

Mélina, alors, demanda :

— Pourquoi ne m'en as-tu jamais parlé, malgré les questions que je te posais ?

— Parce que tu en aurais souffert davantage que ce que, déjà, tu souffrais, et je ne le voulais pas. J'avais raison : regarde comme tu es malade, ce matin, alors que tu viens juste de te marier. Tu devrais être heureuse au contraire, et ne pas te morfondre dans des idées qui n'ont pas lieu d'être.

Ces mots, cette assurance et le sourire de la Miette finirent par apaiser Mélina. Elle se leva, fit sa toilette et descendit pour l'aider à la cuisine. À partir de ce matin-là, elle fit en sorte de s'habituer à ce qu'elle avait appris et s'efforça de ne plus en parler ni à la Miette ni à Pierre dont la présence attentive l'aida à oublier sa souffrance.

Ils durent, d'ailleurs, très vite faire face à d'autres soucis : la guerre approchait, tout le monde le devinait. Louis tentait de rassurer sa famille, prétendait que ce n'était pas possible, qu'on ne pouvait pas avoir oublié les tueries de la précédente, et pourtant le pays avait commencé à mobiliser. Le 3 septembre au soir, alors que Mélina rentrait des champs avec Pierre, Louis et la Miette les attendaient devant la porte, anéantis.

— Ça y est, dit Louis, c'est la guerre.

Ils entrèrent, s'assirent tous les quatre autour de la grande table, consternés, incapables de prononcer un mot. Louis versa dans les verres un peu d'eau-de-vie de prune, mais nul n'avait le courage de parler, et on n'entendait que le tic-tac de l'horloge qui égrenait le temps. Il se passa bien dix minutes avant que Pierre ne trouve la force d'avouer à Mélina qu'il avait reçu sa feuille de route et qu'il devait partir dès le lendemain.

— Partir où ? demanda-t-elle d'une voix qu'elle-même ne reconnut pas.

— Sedan, dans les Ardennes.

Cela faisait quarante-huit heures qu'il le savait, mais il n'avait pu le dire à Mélina. Elle songea qu'ils étaient mariés seulement depuis cinq jours et que déjà ils allaient être séparés. Elle prit sur elle, cependant, et son regard demeura rivé à celui de Pierre qui tentait vainement de lui sourire.

— Je dois l'emmener demain matin à Périgueux avec la charrette, dit Louis. Il prendra le train pour Limoges, et ensuite pour Paris.

— Je viendrai avec vous, dit Mélina.

— Ce n'est pas la peine, dit Pierre. Il ne vaut mieux pas. Ce sera trop difficile.

— Si, insista-t-elle. Il faut que je vous suive.

Il semblait à Mélina, au souvenir de son voyage avec Albine, que Périgueux ne serait jamais pour elle une ville hostile, qu'elle n'en avait rien à craindre.

De fait, il faisait beau, ce matin-là, quand ils partirent, tous les trois. Mélina tenait son mari par le bras, sur la banquette, tandis que Louis guidait le cheval. Mais, contrairement à ce qu'elle avait cru, Mélina ne reconnaissait rien de ce qu'elle avait découvert de chaque côté de la route lors de son voyage précédent : ni les champs, ni les arbres, ni les villages. C'était comme si le monde avait changé de couleur et de nature. Elle essayait de se montrer forte, de prendre exemple sur la Miette, qui n'avait pas pleuré et avait seulement dit à son fils :

— Reviens vite, mon petit. Tu sais qu'on a besoin de toi ici.

Mélina aurait voulu ne jamais arriver, et elle tentait de faire provision de tout ce qui la reliait encore à Pierre : son odeur de terre et de feuilles, le contact des muscles de son bras, son sourire aussi, qui tentait de la rassurer, tandis qu'il répétait, ne trouvant rien d'autre à dire :

— Ça ne peut pas durer longtemps. De nos jours, c'est impossible.

Elle hochait la tête, mais tout son corps, tout son être se refusait à l'approche de la grande ville dont ils apercevaient pourtant, là-bas, déjà, trop vite, droit devant eux, le clocher de Saint-Front perdu dans le bleu du ciel. Les maisons se firent plus nombreuses, mais aussi les attelages, les automobiles, des hommes et des femmes en marche, comme si quelque part un événement monstrueux avait ébranlé l'univers, les jetant sur les routes avec une sorte de hâte affairée, à la manière d'un peuple de fourmis dérangé par un coup de pied.

Encore un quart d'heure et ils pénétrèrent au milieu d'une cohue qui les arrêta un long moment sur la place du Triangle. On aurait dit que les gens étaient devenus fous : ils allaient et venaient entre les voitures, s'appelaient, criaient, comme si l'ennemi était aux portes de la ville. À proximité de la gare, c'était pis encore : à tel point qu'ils ne purent passer. Pierre dut descendre et s'y rendre à pied, après avoir embrassé furtivement Mélina et serré la main de son père qui tremblait. Ils le regardèrent s'éloigner puis disparaître, avalé par la foule après un dernier geste du bras.

— Viens, petite, souffla Louis.

Il ne lui dit pas un seul mot pendant tout le trajet de retour. Tenant négligemment les rênes, il regardait droit devant lui, perdu dans ses pensées.

Mélina non plus ne parlait pas. Elle était tout entière murée dans une souffrance qui la figeait sur son siège, rendait sa respiration difficile. Elle observait la campagne qui lui paraissait déserte, hantée seulement par d'inexplicables dangers. Un peu avant d'arriver, Louis se tourna vers elle et lui dit en ravalant un sanglot :

— Tu comprends, petite, je n'en ai qu'un. Il faut qu'il revienne.

Elle le comprenait d'autant mieux qu'elle connaissait Pierre depuis toujours. Faudrait-il qu'elle le perde comme elle avait déjà perdu son père et sa mère ? La soirée fut silencieuse, sinistre, dans la grande cuisine où la place de Pierre demeurait vide. Aucun d'entre eux n'eut le courage de sortir pour travailler. Louis se mit à lire le journal, hochant la tête de temps en temps d'un air accablé, et la Miette éplucha des légumes, aidée par Mélina dont le regard s'échappait vers le chemin sur lequel était parti Pierre, peut-être pour toujours.

Un peu avant le repas, ce soir-là, Grégoire Carsac vint à la Méthivie, l'air grave, préoccupé. Il apprit à la maisonnée qu'Antoine était parti lui aussi pour une caserne parisienne, et que lui-même, Grégoire, avait essayé de trouver un ou deux ouvriers agricoles, même âgés, pour remplacer les hommes de la propriété, mais qu'il n'y était pas parvenu.

— Vous croyez que vous y arriverez ? demanda-t-il à Louis, inquiet, après un instant de silence.

— Il le faudra bien, répondit le métayer. La petite va nous aider.

— Jusqu'en novembre, d'accord. Après, j'en aurai besoin, dit le vieux Carsac.

— D'ici là, le plus gros du travail sera fait, assura Louis.

Grégoire Carsac s'inquiéta alors du grand âge de Fantille et de Rémi, s'interrogea à haute voix sur la nécessité de les remplacer, et Mélina comprit qu'il aurait bien voulu qu'elle aille s'installer au château en l'absence d'Antoine.

— Je vous ai promis de m'occuper des truffières, dit-elle sans se troubler, mais mon foyer est ici, maintenant.

Grégoire Carsac partit, la mine sombre, et ne reparut pas de plusieurs jours.

Il fallut se remettre au travail, non pas dans les truffières, où les truffes étaient nées et où, donc, on ne devait plus toucher à la terre, mais dans les champs de la métairie. Mélina s'efforça d'aider de son mieux les parents de Pierre. Si elle n'avait participé qu'occasionnellement aux travaux des champs, son devoir, désormais, était de remplacer un homme. Elle s'y consacra de toute son énergie, car la Miette et Louis prenaient peine à travailler à cause de leur âge. Mélina, cependant, n'avait pas la même force que Pierre, et septembre est un mois exigeant : il faut labourer les chaumes, qu'on appelle « les rétoubles », ici, chez nous ; il faut aussi procéder aux dernières coupes de luzerne, du regain, lever la récolte de la Saint-Michel, haricots et maïs, et arracher les pommes de terre.

Malgré sa fatigue, Mélina fit quelques provisions d'herbes de la saison : c'était pour elle un moyen de s'évader, de se rappeler les bois dans lesquels elle avait grandi, de se souvenir du guérisseur et de ses secrets. Elle cueillit de la matricaire, des carottes sauvages, de l'amarante et des chardons épineux qu'elle mit à sécher dans un coin du grenier, à l'endroit où, déjà, embaumaient celles de la Saint-Jean qu'elle avait rapportées du château.

C'était un automne sec et chaud qui rendait le travail très pénible. Heureusement, les nouvelles de la guerre n'étaient pas mauvaises. Rien ne bougeait là-bas, sur le front, et les premières lettres de Pierre étaient rassurantes. Il s'inquiétait surtout de la santé de ses parents et du travail, promettait de revenir très vite. Sur un deuxième feuillet que Mélina ne montra ni à la Miette ni à Louis, il lui écrivait des mots dont elle ne l'aurait pas cru capable. Elle gardait ce feuillet contre elle jour et nuit, entre sa chemise et sa peau, jusqu'à l'arrivée du prochain. Elle ne cessait d'y penser, et il lui semblait que ce contact permanent entre elle et son mari le protégeait des dangers.

Les lourds travaux de l'automne avaient épuisé Louis. D'ailleurs, depuis le départ de son fils, on aurait dit que quelque chose s'était brisé en lui. On avait pourtant dépassé la Saint-Michel et il aurait fallu commencer à semer, mais il ne s'en sentait pas le courage. La Miette finit par le décider un lundi, un jour malade, plein d'haleines chaudes poussées par le vent du sud, un vent qui annonçait la pluie pour les prochains jours.

— Ce temps ne va pas, avait protesté Louis. Les graines vont voler partout.

— On a trop attendu, maintenant, avait répondu

la Miette. Il y a beaucoup de choses qui pressent, et bientôt la petite devra partir au château.

Ce lundi-là, Mélina, qui ne savait pas semer, portait le sac derrière ses beaux-parents. Elle les suivait lentement tout en les regardant lancer de la main droite d'un geste régulier mais ample, la main gauche tenant le tablier replié où Mélina versait les graines. Ils travaillaient depuis deux heures, quand, subitement, Louis eut un geste brusque des bras vers sa poitrine et s'écroula. Les deux femmes se précipitèrent, le questionnèrent, affolées par la difficulté qu'il avait à respirer et la douleur inscrite sur son visage devenu couleur brique.

— Je le savais, murmurait-il. Je le savais.

— T'en fais pas, mon homme, dit la Miette. Ce n'est rien.

Fallait-il transporter le malade chez le médecin ou aller le chercher ? La Miette hésita un moment, puis se décida pour la première solution. Mélina fut chargée de rapprocher la charrette qui attendait à l'autre bout du champ et à laquelle le cheval était toujours attelé. Dès que Louis se sentit un peu mieux, les deux femmes l'aidèrent à se lever et le soutinrent, une de chaque côté, jusqu'à la charrette où elles le firent allonger à l'arrière, la tête reposant sur un sac de graines à moitié vide. La Miette resta près de lui tandis que Mélina prenait les rênes.

Il leur fallut plus d'une heure avant de rejoindre Salvignac, car il fallait ménager Louis qui gémissait de temps en temps, à cause des cahots du chemin. À leur arrivée, le médecin, heureusement, se trouvait dans son cabinet. C'était celui qui avait soigné le père de Mélina et il connaissait très bien Louis et la Miette. Il fit une piqûre à Louis qui, bientôt, se sentit mieux.

— Il faut vraiment que tu te reposes, dit le médecin. Ou alors tu n'en as pas pour longtemps.

— Qu'est-ce qu'il a ? demanda la Miette.

— Il a le cœur très fatigué. Ça ne t'étonnera pas ? Il faudrait le faire hospitaliser à Périgueux.

— Non, dit Louis, pas l'hôpital. Je me reposerai à la maison.

— Mais oui, c'est ça, fit le médecin, agacé. Tu resteras allongé trois jours et tu recommenceras.

— Et comment voulez-vous que nous fassions ? fit la Miette, impatientée, le travail n'attend pas, lui.

— La mort non plus, rassure-toi, fit le médecin.

La Miette, frappée de stupeur, ne trouva plus rien à dire.

— Je ne veux pas aller à l'hôpital, répéta Louis, d'une voix à peine audible. Je te promets de me reposer.

— Passez au moins à la pharmacie avant de rentrer à la Méthivie, dit le médecin en tendant à la Miette une ordonnance.

Sa voix n'était plus aussi vive. Il paraissait résigné. Il connaissait la peur de ses patients pour l'hôpital à une époque où l'on préférait mourir dans son lit que dans une salle commune, soigné par des inconnus et exposé à des regards étrangers. C'était un homme âgé, à présent, épuisé par les luttes permanentes contre des coutumes séculaires, l'inutilité de ses conseils et de ses ordonnances. On n'avait pas le temps de prendre des médicaments auxquels, d'ailleurs, on croyait moins qu'aux pouvoirs des guérisseurs. Il y avait comme une fatalité dans la maladie dont on faisait en sorte de s'accommoder, tant bien que mal. C'est ce que Louis et la Miette Sauvénie allaient faire, il ne le savait que trop.

De fait, ils rentrèrent à la Méthivie, où Louis accepta de se coucher, non sans se désoler du travail qui attendait.

— On finira avec la petite, dit la Miette.

C'est ainsi que Mélina apprit à semer, ce mois d'octobre-là, en se levant avec le jour et en se couchant de plus en plus tard, éreintée par le travail. Jamais, cependant, elle ne songea à s'en plaindre, consciente qu'elle était de ne faire que son devoir.

Pour ne pas inquiéter Pierre, ils avaient tous les trois décidé de ne pas lui parler de ce qui était arrivé à son père. Ses lettres étaient toujours aussi bonnes. Il semblait que la guerre n'aurait pas lieu. Les armées s'observaient. Il ne se passait rien. On commençait à reprendre espoir. Mais l'hiver approchait, et il s'annonçait rude.

Le lendemain de la Saint-Martin, Grégoire Carsac revint à la Méthivie et demanda à Mélina de venir s'occuper des truffières.

— La semaine prochaine, dit-elle. Ça suffira.

Il repartit, furieux, et la reçut fraîchement, huit jours plus tard, au château, quand elle vint prendre les outils pour nettoyer les truffières :

— Voilà donc toute ta reconnaissance ? fit-il, d'une voix mauvaise. Tu nous oublies volontiers, maintenant que tu es installée. Je te rappelle que la Méthivie est à moi et que c'est donc grâce à moi que tu as un toit aujourd'hui.

Elle savait depuis quelques mois qu'il rêvait de régler ses comptes avec elle, mais elle n'était pas décidée à le supporter, surtout après ce qu'elle avait appris de la bouche de Pierre.

— Et je devrais aussi remercier votre fils Philippe d'avoir mis le feu à la truffière dans laquelle ma mère est morte ? demanda-t-elle d'une voix qu'elle ne put empêcher de trembler.

Ils se trouvaient sur la terrasse du château, face à face. Grégoire Carsac baissa subitement la voix :

— Qu'est-ce que tu racontes ? C'est le mariage qui t'a fait perdre la tête ?

Mélina se sentit blessée, répliqua :

— Vous savez très bien que je dis la vérité. C'est parce que vous vous êtes disputé avec votre fils qu'il a mis le feu à la truffière.

Le vieux Carsac, déjà, avait repris ses esprits :

— Si tu écoutes les malveillances de tous ceux qui nous en veulent, tu n'auras guère le temps de travailler. Et c'est pour ça que je t'ai fait venir ce matin. Rémi t'attend avec la charrette. Nous n'avons pas de temps à perdre.

Elle faillit lui répondre une nouvelle fois, mais elle préféra lui cacher les larmes qui lui venaient aux yeux devant tant de mauvaise foi. Elle rejoignit Rémi et monta sur la charrette pour se rendre dans ces bois où l'attendaient, elle le savait, des présences secourables.

Les truffières, mal entretenues faute de main-d'œuvre, étaient en piteux état. Il fallait les débarrasser des feuilles et des branches mortes, nettoyer les allées entre les chênes, rouvrir les chemins envahis par les ronces. Ce travail pénible et malaisé leur prit un mois, jusqu'à l'arrivée du grand froid. Ensuite, il fallut s'occuper de la récolte, qui fut bonne, sans plus, cette année-là. Mélina s'en chargea avec Grégoire Carsac qui, pendant les longues heures passées en sa compagnie, sachant à quel point il avait besoin d'elle, se montra plus aimable.

En janvier, cependant, il fit tellement froid que, malade, il ne put caver les truffes avec Mélina. Ce fut Rémi qui vint l'assister, et c'était donc lui qui ramenait le soir la récolte au château tandis que Mélina rentrait à la Méthivie. À la métairie, la Miette et Louis ne sortaient guère. Il y avait longtemps qu'on n'avait pas connu un tel froid. La nuit, seule dans son grand lit, Mélina entendait craquer les arbres dans les bois. Au matin, on retrouvait des oiseaux morts sur les chemins, des conduites d'eau gelées, et des troncs fendus du haut en bas.

— Chauffe-toi bien avant de sortir, petite, disait la Miette à Mélina, dont les mains étaient couvertes d'engelures. Ce ne sont pas quelques truffes de plus ou de moins qui vont ruiner les Carsac.

Elle s'en allait vers dix heures du matin, dans un monde pris par le givre, pareil à un immense lustre d'église, où même le silence semblait pétrifié. Toutes les branches étaient blanches, gaufrées par le gel, et Mélina avait l'impression de pénétrer dans un univers de cristal. La terre étant dure, le chien avait du mal à flairer et Rémi beaucoup de difficultés à creuser car les truffes étaient enfouies profondément dans le sol, comme si elles avaient deviné que l'hiver serait rude.

C'était grâce à des constatations de ce genre que Mélina éprouvait les forces souterraines du monde, celles dont la présence lui apparaissait de plus en plus évidente. Elle était persuadée qu'il y avait quelque part un savoir et une puissance qui dépassaient ceux des humains. Elle devinait qu'il ne servait à rien de vouloir s'opposer à des raisons supérieures, celles-là mêmes qui avaient décidé d'un grand froid sur la terre, cet hiver-là. Elle l'acceptait, ne s'en plaignait pas. Les arbres couverts de givre, que le soleil de la mi-journée ne parvenait même pas à dégeler, avaient leur raison d'être. Mélina consentait au grand froid comme pour s'intégrer à la marche de l'univers, et il lui arrivait de s'en réjouir comme si elle partageait avec lui un secret inaccessible au commun des mortels.

La nuit, pourtant, en pensant à Pierre, elle ne dormait guère. Même si les soldats ne se battaient pas, elle le sentait menacé. Elle relisait ses lettres, lui parlait, ne doutait pas que ses paroles parviendraient jusqu'à lui. Elle ne s'endormait qu'au matin, épuisée, persuadée d'avoir su briser la distance qui la séparait de lui.

Ce temps cessa enfin vers la fin février. Il y eut tout à coup dans le ciel de grands charrois de nuages qui apportèrent un peu de neige, puis, très vite, de la pluie. C'en était fini de la récolte des truffes, mais non pas du travail de leur sol qui doit s'effectuer jusqu'à la fin d'avril. Louis Sauvénie s'en désolait : il ne se remettait pas et les grands travaux de printemps approchaient : comment ferait-on sans l'aide de Mélina ?

— Il n'y aura pas de guerre, assurait la Miette pour le rassurer. Pierre va revenir.

Mais il ne revenait pas, et Mélina, qui avait follement espéré attendre un enfant de lui après leurs premiers jours de vie commune, en était désespérée. Tandis qu'elle élaguait les truffières et travaillait le sol au bigot, elle ne cessait de penser à cette fille qu'elle avait toujours souhaitée pour lui donner ce qu'elle n'avait pas reçu, elle, et ainsi, sans doute, combler définitivement ce gouffre qui lui avait longtemps fait peur. C'était devenu une idée fixe : lorsqu'elle était courbée sur la terre, elle apercevait un enfant allongé devant ses yeux, qui semblait l'appeler au secours. Parfois elle se redressait, fixait le sol devant elle pendant de longues minutes, sous le regard étonné de Rémi ou de Grégoire Carsac. Elle demandait des nouvelles de la guerre à ce dernier chaque matin, mais rien ne bougeait sur le front des armées et Pierre, dans ses lettres, ne parlait pas de revenir.

C'était le temps des bourrasques de l'équinoxe de printemps. La nuit, le vent soufflait en rafales qui faisaient gémir les volets, tomber des gravats dans la cheminée, craquer la charpente en bois de châtaignier de la métairie. Mélina n'aimait pas ce temps-là : il lui rappelait de bien mauvais souvenirs.

Un matin, le vent étant tombé juste avant le jour, Louis et la Miette décidèrent d'aller semer l'avoine et la luzerne. Mélina, elle, partit vers les truffières, avec, dans le cœur, un mauvais pressentiment. À midi, elle ne rentra pas, car elle emportait une gamelle et mangeait sur place pour gagner du temps. Rémi, lui, repartait au château avec la charrette. Elle aimait ces moments de solitude dans lesquels elle renouait vraiment le contact avec les bois de son enfance. Il lui semblait alors qu'il n'y avait pas eu de cassure dans sa vie, qu'elle n'avait rien perdu des heures passées avec son père, et d'ailleurs, souvent, elle l'entendait. Alors, elle s'asseyait, fermait les yeux, songeait aux disparus et aux absents avec l'impression de les sentir près d'elle, leur parlait à voix basse, tendait la main pour les toucher.

Ce jour-là, ce ne fut pas Rémi qui revint au début de l'après-midi, mais Grégoire Carsac. Il avait un drôle d'air : sombre, et plutôt contrarié. Elle pensa à Pierre, eut peur, tout à coup, mais il ne la laissa pas dans l'attente :

— Il faut rentrer, dit-il, Louis est mort.

Elle se laissa conduire à la Méthivie sans un mot, songeant à Pierre qui était loin. Peut-être obtiendrait-il une permission à l'occasion de cette disparition ? Cette idée-là, même si elle en eut honte, préserva Mélina d'une grande tristesse.

À la métairie, la Miette était assise près du lit où l'on avait transporté son homme, très droite, très forte comme elle l'avait toujours été, sans une larme. Elle expliqua comment c'était arrivé : elle n'avait pas vu tomber Louis, car elle se trouvait à l'autre bout du champ. Elle ne l'avait aperçu par terre qu'à l'instant où elle s'était retournée. Elle s'était précipitée vers lui, mais, quand elle était arrivée, il était déjà mort.

— Il n'a pas souffert, dit Mélina pour la consoler.

La Miette hocha la tête, répondit :

— Non. Je ne crois pas.

Albine vint à la métairie, ainsi que Fantille. En accord avec la Miette, Grégoire Carsac était parti au village pour demander une attestation au maire et envoyer un télégramme à Pierre, en espérant qu'il pourrait obtenir une permission pour les obsèques que l'on avait fixées au surlendemain.

Durant tout l'après-midi et pendant la journée

qui suivit, alors que les visites des voisins et des connaissances se succédaient, Mélina ne pensa plus qu'à Pierre. Elle s'en voulait beaucoup, à cause de la Miette qui était malheureuse devant le corps de son mari mis en bière, mais c'était comme une force de vie qui l'emportait, lui faisait souhaiter que Pierre arrive avant la nuit, pour se blottir dans ses bras et dormir près de lui.

Il arriva le lendemain soir, vers sept heures, pas vraiment changé, seulement un peu amaigri, épuisé par le voyage. Il demeura une heure avec la Miette et Mélina devant la dépouille de son père, se fit raconter ce qui s'était passé, puis passa dans la cuisine où Mélina lui donna à manger. Ils ne parlèrent pas, ou très peu, puis ils retournèrent dans la chambre pour veiller. Pierre devait repartir le lendemain, dès que la cérémonie serait terminée. Ils veillèrent côte à côte jusqu'à deux heures du matin puis la Miette, qui était allée prendre un peu de repos, vint les relayer. Alors ils purent gagner leur chambre et Mélina se serra contre lui. Il en avait rêvé aussi, sans doute, car ses mains chaudes et rassurantes se refermèrent aussitôt sur elle, et elle oublia tout.

Le lendemain, la cérémonie à l'église eut lieu à dix heures et celle du cimetière à onze. Il fallut garder à déjeuner les parents et les amis proches, ce qui donna beaucoup de travail à Mélina et l'empêcha de passer tout son temps près de Pierre. Celuici paraissait très affecté par la disparition de son père. Il avait même versé quelques larmes silencieuses au cimetière, quand on avait fait descendre la boîte dans la tombe. Mélina, qui tenait son bras, en avait été ébranlée jusqu'au cœur. Heureusement, dès la sortie, il s'était repris et elle en avait été soulagée, car le voir souffrir la bouleversait.

Maintenant, il était assis, grave, silencieux, et il la regardait servir les invités qui parlaient bruyamment, comme s'ils avaient oublié qu'ils se trouvaient dans la maison d'un défunt. Tout ce qu'ils ne pouvaient pas se dire par la parole, Pierre et Mélina se le disaient avec les yeux, ne songeant qu'à se retrouver seuls, au moins quelques minutes, avant une nouvelle séparation. Ils prirent prétexte du train à ne pas manquer pour s'en aller les premiers vers Salvignac. Là, un ami de Pierre, qui travaillait au village mais rentrait chaque soir à Périgueux, avait promis de l'emmener jusqu'à la gare. Ainsi Pierre et Mélina se retrouvèrent-ils sur la charrette côte à côte, avançant sur ce chemin qu'ils connaissaient bien pour l'avoir très souvent emprunté en allant à l'école.

— Comment allez-vous faire, toutes les deux seules, avec tout ce travail ? demanda Pierre.

— Ne t'inquiète pas, on y arrivera.

— Si encore j'étais sûr d'être rentré pour les foins et les battages, soupira-t-il.

Comme ils étaient un peu en avance, ils quittèrent le chemin, arrêtèrent la charrette dans une allée transversale, descendirent et firent quelques pas dans les bois où l'on devinait la proximité du printemps aux duvets éclos sur les branches.

— Tu te souviens ? demanda Pierre. Combien de fois sommes-nous venus ici, au retour de l'école !

Bien sûr, Mélina se souvenait. Ce n'était pourtant pas le passé — leur passé — qui occupait ses pensées aujourd'hui, c'était la séparation qui les attendait, une séparation dont elle devinait qu'elle serait longue et douloureuse. De nouveau, alors qu'il lui parlait calmement, doucement, comme à son habitude, un pressentiment de malheur naquit en elle, l'angoissa. Alors, elle s'approcha de Pierre, posa sa tête contre sa poitrine, et il devina ce dont elle avait besoin. Ils s'allongèrent sur la mousse et oublièrent pendant quelques minutes, en s'aimant violemment, désespérément, qu'ils allaient devoir se quitter.

Ensuite, ils repartirent vers Salvignac, Pierre tenant les rênes, Mélina serrée contre lui. Ils se séparèrent sur la place de l'église où ils avaient tant joué, enfants, avant le catéchisme.

— Prends bien garde à toi, dit-elle, quand il descendit de la charrette.

— Ne t'inquiète pas, fit-il, je reviendrai vite.

Il se détourna et, sans un mot de plus, il se dirigea vers la maison où travaillait l'homme qui devait le conduire à Périgueux. Mélina, cependant, ne parvenait pas à s'éloigner. Elle le suivit longtemps des yeux, attendit qu'il disparaisse au fond d'une cour avant de reprendre le chemin de la Méthivie, avec, en elle, précise et douloureuse, l'impression qu'elle ne le reverrait jamais.

La vie reprit, cependant, en compagnie de la Miette qui n'avait plus aucun courage. Il fallut que Mélina l'aide à franchir ce mauvais pas. Heureusement, ce mois d'avril-là fut plein de soleil et de lumière, et le travail des champs, en les occupant l'une et l'autre, les sortit de leur abattement.

Mélina avait toujours eu plaisir à vivre en compagnie de la Miette, une femme qui, comme elle, croyait aux signes et aux mystères du monde. Elle excellait à deviner le temps : un ciel rouge le soir était signe d'espoir, le chant d'une chouette en plein jour annonçait une tempête de vent, une lune noyée de brume signifiait qu'il allait pleuvoir, un ciel bleu pâle indiquait que le beau temps allait durer, un bleu cru que le mauvais temps était en route.

Mélina encourageait la Miette à la parole car elle aimait l'entendre prononcer ses dictons en levant un index sentencieux, l'air grave, persuadée de la véracité de ses prévisions. En l'écoutant, dans les champs, Mélina oubliait l'absence de Pierre. Elles n'avaient jamais tant parlé ensemble que depuis qu'elles étaient seules, comme si leur conversation était une manière de continuer à vivre, de se soutenir l'une l'autre pour ne pas désespérer. Chaque soir, Mélina relisait à voix haute la dernière lettre de Pierre, et elles la commentaient longtemps avant d'aller se coucher.

Au début du mois de mai, elles prirent l'habitude de se rendre chaque soir à Salvignac, à l'église, pour l'office du mois de Marie. Là, elles priaient pour le salut de Louis, mais aussi pour Pierre, pour la paix, devant l'autel fleuri d'aubépines, dans le parfum délicieux de l'encens et les chants liturgiques, puis elles rentraient lentement vers la métairie, apaisées par la douceur des cantiques et des prières. La nuit tombait sur les bois qui retrouvaient leur verdure, et le monde leur paraissait de nouveau plein d'espoir.

Aussi ce fut avec stupéfaction que, le matin du 11 mai, elles apprirent l'attaque allemande de la bouche de Grégoire Carsac. Elles en demeurèrent sans voix toute la matinée, mais ne laissèrent rien paraître de leur inquiétude. Mélina, ce matin-là, comprit que ce qu'elle redoutait depuis de longs jours était en train de se produire. Elle n'en dit rien à la Miette, mais elle se prépara à faire face à ces forces obscures qui s'étaient mises en marche et contre lesquelles, elle le savait bien, elle était impuissante.

8

Au début, les nouvelles de la guerre ne furent pas mauvaises. Deux lettres de Pierre arrivèrent dans la troisième semaine du mois de mai, rassurantes. Mélina reprit espoir grâce au flamboiement de lumière qui embrasait les bois et au grésillement des insectes ramenés à la vie par les premières chaleurs. Comme elles ne possédaient pas de poste de TSF et n'achetaient pas de journaux, les deux femmes se renseignaient auprès de Grégoire Carsac. Il paraissait inquiet, s'interrogeait à voix haute, se demandait si les journaux disaient la vérité.

— Quelle vérité ? s'inquiétait Mélina.

— Gamelin a été limogé. Ce n'est pas bon signe.

Ni Mélina ni la Miette ne connaissaient Gamelin, mais le pessimisme de Grégoire les impressionna. De fait, le désastre devint évident aux alentours du 10 juin 1940 quand on apprit que les Allemands avaient atteint la Seine et que le gouvernement allait quitter Paris pour Bordeaux.

— Et les soldats, où sont-ils ? demanda Mélina, incrédule, à Grégoire Carsac.

En disant soldats, elle voulait dire Pierre, le seul dont le sort la préoccupait réellement, en tout cas beaucoup plus que celui du pays tout entier. Mais Grégoire n'avait aucune nouvelle d'Antoine ni de Pierre. Il ne savait pas où se trouvaient les hommes qui étaient censés défendre les frontières. On comprit vraiment ce qui s'était passé là-haut, dans le Nord, quand les premiers réfugiés arrivèrent à Salvignac, hagards, affamés, avec, parmi eux, quelques soldats complètement désemparés. Dans ces conditions, l'armistice signé le 22 juin fut un grand soulagement pour Mélina et pour la Miette qui se consumaient d'inquiétude pour Pierre. D'après Grégoire Carsac, la guerre étant terminée, les soldats ne tarderaient pas à rentrer chez eux.

À partir de ce jour, Mélina se mit à attendre et à espérer. Quand elle travaillait dans les champs avec la Miette, le moindre bruit, le moindre son un peu inhabituel leur faisait lever la tête en direction du chemin. Juin s'épuisait en longues journées torrides que n'adoucissait pas le moindre souffle de vent. On achevait de rentrer les foins quand un homme apparut, un soir, à la tombée de la nuit en compagnie de Grégoire : ce n'était pas Pierre, mais Antoine Carsac. Aux deux femmes pressées de connaître les nouvelles, il raconta comment la débâcle l'avait roulé jusqu'à Bordeaux comme les flots d'une rivière en crue et comment, de là, il avait décidé de regagner Salvignac à pied, en évitant les grandes routes. Il se montra réservé sur le sort de ceux, qui, là-haut, avaient reçu de plein fouet le choc de l'offensive allemande, mais Grégoire tempéra ses propos en disant :

— Pierre va revenir aussi, j'en suis sûr. Ça prendra seulement un peu plus de temps : il vient de plus loin.

— Oui, renchérit Antoine, dans deux semaines, au plus tard, il sera là.

Mélina, pourtant, n'aima pas le regard qu'il lui lança en prononçant ces mots. Un regard qui démentait ses propos et même davantage : il contenait l'espoir secret que Pierre ne reviendrait jamais. Elle en fut certaine, et, meurtrie jusqu'au plus profond d'elle-même, n'en dit rien à la Miette. Au contraire, elle s'efforça d'oublier, tendue dans un espoir qui la tenait en alerte, la nuit, attentive au moindre bruit. Parfois elle se levait, ouvrait la fenêtre et s'accoudait en regardant le chemin éclairé par la lune où, par moments, il lui semblait deviner une silhouette. Alors son cœur battait plus vite, et elle scrutait la nuit. Mais non. Personne ne marchait vers la Méthivie. C'étaient seulement les branches des arbres qui jouaient sous la lueur blafarde, ou un lapin qui traversait le sentier pour aller folâtrer dans la luzerne.

Juin s'acheva, puis juillet passa, et les moissons occupèrent assez les deux femmes pour leur faire oublier leur attente. On approchait de l'Ascension, quand, un jour à midi, alors qu'elles mangeaient en silence dans la grande cuisine, les volets clos pour se protéger de la chaleur, elles entendirent appeler au-dehors. Elles sortirent d'un même élan, aperçurent deux gendarmes qui demandèrent à leur parler. Elles les firent entrer, leur proposèrent de s'asseoir, et Mélina leur versa un verre de vin.

— C'est pas de refus, dit le brigadier, un homme maigre à moustaches qui était agité de tics et semblait accablé par sa mission. D'autant que ce ne sont pas de bonnes nouvelles que je vous apporte, ajouta-t-il en soupirant.

La Miette devint pâle, porta la main vers sa bouche, étouffant un cri. Mélina, elle, paraissait calme, comme si les premiers mots du gendarme ne l'avaient pas surprise. Celui-ci sortit de sa poche un portefeuille en cuir noir, le posa sur la table en disant :

— Ce sont les papiers de Pierre Sauvénie. On les a retrouvés dans les ruines d'une grange écrasée, paraît-il.

— Où ? demanda Mélina, comme si cette question était plus importante que ce qu'elle venait d'apprendre.

— On ne sait pas exactement. Vous savez, c'est déjà un miracle qu'ils soient revenus jusqu'à nous.

La Miette avait fermé les yeux et respirait avec difficulté. Mélina, elle, ne sentait pas la douleur. Pas encore : elle était préoccupée surtout de la Miette qui venait de s'évanouir. Elle versa un peu d'eau-de-vie dans un verre, puis, aidée par les gendarmes qui soutenaient sa belle-mère par les épaules, elle fit couler quelques gouttes d'alcool dans sa bouche. La pauvre femme retrouva ses esprits, mais il fallut la porter dans la chambre. Ensuite, Mélina s'assit de nouveau en face des gendarmes, pas tout à fait certaine de comprendre ce que lui disait le brigadier.

— Voilà les papiers officiels, dit-il : porté disparu.

Et il ajouta, avec une évidente compassion :

— Je vois que vous êtes courageuse. Si vous voulez, je vais passer au château pour les mettre au courant.

— Non, ce n'est pas la peine, dit Mélina. Allez plutôt prévenir le médecin pour ma belle-mère.

Ils partirent après un dernier salut réglementaire, manifestement impressionnés par cette femme calme, grave, qui faisait preuve de tant de courage. Mélina entra de nouveau, referma la porte derrière elle, passa dans la chambre et s'assit sur le lit où reposait la Miette. Celle-ci respirait toujours aussi difficilement.

— Le docteur va venir, dit-elle.

— Mon Pierre, gémit la Miette.

Puis elle se tut, ferma les yeux. Mélina revint dans la cuisine, s'assit, posa les mains sur la table, et, incapable de bouger, regardant fixement droit devant elle, se mit à attendre le médecin. Elle n'osait même pas toucher le portefeuille dont la couleur noire tranchait sur le vert pâle de la toile cirée. Au bout d'un moment, cependant, elle l'ouvrit d'une seule main, reconnut les papiers de Pierre, son matricule, et une lettre qu'il lui avait écrite, mais qu'il n'avait pu poster. Elle le referma, le repoussa au bout de la table, n'y accordant plus d'attention. Puis elle lut la lettre qui était en tout point semblable aux précédentes : Pierre se montrait inquiet pour elles, optimiste en ce qui le concernait.

Malgré ce portefeuille, malgré les paroles du brigadier, Mélina ne croyait pas à la mort de son mari. Ou plutôt, elle ne le sentait pas mort, au contraire : elle devinait une présence lointaine, vaguement menacée, mais qui demeurait tournée vers elle. Elle entendait toujours battre son cœur, elle le voyait bouger, vivre, même s'il était loin, très loin, en un lieu qui lui demeurait étranger.

C'est ce qu'elle s'efforça d'expliquer à la Miette cet après-midi-là et les jours qui suivirent, tentant de la persuader qu'une lettre allait arriver. La pauvre femme l'écoutait d'un air absent, et l'on comprenait bien qu'elle ne croyait pas à ce que lui racontait sa belle-fille. Elle s'efforçait au courage, s'appliquait au travail, mais le désespoir la gagnait au fur et à mesure que les jours passaient.

L'été fut ébranlé par de violents orages qui tournaient des jours et des jours avant d'éclater, fracassant les branches des chênes, dévastant les chemins. Chaque soir Mélina passait au château où le facteur de Salvignac laissait les lettres destinées à la métairie. La Méthivie, en effet, se trouvait à l'écart de tout, loin des circuits de distribution, et Louis Sauvénie, autrefois, avait trouvé cet arrangement avec le facteur qui était un homme très âgé, obligé de travailler encore pour gagner sa vie. Mélina le regrettait parfois, surtout depuis qu'elle attendait tellement des lettres de Pierre, mais elle ne savait à qui s'adresser pour faire changer les choses. Elle se disait que les Carsac auraient pu se vexer de ce qui pouvait paraître comme un manque de confiance. Or, ce n'était pas le moment de se fâcher avec eux : ils maintenaient deux femmes seules dans une métairie alors que la plupart des hommes étaient rentrés de la guerre, que le travail pressait et qu'elles n'arrivaient pas toujours à y faire face.

Antoine, déjà, y avait fait allusion au début de septembre, un jour que Mélina était allée chercher des engrais au château.

— Vous ne pouvez pas continuer comme ça, là-bas, avait-il dit. Il faudra bien trouver une solution.

— Pierre va revenir, avait-elle répliqué. Jusque-là, on se débrouillera comme on a toujours fait.

Il l'avait considérée un moment en silence, se demandant si elle croyait vraiment ce qu'elle disait ou, plutôt, si elle n'était pas en train de devenir folle. Aussi n'avait-il pas insisté ce jour-là, et il l'avait regardée s'éloigner en hochant la tête, inquiet pour elle, mais surtout pour sa métairie.

Au moment des labours d'automne, cependant, elles durent accepter l'aide d'un homme appelé Gabriel, qui était un journalier originaire de la région de Lens. C'était un réfugié que l'exode avait transporté jusqu'en Dordogne où il avait retrouvé sa femme et ses deux enfants venus au mois d'août 1939 chez des cousins de Salvignac. Depuis la débâcle, Gabriel s'engageait comme journalier dans les fermes et gagnait ainsi sa vie et celle de sa famille. Ce n'étaient pas les Carsac qui le payaient, mais la Miette et Mélina, en prélevant quelques billets sur leurs maigres économies. Au moins, de cette manière, avaient-elles fait reculer Antoine dont Mélina se méfiait de plus en plus. Gabriel, lui, était un homme irréprochable, courageux, qui ne cherchait pas à profiter de la situation des deux femmes esseulées. Pourtant il n'était pas très costaud, mais sec, tout en os et en nerfs. Heureusement, il connaissait le métier, du fait qu'il avait travaillé la terre avec ses parents avant de trouver de l'embauche à la mine.

À partir du mois de novembre, pour le compte des Carsac, cette fois, il aida aussi Mélina dans les truffières, car Rémi, très malade, avait trouvé refuge à l'hospice de Périgueux. Antoine Carsac redevint alors aussi désagréable qu'il l'avait été avant la guerre :

— Une belle femme comme toi toute seule avec un homme dans les truffières, disait-il à Mélina. Il faut que je te surveille.

Elle ne répondait pas, mais sentait se resserrer autour d'elle un étau qui l'oppressait, et dont la menace devenait de plus en plus évidente. Car les jours passaient et Pierre n'écrivait pas. La Miette, elle, s'en désespérait, perdait des forces. Elle ne faisait même plus de cuisine. Elle se contentait de faire réchauffer ce tourain qui, ici, chez nous, en période de difficultés, constitue le plat principal des familles. Elle laissait glisser dans sa poêle une noix de graisse d'oie, y faisait revenir de l'oignon et de l'ail, ajoutait une pincée de farine, versait le tout dans une casserole d'eau bouillante, salait et poivrait. Dix minutes plus tard, elle répandait le contenu de sa casserole dans la soupière sur des tranches épaisses de ce pain de tourte qui devenait très dur au fil des jours et que l'on consommait ainsi. C'était tout. Elle qui cuisinait si bien auparavant, et trouvait plaisir à bien nourrir sa famille, n'avait plus goût à rien.

Ainsi, malgré les paroles de réconfort prononcées par Mélina, la Miette finit par tomber malade. De désespoir, tout simplement. La nuit, elle appelait son fils, se levait, errait dans la maison, se cognait aux meubles et, parfois, tombait. En décembre de cette année-là, un peu avant Noël, elle se cassa le col du fémur et ce fut le début d'un douloureux calvaire que Mélina tenta d'adoucir avec dévouement.

Malgré ses soins attentifs, la mère de Pierre mourut en février, et ses derniers mots furent pour son fils et pour son mari.

Mélina, alors, se retrouva seule pour résister à Antoine qui la pressait de revenir au château afin qu'il puisse installer de nouveaux métayers.

— Mon bail est toujours valable, répondait-elle, et Pierre va revenir, j'en suis certaine.

Antoine insista, menaça, et Mélina se décida à en appeler à Grégoire, un matin, dans son bureau. Contrairement à ce qu'elle redoutait, elle trouva du soutien auprès de lui, et elle ne sut si c'était de lui avoir reparlé de cette truffière dans laquelle sa mère avait péri par la faute de Philippe, ou si le vieux Carsac, connaissant les penchants naturels de son fils, voulait éviter de la savoir chaque jour sous la dépendance d'Antoine, à l'intérieur même du château.

À cette occasion, Mélina parla aussi à Albine qu'elle trouva très froide à son égard, ce qui lui fit mal. Elle s'entretint également avec Fantille qui, elle, tenta de lui redonner espoir. Elle était de l'avis de Mélina : si Pierre était porté disparu, cela ne signifiait pas qu'il était mort. Elle se déclara persuadée que Mélina recevrait bientôt des nouvelles. Pourtant, seule à la Méthivie, la nuit, Mélina avait peur. Elle gardait toujours le fusil de Pierre chargé près du lit, et elle ne dormait guère, guettant les bruits, priant à genoux pour qu'une lettre enfin arrive, ou lui-même, comme elle le rêvait, parfois, courant vers lui et se jetant dans ses bras.

Elle reçut des nouvelles au printemps. Mais, alors qu'elle attendait une lettre, c'est un homme qui arriva, un midi de la fin du mois de mars tout charrué de ces giboulées qui noient les dernières pointes de l'hiver tout en brassant de gros nuages au ventre d'ardoise. En entendant du bruit sur le seuil, Mélina sentit son cœur, comme chaque fois, s'emballer. Elle fut tout de suite déçue en découvrant quelqu'un qu'elle ne connaissait pas, habillé des dimanches, un peu gêné, lui sembla-t-il, et qui demanda à lui parler d'une voix pas très assurée.

Elle le fit entrer, non sans avoir jeté un coup d'œil

derrière elle pour vérifier que son fusil était bien à portée de sa main au cas où elle en aurait besoin. C'était un homme aux yeux fuyants, à la fine moustache, coiffé d'un chapeau de feutre gris à ruban noir et vêtu d'un costume de velours flamme. Son visage était étroit et anguleux. Sa main droite tapotait la toile cirée à côté du verre de vin que Mélina, comme c'était la coutume, lui avait versé.

— Vous avez deviné que si je suis venu jusqu'à vous, c'est au sujet de votre mari, dit-il enfin sans la regarder.

Mélina, qui sentit de nouveau son cœur se remettre à battre très fort, demanda :

— Vous le connaissez ?

L'homme soupira, reprit :

— Je l'ai connu, oui.

Il hésita, poursuivit, toujours sans la regarder :

— J'étais avec lui à Sedan, quand les Allemands ont attaqué sur les routes des Ardennes.

— Et alors ? fit-elle. Où est Pierre aujourd'hui ?

L'homme leva pour la première fois la tête vers elle, un instant seulement.

— On a tout juste eu le temps de se replier vers la Champagne pour ne pas être encerclés, mais ils étaient juste derrière nous. La débandade était totale. Le lendemain, je crois, ou le surlendemain, on a trouvé refuge dans un village, aux environs de Rethel, mais on a été bombardés.

L'homme se tut. Mélina ne respirait plus. Elle le dévisageait maintenant avec des yeux horrifiés, comme si elle avait compris ce qu'il allait lui révéler.

— Il est mort à côté de moi, écrasé par un mur. Je n'ai eu que le temps de me jeter en arrière.

— Non, dit Mélina, ce n'est pas vrai.

L'homme soupira de nouveau, ajouta :

— C'est moi qui ai envoyé ses papiers à la mairie de Salvignac.

— Non, répéta Mélina, dévisageant cet homme dont elle ne parvenait pas à croiser le regard, et qui semblait hésiter, maintenant, devant cette femme si seule et si vulnérable.

Il reprit pourtant, de la même voix basse et mécanique, se redressant légèrement sur sa chaise :

— J'habite Périgueux, mais je n'ai jamais trouvé le courage de venir jusqu'à vous.

— Et pourquoi aujourd'hui? demanda-t-elle, comme si elle ne croyait toujours pas à ce qu'elle venait d'entendre.

Il hésita encore, répondit :

— Parce que je sais que c'est terrible d'attendre pour rien.

Elle s'affaissa, murmura :

— Oui, c'est vrai : c'est terrible.

L'homme ouvrit la bouche, comme s'il allait prononcer d'autres mots, mais il se tut et elle en fut déçue. Il se leva, demeura un instant sur place, se demandant s'il devait rester ou s'en aller, puis il se dirigea vers la porte.

— Il m'a semblé que c'était mon devoir, dit-il enfin en écartant les bras de son corps, en un geste d'incertitude.

Et, comme s'il se sentait coupable, tout à coup :

— Est-ce que je peux faire quelque chose pour vous?

Elle fit un signe négatif de la tête.

— Au revoir, fit l'homme avant de sortir.

Elle le suivit sur le seuil, tendit la main comme

pour le retenir. Il fit quelques pas, se retourna et dit :

— Vous savez...

— Oui, fit-elle.

— Non, rien, rien.

Et il s'en alla à grands pas sur le chemin qui commençait à reverdir, effaçant enfin les traces noires de l'hiver.

Mélina rentra chez elle, s'allongea sur le lit qui avait été celui des parents de Pierre et qu'elle utilisait désormais. Depuis la mort de la Miette, en effet, elle dormait en bas et non pas au grenier. Elle se sentait mal. Des gouttes de sueur coulaient sur son front, sur ses flancs. Tout, en elle, était refus de ce qu'elle avait appris. Son corps luttait contre l'inacceptable. Dehors, une tempête de vent se levait. Les bourrasques faisaient comme une houle qui balayait la cime des arbres, précipitaient les uns contre les autres les nuages noirs qui n'avaient pas le temps de crever sur les bois. Il faisait sombre comme à la tombée de la nuit. Les branches des chênes, corrompues par le froid de l'hiver, cassaient et s'envolaient vers les collines sur lesquelles tombaient comme de la grêle des vols d'alouettes à la recherche d'un abri.

Mélina s'assoupit d'un mauvais sommeil qui la fit gémir plusieurs fois. Elle entendait le vent se débattre dans les solives du grenier. Elle brûlait de fièvre, ne savait plus où elle se trouvait, n'était que douleur. Plus tard, dans la soirée, elle voulut se lever mais n'y réussit pas. Le vent cessa vers huit heures. La pluie se mit à crépiter sur la maison, d'abord avec une grande violence, puis un peu moins fort, et, quand la colère du ciel fut retombée, tout doucement, comme une pluie d'été, alors, seulement,

Mélina s'endormit, ses larmes séchant enfin sur ses joues.

Elle fut malade deux jours et deux nuits. Le troisième jour, vers la fin de la matinée, alors qu'elle s'efforçait de se tenir sur ses jambes, Grégoire Carsac, inquiet de ne pas la voir dans les truffières, apparut. Elle s'attendait plutôt à affronter Antoine qui ne cessait de rôder autour de la Méthivie depuis la mort de la Miette.

Quand Grégoire Carsac la découvrit dans l'état où elle se trouvait, encore tremblante de fièvre, il alla chercher Fantille et revint avant midi. Celle-ci soigna Mélina, fit chauffer du bouillon, l'aida à se changer, et demeura près d'elle. Mélina lui raconta la visite de l'homme au chapeau gris. Quand Grégoire revint, en fin d'après-midi, Fantille lui expliqua ce qui s'était passé et exigea de rester avec Mélina pour la nuit. Grégoire en parut contrarié mais il repartit seul au château.

Le lendemain, Albine et Antoine vinrent à la Méthivie, assurèrent Mélina de leur soutien, proposèrent de lui laisser Fantille quelques jours. Elle accepta, promit de se remettre à travailler dans les truffières dès qu'elle irait mieux. Malgré sa promesse, pourtant, elle n'en trouva pas la force.

Un mois passa, durant lequel elle s'enfonça dans le désespoir, sortant à peine de la métairie, refusant tout contact, y compris avec les Carsac qui commençaient à s'impatienter. Mélina acceptait seulement de parler à Fantille, et parfois à Albine, dépêchée par Antoine, inquiet de voir la métairie s'en aller à vau-l'eau.

Vers la fin avril, pourtant, il y eut deux jours de grand beau temps. Les chênes retrouvaient leur feuillage verni et partout les oiseaux s'égosillaient dans les branches où ils bâtissaient fébrilement leur nid. Une douceur nouvelle de l'air se répandit sur les collines, appelant Mélina au-dehors. Elle prit le chemin des truffières, se sentit pénétrée de cette force nouvelle qui était éclose, réveillant en elle plein d'échos oubliés, d'une grande douceur. Elle n'eut pas la force d'aller jusqu'aux truffières, ce jour-là, et d'y travailler, mais, au retour, elle se sentit mieux, comme délivrée du mal qui la rongeait. La terre qui se réchauffait, les bois qui crépitaient sous les premiers rayons chauds du soleil, les fleurs qui illuminaient le revers des sentiers venaient de lui rappeler qu'elle aimait la vie, tout simplement, et que quelque chose en elle, très profondément, l'inclinait vers le combat et le bonheur, non vers le renoncement.

Ce fut au carrefour du chemin qui menait au château et de celui qui conduisait aux truffières qu'elle pensa brusquement à la fille qu'elle avait toujours espérée. Une enfant à laquelle elle pourrait donner tout ce qui lui restait de forces, qui l'accompagnerait comme elle avait accompagné son père, elle, et qu'elle saurait rendre heureuse, elle n'en doutait pas. Plus de solitude, alors, mais une autre existence, dans le souvenir de ceux qui n'étaient plus là et dans l'espoir de pouvoir aimer de nouveau, sinon un mari, du moins une enfant.

Elle y pensa jour et nuit, s'arrima à cette espérance comme un marin au mât de son navire dans la tempête, reprit le travail, au grand soulagement des Carsac. Elle ne pouvait pourtant travailler à la fois dans les truffières et dans les terres de la métairie qu'elle refusait de quitter. La Méthivie, en effet, demeurait pour elle la maison de Louis, de la Miette et de Pierre. Sa vie était là, désormais. À Grégoire Carsac, qui tenta de lui démontrer que sa place était de nouveau au château — il cherchait de nouveaux métayers —, elle répondit que s'il la chassait, elle ne pourrait plus s'occuper des truffières.

— Mais enfin ! s'écria-t-il, ça ne peut pas durer ! On n'a presque rien semé ce printemps.

— Je ne veux pas quitter la métairie, répondit-elle. Je ne regagnerai jamais le château.

— Bon, fit-il, on va chercher une solution. Mais si on est obligés de prendre un ouvrier, c'est toi qui le payeras.

— Je l'ai déjà fait, dit-elle, ça m'est égal. Je ne veux pas quitter cette maison.

Elle s'étonna, durant les jours qui suivirent, de ne pas voir intervenir Antoine. Il vint pourtant, deux ou trois fois, à la Méthivie, et ne lui parla pas de la chasser, au contraire. Il se montra prévenant, se soucia de sa santé, et elle comprit qu'il préférait la savoir seule, ici, loin du château et de sa femme. Un jour, en fin de matinée, il se montra entreprenant, mais elle le repoussa fermement. Il n'insista pas. Il se dit sans doute qu'il avait le temps.

Les truffières, cette année-là, furent quelque peu délaissées, et Gabriel, le journalier du château, vint aider Mélina à semer ce qui pouvait encore l'être et à sarcler les rares pièces de terre qui étaient en culture. Antoine, aussi, venait tous les jours, comme s'il avait décidé de surveiller Mélina. Mais elle n'avait plus peur de lui. Il repartait le soir, ramenant Gabriel, et elle retrouvait sa solitude, pensait à son projet, à cette fille qu'elle espérait de toutes ses forces.

Après les douceurs de mai, la chaleur s'installa dès le début du mois de juin, si bien qu'on put rentrer les foins avant que n'éclatent les premiers orages. La dernière charretée mise à l'abri, Mélina entendit tonner au-delà des collines et sortit sur le pas de sa porte. Il était neuf heures du soir, la nuit tardait à tomber, comme toujours en cette saison, quand les jours semblent ne pas vouloir finir et ne le font qu'à regret, en saignant sur l'horizon. Des vols de passereaux, affolés par le tonnerre, cherchaient déjà l'abri des arbres. L'orage était loin encore, mais Mélina espérait qu'il finirait par éclater sur les collines.

Quand les branches des chênes se mirent à se balancer, elle rentra, fit un peu de cuisine. Pendant ce temps, l'orage se rapprocha. Bientôt des éclairs apparurent derrière les fenêtres et le ciel s'obscurcit. Il faisait chaud, très chaud, et Mélina, oppressée, se déshabilla, gardant seulement une légère combinaison sur sa peau moite.

Elle finissait de manger lorsqu'elle entendit la charrette du château s'arrêter dans la cour. Elle ne répondit pas lorsqu'on frappa à la porte, recula seulement vers le fond de la pièce. Elle ne fut pas étonnée de voir la porte s'ouvrir, poussée par Antoine Carsac. Il ne dit pas un mot, s'avança vers elle. Il aperçut le fusil posé à côté du lit, hésita. Elle ne s'en saisit pas. Au contraire, avant même qu'il fasse un nouveau pas dans sa direction, elle se laissa tomber en arrière sur le lit, ferma les yeux et ne bougea plus. Quand Antoine Carsac s'abattit sur elle, elle ne se défendit pas, et, les yeux toujours clos, elle songea à Pierre.

L'été de cette année-là garda quelque douceur grâce aux pluies atlantiques. Les feuilles des chênes conservèrent leur couleur jusqu'à la fin septembre, sans ces tavelures qui, d'ordinaire, leur viennent dès le mois d'août, au moment des grosses chaleurs. À force de se partager entre les truffières et les champs de la métairie, Mélina était épuisée. Elle avait cherché un ouvrier agricole qui pourrait l'aider, mais Antoine Carsac lui avait conseillé de se contenter de Gabriel. Il craignait probablement la présence d'un homme en permanence à la métairie, surtout la nuit. Or Gabriel, lui, regagnait Salvignac chaque soir pour y retrouver sa famille.

Pendant l'été, Antoine était souvent revenu, la nuit, à la Méthivie, et il n'avait pas trouvé porte close. Il s'étonnait de la facilité avec laquelle il avait conquis cette femme si belle qui s'était si longtemps refusée à lui. À vingt ans, malgré le travail dans la canicule des étés et la froidure des hivers, Mélina n'avait rien perdu de l'éclat de sa jeunesse. Bien d'autres, dans les campagnes, avaient, à son âge, commencé à se flétrir. Pas elle. Et Antoine Carsac, ignorant des desseins qu'elle poursuivait, ne pouvait plus se passer de ce corps auquel il avait si longtemps rêvé.

Aussi fut-il très étonné, à la fin du mois de septembre, de ne pouvoir entrer dans la métairie, un soir, alors qu'il venait une nouvelle fois profiter de sa bonne fortune.

— Non, dit Mélina, blottie derrière la porte. Je ne veux plus, c'est fini. Il faut me laisser maintenant.

Il tenta de parlementer, de la convaincre, mais ce fut sans effet. Alors, il devint fou furieux et se mit en devoir d'ouvrir la porte avec une barre de fer. Il entendit le volet s'ouvrir en même temps que partait le coup de fusil. Il sentit les plombs lui frôler la tête et il battit en retraite, non sans proférer des menaces que Mélina prit bien évidemment au sérieux.

À partir de ce jour, il tenta de la surprendre, mais elle se tenait sur ses gardes. Alors, il vint avec son père, Grégoire, qui se doutait probablement de quelque chose, et tous deux lui demandèrent de regagner le château : ils avaient trouvé des métayers. Mélina refusa, car son bail allait jusqu'au mois de juin 43.

— Ce n'est pas raisonnable, dit Grégoire. Tu vois bien que tu n'y arrives pas.

— Je n'y arrive pas à cause du temps que je passe dans les truffières. Sinon, vous n'auriez rien à me reprocher.

Mélina savait à quel point ils avaient besoin d'elle et elle n'avait pas peur. Elle les tenait en son pouvoir, l'un comme l'autre, et même s'il n'était pas dans ses intentions d'abuser de la situation, elle ne craignait plus de les affronter.

Car désormais, c'était sûr, elle ne se battait pas que pour elle-même. Cet enfant qu'elle avait espéré si longtemps, elle l'attendait. Et personne ne pourrait la priver de ce plaisir, de cette joie immense, de cette présence qui prospérait en elle et à laquelle elle pensait désormais à chaque instant. Elle était sauvée, elle le savait. Son existence avait retrouvé un but. Elle se sentait de taille à lutter contre le monde entier.

Elle n'en parla à personne, pas même à Fantille, travaillant comme si de rien n'était, ne se souciant pas du tout des événements du pays, ignorant le maréchal Pétain, le gouvernement de Vichy, la zone libre et la zone occupée, pour se consacrer à ce qui avait été, depuis toujours, le grand rêve de sa vie. Certes, elle pensait à Pierre, aux disparus de la Méthivie, à son père aussi, mais elle savait intimement que sans cet enfant, elle serait morte elle aussi. Alors elle faisait en sorte d'oublier le passé et de préparer l'avenir de son enfant. Ce serait une fille, elle n'en doutait pas. Comment pourrait-il en être autrement, quand elle lisait en elle, se souvenait de ses plus lointaines années, du bonheur qui, alors, l'envahissait à l'idée de donner à sa fille ce qu'elle n'avait jamais connu et dont, cependant, elle aurait été comblée ?

Antoine Carsac ne désarma pas aussi facilement. Il la surprit un matin, alors qu'elle allait chercher du bois dans sa remise, mais elle était vigoureuse et elle réussit à le frapper avec une bûche, lui ouvrant le cuir chevelu. Il s'en alla, la tête pleine de sang, et, pendant quelques jours, il ne reparut pas. Elle eut peur de l'avoir blessé gravement, mais elle l'aperçut dans les truffières le premier jour de la récolte et en fut soulagée.

À Noël, elle voulut rester seule, de crainte que Fantille ne s'aperçoive de sa grossesse. Mais il était trop tôt encore, et elle s'en félicita. Elle réussit à la cacher jusqu'au mois d'avril, et, alors que Grégoire Carsac cherchait à en faire un prétexte pour la chasser, elle lui dit simplement :

— J'attends un enfant de votre fils, Antoine. Si vous ne me croyez pas, vous n'avez qu'à le lui demander.

Il crut qu'elle allait exiger quelque chose, qu'elle avait volontairement cédé à Antoine pour les mettre en difficulté, mais, malgré sa fatigue, ses chagrins, ses deuils et sa solitude, elle était demeurée claire comme une source. Il le comprit quand elle ajouta sans la moindre menace dans la voix :

— Je m'en occuperai seule. La seule chose que je veux, c'est rester ici, dans cette métairie.

Le lendemain, Grégoire revint avec Antoine. Si celui-ci ne nia pas avoir fréquenté la Méthivie la nuit, il ajouta pourtant perfidement qu'il n'était pas toujours là, pendant la journée, quand Mélina travaillait avec Gabriel.

— Ça m'est égal, ce que vous pensez, dit Mélina. Je ne vous demande rien d'autre que de rester ici, un point c'est tout.

Elle travailla jusqu'au dernier moment, s'évertuant à remplir sa tâche pour ne pas encourir le moindre reproche. Elle accoucha un peu avant terme, au début du mois de mai, aidée par Fantille, d'une fille qu'elle appela Jeanne, et Louise en deuxième prénom. Quand Fantille lui mit l'enfant dans les bras, elle pleura, mais elle sut que personne, désormais, ne pourrait rien contre elle. Elle avait compris que si la vie inflige le pire aux vivants, elle peut aussi parfois leur accorder le meilleur.

9

MÉLINA reprit le travail huit jours après avoir donné le jour à sa fille. Malgré la chaleur accablante qui écrasait les champs et les bois, elle emmenait Jeanne avec elle dans un grand panier d'osier, la posait à l'ombre d'une haie, venait lui donner le sein quand elle pleurait. Même au moment des foins, elle ne laissait jamais sa fille seule à la métairie. D'ailleurs, elle avait besoin de sa présence, de la savoir à portée de regard, de main et de caresses. Albine n'était pas venue lui rendre la visite traditionnelle occasionnée par une naissance : elle avait compris ce qui s'était passé loin du château, quand son mari rentrait au milieu de la nuit, ou même, parfois, le matin, aux premières lueurs tremblantes de l'aube.

Grégoire Carsac, en découvrant l'enfant, n'avait pas manqué d'être frappé par sa ressemblance avec son fils Antoine. La petite avait le même visage aigu, les mêmes yeux verts et, déjà, la même expression moqueuse des lèvres. Grégoire n'avait rien dit, mais il avait compris. Antoine, lui, dès le premier regard avait su que Mélina n'avait pas menti. Il le savait d'ailleurs dès le début. Pourtant, bizarrement, alors que Mélina s'était attendue à des représailles, les deux hommes s'étaient montrés conciliants. Peut-être parce que l'un et l'autre songeaient que le domaine n'avait pas d'héritier, sans doute aussi parce que, contrairement à leurs affirmations, ils ne trouvaient pas de métayers.

À cette époque-là, en effet, il y avait près de quatre cent mille paysans prisonniers en Allemagne. Dans tout le pays, on cherchait vainement des engrais, de la main-d'œuvre et du carburant pour les machines. Les terres ensemencées se réduisaient comme peau de chagrin et les rendements avaient diminué de moitié. Renonçant à chasser Mélina, les Carsac lui avaient délégué Gabriel, en qui ils avaient toute confiance. Eux-mêmes avaient trouvé un autre journalier qui logeait au château. Il s'appelait Manuel. C'était un homme grand et mince, qui parlait avec un léger accent étranger, et dont les manières d'agir, de se comporter, contrastaient avec celles des gens d'ici. On ne savait pas très bien d'où il venait, ce qu'il avait fait, mais les Carsac n'avaient pas eu le choix. Sans lui poser de questions, ils avaient engagé cet homme qui était venu un matin demander humblement s'ils n'avaient pas de l'ouvrage à lui confier.

Mélina avait fait sa connaissance au moment des foins, ne l'avait pas revu depuis. Elle n'avait pas oublié, pourtant, ses yeux noirs, son front haut, et l'impression de grande noblesse qui se dégageait d'un visage sévère dont elle devinait qu'il avait souffert. Elle le revit au moment des moissons — vite achevées, car les épis étaient clairsemés — et, une semaine plus tard, au moment des battages. Sans machine, sans main-d'œuvre, on avait dû remettre en service les vieux fléaux. Fantille vint faire la cuisine à la métairie, tandis que Mélina et les deux ouvriers battaient les épis sur l'aire préalablement nettoyée. Antoine aussi, était là, tendu, agressif, mais pas Grégoire qui ne supportait plus la chaleur et demeurait cloîtré entre les quatre murs de son bureau.

Au moment de passer à table, les hommes se lavèrent les mains à l'eau du puits qui était situé entre l'aire de battage et la métairie. Mélina s'y trouva à côté de Manuel, versa de l'eau sur ses mains, croisa son regard. À la manière dont il la remercia, elle comprit qu'elle n'avait rien à craindre de cet homme-là, au contraire. Ce qu'elle lut dans ses yeux lui fit apercevoir ce qu'elle n'avait jamais soupçonné de la profondeur de la pensée. Elle en demeura bouleversée, inquiète qu'Antoine, présent au repas, ne s'en aperçoive, mais en même temps submergée par une immense douceur. Elle avait découvert quelque chose d'inconnu, de rare, d'infiniment précieux, que son esprit ne pouvait pas, alors, lui enseigner, et elle en souffrit durant tout le jour.

Il lui tarda de se retrouver seule, le soir, avec sa fille, pour oublier le regard et les mains de cet homme si singulier. Elle en demeura troublée, sans pour autant perdre de vue le fusil qui lui servait toujours à tenir à distance Antoine Carsac.

— Que crains-tu maintenant ? lui demandait-il avec rage, chaque fois qu'il pouvait l'approcher. Si tu veux, je me sépare de ma femme et je me marie avec toi.

Et, comme elle ne répondait pas, haussant simplement les épaules :

— Tu habiteras au château. Tu seras la maîtresse, on prendra des servantes, tu ne travailleras plus.

Plus elle gardait le silence et plus il devenait violent, davantage en paroles que par des actes, heureusement. Elle se demanda un moment si Antoine et Grégoire n'avaient pas passé un accord à son sujet. Albine ne pouvait pas avoir d'enfants. Mélina, elle, était capable de leur donner un héritier qui prendrait un jour la direction du domaine. Ainsi, le nom des Carsac ne disparaîtrait pas et les truffières continueraient de prospérer.

— Si tu acceptes, renchérissait Antoine, je reconnaîtrai ta fille et je signerai tous les papiers que tu voudras.

— Vous êtes marié, répliquait-elle, et vous savez bien qu'Albine est une bonne épouse.

Antoine s'étranglait de colère.

— Je vais divorcer. Je la chasserai.

— Ce n'est pas la peine. Je ne veux pas vivre au château avec vous.

— Tu y viendras, s'étranglait Antoine. Je te jure bien que tu y viendras !

Ces manœuvres d'Antoine furent pour Mélina un sujet d'inquiétude tout l'été : comment refuser de se soumettre sans déchaîner une vengeance qui pouvait la briser ? Sa seule solution était de le fuir, de gagner du temps. Elle songea à prévenir Albine, mais elle n'en trouva pas la force et, à cette idée, au contraire, se sentit honteuse et misérable.

L'été s'épuisa enfin en orages interminables qui revenaient chaque soir, grondaient jusqu'à la tombée de la nuit mais éclataient rarement. Pourtant la terre était sèche et réclamait son dû. On sentait que les collines, les champs et les bois souffraient : ils craquaient, se fendillaient, semblaient appeler l'eau du ciel à leur secours. Quand les nuages s'ouvraient enfin, ils déversaient en quelques minutes une eau trop rare pour combler les crevasses d'une terre exsangue, ravagée par la canicule.

Heureusement, à la Sainte-Croix, le 14 septembre, le vent d'ouest apporta une pluie océane qui radoucit enfin l'air étouffant qui stagnait sous le couvert des arbres. Mélina, qui rentrait des champs, ce jour-là, leva la tête vers le ciel et profita longuement de la tiédeur de cette pluie qui la délivrait enfin, lui sembla-t-il, de ses soucis de l'été. Elle avait noué des bretelles à son panier et les faisait passer derrière son cou, portant ainsi plus facilement sa fille.

Il devait être six heures du soir quand elle arriva en vue de la métairie. La pluie venait de cesser. On entendait la terre boire et soupirer dans les champs et dans les taillis. Il faisait doux, si doux qu'elle frissonna, tout en apercevant, là-bas, devant sa porte, une silhouette qui lui fit battre le cœur. Elle crut qu'elle rêvait, s'essuya les yeux d'un revers de main, s'arrêta. Là-bas, sur le seuil, la silhouette avait bougé. « Non, se dit-elle, c'est impossible. » Elle se remit en route en fermant les yeux, les ouvrit de nouveau, puis, serrant son panier contre elle, elle se mit à courir.

L'homme l'avait aperçue, s'était élancé lui aussi. « S'il court, songea Mélina, c'est qu'il est vivant et que je ne rêve pas. » Ils s'arrêtèrent à un mètre l'un de l'autre, et ce fut elle qui demanda d'une voix défaite :

— C'est toi, Pierre ?

— Oui. C'est moi.

Il n'eut pas le temps de la prendre dans ses bras que déjà elle tombait, foudroyée par ces retrouvailles qu'elle avait cessé d'espérer.

Elle revint à elle sur son lit, eut un regard affolé en apercevant le panier sur la table, et son regard à lui, qui l'interrogeait, la contemplait avec un sourire confiant. Elle s'assit sur le lit, murmura :

— C'est toi ? C'est bien toi ?

— Mais oui, dit-il en se penchant sur elle.

— On m'a dit qu'on t'avait vu mort.

— Qui ?

— Les gendarmes d'abord, puis un homme qui est venu ici.

Elle parlait tout bas, sans le quitter des yeux, avec cette humilité qu'il retrouvait tout à coup si émouvante, si précieuse qu'il en tremblait.

— Quel homme ? demanda-t-il.

— Un homme avec un chapeau gris, qui était avec toi dans la grange bombardée. C'est lui qui a envoyé tes papiers aux gendarmes de Salvignac.

À cause de ses yeux noyés, elle ne distinguait plus ses traits. Elle tendit les mains, et il les lui prit, les embrassa.

— Oh, Pierre qu'est-ce qu'il s'est passé ? gémit-elle.

Il la garda un moment serrée contre lui, demanda :

— Comment s'appelait-il, cet homme ?

— Je ne sais pas. Il ne me l'a pas dit. Mais il m'a assuré qu'il t'avait vu mort, écrasé par un mur. Je l'ai cru, moi. Comment aurais-je pu faire autrement ?

— Mais je t'ai écrit, fit-il d'une voix douloureuse. Au moins six lettres.

— Je n'ai rien reçu, dit-elle.

Et, comme il la dévisageait sans comprendre :

— Il faut me croire Pierre : je n'ai rien reçu.

— C'est pas possible ! murmura-t-il.

À cet instant, Jeanne se mit à pleurer et Mélina eut de nouveau un regard affolé vers le panier, puis vers Pierre.

— Elle a faim, dit-elle. C'est son heure.

Il ne répondit rien, ne posa pas de questions. Elle se demanda s'il avait compris ou s'il croyait qu'elle servait de nourrice à un enfant du village. Il s'écarta un peu quand elle descendit du lit, mais, une fois qu'elle fut près du panier, elle n'osa pas prendre sa fille dans ses bras. Elle avait honte, soudain, se sentait méprisable. Les muscles de son dos se contractèrent à l'instant où elle devina qu'il s'approchait lui aussi. Il lui encercla la taille des bras, se pencha vers le panier, demanda :

— C'est une fille ou un garçon ?

— Une fille. Elle s'appelle Jeanne.

— Elle est belle, dit-il.

Elle se retourna doucement et dit tout bas, si bas qu'il entendit à peine :

— C'est la mienne.

Il eut un bref mouvement de recul, chancela, et alors qu'elle s'attendait à des mots durs, à de la colère, à elle ne savait quoi, il murmura :

— Ah ! c'est la tienne.

Puis, comme elle baissait les yeux, dévastée par quelque chose d'immensément douloureux :

— Alors, c'est la nôtre, fit-il.

— Non, Pierre, non.

Il lui mit un doigt sur la bouche, répéta :

— Si, Lina, c'est la nôtre.

Elle se laissa aller contre lui, bouleversée par la bonté de cet homme qu'elle retrouvait semblable à celui qui était parti deux ans auparavant, et qui pardonnait sans même savoir ce qui s'était passé, parce qu'il la connaissait et ne doutait pas un instant de sa loyauté. Il devinait qu'elle n'avait pas failli, que quelque chose de plus fort qu'elle, de plus fort qu'eux l'avait meurtrie, blessée, avait rompu sa volonté. Il ne voulait pas savoir quoi. Pas encore. Il venait de la retrouver et il avait tellement espéré ce moment qu'il refusait tout ce qui pouvait en altérer le bonheur.

Mélina souleva sa fille, dégrafa son corsage et lui donna le sein. La petite, aussitôt, s'arrêta de pleurer. On n'entendit que la succion de ses lèvres avides et ses gémissements d'aise. Mélina, qui sentait Pierre immobile derrière elle, aurait voulu disparaître sous terre. Elle cherchait à comprendre, se demandait si elle rêvait, avait l'impression de devenir folle.

Cinq minutes suffirent à l'enfant pour se rassasier. Mélina la porta dans son petit lit qui se trouvait dans la chambre, à côté du sien. Elle s'aperçut alors que Pierre n'avait posé aucune question sur l'absence de la Miette, mais qu'il examinait maintenant le lit dans lequel dormaient ses parents.

— Elle est morte en février 41, dit Mélina, comme pour se justifier d'y dormir à son tour.

Et elle ajouta, avec, toujours, en elle, une terrible impression de culpabilité :

— Je l'ai soignée jusqu'au bout, comme j'ai pu. C'était après la visite des gendarmes qui ont rapporté tes papiers. Elle n'a pas supporté de ne pas te voir revenir.

Elle se retourna brusquement vers lui, qui demeurait silencieux. Elle s'aperçut alors que ses yeux brillaient et qu'il tremblait. Elle se laissa aller contre lui, entoura son torse de ses bras. Pleurant tous les deux, ils basculèrent sur le lit et tentèrent d'oublier combien la vie pouvait être cruelle.

Quand ils retournèrent dans la cuisine, la nuit était tombée. Mélina fit réchauffer la soupe et cuire deux quartiers de canard. Ils mangèrent face à face, silencieux, leur regard se croisant de temps en temps, dans un pauvre sourire.

— Ce qui compte, dit Pierre, c'est qu'on soit là tous les deux, et qu'on se soit retrouvés. Tout le reste n'a pas d'importance.

Mélina, songeant qu'ils n'étaient plus deux, mais trois, hocha la tête sans répondre. Trop de questions se bousculaient dans sa tête : où étaient les lettres de Pierre ? Qui était cet homme qui était venu lui annoncer sa mort ? Elle devinait une menace, quelque chose de terrible, et elle avait peur, soudain, de ne plus avoir assez de force pour y faire face.

Quand ils eurent fini de manger, ils sortirent et s'assirent un moment sur le banc, face aux bois qui frissonnaient doucement. La nuit de septembre, épaisse et chaude, sentait la feuille déchue, le moût et la futaille. De grandes ombres semblaient hanter les collines silencieuses.

— Où étais-tu, Pierre, pendant tout ce temps ? demanda Mélina doucement.

— J'étais prisonnier en Allemagne, dans une ferme, pas loin de Munich.

— Munich ? fit-elle, n'ayant jamais entendu ce nom-là.

— C'est une grande ville de là-bas.

— Et tu m'as écrit ?

— Six lettres.

— Promets-moi de ne rien faire qui nous sépare de nouveau, dit-elle en lui prenant les mains. Promets-le-moi, je t'en supplie.

Elle venait de penser à Antoine Carsac. Lui seul avait pu faire disparaître les lettres.

— J'irai à la poste de Salvignac demain, dit-il, et je saurai ce qui s'est passé.

— Non, fit-elle, je t'en supplie.

— Si. Il faut que je sache.

— Et tu te vengeras et je te perdrai de nouveau. Je ne veux pas, Pierre, je ne pourrais pas vivre sans toi. Tout ça a été trop long, trop difficile.

Il l'attira contre lui, murmura :

— Je te promets une chose, c'est que si je dois me venger de quelqu'un, je laisserai passer le temps qu'il faudra, et le jour où je serai décidé, je ne me ferai pas prendre. N'aie pas peur, je ne veux pas te perdre une nouvelle fois.

Elle en fut rassurée, s'apaisa, mais, très vite, en pensant de nouveau à Antoine Carsac, elle se demanda si cet homme n'était pas le mal absolu. Avait-il réellement été capable de faire disparaître les lettres de Pierre pour mieux la tenir à sa merci ? Non, ce n'était pas possible. Personne au monde n'était capable d'agir ainsi. D'autant qu'il n'y avait pas que les lettres : il y avait aussi l'homme au chapeau gris, et celui-là Antoine ne pouvait pas le connaître ou alors il était vraiment le diable en personne.

Ils rentrèrent, se couchèrent, et, malgré leur fatigue, ne purent trouver le sommeil. Au contraire, ils parlèrent toute la nuit, tentant de répondre aux questions qu'ils se posaient l'un et l'autre. Pierre raconta à Mélina comment, dans les environs de Rethel, deux jours après l'attaque allemande, il s'était réfugié pour la nuit dans un village abandonné dont il ne connaissait pas le nom, tous les panneaux indicateurs ayant été détruits. Comme il faisait très chaud, il s'était débarrassé de sa capote de soldat qui contenait ses papiers, puis il était sorti pour prendre l'air, au bord d'un ruisseau bordé de frênes, qui coulait un peu plus loin, en contrebas. Quand les avions étaient arrivés, il n'avait pas eu le temps de regagner la grange et heureusement : en moins d'un quart d'heure tout avait été réduit à néant. Avec une dizaine de camarades, ils s'étaient cachés dans la campagne, avaient passé la nuit à la belle étoile et, le lendemain matin, alors qu'ils s'enfuyaient, ils avaient été cernés et faits prisonniers.

Mélina lui raconta son désespoir à la visite des gendarmes, celui de la Miette, aussi, qui s'était laissée mourir, les manœuvres des Carsac qui avaient voulu la chasser de la métairie, la venue de l'homme au chapeau gris dont elle ne put donner d'autres signes distinctifs, sinon qu'il paraissait très mal à l'aise et lui avait dit habiter Périgueux. Elle lui expliqua qu'elle n'avait survécu que dans l'espérance de mettre au monde un enfant et lui donner ce qui lui avait tant manqué, à elle, au cours des premières années de sa vie. Persuadée que lui, Pierre, ne reviendrait jamais, elle avait cédé à un homme, un soir, à la tombée de la nuit.

— Qui ? demanda-t-il doucement. Je le connais ?

Elle fut tentée de lui mentir, d'inventer un rôdeur, un journalier qu'elle aurait abrité, mais elle en fut incapable.

— Je ne peux pas te le dire, gémit-elle. Je ne veux pas te perdre une nouvelle fois.

Elle n'eut pas besoin d'en dire plus : il avait compris. Plus tard, ils évoquèrent l'homme au chapeau gris dont il était possible, après tout, qu'il se fût trouvé dans les environs de Rethel vers le 12 ou le 13 mai et qu'il ait ramassé les vêtements de Pierre et son portefeuille, peut-être pour prendre l'argent qu'il contenait.

— Non, dit Pierre, je gardais mon argent sur moi, dans la poche arrière de mon pantalon.

— Mais pourquoi cet homme est-il venu me dire qu'il t'avait vu mort alors que tu ne le connais pas ? demanda Mélina.

— Je ne sais pas, répondit Pierre, mais je le saurai bientôt.

Épuisés, incapables de trouver des réponses aux questions qu'ils se posaient, ils finirent par s'endormir dans les bras l'un de l'autre.

Le lendemain matin, Pierre partit de bonne heure au château pour informer les Carsac de son retour. En chemin, bouleversé par l'odeur des bois qu'il redécouvrait, étonné de pouvoir marcher de nouveau sur le sentier qui l'avait conduit tant de fois à Salvignac, il prit son temps, s'arrêta, même, plusieurs fois, pour faire provision de tous ces parfums, ces murmures, ces couleurs oubliés, s'allongeant sur le dos, face au ciel qu'il apercevait entre les branches et dont il se disait qu'il n'en n'avait jamais vu d'aussi bleu. Il n'y avait en lui aucune colère, aucun ressentiment envers Mélina. Il la connaissait depuis toujours. Il savait que si elle ne l'avait pas cru mort, elle ne l'aurait jamais trahi. Il comprenait ce qu'elle avait fait pour survivre et, même s'il en souffrait, il ne lui en voulait pas. En revanche, il savait qu'il aurait du mal à lutter contre la haine qui était née en lui à l'égard des Carsac. Et c'était parce qu'il se méfiait de lui qu'il n'avait pas pris son fusil, comme il en avait l'habitude, en cette saison. Cependant, il s'était forgé une résolution : il se vengerait un jour, et cette vengeance serait terrible.

Un peu avant d'arriver, il se rendit au cimetière sur la tombe de ses parents, s'y recueillit quelques instants, parla à la Miette, s'imaginant qu'elle était là près de lui, se rappelant qu'elle l'emmenait souvent, lorsqu'il était enfant, sur la tombe de ses propres parents. Il pria durant quelques minutes avec des mots simples, humbles, des mots qu'il avait entendus dans la bouche de sa mère, paisibles et rassurants.

Ensuite, il se rendit au château et arriva dans la cour au moment où Antoine et Grégoire sortaient. Saisis de stupeur, tous deux le regardèrent s'approcher comme s'il s'agissait d'une apparition. Le plus étonné, pourtant, ce fut Antoine qui recula lentement vers la porte de la terrasse et s'appuya au mur, comme s'il allait tomber. Grégoire, lui, se reprit rapidement. Il attendit que Pierre s'approche et dit :

— Alors, te voilà !

— Oui, fit Pierre. Il ne faut pas croire tout ce qu'on raconte ici ou là.

— Et les gendarmes, alors ? fit Grégoire.

— C'était bien mon portefeuille, dit Pierre. Il

était resté dans ma capote que j'avais quittée juste avant le bombardement.

S'étant maintenant ressaisi, Antoine s'approcha à son tour, demanda :

— Et où étais-tu pendant tout ce temps ?

— Tu ne t'en doutes pas ? fit Pierre qui ne pouvait dissimuler sa fureur.

— Comment veux-tu que je m'en doute ? fit Antoine, très pâle, sur la défensive.

— J'étais prisonnier en Allemagne, et je ne m'explique pas pourquoi mes lettres ne sont jamais arrivées à la Méthivie.

Comme s'il était pris d'un soupçon, Grégoire se tourna vers son fils, l'interrogeant du regard.

— Si elles étaient arrivées, dit Antoine, tout le monde les aurait vues ici.

— Bien sûr, fit Grégoire, apparemment convaincu, et il ajouta aussitôt :

— L'essentiel est que tu sois revenu. La métairie avait bien besoin d'un homme.

Puis ils se turent, songeant tous les deux à l'enfant de Mélina, redoutant que Pierre ne soit venu leur demander des comptes. Manifestement, ils hésitaient, ne sachant si Mélina lui avait tout raconté de ce qui s'était passé en son absence. Ils ne surent quelle attitude adopter, à l'instant où Pierre lança, d'une voix chargée de menace :

— De toute façon, je saurai bien la vérité un jour, et ce jour-là, il ne fera pas bon se trouver sur mon chemin.

Et il planta là les deux hommes qui ruminèrent un long moment leurs sombres pensées, immobiles, avant de repartir à leurs occupations.

Pierre ne retourna pas tout de suite à la métairie.

Il se dirigea vers Salvignac et se rendit directement à la poste. Il connaissait le receveur, un homme d'une cinquantaine d'années toujours coiffé d'un béret et qui portait de fines lunettes métalliques devant ses yeux de myope, très clairs. Le receveur ne parut pas étonné de voir Pierre, mais plutôt soulagé.

— Je suis content, dit-il. Ça fait plaisir que les prisonniers reviennent.

— Comment sais-tu que j'étais prisonnier? demanda Pierre.

— À cause des lettres.

— Elles ne sont jamais arrivées à la Méthivie, mes lettres. Il va falloir que tu me dises pourquoi.

L'homme n'eut pas une hésitation :

— Ça, il faut le demander à Antoine Carsac. Il passait tous les jours voir s'il y avait du courrier pour le château et la métairie.

— Et tu le lui donnais?

— Évidemment que je le lui donnais. On a toujours fait comme ça, en accord avec Louis. Et personne n'a demandé à ce que ça change.

— Je croyais que c'était le facteur qui les portait au château.

— Mon pauvre, il est toujours malade à l'âge qu'il a. Et puis avec la guerre, comment veux-tu que je lui trouve un remplaçant?

Le receveur ajouta, fataliste :

— Antoine passait tous les jours : c'était bien simple. Mais pourquoi me demandes-tu ça?

— Pour rien, dit Pierre. À l'avenir, c'est moi qui viendrai chercher le courrier.

Et il partit, furieux, dévasté par une colère qui le brûlait jusqu'aux os, évitant soigneusement de repasser au château. Car désormais il en était sûr : pour briser Mélina, Antoine Carsac avait fait disparaître les lettres d'Allemagne et c'était aussi lui, probablement, qui lui avait envoyé cet émissaire au chapeau gris qui l'avait plongée dans le désespoir. C'était également à cause de lui que la Miette était morte. C'était enfin à cause de lui que Mélina avait aujourd'hui un enfant dont lui, Pierre, n'était pas le père.

Ce matin-là, assis à l'ombre d'un chêne à l'écart du chemin, Pierre se jura de tuer Antoine Carsac. Il y mettrait le temps qu'il faudrait, il préparerait soigneusement son affaire, mais un jour, il en était certain, il s'en faisait le serment, il le tuerait.

À son retour, il fut conforté dans cette décision en apercevant des larmes dans les yeux de Mélina quand il lui dit que c'était bien Antoine qui avait fait disparaître ses lettres. Il passa la journée à la consoler et à la rassurer. En lui, cependant, dès ce moment ne cessa de grandir le besoin d'une vengeance qui serait d'autant plus terrible qu'elle aurait été longtemps mûrie.

La vie reprit, pourtant, parce qu'il le fallait bien. Et puis il y avait tant de travail en automne que Pierre prit le parti de s'y épuiser, de s'y perdre pour ne plus penser. Mélina ne le quittait pas. Elle avait peur, malgré les promesses de Pierre. Antoine Carsac, lui, ne se montrait pas. On ne voyait que Grégoire qui demeurait lui aussi méfiant, car il avait deviné le machiavélisme de son fils. Les jours passant, et grâce à la présence de Pierre jour et nuit à ses côtés, Mélina retrouva malgré tout le sourire.

D'autant que Pierre, chaque soir, prenait Jeanne dans ses bras, lui parlait, la berçait quand elle pleurait. Mélina alors se disait que si ce n'avait pas été lui, elle n'aurait pu continuer de partager sa vie. Mais Pierre, décidément, c'était autre chose. Ils étaient liés depuis l'enfance. Il y avait en eux quelque chose de plus fort que le destin. L'un et l'autre savaient cela. Et l'un et l'autre acceptaient ce qui les avait un moment séparés en se disant que l'essentiel demeurait vivant entre eux, et pour toujours.

Après la Saint-Martin, Mélina refusa de s'occuper des truffières. Grégoire eut beau implorer, menacer, elle demeura ferme, soutenue par Pierre qui lança, un soir, alors que la discussion s'envenimait :

— Nous sommes métayers, pas journaliers. Vous ne pouvez pas nous obliger à travailler vos truffières.

— Je te rappelle que ton bail arrive à échéance l'an prochain à la Saint-Michel, et que rien ne m'oblige, à moi, de le renouveler.

— C'est ce que nous verrons.

Cet incident ne fit qu'augmenter le ressentiment de Pierre qui se mit à chercher l'occasion de se trouver face à face avec Antoine Carsac. Il la trouva le 10 décembre, un jour de grand gel traversé de très beaux éclairs blancs, à mi-chemin entre les truffières où Antoine surveillait le travail de Manuel, et le château vers lequel il revenait en fin de matinée. Pierre, qui s'était posté derrière une cabane de pierres sèches, sortit brusquement de son abri et n'eut aucun mal à saisir le mors du cheval d'Antoine qui allait au pas. Puis, avant même qu'Antoine ait eu le temps de s'emparer du fusil dont il ne se séparait pas, il le fit basculer en le tirant par le bras, si bien qu'Antoine se retrouva à terre, à moitié assommé, incapable de se défendre. De toute façon, il ne l'aurait pas pu, car Pierre n'avait rien perdu en captivité de sa force de colosse qui était, au contraire, ce matin-là, décuplée par son désir de vengeance.

Assis sur le torse d'Antoine, oubliant les promesses faites à Mélina, il commençait à l'étrangler de ses énormes mains, alors que l'autre parvenait à peine à se débattre. Pierre eut pourtant un éclair de lucidité avant que le pire n'arrive, et il relâcha la pression de ses doigts en menaçant :

— Tu vas me dire qui est cet homme au chapeau gris qui est venu à la métairie, ou alors je t'achève.

— Je ne sais pas, bredouilla Antoine.

— Si ! tu le sais, fit Pierre en recommençant à serrer.

Antoine leva un bras, chercha à reprendre son souffle, mais n'eut pas la force de répondre.

— C'est toi qui l'as envoyé ?

Antoine fit un signe affirmatif de la tête.

— Pourquoi ? cria Pierre qui, cependant, connaissait très bien la réponse.

Et, en pensant au mal qu'il avait fait à Mélina, ses doigts se refermèrent une nouvelle fois autour du cou d'Antoine. Quelques secondes passèrent durant lesquelles le destin des deux hommes hésita, puis, de nouveau, Pierre pensa à Mélina qui se retrouverait seule s'il allait en prison, et ses mains desserrèrent leur étau. Il se redressa à demi, crispa les doigts d'une seule main sur le visage d'Antoine pour le maintenir au sol et lança :

— De toute façon, un jour, je te tuerai. Tu m'entends bien, Antoine Carsac ? Je mettrai le temps qu'il faudra, mais un jour, sois-en sûr, je te tuerai.

Puis il se releva et s'en alla après un dernier

regard vers son adversaire qui haletait, toujours sur le dos, et se trouvait bien incapable de se servir de son fusil. Pierre prit la précaution, ce matin-là, de ne pas rentrer tout de suite à la métairie. Il tremblait trop et Mélina n'aurait pas manqué de s'apercevoir qu'il s'était passé quelque chose avec ceux du château. D'ailleurs, elle s'en inquiétait auprès de lui chaque matin, redoutant un mauvais geste de sa part, un moment de folie auquel il céderait malgré ses recommandations de prudence.

Heureusement, Noël leur apporta l'apaisement qu'ils espéraient. C'était le premier qu'ils passaient ensemble depuis deux ans, et, même si la maison était bien vide après la disparition de Louis et de la Miette, ils décorèrent un genévrier, placèrent dans la cheminée la grosse bûche traditionnelle, et se rendirent à Salvignac pour la messe de minuit comme ils y allaient jadis, avec la Miette. Au retour, ils réveillonnèrent tous deux, face à face, oubliant tout ce qui les avait séparés, et, au contraire, retrouvant ce qui les avait poussés l'un vers l'autre depuis leur enfance.

Par moments, Mélina craignait que Pierre ne manifeste quelque amertume, surtout en présence de Jeanne, ce qu'elle aurait compris facilement. Mais non. Il demeurait celui qui l'accompagnait sur le chemin de l'école, la défendait contre les autres, était toujours aussi attentionné vis-à-vis d'elle, et cette bonté naturelle, parfois, l'émouvait au point qu'elle se détournait pour cacher des larmes de bonheur. Un bonheur qu'elle avait cru avoir perdu et qui, doucement, imperceptiblement, revenait en elle comme une rosée sur l'herbe reverdie du printemps.

10

À la Saint-Michel 1943, les Carsac, dans l'incapacité de trouver de nouveaux métayers, avaient renouvelé le bail de Pierre et Mélina Sauvénie. Elle avait alors consenti à revenir dans les truffières, non pour y travailler, mais pour donner des indications sur l'éclaircissement des chênes ou la replantation. Un autre Noël avait passé, et les préoccupations de la métairie comme celles du château n'étaient plus tout à fait les mêmes, du moins en apparence.

En effet, si on ne s'était guère soucié des affaires du pays lors des années précédentes, aujourd'hui on ne pouvait plus les ignorer. Car il s'en était passé des événements depuis l'armistice : il y avait des réfugiés partout, notamment des Lorrains et des Alsaciens, mais aussi beaucoup de juifs venus chercher un refuge loin des grandes villes. Dans tous les villages, il fallait s'organiser pour loger et nourrir de nombreuses familles dans le besoin. On n'avait guère souffert de la politique menée par Laval et Pétain jusqu'en 1942, mais l'invasion de la zone sud et l'instauration du STO avaient changé le cours des choses, même si, à Salvignac, on n'avait pas encore vu le moindre uniforme allemand.

Aujourd'hui, les bois de la région abritaient des maquis avec lesquels Pierre Sauvénie et les Carsac avaient forcément noué des contacts. La masure de Costenègre servait même d'abri à un groupe de l'Armée secrète, que ravitaillait souvent Pierre, et parfois Mélina. Ce n'avait pas été décidé entre eux : ça s'était fait naturellement puisqu'il n'était pas question de ne pas aider des hommes et des femmes que l'on connaissait, et avec qui, avant la guerre, on avait partagé le travail et souvent les mêmes préoccupations.

Les Carsac n'avaient accepté cette situation que contraints et forcés, si bien que les responsables des maquis n'avaient pas grande confiance en eux. Ils savaient que les châtelains collaboraient en sous-main avec les autorités officielles de Périgueux afin de se prémunir d'un côté comme de l'autre face à un avenir incertain. Ils n'étaient pas les seuls, à cette époque où le sort de la guerre hésitait encore entre le pouvoir fidèle aux Allemands et les forces sans cesse plus importantes de la Résistance.

Pierre Sauvénie, au contraire, ne mesurait ni son temps ni ses efforts en faveur des combattants de l'ombre, ce qui inquiétait beaucoup Mélina :

— J'ai peur que les Carsac te dénoncent, disait-elle. N'en fais pas trop, sois prudent.

Quand il s'en allait, elle retrouvait ses frayeurs du temps où elle avait vécu seule et gardait le fusil près d'elle, attentive au moindre bruit, au moindre soupir du vent. Une nuit, Pierre rentra juste avant l'aube, épuisé, mais il ne lui dit rien de ce qui s'était passé :

— Il vaut mieux que tu en saches le moins possible, lui avait-il expliqué quelques jours auparavant.

Elle apprit le lendemain que la voie ferrée de la ligne Périgueux-Limoges avait été sabotée à Négrondes, ce qui lui fit repenser à sa visite effectuée, il y avait bien longtemps, à la sœur de sa mère dans une ferme au fond des bois.

Au printemps — un printemps pétillant de milliers d'étincelles déjà gorgées de soleil —, il y eut un parachutage d'armes dans les environs de Costenègre. Pierre faisait partie de ceux qui étaient chargés de réceptionner les armes, cette nuit-là, et de les transporter vers une destination qu'il ne reconnut avec étonnement qu'au dernier moment. Persuadé que les Allemands les chercheraient partout ailleurs sauf en ces lieux, le chef de groupe, un ancien commandant de l'armée passé dans la clandestinité, avait réquisitionné la grange des Carsac, à l'intérieur même de la cour du château. Son nom de code était Albéric. Il menait ses maquisards avec l'autorité naturelle de son grade, mais aussi avec beaucoup de malice et d'intelligence : pour lui, compte tenu des relations qu'entretenaient les Carsac avec le pouvoir en place, leur domaine était bien le seul endroit que les Allemands ne soupçonneraient pas d'abriter des armes. C'était aussi un moyen de compromettre les Carsac, de manière à les empêcher de trahir au dernier moment, c'est-à-dire lors du débarquement dont on attendait chaque jour l'annonce codée à la radio de Londres.

Pourtant, quarante-huit heures plus tard, en plein après-midi, une demi-douzaine de véhicules à croix gammée pénétra dans la cour du château. Grégoire n'était pas là. Il se trouvait dans les truffières avec Manuel, l'ouvrier agricole. Mais il y avait là Antoine, Albine et Fantille qui durent attendre, debout contre le mur du château, les résultats de la fouille en règle entreprise par les soldats allemands. Ceux-ci commencèrent par le château, puis ils investirent les bâtiments annexes, dont la grange, où les armes étaient dissimulées sous de la paille. Ils n'eurent aucun mal à les trouver, ce qui provoqua la fureur de l'officier qui fut sur le point de faire fusiller sur place les trois occupants de la maison. Il réfléchit, toutefois, et, songeant sans doute qu'il pouvait en obtenir des renseignements importants sur le maquis des environs, il choisit de les emmener à Périgueux pour interrogatoire.

Le soir même, quand Pierre et Mélina rentrèrent à la métairie, ils trouvèrent Grégoire Carsac, hagard, défiguré par la peur, qui leur raconta ce qui s'était passé. Pierre et Mélina étaient déjà au courant, ayant été prévenus par un agent de liaison des maquis qui leur avait recommandé de demeurer sur leurs gardes. Ce soir-là, Grégoire Carsac les supplia de le cacher dans le grenier où, au début de leur mariage, ils avaient leur chambre. Il était pitoyable, le vieux Carsac, et Pierre et Mélina passèrent une partie de la nuit à le réconforter.

Quand ils redescendirent du grenier, Pierre confia à Mélina qu'il n'avait aucune confiance dans Antoine Carsac, et qu'il était persuadé que si ce dernier se voyait perdu, sous la torture, il parlerait. Et la première personne qu'il dénoncerait, ce serait lui, Pierre Sauvénie, pour les mêmes raisons qu'il avait détruit ses lettres ou simplement parce que ce serait le premier nom qui lui viendrait à l'esprit. Il devait donc se cacher, disparaître quelque temps, mais il promit à Mélina de revenir chaque nuit, car il ne comptait pas aller très loin.

— Et Grégoire ? dit-elle.

— Il faut le garder ici. Ça ne risque rien. Il y a une trappe qui communique avec les combles.

Il ajouta, comme elle semblait inquiète :

— De toute façon, c'est chez lui. Comment faire autrement ?

Il s'en alla avant le jour, et Mélina, de nouveau seule, comme elle l'avait été trop souvent, se demanda si elle retrouverait un jour la paix et la tranquillité auxquelles elle aspirait.

Le surlendemain, Fantille réapparut, pas trop marquée par sa détention, mais ni Antoine, ni Albine Carsac. Quand Mélina l'apprit à Grégoire, il murmura, anéanti :

— Qui a pu faire une chose comme ça ? Tu le sais, toi, petite ? Qui pouvait nous en vouloir à ce point ?

Il insista, et, à deux ou trois allusions plus précises, elle comprit qu'il soupçonnait Pierre.

— Vous n'y pensez pas ? s'insurgea-t-elle. Vous devriez avoir honte de penser une chose pareille.

Fantille resta à la métairie pour la nuit, mais elle partit le lendemain au château sur la demande de Grégoire qui craignait fort de le laisser inoccupé. Durant la matinée, les soupçons qu'il avait exprimés au sujet de Pierre revinrent à l'esprit de Mélina. C'était absurde : jamais Pierre n'aurait été capable d'une telle vengeance. Elle-même, malgré tout ce qu'elle avait enduré, n'avait pas songé un seul instant à se venger de la sorte.

Quand il revint, pourtant, la nuit suivante, Mélina lui fit part des soupçons de Grégoire Carsac, et sa réaction ne fut pas tout à fait celle qu'elle escomptait. Au lieu de s'en défendre, il lui avoua que même si c'était le cas, il ne plaindrait pas une seconde Antoine qui, de toute façon, reviendrait bien assez tôt pour leur nuire. Elle en fut surprise, comme si elle découvrait un autre Pierre qu'elle ne connaissait pas, et, quand il la quitta un peu avant l'aube, elle s'en inquiéta une nouvelle fois :

— Allons, dit-il, qui cache le vieux, là-haut ? Ce n'est pas nous, peut-être ?

Elle en fut un peu rassurée, mais elle garda en elle un soupçon dont sa propre clarté demeura assombrie.

Pendant les jours qui suivirent, Pierre s'efforça de combler la distance qu'il devinait creusée entre lui et Mélina et dont, comme elle, il souffrait. Un matin en partant, il lui recommanda la plus grande prudence car les Allemands s'aventuraient de plus en plus hors des villes pour combattre ceux qu'ils appelaient « les terroristes ». On était au début du mois de mai : tous les chênes avaient retrouvé leur verdure et l'air charriait dès le matin une suavité où l'on ne sentait plus la moindre dent aiguisée de l'hiver : au contraire, dans le parfum des lilas et des chèvrefeuilles sauvages, dont Mélina agrémentait sa maison, passaient toutes les promesses d'un été précoce.

Un matin, vers onze heures, elle entendit le bruit d'un moteur inconnu sur le chemin de la métairie et elle eut juste le temps de monter au grenier pour refermer la trappe derrière Grégoire Carsac terrifié. Elle redescendit du grenier le plus vite possible et arriva dans la cuisine au moment où la porte s'ouvrait, poussée par deux soldats en armes. Deux autres surgirent presque aussitôt derrière eux, menaçants.

— Seule ? demanda l'un d'entre eux, qui portait des galons sur l'épaule.

Et, comme elle ne répondait pas :

— Mari, terroriste.

— Non, dit-elle, Allemagne.

— *So,* dit l'officier, STO ?

— Oui, souffla Mélina.

Il s'approcha d'elle à la toucher, planta son regard d'acier dans le sien, demanda encore :

— Son nom ?

— Pierre, dit-elle.

— Pierre, Pierre, c'est un petit nom, ça.

— Sauvénie.

Il sortit un carnet de sa poche et nota :

— *Ja,* Sauvénie.

Il eut un geste brusque du bras et ses soldats commencèrent à fouiller la maison. L'un d'entre eux prit l'escalier — plus semblable à une échelle meunière qu'à un véritable escalier — pour monter au grenier où Mélina l'entendit déplacer le lit, et elle se sentit perdue. Pour échapper alors au regard de l'officier, elle se dirigea vers le panier de sa fille et la prit dans ses bras. Une fois qu'ils eurent fouillé toutes les pièces, les quatre hommes demeurèrent un moment immobiles à la regarder : elle était belle, elle était seule, ils pouvaient faire d'elle ce qu'ils voulaient, mais il y avait cette enfant entre eux, et quelque chose d'infranchissable, soudain, à tel point que l'officier fit un signe de tête et que les soldats sortirent. Mélina les entendit inspecter la grange et la remise. L'officier, lui, resta encore un peu, la dévisageant de ses yeux très clairs, étonné, semblait-il, et peut-être ému par ces yeux de femme qui ne cillaient pas, comme si elle n'avait pas peur alors qu'elle tremblait intérieurement et mobilisait ses forces pour ne pas défaillir.

— Moi aussi, dit-il, petite fille dans ma maison.

Il tendit la main, et Mélina recula brusquement. Puis, l'instant de peur passé, elle s'approcha de nouveau et le laissa caresser la joue de la petite.

— Et comment s'appelle cette enfant ?

— Jeanne.

— Et vous, madame ?

— Mélina.

— *Ach, so,* Mélina.

Il sembla réfléchir un instant, puis il claqua ses talons et dit :

— Eh bien, au revoir Mélina. Et attention : pas cacher terroristes, sinon je peux rien pour vous.

Elle entendit démarrer la voiture, s'assit sur son lit, les jambes fauchées. Il lui fallut un long moment avant de retrouver des forces et vérifier que les Allemands étaient bien partis. Alors seulement, elle remonta au grenier et délivra Grégoire Carsac.

— Merci, lui dit-il. J'ai toujours eu confiance en toi, petite. Heureusement que tu étais là.

L'homme sûr de lui, au faciès d'oiseau de proie, d'ordinaire si froid, si autoritaire, était soudain méconnaissable.

— Que cherchaient-ils ? demanda-t-il d'une voix humble, et qui tremblait un peu.

— Des terroristes. C'est comme ça qu'ils appellent les maquisards.

— Ils ne t'ont pas fait de mal, au moins ?

— Non, dit-elle.

Il en parut sincèrement rassuré, et cette sincérité

la toucha. Elle se dit que, peut-être, Grégoire Carsac tenait autant à elle qu'à un membre de sa famille, et, quand il s'inquiéta du sort d'Antoine et d'Albine, elle fit tout ce qu'elle put pour le réconforter.

— Pierre nous donnera des nouvelles aujourd'hui, dit-elle. Ils ont un homme qui les renseigne à la préfecture de Périgueux.

Grégoire Carsac ne revint pas sur ses soupçons vis-à-vis de Pierre. Il se contenta de soupirer :

— Je me demande bien qui nous en veut à ce point. Ce ne peut être que des gens des maquis, puisque eux seuls savaient où se trouvaient les armes.

— Oui, dit Mélina, sans doute.

— On finira bien par savoir, dit encore Grégoire, mais j'espère qu'il ne sera pas trop tard.

Mélina redescendit et s'occupa de sa fille. C'étaient en fait les seuls moments où elle oubliait les risques et les dangers. L'enfant lui apportait tout ce qu'elle avait espéré. Elle s'efforçait d'être la mère qu'elle aurait voulu avoir quand la solitude de Costenègre lui pesait trop, que s'ouvrait devant ses yeux le gouffre au fond duquel elle redoutait d'être précipitée. C'était le soir, surtout, qu'elle pouvait le mieux s'occuper de Jeanne : elle la prenait dans son lit, près d'elle, pour lui offrir ce contact de la peau dont l'absence l'avait tant fait souffrir. Alors, elle se disait qu'elle avait réalisé l'essentielle mission de sa vie, et quelque chose de chaud et de précieux circulait dans ses veines. Elle devinait que rien ni personne ne la rendrait plus heureuse que ces minutes durant lesquelles demeurait blottie contre son corps l'enfant qu'elle avait tant souhaitée.

Le soir de la visite des Allemands, Pierre revint porteur de nouvelles au sujet d'Antoine et d'Albine Carsac. Ils avaient été interrogés à Périgueux et ils devaient être transférés à Paris — plus précisément à Drancy — dans les jours à venir. Grégoire Carsac, très abattu par la nouvelle, supplia Pierre de lui faire rencontrer son chef de groupe dans le but de monter une opération pour les délivrer avant le transfert.

— C'est inutile, répondit Pierre. On ne se lancera jamais dans une pareille folie. L'objectif, aujourd'hui, c'est de préparer le débarquement qui approche.

Grégoire insista, en pure perte. Il sembla même à Mélina que Pierre n'était pas insensible au fait de voir le vieux Carsac le supplier, l'implorer, lui proposer de l'argent, des terres, des truffières.

— Pourquoi ne veux-tu pas essayer? demanda Mélina une fois qu'ils furent redescendus tous les deux dans la cuisine.

— D'abord parce que ça ne servirait à rien, ensuite parce que je n'ai pas le droit d'emmener un étranger dans mon unité.

— Et si je te demandais, moi, de l'aider?

— Pourquoi? se récria-t-il. Tu trouves qu'ils ne t'ont pas assez fait de mal?

— Si, dit-elle, mais ce n'est pas comme ça que je soigne mes blessures.

Il la regarda d'un air douloureux, comme s'il ne la reconnaissait pas.

— Et moi? dit-il d'une voix dure.

Elle leva sur lui des yeux bouleversés, ne dit rien.

— Et moi ? reprit-il, est-ce que tu t'es demandé si je n'en souffrais pas, de voir chaque jour dans ma maison une enfant qui n'est pas de moi ?

Il ajouta, baissant la voix pour ne pas être entendu du grenier :

— Est-ce que tu as songé à ce que ça me fait de penser qu'Antoine Carsac t'a tenue dans ses bras ?

Elle détourna brusquement son visage comme s'il l'avait frappée.

— Et ces lettres qu'il a fait disparaître ? Et cet homme qu'il a payé pour venir t'apporter le malheur, pour mieux te briser ? Est-ce que tu peux l'oublier, ça ?

— Non, dit-elle doucement au bout d'un instant. Je ne l'oublie pas.

Et elle ajouta, d'une voix très douce qui le transperça :

— Je n'oublie rien, mais je ne sais pas faire le mal. Non pas parce que je suis meilleure que d'autres. Simplement, le mal me fait mal. Si mal que je ne pourrais pas vivre avec quelqu'un qui aurait volontairement envoyé un homme ou une femme à la mort.

Il n'avait jamais compris, comme ce soir-là, à quel point elle avait hérité de sa mère cette sorte d'innocence des simples, cette bonté des êtres trop fragiles pour résister aux forces hostiles du monde. Ceux qui ne peuvent survivre qu'à l'écart, protégés, sous peine de se briser comme du verre. Et pourtant il la connaissait depuis longtemps. Jamais, cependant, comme ce soir, il n'avait aperçu si nettement la pureté du cristal dont elle était faite. Il comprit que si un jour elle apprenait que c'était lui qui avait dénoncé les Carsac, il la perdrait à tout jamais.

— Je verrai demain ce que je peux faire, dit-il.

Elle ne répondit pas mais, une fois couchée près de lui, elle s'endormit, confiante, dans ses bras.

Le nuit suivante, Pierre revint en disant qu'il avait parlé du sort d'Antoine et d'Albine Carsac à Albéric et que celui-ci avait répondu qu'il n'interviendrait pas : il ne voulait pas mettre en péril la vie de ses hommes alors qu'il en aurait besoin, bientôt, pour des tâches beaucoup plus importantes. Grégoire Carsac, cette nuit-là, fut d'abord pitoyable, puis la colère et le désespoir le rendirent fou de douleur :

— C'est toi qui nous as vendus aux Allemands ! lança-t-il à Pierre. Je suis certain que c'est toi : tu étais l'un des seuls à savoir où se trouvaient les armes et l'un des seuls à nous en vouloir à ce point.

— Vous dites n'importe quoi.

— Quand Antoine reviendra, tu nous le payeras. On te chassera d'ici et tu n'auras plus qu'à te faire journalier, si toutefois quelqu'un veut encore de toi.

C'en fut trop pour Pierre qui saisit le vieux Carsac au col de sa chemise et le serra en criant :

— Cela fait des années et des années que vous nous exploitez, que vous nous pourrissez la vie et vous voudriez encore nous donner des leçons !

Mélina tenta de les séparer, mais Pierre la repoussa et continua, criant de plus en plus fort :

— Votre fils, Antoine, s'est conduit comme le dernier des hommes et vous le savez bien : non content d'avoir fait disparaître mes lettres, il a payé quelqu'un pour faire croire à Mélina que j'étais mort. J'espère bien qu'il ne reviendra jamais, sans quoi je serai obligé de le tuer de mes propres mains.

Pierre lâcha brusquement Grégoire qui, manifestement, n'était pas au courant de la visite de l'homme au chapeau gris, puis son regard croisa celui de Mélina, et il devina qu'elle avait compris. D'ailleurs, il était certain, maintenant, qu'elle savait depuis le jour de l'arrestation d'Antoine et d'Albine qu'il n'avait pu s'empêcher de se venger.

Il sortit brusquement du grenier, descendit. Mélina l'entendit s'habiller en bas, puis il partit sans qu'elle ait le temps d'esquisser le moindre geste pour le retenir. Elle demeura face à Grégoire qui peinait à reprendre son souffle, et qui, enfin, s'asseyant sur le lit, demanda :

— C'est vrai, ça ? Antoine a payé un homme pour qu'il vienne te dire que ton mari était mort.

— Oui.

Grégoire Carsac hocha la tête, accablé, soupira :

— Je ne l'aurais jamais cru capable de ça.

— Il l'a pourtant fait, dit Mélina.

— Alors, ta fille est bien la sienne ?

— Oui.

Grégoire se leva tant bien que mal, voulut s'approcher de Mélina qui recula.

— Et je suis son grand-père.

— Non, dit-elle farouchement. Vous ne le serez jamais.

Il s'assit de nouveau sur le lit, murmura :

— Demain, je rentrerai au château.

— Il vaudrait mieux, en effet.

Un lourd silence s'installa, au terme duquel Grégoire demanda :

— Et pourtant tu m'as caché, tu m'as aidé.

— C'est chez vous, ici, dit Mélina d'une voix

froide. Et puis vous n'êtes pas responsable de ce qu'a fait votre fils.

Il releva la tête, souffla :

— Merci, petite, merci.

— Il n'y a pas de quoi. J'aurais fait la même chose pour n'importe qui.

Elle quitta le grenier, referma soigneusement la porte derrière elle et redescendit. Malgré la chaleur du mois de mai qui avait pénétré dans sa chambre, elle avait très froid. Elle se coucha, avec en elle les mêmes sensations qui avaient accompagné le départ de Pierre, le jour où il était parti à la guerre.

Le mois de juin apporta avec lui ses grandes et longues journées couleur de miel. Pierre n'était pas revenu. Mélina avait simplement trouvé un mot sous sa porte, un soir, au retour des champs : il lui écrivait que le débarquement était proche et que sa présence était indispensable au maquis. Il lui promettait qu'il reviendrait dès que tout serait terminé et assurait qu'il n'y en avait pas pour longtemps.

Effectivement, Mélina apprit le 6 juin 1944 dans l'après-midi, à Salvignac où elle était allée faire des courses, la nouvelle du débarquement en Normandie. Elle n'en fut pas surprise, mais très inquiète pour Pierre qui, de nouveau, lui paraissait très lointain, comme lorsqu'il se trouvait en Allemagne. En outre, depuis qu'elle ne doutait plus de sa responsabilité dans l'arrestation d'Antoine et d'Albine Carsac, quelque chose s'était brisé en elle qui lui donnait l'impression de se trouver au centre d'un engrenage fatal. Elle s'en défendait, cependant, et de toutes ses forces, en travaillant le plus possible pour oublier, en se persuadant qu'il fallait préparer l'avenir, mais, parfois, tandis qu'elle était courbée vers la terre des champs, elle se relevait brusquement et demeurait immobile, accablée par ces forces obscures qu'elle devinait liguées contre elle et contre Pierre. Elle n'avait plus de courage, soudain, et seule sa fille qui réclamait son lait, là-bas, à l'ombre, dans son panier, parvenait à la remettre en mouvement.

Le matin du 9, laissant Jeanne dormir, elle partit sans trop s'éloigner de la maison afin de ramasser de l'oseille sauvage. C'était un jour extraordinairement clair, baigné d'une rosée que les premiers rayons de soleil faisaient resplendir comme du givre. Même le ciel était blanc, d'un blanc de mare gelée comme on en voit les jours de grand froid. Pourtant on était en juin, et il faisait doux à cette heure matinale, si doux que Mélina oublia son angoisse de la nuit.

Elle marcha un long moment dans la clarté superbe de cette aube vernie, ramassant l'oseille en bordure des champs et des chemins. Alors qu'elle avait rempli son panier, elle revenait vers la métairie quand, brusquement, tout s'obscurcit autour d'elle. De grandes ombres noires l'enveloppèrent, lui cachant le soleil, la rosée, éteignant l'éclat magique du jour. Elle chancela, s'appuya contre un arbre, murmura :

— Pierre, Pierre…

Cela dura peut-être trente secondes, une minute, pas plus. Assez, cependant, pour lui donner la conviction qu'un malheur était arrivé, que l'aile de la mort avait frôlé ses épaules. Puis, peu à peu, en quelques secondes, l'ombre se dissipa et la lumière du jour redevint la même. Elle eut peur, alors, pour sa fille qui était seule dans la maison et elle se mit à courir vers elle. Mais non : quand elle arriva, la petite dormait. Un peu rassurée, Mélina se mit à s'occuper du ménage et de son repas de midi tout en écoutant battre son cœur qui ne se calmait pas.

Ce matin-là, elle ne partit pas travailler dans les champs. Elle attendit. À midi, elle mangea des tomates, un morceau de poulet et quelques feuilles cuites de l'oseille qu'elle avait ramassée. Ensuite, elle se reposa quelques minutes, mais elle était trop inquiète pour dormir. Alors, malgré la chaleur, elle partit vers Salvignac en portant sa fille dans ses bras. Là, ni Fantille ni Grégoire Carsac n'avaient appris la moindre nouvelle.

Mélina se rendit au village, acheta du pain à la boulangerie, se renseigna, mais la boulangère ne savait rien non plus.

— Vous devriez rentrer vous mettre à l'ombre, lui dit-elle seulement. Vous allez attraper une insolation avec cette chaleur.

Mélina rentra lentement sous le couvert des chênes dont l'ombre lui fit du bien, et, une fois à la métairie, elle recommença à attendre tout en jouant avec sa fille. Elle devinait que quelqu'un allait venir. Elle en était persuadée. Nul n'arriva, pourtant, avant la nuit, qui tomba lentement, à regret, comme ces nuits de juin qui semblent effacer la vie en même temps qu'elles éteignent le jour.

Mélina ne se résignait pas à se coucher. Elle s'assit sur le banc, devant sa porte, écoutant respirer les chênes, les soupirs de la terre endormie. À un moment, elle entendit un bruit étrange pas très loin de la maison, dans une coupe que Pierre avait ouverte en vue de rentrer du bois pour l'hiver.

Comme tout était calme dans la maison, elle marcha vers le bois, s'arrêta pour écouter. Elle entendit alors comme une plainte d'enfant, une sorte de gémissement léger, fragile, qui lui donna des frissons. Elle s'approcha et devina sous la lune des petits chênes au sol, prêts à être débités. Au milieu, il y avait un arbre plus gros sur lequel Mélina s'assit pour écouter. Tout à coup, la plainte se leva de l'arbre même sur lequel elle était assise, la faisant bondir de terreur. Alors elle se souvint de ce que lui avait dit son père, un jour, il y avait bien longtemps : « Parfois les arbres pleurent, surtout en été, quand la sécheresse achève de les vider de leur sève, de leur dernière humidité, de leur sang en quelque sorte. » Et celui-là pleurait effectivement, en gémissant à l'heure de mourir vraiment, de devenir autre chose qu'un arbre vivant par la faute des hommes. Ce n'étaient pas des gémissements continus, mais c'était une plainte intermittente, si faible et si vivante, pourtant, qu'elle en était insupportable, terrifiante, car on l'attendait, on la guettait, on l'espérait et on la redoutait. Mélina s'enfuit en courant vers la maison, oppressée, le cœur fou, et s'assit de nouveau sur le banc, incapable d'aller dormir. La plainte se fit entendre encore à plusieurs reprises, puis s'éteignit. Mélina, alors, put laisser aller sa tête contre le mur et s'assoupit.

Plus tard, beaucoup plus tard, elle entendit au loin le bruit d'un moteur qui enfla dès que la voiture quitta la route pour prendre le chemin de la métairie. Mélina, alors, se leva, fit quelques pas dans la cour, s'arrêta. La voiture mit plus de cinq minutes à arriver. Puis la lueur jaune des phares éclaira les arbres et l'aveugla. Elle recula pour la laisser se garer, vit deux hommes descendre, dont l'un d'eux, grand et fort, s'approcha et demanda :

— Vous êtes Mélina Sauvénie ?

— Oui, dit-elle.

— On m'appelle Albéric. J'ai une mauvaise nouvelle à vous annoncer : votre mari est mort ce matin, sur la route nationale, dans l'attaque d'un convoi allemand.

— Je sais, dit-elle.

L'homme parut surpris, mais ne releva pas : on le sentait inquiet et très pressé.

— On a tout fait pour récupérer son corps... il est là, dans la voiture.

Il attendit un instant, immobile. Comme elle ne disait rien, il rejoignit son compagnon, moins grand que lui, qui ne s'était pas approché, et ils ouvrirent la portière arrière droite du véhicule. Puis ils firent glisser le corps de Pierre à l'extérieur, et, précédés par Mélina, ils le portèrent dans la maison, sur le lit. Après quoi, ils repassèrent dans la cuisine et lui demandèrent si elle désirait qu'ils préviennent quelqu'un.

— Non, dit-elle.

— Nous sommes obligés de partir, dit Albéric. C'est de plus en plus dangereux.

Il ajouta, à voix basse :

— Enterrez-le sans que ça se remarque, sinon vous risquez d'être arrêtée.

— Oui, dit-elle.

Ils partirent. Elle regarda un moment clignoter puis s'éteindre la lueur des phares. Après quoi, elle rentra, tremblant de tous ses membres, à présent, et elle s'allongea près de celui qui partageait sa vie depuis toujours, avec l'espoir qu'il allait lui parler dans l'ombre, une dernière fois.

11

CE mois de juin 1944 s'était achevé dans la désolation : rendus furieux par les attaques incessantes des maquisards, les Allemands avaient fusillé des otages à Brantôme, Niversac, Roufillac, Mussidan, et tout près de Salvignac : à Tourtoirac, sur la route du Limousin. Le pire, cependant, s'était produit à Oradour-sur-Glane où ils avaient enfermé la population dans l'église avant d'y mettre le feu.

Cette sauvagerie, au milieu de ces terres paisibles, avait surpris la population ou, plutôt, l'avait accablée. On ne comprenait pas comment des hommes pouvaient de sang-froid tuer d'autres hommes, innocents, ceux-là, et même des fillettes, comme les SS l'avaient fait à Roufillac. La surprise et la stupeur enferment encore plus les gens de chez nous dans leur silence. Ils souffrent, courbent le dos, rassemblent ce qui leur faut d'énergie pour continuer de vivre. Mais ils ne parlent pas. Ils cherchent à comprendre, et, comme ils ne comprennent pas, ils se murent dans leur désapprobation et trouvent dans le travail un oubli qui, en quelque sorte, les remet en selle. On sait pourquoi on travaille : pour faire vivre ceux que l'on aime.

C'est ce que fit Mélina, durant cet été-là, après avoir enterré Pierre près de ses parents, dans le petit cimetière de Salvignac. Elle était au-delà de la souffrance, mais elle ne se plaignait pas. À qui, d'ailleurs, se fût-elle plainte de son sort ? À Fantille, peut-être ? Celle-ci déclinait tellement vite depuis l'arrestation de ses maîtres qu'elle ne se souciait même plus de sa propre personne. Grégoire Carsac, lui, ne songeait qu'à son fils et à sa belle-fille dont il n'avait aucune nouvelle, s'épuisait en multiples démarches aussi vaines les unes que les autres.

La guerre n'était pas terminée, mais comme elle s'était éloignée, laissant son contingent d'horreurs derrière elle, on l'oublia. Périgueux avait été libéré en août : c'était là l'essentiel. Du moment qu'au chef-lieu de la Dordogne les choses étaient rentrées dans l'ordre, cela signifiait que la vie avait repris un cours normal. Pourtant, on avait du mal à remettre les affaires en marche, car on manquait encore de tout. On devinait cependant que le pire était sans doute passé, et l'on s'efforçait de regarder devant soi, puisque la vie était là, ou ce qu'il en restait.

La vie, pour Mélina, c'était avant tout Jeanne, sa fille, qui, à deux ans passés, trottinait dans la maison et la suivait partout. Elle commençait à parler, adoucissait ainsi la douleur de Mélina qui s'arrêtait, souvent, pour l'écouter et la regarder. Oui, c'était bien sa fille, avec des cheveux bruns, ronde, déjà, les yeux verts, et une manière de se perdre dans les rêves qui, plus tard, songeait Mélina avec satisfaction, lui épargnerait, peut-être, les grandes douleurs de la vie. Mélina avait acheté un lit au village dès que le panier était devenu trop petit. Elle l'avait placé en face du sien, dans sa chambre, de manière à garder Jeanne constamment à portée de regard, même la nuit.

Toutes ses pensées convergeaient vers elle. Son seul regret était qu'elle ne fût pas la fille de Pierre. Car elle avait oublié la vengeance de Pierre comme elle oubliait tout ce qui obscurcissait sa vie. Pierre, désormais, était celui qui l'avait accompagnée sur le chemin de l'école, à l'église et à la mairie de Salvignac, ensuite à la Méthivie. Quand elle le revoyait, c'était l'homme qui était assis près d'elle sur la charrette, dans son costume de velours, le jour de leur mariage. Elle n'avait pas voulu lui mettre ce costume le jour de son enterrement. Elle l'avait gardé précieusement, et parfois, le soir, au moment de se coucher, elle le sortait de la grande armoire, le posait à côté d'elle sur le lit, s'allongeait près de lui pour mieux le respirer. Cette odeur, qu'elle avait follement aimée, la dévastait, mais, en même temps, lui faisait franchir, parfois, fugacement, les frontières du pays où, lui semblait-il, il s'était réfugié. Du moins sentait-elle sa présence proche. Alors, elle lui parlait et, quand elle parvenait à s'isoler du monde des vivants, il lui répondait avec des mots à lui, ceux-là mêmes qu'il trouvait pour elle sur le chemin de l'école.

Mélina survivait, en somme, et rien ne pouvait faire penser qu'elle souffrait. Au contraire, elle souriait, car elle savait que sa fille avait besoin de ces sourires qui lui avaient tant manqué, à elle, quand elle était enfant, dans son immense solitude de Costenègre et des bois alentour.

Les cultures en jachère, les truffières à l'abandon lui donnaient du souci. Elle était bien la seule à s'en soucier, au reste, car Grégoire Carsac était occupé ailleurs. Elle était toujours aidée par Gabriel, le journalier, mais celui-ci songeait à repartir chez lui dès que la guerre serait terminée. Manuel, lui, avait disparu. On disait qu'il était entré dans les maquis et qu'il avait suivi les troupes françaises en route vers l'Allemagne.

L'automne fut bref et parsemé de violents orages. Mélina fut surprise par l'un d'entre eux, au moment où elle rentrait, un soir, vers la Méthivie. Traînant Jeanne par la main, elle eut juste le temps de se réfugier dans une cabane à moitié écroulée, à l'angle d'un champ de maïs. Tout le temps que s'acharnèrent la pluie et les éclairs, elle protégea de son corps sa fille que le tonnerre effrayait. Quand le soleil revint, elle demeura ainsi encore un long moment à l'abri, immobile, son enfant dans ses bras, ayant trouvé refuge dans le passé et ne pouvant en repartir. Sa fille, c'était elle, il y avait vingt ans, et jamais elle n'avait comme ce jour-là comblé son désir des bras d'une mère.

Quand ce fut fini, elle sortit de l'abri, éblouie par la luminosité de l'air, mais aussi par cette sensation de pouvoir enfin oublier le gouffre dont elle avait si longtemps eu peur. Il lui sembla, dès lors, qu'elle pouvait se remettre à vivre et à espérer pour elle, pour Jeanne, des jours à venir qui auraient cet éclat de l'embellie, d'un monde neuf après l'orage.

L'hiver arriva sans crier gare un matin du début décembre : alors que la veille il avait plu, le gel, ce matin-là, gaufra les dernières feuilles des chênes que les bourrasques de novembre n'avaient pu arracher. Il y eut de grands éclairs de faucille dans le ciel débarrassé de ses nuages : le froid s'installait pour de bon, fauchant les ultimes douceurs de l'air comme des épis trop mûrs.

Grégoire Carsac, qui se désespérait de ne recevoir aucune nouvelle d'Antoine et d'Albine, tomba malade et fit appeler Mélina. Les médicaments traditionnels ne faisant aucun effet, il s'en remettait à elle, dont il connaissait les pouvoirs. Mélina se rendit au château et le soigna avec des bains de pieds à base de fleurs d'aubépine, de violettes et de chélidoine. Il retrouva un peu de force et d'appétit, la supplia de venir s'installer au château avec sa fille :

— Tu serais bien, ici, lui dit-il, plutôt que seule à la Méthivie. Ta petite aussi, elle serait bien. Avec Fantille, on se tiendrait compagnie.

Mélina refusa, mais elle revint aussi souvent que ce fut nécessaire, durant cet hiver qui fut très rigoureux. En janvier et en février, elle ramassa quelques truffes avec Gabriel, mais la récolte fut très moyenne, compte tenu du mauvais état des truffières quasiment à l'abandon. Chaque fois qu'elle se rendait au château, elle ne manquait pas de s'informer auprès de Grégoire de l'évolution de la guerre. En mars, il lui apprit qu'elle allait sans doute bientôt se terminer, puisque les troupes alliées étaient entrées en Allemagne. Il fallut encore attendre un peu plus d'un mois avant d'entendre les cloches sonner au clocher du village. Ce jour-là, le 8 mai 1945, Mélina était en route vers le château. Elle ne s'y arrêta pas et, au contraire, elle se mit à courir vers la place de Salvignac où les gens se congratulaient, s'embrassaient en esquissant des pas de danse. Elle s'y attarda un moment, puis elle pensa à Pierre et à tous ceux qui n'étaient pas revenus. Toute joie, alors, se retira d'elle.

Elle revint lentement vers le château où Grégoire et Fantille se trouvaient sur la terrasse pour écouter les cris et les chants qui venaient du village.

— Enfin ! soupira Grégoire, tous nos prisonniers vont bientôt revenir.

Les nouvelles autorités installées depuis août 44 à la préfecture lui avaient fait part de leur certitude que son fils et sa belle-fille étaient en Allemagne. À partir de Drancy, ils avaient certainement été déportés de l'autre côté de la frontière dans l'un de ces innombrables convois qui y conduisaient. Il n'y avait pas de raison pour qu'ils ne rentrent pas bientôt. Grégoire en parlait avec tellement de conviction que Mélina finit par s'en persuader elle aussi. Elle le souhaitait vraiment pour Albine qui avait été si bonne avec elle. Quant à Antoine, si elle ne souhaitait pas le voir revenir, elle ne souhaitait pas davantage sa mort. Elle en était incapable. Ce genre de pensées lui étaient étrangères.

Le 10 mai, Grégoire, malgré sa fatigue, partit pour Paris. Il en revint très inquiet une semaine plus tard, car les nouvelles d'Allemagne n'étaient pas bonnes. Ce que les soldats avaient découvert là-bas, lui avait-on dit, n'augurait rien de bon. Il y avait, paraît-il, des camps où les prisonniers étaient morts par milliers, dans d'atroces souffrances. On lui avait demandé de rentrer chez lui en lui promettant de le tenir au courant.

— Ils vont revenir, hein, petite ? répétait-il à Mélina qui ne savait que répondre.

Puis il retombait dans une torpeur qui le vieillissait davantage, lui qui, par ailleurs, ne supportait pas la chaleur. Car l'été était là, déjà, et il aurait fallu penser à autre chose : aux foins, par exemple, que l'on devrait encore couper à la faux, cette année, et rentrer comme on le pourrait. La vie, au domaine, demeurait suspendue dans une attente que rien ne venait plus troubler, pas même les bruits lointains de cette guerre qui s'était envolée, mais dont on n'avait pas encore mesuré toutes les conséquences.

Elle dura jusqu'au début du mois de juillet, cette attente, le matin du 7 exactement, où une lettre du ministère arriva au château. Grégoire Carsac s'en fut la lire dans son bureau, et de sa cuisine Fantille l'entendit tomber comme une masse sur le plancher. Il venait d'apprendre que son fils Antoine était mort à Dachau et Albine à Birkenau, ces camps où les nazis enfermaient les déportés.

Fantille sortit chercher du secours au village, car Gabriel était absent. Deux hommes, venus l'aider, portèrent Grégoire dans son lit et attendirent l'arrivée du médecin. Celui-ci ne se montra pas optimiste car le vieux Carsac avait perdu connaissance. Mélina, alertée elle aussi, vint au château au début de l'après-midi et y demeura jusqu'au soir. Le malade allait un peu mieux : il avait ouvert les yeux et il put prononcer quelques mots.

En apprenant la mort d'Antoine et d'Albine, Mélina eut un choc elle aussi, car elle avait vraiment cru qu'ils reviendraient comme était revenu Pierre après une longue absence. Il fallut pourtant se résoudre à admettre que le château ne compterait plus que deux habitants : Fantille, qui allait sur ses soixante-quinze ans, et Grégoire, dont l'état de santé s'améliora un peu au fil des jours. Il parvint à se lever, et, quoique diminué, à « mettre en ordre ses affaires », comme il le dit à Mélina, un soir de la fin juillet, où il avait demandé à lui parler.

Il lui apprit alors qu'il avait retrouvé un testament dans lequel Antoine reconnaissait être le père de Jeanne et lui donnait tous ses droits sur le château et la propriété.

— Moi aussi, je vais tout lui donner, dit Grégoire. Je n'en ai plus pour longtemps. Tu vois bien qu'il faut venir t'installer ici avec ta petite.

Et, comme Mélina ne répondait pas :

— Philippe ne reviendra jamais. Je vais m'arranger avec le notaire pour que tout ce que je possède revienne à ta fille.

— Ça ne se peut pas, dit Mélina.

— Et pourquoi, donc ?

— Parce que c'est trop.

Grégoire réfléchit un moment, répondit :

— Pour toi, peut-être, mais pour ta fille ? Tu veux qu'elle souffre comme toi ? Tu veux qu'elle passe sa vie à travailler pour les autres ? Je suis sûr que si elle était en âge de comprendre, elle ne refuserait pas.

Mélina ne voulut pas prendre une décision ce soir-là. Elle hésita pendant une semaine, songeant à ce qui avait été sa vie à elle, à Costenègre, pendant son enfance, à ses peurs, à ses chagrins. Quelque chose l'arrêtait qu'elle définissait mal. Elle avait souhaité cette enfant de toutes ses forces, mais elle n'avait pas souhaité qu'elle fût la fille d'un châtelain. Antoine Carsac avait été le seul homme à fréquenter la Méthivie à ce moment-là. Elle ne l'avait pas choisi. Elle se refusait à ce que l'on pût un jour la soupçonner de calcul alors qu'elle avait été poussée par une nécessité de survie. Accepter un héritage assombrirait le bonheur qui l'avait sauvée.

Elle était sur le point de renoncer quand, un soir, en rentrant des truffières, un orage sec — les plus dangereux — la surprit avec sa fille sur le chemin du retour. Elle se revit alors ce matin où, tenant son père par la main, ils étaient partis pour Sorges après avoir quitté Costenègre. Elle se souvint de leur dénuement, ce jour-là, et de la peur terrible qui l'avait envahie à l'idée de voir la nuit arriver sans qu'ils aient trouvé un abri. Jamais, alors, elle ne s'était sentie si nue, si démunie, si pitoyable. Et ce soir-là, non plus, elle n'avait pas d'abri alors que la foudre les menaçait, elle et sa fille, comme la nuit l'avait menacée à l'époque, et le froid, et le pauvre sourire de Jean Fontanel, assis, les mains sur ses genoux, sur la murette du village, confiant dans des hommes qui, passant devant lui, ne le regardaient même pas.

À deux reprises, la foudre s'abattit sur les chênes, à une centaine de mètres de Mélina et de sa fille. Quand l'orage eut cessé et qu'elles atteignirent la métairie, Mélina avait pris sa décision : elle allait accepter l'héritage pour Jeanne et habiter le château. Le lendemain, elle en informa Grégoire dont les yeux s'embuèrent :

— À la bonne heure, petite ! dit-il. Tu viens d'éclairer les derniers jours de ma vie.

— Ce n'est pas pour moi, dit Mélina. C'est pour ma fille.

— Je le sais bien. Tu n'as pas besoin de me le dire.

Au retour, sur le chemin de la métairie, elle s'arrêta brusquement, s'accroupit, prit Jeanne par les épaules, la regarda bien dans les yeux et lui dit :

— Aujourd'hui, tu as plus que je n'en aurai

jamais. Je ne sais pas si tu seras plus heureuse pour autant, mais j'ai cru bien faire. J'espère que tu n'auras pas à me le reprocher.

Jeanne, qui ne comprenait pas cette gravité soudaine, s'abattit contre elle et entoura son cou de ses bras menus.

Quinze jours plus tard, Mélina emménagea dans deux pièces à l'étage, à l'opposé du bureau de Grégoire, au-dessus de la chambre de Fantille. Ça n'avait pas été facile de quitter la Méthivie où elle sentait encore parfois la présence des disparus. Elle avait passé là des jours heureux malgré la guerre, en tout cas elle y avait trouvé une vraie famille. C'était également la maison des Noëls de son enfance, de la force de Louis, des bras de la Miette, de la main de Pierre, de la naissance de Jeanne. Aussi les premiers jours au château lui parurent-ils déserts, étranges, comme s'il manquait quelque chose d'essentiel à sa vie.

Pourtant, Grégoire faisait tout ce qui était en son pouvoir pour qu'elle se sente à l'aise. Il en était même pitoyable, parfois, quand, oubliant sa peine, il venait la rejoindre dans le grand salon du rez-de-chaussée et lui disait :

— Commande ! Dis ce que tu veux. C'est toi la maîtresse, ici, maintenant.

Mélina ne s'y habituait pas. Elle usait toujours des mêmes gestes, secondait Fantille à la cuisine, mais aussi Augusta, la chambrière qui venait du village chaque matin et se tuait à la tâche sans jamais relever la tête — ce que ne pouvait supporter Mélina. Aussi, malgré les reproches de Grégoire, l'aidait-elle au moins à s'occuper du linge, puisqu'elle ne savait pas rester sans rien faire et que sa nouvelle situation, parfois, l'emplissait de honte. C'était un peu comme si elle avait trahi les siens, son père, surtout, qui avait toujours servi les Carsac.

Elle aidait également Gabriel, que, sur sa recommandation, Grégoire avait installé avec sa famille à la Méthivie. Satisfait de son nouveau statut de métayer, Gabriel avait renoncé à repartir dans le Nord. Ainsi les choses s'étaient-elles réglées d'elles-mêmes, d'autant qu'en septembre, Manuel était revenu au château et avait demandé à reprendre sa place. Grégoire avait accepté. Mélina, elle, avait insisté pour qu'il dorme dans une chambre du rez-de-chaussée et non plus dans l'étable. Il n'avait rien à lui. Il était nu, l'homme qui avait tant intrigué Mélina, et dont la présence, aujourd'hui, lui était secourable.

Il était revenu changé, encore plus marqué qu'avant la guerre. Ses yeux étaient devenus fiévreux, avec, semblait-il à Mélina, des éclairs de folie. Au-dessus de son front haut strié de rides profondes, les cheveux noirs étaient rejetés vers l'arrière en souples ondulations. Mais ses joues étaient creuses et son visage émacié. Personne ne savait rien de lui, sinon qu'il était entré dans la Résistance dès le début et qu'il avait suivi les troupes françaises en Allemagne.

Mélina fut très surprise, un matin, quand une voiture amena pour lui deux grandes malles qui contenaient quelques vêtements mais surtout des livres. Cet homme avait un passé, un mystère. Si elle n'osa pas l'interroger, elle se surprit à l'épier, à chercher à deviner son secret. Ce n'était pas dans ses habitudes, mais il y avait chez lui quelque chose de grand, d'inconnu, qui, malgré ses efforts pour s'en désintéresser, au contraire, attirait Mélina.

Il parlait peu, très peu. On comprenait à son regard qu'il souffrait, et Mélina se demandait de quoi. Il lui fallut du temps pour savoir : jusqu'en novembre, exactement. Un de ces derniers jours de soleil qui font croire que l'été n'est pas mort, que le froid et les brumes de l'hiver n'arriveront jamais. Ils se trouvaient dans les truffières pour tenter de sauver de la récolte à venir ce qui pouvait encore l'être. Ce ne serait pas facile car elles étaient à l'abandon depuis trop longtemps, et il faudrait au moins deux années avant de pouvoir les remettre en état.

Mélina, ce jour-là, avait emporté un panier pour manger dans les bois à midi. Elle avait laissé Jeanne à la garde de Fantille qui s'en réjouissait. Elle se trouvait donc seule avec Manuel, assise face à lui, sur une souche, toujours aussi bouleversée par la proximité de cet homme qui ne ressemblait à aucun de ceux qu'elle avait connus. Bien que le devinant très différent, elle n'en avait pas peur. Elle savait aussi qu'il avait confiance en elle. Si elle ne lui posait pas de questions, elle ne doutait pas qu'un jour il se confierait à elle. Il en avait besoin, elle en était certaine. Il suffisait d'attendre.

Ce matin-là, dans les derniers feux de l'automne qui embrasaient l'or des feuilles de chêne, elle comprit que ce moment était venu quand, prenant le pain qu'elle lui tendait, Manuel retint un instant sa main, et, de sa voix lente et grave, lui dit :

— Vous êtes le seul être au monde qui m'ait donné du pain. C'est un geste très naturel pour vous, je le vois bien, mais si chargé de signification pour moi.

— Vous pouvez vous servir vous-même si vous voulez, répondit-elle en se méprenant. Je ne voulais pas vous offenser.

— Vous ne m'offensez pas, Mélina, au contraire : vous me faites du bien.

Et il ajouta, sans la regarder :

— Il y a longtemps que j'ai compris quelle femme vous étiez : un peu comme la mienne. Douceur et bonté.

— Vous êtes marié ? demanda-t-elle.

Il soupira, répondit :

— Je l'ai été.

— Vous ne l'êtes plus ?

— Non. Je ne crois pas.

— Vous ne savez pas ?

Il attendit quelques secondes, puis :

— Je m'appelle Manuel Montalban, dit-il, et je suis espagnol. Je vous dois cette vérité aujourd'hui puisque tout danger est écarté, du moins je l'espère.

— Excusez-moi, dit Mélina, mais je ne sais pas de quoi vous parlez.

Il hocha la tête, sourit.

— Avant la guerre, j'étais professeur de philosophie à Madrid. Nous habitions près de la Plaza Mayor, et nous étions heureux, tous les trois, avec ma fille et ma femme.

— Ah ! fit-elle, les livres, c'est ça.

— Oui, c'est ça. Et puis nous avons perdu la guerre et j'ai dû m'enfuir.

Il hésita, reprit :

— Je suis passé en France par les montagnes, mais je n'aurais pas dû. J'aurais dû mourir moi aussi, comme ma femme et ma fille, puisque je n'ai pas su les défendre.

Il soupira :

— Je me suis battu, pourtant, jusqu'à Teruel, au début de l'année 1938. C'est là que tout s'est joué. À partir de là, Franco a réussi à couper l'Espagne républicaine en deux et conquis la Catalogne. J'ai essayé de traverser les lignes franquistes, mais je n'y suis pas parvenu. J'aurais dû insister et mourir plutôt que de remonter vers la frontière. Je savais ce qui attendait les miens, que les gens de Franco, comme les nôtres, d'ailleurs, étaient des bêtes sauvages.

Manuel s'arrêta de nouveau, hocha la tête, murmura :

— À quoi bon ?

— Si, dit Mélina, je vous en prie, continuez.

— Nous avons essayé de résister sur l'Èbre, mais c'était trop tard. Tout était perdu, déjà, depuis le printemps. Alors nous sommes partis vers les montagnes puisque les Français avaient ouvert la frontière, et j'ai trahi les miens. À la chute de Madrid, au printemps 1939, je me trouvais au camp d'Argelès. Je sais que là-bas il n'y a pas eu de quartier. Elles sont mortes toutes les deux, et moi je suis vivant.

Manuel se mit à manger en silence, le regard fixé sur les arbres de la clairière, ne trouvant pas la force de continuer. Mélina, elle, ne savait que dire. Elle avait envie de raconter aussi ce qui était arrivé à Pierre, la visite de l'homme au chapeau gris, tout ce qu'elle avait souffert. Quelque chose, pourtant, l'en empêcha. De longues minutes passèrent. Le vent faisait bruire les feuilles craquantes des arbres d'où fusaient par moments les rayons dorés du soleil. Il faisait presque chaud. Mélina se demandait ce qu'elle devait faire quand Manuel reprit, d'une voix lasse, maintenant, mais qui ne tremblait pas :

— Je me suis évadé du camp, où la vie était terrible, et j'ai marché jusqu'ici, comme un mendiant. Je n'ai jamais dit à personne qui j'étais : c'était trop dangereux. J'étais persuadé que si les Allemands m'avaient mis la main dessus, ils m'auraient fusillé sur place ou m'auraient renvoyé chez Franco.

Mélina hocha la tête demanda :

— Pourquoi ici, précisément, et au château ?

— J'avais entendu parler de compagnies de travailleurs étrangers en Dordogne. Et puis je me suis dit que, pour un professeur, il valait mieux se cacher sous l'aspect d'un journalier agricole. Les Carsac ont bien voulu m'engager, voilà tout. J'ai appris très vite à travailler, en faisant attention de ne pas me trahir. Ça n'a pas été très difficile parce que je parlais bien le français. Ensuite je suis entré dans la Résistance.

Il hésita, poursuivit d'une voix plus basse :

— J'étais avec votre mari.

— Ah ! fit Mélina. Je ne le savais pas.

— Vous comprenez, on avait pour consigne de parler le moins possible.

— Oui, dit-elle, je comprends.

— À la Libération, je me suis engagé dans les troupes françaises pour pouvoir aller jusqu'en Allemagne. Pour moi, me battre contre Hitler, c'était un peu continuer à me battre contre Franco. Eh bien, même là-bas, la mort n'a pas voulu de moi. Ce n'était pourtant pas faute d'aller au-devant d'elle.

— Il ne faut pas parler comme ça, dit Mélina. Il faut toujours espérer.

Il y eut un instant de silence durant lequel le

regard de Manuel demeura attaché à celui de Mélina.

— Je n'espère plus rien, murmura-t-il. Je ne connais plus que la douleur.

Et il ajouta très vite, d'une voix presque inaudible :

— Sauf aujourd'hui, là, près de vous. Il me semble que vous pourrez m'apporter un peu de paix, sans doute parce que vous avez souffert aussi.

Elle hocha la tête sans répondre. D'ailleurs, ils ne prononcèrent plus un mot cet après-midi-là. L'or des feuilles de chêne embrasa les collines dont les sommets s'éclaircissaient. Aux premières rafales de vent, elles allaient perdre leur dernier éclat et sombrer dans l'hiver.

Le froid s'installa début décembre et ne desserra plus son étreinte. Mélina, pourtant, s'obstina à nettoyer les allées pour pouvoir récolter quelques truffes. Le matin du 8, comme elle n'apercevait pas Grégoire Carsac, elle demanda à Fantille d'aller voir dans sa chambre si tout allait bien. Fantille le trouva inanimé et appella à l'aide. Le médecin, alerté, conclut à une congestion cérébrale. Selon lui, la situation était grave, et il doutait qu'elle évolue favorablement.

Mélina s'assit près du lit de Grégoire qui lui donnait l'impression de vouloir parler. Il clignait des yeux comme s'il l'appelait, remuait les lèvres, mais sa bouche refusait de laisser sortir les mots qu'il désirait prononcer. Elle lui prit la main et il lui sembla que les doigts du malade serraient les siens.

— Ne vous agitez pas, lui dit-elle, ça va passer.

Toute la journée, elle et Fantille se relayèrent pour veiller sur lui. Le médecin revint le soir et proposa de le faire transporter à l'hôpital le lendemain matin si son état ne s'améliorait pas. Mais Grégoire Carsac mourut dans la nuit alors que Fantille se trouvait près de lui.

Deux jours plus tard, au retour des obsèques, le notaire de Salvignac demanda à parler à Mélina et l'appela « madame » avec une déférence qui la surprit. Elle se rendit dans son cabinet le soir même et apprit que Grégoire avait tenu ses promesses : Jeanne Sauvénie héritait du domaine et pouvait désormais s'appeler Carsac. Il faudrait faire modifier son état civil.

— Non, dit Mélina, je ne veux pas. Ma fille continuera de s'appeler Sauvénie.

— C'est une volonté expresse du défunt, madame, et, en tant qu'exécuteur testamentaire, je me dois de la faire respecter. Aussi bien, la reconnaissance de paternité d'Antoine Carsac me permettra de m'en acquitter.

Il ajouta, alors que Mélina, froissée, l'écoutait à peine :

— En attendant la majorité légale de votre fille, c'est vous qui êtes chargée d'administrer le domaine — dans l'intérêt de l'enfant, évidemment.

Quand il se leva pour lui signifier que l'entretien était terminé, elle ne put le remercier. Une grande douleur s'était éveillée en elle : elle avait la sensation qu'on lui avait volé son enfant, cette fille qu'elle avait tellement désirée. De retour au château, elle en fit part à Fantille qui lui répondit :

— Qu'est-ce que ça peut faire ? Ni Antoine ni Grégoire ne te la prendront, ta fille : ils sont morts.

Cette pensée l'aida à dépasser l'impression d'avoir été trompée, flouée, et elle se réfugia dans les truffières où il était temps de commencer la récolte. Ce ne fut pas chose aisée, cette année-là, car elle n'avait plus de chien, le sien étant mort un mois auparavant, et elle n'avait pas eu le temps d'en dresser un autre. Elle chercha donc les truffes à la mouche : un insecte de couleur verdâtre, un peu plus gros qu'une mouche ordinaire, qui se pose au-dessus des truffes et ne ment jamais.

À la manière des sourciers, Mélina avait fabriqué une baguette qu'elle tenait à deux mains et dont l'extrémité, parallèle au sol, permettait, maniée à ras de terre, de mieux apprécier l'endroit d'où s'envolait la mouche. On ne pouvait se mettre en quête de la Noire, dans ces conditions, qu'au milieu de la journée, à l'heure où la température était la moins froide, et où, parfois, quelques rayons de soleil réchauffaient les truffières.

Cet hiver-là, elle put mesurer à quel point la mouche ne ment jamais : que ce soit à un, deux, ou cinq centimètres de profondeur, la truffe se trouvait toujours à l'endroit où l'insecte s'était posé. La récolte, pourtant, ne fut pas aussi bonne qu'avec un chien, car les mouches n'étaient pas toujours de sortie, les chênes s'étaient asphyxiés par manque de lumière, et les brûlés n'étaient pas très apparents. Mélina, cependant, gardait en mémoire les endroits les plus propices, ceux-là mêmes que lui avait fait découvrir son père dès son plus jeune âge.

Ce fut en allant vendre elle-même, et pour la première fois, les truffes à la foire de Sorges, en janvier, qu'elle comprit combien sa situation avait changé. Elle les pesa sur la balance Roberval dont s'étaient auparavant servis les Carsac et put enfouir les billets dans la poche de son tablier.

Elle ne s'était pas installée au hasard. Elle était partie de très bonne heure, ce matin-là, pour pouvoir monter sa table et sa balance à l'endroit exact où Jean Fontanel s'était assis un jour, quand elle était enfant, pour chercher de l'ouvrage. Alors, dès qu'elle eut vendu ses truffes, elle murmura, bouleversée, en fermant les yeux :

— Regarde, père, ce que nous sommes devenus.

12

Il lui en fallut, du courage et du temps pour remettre les truffières en état ! Cinq longues années, au cours desquelles Mélina usa de tout son savoir, de toute sa patience. Partant du fait que les deux conditions essentielles à la prolifération de la truffe sont l'ensoleillement et l'aération, elle n'hésita pas à couper les arbres devenus trop grands, comme le lui avait enseigné son père, et à nettoyer le sol des arbustes — genévriers, cerisiers Sainte-Lucie, prunelliers —, en l'ameublissant sans descendre en profondeur pour ne pas endommager les mycorhizes.

Dans les truffières épuisées, elle n'hésita pas à replanter de petits arbres issus des fameux glands qu'elle choisissait elle-même. Toutefois, elle ne les planta plus à cinq ou six mètres de distance comme auparavant, mais à trois et en tous sens : elle pensait que le sol, ainsi, serait plus vite colonisé par les mycorhizes truffières tout en évitant la prolifération des mycorhizes concurrentes. À son idée, cela permettrait une production plus précoce que dans les anciennes truffières.

Afin de favoriser l'équilibre d'humidité nécessaire, Mélina inventa le paillage, c'est-à-dire la répartition de bottes de paille de blé préalablement désagrégées, répandues au début du printemps et déplacées seulement au moment de la récolte. Cela devait permettre, à son avis, une humidité suffisante, favoriser la remontée des radicelles et limiter les méfaits du gel en hiver.

Toutes ces innovations furent le fruit de son sens de l'observation, de son contact privilégié avec le monde vivant. En quelques années, ses truffières devinrent les plus belles et les plus prolifiques de tout le Périgord. Elle ne se trompait jamais, même si le fait de couper les chênes plutôt que de les tailler lui valait bien des sarcasmes, car nul ne consent facilement, dans les campagnes, à modifier sa façon de travailler.

Ainsi, lors des marchés de Sorges, d'Excideuil ou de Périgueux, dès le début des années cinquante, c'était elle qui vendait le plus de truffes, ce qui intriguait beaucoup ses voisins. On la jalousa. Elle n'éleva jamais la voix pour se défendre. Au contraire, elle accepta de faire visiter ses truffières et de dévoiler sa manière de les travailler. Ce ne fut pas suffisant, car on ne pardonne pas à ceux qui sont nés faibles de réussir mieux que les autres.

Un jour, elle trouva empoisonné le chien qu'elle venait de dresser. Jeanne avait neuf ans, alors, et elle en eut un chagrin inconsolable. Mélina, refusant d'aller porter plainte, se hâta d'en acheter deux autres et de les dresser comme elle savait le faire. Car elle savait tout faire, en réalité, ayant appris de très bonne heure à affronter les difficultés de la vie quotidienne.

Elle n'avait pas remplacé Fantille qui était morte

en 1948 et qu'elle avait soignée jusqu'au bout, refusant de la mettre à l'hospice. Elle s'occupait elle-même de la cuisine, continuant seulement à employer Augusta pour entretenir les pièces trop nombreuses du château. Ils n'étaient donc plus que trois, le soir, quand Jeanne revenait de l'école : Mélina, sa fille et Manuel qui prenait ses repas avec elles, ce qui faisait jaser, au village.

Mélina ne s'en souciait pas. Elle ne se souciait que de sa fille qui se plaisait à l'école et dont elle était très fière. Jeanne s'y rendait avec les enfants de Gabriel, le métayer, et y mangeait à midi. Elle faisait ses devoirs avec application dès son retour et Mélina s'émerveillait de la facilité avec laquelle sa fille apprenait. Tout ce qu'elle vivait, en fait, l'éblouissait : elle habitait un château, sa fille ne lui donnait que des satisfactions, elle exerçait chaque jour sa passion des truffes et son amour du monde, et, surtout, elle vivait près d'un homme qui la réconciliait avec la vie.

Ils vivaient ensemble depuis l'année qui avait suivi le retour de Manuel. Comment aurait-il pu en être autrement, puisqu'ils travaillaient l'un près de l'autre pendant la journée ? Tous deux avaient beaucoup souffert. Ils connaissaient le poids du malheur et la nécessité de ne pas laisser s'envoler les rares moments de bonheur. Ils étaient tellement différents, cependant, que Manuel avait dû apprivoiser Mélina avec patience. Elle n'avait consenti au refuge de ses bras que trois ans après la mort de Pierre. Dès lors, elle n'avait pu s'en passer.

Manuel, dans le même temps, lui avait fait redécouvrir l'univers merveilleux des livres qu'elle avait abandonné depuis l'âge de douze ans. Elle s'y était plongée avec passion, surtout le soir, pendant les longues soirées d'hiver, tandis que lui-même, assis près d'elle, travaillait à un ouvrage sur la guerre d'Espagne. Mélina lisait tout ce qui lui tombait sous la main, y compris des livres de philosophie. Quand elle ne comprenait pas, Manuel lui expliquait. Ainsi était née entre eux une complicité que la connaissance n'avait fait qu'embellir.

Ce fut lui, qui, un soir de 1948, au retour de Salvignac où il était allé acheter des outils, lui proposa de se marier. Mélina y avait déjà songé, car elle entendait parfois au village des réflexions désagréables à leur sujet. Ainsi, une fois qu'ils se furent mariés à la mairie de Salvignac, Mélina ne s'appela plus Sauvénie mais Montalban. Si elle trouva cela tout à fait naturel, elle ne tarda pas à comprendre qu'un mariage avec un Espagnol n'était pas bien accepté par une population volontiers fermée sur elle-même. Elle fit front, comme elle l'avait toujours fait : calmement, avec douceur. Manuel, parfois, dans les foires où les hommes avinés parlaient haut et fort, se sentait considéré comme un étranger et en souffrait. Surtout pour Mélina qui entendait, comme lui, les propos désobligeants des uns et des autres. Il se résolut à demander la nationalité française qu'il obtint facilement grâce à sa participation à la Résistance. Cela suffit à le rendre tout à fait respectable. Tout rentra dans l'ordre, mais Manuel en garda une blessure qui ne se referma jamais.

L'argent que gagnait Mélina ne lui permettait pas d'acheter du matériel pour travailler les truffières, mais seulement pour entretenir le château, dont la toiture et les dépendances étaient en très mauvais état. Ils vivaient du peu d'argent qui lui restait après avoir réglé ces dépenses et surtout grâce aux produits du métayage : volailles et légumes, que Gabriel leur livrait scrupuleusement. Pourtant, Mélina n'aurait jamais songé à se plaindre de son sort. Son seul souci, pour l'avenir, était Jeanne, qu'elle voulait « tenir » à l'école, et toute son énergie tendait vers ce but, même si elle pensait parfois qu'en agissant ainsi elle la perdrait. Elle souhaitait pour sa fille tout ce qu'elle n'avait pu obtenir, elle, et rien n'était assez beau pour cette enfant qu'elle avait tellement désirée.

Sans doute ne désira-t-elle pas autant celui qui s'annonça au printemps de 1950. Manuel, lui, s'en montra très heureux; c'était un moyen d'affirmer la prédominance de la vie sur la mort des siens devenue aujourd'hui certitude. Un voyage au consulat d'Espagne, l'année précédente, ne lui avait laissé plus aucun doute à ce sujet. Il en était revenu désespéré, alors qu'il savait depuis longtemps en lui-même que sa femme et sa fille ne pouvaient pas avoir échappé à la mort. Ce fut lors de ce retour qu'il parla à Mélina de faire un enfant. Elle ne l'avait pas envisagé. Elle avait seulement souhaité une fille, et Jeanne la comblait. Au fil des jours, pourtant, en voyant souffrir Manuel, elle renonça à éviter une grossesse par les moyens naturels dont elle avait appris l'essentiel de la Miette.

Aussi fut-elle à peine étonnée, ce printemps-là, de sentir la vie palpiter au fond d'elle, une vie, qui, elle le savait très bien, à l'image des saisons, ne s'éteint jamais vraiment : elle s'endort pour passer les hivers, mais resurgit toujours lors des printemps suivants.

Cette constatation lui fit renouer le lien avec le monde que la disparition de ceux qu'elle aimait lui avait fait oublier. Elle partit dans les bois pour déchiffrer cette vie qui naissait sur le sol, les branches, les taillis, les buissons. On était en avril. C'était la période où il y avait le plus de travail dans les truffières. Elle y passait ses journées avec Manuel, heureuse bien que distante vis-à-vis de son mari, qui l'aurait souhaitée plus proche. Elle éprouvait en elle, viscéralement, la force qui fait surgir l'herbe et les hommes du néant, se sentait habitée par elle, car c'était la même, elle n'en doutait pas. Elle ne faisait que s'inscrire dans le grand fleuve de la vie, y participait à sa manière, et cette sensation la rendait au moins aussi heureuse que la présence de Manuel.

Ce fut un beau printemps, arrosé juste ce qu'il le fallait pour aider les bourgeons à éclore. Les bois crépitaient dans la montée des sèves et les éclats d'une lumière déjà chaude. Il y avait dans l'air des promesses de retrouvailles. Avec qui ? Avec quoi ? Mélina crut bon de se rendre au cimetière à deux ou trois reprises pour faire partager aux siens ce qui devenait trop grand pour elle. Cependant elle n'y trouva pas ce qu'elle était venue y chercher, et elle comprit que Pierre s'était éloigné d'elle. Si elle en voulut un peu à Manuel, il y avait trop de vie en elle pour qu'elle s'appesantisse sur des remords. D'ailleurs, cet été-là, il n'y eut presque pas d'orages. Ils rôdaient au loin mais ne parvenaient pas jusqu'à Salvignac. Elle eut l'impression d'être protégée et ne redouta pas la délivrance qui était prévue pour le mois de novembre.

Elle donna le jour à un garçon qu'ils appelèrent Sylvain. C'est elle qui l'avait voulu ainsi : elle trouvait ce prénom joli, mais également évocateur des bois qui avaient toujours été son refuge. Dès les premiers jours, pourtant, elle ne se sentit pas aussi liée à lui qu'elle l'avait été à Jeanne. C'était autre chose. L'enfant ressemblait à Manuel : un visage étroit, un front haut, des yeux dont on ne savait pas quelle couleur ils prendraient vraiment. Elle n'en montra rien, évidemment, et lui donna toute l'affection qu'il convenait. Ainsi, le château quasiment vide résonna-t-il des pleurs et de la voix de cet enfant qui fut, tout de suite, la passion de Jeanne.

Deux années passèrent sans le moindre nuage. À l'été de 1954, pourtant, un terrible été qui grilla jusqu'aux feuilles des chênes, Mélina comprit que le moment qu'elle redoutait tellement allait arriver : à la rentrée scolaire, Jeanne partirait comme pensionnaire au lycée de Périgueux. Elle repoussa longtemps le moment de se consacrer au trousseau de sa fille, tenta d'oublier cette séparation dont elle allait souffrir, elle en était certaine.

Lors de la fête foraine de Salvignac, elle dansa pour la première fois avec Manuel au cours du bal, en fin d'après-midi. Ensuite, ils s'assirent à une table posée sur tréteaux pour boire de la limonade, tandis que Jeanne montait sur les manèges. De ce soir-là, Mélina garda l'impression de quelques heures privilégiées qu'elle ne pourrait pas oublier. Ce n'était pas grand-chose, pourtant, mais la musique, la joie des enfants et des adultes lui donnèrent l'illusion que sa vie se trouvait à l'abri du malheur.

Elle vécut avec cette sensation tout le mois de septembre, jusqu'à la dernière semaine avant le départ de Jeanne. Les jours passèrent très vite, alors, car elle fut très occupée par les préparatifs, et il fallut bien se résigner à laisser s'en aller celle qui avait ensoleillé sa vie pendant douze ans.

Ils partirent sur la charrette car ils n'avaient pas d'automobile, le dimanche après-midi, veille de la rentrée scolaire. Mélina reconnut la route qu'elle avait prise plusieurs fois, toujours dans des circonstances graves, et qui la menait vers la grande ville. C'est Manuel qui tenait les rênes, tandis que Mélina, assise sur la banquette, serrait sa fille contre elle, une main passée par-dessus ses épaules. Nul ne parlait. Il faisait aussi chaud que les jours précédents et la fournaise du ciel entretenait sur la route, où l'ombre était rare, des foyers torrides. Le plus souvent, le cheval, exténué, allait au pas.

Il leur fallut plus de deux heures pour atteindre le centre-ville où se trouvait le lycée : un immense bâtiment aux murs gris dont Mélina franchit les portes avec un serrement de cœur. Jeanne, elle, s'efforçait de se montrer courageuse. Tandis que Manuel s'occupait des formalités, Mélina emmena sa fille dans le dortoir où elle l'aida à faire son lit et à ranger ses affaires dans un placard, puis elles redescendirent. Ensuite, tous trois restèrent ensemble un moment dans la cour, refusant en eux-mêmes ce qui allait se passer. Manuel tenta de trouver les mots pour rendre la séparation moins cruelle. À l'instant où Mélina lâcha sa fille, elle eut une sorte de vertige et Manuel dut la prendre par le bras pour la conduire vers la sortie.

Le moment le plus difficile, pourtant, fut celui où, depuis la rue, Mélina aperçut Jeanne toute seule dans un coin de la cour. Elle fit signe à Manuel d'arrêter la charrette, et elle fut vraiment sur le point de renoncer.

— Non, dit Manuel. Il le faut.

Ils partirent. Dès ce moment, Mélina garda en elle la conviction d'une trahison envers son enfant, trahison dont elle aurait à souffrir toute sa vie. Elle se mit à compter les jours qui la séparaient du retour de Jeanne qui devait revenir toutes les deux semaines. Le feu de l'été déclina enfin, mais, pour Mélina, sans Jeanne, la lumière du jour n'était plus la même.

Elle ne fut rassurée qu'au bout de deux mois en constatant que sa fille supportait la pension sans difficulté et obtenait des notes aussi brillantes qu'à l'école primaire de Salvignac. Il lui sembla alors qu'un fossé se creusait entre elle et Jeanne, et bientôt ce fut cette souffrance-là qui prit le pas sur l'autre : elle ne comprenait pas pourquoi cette enfant qu'elle avait tant souhaitée, tant aimée, repartait sans la moindre émotion le lundi matin. Elle reporta l'affection qui ne trouvait plus à s'exercer sur Jeanne vers Sylvain qui s'accrochait sans cesse à ses jupes et ne pouvait se passer d'elle un seul instant.

Lors du terrible hiver de 1956, le froid s'installa en une nuit, alors qu'on ne l'attendait pas. Cette nuit-là, Mélina, qui ne trouvait pas le sommeil, entendit le tronc des chênes éclater au fond des bois. Le sol étant gelé en profondeur, elle n'avait pas pu assurer sa récolte de truffes en janvier, et elle s'inquiétait beaucoup pour l'avenir. À la mi-février, elle fut obligée de dégager la neige pour chercher les truffes avant qu'elles ne pourrissent. Et quand la neige fondit, il était bien tard : février s'achevait, et le dégel brusquement emplissait les bois de murmures, d'odeurs de mousse, et de longs frissons couraient dans les branches nues. Elle put quand même sauver l'essentiel et le vendre à Périgueux où elle en profita pour aller voir Jeanne entre midi et deux heures.

Ce fut au printemps de cette année-là que Manuel reçut une lettre de la préfecture l'informant qu'une jeune femme appelée Montalban recherchait son père à Perpignan. Cette nouvelle emplit Manuel d'un fol espoir qui fit de la peine à Mélina : il lui sembla tout à coup qu'elle-même et Sylvain ne formaient pas sa vraie famille, que l'essentiel de sa vie ne se trouvait pas au château, près d'elle, mais qu'il était resté quelque part, très loin, et lui échapperait toujours. Elle s'efforça, toutefois, de partager son espoir et de l'aider dans ses préparatifs de voyage. Il partit à la fin du mois de mars en lui promettant de lui donner des nouvelles dès qu'il le pourrait.

Elle demeura seule avec Sylvain et retrouva des gestes, des habitudes du temps où elle vivait seule à la Méthivie avec Jeanne. À quatre ans, son fils trottinait dans les truffières tandis qu'elle travaillait à griffer la terre sur une faible profondeur et à couper les chênes en surnombre. Un après-midi, elle se redressa brusquement, surprise par le silence. Elle appela Sylvain, mais il ne répondit pas. Affolée, elle le chercha, toujours en appelant. Il demeura introuvable. Alors, au lieu de courir à droite et à gauche, elle s'efforça de couvrir des cercles de plus en plus grands autour de la truffière. Elle sentit à cette occasion combien, dans sa solitude, cet enfant lui était devenu précieux, autant que Jeanne au même âge.

Il lui fallut plus d'une heure pour le retrouver, pas très loin du chemin de la métairie, au pied de deux chênes nains. Il s'était perdu et s'était endormi, confiant, sans doute, puisque son visage n'exprimait aucune peur. Elle le gronda pour la forme, mais de l'avoir retrouvé si paisible dans l'univers des bois lui fit comprendre que, peut-être plus que Jeanne, il se sentait ici chez lui, et en sécurité. Dès lors, elle se mit à lui parler de ce qu'elle connaissait des plantes, des arbres, des forces cachées du monde, et il l'écoutait, ravi, souriant, comme s'il comprenait mieux ces mots-là que ceux du langage courant — malgré son âge, il avait encore beaucoup de mal à s'exprimer.

Le lendemain, Manuel revint, méconnaissable, le visage défait, anéanti. Il avait espéré en vain : la jeune fille qu'il avait rencontrée n'était pas sa fille. Elle avait été perdue par sa mère, à neuf ans, lors de la chute de Madrid, et son nom de Montalban lui venait de son père originaire de Séville. Il n'y avait aucun lien de parenté entre les deux familles. Il raconta à Mélina son voyage d'une voix monocorde, brisée, et elle comprit qu'il lui faudrait toujours compter avec cette part de la vie de Manuel qu'il ne pouvait pas oublier.

Elle l'aida, et de toutes ses forces, mais une angoisse s'installa en elle, dont elle essaya vainement de se débarrasser. Avec ses herbes, d'abord, dont elle se faisait des tisanes aux dosages savants, ensuite en se réfugiant dans les bois et en cherchant sur la mousse, contre la terre même, les signes annonciateurs de ce qu'elle redoutait. Elle s'inquiéta pour Jeanne, mais celle-ci se montra heureuse et enjouée aux vacances de Pâques. Son bulletin scolaire ne contenait que des éloges. Le danger ne pouvait pas venir de là.

Elle s'inquiéta pour Sylvain, sans plus de raison : l'enfant était en parfaite santé. Elle sut alors que c'était pour Manuel qu'elle devait s'inquiéter, et elle l'entoura de soins, de préventions, de remèdes de sa composition dont il riait et qu'il refusait de la main. Il se fermait, lui échappait. Même les livres qui avaient été longtemps entre eux un lien précieux ne parvenaient plus à le rapprocher d'elle, le soir, tandis qu'ils veillaient côte à côte, devant la cheminée. Il était miné par le remords et par la douleur, blessé jusqu'au plus profond de lui-même. Elle ne parvenait pas à trouver les mots qui auraient pu l'apaiser et s'en voulait. Manuel était trop loin. À peine si, parfois, elle osait une phrase à laquelle elle avait longuement songé :

— Tu te fais du mal, et je crois que ce n'est pas ce qu'elles souhaitent, où qu'elles soient.

Il tressaillait, hochait la tête, lui souriait.

— Tu as raison. Je sais bien que tu as raison, mais je n'y peux rien.

Et, comme il la sentait malheureuse, il ajoutait :

— Ça passera. Laisse-moi le temps, s'il te plaît.

Elle songeait qu'il s'en était passé du temps, depuis la guerre, mais elle ne se rebellait pas : elle n'avait jamais su le faire. Elle travaillait à repousser ce qu'elle devinait tapi dans l'ombre, et qui allait surgir, un jour prochain, elle en était certaine.

Il y eut, cette année-là, de grosses chaleurs au début de l'été. En quinze jours, tout fut sec, pétillant sous un soleil de feu. Il faisait si chaud que Mélina et Manuel travaillaient de l'aube jusqu'à onze heures du matin, et ne ressortaient que vers cinq heures. Un après-midi de la mi-août, il y eut brusquement des bruits anormaux dans la forêt. On ne pouvait pas les entendre du château. Pourtant Mélina eut l'impression, en regardant par la fenêtre, que la lumière du soleil n'était soudain plus la même. Elle voulut le signaler à Manuel, quand, portant son regard davantage vers l'ouest, elle aperçut la fumée. Le feu ! Il y avait le feu dans les bois ! Elle eut à peine la force d'appeler, tant cette découverte éveillait en elle de douleur. Le souvenir de sa mère, surtout, en même temps que le chagrin de son père, son enfance et les années sombres de Costenègre la submergèrent et la firent vaciller. Elle demeura un moment immobile, fascinée par la fumée et, lui sembla-t-il, par l'éclat fauve de quelques flammes qui, là-bas, trouaient la verdure.

Enfin elle parvint à se détacher de la fenêtre et à prévenir Manuel qui lisait dans le salon, derrière les volets mi-clos. Tout en lui recommandant de ne pas bouger, il partit au village pour prévenir les pompiers. À peine s'était-il éloigné que Mélina, oubliant son fils qui faisait la sieste, comme attirée par un maléfice, sortit et prit le chemin des truffières. Elle entendit la sirène hurler alors qu'elle avait déjà parcouru un kilomètre, tantôt courant, tantôt marchant, poussée par une force qui lui donnait l'impression que sa mère était en danger.

Dans les bois, l'air ne circulait pas. On aurait cru entrer dans un four et Mélina avait bien du mal à respirer. Elle avançait quand même, aimantée par l'odeur du bois brûlé et les crépitements secs perceptibles à plus de deux kilomètres du foyer. Elle s'arrêta brusquement, s'orienta : il n'y avait pas de doute, c'était bien l'une de ses truffières qui brûlait. Elle se remit à courir, une main plaquée sur sa poitrine, trébuchant sur la terre du chemin durcie par la sécheresse, et, tout à coup, au détour du sentier, elle vit le feu : de grandes flammes qui escaladaient la cime des chênes en se tordant comme des serpents, projetant çà et là des étincelles d'or et des flammèches qui s'envolaient, malgré l'absence de vent, vers les arbres voisins.

Mélina s'avança, voulut appeler, mais aucun son ne sortit de sa gorge. Elle demeura un moment immobile, puis, songeant à sa mère qui s'était battue contre le feu, elle ramassa une branche feuillue et tenta d'éteindre les flammes qui couraient au ras du sol, entre les arbres. Elle savait qu'elle se trouvait en lisière du feu, mais elle ne pouvait pas se rendre compte que des flammèches passaient par-dessus sa tête, très haut, car elle se tenait courbée. Le plus impressionnant, ce n'étaient pas les flammes, c'était le bruit : les craquements sinistres des arbres vaincus, des coups de fouet, des crépitements fous, et, par-dessus tout, un ronflement de chaudière portée au rouge, énorme et effrayant.

Elle avait peur, Mélina, mais elle avait la conviction de défendre sa mère, et c'était la seule chose qui comptait. Elle se battait, frappait le sol de toutes ses forces, tout entière absorbée dans cette tâche vitale, sans relever la tête. Elle allait être encerclée quand les premiers pompiers volontaires apparurent, suivis par Manuel qui ne l'avait pas trouvée en rentrant et avait deviné où elle était allée. Ils eurent juste le temps de la tirer à l'écart tandis qu'elle se débattait, rouge, couverte de sueur, le souffle court.

Manuel la fit asseoir, lui parla, et c'est à peine si elle l'entendit. Les pompiers, qui ne disposaient pas d'eau si loin dans les bois, tentèrent d'allumer un contre-feu. Manuel entraîna Mélina à l'écart de la chaleur étouffante des flammes. Elle se retournait sans cesse, cherchant à revenir vers le sinistre, incapable de prononcer le moindre mot, comme un animal effrayé. Ils croisaient d'autres camions de pompiers qui arrivaient des villages voisins. Mélina ne voulait pas rentrer au château, résistait toujours à Manuel qui cherchait à l'entraîner dans cette direction.

Enfin, au bout de dix minutes, son regard, brusquement, s'éclaira de nouveau, et elle parut prendre conscience de l'endroit où elle se trouvait. Ce fut comme si elle reprenait pied dans la réalité. Elle frissonna malgré la canicule et, lentement, très lentement, elle s'affaissa sur le chemin.

Elle revint à elle beaucoup plus tard, dans sa chambre. Prenant conscience de la réalité, elle demanda à Manuel ce qu'elle faisait là. À peine eut-il prononcé quelques mots qu'elle se souvint et voulut se lever.

— C'est presque fini, dit Manuel, deux contre-feux et un camion-citerne ont suffi. Et puis, l'orage approche. Il achèvera de noyer tout ça.

Effectivement, on entendait tonner au loin, dans la direction du sud-ouest, vers Périgueux.

— Repose-toi, ce n'est pas la peine de te lever : on ne voit plus rien.

Elle referma les yeux, murmura :

— Qu'est-ce qui s'est passé ?

— Tu as eu un malaise. Je t'ai portée jusqu'ici.

Tu t'es réveillée quelques minutes, puis tu t'es endormie.

— Est-ce que j'ai parlé ?

— Oui, de ta mère.

Elle se souvenait à présent de la peur atroce dans laquelle l'avait projetée le spectacle des flammes, et elle se remit à trembler.

— J'ai fait appeler le médecin, précisa Manuel, mais il n'était pas là.

— Ce n'est plus la peine, dit Mélina. C'est fini.

Ils se turent. On entendait l'orage se rapprocher très vite, et bientôt de grosses gouttes de pluie s'écrasèrent sur le toit.

— Ça y est, dit Manuel, il pleut.

Le bruit de la pluie finit par apaiser définitivement Mélina. Épuisée, elle se rendormit, veillée par Manuel qui épongeait de temps en temps son front fiévreux. Il avait vraiment compris, cet après-midi-là, qu'elle ressentait les choses beaucoup plus intensément, beaucoup plus douloureusement que les autres êtres vivants, et cette révélation assombrit l'idée qu'il se faisait de leur avenir.

Le lendemain matin, Mélina allait mieux. Elle voulut se rendre compte par elle-même des dégâts de l'incendie, et elle s'aperçut, à son grand soulagement, que seule une petite partie de ses truffières avait été détruite. Les flammes avaient léché la lisière de ses grands bois, à l'endroit même où elle s'était battue, mais le centre du foyer se situait plus au nord. Le spectacle des chênes noirs, même si ce n'étaient pas les siens, pourtant, lui souleva le cœur, et elle ne put rester très longtemps devant ce monde calciné, qui, de nouveau, lui fit penser à sa mère.

Elle se réfugia au château où des gendarmes vinrent lui rendre visite un peu avant midi. L'incendie paraissait accidentel. Ils lui demandèrent si elle avait aperçu quelqu'un ou quelque chose qui pût les aider dans leur enquête, mais elle n'avait rien vu en arrivant sur les lieux. De cela, au moins, elle se souvenait. Manuel leur fit la même réponse, et ils repartirent en remerciant.

— Crois-tu que quelqu'un aurait mis le feu ? demanda-t-elle à Manuel dès qu'ils se retrouvèrent seuls.

Il voulut la rassurer, répondit :

— Non. Je suis sûr que non.

Elle ne le croyait pas elle-même. Elle devinait plutôt dans ces flammes les prémices d'un mal avancé qui surgirait bientôt au grand jour. Son instinct ne la trompait pas. À peine l'été s'était-il épuisé en journées caniculaires sans le moindre souffle de vent, que Manuel, un matin, ne put se lever. Il respirait mal et ne pouvait remuer ni ses jambes ni ses bras. Mélina envoya Augusta prévenir le médecin qui ne vint pas avant dix heures et qui, dès son arrivée, se montra très inquiet. Sans vouloir hasarder un diagnostic définitif, il se chargea lui-même d'emmener le malade à l'hôpital de Périgueux. À Mélina, qui prétendait le suivre, il expliqua qu'il ne valait mieux pas, que Manuel était peut-être atteint d'un mal contagieux. Elle pensa alors à Sylvain, lessiva toutes les pièces et fit en sorte de le tenir à l'écart de leur chambre et de la salle à manger.

Elle attendit toute la journée, très angoissée, persuadée que la maladie de Manuel était grave, mais elle ne se doutait pas à quel point. Ce fut à cinq heures du soir qu'elle entendit prononcer le mot dont elle avait si peur et qui courait dans les campagnes depuis quelques années : poliomyélite. On avait transporté Manuel à l'hôpital Pellegrin de Bordeaux pour le placer dans un « poumon d'acier ». Ces trois mots ne cessèrent de tourner dans la tête de Mélina toute la nuit : poliomyélite, poumon d'acier. Le médecin lui avait recommandé de faire bouillir l'eau du robinet avant de la boire, et sa hantise, dès ce jour-là, fut que Sylvain boive n'importe quelle eau, dans la cour ou ailleurs. Elle lui fit maintes et maintes recommandations, ne le quitta pas des yeux, guetta avec hantise sur son visage les stigmates de la maladie. L'enfant, heureusement, demeura plein de santé, et elle finit par se rassurer.

Le premier dimanche où Jeanne vint au château, Mélina lui confia Sylvain et elle partit pour Bordeaux, cette grande ville inconnue dont le nom était désormais associé en elle à un « poumon d'acier ». Gabriel la conduisit à Périgueux. Là, elle prit le train pour la capitale de l'Aquitaine où elle arriva, gare Saint-Jean, un peu avant midi. Elle mangea dans le hall quelques victuailles sorties de son panier, puis elle se renseigna pour savoir où se trouvait l'hôpital : c'était loin, très loin. Une femme affable, vêtue d'un ensemble gris perle et coiffée d'un grand chapeau vert, lui expliqua comment prendre le bus qui la conduirait à destination. Mélina y arriva vers deux heures. Son train de retour était à seize heures trente. Elle se dépêcha, donc, de trouver la chambre de Manuel, et ce qu'elle découvrit la bouleversa. Manuel était enfermé dans une sorte de grande boîte en métal d'où dépassaient seulement la tête et les jambes. Il parvint à lui dire quelques mots, esquissa un sourire, mais elle comprit qu'il souffrait. Elle s'efforça de lui cacher sa peur, lui prit les mains, lui parla des truffières, de Salvignac, de Sylvain, de tout ce qu'ils entreprendraient quand il serait de retour. Cependant, les deux larmes qui coulèrent des yeux de Manuel firent comprendre à Mélina qu'il n'en croyait rien. Le médecin à qui elle parla se montra très réservé. Quand elle repartit, elle était encore plus pessimiste qu'au matin, mais elle le cacha soigneusement à Manuel. En outre, à chacune de ses visites à Bordeaux, elle s'efforça d'apparaître souriante et confiante dans l'avenir.

Son chemin de croix dura presque deux ans. Tous les dimanches, elle se rendait à Bordeaux, emmenant parfois Jeanne et Sylvain. L'état de Manuel s'améliora un peu, puis, de nouveau, se détériora. Durant tout ce temps, Mélina se réfugia dans le travail, aidée en cela par Gabriel, et aussi par Marion, sa femme, une matrone du Nord qui élevait cinq enfants blonds comme les blés, dont l'aîné, déjà, secondait son père.

Jeanne et Sylvain grandissaient. La première se montrait toujours aussi passionnée par l'école et toujours aussi distante vis-à-vis du village et du château. Elle ne rêvait que de voyages et voulait devenir archéologue, ce qui désespérait Mélina qui avait tant besoin d'elle. Sylvain, lui, posait beaucoup de questions au sujet de son père. Il ne manquait pourtant pas une occasion de partir avec sa mère dans les truffières et de s'intéresser à la Noire, comme Mélina le faisait à son âge.

On entendait beaucoup parler de poliomyélite, à l'époque, et de la gravité de cette maladie, mais certains malades guérissaient. Il y avait maintenant un vaccin dont les enfants de Mélina avaient bénéficié. Si elle était un peu moins inquiète pour eux, elle l'était toujours autant au sujet de Manuel. Elle ne se trompait pas. Il mourut au mois d'avril 1960, un dimanche soir, alors que Mélina avait passé l'après-midi près de lui. Elle avait lu dans ses yeux sa douleur de devoir la quitter, mais elle avait surtout compris, en écoutant ses derniers mots, qu'il mourait de chagrin. La guerre avait infligé à son corps et à son esprit trop de souffrances. Quelque chose d'essentiel s'était brisé en lui, laissant place à la maladie.

Manuel fut porté en terre à Salvignac, dans le caveau de la famille Fontanel. Mélina se retrouva seule avec ses deux enfants, ce qui était beaucoup, pour elle, car leur existence suffisait à justifier la sienne. Pour échapper à la pensée d'avoir perdu les deux hommes qui l'avaient aimée, elle puisa une nouvelle fois au fond d'elle-même la force de croire qu'elle était maintenant, depuis là-haut, grâce à eux, doublement protégée. Elle se remit donc au travail en songeant que chacun de ses coups de pioche, chacun de ses pas, chacun de ses efforts était maintenant destiné à ses enfants.

13

Au début de l'été, Jeanne obtint le baccalauréat scientifique avec la mention « bien ». Pour pouvoir payer les études de sa fille à Bordeaux, Mélina fit une demande de bourse qui fut refusée, au motif que la demanderesse était propriétaire d'un château. Par l'intermédiaire du médecin de Salvignac, Mélina trouva à sa fille une petite chambre dans la rue Descartes, tout près de l'hôpital Pellegrin. Jeanne n'avait pas changé dans son désir de devenir archéologue, au contraire : c'était pour elle une véritable passion. Ce fut donc avec une grande joie qu'elle entra en octobre à la faculté des sciences de Bordeaux, même si, autant que sa mère, elle était consciente des sacrifices que cela impliquait pour elles deux. Ne faudrait-il pas vendre une partie des terres ou la métairie ?

— On verra bien, dit Mélina. Pour le moment, on va faire avec l'argent que j'utilisais pour ta pension.

Elle quitta sa fille, ce jour-là, avec la même impression d'abandon qu'elle avait ressentie à Périgueux, quand Jeanne était entrée au lycée. Dès le lendemain, cependant, elle se mit au travail dès l'aube pour compenser l'absence de Manuel, et elle prit l'habitude de repartir dans les truffières dès qu'elle avait terminé son repas de midi en compagnie de Sylvain. Celui-ci, au contraire de Jeanne, n'aimait pas l'école. Il préférait, le jeudi, suivre sa mère et l'aider de son mieux. À huit ans, il était vigoureux et travaillait près d'elle avec application.

Mélina se demandait souvent ce qu'elle serait devenue sans sa présence, Jeanne étant loin, désormais. Quand elle se trouvait seule dans les truffières, la solitude, parfois, lui pesait. Alors elle se réfugiait dans le travail, toujours aussi pénible à cause du manque de matériel. Il lui avait fallu, surtout, replanter la lisière gauche de la truffière qui avait brûlé. C'était un travail d'homme que de scier les troncs le plus ras possible, même s'ils n'étaient pas très épais, puis de tirer les souches à l'écart, nettoyer, et enfin replanter. La récolte de l'hiver qui approchait ne serait pas aussi bonne que celle de l'année passée. Elle ne pourrait donc pas compter sur une rentrée d'argent supplémentaire, au contraire.

Le château, lui, nécessitait toujours autant de travaux, et surtout la toiture de l'aile opposée à celle qu'occupait Mélina. Elle s'interrogeait souvent sur la nécessité d'habiter une si grande demeure, rêvait parfois de la vendre et d'aller se réfugier à Costenègre ou à la Méthivie. Puis elle songeait que tout appartenait à sa fille, qu'elle ne pouvait donc rien décider seule, et elle se résignait à travailler encore plus, à développer les truffières, même si elle devait y laisser toutes ses forces. C'est ce qu'elle fit, durant l'année qui suivit le départ de Jeanne pour Bordeaux, en ne mesurant jamais ni son temps ni sa peine.

Afin d'améliorer la production, elle se mit à l'étude scientifique des truffes et dévora tous les livres qui lui tombèrent sous la main. Elle comprit mieux, dès lors, le processus de naissance de la Noire dont elle n'avait eu jusqu'alors qu'une connaissance pragmatique. Elle comprit qu'il valait mieux travailler le sol en mars qu'en avril, car c'est en mars que les spores germent, alors qu'en avril, souvent, le mycélium commence à coloniser le sol. Elle apprit qu'en mai la sexualité du champignon a lieu, que les truffettes naissent en juin et grossissent jusqu'en septembre. En octobre et novembre, elles mûrissent. On peut récolter dès le mois de décembre jusqu'à la fin janvier, mais le moins possible en février, car à ce moment-là les spores commencent à ensemencer le milieu.

Au cours de ses études, elle pensa souvent à son père et aux dictons qu'il lui avait enseignés. Tous se révélaient exacts du point de vue scientifique. À la Saint-Roch, la truffe était bien sur le roc, comme il aimait à le dire, un index sentencieux dressé vers le ciel, la dévisageant de ses yeux fiévreux, mais plein de fierté.

Elle expérimenta également une couverture du sol non plus avec de la paille, mais avec des branches de genévrier, qui maintenaient mieux l'humidité et, remarqua-elle, donnaient des truffes précoces — ce que son père appelait des truffes-fleurs et qu'il marquait avec une graine de blé ou d'avoine pour revenir les ramasser une fois qu'elles seraient mûres. Elle essaya aussi, outre les branches de genévrier, du marc de raisin, des feuilles de maïs, s'interrogea sur le fait de savoir si l'élément essentiel à la croissance de la Noire était le potassium, le sodium ou le chlore. À son avis, les sels de potasse ne servaient qu'à accroître l'humidité ; le potassium et le sodium, eux, étaient surtout nécessaires aux jeunes plants. Pour les autres, elle mit au point une sorte de fumure phosphatée dont elle était certaine qu'elle favorisait la mycorhization. Ce fut, dès lors, avec sa connaissance des glands les plus propices à la production, son deuxième secret. On put apercevoir la nuit, parfois, des lampes s'allumer dans les truffières de Mélina, à la recherche de cette fameuse fumure qu'elle fabriquait elle-même avec les déchets que lui portait Gabriel.

Elle redevint enviée, jalousée, courtisée, aussi, car la quarantaine l'avait à peine flétrie, et elle demeurait belle, de cette beauté farouche et grave qui attire les hommes parce qu'elle dissimule des secrets. Son voisin n'y était pas insensible. C'était un homme de cinquante ans, célibataire, qui rêvait d'unifier les deux propriétés et de devenir ainsi le plus grand trufficulteur du Périgord. Il avait longtemps été à l'origine des rumeurs déplaisantes propagées sur le compte de Manuel — un « rouge » de la pire espèce qui avait du sang sur les mains —, espérant lui faire quitter la région. Depuis sa mort, il avait repris espoir et il était venu plusieurs fois faire sa cour à Mélina qui l'avait éconduit fermement : elle n'aimait pas du tout cet homme fruste, violent, dont elle savait de quoi il était capable. Lors d'une ultime tentative qu'il fit cette année-là, elle refusa de lui ouvrir sa porte. Il devint fou furieux et, dès le lendemain, il se mit en devoir de couper tous les chênes qui délimitaient leurs deux propriétés.

Mélina savait que ces chênes étaient responsables de la mycorhization dans sa truffière, leurs racines pouvant courir sous la surface du sol jusqu'à sept ou huit mètres. Redoutant des complications supplémentaires, elle se refusa à couper les siens en représailles, ne voulant pas donner prise à un conflit qui pouvait la conduire devant les tribunaux.

C'était là sa hantise. Elle lui venait de son père, Jean Fontanel, pour qui monter les marches d'un tribunal, même si l'on était dans son droit, était une source d'infamie. Car les disputes, les conflits n'étaient pas rares dans ce pays où la terre était sacrée. Les procès pour quelques mètres carrés faisaient naître des haines qui mettaient plusieurs générations à s'estomper, si toutefois elles disparaissaient jamais. Ce que l'on redoutait le plus — outre d'être condamné —, c'était la ruine, car plaider coûtait cher, surtout quand les procès duraient plusieurs années. On trouvait encore, incrustées dans la pierre, sur les portes d'entrée des notaires périgourdins, les fameuses lettres P, P, P, P, qui signifiaient : « Prenez patience pauvres plaideurs », et devant lesquelles avaient médité des dizaines de pauvres gens.

Mélina savait qu'elle n'avait pas la moindre possibilité de se défendre. Le peu d'argent qu'elle gagnait lui servait à vivre et à payer les études de Jeanne. Elle s'efforça de replanter à l'automne, dans une autre parcelle, autant d'arbres que ceux qui risquaient de ne plus produire. Même s'il fallait attendre plus dix ans — peut-être quinze — avant d'en récolter les fruits, son devoir, vis-à-vis de ses enfants, était de préserver les revenus du domaine, quoi qu'il arrive. Ensuite, elle fit en sorte d'oublier son voisin, prenant grand soin de l'éviter dans les foires, à Salvignac, ou sur les chemins où il surgissait parfois brusquement, comme s'il la guettait.

Elle ne put éviter celui qui fit son apparition le printemps suivant et qu'elle reconnut tout de suite bien qu'elle ne l'ait jamais vu : Philippe Carsac, étrangement ressemblant au portrait qui se trouvait autrefois dans le bureau de son père et que Mélina avait remisé dans le grenier du château, espérant bien ne plus jamais poser les yeux sur lui. Il ressemblait à Antoine, mais en moins brun, un peu plus rond, un peu plus grand, à peine voûté par l'âge, que Mélina, tout de suite, par un rapide coup d'œil, évalua à la soixantaine. Il était vêtu, ce jour-là, d'un costume de drap beige, d'une chemise blanche, de chaussures en crocodile, et quand il prétendit entrer sans même demander la permission, elle n'eut ni la force ni le réflexe de s'y opposer.

Ne paraissant pas surpris de la trouver là, pas plus d'ailleurs que par l'absence de son frère ou de ses parents, il s'installa dans un des fauteuils du salon et déclara :

— Alors, c'est vous Mélina Fontanel !

— Oui, dit-elle, intimidée par cette présence. C'est moi.

— Eh bien, asseyez-vous ! reprit-il, très à l'aise, en lui désignant un fauteuil. Ne restez pas debout, puisqu'il paraît que vous êtes chez vous.

Elle était trop impressionnée pour répondre. Elle s'assit, donc, et attendit, comme au temps où elle était convoquée par Grégoire et Antoine Carsac, se sentant coupable, sans savoir de quoi. Philippe, au contraire, semblait avoir évalué d'un coup d'œil la situation. Elle comprit d'ailleurs qu'il la connaissait parfaitement quand il déclara d'une voix moqueuse :

— On m'a bien dit la vérité : la fille du bordier est devenue propriétaire. J'ai eu du mal à le croire, eh bien, j'ai eu tort.

Mélina, immobile, glacée, s'attendait au pire. Elle était sur le point de dire qu'elle n'avait jamais souhaité devenir propriétaire, quand Philippe reprit :

— Ce qu'elle ne peut pas savoir, la fille du bordier, c'est qu'un père ne peut pas déshériter un de ses enfants.

— Je n'ai rien demandé, dit Mélina. C'est votre père et le notaire, maître Simbélie, qui ont tout décidé.

Elle ajouta, comme si elle était consciente d'avoir volé quelque chose :

— Le domaine n'est pas à moi. C'est à ma fille, qui est aussi celle de votre frère Antoine.

— Oui, dit Philippe, je sais, je sais. Je ne contesterai pas cela puisqu'il y a eu une reconnaissance de paternité. Ce que je conteste, c'est d'avoir été spolié de la moitié du domaine. Et, d'une manière ou d'une autre, il faudra bien me la rendre.

Elle ne sut quoi répondre. Elle avait peur, très peur de se retrouver sans abri, comme ce jour où ils étaient partis pour Sorges avec son père, dans le froid de l'hiver. Et puis, subitement, elle pensa à sa mère qui était morte à cause de l'homme qui se trouvait devant elle, et la révolte la fit se rebeller. Elle se dressa en disant :

— Tout le monde sait que c'est vous qui avez mis le feu à la truffière dans laquelle ma mère est morte.

— Vous pouvez vous asseoir : une calomnie de plus ou de moins ne m'étonne pas des gens d'ici. Personne ne pourra rien prouver dans cette affaire, et vous le savez bien.

— Ce que je sais, dit Mélina, c'est que ma mère est morte à cause de vous.

— C'est ce que l'on vous a fait croire.

— Tout le monde me l'a dit, même votre père.

— Eh bien, tout le monde vous a menti, et surtout mon père, qui ne songeait qu'à une chose : me déshériter et me chasser.

— Ce n'est pas vrai, gémit Mélina, désemparée.

— Il n'a pas voulu partager le domaine à la mort de ma mère, reprit Philippe Carsac, impassible. Voilà pourquoi je suis parti en Amérique. Bien m'en a pris, d'ailleurs, car j'ai bâti là-bas une fortune que j'aurais été bien incapable de bâtir ici, dans ces terres de misère, cette petitesse, ces arbres rabougris, ces chemins qui ne mènent nulle part.

— Et ma mère ? fit Mélina d'une voix brisée.

— Si elle n'était pas morte ce jour-là, je l'aurais emmenée avec moi.

— Vous mentez.

— Non, je ne mens pas. J'allais la retrouver le jour où le feu a pris. Nous devions nous enfuir dans la nuit. Moi aussi, j'ai essayé de l'éteindre, mais il était trop tard.

— Je ne vous crois pas, dit Mélina.

— Vous ne me croyez pas parce que vous avez entendu le même son de cloche pendant trente ans et que je n'étais pas là pour rétablir la vérité.

Elle ne trouva rien à dire : elle ne savait plus soudain où était la vérité, ni ce qu'elle devait faire. Cet homme paraissait sincère, mais il y avait dans son regard quelque chose que Mélina n'aimait pas. Son instinct l'avertissait de se méfier, de ne pas s'approcher de ce foyer-là, et pourtant tout ce qu'il affirmait semblait possible.

— Vous ne ferez pas l'injure de ne pas me proposer une chambre pour la nuit, reprit Philippe Carsac. Celle de mon père me conviendra parfaitement. Par contre, je ne vous imposerai pas ma présence aux repas. Les bons restaurants ne manquent pas dans la région.

Il se leva et, comme elle le suivait dans le couloir, il se retourna pour lui dire :

— Ce n'est pas la peine, je connais le chemin. Si vous pouvez me faire porter des draps par votre Augusta, ça ira très bien.

Mélina s'arrêta, demeura immobile un long moment, ne sachant plus ce qu'elle devait faire. Un seul homme pouvait l'aider, la renseigner : le notaire. Elle donna des instructions à Augusta, puis elle partit aussitôt vers Salvignac, sans apercevoir la main, qui, à l'étage, écartait les rideaux, ni le visage dont les minces lèvres souriaient.

Il ne lui fallut que dix minutes pour se rendre à l'étude du notaire qui était occupé et qui la fit patienter, donc, dans la petite salle d'attente qu'elle connaissait pour l'avoir fréquentée avec Grégoire Carsac. Le temps lui parut long tandis qu'elle réfléchissait, seule, angoissée par cette réapparition qui réveillait en elle de si douloureux souvenirs. Elle avait vécu pendant des années dans l'idée que Philippe, coupable de la mort de sa mère, ne pouvait réapparaître, et voilà qu'aujourd'hui il surgissait, différent de ce qu'elle avait imaginé, certes, mais encore plus menaçant pour elle, et surtout pour ses enfants. Tout, dans cet homme, était inquiétant : son assurance, sa force, sa façon de parler, ses vêtements même qui montraient sa richesse, son pouvoir, quelque chose que Mélina ne définissait pas exactement, mais qui la terrifiait.

Ce fut avec soulagement qu'elle vit la porte s'ouvrir, poussée par le notaire : un homme blond, à moustaches, qui portait de fines lunettes et qui était âgé d'une quarantaine d'années. Ce n'était pas celui qui avait réglé les affaires du domaine, mais son fils : Georges Simbélie. Il était parfaitement au courant du dossier et de l'arrivée de Philippe Carsac :

— Il est venu me voir, dit-il à Mélina. Cela fait plus d'un an que j'ai reçu une lettre d'un de ses avocats. Je ne vous en ai pas parlé pour ne pas vous inquiéter.

— Parce que c'est inquiétant ? demanda Mélina.

— Un peu, oui. Disons que les liens qui unissaient mon père et Grégoire Carsac les ont poussés à régler la succession d'une manière non pas frauduleuse, mais tendancieuse. Vous comprenez, quoi qu'il ait fait, au regard de la loi, Philippe Carsac ne pouvait pas être déshérité : il aurait fallu qu'il soit indemnisé. Certes, cela a été prévu, du moins en théorie, grâce à la vente de la propriété de Mme Carsac, dans la vallée de la Vézère, mais Philippe Carsac prétend n'avoir jamais touché le moindre argent sur cette vente.

Le notaire s'arrêta un instant, soupira, puis reprit :

— Et s'il n'a pas touché le moindre argent, c'est qu'elle était totalement hypothéquée. Il considère donc qu'il a été spolié et qu'aujourd'hui vous lui devez — ou plutôt votre fille — six cent mille francs.

— Six cent mille francs ? murmura Mélina, affolée.

— Oui, soixante millions de centimes, si vous préférez.

— Qu'est-ce que je peux faire ? demanda Mélina.

— Vous ne les avez pas, bien sûr ?

— Je n'ai pas d'argent. Ma fille est étudiante et...

— Oui, je sais.

— Qu'est-ce qui va se passer si je refuse ?

— Il est probable qu'il faudra plaider.

— Devant un tribunal ?

— Évidemment.

— Je ne pourrai pas payer l'avocat, fit Mélina, anéantie.

Le notaire hocha la tête, proposa :

— Si vous voulez, on peut essayer de négocier.

— Négocier quoi ?

— Un partage des biens.

— Il faut que j'en parle à ma fille, dit Mélina. Je vais lui écrire de venir dimanche. En attendant, que dois-je faire ? Il veut dormir au château.

— Il n'en a pas le droit pour le moment, vous pouvez le jeter dehors. Pourtant, si vous voulez mon avis, il ne vaudrait mieux pas. Ménagez-le, si vous le pouvez.

Le notaire ajouta, s'efforçant de se montrer rassurant :

— Ne vous inquiétez pas trop. Il ne s'installera

pas ici définitivement. Ses affaires, à New York, sont trop importantes.

— Ah bon, fit Mélina, quelque peu rassérénée.

Elle repartit, écrivit à Jeanne de venir le plus vite possible, et, en attendant sa venue, perdit le sommeil. Peut-être plus que la menace de Philippe Carsac sur le domaine, c'était ce qu'il lui avait dit au sujet de sa mère qui l'avait ébranlée. Si elle ne l'avait pas deviné machiavélique, elle aurait eu envie de le croire : elle imaginait alors sa mère non pas trahie mais heureuse de partir en Amérique, et la truffière n'aurait pas brûlé, et le malheur ne l'aurait pas frappée. Puis elle pensait à la souffrance de son père, et tout l'édifice qu'elle s'efforçait de construire s'écroulait. Alors, Philippe Carsac redevenait celui qu'elle avait toujours imaginé, et, pour ne pas le croiser, elle partait dans les bois de bonne heure, y cherchant refuge comme elle l'avait toujours fait.

On était à la fin du mois de mai. Partout l'herbe neuve et les feuilles nouvelles verdissaient, de ce vert tendre et clair que leur donnent les premières pluies tièdes. Sur les chemins, dans les combes, Mélina ramassait ses herbes, celles-là mêmes que les truffes brûlaient sur leur territoire : la centaurée, l'euphorbe réveille-matin, le plantain, la bardane, la fléole, le millepertuis, la véronique petit-chien, et le vulpin des prés. Sa cueillette la rassurait . elle y puisait une force dont elle savait que nul ne pouvait la priver. Car elle était la seule à connaître les pouvoirs secrets de la terre, et Philippe Carsac était bien incapable de les lui voler.

Après l'avoir défiée brutalement le premier jour,

maintenant, il l'évitait. Elle se demandait pourquoi, ne pouvait pas savoir qu'il jouait avec elle comme un chat avec une souris. Il essaya aussi de jouer avec Jeanne, de la prendre dans ses filets quand elle vint au château, le samedi suivant. Jeanne, heureusement, était de taille à se défendre. La seule chose qui l'intéressait, en fait, c'était de pouvoir poursuivre ses études. Elle n'aimait ni les truffières, ni Salvignac, ni le château. Elle s'en remettait à Mélina pour trouver une solution avec le notaire. Pour elle, il ne fallait surtout pas plaider devant un tribunal où elle risquait de perdre tout ce qu'elle possédait. Mélina la persuada de voir le notaire avec elle. Celui-ci, ce soir-là, leur révéla que ce qui intéressait Philippe Carsac, ce n'étaient pas les terres, mais le château. Il voulait pouvoir y traiter ses affaires, y inviter ses clients chaque fois qu'il viendrait en France. Par ailleurs, pour lui, ce château ne valait pas plus cher que les terres, y compris les truffières.

— Je crois ajouta le notaire, que si vous cédiez sur ce point, il vous verserait une petite somme qui vous permettrait de faire aménager au mieux la Méthivie ou même peut-être Costenègre, si vous tenez à garder vos métayers.

— Nous avons besoin des produits du métayage pour vivre, dit Mélina. Le seul argent que je gagne provient de la vente des truffes. On ne pourrait donc que s'installer à Costenègre.

— En attendant que votre fils Sylvain soit en âge de prendre la métairie s'il le souhaite.

— Oui, par exemple, dit Mélina. Ce serait peut-être une solution.

Jeanne était d'accord. Il lui suffisait de savoir sa mère et son frère à l'abri pour céder sur tout. Rien, en ces lieux, ne l'intéressait. Cette évidence fit beaucoup de mal à Mélina qui en souffrit comme d'une intime blessure.

— Je ne te reconnais plus, ma fille, lui dit-elle le matin où elle repartit pour Bordeaux.

— Et pourtant je pense très souvent à toi, répondit Jeanne. Il me semble même que je t'entends tous les jours me faire ces recommandations dont tu es coutumière.

Mélina l'embrassa, la laissa partir avec en elle la sensation précise et douloureuse de n'avoir pas su, ou pas pu, lui faire partager l'essentiel de sa vie : ce lien secret qu'elle entretenait avec le monde, les plantes, la terre et les arbres, tout ce qui lui permettait de vivre en paix avec elle-même.

Dans la semaine qui suivit, Jeanne lui envoya une lettre qui la rasséréna : elle lui expliquait qu'elle la comprenait, mais que le monde était grand et qu'elle voulait en connaître tous ses mystères, y compris à l'autre extrémité. Ainsi, Mélina songea que c'était peut-être un autre lien que Jeanne voulait nouer avec le monde, avec la terre, en devenant archéologue. Il lui sembla que le besoin de creuser, c'était elle qui l'avait inculqué à sa fille. Elle se jura de ne plus rien, jamais, lui reprocher, même si elle devait souffrir de son absence.

À l'idée de devoir quitter le château, Mélina éprouvait presque un soulagement. Elle se sentait trop petite, dans ces murs : ils n'étaient pas à sa dimension. Aussi n'hésita-t-elle pas longtemps : elle habiterait Costenègre en attendant que Sylvain, s'il le désirait, puisse reprendre la métairie. Elle n'aurait plus aucune charge d'entretien pour ces toits, ces murs immenses, ces dépendances qui mobilisaient tout l'argent qu'elle gagnait. Jeanne pourrait poursuivre ses études, et elle-même retrouverait les traces de son père, et, peut-être aujourd'hui, plus facilement, de sa mère.

D'ailleurs, elle ne s'était jamais vraiment sentie chez elle au château. C'était comme si elle avait obtenu une chose à laquelle, de par sa naissance, elle n'avait pas droit. Parfois, elle en avait été honteuse, dans les foires ou ailleurs, quand elle sentait peser sur elle des regards dans lesquels elle devinait du mépris. Elle n'hésita donc pas longtemps avant de donner son accord au notaire pour une telle solution.

Philippe Carsac, qui s'était attendu à un combat difficile et avait déjà mobilisé deux avocats, ne voulut pas croire le notaire quand il lui annonça une si facile victoire. Il souhaita l'entendre de la propre voix de Mélina, en resta silencieux quelques secondes, quand elle lui eut confirmé de sa voix calme et douce :

— Si c'est vraiment le château que vous voulez, vous pouvez le prendre. Il est beaucoup trop grand pour moi.

Il y eut alors chez Philippe Carsac un instant de flottement, comme si, habitué aux affrontements les plus féroces du monde des affaires, il craignait une ruse :

— Et vous accepteriez de me signer un papier tout de suite ?

— Si vous voulez.

Ils se trouvaient de nouveau dans le grand salon du château. Il sortit un dossier d'une sacoche de cuir, écrivit quelques lignes sur une feuille, la tendit à Mélina qui lut rapidement et signa sans une hésitation.

Quand elle lui rendit la feuille de papier, il la dévisagea comme s'il cherchait à comprendre, hésitant encore à croire que l'on pouvait renoncer facilement à la possession d'un tel bien.

— Vous pouvez m'expliquer ? demanda-t-il.

— Expliquer quoi ?

Pour la première fois depuis qu'elle l'avait rencontré, Mélina aperçut une lueur d'humilité dans ses yeux.

— Non, dit-elle, ce n'est pas la peine : vous ne comprendriez pas.

Ce fut là sa victoire. Philippe Carsac cilla, toute son arrogance s'évanouit, il détourna la tête et s'en alla. Elle ne le revit pas. Il quitta le château le lendemain matin, et elle apprit du notaire qu'il avait consenti à dédommager Jeanne de cinquante mille francs pour effectuer les travaux nécessaires à Costenègre. Mélina en fut soulagée. Elle se hâta de trouver des entrepreneurs au village pour commencer les réparations. Il lui était venu une envie : passer Noël à Costenègre et, de là, comme elle le faisait avec son père, récolter les truffes dans la lumière étincelante de janvier.

Elle put déménager au début du mois de novembre de cette année 1966. Elle avait quarante-cinq ans. Le travail l'avait un peu courbée, mais elle demeurait belle, même si des rides naissantes creusaient sa peau mate, brunie par le soleil. À quatorze ans, Sylvain fréquentait le cours complémentaire de Salvignac. Il n'avait pas voulu quitter sa mère ni les bois de chênes où, assurait-il, il voulait passer sa vie. Elle se retrouvait en lui beaucoup plus que dans Jeanne et elle s'en étonnait toujours. Comment un fils pouvait-il se sentir plus proche d'elle qu'une fille ? Elle ne se l'expliquait pas, se contentait d'en être heureuse.

À Costenègre, même si elle avait gardé la cheminée au grand manteau noir, il faisait moins sombre qu'avant grâce à l'électricité et à la couleur des murs qu'elle avait fait blanchir à la chaux. En outre, elle avait fait ouvrir une fenêtre dans le réduit qui, jadis, servait de chambre à son père, et monter des cloisons à l'autre extrémité de la grande pièce pour sa propre chambre. Les meubles étaient ceux qui lui venaient de Pierre et que, de la Méthivie, elle avait entreposés dans un grenier du château. Il n'avait pas été question d'emporter ne fût-ce qu'une commode qui avait appartenu aux Carsac. Le notaire l'avait signifié à Mélina qui en fut blessée, car elle n'en avait jamais eu l'intention.

Sur la toiture, un couvreur avait changé les tuiles et rebâti la faîtière. Les volets étaient peints en bleu. Seule, la journée, Mélina travaillait dans les truffières dans la compagnie de ses deux chiens auxquels elle était très attachée. Elle entretenait avec eux des relations qui n'avaient pas besoin de mots pour s'exprimer, mais seulement de regards. C'étaient un setter et un épagneul qui n'étaient pas de pure race et qu'elle avait dressés comme elle savait si bien le faire. Ils lui étaient précieux dans sa nouvelle solitude, loin du village, loin de la Méthivie, dans le dur travail qui la condamnait à demeurer penchée sur la terre gelée de l'hiver.

Cette année-là, Jeanne vint passer Noël à Costenègre. Elle ne resta que trois jours, mais ils suffirent à Mélina pour se sentir moins seule, près de sa fille et de son fils, et elle fut heureuse de se rendre à la messe de minuit de Salvignac en leur compagnie. Ils réveillonnèrent, aussi, comme elle le faisait jadis avec son père, dans cette même pièce éclairée par la cheminée qui faisait danser de grandes ombres au plafond. Il lui arriva cette nuit-là, en fermant les yeux, de sentir peser sur elle le même regard qui, quarante ans plus tôt, la réchauffait si bien après le froid de la nuit, au retour de l'église.

Le lendemain dans l'après-midi, elle s'en fut caver les truffes avec Jeanne et Sylvain. Un faible soleil avait percé les brumes vers midi. L'air avait cette légèreté et cette transparence que lui forge le gel des matins. C'était une bonne année : il avait plu suffisamment à la fin de l'été. Les chiens marquaient les truffes sans la moindre hésitation. Jeanne en déterra une de plus de cinq cents grammes. Elle prit plaisir à creuser avec le « picalou », cette petite pioche au manche court qui permet de mettre au jour la belle Noire, granuleuse à souhait, veinée de blanc, dont le parfum est chaque fois une récompense.

Jeanne repartie, Mélina, qui avait commencé la récolte en décembre, la poursuivit jusqu'aux derniers jours de janvier. Cet hiver-là, elle put vendre cent kilos de truffes, ce qui lui assurait largement les revenus de l'année à venir, d'autant plus qu'elle n'avait plus à charge l'entretien du château et que les produits de la métairie les aidaient à vivre. Gabriel, pourtant, songeait à partir : sa famille était trop grande et la métairie trop petite. Mélina, dès lors, vécut avec cette crainte de ne pouvoir trouver de nouveaux métayers avant que Sylvain, un jour, ne s'établisse, et elle se remit au travail d'arrache-pied, sans pouvoir acheter ce matériel, tracteur, herse, qui lui aurait épargné tant de peine.

Les années qui suivirent furent très dures. Sylvain l'aidait de son mieux, mais elle s'épuisait à travailler dans les truffières de l'aube jusqu'à la nuit. Pour Jeanne, certes, qui réussissait toujours aussi bien, mais aussi pour Sylvain et pour la mémoire de ceux qui y avaient travaillé avant elle. Plus que celle de son père, c'était souvent celle de sa mère qui venait la hanter. Elle pensait à ce qui s'était passé entre elle et Philippe Carsac, espérait follement que sa mère n'avait pas pensé un seul instant que cet homme se jouait d'elle, qu'il avait au contraire sincèrement voulu la conduire au bout de ses rêves. Mais le machiavélisme de Philippe Carsac revenait à l'esprit de Mélina, elle revoyait ses yeux où passait, par éclairs, toute la cruauté des hommes, et elle se sentait désespérée. Alors, elle s'acharnait au travail, évitant la truffière maudite où, lorsqu'elle était obligée d'y entrer, elle besognait plus vite, pressée d'en finir, et, dans le même temps, incapable de l'abandonner aux ronces, comme si quelque chose ou quelqu'un, encore, vivait là.

14

Au cours des années suivantes, une nouvelle occupation vint enrichir sa vie. Elle tenta de réaliser le rêve qu'elle poursuivait depuis longtemps : trouver le secret du lien qui unit la terre et les arbres et provoque la naissance de la truffe. Quelle était cette symbiose qui permettait ce miracle ? C'était une tâche difficile, insurmontable, mais à laquelle Mélina consacra tout le temps dont elle disposait. Elle fit à cet effet de nombreuses expériences auxquelles elle associa Sylvain. Elle fut surprise de constater à quel point il était heureux de participer à ses recherches. Pour parvenir à ses fins, elle transplanta des mycorhizes dans un terrain proche de la maison où elle avait récemment coupé des chênes épuisés. Ce n'était plus qu'un espace nu qui lui servait de jardin d'expérimentation.

Elle constata très vite que sans arbres, les mycorhizes dépérissaient rapidement. Elle en conclut que l'oxygène était nécessaire à leur développement, fit des semis à l'air libre, qui dépérirent également. Sylvain, alors, lui suggéra l'idée de broyer des racines et des feuilles de chêne et d'ensemencer le milieu des mycorhizes prélevées sur des truffières en activité. Ce fut un nouvel échec. Dès lors, cette recherche devint une obsession, aussi bien pour elle que pour lui. Finalement, après plusieurs mois d'efforts, elle comprit qu'elle ne parviendrait jamais à découvrir l'alliance secrète entre la terre et les arbres, mais elle constata que l'on pouvait très bien transplanter des petits chênes contaminés et les planter en lieu et place des glands. D'après ses conclusions, ce système pouvait faire gagner deux ou trois années sur la première production.

Ainsi, à force de patience et de curiosité, elle découvrit le procédé des chênes mycorhizés que l'on allait trouver bientôt dans le commerce. Elle n'eut donc pas besoin d'en acheter puisqu'elle les produisait elle-même. Ces longues expériences l'avaient rapprochée davantage de Sylvain. Grâce à elles, Mélina avait réussi à établir une vraie complicité avec son fils. Sylvain n'envisageait maintenant rien d'autre que de reprendre la métairie. Aussi quitta-t-il l'école à seize ans, après avoir passé le brevet avec succès. Pour lui, c'était bien suffisant. Il refusa d'aller étudier pendant deux ans dans un lycée agricole, voulut aider sa mère tout de suite. Il ressemblait beaucoup à son père, Manuel, et il ne se passait pas un seul jour sans que Mélina ne se félicite d'avoir gardé près d'elle un tel fils, d'autant que Jeanne, elle, maintenant, était loin : en Égypte, exactement, à Louksor, où elle creusait une autre terre, et elle ne revenait plus guère.

Gabriel et sa famille quittèrent finalement la Méthivie pour s'installer dans une grande ferme des environs de Trélissac, près de Périgueux. Cette séparation fut douloureuse à Mélina qui avait tenté en vain de les retenir. Elle avait toujours eu beaucoup d'affection pour Gabriel et sa femme, et ce ne fut pas sans chagrin qu'elle les laissa partir, eux et leurs enfants, sur lesquels elle avait veillé pendant des années.

Comme à la Méthivie la maison était plus grande, Mélina demanda à Jeanne l'autorisation de procéder à quelques travaux de remise en état et de s'y installer avec Sylvain. Jeanne répondit par lettre à sa mère qu'elle la laissait plus que jamais libre de faire ce qu'elle voulait du domaine. Mélina crut alors nécessaire de devoir promettre à Sylvain :

— Quand tu te marieras, je reviendrai habiter à Costenègre.

— Je ne marierai pas, répondit-il. Je n'en ai nulle envie.

Elle ne le crut pas, mais fut heureuse, au plus profond d'elle-même, de cette réponse.

Son seul souci était de conserver assez de forces jusqu'à ce que Sylvain fût en âge de prendre le relais. Ces années-là furent difficiles et douloureuses, car le travail épuisait Mélina. Heureusement, à dix-huit ans, Sylvain fut exempté de service militaire comme soutien de famille. Son front haut, ses cheveux bouclés, ses yeux noirs évoquaient chaque jour à Mélina celui qui, peut-être, lui avait donné ce fils parce qu'il devinait qu'il allait mourir. Elle se mit à vivre avec cette pensée rassurante et peu à peu, dans son esprit, Sylvain devint Manuel, un Manuel jeune qu'elle n'avait jamais connu, mais qu'elle découvrait maintenant aussi beau, aussi fort qu'elle l'avait jadis imaginé.

Mélina avait été très heureuse de regagner la Méthivie où elle sentait des présences nombreuses autour d'elle : c'était Pierre qui lui prenait la main, la Miette qui la faisait se réchauffer près du feu, ou Louis qui lui parlait de sa voix paisible. Dès le début, Sylvain avait trouvé la possibilité d'acheter ce matériel qui avait tant fait défaut à sa mère et dont la privation l'avait épuisée. Il avait pu emprunter à un taux préférentiel auprès du Crédit agricole et bénéficier de primes pour son installation, ce qu'elle n'avait jamais osé demander.

Au lieu de poursuivre les cultures traditionnelles sur les terres de la Méthivie, Sylvain décida de planter chaque année des chênes sur une nouvelle parcelle. Mélina n'eut pas besoin d'aller chercher les fameux glands dont elle connaissait les pouvoirs : ils cultivaient eux-mêmes des plants de chênes contaminés par le champignon. Sur les truffières existantes, le tracteur effectuait en quelques journées le labour léger et le hersage que le bigot de Mélina mettait des semaines à réaliser.

En quelques années, de nouvelles truffières jaillirent, dont les arbres, le tronc dégagé sur une hauteur d'un mètre, présentaient des branches très aérées qui pouvaient être traversées par les rayons du soleil et les pluies les plus faibles. Ainsi Mélina et Sylvain renoncèrent-ils peu à peu à la culture des céréales et se consacrèrent-ils, en une passion commune, aux truffes dont ils devinrent les producteurs les plus réputés.

Ce ne fut pas un choix sans danger. Tous leurs revenus, très vite, dépendirent des truffières. Un soir de juin, alors que la journée avait été belle et qu'ils étaient allés attendre la nuit au milieu de leurs chênes, ils entendirent comme une petite pluie sur les feuilles. Ils levèrent la tête vers les étoiles qui s'allumaient une à une entre les branches des arbres, sans pouvoir distinguer ce qui se passait. Ce soir-là, ils se couchèrent en proie à une terrible appréhension, et ils ne parvinrent que très difficilement à trouver le sommeil.

Le lendemain, ils furent debout dès l'aube et constatèrent que la plus belle et la plus prolifique des truffières était envahie par les chenilles. Mélina pensa alors à l'épisode de la brume qu'elle avait combattue avec son père, et, pas plus que Jean Fontanel, elle ne se résigna : ils luttèrent pendant une semaine avec les insecticides qu'ils avaient à leur disposition, les yeux rougis, accablés par la chaleur et les effluves corrosifs, ne se contentant pas de traiter la truffière la plus atteinte, mais également ses voisines, qui, sans cela, allaient être aussi envahies. Ils finirent par les sauver, mais on était presque en juillet, et les insecticides allaient avoir des effets néfastes sur la croissance des truffes déjà nées. Ce ne serait donc pas une bonne année.

Malgré ces dangers, malgré les risques de mauvaise récolte, ils ne renoncèrent jamais. Pas plus que les chenilles, la tordeuse verte du chêne ou le léodès, un petit coléoptère brun qui, lui, s'attaque directement aux truffes, ne les firent douter de ce qu'ils avaient entrepris ensemble. Ils en vinrent à bout comme de tout ce qui faisait obstacle à leur passion. Si celle de Mélina, parfois, s'estompait un peu avec la fatigue, celle de Sylvain grandissait. Ainsi l'ancien domaine des Carsac se couvrait-il, année après année, de chênes truffiers magnifiques, taillés comme il le fallait, dont les feuilles dansaient continuellement dans la lumière du jour.

Une année, au printemps, le vieux curé de Salvignac demanda à parler à Mélina. Il ne vivait plus dans le village depuis longtemps, mais à Périgueux, dans un hospice où l'Église recueille ceux qui lui ont voué leur existence. Mélina accepta de le rencontrer, intriguée, surprise qu'il ne fût pas encore mort, alors qu'il avait quitté Salvignac depuis dix ans. Sylvain la conduisit à Périgueux dans la petite Peugeot qu'il avait achetée d'occasion, et ce fut pour Mélina un nouveau voyage vers cette ville qu'elle avait toujours fréquentée lors des grands événements de sa vie.

L'hospice se trouvait dans une vieille rue de la ville haute, pas très loin de Saint-Front, là où elle était passée, jadis, avec Albine, lors de l'un de ses premiers voyages. Quand elle eut décliné son identité derrière le guichet de bois de la porte d'entrée, une sœur la conduisit vers une chambre austère, seulement meublée d'un lit, d'une table basse, d'une chaise et d'un crucifix. C'est à peine si elle reconnut le curé qu'elle n'avait pas revu depuis l'époque où il officiait à Salvignac. Au seuil de la mort, il avait un secret à lui confier. C'est ce qu'il lui déclara tout de suite, d'une voix déjà très faible, en lui demandant de se pencher vers lui.

Sans préambule, sachant ses forces limitées, il lui révéla qu'il avait entendu Grégoire Carsac en confession quelques jours avant sa mort, et que celui-ci avait libéré sa conscience d'un grand poids : quand son fils Philippe avait exigé sa part sur le domaine, après la mort de sa mère, Élise Carsac, Grégoire n'y avait pas consenti. Il ne voulait pas que ses terres soient morcelées. Comme Philippe refusait de s'incliner, Grégoire avait prévenu Jean Fontanel de la liaison de sa femme Ida avec Philippe. Il lui avait même désigné le lieu où ils se retrouvaient, espérant que son bordier tuerait Philippe ou l'obligerait à s'enfuir. Fou de douleur, Jean Fontanel était allé mettre le feu à la truffière dans laquelle avaient l'habitude de se cacher Ida et Philippe. Celui-ci était en retard, ce jour-là, ayant été retenu à Salvignac. Quand il avait allumé le feu, Jean ne savait pas que son épouse attendait déjà dans le bois. Elle s'était battue de toutes ses forces pour défendre une truffière qui n'était pas la sienne, et elle en était morte. Grégoire, lui, avait accusé son fils, y compris devant les gendarmes, d'avoir allumé le feu, et celui-ci avait été obligé de s'enfuir, les mains vides, pour éviter la prison.

— Grégoire Carsac a souffert toute sa vie de sa mauvaise action, souffla le curé. C'est pour cette raison qu'il a tout fait par la suite pour que votre fille hérite du domaine. Pour se racheter, en somme. Mais il était trop tard.

Le curé soupira, ajouta d'une voix très faible, devenue presque inaudible :

— Il m'a demandé de lever le secret de la confession le plus tard possible, en vous disant bien que le vrai coupable n'est ni Philippe ni votre père, mais lui… Voilà, mon enfant, je vous ai tout dit. Il vous faut pardonner, comme le Bon Dieu pardonne à tout ceux qui l'ont offensé…

Mélina, dévastée, attendit un instant, incapable de se lever. Il fallut que la sœur qui l'avait accompagnée vienne la prendre par le bras pour la reconduire vers la porte. Une fois dans la voiture, ayant rejoint Sylvain, elle ne prononça pas un mot. Ensuite, elle resta huit jours sans parler. Elle ne cessait de penser que c'était à cause de son père que sa mère était morte. Elle comprenait pourquoi, plus tard, il était devenu comme fou, avait failli plusieurs fois mettre fin à ses jours. Elle se souvenait de son regard brûlant, des coups de fusil qu'il tirait au fond des bois, avant de mourir, trop jeune, de chagrin et de douleur.

Peu à peu, heureusement, d'autres pensées vinrent adoucir les premières : Mélina se dit que si son père avait renoncé à se tuer, c'était pour ne pas la laisser seule, elle, car il l'aimait sans doute autant qu'il aimait sa femme. S'il avait mis le feu à la truffière, il ne pouvait pas savoir qu'Ida s'y trouvait seule ce jour-là, et qu'elle combattrait l'incendie au lieu de s'enfuir. Philippe, lui, n'avait sans doute pas menti. Il aurait été capable d'emmener Ida en Amérique, de lui faire vivre ses rêves jusqu'au bout. Ces pensées rassérénèrent Mélina. Savoir que sa mère n'avait pas été trompée dans cette innocence rêveuse qui était la sienne, songer que son père avait seulement voulu défendre son amour pour elle, mit du baume sur ses blessures. Tout doucement, elle commença à revivre. Sylvain, qui avait eu très peur, l'entoura de soins et d'affection, et le temps, de nouveau, se remit à couler sur eux.

15

À l'occasion des cinquante ans de Mélina, Jeanne revint passer quelques jours à la Méthivie, mais elle n'était pas seule. Un homme l'accompagnait, très blond, les yeux bleus, qui parlait français avec un drôle d'accent : un Anglais. Autant Jeanne était brune, la peau mate, autant ce jeune homme avait les cheveux et la peau clairs, si pâles que Mélina se demanda comment il parvenait à se protéger, là-bas, du soleil. Mélina pensa alors à l'Américain qui avait tellement ébloui sa mère, et qui s'appelait Peter Loveridge. Elle demanda au jeune homme aux yeux bleus quel était son nom :

— Duckham, répondit-il. David Duckham.

Elle en fut vaguement déçue, sans comprendre pourquoi : peut-être avait-elle espéré un nom à la sonorité voisine de Loveridge, et alors, sans doute, la boucle aurait-elle été bouclée. Mais non : il s'appelait Duckham, était anglais et non pas américain. Jeanne vivait sa vie, sa propre vie, tout simplement. Elle était revenue pour l'anniversaire de sa mère, mais aussi pour se procurer des papiers d'état civil à la mairie car elle songeait à se marier Mélina n'osa même pas lui demander si elle se marierait à

Salvignac, parce qu'elle pressentait la réponse. Jeanne raconta ses fouilles, ses découvertes, refusa le moindre argent, et repartit le lendemain de son arrivée, avec son fiancé anglais, aussi légère, aussi vive, aussi énergique qu'elle avait toujours été.

Sylvain et Mélina demeurèrent quelques jours désorientés, comme si une bourrasque avait traversé la maison, puis la vie reprit son cours, et le travail, donc, dans les bois où les feuilles des chênes perdaient de leur éclat, brûlées qu'elles étaient par le soleil de l'été. Mélina, maintenant, s'acharnait moins au travail : c'était Sylvain qui en accomplissait l'essentiel. Elle s'était assigné une autre tâche, au moins aussi difficile : convaincre son fils de se marier, et, s'il le fallait, lui trouver elle-même une femme digne de sa simplicité et de son honnêteté. Elle se mit, dès lors, à fréquenter davantage les foires et les marchés, même si ce n'était pas l'époque de la vente des truffes.

Les filles, alors, ne souhaitaient pas rester à la campagne : elles ne rêvaient que de la ville, de travail, de liberté, d'appartement avec tout ce confort dont elles découvraient les charmes dans les magazines. Elles ne voulaient surtout pas mener la vie qu'avait menée leur mère, une vie faite de dévouement à un homme, à une terre, à un travail inlassable qui ne leur avait même pas laissé le temps de se redresser pour vivre vraiment. Quand elles avaient pu enfin le faire, leur vie était derrière elles. Finie. Passée. Même s'il y avait une succession possible dans la propriété où elles étaient nées, les filles d'aujourd'hui n'avaient qu'une idée en tête : s'enfuir, partir, vite, vite, et se marier avec un homme de la ville qui saurait leur donner tout ce à quoi elles aspiraient.

Mélina n'ignorait rien de cela, mais elle ne renonçait pas à ce qui était devenu sa première préoccupation. Il fallait la voir, les jours de marché, à Sorges ou à Excideuil, toute de noir vêtue, y compris ce chapeau rond, très ancien, qui avait appartenu à la Miette, très droite, respectée de tous, désormais, devant sa balance Roberval, assaillie dès le signal du garde champêtre par les plus grands courtiers qui se disputaient sa récolte. Elle avait tôt fait de vendre ses truffes et, ensuite, elle parcourait les rues lentement, souriante et grave à la fois, cherchant du regard celle qui était destinée à Sylvain. Elle crut l'avoir trouvée à deux ou trois reprises, mais quand elle emmena la belle à la Méthivie sous prétexte de lui faire visiter ses truffières, si loin au fond des bois, elle ne réussit pas à la retenir.

Mélina alors se tourna vers les marchés de Périgueux où il y avait davantage de demoiselles en âge de se marier. Elle comprit très vite que son dessein avait encore moins de chances d'aboutir dans cette ville où la lumière des boutiques, des cinémas, des appartements luxueux attirait les jeunes filles comme une lampe les phalènes.

Mélina, désespérée, ne cessait de s'en désoler auprès de Sylvain qui ne comprenait pas.

— Enfin, lui disait-il, j'ai le temps. On n'est pas bien, ici, tous les deux ?

— Je ne serai pas là éternellement, répondait-elle.

— Pour le moment, tu es là, répliquait-il en souriant, mettant ainsi un terme à ces discussions à ses yeux inutiles.

Le temps passa, pourtant, et Mélina fit une ultime tentative auprès d'une agence spécialisée de Périgueux qui lui prit beaucoup d'argent avant de présenter une jeune fille qui acceptait une rencontre avec un éventuel fiancé. Sylvain, pour ne pas peiner Mélina, alla au rendez-vous, mais il en revint très malheureux. Il avait compris qu'il ne ressemblait en rien à ce qu'espéraient celles qui s'inscrivaient dans ce genre d'agence. Il n'avait avec elles aucun point commun : il n'aimait que ce qu'elles détestaient, n'usait pas des mêmes mots, se sentait trop différent d'elles pour nouer une relation durable.

Mélina, la mort dans l'âme, s'inclina quand elle comprit que Sylvain nourrissait un autre projet plus urgent : celui d'aller marcher sur les traces de son père, en Espagne, au mois de septembre, quand le plus gros du travail serait terminé dans les truffières. Sans grand espoir, il tenta de la convaincre de le suivre.

— Je comprends que tu veuilles savoir, lui répondit-elle, mais je ne peux pas venir. Si je quittais cette terre plus de trois jours, je mourrais comme ces fleurs privées d'eau qui flétrissent en quelques heures.

Il insista cependant, et finit par la persuader. Après réflexion, Mélina s'était dit qu'elle découvrirait peut-être cette part de Manuel qui lui avait toujours échappé et dont le manque l'avait fait souffrir. Ils préparèrent ce voyage comme un périple qui les emmènerait au bout du monde et partirent au début du mois de septembre, après avoir obtenu, non sans difficultés, les papiers nécessaires. Sylvain avait insisté pour passer par le Perthus, Barcelone, Saragosse, avant de gagner Madrid. Mélina, qui n'avait jamais quitté son village, dut puiser au fond d'elle-même la force de s'arracher à son domaine. Elle avait compris que ce voyage était nécessaire à son fils et elle partit donc avec lui, en train, comme elle le lui avait promis, par Limoges, Toulouse, Perpignan et la Catalogne.

Assise contre la fenêtre du compartiment, les mains sagement posées sur ses genoux, elle regarda défiler des champs, des prés, des paysages qu'elle n'avait jamais vus, et dont, pourtant, elle se sentait familière. Elle s'en étonna, mais en fut rassurée. Ils firent halte le premier soir à Barcelone et prirent le temps de flâner dans les rues, de visiter le quartier gothique, derrière la cathédrale, poussèrent jusqu'à la place de la Paix où se trouve la statue de Christophe Colomb. Mélina regardait de tous ses yeux, consciente d'avoir entrepris l'unique voyage de sa vie, accueillait les parfums et les bruits en se demandant si Manuel avait connu les mêmes quand il avait vécu ici, pendant la guerre. Ce qui l'étonnait, c'était le spectacle des rues pleines de monde, même à la nuit tombée, des rues où l'on croisait de nombreux gardes civils, fiers et nonchalants, leur bicorne de cuir noir sur la tête. Les Espagnols lui paraissaient méfiants, hostiles, et la chaleur qui pesait sur la ville l'oppressait.

Le lendemain, vers midi, ils reprirent le train en direction de Saragosse, où ils franchirent l'Èbre, dont avait tant parlé Manuel, puis vers Madrid, où ils arrivèrent en fin d'après-midi. Sylvain avait loué deux chambres dans un petit hôtel situé à proximité de la Plaza Mayor, où avait vécu Manuel. À partir de là, pendant deux jours, ils visitèrent cette ville étrange, blanche et verte, où se mêlaient les vieux quartiers et les immeubles de verre de la Gran Via. De la Puerta del Sol jusqu'au Retiro — un parc très vert que Mélina préférait de beaucoup au centre de la cité —, ils errèrent dans cette ville où ils se sentaient plus à l'aise dans les quartiers populaires où se tenaient les marchés, les marchands ambulants, les cireurs de chaussures, sans jamais pourtant établir un vrai contact avec la population. Même dans les ruelles derrière la Plaza Mayor, où ils tentèrent de se renseigner pour savoir s'il n'existait pas des Montalban, ils ne rencontrèrent que silence et hostilité. Il leur fallut du temps pour comprendre que les gens se méfiaient et avaient peur. La chape de plomb qui avait recouvert le pays après la guerre civile pesait toujours sur la population, et il leur sembla que les blessures n'étaient pas encore totalement cicatrisées. Le deuxième soir, ils s'aperçurent avec stupeur qu'ils étaient suivis par deux gardes civils.

Mélina demanda alors à Sylvain de repartir.

— Je ne peux pas rester plus longtemps, dit-elle. Rentrons, s'il te plaît.

Sylvain ne s'y opposa pas, au contraire. Ils reprirent le train le lendemain matin et regagnèrent leur domaine en deux étapes, après une nouvelle halte à Barcelone.

Une fois chez elle, Mélina se sentit comme délivrée. Elle proposa pourtant à Sylvain le soir même :

— Tu pourras repartir sans moi plus longtemps, si tu veux.

— Non, répondit-il, ce n'est pas la peine. Je préfère penser que son pays, mon pays, c'est ici.

Elle en fut heureuse car elle songea que cette terre avait accueilli Manuel dans son malheur, l'avait protégé, aidé à vivre. Elle effaça de sa mémoire les images des grandes villes de l'Espagne, garda seulement le souvenir de la majesté des Pyrénées, des plages blanches de la Catalogne, des collines vertes de l'Aragon, de la noble austérité des hauts plateaux de la Castille. Elle fut soulagée de constater que Sylvain ne songeait plus à repartir à la recherche d'un passé enfoui, définitivement disparu, et dont elle avait toujours eu un peu peur.

Dès leur retour, à l'automne, une fois la grosse chaleur et les orages envolés, Mélina renoua le lien subtil qui l'attachait à ses bois, leur silence et leurs mystères. Ils lui firent souvenir de la loi sacrée des forces qui gouvernent le monde. Faire confiance. Se dire que dans le grand puzzle de l'univers, les pièces ne s'assemblent qu'au jour de notre mort. Cette pensée lui était venue pour la première fois après avec l'arrivée de Manuel dans ce petit coin perdu de Dordogne et elle s'imposait de nouveau aujourd'hui : comment et pourquoi un homme né si loin d'elle était-il venu vers elle à l'issue d'événements imprévisibles et monstrueux ? Qui l'avait voulu ? Était-ce pour cette raison que Pierre était mort ? Pour laisser une place à Manuel ? Ainsi s'égrenaient ses pensées au gré des jours qui passaient, tandis qu'elle se consacrait à chercher le sens caché des choses, comme elle l'avait toujours fait, certes, mais désormais avec une vision plus grande, grâce à ses lectures, grâce aussi à son voyage en Espagne, grâce à Manuel venu de nulle part pour lui faire découvrir la force de l'esprit.

C'est d'ailleurs en rangeant ses livres qu'elle

découvrit un ouvrage d'astronomie qui devint dès lors sa nouvelle passion. En quelques semaines, elle connut par cœur les étoiles et les constellations. Elle en parlait à Sylvain comme d'un monde qui lui était devenu familier, les citait avec une gravité étrange dans la voix : Sirius dans la constellation du Grand Chien, Achernar dans Éridan, Aldébaran dans celle du Taureau, Antarès dans le Scorpion, et celle qu'elle préférait : Bételgeuse dans Orion.

Elle se mit à vivre la nuit autant que le jour. Sylvain, inquiet, tenta de lui faire comprendre qu'elle devait se reposer, sans quoi elle tomberait malade.

— Je dors, lui dit-elle.

— Où ?

— Dans les bois.

Il la suivit, une fois ou deux, et elle lui expliqua ce qu'ils voyaient là-haut, dans le ciel. Elle lui montra Orion, le Centaure, Cassiopée, Aldébaran, Rigel, et, une nuit de juin, la constellation du Dauphin que l'on apercevait pour la première fois très bas, sur l'horizon.

— Et il y a tant d'étoiles que l'on ne connaît pas, lui dit-elle, qui n'ont même pas de nom.

Il s'étonna qu'après s'être tant passionnée pour la terre et ses secrets, elle se tourne maintenant vers la voûte céleste.

— J'ai vécu courbée toute ma vie, lui dit-elle. Aujourd'hui, je me redresse.

Et elle ajouta, tout bas :

— J'ai l'impression de grandir.

Il tenta de s'intéresser aussi aux étoiles, mais il était trop épuisé par le travail des journées pour sortir la nuit, comme elle, même à la belle saison.

Mélina continua donc de rêver seule, et il sembla à Sylvain qu'elle devenait plus distante, plus lointaine.

Un jour, comme il lui annonçait qu'il allait devoir couper des chênes épuisés dans une truffière, elle répondit :

— Il ne faut pas.

— Pourquoi ?

— Quand on coupe des arbres, des étoiles s'éteignent.

Il demeura un instant silencieux, demanda :

— Tu ne crois pas qu'elles s'éteignent toutes seules quand elles ont fini de brûler leur énergie ?

— Non, répondit-elle, rien de ce qui se passe ici-bas ne leur est étranger.

Il eut peur quelque temps, crut qu'elle perdait la tête, mais non : elle demeurait calme, sereine, toujours aussi passionnée par ce qu'elle découvrait comme elle avait été passionnée toute sa vie par les mystères du monde.

Quelques mois plus tard, ce qu'elle avait longtemps espéré se réalisa enfin, lui faisant oublier tout ce qui avait pu la blesser dans sa vie : Jeanne, qui s'était mariée à Londres, avait donné le jour à une fille qu'elle avait appelée Mathilde. Chaque année, en été, Jeanne prit l'habitude de revenir en vacances en Angleterre et de confier sa fille une semaine ou deux à Mélina qui, alors, put parcourir les truffières, la main de la petite dans la sienne, lui révélant ses secrets, bien que l'enfant ne pût tout à fait les comprendre.

Certaines fois, Mathilde tenait Mélina par un bout de sa jupe, comme elle-même tenait la veste de son père quand elle était petite, et il semblait à Mélina que la boucle de sa vie se refermait. Elle montrait à l'enfant la patte de poule de la truffe-fleur, la marquait avec une graine d'avoine, lui disait qu'elle reviendrait à la saison, lui expliquait pourquoi il fallait la laisser mûrir. Ces moments-là demeuraient gravés dans sa mémoire, la comblaient. Quand la petite repartait, Mélina comptait les jours qui la séparaient des prochaines vacances.

Une année, Jeanne vint en novembre et laissa sa fille huit jours à la Méthivie. Les feuilles des chênes s'étaient couvertes de cet or qui leur vient dans le déclin de l'automne et qu'aimait tant Jean Fontanel. Tenant toujours la petite par la main, Mélina s'arrêta devant l'un d'eux et parla à Mathilde de cet or comme l'avait fait son père, un matin d'hiver, sur la route de Sorges.

— Tu n'oublieras pas ? dit-elle. Même si tu en as pour de vrai un jour, tu te souviendras que c'est celui-là le plus beau ?

— Oui, fit la petite.

Dès lors, Mélina sembla considérer que sa tâche en ce monde était achevée. Certes, elle s'intéressa au syndicat des trufficulteurs dont Sylvain était devenu membre, au projet d'un musée de la truffe à Sorges, et conduisit également, parfois, quand Sylvain ne le pouvait pas, les curieux désireux de visiter ses fameuses truffières, mais elle s'enfonça petit à petit dans un silence un peu rêveur, d'où elle n'émergeait que pour parler ou sourire à Sylvain.

Elle continua cependant à sortir toute les nuits pour regarder les étoiles. Sylvain ne s'en inquiétait plus, demandait seulement :

— Et s'il t'arrivait quelque chose, toute seule, si loin ?

— Que veux-tu qu'il m'arrive ?

— Un malaise, par exemple.

Elle haussait les épaules, repartait à la recherche des ombres disparues et des signes qu'elle était seule à pouvoir interpréter.

À quelque temps de cette conversation, en juin, il y eut deux ou trois jours d'un vent brûlant du sud qui la mit mal à l'aise, l'oppressa. Un après-midi, alors qu'elle s'était assise pour se reposer sur un tronc coupé, elle entendit pour la deuxième fois de sa vie un arbre pleurer. La première fois, elle ne pouvait l'avoir oubliée : c'était le jour de la mort de Pierre. Elle s'enfuit, se réfugia à la Méthivie, mais elle n'interrompit pas pour autant ses longues errances dans les bois.

Une nuit, à la fin de juillet, comme elle sortait d'une truffière pour prendre le sentier de la métairie, elle sentit ses jambes se dérober sous elle. Elle s'affaissa lentement sur l'herbe du chemin, demeura un long moment évanouie. Quand elle revint à elle, elle resta immobile, tentant de comprendre ce qui venait de se produire, étonnée, même, de ne ressentir aucune douleur alors qu'il lui semblait qu'elle n'aurait jamais la force de se relever. Elle y parvint, cependant, et put lentement, très lentement, regagner sa maison. Quand elle rentra, cette nuit-là, elle ne dit rien de son malaise à son fils et elle se coucha aussitôt.

Le lendemain, comme elle ne pouvait pas se lever, Sylvain fit venir le médecin de Salvignac qui prescrivit des médicaments et du repos. Cependant, l'état de Mélina ne s'améliora pas. Le médecin, alors, fit faire des analyses de sang qui révélèrent une implacable maladie, déjà très avancée. Elle trouva encore pendant quelque temps des forces pour se lever et se promener près de la métairie, puis elle s'alita de nouveau et fit rapprocher son lit de la fenêtre pour mieux voir les étoiles la nuit. Elle vécut encore six mois, veillée et soignée par Sylvain qui ne la quittait guère. Sur la fin, elle souffrit, mais elle refusa d'aller à l'hôpital, préférant se soigner elle-même avec ses plantes. De sa fenêtre, elle apercevait les chênes sur lesquels courait son regard, ne laissait rien paraître de sa douleur. La mort vint la prendre une nuit du mois d'août, et ne la surprit pas. En s'endormant pour toujours, elle souriait.

16

JE m'appelle Sylvain Montalban. C'est moi qui ai écrit les pages qui précèdent afin de témoigner de la vie de ma mère : Mélina Fontanel. Je n'ai pas voulu que son existence reste inconnue car il m'a semblé qu'elle était très belle, en tout cas exemplaire de courage et de sagesse. Je l'ai accompagnée jusqu'au bout de sa route, et, les derniers temps, avant que la maladie ne l'emporte, elle me parlait doucement. Je m'asseyais près de son lit, dans la pénombre de la chambre, à la Méthivie, et je l'écoutais. Elle n'était ni amère ni désespérée. Je peux même dire qu'elle était très sereine, malgré le mal qui la rongeait.

Elle me parlait de son enfance avec son père, dans la petite maison de Costenègre, de sa mère dont elle avait si longtemps essayé de percer le mystère de la mort, de la Miette, de Louis, de Pierre et de Manuel, les deux hommes qui l'avaient aimée, mais elle me parlait aussi des Carsac, sans acrimonie, comme si elle avait oublié le mal qu'ils lui avaient fait. Elle évoquait souvent son école, à Salvignac, sa maîtresse, qui avait été si bonne pour elle, la Méthivie, où elle avait été heureuse avant son mariage, sa vie qui avait passé « si vite, disait-elle, que parfois je me demande si je n'ai pas encore dix ans ».

Elle me montrait les étoiles, me disait des choses étranges : qu'elle se sentait devenir légère comme un parfum de chèvrefeuille. Elle me disait qu'il ne fallait pas être malheureux, que ce monde n'est que l'envers de l'autre, le vrai, l'essentiel, celui dont quelquefois, au cours de la vie, on peut pressentir l'existence, apercevoir les couleurs derrière une porte qui bat, mais qui se referme dès qu'on croit pouvoir la pousser. Elle avait eu ce don, ce pouvoir. Elle en était comblée... Elle me disait qu'il ne faut jamais s'inquiéter pour sa propre vie, mais pour toutes les vies de la terre, car la vie est la même pour tous et partout. C'est sans doute pour cette raison qu'avant de s'aliter pour ne plus se relever, elle était devenue le monde. C'est du moins ce qu'elle prétendait : elle ressentait la caresse du vent de la même manière que les feuilles des arbres, sa peau s'humidifiait quand il pleuvait, elle frissonnait quand le froid saisissait les bêtes et les bois, elle haletait, souffrait comme les plantes lors des grosses chaleurs.

Son seul regret, c'était de ne pas avoir su garder Jeanne près d'elle. « Je n'ai pas pu lui faire comprendre, me disait-elle, que l'immensité est en nous, que l'on n'a pas besoin de voyager. » Heureusement, elle la revoyait à travers Mathilde à qui, les dernières années, elle faisait découvrir les truffières. Elle était contente d'avoir regagné la Méthivie, où, parfois, elle entendait parler Pierre dans l'ombre. « Je n'aurais pas pu mourir dans un château, me disait-elle. Ici, je suis bien : tout est à ma mesure. »

Moi, je ne quitterai ni la Méthivie ni les truffières.

Elle m'a transmis cette passion de la terre et de ses secrets comme à un témoin qui ne doit pas la laisser perdre. J'ai encore du temps devant moi pour trouver celle qui me rejoindra au milieu de ces bois, ici, chez nous, chez moi. J'ai d'ailleurs beaucoup de plaisir à écrire ces mots-là. Je suis intimement de ce pays où l'on croit que les chemins forestiers ne mènent nulle part. Elle avait trouvé, elle, Mélina, où menaient ces chemins : vers notre vérité. Grâce à ma mère, j'ai compris que l'essentiel est dans le monde qui nous porte, pour peu qu'on sache l'écouter.

Les derniers jours, grâce aux drogues qu'elle m'avait appris à préparer, elle ne souffrait pas trop et ne perdait rien de sa sérénité. Quand elle est morte, une nuit d'août, je lui tenais la main. Elle a murmuré quelque chose que je n'ai pas très bien entendu. Il m'a semblé que c'était « terre », et puis j'ai compris qu'elle avait voulu dire « mère ». Alors, seulement, je lui ai lâché la main, car j'ai su qu'elle ne serait pas seule dans ce pays d'où l'on vient, et dont elle reconnaissait enfin, en souriant, les chemins familiers.

Édition exclusivement réservée
aux adhérents du Club
Le Grand Livre du Mois
15, rue des Sablons
75116 Paris
réalisée avec l'autorisation des éditions Albin Michel.

*La composition de cet ouvrage
a été réalisée par l'**Imprimerie Bussière**,
l'impression a été effectuée
sur presse Cameron dans les ateliers
de **Bussière Camedan Imprimeries**
à Saint-Amand-Montrond (Cher).*

Achevé d'imprimer en septembre 1999.
N° d'impression : 1472-992779/4.
Dépôt légal : octobre 1999.